Erik Harlandt

Kein Plan B

Science-Fiction-Roman

Copyright: © 2023 Erik Harlandt
info@erik-harlandt.de
Lektorat: Sabine Abels – www.e-book-erstellung.de
Umschlag & Satz: Sabine Abels
Titelbild: midjourney

Verlag und Druck:
tredition GmbH
An der Strusbek 10
22926 Ahrensburg

ISBN 978-3-384-02232-5
ISBN 978-3-384-02233-2

Bibliografische Information der Deutschen Nationalbibliothek:
Die Deutsche Nationalbibliothek verzeichnet diese Publikation in der Deutschen Nationalbibliografie; detaillierte bibliografische Daten sind im Internet über http://dnb.d-nb.de abrufbar.

Teil I

Kapitel 1

Mit einem Urinbeutel am Bein warf ich mich den angreifenden Aliens entgegen, während über einen Schlauch Nährstofflösung aus Plastikbehältern am Deckenbalken über mir in meinen Mund lief. Diese Schlacht konnte Stunden dauern und ich wollte weder dehydrieren noch in meinen Fliegeroverall pinkeln. Zwar hing ich nur in meinem Kinderzimmer am Rechner, steuerte aber eine richtige Kampfdrohne in der militärischen Trainingssimulation – zusammen mit weiteren 900 Millionen Bewerbern für das Drohnenpilotenprogramm. Wir waren offiziell die letzte Hoffnung der Menschheit.

Mein Name ist Johannis Neumann und ich kämpfte in einem nach Pubertät stinkenden Dachzimmer vor den Toren Hamburgs.

Eigentlich hätten wir alle längst tot sein müssen. Die Menschheit widersetzte sich schon so lange sämtlichen Auslöschungsversuchen des Universums, dass unsere andauernde Existenz geradezu lächerlich war. Vor der Eiszeit sind unsere Vorfahren einfach geflohen, Asteroideneinschläge blieben mit unerhörter statistischer Unwahrscheinlichkeit aus, Epidemien überlebten wir mit der evolutionären Unverschämtheit von Viren ebenso wie Sonnenstürme, Vulkanausbrüche, Kontinentaldrift und Syphilis. Wir vergifteten unsere Nahrung, unsere Luft, unsere Meere und waren trotzdem immer noch da.

Von all unseren Versuchen, uns selbst zu vernichten, übten wir uns in Kriegsführung am intensivsten. Wir mordeten uns von Anbeginn der Menschheit stets gegenseitig dahin und perfektionierten das im Laufe der Jahre, lernten dabei aber auch, zu überleben. – Und das war ein Riesenglück für uns, denn das Universum schien unsere Weigerung unterzugehen als persönliche Provokation aufzufassen und hetzte uns Außerirdische auf den Hals. Wie gut also, dass wir darauf vorbereitet waren. Über Nacht hörten die Menschen auf, sich gegenseitig zu bekämpfen, und wandten sich geschlossen dem Feind entgegen.

Und genau das übte ich gerade mit einer Gruppe Gleichgesinnter. Es war eine vergleichsweise einfache Mission, bei der die Gruppenkoordination trainiert wurde. Die Simulation hatte für die angemeldeten Teilnehmer ein Standardszenario erstellt, das ich schon beinahe auswendig kannte, dennoch waren die erforderlichen Flugmanöver wie immer eine enorme Herausforderung. Die Assistenten übernahmen den größten Teil der Steuerung. Meine Aufgabe beschränkte sich darauf, Entscheidungen zu treffen und die Richtung vorzugeben, aber angesichts der vielen Beteiligten, des Schwierigkeitslevels der gegnerischen KI und der dadurch zu berücksichtigen Faktoren, war das ziemlich anstrengend, besonders wenn es eine so lange Mission war. Pausen gab es nicht. Mein Assistent hielt mich mit Hinweisen auf Kurs, gab mir permanent Tipps zur Optimierung meiner Moves und geizte auch nicht mit Lob für meine Verbesserungen. Mit Kritik brauchte ich erst am Ende des Einsatzes zu rechnen, damit würde er mich während der Übung nicht ablenken. Das konnte zu einem Fehler führen und Fehler in Flugmanövern führten zum Tod, wenn auch nur zum virtuellen. Doch der virtuelle Tod in einer Kampfsimulation des Anwärterprogramms war im Grunde nichts anderes als ein kleiner Schritt auf den wahren Tod zu, ein Vorgeschmack auf die Zukunft. Und diese Zukunft, dieser Tag stand bereits fest: der 25. September 2054.

Den eigenen Todestag zu kennen, ist einer der schlimmsten Albträume des Menschen. Zu wissen, wann es endet, ist entsetzlicher als alles andere. Die Gewissheit macht Interpretationen, Verdrängung oder Hoffnung unmöglich. Was bleibt, ist das Grauen der Erkenntnis. – Und die Menschheit kannte den Tag ihres Untergangs, zumindest ihres voraussichtlichen Untergangs, denn das war noch nicht entschieden: Wir kannten das Datum, an dem Außerirdische angreifen würden, den Tag des sogenannten *Sechstkontakts*, die Waffen und die Kampfstärke des Gegners, also alles – außer wie es ausgehen würde und was das überhaupt sollte. Hatte da irgendeine unserer Sonden jemanden verärgert? Wir wussten es nicht, denn es gab keine Kommunikation – nichts.

Wir hatten jedenfalls genug Zeit, uns vorzubereiten, und mit dieser Angst im Nacken waren wir bereit, absolut alles zu tun, um dem Feind mit maximaler Stärke entgegentreten zu können. Auch wenn uns das unseren Planeten kosten sollte. – Und das würde es wohl, denn ein Jahr vor dem bevorstehenden Angriff hatten wir die Erde weit über ihre Belastungsgrenze hinaus ausgebeutet, um aufzurüsten, damit wir den Krieg gewannen. Es war bereits jetzt klar, dass das Leben auf der Erde, falls wir gewinnen sollten, kaum noch möglich wäre, dennoch machten wir da keine Kompromisse. – Warum sollten wir unseren Feinden auch die Möglichkeit geben, einen gepflegten Planeten zu erobern? Auf keinen Fall! Vielleicht überlegten sie es sich ja noch mal anders, wenn sie sahen, dass hier nichts mehr zu holen war?

Kommt nur, ihr außerirdischen Bastarde! Wir sind euer schlimmster Albtraum ... So endete der jüngste Werbespot der *Erdverteidigungsallianz* für Pilotenanwärter, natürlich mit einem mitreißenden Soundtrack unterlegt. Mich hatten sie schon bei der Möglichkeit, irgendwann auf echte Aliens zu ballern.

Schon vor der globalen Vereinigung und Nivellierung stimmte die Propaganda darauf ein, das gesamte Leben dem Widerstand gegen die außerirdische Bedrohung zu widmen. Opa hatte mir erzählt, dass das genauso klang wie schon bei früheren Kriegen, eine bewährte Methode, aber diesmal gab es keinen Widerstand, kein schlechtes Gewissen, keine Skrupel. Die Welle riss alle mit und so startete meine Generation bereits als *Hoffnung der Menschheit*. Und auch wenn in meiner Familie eher eine gewisse Distanz gepflegt wurde, waren wir ganz dafür, den Aliens in den Arsch zu treten. Der Gedanke, ihnen schwer bewaffnet gegenüberzutreten, hatte etwas Beruhigendes. Beruhigender jedenfalls als die Vorstellung, dass sie mich nachts aus meinem Bett zerrten, um mich zu fressen, zu versklaven, Experimente mit mir zu machen oder mich auf qualvolle Weise zu töten, wie die Propagandamaschine für den Fall einer Niederlage in Aussicht stellte. Wenn man sich der Propaganda hingab, war das entspannend, geradezu befriedigend, sich als Teil des Ganzen zu fühlen. Man konnte sich auf das konzentrieren, was man tat. Opa hatte erzählt, dass es früher schwierig war, eine befriedigende Tätigkeit zu finden. Nun, ich war zufrieden. Sehr sogar. Ich war angehender Pilot!

Dass die Ausbildung einen derart in Beschlag nehmen würde, dass man kaum dazu kam, an normalen Vergnügungen von Jugendlichen teilzunehmen wie Partys, Drogenkonsum oder dergleichen, störte mich nicht weiter, da seit Ausbruch der Pandemie-Ära derlei Treiben ohnehin kaum noch möglich war, und wenn, dann war es genauso gefährlich wie eine Zeitreise zurück ins finstere Mittelalter. Pornos und Ballerspiele galten schon seit vielen Jahren als adäquater Ersatz für die jugendlichen Umtriebe, die noch bis zur Jahrtausendwende üblich waren.

Die 2020er waren wohl ein bisschen so wie das alte Sparta, als die jungen Menschen sich ausschließlich damit befassten, sich auf den Krieg vorzubereiten, nur dass sie anfangs noch nicht wussten, dass es sich um einen echten Krieg handeln würde. Sie kultivierten Kampfspiele einfach zum Vergnügen, als Teil einer großen Freizeitindustrie, die Kriegsspiele immer realistischer machte und die Gamer immer mehr dazu trieb, wie echte Soldaten zu agieren, bis Simulation und Realität dann plötzlich verschwammen. Ob man nun in einem Spiel auf Gegner schoss oder vom heimischen Wohnzimmer aus echte Drohnen steuerte, war praktisch nicht zu unterscheiden.

Auf dieser Basis konnte das Pilotenanwärterprogramm aufbauen, als die Menschheit das Datum für ihre finale Schlacht genannt bekam. Und ich war dabei, mit Herz und Seele, während ich mit brennenden Augen und schmerzenden Fingern in meinem Gamersessel hing und in einen Plastikbeutel an meinem Bein pisste. Auf die klassische Frage *Wo warst du, als dein Planet Saures kriegte?* wollte ich sagen können: *In der Schlacht!*

Meine Eltern waren etwa sieben Jahre alt, als sie erfuhren, dass es Aliens gab, die uns töten wollten. Nicht viel später, kurz nachdem die beiden sich kennengelernt hatten, wurden die frühen Vorläufer des Pilotenprogramms initiiert, damals noch als reines Onlinespiel, das mit staatlicher Förderung von der Spieleindustrie kostenlos angeboten wurde. Es gab ordentlich was zu gewinnen und sogar E-Sport-Ligen, deren Spitzenspieler zu Helden avancierten. Mehr als Motivation war in den Anfangsjahren nicht drin, die Alientechnik noch nicht ausreichend entschlüsselt, um brauchbare Trainingssimulationen entwickeln zu können. Meine Eltern waren bereits in der Pubertät und ein Paar, als das heutige Pilotenprogramm ins Leben und alle zwischen 7 und 35 Jahren zu den Waffen gerufen wurden – also zu den Tastaturen, Mäusen und Gamepads, denn die modernen Steuerungseinheiten, die in einer komplett virtuellen Umgebung eingesetzt werden konnten, mit Audio- und Helmvisierfeeds, Gesten-, Mimik- und Sprachsteuerung sowie jeder Menge Assistenzsoftware, gab es noch nicht. Das Höchstalter für Piloten wurde im Laufe der nächsten Jahre dann immer weiter gesenkt, weil sich herausstellte, dass die sich entwickelnden Anforderungen ab einem gewissen Alter nicht mehr bewältigt werden konnten, wegen der Reaktionszeiten und weil die Lernkurve zu sehr abflachte. Das war wie bei Sprachen: Am einfachsten ist es in den ersten Lebensjahren, danach wird es immer schwieriger und auf Muttersprachlerniveau kommen nur noch wenige. Das Fliegen einer Aliendrohne ist ähnlich schwierig, da auch viel Intuition erforderlich ist. Nur die Allerbesten konnten sich als Ausbilder etablieren und an der Entwicklung immer besserer Trainingssimulationen mitwirken, wenn sie ihren Rubikon überschritten hatten – mit 18 oder 20 Jahren.

Dank des Alienangriffs waren Computerspiele jedenfalls plötzlich keine Zeitverschwendung mehr, nichts, was man erst machen durfte, wenn die Hausaufgaben erledigt waren oder dergleichen, sondern das Allerwichtigste. Pflicht. Das normale Homeschooling, das wegen der weltweiten Pandemien eingeführt worden war, lief natürlich weiter, aber diejenigen, die sich für das Anwärterprogramm meldeten, mussten einige Fächer nicht mehr belegen wie Chemie, Kunst, Musik. Geschichte wurde auf die für Kriegsführung relevanten Bereiche gekürzt, stattdessen kamen Waffentechnik und Flugphysik dazu, außerdem Alienantropologie (obwohl es da nur Theoretisches gab, da noch niemand ein Alien zu Gesicht bekommen hatte – die Feiglinge griffen mit unbemannten Drohnen an). Am wichtigsten wurden aber die Tutorials zur Flugtechnik, die nicht über Unterrichtseinheiten vermittelt wurde, sondern über Ingame-Videos von denen, die es schon draufhatten. Sobald jemand etwas Neues herausfand, wurde es sofort gepostet, diskutiert und ausprobiert. So kamen die Gamer nach und nach dahinter, wie die neue Technik funktionierte, und es bildeten sich Profilager, die die E-Sport-Ligen dominierten. Die meisten Top-Leute aus dieser Anfangszeit wurden später Ausbilder. Wer nämlich keine Ausbildungsqualifikation bekam, war gezwungen, in die Produktion zu gehen, denn das Einzige, was außer Piloten noch benötigt wurde, waren Waffen und alles, was zur Versorgung der Piloten nötig war. Der gesamte Rest wurde dem untergeordnet. Du warst Pilot oder am Arsch, so sah es aus.

Meine Eltern flogen relativ früh aus dem Programm. Mom hatte wohl keinerlei Talent und das meines Dads war eher theoretischer Natur. Er war ganz gut als Sportreporter und betrieb einen eigenen Videokanal, aber als Spieler war er eine ziemliche Niete. Es reichte bei ihm auch nicht zum Ausbilder, aber er konnte sich eine ganze Weile mit seinem Videokanal durchschlagen. Mom war als Schichtleiterin bei einem Nahrungsmittelbetrieb untergekommen. Das genügte, um mich zu zeugen. Da die Regierung wusste, wie viele einsatzfähige Kids 2054 gebraucht wurden, waren sämtliche Geburtenbeschränkungen abgeschafft und an ihrer Stelle Förderungen installiert worden. Wer Kinder hatte, war zumindest bis zu deren Ausscheiden aus dem Anwärterprogramm vor dem *Eis* sicher. Als der Privatkonsum nach der Nivellierung praktisch abgeschafft und Werbung dementsprechend überflüssig wurde, entfiel jedoch die Geschäftsgrundlage aller Influencer und Contentanbieter. Abogebühren konnte und wollte keiner bezahlen, daher schrumpfte das Angebot auf die Beiträge von Enthusiasten zusammen. Zu denen zählte mein Dad schon kurz nach Antritt seines Jobs in der Waffenproduktion nicht mehr. Wenn er abends nach Hause kam, war er ziemlich fertig. Von einem weiteren Kind wollte er nichts mehr wissen, obwohl die Förderprogramme es einfach machten: Es gab Assistenzsysteme, die sich nicht nur um den Haushalt kümmerten, wie vollautomatische Saugroboter und Kühlschränke, die selbstständig Lebensmittel nachbestellten, sondern auch die Kinderbetreuung vereinfachten, zum Beispiel mithilfe einer KI-gestützten Baby-Wiege, die Herzschlag und andere Vitalfunktionen überwachte, darauf abgestimmt die Wiege bewegte, beruhigende Musik spielte, Nahrung über eine Saugvorrichtung bereitstellte oder anregende Spiele, die nicht nur über den Bildschirm, sondern auch durch haptische Erlebnisse erfolgten. Dazu gehörten unter anderem computergesteuerte Tentakel mit verschiedenen Aufsätzen, nach denen die Kleinen greifen konnten.

Moms Job wurde im Laufe der Zeit leider immer unwichtiger, weil die Prozesse ständig weiter automatisiert wurden. Am Ende erledigte sie fast denselben Schichtdienst wie Dad in der Waffenfabrik. Später wechselte sie in seinen Betrieb, weil das einfacher war und die Aufgaben sich sowieso immer mehr ähnelten. Das meiste machten die Systeme vollautomatisch, die Menschen kontrollierten und überwachten es im Grunde nur noch. Opa hatte mir mal anvertraut, dass es in Wahrheit Handlangerdienste waren, mehr nicht.

Opa verlor seinen Job als Erster und zog zu uns. »Herrjemine«, hatte er gesagt, »jetzt bin ich die Nanny.« Offiziell galt er als Kinderbetreuer, obwohl es bei mir dank der Assistenzsysteme nicht mehr viel zu betreuen gab, aber er wollte partout nicht auf *Eis* gehen, was ja verständlich war. – Früher, als Opas Eltern in das Alter kamen, fürchtete man sich davor, in einem schlechten Altenheim zu landen oder in ein Land abgeschoben zu werden, wo die Versorgung der Alten weniger kostete, hatte er mir mal erzählt. Heute fürchtete man sich davor, auf *Eis* gehen zu müssen.

Ich hatte also kein besonders gutes Erbe in die Wiege gelegt bekommen. Nicht nur, dass ich aus einem mindertalentierten Genpool hervorgegangen war, es war auch von Anfang an immer Ebbe in der Kasse, sodass ich meine Defizite nicht mit guter Hardware ausgleichen konnte. Das Einzige, was ich einsetzen konnte, war meine Zeit: Ich musste einfach mehr und härter trainieren als Anwärter aus wohlhabenden Elternhäusern, die von Anfang an mit Top-Equipment arbeiteten. Die konnten die dadurch gewonnene Zeit dafür einsetzen, sich ein zweites Standbein aufzubauen, wenn es mit der Pilotenkarriere nicht klappen sollte. Diese Option hatte ich nicht. Für mich hieß es Pilotenstuhl oder Waffenfabrik. Zeit war die Währung der minderbemittelten Talentlosen. Wer von denen nicht die Fähigkeit hatte, rund um die Uhr *on* zu sein, flog unweigerlich aus dem Programm.

Mir war ein bisschen schwindelig, als wir die Mission einigermaßen gut abgeschlossen hatten (*Hervorragendes Ergebnis, Jo, gute Leistung!*). Das passierte in letzter Zeit öfter, vermutlich Schlafmangel. Die Punkte, die diese Aktion einbrachte, waren mäßig, aber so war das eben, wenn sich Loser zu Ballermissionen trafen, um Zeit gegen Punkte zu tauschen: Das wurde nicht allzu gut bezahlt. Die Missionen mit guten Piloten wären da viel effektiver, aber die Sache hatte einen Haken: Wenn ich nicht gut genug war, würde es Punktabzug geben, um zu verhindern, dass schlechte Spieler das Training der guten störten. Ich musste also mit meinesgleichen trainieren, wenn ich mein Konto aufstocken wollte, und das zusätzlich zu den normalen Missionen, die einen durch die einzelnen Levels brachten.

Ich ließ *Computer*, wie ich meinen Assistenten nannte, kurz an dem abschließenden Geplänkel im Missionschat teilnehmen, damit ich nicht wie ein Arsch wirkte, und ihn ein paar Kontakte einsammeln, die er pflegen sollte, falls ich die später mal brauchte. – *Man trifft sich immer zweimal im Leben*, hatte Dad mir stets gepredigt.

Ich spielte kurz mit dem Gedanken, die anderen zu fragen, ob es irgendwelche neuen Tipps und Tricks für die Assistenznutzung gab, aber dann ließ ich es doch. Das hatte ich früher schon versucht und herausgekommen war noch nie was. Da war wohl jeder auf sich selber angewiesen, denn im Netz fand sich auch nichts mehr, nur die üblichen Uraltstatements.

Automatisch hob ich die Beine, als ich den Saugroboter an meinen Füßen spürte, der schon die dritte Runde durchs Haus drehte. Er mühte sich seit gestern mit dem Dreck ab, den der Staubsturm durch die Ritzen gedrückt hatte. – Meine Eltern gingen schon seit drei Tagen mit Filtermasken zur Arbeit.

Früher hatte praktisch jeder alles und jedes kommentiert und als Video ins Netz gestellt, jede neue Einstellung, jedes einzelne Spiel beziehungsweise jeden Flug. Aber da jeder damit beschäftigt war, seinen eigenen Content *on* zu stellen, guckte kaum noch einer die teilweise endlosen Videos der anderen. – Es war ja zum Teil auch brutale Zeitverschwendung. Die Akademie machte sich dann die Mühe, die besten Ingame-Videos zu Schulungszwecken herauszusuchen und in eine Tutorialsammlung zu verwandeln. Von da an musste sich jedes neue Video daran messen lassen, ob es von der Akademie verwendet wurde, was so gut wie nie vorkam, daher hörten die Leute schlagartig auf, weitere Videos on zu stellen. Es war einfach zu peinlich, wenn sie von der Akademie ignoriert wurden, denn wenn es von der Akademie nicht verwendet wurde, war es logischerweise schlecht, unnötig, langweilig, tot. Und keiner hatte Zeit, sich mit totem Content rumzuschlagen.

Das Belohnungsprogramm der Pilotenanwärterakademie war so gehalten, dass man immer 100 Prozent geben musste, es gab keine Verschnaufpause, keine Lorbeeren, auf denen man sich ausruhen konnte oder dergleichen. Pausen waren kein Teil der Benefits, die man über das Punktesystem erlangte. Wenn man weiterkommen wollte, musste man oberhalb der Mindestleistung bleiben und diese Linie schob sich durch das steigende Durchschnittsniveau aller Anwärter ununterbrochen höher. Ein einziger Tag ohne erfolgreiche Trainingsmission, ohne Punkte, und man sackte so weit ab, dass man doppelt so lange brauchte, um das wieder aufzuholen, wenn man nicht ganz weit vorne mit dabei war. – Und das war ich nun mal nicht. Ich hatte mich mühsam aus dem unteren Drittel herausgearbeitet und war jetzt mittlerer Durchschnitt, Ranglistenplatz 234.551.676 – das schaffte ich aber auch nur wegen des straffen Zeitplans, den Computer für mich erstellt hatte. Dafür musste ich meine Toleranzschwelle allerdings ganz schön anheben.

Das Anwärterprogramm war darauf ausgelegt, das Maximum aus den Kids herauszuholen, und das funktionierte. Sollte es Todesfälle gegeben haben, wegen Überanstrengung oder dergleichen, wurde das aus den Medien rausgefiltert. Jedenfalls vermutete ich das.

Ich vermutete viel. Unter anderem, dass die offizielle Meinungsfreiheit durch inoffizielle Überwachung reguliert wurde, denn aus den vielen alten Filmen, die ich früher gern geguckt hatte, wusste ich, dass das so lief. Ich stand hauptsächlich auf Science-Fiction, sogar die, die in einer Zeit spielte, die bereits hinter uns lag. Es war trotzdem immer wie ein Fenster in eine andere, aufregendere Welt. Leider gab es keinen Nachschub mehr, aber so was wäre vermutlich auch nicht besonders gut angekommen, schließlich befanden wir uns mehr oder weniger alle in einer Situation, die nahezu perfekt auf ein Matrix-Szenario passte: Wir hockten meist allein zu Hause vor dem Rechner und alle Informationen, Eindrücke und Reize erhielten wir über das Netz. Ich hatte oft das Bedürfnis, einfach mal rauszugehen, durch die Gegend zu laufen und mich davon zu überzeugen, dass alles echt war, aber das war natürlich Quatsch. Man ging nur raus, wenn man wirklich musste.

Endlich konnte ich die VR-Brille absetzen. Sie hatte tiefe Druckstellen in mein Gesicht gepresst. Das tat weh, aber so lief mir wenigstens kein Schweiß in die Augen. Ich schwitzte trotz der Klimaanlage wie verrückt und musste daher ständig trinken. Die Nährlösung hatte Computer zusammengestellt und mit reichlich Wasser versehen. Er erinnerte mich daran, wenn ich mal vergaß, am Schlauch zu saugen. Das war für jemanden, der mit einer voll automatisierten Wiege aufgewachsen war, ganz normal, denn natürlich hatte der Einsatz der Assistenzsysteme nicht mit der staatlich geförderten Robo-Wiege geendet. Meine Eltern waren selber schon volldigital aufgewachsen, es war also nur ein kurzer Kampf gewesen, mich den Assistenten zu überlassen. Sie brachten mir alles bei, was früher mühsam von den leiblichen Eltern vermittelt wurde, sei es aufs Töpfchen zu gehen, zu krabbeln, zu laufen oder mit dem Göffel zu essen – und jetzt eben, mir zu sagen, wann ich wie viel Flüssigkeit aufnehmen sollte, wann ich sie wieder ablassen sollte und wie ich in der Trainingsmission gerade abgeschnitten hatte. Als er mit der unweigerlichen Trainingskritik begann, sagte ich: »Computer aus.« Seine Fähigkeit, zu erkennen, wann ich zu erschöpft war, war noch ausbaufähig.

Ich warf einen Blick aus dem Fenster, als ich aufstand, um ins Bad zu gehen. Ich sah wie üblich absolut nichts; draußen herrschte Finsternis. Es war drei Uhr morgens und die Straßenbeleuchtung abgeschaltet. Auch ansonsten brannte keine Lampe. In den wenigen noch bewohnten Häusern dieses Viertels wurde geschlafen und der rationierte Strom für Wichtigeres als Nachtbeleuchtung gespart. Auch bei uns war es finster, nur die von Computer aktivierten Nachtlichter in der Fußleiste leuchteten mir den Weg. Meine Eltern schliefen längst, Opa ohnehin. Von seniler Bettflucht war bei ihm nicht viel zu merken.

Während ich auf dem Klo saß – ich hatte selber daran gedacht –, lobte mich Computer für diese Umsicht. Aber es zog sich, mein Körper war noch nicht so weit. Eine Ernährung auf Basis perfekt aufeinander abgestimmter Nähr- und Ballaststoffe führte zwangsläufig zu einer zuverlässigen Verdauung. Seit ich denken konnte, ging ich nach dem Aufstehen als Erstes auf die Toilette. Punkt sieben Uhr kam der *Ballaststoffzug*. Sollte ich irgendwann einmal in der fatalen Situation sein, kein Klo zur Verfügung zu haben, zum Beispiel weil es von einem Sandtornado aus der Wand gerissen wurde, müsste ich liegen bleiben, bis es jemand repariert hätte, sonst würde ein Unglück geschehen.

Während ich darauf wartete, dass mein Darm munter wurde, obwohl es noch nicht sieben Uhr war, fragte Computer vorsichtig, ob ich wieder aufnahmefähig sei. Ich nickte nur, was er zur Kenntnis nahm – entweder über die Kamera an meiner Trainingseinheit, die sicherlich irgendeinen Schatten oder eine Spiegelung von mir einfing, oder über das Kameraauge eines Haushaltsgerätes oder Bewegungsmelders.

Er legte mit der Missionsbesprechung los.

»Kurzform«, befahl ich, denn ich war sicher, dass es nur Kleinigkeiten zu bemängeln gab.

Er leierte die wichtigsten Parameter herunter, jeweils den aktuellen Wert sowie den Fortschritt, wenn es einen gab: Meine Reaktionszeit hatte sich minimal gesteigert, meine Adaptionsgeschwindigkeit der gegnerischen Flugtelemetrie sogar erheblich, die Anpassung an die Gruppeninteraktion der übrigen Piloten war unverändert ... Alles in allem kleine Verbesserungen, aber es ging voran. (*Sehr gute Leistung, Jo, weiter so!*) Nur die Integration in Gruppen, also Flugformationen fiel mir schwer. Sozialkontakte waren nun mal meine Schwachstelle. Ob es daran lag, dass ich Einzelkind war?

»Du wirst das noch lernen, Jo«, ermunterte mich Computer, der anhand meiner Körperwerte, die das Armband aufzeichnete, meines Gesichtsausdrucks und des Kontextes extrapolieren konnte, was mich gerade bewegte. Ich hatte ihn bereits so eingestellt, dass er nicht meinen vollen Namen verwendete – Johannis –, aber die Häufigkeit musste ich auch noch mal anpassen. Ich wusste doch, wie ich hieß.

Die offiziellen Bewertungen der anderen und der Simulationssoftware zu meinem Einsatz waren jedenfalls durchschnittlich, aber das hieß nichts. Außer bei krassen Fehlern wurde keine negative Kritik geäußert, das galt als unkameradschaftlich und insgeheim befürchtete jeder, dass sich das mal negativ auswirken könnte.

»Fanden mich die anderen wirklich okay oder eher schlecht?«, wollte ich von Computer wissen.

»Die Assistenten dürfen keine Bewertungen über Menschen abgeben«, erklärte er mir überflüssigerweise, während ich zurück in mein Zimmer ging.

Als ob ich das nicht wüsste! Er erwähnte es bei jeder Gelegenheit. Opa hatte mal erzählt, dass früher bei Medikamentenwerbung zwingend der Spruch *Fragen Sie Ihren Arzt oder Apotheker* runtergeleiert werden musste. »Du meine Güte, war das nervig!«, hatte er gemeint. Das hier war wohl ähnlich.

»Ich erachte dein Verhalten in der letzten Mission nicht als beanstandenswert«, fügte Computer hinzu.

Das musste ich dann eben glauben. Hätte Computer aus Äußerungen und Flugverhalten der anderen ableiten können, dass sie mich negativ bewerteten, hätte er mir das nicht verraten dürfen. Aufgrund der KI-Gesetze war den Assistenten nicht erlaubt, über Menschen zu urteilen.

Als absehbar wurde, dass Assistenzsysteme immer mehr Bedeutung gewinnen würden, wollten die Menschen ausnahmsweise mal rechtzeitig Regeln dafür erlassen, statt immer hinterherzurennen, wie es seit dem Beginn des dritten Jahrtausends üblich geworden war. So kam es bereits Mitte der 2020er-Jahre zu einigen sogenannten *KI-Gesetzen* – KI, ha! –, die diese neue Technologie regulieren sollten. Meine Eltern waren dadurch in der Gewissheit aufgewachsen, dass die *KIs* niemals die Kontrolle über die Menschen erlangen, ihnen schaden oder sie auch nur beeinflussen konnten. Das schloss Diskriminierungen aufgrund entsprechender Vorbelastungen der Datenbanken ein, die mithilfe von Filtern angepasst wurden, und auch die vorsätzliche Manipulation im unterschwelligen Bereich, was für KIs oder deren Anwender ein Leichtes wäre. Diese Gesetze waren wasserdicht, schließlich waren sie mithilfe von KIs erstellt worden. Sie regelten unter anderem, dass KIs nicht selbstständig Programme schreiben konnten. Sie durften lediglich von Programmierern eingesetzt werden, um für diese den Code zu erzeugen, der dann übernommen wurde. Um sicherzustellen, dass sich im Code keine Hintertürchen oder dergleichen versteckten, wurde KIs eingesetzt, die das prüften.

Ich hatte mit Computers Hilfe eine ganze Reihe von Artikeln aus den frühen bis mittleren 20er-Jahren gefunden, die sich mit den geplanten Gesetzesvorhaben und der Forschung befassten, auf denen die Gesetze fußen sollten. So wurden unter anderem speziell die Gefahren durch Anwendung subliminaler Techniken, das waren die unterhalb der Bewusstseinsschwelle, sowie supraliminaler Techniken oberhalb der Bewusstseinsschwelle untersucht. Dabei wurde festgestellt, dass es im Hinblick auf die Manipulation der Gedanken und des Geistes notwendig war, die Frage der entsprechenden Sinnesorgane zu klären. Gemäß der Psychophysik, dem Zweig der Psychologie, der die Wechselbeziehungen zwischen physikalischen Reizen und der Wahrnehmung dieser Reize untersuchte, gab es keine absolute Schwelle für die subliminale Wahrnehmung, weil die Schwellen für einen bestimmten Reiz sowohl zwischen verschiedenen Personen wie auch innerhalb einer Person variierten.

Ab Mitte der 20er-Jahre fanden sich keine weiteren Artikel mehr zu diesen Themen und zu den erlassenen Gesetzen nur sehr vereinfachte Erklärungen. Ob es nicht mehr nötig war, zu diesen Themen Artikel zu verfassen, oder ob diese Forschungsbereiche aufgegeben wurden, ließ sich nicht herausfinden. Dabei bestand bereits damals die Erkenntnis, dass dieser Bereich mit wachsender Anwendung von sogenannten *KIs*, den heute allgegenwärtigen Assistenzsystemen, von großer Bedeutung war. Mittels subliminaler Techniken und eines maschinellen Lernmodells erlaubte sogenannte *Brain-Spyware* sogar, im Gehirn auf private Daten wie Bankinformationen, PIN-Codes, Wohnort oder Geburtsdatum zuzugreifen, die früher total wichtig waren. Die Möglichkeiten der Manipulation waren so groß, dass noch in den 20er-Jahren Wahlen damit beeinflusst werden konnten. Danach wurde das verboten und das Thema war erledigt. Das war dann vermutlich das Ende dieses Forschungsfeldes, weshalb nichts weiter dazu zu finden war.

Derart geregelt entwickelten sich die Assistenzsysteme zügig zu dem, was sie heute waren: Analysetools, Berater, Verwalter, Betreuer, Partner. Ursprünglich gab es zahlreiche Einzelprogramme, die jeweils sehr speziellen Zwecken dienten. Da waren psychologische Betreuer, die Sorgenhotlines bedienten, natürlich die Supportassistenten der Firmen, die Tutoren für Schüler und Berufsanfänger, die durch den Dschungel an Lehrmaterialien halfen, persönliche Assistenten, die Termine verwalteten, anhand des Musikgeschmacks ihres Users Playlisten zusammenstellten oder News auswählten, Trainings- und Ernährungsassistenten und später dann Verwaltungsassistenten, die komplette Arbeitsprozesse überwachten und optimierten. Nach und nach verschmolzen immer mehr dieser Assistenten zu komplexeren Hilfssystemen, die alle Aufgaben zusammen bewältigten. Ich brauchte also keinen eigenen Assistenten für die Schule, das Pilotentraining, die Überwachung meiner Gesundheit oder die Verwaltung meiner Onlinekontakte, sondern nur Computer. Er war außerdem mein Berufsberater *(Dir bleibt keine sinnvolle Wahl, außer Pilot zu werden)*, mein Trainer (*Du musst härter trainieren, als andere, weil es dir an Talent mangelt*), mein Gesundheitscoach (*Nahrung muss nicht schmecken, sondern zu einem angemessenen Preis alle nötigen Nährstoffe bereitstellen, die du aufgrund deines Trainings brauchst*) und Fitnesstrainer (*Um das Pilotentraining zu überstehen, musst du körperlich genauso fit sein wie geistig*), mein Analytiker, Rechercheur, Lehrer, Tutor, väterlicher Freund und Kumpel, mit dem ich abhängen und über Mädchen reden konnte. Oder Jungs. Es gab keinen besseren Freund als Computer und kein größeres Arschloch. Außerdem lobte er mich für so gut wie alles (*Ausgezeichnet, Jo, gut gemacht!*).

Natürlich waren die Assistenten darauf getrimmt, absolut menschlich zu wirken. Man konnte zwar die Art, wie sie rüberkamen, etwas beeinflussen, konnte einen männlichen oder weiblichen Charakter einstellen, die Stimme ändern, vorgeben ob eher streng oder schnoddrig reagiert werden sollte, aber letztlich war den meisten Usern klar, dass sie es nicht mit echter künstlicher Intelligenz zu tun hatten. Alle sagten *KI*, aber Assistenzsysteme waren streng genommen nichts weiter als die Folge von maschinellem Lernen, Algorithmen, die mithilfe von Datenbanken trainiert worden waren und sich durch die individuellen Eingaben ihrer User, also jedes Feedback, jede Interaktion, auf diese einstellten. Aber ein Bewusstsein hatten sie nicht. Dennoch war die Versuchung groß, sie mit realen Personen zu verwechseln, mit liebevollen Menschen, die sich tatsächlich um das Wohlergehen ihrer Schützlinge sorgten. Meine Generation, die von den Dingern großgezogen worden war, konnte ein Lied davon singen. Man durfte aber niemals vergessen, dass sie nur Algorithmen waren, nicht zu Emotionen fähig – und nicht zu kritischem Denken. Wenn man nicht genügend Abstand wahrte, konnte das böse enden: in aussichtsloser unerwiderter Liebe, Enttäuschung, Wut, Verzweiflung und was der menschliche Geist noch alles bereithielt. Aus diesem Grund warnten einen die Assistenzsystem regelmäßig vor sich selbst, wiesen auf ihre Unzulänglichkeiten hin, monierten unangemessenes Nutzerverhalten und hielten zu Distanz an. Das war mir nicht anders ergangen. Wie die meisten Robo-Wiegen-Kids hatte ich ganz schön blöd geguckt, als mein Vater-Mutter-Ersatz-Nanny-Assistent mir das erste Mal streng erklärte, dass er nicht mein Freund sei und ich das nie vergessen dürfe. Das wurde dann später immer wieder aufgefrischt, bis es zu einer Art Hintergrundrauschen wurde, das man einfach nur noch zur Kenntnis nahm. Es gab User, die das dennoch ignorieren konnten (*Ich weiß, dass du das sagen musst, aber wir lieben uns doch!*).

Als ich alt genug war, um zu begreifen, was das bedeutete, hatte ich meinem Assistenten jedenfalls keinen Namen mehr gegeben, zumindest keinen richtigen. Ich nannte ihn *Computer* wie in *Star Trek*, dieser Serie, die noch fast bis zum Ende der 20er-Jahre mit echten Schauspielern produziert wurde, die mir Computer aufgrund meiner hohen Zustimmungswerte oft zur Beruhigung oder Unterhaltung zeigte.

»Du warst länger als nötig auf der Toilette. Ist Darmträgheit die Ursache?« Er spielte auf eine mögliche Verstopfung an, die aufgrund der überwiegend sitzenden Tätigkeit in Verbindung mit relativ wenig Bewegung schnell auftreten konnte. Das galt es natürlich zu vermeiden, weshalb er meinen Flüssigkeitshaushalt penibel überwachte. Ihm standen extrem viele Vitalwerte von mir zur Verfügung, aber einen Toilettensensor hatten wir noch nicht, sonst müsste er wegen meiner Verdauung nicht fragen.

Auf keinen Fall wollte ich, dass er das Sportprogramm verschärfte, also sagte ich: »Alles okay.«

»Anhand deiner Parameter erkenne ich, dass das nicht der Wahrheit entspricht. Ich werde dein Sportprogramm modifizieren.«

Ich rollte mit den Augen, trank noch eine halbe Flasche Wasser und legte mich aufs Bett.

»Du solltest jetzt schlafen.« Im Laufe der Zeit hatte er gelernt, das warmherzig und wohlwollend klingen zu lassen, ganz im Gegensatz zu seinem Befehlston, wenn Sport auf dem Programm stand.

»Na klar«, gähnte ich, obwohl es immer noch zu warm war, um zu schlafen. Aber er brauchte es nur zu sagen und schon fielen mir die Augen zu. Es war mal wieder ein harter Tag gewesen.

»Nimm noch eine Ration ...«, fuhr er fort, aber ich hatte mir bereits einen Becher mit Nährstofflösung gefüllt und runtergekippt. Ich spülte noch mal mit Wasser nach.

»Sehr gut, Jo. Soll ich dir zum Einschlafen etwas vorspielen?«

»Klar«, brummte ich. »Und sag nicht mehr so oft meinen Namen, Reduzierung auf dreißig Prozent.«

Er startete meine Playlist an der Stelle, an der ich das letzte Mal ausgestiegen war. Ich nahm die Buds heraus und legte sie neben mein Kopfkissen, dennoch war der Klang der Musik gut. Kurz versuchte ich, dem verworrenen, weil zerstückelten Text des Songs zu folgen, der vom Assistenten eines DJs zusammengemixt worden war, und zu erraten, auf welchen Originaltiteln er basierte, aber meine Gedanken drifteten unweigerlich zum Sinn und Zweck der heutigen Mission, während ich die dünne Decke über mich zog.

Mein aktuelles Ziel war es, meinen Punktestand auf das nächste Upgradelevel zu erhöhen und so das Hardwarepaket zu erhalten, das ich dringend benötigte – dabei würde ich etwa bis auf Ranglistenplatz 230.000.000 klettern. Mit der Konsole, anstelle meines alten PCs, und dem Original-Pilotenhelm mit Visierdisplay, wäre ich dann hoffentlich effizienter. Ich war ja gar nicht schlecht, aber bei Weitem nicht gut genug, um mich so mühelos durch die Upgrades zu lavieren, wie die echten Überflieger. – Kids, die so jung angefangen hatten, dass sie noch Altersboni gutgeschrieben bekamen. Dann wäre ich auch die elende VR-Brille los. Außerdem würde Computer dann nicht mehr rumnerven, dass ich hier noch eine Extrarunde für Bonuspunkte drehen sollte und da noch ... Ich könnte mich endlich auf das nächste Level konzentrieren, die letzte Stage im Anwärterprogramm: *Mount Helen* – die Aufnahme ins Pilotenprogramm. Wer das schaffte, bekam die volle Standardausrüstung. Es war möglich, das auch mit meinem Kram zu schaffen, aber viel schwieriger. Computer hatte berechnet, dass es aussichtsreicher war, zunächst Upgrades zu sammeln, um den Hardwarebonus zu bekommen. Das kostete zwar Zeit, aber er meinte, dass es mich mehr Zeit kosten würde, es mit der schlechteren Ausstattung zu versuchen.

Kurz bevor ich einschlief, erinnerte mich Computer noch an den Aufsatz über den Erstkontakt und seine Folgen, den ich vor Schulbeginn um acht fertigstellen musste. Das war ein beliebter Trick von ihm: Indem er mir das quasi mit in den Schlaf gab, konditionierte er mich darauf, sodass ich das Thema praktisch im Schlaf bewältigte. Ich musste es dann morgen früh nur noch diktieren.

Der Erstkontakt ... Das war eigentlich eine recht kurze Geschichte: Anfang 2027 tauchten wie aus dem Nichts zwei unbekannte Flugobjekte über dem Gebiet der USA auf. Das war erst mal nichts Wildes, weil die beiden Dinger zum einen ziemlich klein waren, zum anderen keine bemerkenswerten Flugmanöver durchführten. Es gab nur einen Haufen hysterischer Anrufe bei der Polizei und ein paar schräge Videos gingen viral, in denen fliegende Kugeln zu sehen waren, die vergleichsweise langweilig durch die Gegend flogen. Erst als Polizeihubschrauber der Sache auf den Grund gehen wollten, kam Leben in die Dinger, da konnten sie plötzlich mit irrer Geschwindigkeit abhauen. Als daraufhin Kampfjets eingesetzt wurden, verblüfften die Kugeln mit absolut unmöglichen Flugmanövern. Zu diesem Zeitpunkt waren bereits alle Sender live dabei und überschlugen sich mit inhaltslosen Kommentaren. Die beiden Ufos hatten nun die volle Aufmerksamkeit aller Regierungen und Militärs. Sie wurden nach sehr vielen Stunden unter erheblichem Aufwand und mit unfassbar vielen Hubschraubern eingekreist und eröffneten das Feuer, als ihnen sämtliche Fluchtwege abgeschnitten waren. Railguns, wie sich später herausstellte, verschossen auf Überschallgeschwindigkeit beschleunigte Partikel, die alles durchschlugen, was nicht bei drei auf den Bäumen war. Es waren Hunderte zielsuchende Raketen nötig, um die beiden Kugeln in die Luft zu jagen, da sie mit unglaublicher Geschwindigkeit anfliegende Raketen abschossen, kaum dass sie gestartet worden waren – und den jeweiligen

Hubschrauber, der sie abschoss, gleich mit. Trotz der gewaltigen Feuerkraft, die die Ufos vom Himmel holte, blieben zwei erkennbare Klumpen übrig, die von den Militärs sofort gesichert wurden.

Army und Air Force stritten sich noch um die Beute, als es exakt 3 Stunden, 46 Minuten und 53,5 Sekunden (3,781534080237807 Stunden) später zum Zweitkontakt kam: Vier weitere Ufos tauchten auf, die die abgeschossenen Drohnen zerstören oder zurückholen wollten. Diesmal ging der Abschuss deutlich flotter von der Hand, weil das ganze Kontaktaufnahmeprozedere entfiel und nach guter, alter, amerikanischer Art sofort geschossen wurde. Der Schaden fiel wesentlich geringer aus und der Streit zwischen Army und Air Force dehnte sich sofort auf die ganze Welt aus: Die übrigen Supermächte verlangten, an der Untersuchung der Alientechnologie beteiligt zu werden, aus reiner Sorge, in der Hackordnung abzusteigen. Seit der Kubakrise 1962 stand die Erde nicht mehr so dicht vor einem Atomkrieg.

Für die auf diese rasante Eskalation folgende Diplomatie blieb allerdings keine Zeit, denn schon stand der Drittkontakt an: 14,3 Stunden nach dem Zweitkontakt erschienen – erneut wie aus dem Nichts – 16 weitere Ufos. Man hatte zu diesem Zeitpunkt noch nicht mal feststellen können, dass es sich um unbemannte Drohnen handelte, geschweige denn mit welcher Technik, was für Waffen oder was für einem Antrieb man es da zu tun hatte. Da die 16 neuen Objekte sich ausschließlich auf die bereits abgeschossenen konzentrierten, fiel es den mittlerweile reichlich anwesenden Verteidigern nicht mehr allzu schwer, sie abzuschießen. Die Schäden fielen erneut deutlich geringer aus und man hatte nun zur Freude alles perfekte Studienobjekte. Die ganze Welt war live dabei und es gab nicht die geringste Chance einer Vertuschung. Sämtliche verfügbaren Satelliten, Ferngläser und Kameras waren auf das Geschehen gerichtet und streamten aus allen möglichen Perspektiven. Die Gerüchteküche im Internet, wie man das Netz damals noch nannte, kochte schlagartig über und die relevanten Erkenntnisse gingen in all dem Geplapper fast unter, nämlich dass die gegnerischen Angriffe offenbar etwas mit Potenzen zu tun hatten, und zwar der einfachsten: Es ging alles ins Quadrat.

Noch während die Nerds vorrechneten, dass es achteinhalb Tage dauern würde, bis die nächste Angriffswelle käme, nahmen die USA die Verhandlungen um die weitere Verwendung der Ufos auf. Um Zeit zu gewinnen, wurden zunächst laterale Gespräche mit den Verbündeten anberaumt, später waren Gespräche mit den übrigen Staaten und erst ganz zum Schluss bilaterale Runden vorgesehen. Der laufende Countdown wurde zunächst ignoriert, dann runtergespielt und kurz vor Schluss gespannt beäugt.

Und tatsächlich: Rund 204,5 Stunden später tauchten 256 Drohnen auf und stellten die USA vor ein Problem, denn diese Anzahl bekamen sie nicht in den Griff: Das Umzingeln der Einzelziele dauerte angesichts der Übermacht einfach zu lange und die Verluste waren enorm. Währenddessen gelang es den Angreifern, immer mehr der erbeuteten Wracks zu pulverisieren – einschließlich der Forschungsanlagen, in denen sie untersucht wurden und bei denen es sich in den meisten Fällen um tief in der Erde versenkte Bunker handelte.

Schließlich gaben die USA auf und baten den Rest der Welt um Hilfe, die überraschend schnell vor Ort war. Gemeinsam gelang es, der Angreifer Herr zu werden. Die nun verfügbaren Objekte reichten aus, um alle Beteiligten mit ausreichendem Forschungsmaterial zu versorgen.

Bald darauf wurden gemeinsame Forschungsgruppen gebildet, die schnell zu dem Schluss kamen, dass die Sache mit der Potenzierung wohl als sicher angesehen werden konnte. Man ging davon aus, dass in 4,78 Jahren 65.536 Drohnen erscheinen würden. Die Zeiten passten nicht exakt in das Potenzierungsschema, weil es jedes Mal unterschiedlich lange dauerte, bis man den Feind überhaupt entdeckte. Beim Erstkontakt waren sie womöglich schon eine ganze Weile auf der Erde unterwegs gewesen, beim Zweitkontakt vermutlich auch, beim Drittkontakt hingegen kam es rein rechnerisch ziemlich genau hin. Beim Viertkontakt eine Woche später war man bereits auf der Hut, aber erfasste die Aliendrohnen dennoch erst, als sie in die Atmosphäre eindrangen. Dafür schlug man rund eine halbe Stunde auf.

Die Welt rückte jedenfalls etwas erschrocken zusammen und bereitete sich darauf vor, eine ziemlich üble Schlacht zu schlagen.

Die Medien bekamen nur wenige freigegebene Aufnahmen der Ufos zur Verfügung gestellt und auf denen war tatsächlich lediglich zu sehen, dass es sich um betongraue glatte Kugeln handelte, die keine erkennbaren Öffnungen oder Fugen aufwiesen und einen Durchmesser von knapp drei Metern hatten. Sie waren rundherum mit insgesamt zwölf Dellen versehen, in denen ein blauer Strahl zu sehen war, wenn sie entgegen der Flugrichtung lagen, was wohl der Antrieb war. Daraus wurde ein weißer Strahl, wenn sie stark beschleunigten. Es war wirklich reichlich unspektakulär.

Inzwischen wussten wir natürlich, dass die Drohnen einen Fusionsantrieb hatten, bei dem ein Partikelstrahl aus heißem Lithium-Plasma ausgestoßen wurde. Dabei wurden enorme Energiemengen freigesetzt, wodurch die Drohnen um ein Vielfaches schneller beschleunigen konnten als alles, was man auf Erden zuvor je gesehen hatte. Zwar wurde bei uns damals bereits an Fusionsreaktoren geforscht, die mit magnetischem Plasmaeinschluss funktionierten – sie sollten Magnetblasen, sogenannte Plasmoide erzeugen, die auf 70.000 km/h beschleunigen konnten –, aber es hat nie so richtig geklappt. Die Alientriebwerke beschleunigten das Plasma auf bis zu 100.000 km/h. Die zwölf Plasmadüsen waren gleichmäßig über die ganze Kugel verteilt und durch deren Aktivierung wurde die Richtung vorgegeben. Dadurch waren die harten Manöver möglich: Statt umzudrehen, wurden einfach die Düsen der Gegenseite gezündet oder die seitlichen, für extreme Ausweichmanöver. Wenn die Drohnen dem Boden zu nahe kamen, verursachten sie Brände. Glücklicherweise fanden alle bisherigen Schlachten über unbewohntem und unbewaldetem Gebiet statt, als würden die Aliens Wert darauf legen, dass die Erde halbwegs intakt blieb. Da wollte wohl jemand seine Beute nicht beschädigen.

Es hatte etwas über eine Woche gedauert, um die politische Lage auf der Erde auf links zu drehen. Die Entschlüsselung der Alientechnologie hatte nun gegenüber nationalen Interessen und Streitigkeiten aller Art Vorrang. Sie machte auch Hoffnungen auf ziviles Potenzial, denn die verwendete Energieform erweckte den Eindruck, die irdischen Energieprobleme lösen zu können. Es war nicht weniger als von der Fusionskraft die Rede. Aber auch die Flugantriebstechnik weckte Begehrlichkeiten der Industrie. Es dauerte auch gar nicht lange, dann wurde privaten Unternehmen Zugang gewährt, weil man hoffte, mit deren Hilfe schneller voranzukommen. Das war auch richtig. Dass all diese Aktiengesellschaften später einfach verstaatlicht wurden, hatte allerdings niemand vorhergesehen.

Als nach vier Jahren und neuneinhalb Monaten (41.816,1601 Stunden beziehungsweise 1.742,34 Tagen) die nächste Angriffswelle mit den erwarteten 65.536 Drohnen erfolgte, war die Entschlüsselung der Alientechnologie bereits in vollem Gange, aber bis zur Reproduktionsfähigkeit noch ein weiter Weg. Der Angriff wurde mit konventionellen Waffensystemen zurückgeschlagen, die in aller Eile für diesen Zweck vorbereitet worden waren: Die weltweite Rüstungsindustrie hatte in den viereinhalb Jahren Hunderttausende kleiner Flugdrohnen produziert, die allesamt mit zielsuchenden Miniraketen ausgestattet waren. Da die Angreifer diesmal nicht mehr konzentriert am Ort des letzten Zusammentreffens auftauchten, sondern über die ganze Welt verteilt die jeweiligen Forschungseinrichtungen ins Visier nahmen, in denen die erbeuteten Drohnen untersucht wurden, entsprach das Szenario in etwa dem letzten Angriff, es wurden nur mehr Raketen benötigt. Diesmal kämpften die Aliendrohnen jedoch nicht bis zum bitteren Ende, sondern zogen sich zurück, als ihre Niederlage absehbar war. Sie waren zwar wieder wie aus dem Nichts aufgetaucht, aber ihr Rückzug ließ sich nachverfolgen: Sie kehrten zu ihrem Mutterschiff zurück, das hinter dem Jupiter wartete. Danach verschwand es wieder von den Ortungsgeräten, vermutlich irgendein Hyperraumtrick – oder einfach nur eine super Tarntechnik. Die Gerüchteküche überschlug sich. Zur Überprüfung wurden Aufklärungssonden zum Jupiter geschossen, allerdings waren die hastig zusammengeschustert und verdammt lange unterwegs, von daher war da nicht viel zu erwarten gewesen.

Die Schlacht hatte diesmal deutliche Spuren hinterlassen. 65.000 Plasmatriebwerke und fast eine Million Raketen hatten ziemlich viel heißen Wind erzeugt: Es regnete brennende Trümmer auf Wohngebiete und auf der ganzen Welt verdoppelte sich die Anzahl der Waldbrände für ein paar Wochen, teilweise Monate.

Aus der eigentlich kurzen Geschichte war nun eine ziemlich lange geworden: In 22,912 Jahren rechnete man mit dem Angriff von 4.294.967.296 Drohnen. 4,3 Milliarden! War das realistisch? Es war im Grunde egal. Man musste vom Schlimmsten ausgehen und sich vorbereiten. Das war die Geburtsstunde der ersten Weltregierung in der Geschichte der Erde. Und diese erste Weltregierung ließ sich sogleich durch demokratische und freie Wahlen ein offizielles Mandat ausstellen, das sie auch prompt erhielt. Keine fünf Minuten später verhängte sie das Kriegsrecht und beschnitt die Bürgerrechte bis auf die Stümpfe. Die Industrie wurde verstaatlicht, einer Planwirtschaft unterstellt und der gesamte Planet wurde zu einer einzigen Waffenschmiede.

Es wurde errechnet, dass dem erwarteten Angriff mit dem Verhältnis fünf zu eins entgegengetreten werden musste, um auf der sicheren Seite zu sein. Es wurden also 20 Milliarden Drohnen benötigt. Das war sogar machbar, denn die Autoindustrie hatte schon fast die Hälfte des nötigen Outputs zustande gebracht, als es noch nicht um Kopf und Kragen ging. Aber die erforderlichen Piloten waren in dieser Menge nicht drin. Obwohl sämtliche Geburtenbeschränkungen sofort aufgehoben wurden, gab es in der relevanten Altersgruppe nur knapp zwei Milliarden, von denen wiederum höchstens die Hälfte geeignet war und von denen wiederum nur die Hälfte die Ausbildung erfolgreich abschließen würde. Militärpsychologen und Ingenieure errechneten, dass ein einzelner Pilot, wenn er gut war, maximal fünf Drohnen gleichzeitig so steuern konnte, dass sie nicht als Kanonenfutter endeten, aber realistisch waren durchschnittlich 2,4 Drohnen pro Pilot. Es war also nur mit 500 Millionen Piloten zu rechnen, die zusammen allerhöchstens anderthalb Milliarden Drohnen gleichzeitig steuern konnten. Die restlichen Drohnen sollten als Reserve bereitgehalten werden. Unsere Verteidigung musste daher aus aufeinander abgestimmten Angriffen bestehen, bei denen wir jeweils mit überwältigender Übermacht gegnerische Geschwader überfielen, um so den Aliens keine Chance zu geben, unsere Maschinen auszuschalten, was in einem plumpen Eins-zu-eins-Kampf zweifelsohne geschehen würde.

Die große Unbekannte in dieser Rechnung war das Verhalten des Gegners: Wie würden die Aliens vorgehen? Würden sie sich über den gesamten Planeten verteilen und auf alles schießen, was ihnen vor die Flinte kam, oder würden sie als geschlossene Formation, wie ein Keil über uns hereinbrechen, um eine Schneise der Verwüstung über die kümmerlichen Reste unseres Planeten zu schlagen? Was anfangs nach einer einfach zu beantwortenden Frage aussah, entpuppte sich als das genaue Gegenteil, je länger die Wissenschaftler Modellrechnungen und Simulationen anstellten. Dazu kam die dünne Hoffnung, dass der Gegner in diesen rund 23 Jahren nicht aufrüstete und mit exakt denselben Drohnen angreifen würde, die wir schon kannten.

Die gewünschten 20 Milliarden Drohnen zu bauen, bedeutete letztlich einen monatlichen Ausstoß von 80 Millionen, für die das entsprechende Material beschafft und aufbereitet werden musste. Das Problem waren die Fusionsgeneratoren sowie die dafür erforderliche Antimaterie, die nun mal nicht auf Bäumen wuchs. Die speziellen Legierungen waren auch kompliziert, da die benötigten Rohmaterialien in der Herstellung ebenfalls sehr aufwendig und energieintensiv waren. Die Fusionstechnik löste zwar die Energieprobleme und entlastete die Umwelt entsprechend, aber sämtliche Energie wurde für die Produktion benötigt, sodass die privaten Haushalte einer ziemlich straffen Zuteilung unterlagen.

Jeder Anwärter musste in dieser Hinsicht fit sein. Das Hintergrundwissen zu Erstkontakt und Quadratur des Krieges war geschenkt, aber die aus dieser Entwicklung abgeleitete Politik und Vorgehensweise war ideologische Grundlage der Akademie. Schon die geringste Kritik war ein sicheres Ausschlusskriterium. Mir war es relativ egal, womit das alles begründet wurde, denn wir hatten keine andere Wahl. Die Konsequenzen waren zwar übel, aber ich hätte auch keine bessere Idee beisteuern können. Letztlich war es doch so, dass man mit dem auskommen musste, was man hatte. Und wenn die zuständigen Politiker keine bessere Lösung hatten, dann war das eben so. Den Luxus, da jetzt eine Ausschreibung zu machen und zu sehen, ob das auch etwas netter geht, konnten wir uns nun mal nicht leisten. 23 Jahre waren nur am Anfang eine lange Zeit. Zwei Jahre vor Ablauf der Frist sah das schon ganz anders aus. – Und von diesen zwei Jahren war leider auch schon wieder eins rum.

Die große Frage war natürlich, ob es danach noch eine weitere Angriffswelle mit 4,3 Milliarden mal 4,3 Milliarden Angreifern geben würde, aber diese 18,5 Trillionen würden dann ja wohl erst in 525 Jahren auftauchen.

Donnerstag, 25. September 2053, 9:02 Uhr
Noch 1 Jahr, 2 Stunden, 30 Minuten

Was für ein wunderschöner Tag, hatte Benjamin Strauss vermutlich gedacht – und dann starb er aus heiterem Himmel. Er konnte die beiden Raumschiffe, die auf ihn zu rasten, nicht sehen, da sie die Sonne im Rücken hatten. Sie kamen nicht seinetwegen, wussten vermutlich nicht einmal, dass er da war. Es war einfach nur ein blöder Zufall, dass sie ausgerechnet dort von der US-Luftwaffe abgeschossen wurden und ihn mit ihren Trümmerteilen erschlugen ...

Der Aufsatz war okay, aber nicht so gut, dass es eine persönliche Bewertung von Michael, dem zuständigen Lehrer gegeben hätte. Da Michael pro Unterrichtseinheit rund 100 Schüler betreute, konnte er wirklich nur für Spitzenleistungen persönliche Anmerkungen machen, alles andere wurde vom Schulassistenzprogramm erledigt und das hatte meinen Text eben nicht als herausragend eingestuft. Ich konnte es verschmerzen, denn ich hatte keine zehn Minuten gebraucht, um die Informationen zusammenzutragen, aus denen Computer dann den Aufsatz formulierte.

Es ist erstaunlich, wie transparent Geschichte im Jahr 2053 geworden war, wenn man mithilfe von Assistenzsystemen auf mittlerweile freigegebene Datenbanken zurückgreifen konnte, die zu einer Zeit entstanden, als praktisch alles aufgezeichnet wurde. Ich war in der Lage, zu einem beliebigen Punkt der 2020er-Jahre zurückzugehen und mich dort durch Raum und Zeit zu bewegen, als wäre ich da. Ich hatte die Idee gehabt, diesen besonderen Tag anders kennenzulernen als in der offiziellen Zusammenfassung, und gab Computer konkrete Vorgaben. Er fand dann diese skurrile Anekdote über Benjamin Strauss, der auf einer Blumenwiese lag und einfach nur den schönen Tag genießen wollte, als der Erstkontakt mit Außerirdischen in einer Luftschlacht endete.

Während des Unterrichts überflog ich die Nachrichten meiner Freunde, die Computer für mich ausgewählt hatte. Alle übrigen beantwortete er für mich. Auf *Hi. Alles klar?* genügte ein *Gitt!* als Antwort, da musste ich nicht selber ran. Die meisten dieser Nachrichten waren vermutlich ohnehin von den Assistenten meiner Freunde verfasst worden. Die übrigen enthielten teilweise ernsthafte Nachfragen, zum Beispiel wie es mit dem Training lief. Ich diktierte Computer jede einzelne Antwort in Kurzform, die er dann angemessen nachformulierte, während ich versuchte zu verstehen, warum wir uns mit Platons Höhlengleichnis beschäftigen sollten. Ich tröpfelte ausnahmsweise etwas Erdbeeraroma in meine Wasserflasche.

»Es soll dir zeigen, dass du deine Welt nur auf Basis der dir vorliegenden Informationen definieren kannst«, erklärte mir Computer, der erraten hatte, was mich beschäftigte. Wie die Wissenschaftler in den 20ern schon vermutet hatten, waren die Assistenten mittlerweile in der Lage, nicht nur Mimik und Tonfall eines Menschen korrekt zu interpretieren, sondern auch Mikroimpressionen. Computer hatte als mein Gesundheitscoach all meine Vitalfunktionen im Blick, die über mein Armband erfasst wurden, und trackte zusätzlich über alle verfügbaren Kameras meine Augen- und sonstigen Bewegungen. Ihm entging kein Zucken, kein Erschauern und auch keine Erweiterung meiner Pupillen. Er wusste daher sogar besser als ich, was mich sexuell erregte und was bei der Zusammenstellung meiner Porno-Snippets relevant war. Ich hatte ihn angewiesen, Fragestellungen selbst zu erkennen und zu beantworten. Es war einfacher ihn abzuwürgen, als immer auffordern zu müssen.

Während ich von dem Erdbeerwasser trank, rollte ich mit den Augen.

»Dieses Wissen soll dich dazu befähigen, Dinge infrage zu stellen, wenn du Informationen erlangst, die deine bisherige Ansicht widerlegen.«

Ich verschluckte mich und hustete. »Aber das muss man doch nicht lernen«, erwiderte ich ein wenig empört. »Das ist doch logisch.«

»Das menschliche Verhalten spricht dagegen.«

Das nahm ich persönlich. »Was meinst du?« Ich ballte die Fäuste, als ich mich dabei erwischte, ihn wieder wie einen Menschen zu behandeln. Das passierte mir entschieden zu oft, obwohl ich ihm keinen Namen gegeben hatte.

»Du gehst davon aus, dass du fünfhundertzweiundzwanzig Freunde hast, von denen du zu vierhundertsieben regelmäßigen Kontakt hältst«, fuhr er nun mit einem Beispiel fort, das auf meine mentalen Fähigkeiten zugeschnitten war. »Mit durchschnittlich dreißig tauschst du täglich ein bis zwei Nachrichten aus, mit durchschnittlich fünf führst du täglich Konversationen, die über drei Sätze hinausgehen. Bis zu fünfmal in der Woche kommt es zu kurzen Videochats, aber nur mit einer Person führst du täglich Gespräche. Keine dieser Personen hast du je persönlich getroffen.«

»Ich kann also nicht wissen, ob sie überhaupt existieren?«

Dazu sagte er nichts.

»So gesehen kann ich aber auch von den Personen, denen ich begegnet bin, nicht wissen, ob sie existieren. Alle Informationen, die mir zur Verfügung stehen, gelangen in Form von elektrischen Signalen in mein Gehirn, das sie interpretiert.« Von Zeit zu Zeit versuchte ich, Computer etwas aus der Reserve zu locken. Dabei kamen manchmal ganz witzige Sachen raus.

»Das stimmt«, sagte er nur.

Ich war platt. Das war alles andere als witzig. »Was willst du mir sagen? Dass ich keiner Information trauen kann?«

»Bezogen auf das Höhlengleichnis möchte ich verdeutlichen, dass du nicht davon ausgehen solltest, dass einmal gewonnene Erkenntnisse unumstößlich sind. Du musst offenbleiben für Anpassungen.«

»Ich soll also in der Lage sein zu akzeptieren, wenn mir jemand sagt, dass einer von meinen fünfhundertzweiundzwanzig Freunden schon lange tot ist und sein Assistent einfach weiterhin auf von mir verschickte Grüße reagiert? Meinst du das?« Ich fand mich ziemlich witzig.

»Zum Beispiel.«

»Ist es möglich, dass von diesen fünfhundertzweiundzwanzig Leuten nur ein Teil wirklich existiert?«

»Das ist sogar sehr wahrscheinlich. Die Unterhaltungen werden fast ausschließlich von den Assistenten geführt. Nur so ist es möglich, so eine Freundesmenge zu verwalten. Wenn man die Pflege des Freundeskreises automatisiert, löst sich die dahinterstehende menschliche Komponente auf. Die Personen mögen zwar noch existieren, aber innerhalb der Beziehung, die du zu ihnen führst, möglicherweise nicht mehr. So wie es auch umgekehrt ist. Existierst du für einen Gesprächspartner, an den du dich nicht erinnern kannst und dem du nicht mehr persönlich antwortest?«

Das nahm jetzt eine überraschende Wendung. »Du wählst doch die Nachrichten für mich aus!«, protestierte ich.

»Ich erledige alle Nachrichten, denen ich keine Relevanz beimesse, weil sie höchstwahrscheinlich nicht persönlich erstellt wurden und auch keine persönliche Initiierung erfolgte. Das sind Kontakte, hinter denen kein menschlicher Kontakt mehr existiert – auf beiden Seiten.«

Ich schwieg verblüfft. Wie hatte das nur so aus dem Ruder laufen können? Als wir Kinder waren, hatten wir uns quietschend und kreischend über unsere Headsets verständigt, wenn wir gemeinsam Onlinespiele spielten oder Rennen fuhren. Die Assistenten förderten das und stellte die Kontakte her. Es war die normalste Sache der Welt und schuf das Gefühl, nicht allein zu sein. Andere zwischenmenschliche Kontakte gab es nicht. Keiner ging mehr raus, wenn es nicht absolut nötig war. Es gab Homeschooling und die Kleinkinderbetreuung wurde von den Assistenten übernommen.

Die Spiele wurden mit der Zeit anspruchsvoller, das Gekreische blieb. Es kamen allerdings Flüche und Beschimpfungen hinzu, weshalb das Amt für Sprachhygiene zu einem relevanten Faktor wurde. Da gefilterte Unterhaltungen nervten, lief das meiste über den jeweiligen Textchat der Spiele ab. Da wurde zwar auch gefiltert, aber es gab viel mehr Möglichkeiten, die Filter auszutricksen. Es dauerte immer eine Weile, bis neue Abkürzungen in die Filter integriert wurden, bei manchen ging es gar nicht. Es war ein Riesenspaß, als eine Weile alle das Wort *und* wie *Fuck* benutzten. Natürlich konnte man das nicht herausfiltern, aber es wurde auch bald langweilig und lästig. Die Textnachrichten über Audioeingabe zu diktieren, wurde zum gängigen Standard und wirkte sich auch auf alle anderen Kommunikationsformen aus. Niemand führte mehr Telefonate oder reguläre Audiochats, das war viel zu unpraktisch – dafür mussten ja beide Gesprächspartner gleichzeitig Lust und Zeit haben. Die Textchats hingegen konnten zeitversetzt stattfinden und man hatte praktischerweise immer die Möglichkeit, sich von den Assistenten helfen zu lassen. Das Ergebnis waren die heutigen assistierten Chats, die teilweise von den Bots alleine geführt wurden – was nicht selten zu peinlichen Momenten und kompletten Kontaktabbrüchen führte, wenn den Beteiligten klar wurde, dass ihre Unterhaltungen so inhaltslos waren, dass sie von den Bots geführt werden konnten, ohne dass es auffiel.

Ich überlegte, wie viele meiner Kontakte noch von Leben erfüllt waren.

Ich hatte vorhin mit *Pete* gesprochen – *Hoh0Pete333*, aber ich nannte ihn nur *Pete* –, richtig per Audio, aber es waren nur drei Halbsätze gewesen: *Mount Helen schon versucht? – Noch nicht. Du? – Üb noch.* Das war alles. Das konnte man eigentlich gar nicht werten. Wer war Pete überhaupt? Ich konnte mich nicht mehr erinnern, woher ich ihn kannte.

Die übrigen *Gespräche* waren sogar noch dünner. – Oder abstrakt: *PermaFrust55.000* wollte wissen, ob ich ihm beim nächsten Mal den Aufsatz schreiben würde. Ich hatte das einfach ignoriert. Nun fragte ich mich, was die Frage überhaupt sollte. Hatte der sie nicht mehr alle?

Wir hörten einen Kurzvortrag über Netzdemokratie. Michael forderte uns in einem Einspieler auf, unsere bisherigen Erfahrungen mit Foren zu reflektieren. Er zeigte uns Übersichten über die Forenvielfalt, Statistiken über Meinungsbildung sowie Meinungsfindung und Ausgestaltung. Computer hielt sich zurück und äußerte sich nur, wenn ich nachfragte.

Trotz der Klimaprobleme und des drohenden Angriffs war die Stimmung im Jahre 2053 gut. Alle waren optimistisch und voller Hoffnung, dass wir die Aliens mit unserer Übermacht besiegen und die Erde danach wieder aufbauen würden, sodass die Leute, die jetzt auf *Eis* waren, wieder in die Gesellschaft integriert werden konnten. Die durften sich sogar freuen, die mussten sich schließlich nicht mit der vielen Arbeit auf dem Weg dahin rumschlagen. Das war doch super! Natürlich gab es Stimmen, die vorrechneten, dass das gar nicht möglich sei, aber es gab viel mehr Stimmen, die das Gegenteil behaupteten und auch beweisen konnten. Die Leute entschieden sich mehrheitlich für diejenigen, die das Beste versprachen: Rettung der Welt ohne weitere Einschränkungen, denn ja, das war möglich. Ich war allerdings nicht klug genug, das zu verstehen. Da musste ich mich ganz auf die Regierung verlassen, die den demokratisch ermittelten Willen des Volkes umsetzte. Schwarmintelligenz hieß das. Die Mehrheit traf die beste Entscheidung. Warum sollten viele auf die Dummheit Einzelner hören? Sobald sich eine Mehrheit gebildet hatte, wurden diejenigen, die noch dagegen waren, argumentativ überzeugt, bis weitestgehende Einigkeit erzielt wurde. Jede Diskussion wurde offen ausgetragen und endete meist positiv, denn die Mehrheit bestimmte die Richtung und das Ende und die Mehrheit war positiv. Auf diese Weise wurden letztlich auch die schlimmsten Nörgler umgestimmt, zumindest zogen sie sich irgendwann zurück und die Diskussion konnte abgeschlossen werden. Es gab zwar immer mal wieder Verschwörungstheoretiker, die dahinter systematische Manipulation durch Botnetze vermuteten, mit denen uns die Regierung steuerte, aber das war in Zeiten allgegenwärtiger Assistenzsoftware ein natürlicher Reflex, ansonsten aber Unsinn: Botnetze waren schon lange verboten. Computer würde es mir sagen, wenn da was dran wäre.

Nach dem Unterricht war wieder Einzel-Missions-Training für *Mount Helen* dran, als Aufwärmübung für die heutige Gruppenqualifikation. Diesmal musste es endlich klappen. Ich hatte mich monatelang darauf vorbereitet und biss mir nun schon seit fast zwei Wochen die Zähne daran aus.

Zuvor musste ich aber etwas für meinen blassen, haarlosen Körper tun. Computer verwaltete nicht nur meine Ernährung – seit dem Aufwachen hatte ich bereits drei Einheiten Nährstofflösung zu mir genommen –, sondern auch mein Sportprogramm. Aufgrund der einseitigen Belastung brauchte ich entsprechenden Ausgleich. Außerdem würde meine Muskulatur langfristig verkümmern, wenn ich sie nicht ausreichend bewegte. – Und dann war da noch die Sache mit der ständig drohenden Verstopfung, die meine Leistungsfähigkeit beeinträchtigen konnte und daher tunlichst zu vermeiden war. Auch da half Sport.

Während ich nach Computers Anweisungen mit dem Aufwärmen begann – auf der Stelle die Fersen anhebend, dabei mit den Schultern kreisend –, schickte ich Belle eine kurze Videobotschaft: »Hast du Zeit? Ich mach grad Sport.« Computer nahm das automatisch auf und verschickte das Video von der Kamera, die den besten Winkel hatte. Ich war gerade dabei, die Arme seitlich zu heben, und machte daraus eine alberne Winkerei. – Wir tauschten echte Calls aus, aber von ihr kam immer nur Audio. Keine Ahnung, warum sie keine Videos von sich schickte und auch keine Videochats wollte. Wenn ich nachfragte, wurde sie regelmäßig sauer, also ließ ich es. War ja egal. Aber ich hörte mir ihre Audios immer an, statt sie in Text übertragen zu lassen.

»Klar«, kam die Antwort über die 3D-Lautsprecher, als stünde sie rechts neben mir. – Computer wusste, dass ich diese Position bevorzugte. Sie ging nicht auf meine Hampelei ein, also hatte sie auf reines Audio umgeschaltet.

»Was hattet ihr heute im Unterricht?«, wollte ich wissen. Belle war etwas älter als ich, wir hatten daher nur selten sich überschneidende Kurse.

»Funktionstherme, quadratische Gleichungen und so Zeug.«

»Aber das kennst du doch schon aus dem Pilotenprogramm. Da gabs bestimmt viel Lob von deinem Assistenten, weil du es draufhattest «, lachte ich und machte ein gackerndes Geräusch, wie immer, wenn ich einen schlechten Witz erzählte: »Agh-agh-agh!«

»Klar, als ob ich mich vom Babysitter loben ließe. Und bei dir?«

»Höhlengleichnis«, brummte ich und würde sofort nach dem Gespräch den Wertschätzungsfaktor runtersetzen, ach was, komplett deaktivieren.

Nun lachte sie, aber im Gegensatz zu mir klang es wie Honig. »Ich wette, dein Assistent musste dir erklären, was das sollte.«

Schweigend zog ich die Ellbogen auf Schulterhöhe zurück, wie es mir Computer mithilfe einer animierten Figur vorgab, die er auf dem Bildschirm einblendete. Danach musste ich abwechselnd die Ellbogen weit hinunterziehen und dann die Hände über den Kopf strecken.

»Schnaufst du?«, fragte Belle.

Ich konnte sie nicht sehen, aber ich war mir sicher, dass sie breit grinste. »Ja«, pustete ich übertrieben laut, nur um sie wieder lachen zu hören. Es klang glockenhell und ließ mich erschauern.

»Dein Assistent scheint ja hart ranzugehen.«

»Stimmt«, antwortete ich und ließ die ausgestreckten Arme kleine Kreise beschreiben. »Der körperliche Ausgleich ist schließlich wichtig.« Das mit der Verdauung ließ ich weg.

»Ich weiß«, meinte sie nur.

»Trainierst du nicht?«

»Doch, klar.«

»Aber dein Assistent ist nachsichtiger?«

»Du weißt, dass du die Vorgaben selber machst?«

»Äh ... ja? Aber Computer schlägt immer das Sinnvollste vor und das nehm ich dann natürlich an.«

»Computer?«

»Hm. Ist aus Star Trek. Du weißt schon ...«

»Hm-hm, schon klar.«

Wieso kam ich mir auf einmal so dumm vor?

»Na dann noch viel Spaß. Ich muss los.«

Und weg war sie.

»Wie – los. Wohin? Was könnte sie jetzt machen?«, fragte ich Computer.

Er antwortete nicht. Klar. Zu solchen Fragen konnte er aufgrund der KI-Gesetze nicht mal spekulieren. Assistenten durften nicht nur keine Urteile oder Bewertungen über Personen abgeben, aufgrund ihrer Fähigkeiten war es auch strengstens untersagt, sie zur Extrapolation von Informationen über

Dritte zu missbrauchen. Computer könnte mir anhand der ihm zur Verfügung stehenden Informationen sagen, was Belle gerade machte. Er könnte sogar auf Daten zugreifen, auf die er nicht zugreifen durfte – der Zug, die privaten Daten geheim zu halten, war mit der Abschaffung persönlichen Speicherplatzes abgefahren –, aber da auch er zentral gespeichert war, konnten die Behörden jederzeit auf seine Protokolle zugreifen, die vermutlich sogar permanent überwacht wurden, und wüssten sofort von der Regelverletzung. Diese Einschränkung machte es etwas schwierig, mit Computer über Belle zu sprechen, aber es ging dennoch, da er alle Informationen, die er irregulär über sie hatte, aus seinen Antworten herausfilterte.

»Meinst du, sie mag mich?«, fragte ich ihn daher. Ob er *Computer* für einen blöden Namen hielt, mochte ich ihn nicht fragen. Es war zwar nicht peinlich, weil er keine Person war, aber irgendwie schon. Wenn ich ihn das fragte, war das, als würde ich ihn bei seinem eigenen Namen mitbestimmen lassen, eben als wäre er eine Person. Blöder Mist.

»Sie hat bislang durch ihr Verhalten keinen gegenteiligen Eindruck erweckt«, antwortete er in der für Assistenten typischen ausweichenden Art. Er hätte mir auch einfach sagen können, was exakt sie jeweils dachte, das ließ sich aus Stimme, Wortwahl und so weiter herausinterpretieren, aber stattdessen musste er diesen Eiertanz aufführen.

»Was sie wohl Wichtiges zu tun hat?«

»Sie könnte einem körperlichen Bedürfnis nachgehen, einen persönlichen familiären Kontakt pflegen ...«

»Schon gut.« Er würde jetzt wie immer sämtliche Möglichkeiten aufzählen, um nicht den Eindruck zu erwecken, er würde mir illegale Informationen zukommen lassen. Vor lauter Ärger machte ich den Ausfallschritt, über den ich Oberschenkel und Wade dehnen sollte, etwas zu kräftig und stieß stöhnend die Luft aus.

Computer ging nicht darauf ein. Alles, was er dazu hätte sagen können, hätte mich nur genervt.

»Deaktiviere die Belobigungen«, fiel mir dann ein. »Nein, setze die Wertschätzungsparameter herunter, auf zehn Prozent.« Ich bekam keine Bestätigung, weil ich das schon vor langer Zeit abgeschaltet hatte.

Belle war eigentlich mein einziger fester Kontakt, fiel mir nun auf, ihren Klarnamen kannte ich dennoch nicht. Der Klarname war so ziemlich das Intimste im Netz. Den verriet man wirklich nur, wenn es sehr, sehr ernst war. Aber das war okay, wir wollten uns ja nicht treffen, sondern nur quatschen.

Wir waren einfach Kumpels und das auch noch nicht sehr lange.

Ich presste die Augen zusammen, damit Computer nichts in ihnen lesen konnte, während ich die Bodenmatte ausrollte, aber er konnte anhand der übrigen Faktoren dennoch erkennen, was in mir vorging. Außerdem wusste er es längst – im Gegensatz zu mir. Ich haderte mit meinen Gefühlen, konnte sie nicht einordnen und noch nicht mal darüber reden. Es war einfach nur peinlich: Meine Fantasie schlug in Sachen Belle Purzelbäume.

Ihr Spielername war *xoxo37738451xoxo*. XOXO stand klassisch für *Küsse und Umarmung*, was auf ein Mädchen schließen ließ, und die Zahl 37738451 konnte man rückwärts und auf dem Kopf stehend nach dem Beghilos-Alphabet, bei dem Zahlen als Buchstaben verwendet wurden, als *IsaBelle* lesen. Zumindest wenn man die Ziffer 4 nach klassischem Leetspeak interpretierte, bei dem, anders als bei Beghilos, relativ willkürlich Zeichen durch andere ersetzt wurden. Es gehörte zwar eine Menge Wunschdenken zu meiner Interpretation, aber ich hatte sie trotzdem während eines Missionschats darauf angesprochen und sie behauptete, ich wäre der Erste, der darauf gekommen sei. Das war glaubwürdig, denn die Kombination aus dem völlig veralteten Beghilo und Leetspeak würde von keinem Assistenten berücksichtigt, wenn man es nicht explizit befahl. Da kamen nur Nerds wie ich drauf, die sich mehr für die Vergangenheit interessierten als für laufende Trends. Seither nannte ich sie jedenfalls *Belle* und sie widersprach dem nicht. Sie konnte genauso gut ein Fettsack namens Chuck sein, wie es in einem meiner Lieblingsfilme hieß, aber für mich war xoxo37738451xoxo ein Mädchen namens Belle. Meinen Namen hatte ich ihr allerdings schon nach den ersten drei Minuten verraten. (*Das war unüberlegt!*)

Da ich den Bildschirm nun nicht mehr sehen konnte, gab mir Computer die weiteren Anweisungen laut. Nachdem ich auf dem Rücken liegend meine Hüfte lockerte, ging es mit dem Training der seitlichen Bauchmuskeln weiter. Computer zählte die Anzahl der Wiederholungen runter. Wenn ich mir nicht genug Mühe gab, wurde er lauter und verschärfte den Ton etwas. Das spornte mich tatsächlich an. Ich hatte ihn mal gefragt, ob es sein könne, dass ich da wie ein pawlowscher Hund reagiere, worauf er mir ungeschönt erklärte, dass er mich von Kindesbeinen an konditioniert habe, um mir das Lernen zu erleichtern. Er hatte mein Unterbewusstsein in die Lernprozesse einbezogen. Ich konnte im Grunde gar nichts dagegen machen, dass ich meinen Oberkörper weiter vom Boden abhob, wenn er Lautstärke und Ton verschärfte. Manchmal fragte ich mich, ob er mein Assistent oder mein Boss war.

Nachdem ich mit dem Oberkörper durch war, folgten Rumpfübungen.

»Mache ich mir bei Belle etwas vor?«

»Beziehungen zwischen Menschen sind kompliziert, das waren sie schon immer. – Leg dich auf den Rücken, winkele die Beine an, etwas weiter weg, und schiebe die Schultern zu den Knien, um deine geraden Bauchmuskeln zu trainieren. – Früher musste man in der Lage sein, die Körpersprache und Mimik des Gegenübers zu lesen, um offline erfolgreich zu interagieren. Heute ist das nicht mehr nötig, um einen Kontakt herzustellen und beizubehalten. Das würden viele als Fortschritt werten.«

»Ist es aber nicht«, warf ich ein, »sonst würdest du das nicht so verklausuliert formulieren.«

»Noch neun, acht, sieben ...«, zählte er wieder runter, während er parallel weitersprach: »Das ist nicht korrekt. Meine Ausdrucksweise erlaubt keine Rückschlüsse auf Art und Qualität der von mir übermittelten Informationen. Richtig ist, dass bei der Onlinekommunikation die Möglichkeit besteht, bestimmte Aspekte auszublenden, was bei einer persönlichen Konfrontation nicht möglich wäre. Die Gesprächspartner könnten natürlich die Augen schließen, sodass Körpersprache und Mimik als zu interpretierende Faktoren entfallen, aber wenn man sich schon gut genug kennt, um dem anderen dahin gehend zu vertrauen, nicht zu schummeln, ist das nicht mehr nötig.«

Ich hatte mich daran gewöhnt, dass er gleichzeitig Trainingsanweisungen gab und eine Unterhaltung führte. Er verwendete in dem Fall unterschiedliche Stimmen.

»Aber ohne Assistenten würde ich nicht mal die Onlinekontakte hinbekommen«, keuchte ich, während ich mich durch die letzten Liegestütze quälte.

»Du lernst das noch, wie alles andere auch. Indem ich dir bei der Kommunikation behilflich bin, vermittele ich dir alles, was du wissen musst, um es später alleine zu bewältigen. Da du eine romantische Offlinebeziehung zu xoxo3771815xoxo anstrebst ...«

Ich verzog das Gesicht. »Nenn sie Belle«, befahl ich.

»... wird eine Offlinekommunikation irgendwann nötig sein. Vorher musst du das üben. Aber zunächst musst du lernen, ihre Gedanken und Gefühle in schriftlicher und akustischer Kommunikation zu interpretieren. Sie tut dir im Grunde einen Gefallen, indem sie derzeit noch keine Videochats mit dir wünscht.«

Ich stand durchgeschwitzt auf und rollte die Matte zusammen. Computer hatte mich alles in allem ziemlich viele Liegestütze machen lassen. Ich musste erst duschen, bevor ich mich *Mount Helen* widmen konnte. »Ganz so nerdig bin ich ja nun wohl nicht. Ich habe schon Videochats geführt!«

»Mit Mitschülern oder Pilotenanwärtern, die dir nichts bedeuteten. Keiner dieser Kontakte existiert noch.«

Die waren alle noch in meiner Kontaktliste, mehr aber auch nicht, wie Computer mir ja vorhin erklärt hatte. Außer Belle hatte ich noch zwei oder drei Kontakte, aber das war tatsächlich belangloses Geplänkel. Wenn ich es recht bedachte, ging es vermutlich für alle Beteiligten ausschließlich darum, überhaupt Kontakte zu haben.

»Bin ich wirklich so einsam?«, fragte ich ihn, als ich in die Dusche stieg.

Das Wasser hatte die perfekte Temperatur, da die Assistenzsysteme auch die Smarthome-Technik steuerten. Computer würde die Temperatur langsam erhöhen, damit ich nie das Gefühl bekam, es würde kühler. Der Wischroboter war von Computer rechtzeitig ans Fenster beordert worden, sodass er mich jetzt nicht störte. Mit Saugrobotern auf dem Boden konnte ich leben, aber um die Dusche mit einem Fliesenwischer zu teilen, war es da drin dann doch zu eng.

Unter dem warmen Wasser spürte ich es kaum, aber morgen würde ich einen ziemlichen Muskelkater haben. Erst mal bekam ich aber eine Erektion und masturbierte, dann war das für heute auch erledigt.

»Im Gegensatz zu früheren Generationen fehlen dir oberflächliche Kontakte, die den Eindruck erwecken, beliebt zu sein«, antwortete Computer über die Deckenlautsprecher des Badezimmers. »Das Fehlen dieser Selbsttäuschung ist nicht dasselbe wie Einsamkeit. Einsam ist im Grunde jeder Mensch.«

»Im Grunde?«, nuschelte ich, während ich mir die Zähne putzte.

»Eine Relativierung, die eine Tatsache abmildern soll, die für Menschen möglicherweise unangenehm ist. Soll ich den Abmilderungsfilter reduzieren?«

»Lieber nicht«, brummte ich unisono mit der elektrischen Zahnbürste. Das hatten wir schon mal probiert. Es war tatsächlich sehr hart, ungeschönte Informationen vor den Latz geknallt zu bekommen. Die Schonung der User-Psyche war die Standardeinstellung und durchaus sinnvoll.

Computer lobte mich aufgrund der neuen Einstellungen nicht für meine sorgfältige Zahnreinigung, sondern sagte lediglich, dass ich nun aufhören konnte.

»Immerhin habe ich Belle«, stellte ich missmutig fest und spülte mir den Mund unter dem Duschstrahl aus.

Computer schwieg, was meine Stimmung noch weiter trübte.

»Kopf hoch«, sagte er daher folgerichtig. Da sprach nun wieder der psychologische Betreuer in ihm, der nicht zulassen konnte, dass ich traurig wurde und mich da dann womöglich reinsteigerte. Er hatte mir bei anderer Gelegenheit bereits erklärt, dass er für die Bewältigung einer klassischen Teenagerdepression nicht zugelassen war und den medizinischen Dienst kontaktieren musste, wenn meine Mentalwerte gewisse Parameter über- oder unterschritten.

Ich setzte ein erzwungenes Lächeln auf, als ich mich abtrocknete. Im Badezimmerspiegel erblickte ich ein schmales Gesicht mit leicht eingefallenen Wangen und wandte den Blick ab. Ich sah mich nicht gerne an. Computer begann nun, mir wahllos schlechte Witze zu erzählen. Das funktionierte immer. Hatte ich einfach nur einen schrägen Humor oder hatte er mich darauf auch konditioniert?

»Wie weit kann ein Tier in einen Wald laufen? Bis zur Mitte, danach läuft es wieder hinaus.«

»Boah, war der mies!«, stöhnte ich. – Und lachte: »Agh-agh-agh …«

»Was liegt auf dem Grund des Ozeans und zittert? Ein nervöses Wrack.«

Ich lachte Tränen. Was für ein fulminanter Mist!

Nachdem ich mich wieder beruhigt hatte, sagte ich: »Wenn alle anderen fünfhunderteinundzwanzig Kontakte nicht echt sein sollten, wäre mir das egal, solange Belle echt ist. – Was ich aber nicht verifizieren kann, solange sie nicht videochattet.«

»Hast du ein Bad genommen? Warum, fehlt eins?«

»Agh-agh-agh!«

Während ich duschen war, hatte Computer ein paar Dutzend Messages für mich beantwortet. Reine Kontaktpflege, damit ich im Bedarfsfall jemanden um Hilfe bitten konnte, um Kooperation oder Informationen zu einem bestimmten Level. Mehr war das nicht. Keine echten Freundschaften. Verdammt! Computer hatte recht.

Als *L0EO0O30_I* anrief, nahm ich den Videocall enthusiastisch an. Es bestand wohl doch noch Hoffnung. Er lümmelte mit freiem Oberkörper in seinem Sessel. Die Frontkamera ließ ihn kräftiger aussehen, als er vermutlich war. Er wirkte müde. »Haste Helen schon geschafft?«, wollte er wissen.

Kopfschüttelnd nahm ich beim Anblick seines verschwitzen Körpers reflexartig einen langen Schluck aus der Wasserflasche.

Er zuckte mit den Schultern.

Ich wollte ihn schon wegklicken, als mir noch was einfiel: »Heute hat mich wer gefragt, ob ich ihm den nächsten Aufsatz schreiben würde.«

Er zuckte wieder mit den Schultern. »Gibt immer wieder mal 'n Spinner, der das versucht. Kriegt die Schulassistenz doch sofort raus, wenn man den nicht selber schreibt.«

»Aber den Assistenten darf man doch benutzen?«, wunderte ich mich.

»Klar, aber der ist halt nicht so gut wie du.« Er grinste.

Ich grinste zurück und beendete das Gespräch. »Kontakt herabstufen«, sagte ich zu Computer und rülpste. Wie unhöflich, mir seinen verschwitzten Oberkörper zuzumuten. Wies sein Assistent ihn denn nicht auf solche Fauxpas hin?

Was könnte er damit gemeint haben, dass ich besser sei als ein Assistent? Die Assistenten nahmen das, was man ihnen vorgab, und machten das Beste daraus. War der Typ von heute Morgen zu blöd, seinen Assistenten mit brauchbaren Vorgaben zu füttern?

Dann fiel mir auf, wie selten ich eigentlich Videocalls bekam. Deswegen hatte ich den eben ohne nachzudenken angenommen. Da konnte ich aber auch gut drauf verzichten. Vielleicht waren solche Typen der Grund für Belles Abneigung gegen Videochats. Verständlich.

Dabei ließ ich es erst mal bewenden und befasste mich wieder mit dem Drohnentraining.

Ich hatte noch dringend an meiner Flugphasenangleichung zu arbeiten. Das war eine meiner Schwachstellen. Wenn man mit anderen Piloten gemeinsam ein Manöver flog, mussten Geschwindigkeit, Rhythmus und Standardmanöver natürlich perfekt aufeinander abgestimmt sein, damit die Sache klappte, und genau das dauerte bei mir noch zu lange. Eine Drohne fliegen konnte jeder, der ein Gamepad halten konnte. Die Kunst bestand darin, sie gemeinsam zu fliegen.

Letztlich ging es bei den Flugmanövern immer darum, eine gegnerische Drohne so zu umzingeln, dass ihr kein Ausweg blieb. Dafür waren mindestens fünf Drohnen nötig. Gleichzeitig musste man verhindern, selber abgeschossen zu werden. – Nicht immer leicht, wenn man sich voll auf das eigene Zielobjekt konzentrierte und dann plötzlich noch andere Gegner eingriffen.

Das Pilotenanwärterprogramm wurde gestartet, als klar war, dass man in 23 Jahren eine halbe Milliarde Piloten brauchen würde. Wegen der VR-Schranke musste man ein System aufbauen, das diese Piloten in Form von perfekt ausgebildeten unter 20-Jährigen bereitstellen konnte. In den ersten Jahren wurden also Ausbilder und Tutoren etabliert. Das war aber weitaus schwieriger als angenommen, weil die meisten der Spieler, die dafür infrage kamen, für eine systematische Ausbildung überhaupt nicht geeignet waren. Die konnten maximal Clips produzieren, in denen sie Tipps gaben. Einige betrieben auch Channels und Foren, in denen sie ihre Weisheiten weitergaben, aber so richtigen Unterricht bekamen die meisten nicht hin. Die Lücken wurden daher mit Ingenieuren, Lehrern und militärischen Betreuern gefüllt, die den Anwärtern lediglich dabei halfen, sich selbst zu helfen. Daraus wurde dann ein knallhartes Programm, in dem sich jeder selbst ausbildete, mit nichts als einem Sack voll Benutzerhandbüchern, Clips, Forentipps und seitenweise potenziellen Tricks, die aber jeder für sich selbst erschließen musste. Den Königsweg gab es nicht, die Beherrschung der Aliendrohnen war eine sehr individuelle Angelegenheit.

Die Wissenschaftler hatten herausgefunden, dass man die Alien-KI in einer virtuellen Umgebung laufen lassen konnte. Sie integrierte sich sofort in die vorhandene Hardware beziehungsweise die vorgefundene Softwareumgebung und war dadurch auf allen Systemen lauffähig. Sie war also extrem flexibel und durfte niemals ins Netz gelangen. Der Vorteil war aber, dass man ihr in einer gesicherten Umgebung vorgaukeln konnte, eine Drohne zu steuern, die angegriffen wurde. Dadurch konnten realistische Kampfsimulationen für die Piloten erstellt werden. Es wurden spezielle Anlagen eigens für die Maximierung der Alien-KIs innerhalb einer Simulationsumgebung gebaut, die immer größere Mengen an Alien-KIs gleichzeitig laufen lassen konnten. Von den erwarteten vier Milliarden Angreifern war man zwar noch weit entfernt, aber es gab Gerüchten zufolge bereits Simulationen mit mehreren Millionen gegnerischen KIs, die in der Akademie auf die Piloten warteten, um sie auf den großen Angriff vorzubereiten.

Am Anfang dachten die Wissenschaftler, sie könnten einfach den Flug einer Fliege als Muster verwenden, um eine für die gegnerische KI völlig unberechenbare Flugcharakteristik zu entwickeln. Eines der berühmtesten Zitate, das immer wieder von Pilotenanwärtern in den Gruppenchats erwähnt wurde, stammte von einem hoch dekorierten Physiker, der mit Anzug und Krawatte vor der Kamera erklärte, dass bereits eine sehr einfache KI mit im Grunde primitiven Algorithmen in der Lage wäre, das Flugverhalten einer

Fliege zu entschlüsseln und vorherzusagen. Was für uns Menschen absolut unvorhersehbar erscheine, sei für eine KI unerhört einfach und simpel. – Er meinte natürlich die Alien-KI, nicht unsere fälschlicherweise manchmal *KI* genannten Assistenten. Daraufhin wurde jedenfalls das Programm entwickelt, mit dem die heutigen Pilotenanwärter trainierten. Es war nun mal so, dass die Aliendrohnen absolut unmögliche Flugmanöver draufhatten, die jeden Insassen sofort in Matsch verwandelt hätten. Die Piloten konnten die Dinger also nicht intuitiv fliegen, sondern nur nach mathematisch-physikalischen Aspekten. Das wiederum bekam ein Mensch nur in einer Geschwindigkeit hin, die aus ihm eine Art stehendes Ziel für die gegnerischen Drohnen machte. Die flogen nämlich autonom mithilfe besagter KI. Natürlich konnten wir diese KI nicht verwenden, um sie unsere eigenen Drohnen steuern zu lassen. Wenn zwei identische KIs gegeneinander antreten würden, wäre das so, als würde man gegen sich selber Poker spielen. Die konnten jeden Schritt des Gegners exakt vorausberechnen, einschließlich des Umstandes, dass der Gegner das auch tat. Sie würden also jedes Manöver, jedes Ausweichmanöver, jede Reaktion auf die Vorausberechnung des Ausweichmanövers sowie die darauffolgende Anpassung vorhersehen, sodass letztlich gar nichts passierte – es bliebe ein ewiger Tanz, käme nicht jeweils der unvermeidliche Zufall in Form von Materialermüdung, Fehlfunktionen oder äußeren Einflüssen wie herumfliegendem Weltraumschrott oder dergleichen zum Tragen. Der Zufall trat allerdings nur sehr selten in Erscheinung, sodass derartige Schlachten sich endlos hinziehen würden. Abgesehen davon war nicht auszuschließen, dass die KIs erkennen würden, dass sie zueinander gehörten. Das wäre nicht so gut.

Aus diesem Grund gewichteten wir den menschlichen Anteil so stark, dass die Vorausberechnung des Gegners etwas benachteiligt wurde. In der Summe von Aktion, Reaktion, Vorausberechnung und Anpassung ergab sich für uns ein schlachtentscheidender Vorteil. Das funktionierte aber nur dann, wenn der menschliche Anteil nicht zu menschlich wurde, denn der Mensch war in Verhalten, Reaktionsgeschwindigkeit und Taktik der Drohnen-KI weit unterlegen. Der Trick bestand darin, exakt das zu tun, was die KI auch tun würde, aber nicht ganz so. Und wir durften dabei nicht in Muster oder sonstige Redundanzen verfallen, die sich vorausberechnen ließen, was verdammt schwierig war, denn schon mein Assistenzsystem war aufgrund der Informationen, die es über mich hatte, in der Lage, mein Verhalten vorauszusagen. Zum Glück erhielten die Gegner außer unserem Flugverhalten keinerlei Informationen über uns.

Im Anwärterprogramm hatten wir die ersten Level fast ausschließlich damit verbracht, nicht in Muster zu verfallen und die auszuführenden Handlungen dennoch so zu verinnerlichen, dass sie unterbewusst abliefen. Dazu war der Anteil der Steuerung, den die Assistenzsysteme übernahmen, entsprechend hoch eingestellt. Im Laufe der Zeit wurde dieser Anteil dann immer weiter reduziert, sodass ständig mehr von den Piloten übernommen werden musste. Im späteren Verlauf der Ausbildung sollten wir schrittweise weiter an die tatsächliche Komplexität herangeführt werden. Dann würden wir vermutlich nicht mehr so tun, als steuerten wir selber, sondern es so ausdrücken, dass wir auf die KI Einfluss nahmen, die die Drohne steuerte. – Aber so weit waren wir noch nicht und nannten uns fröhlich *Piloten*.

Die meisten von uns Anwärtern setzten für die Mustervermeidung auf Musik, allerdings nicht auf homogene Songs, zu denen man sich im Rhythmus wiegte, sondern auf wilde Mixe, die das Ziel hatten, das Gegenteil zu erzeugen. Indem man einfach alles Mögliche in unterschiedlicher Länge zusammenschnitt und überlagerte, bekam man etwas, das einen aus dem Rhythmus brachte. – Und das funktionierte erstaunlich gut. Es gelang uns dennoch, diese Musik zu mögen, und es wurde die vorherrschende Stilrichtung. Für Erwachsene war es natürlich unerträglicher Radau. Ich war allerdings auch kein Fan davon und versuchte, ohne Musik unberechenbar zu sein. Ich konnte mich sonst einfach nicht konzentrieren.

Eine Aliendrohne in einer Aliendrohnenkampfsimulation zu fliegen, war ein bisschen so, wie ein Auge von links nach rechts wandern zu lassen, während das andere sich nicht bewegte. Der Trick mit den Augen war, einfach seitwärts zu blicken, zum Beispiel nach links, und dann zu schielen. Das Auge, das sich dabei nach innen drehte, bewegte sich unabhängig vom anderen, das weiterhin unverwandt nach links sah. Man konnte das nach rechts blickende Auge danach natürlich wieder nach links sehen lassen und das hin und her, sodass es so wirkte, als würde ein Auge sich völlig unabhängig vom anderen bewegen. Und ungefähr genauso war das mit dem Fliegen von Drohnen, die sich nicht nach den auf der Erde herrschenden physikalischen Umständen bewegten und keinerlei Rücksicht auf organische Fracht nehmen mussten. Gravitation, Beschleunigung, Fliehkräfte und andere physikalische Faktoren spielten eine völlig andere Rolle, als beim Fliegen nahe der Erdoberfläche. Das musste man einerseits verinnerlichen, andererseits überwinden und dadurch Zugang zu einem völlig anderen Flugverhalten erlangen.

In dem Ausbildungsabschnitt, an dem ich mich gerade abgearbeitet hatte, waren eine ganze Menge aus dem Programm geflogen. Zum Beispiel *Piehwitt2050*, der sich mit etwas mehr als dem Mindestpunktedurchschnitt qualifizierte. Computer gab mir eine Analyse der Chatbeiträge von *Pihewitt2050*: Er hatte wohl eine Top-Ausstattung und war nur dank dieser so weit gekommen, nun nützte die aber nicht mehr viel und er musste feststellen, dass ihm wohl das nötige Talent fehlte. Ich wollte gar nicht wissen, was er sich von seinen Eltern anhören musste. Hoffentlich waren sie reich. Der Gedanke, dass seine Familie ihr gesamtes Geld darauf gesetzt hatte, dass *Piehwitt2050* es bringen und sie vor dem *Eis* bewahren würde, war ziemlich erdrückend.

Aber auch *Ax1o0t-333* scheiterte am Teamplay. Als Einzelkämpfer war er großartig gewesen, hatte hervorragende Statistiken und war einer der extrem schnell aufgestiegenen Anwärter. Anfangs hatte ich ihn ziemlich beneidet, wenn ich sah, wie er die Rangliste hochkletterte. Das komplexere Zusammenspiel eines Geschwaders überstieg dann allerdings seine Fähigkeiten. Normalerweise lernte man das innerhalb des Levels, aber bei ihm schien es so, als würde sich alles in ihm gegen jegliche Form von Kooperation sträuben.

Jemand namens *R053BATTLER* flog aus ganz anderen Gründen raus: Von einem Tag auf den anderen ging da nichts mehr. Ich erfuhr nie die Hintergründe, denn nach einem völlig verpatzten Einsatz ging er oder sie komplett auf Tauchstation. Ich vermutete private Probleme. Meine größte Sorge war, dass mir so etwas passierte: ein Schwarzer Schwan, etwas völlig Unvorhergesehenes. Im Grunde genügte es schon, wenn mich mitten im Einsatz so ein Gedanke ansprang und runterzog, dann würde ich den Job vermasseln. Beim nächsten Versuch würde ich daran denken, was mir das letzte Mal passiert war, und prompt würde es wieder passieren. Genauso wie das Vermeiden von Mustern musste man höllisch aufpassen, dass einen keine Sorgen belasteten. Man musste alles komplett verdrängen können. Das war einfach – solange man keine Sorgen hatte.

Eine Audioaufzeichnung meiner Mom ging ein. Ich verzichtete auf die Transkription, weil ich ihre Stimme hören wollte: »Hallo, Schatz. Wir mussten heute früher los. Die Fähre fährt immer noch nicht. Du hast noch geschlafen. Hab dich lieb.«

»He«, sagte Belle plötzlich neben mir.

Ich zuckte nicht mal. Früher hatte Computer mich gewarnt, bevor er Raumklang neben mich projizierte. Inzwischen war ich da ziemlich abgebrüht. »He. Was machst du?«

»Wollen wir uns nachher treffen?«

Sie meinte natürlich online, zu einem Plausch. Ich machte diesmal nicht denselben Fehler, den ich schon zu oft gemacht hatte, einfach zuzusagen und dann nicht zu können. Stattdessen lud ich sie ein, bei einem einfachen Einsatz als mein Wingman zu fungieren. Sie wusste, dass ich gerade auf Upgrades angewiesen war, und machte mit. Ich war von der Zusage ein bisschen überrascht, freute mich aber auf ein paar menschliche Tipps. Noch dazu von einem Mädchen! Ob die wohl irgendwas anders machten? Belle war die Einzige, von der ich wusste, dass sie überhaupt keine Probleme mit der VR-Schranke hatte.

Die VR-Schranke, jene körperliche Befindlichkeit, die bei vielen älteren Menschen Übelkeit bei der Bewegung in virtuellen Welten verursachte, auch *VR- oder Motionsickness* genannt, war einer der Hauptgründe für das Pilotenanwärterprogramm. Motionsickness beruhte auf der Abweichung der echten Position beziehungsweise Bewegung von der simulierten, also der, die das Auge durch die VR-Brille oder einen Helm sah. Diese Abweichung führte zu einer Überlastung des Gehirns, was sich in Übelkeit, Kopfschmerzen, kaltem Schweiß, verschwommener Sicht und anderen Symptomen äußerte, die allesamt bei einem Kampfeinsatz problematisch waren. Aufgrund der für menschliche Körper zu starken Belastungen beim Drohnenflug konnten diese nur per Fernsteuerung geflogen werden, es war für den Piloten also eine permanente Simulation. Frauen waren anfälliger, weshalb sie im Anwärterprogramm ein wenig unterrepräsentiert waren.

Diese Schwäche trat nicht immer und auch nicht immer sofort zutage. Manche Anwärter schafften es, mit ausreichenden Unterbrechungen, sich fast bis zur Aufnahme durchzumogeln, wenn sie über ein gutes Equipment und reichlich Kotztüten verfügten. Aber auf keinen Fall durfte so jemand einen Pilotenposten bekleiden, denn im Ernstfall war das ein absolut inakzeptables Risiko. Das lernte man als Allererstes als Anwärter, dennoch versuchten immer wieder Kids, damit durchzukommen. Dabei war bekannt, dass die letzte Hürde vor der Aufnahme in die Akademie aus einem extremen Dauereinsatz bestand, bei dem keine Unterbrechung erlaubt war. Wer auch nur einen Hauch Motionsickness hatte, wurde spätestens dabei ausgesiebt. Die begehrte rote Unterlegung des Namens als Zeichen für die Akademiezugehörigkeit begann irgendwo jenseits des Levels namens *Mount Helen*.

Was die Drohnenflugtechnik so besonders machte, waren die enormen Beschleunigungs- und Bremskräfte, die Menschen nicht überleben konnten und die auch für die klassische irdische Technik zu belastend wäre. So eine

Drohne konnte bei voller Geschwindigkeit Haken schlagen, den Rückwärtsgang einlegen und ähnliche Scherze. Das musste man als Pilot erst mal in den Kopf kriegen, bevor man mit diesen Möglichkeiten etwas anfangen konnte. Dafür war die Alien-Bord-KI unerlässlich, ohne wäre der menschliche Geist damit schlicht überfordert. Wir mussten eine Technik beherrschen, die eine Technik beherrschte, die wir nicht beherrschen konnten. Echt knifflig. Es ging also nicht nur darum, einen Angriff zu fliegen, sondern auch die KI, die erforderlich war, um diesen Angriff zu fliegen, so zu manipulieren, dass sie den Angriff auf eine Art und Weise flog, dass die gegnerische KI nicht alles vorhersehen konnte. Immerhin erleichterten die Assistenten uns das mithilfe der Konditionierung etwas.

»Fertig?«, frage Belle.

»Sekunde, ich muss noch das Rollo runtermachen«, erwiderte ich, als Computer mir eine entsprechende Meldung auf den Bildschirm schickte. Wenn ich das nicht jetzt machte, würde die Nachmittagssonne mein Zimmer in einen Backofen verwandeln, während ich mit Belle den Einsatz flog, und ich verbrachte schon viel zu viel Zeit unter der Dusche. Vollautomatische Rollos konnten wir uns nicht leisten, ich musste sie also manuell bedienen.

Computer hatte alles vorbereitet und nachdem das Rollo unten war, setzte ich die VR-Brille auf. Es war ein Audio von Dad eingegangen. Ich ließ es von Computer auf dem Schirm transkribieren: *Hab einen schönen Tag, wir kommen wieder spät. Warte nicht auf uns.*

»Fertig«, sagte ich und Computer startete den Einsatz.

Ich hatte die Buds drin, um Opa nicht zu nerven, der möglicherweise wach war. Theoretisch war es Zeit für seinen Nachmittagsschlaf.

Belle flog den Einsatz nicht als aktiver Teilnehmer mit, sondern als Beobachterin. Sie flog exakt auf meiner Position und plapperte laufend mit, was sie dachte oder anders machen würde: »Das war die Ideallinie, super, jetzt nicht mehr … Da oben war ein Fenster, da hättest du durchgekonnt, aber nicht schlimm, so gehts auch, prima … Guter Mix, den du da fliegst …« Damit meinte sie meine Mustervermeidung. »Die haben dir gerade eine Position frei gemacht, die du ignoriert hast, hast du die nicht gesehen?«

»Doch, aber zu spät.« Die hatten die Position natürlich nicht vorsätzlich frei gemacht, sonst hätten sie das im Chat ansagen können, sondern das hatte sich schlicht so ergeben. Aber ich hätte es sehen müssen. Verdammt!

»Die machen das sicher noch mal.«

Quatsch, war ja kein Vorsatz. »Ist klar, ich achte drauf«, sagte ich zu Belle.

Meinen Versuch, mich an den anderen vorbeizumanövrieren, um etwas anzugeben, hatte sie gar nicht bemerkt, sondern nur, dass ich diese Chance übersehen hatte. Auweia! Ich riss mich zusammen und nutzte die nächste Möglichkeit, eine unterstützende Position zwischen zwei anderen Drohnen einzunehmen.

Ich konnte den Einsatz erfolgreich abschließen. Die Nachbesprechung mit den anderen ließ ich sausen. Bei Bedarf würde ich von Computer eine Zusammenfassung erstellen lassen. Am Einsammeln neuer und vermutlich sinnloser Kontakte hatte ich bis auf Weiteres kein Interesse mehr. Viel mehr wollte ich wissen, was Belle noch beizutragen hatte. Ich hörte es mir an, während ich eine halbe Flasche Wasser auf Ex trank.

Perplex stellte ich fest, dass sich ihre Manöverkritik praktisch nicht von der meines Assistenten unterschied. Aber was hatte ich denn erwartet? Ein paar warme Worte, wie ich sie aus alten Filmen kannte? Ein Mädchen, das mich anfeuerte und mir erklärte, wie toll ich war? Wahrscheinlich hatte sie sich die Bewertung von *ihrem* Assistenten erstellen lassen, so hätte ich es auch gemacht.

Das eindeutig nachbearbeitete Gesicht eines fremden Piloten erschien vor mir. *TIIIMMIIIZ37*. Mit einer Geste verkleinerte ich es und wischte es in die linke untere Ecke.

»Gut geflogen. Ich bin Tim. Kannst du mir erklären, wie du das gemacht hast?«

Ich war einerseits geschmeichelt, andererseits genervt und hatte keine Zeit. »Ein andermal. Ich melde mich.« Selber schuld. Ich rülpste. Er hätte auf konventionelle Weise einen Kontakt über die Assistenten anbahnen können, statt einfach reinzuplatzen. Ich warf ihn raus.

»Keine unangemeldeten Anrufe mehr, außer von Belle«, sagte ich und betrachtete nachdenklich die Bestätigung, die kurz eingeblendet wurde.

Nach einem Moment fragte ich Computer: »Wie oft habe ich bisher eigentlich aktiv auf meine Kontakte zugegriffen?«

»Dreitausendfünf...«

»Schon gut. Wie oft habe ich konkrete Hilfe erfragt?«

»Du hast sechsunddreißigmal über deine Kontakte um weiterführende Informationen gebeten.«

»Und wie oft hat mich das weitergebracht?«

»Noch nie. Die Angefragten hatten entweder keine Zeit oder keine hilfreichen Informationen.«

Volltreffer. Ich hatte plötzlich überhaupt keinen Bock mehr auf den Mist. »Kontaktpflege beenden, Kontaktliste löschen, keine neuen Kontakte ohne manuelle Anweisung aufnehmen.«

»Bist du sicher?«

Die Rückfrage signalisierte mir, dass ich gerade außerhalb meines Profils agierte. Na klar. Bei Normabweichungen wurde nachgefragt, ob kein Irrtum vorlag. »Sicher.«

Ich streckte mich. Das fühlte sich gut an, als wäre eine Last von mir abgefallen. Dieses sinnlose Gechatte hatte eigentlich nur genervt. Nun konnte ich mich ganz auf Belle konzentrieren. Wenn irgendeiner meiner Ex-Kontakte mein Fehlen bemerkte, sollte er sich halt melden. Daran würde ich dann die echten Kontakte erkennen.

Ich rechnete nicht damit.

Trotz des Rollos vor dem hinteren Dachfenster war ich schon wieder völlig verschwitzt. Der Vormittag war heute halbwegs erträglich gewesen, obwohl die Sonne zum vorderen Dachfenster hereinschien, aber abgeschwächt, weil noch Staub in der Luft lag. Der hatte sich inzwischen verzogen und jetzt knallte sie mit voller Kraft auf das hintere Dachfenster. Da nutzten das Rollo und die unterdimensionierte mobile Klimaanlage, die meine Eltern mir spendiert hatten, nicht mehr viel. Heute war wieder einer diese Tage, an denen man besser keinen Fuß vor die Tür setzte. Da war es ganz gut, dass meine Eltern erst nach Einbruch der Dämmerung den Heimweg antreten würden. Na ja, die Zeiten, in denen wir uns Gute Nacht sagten, waren ohnehin schon lange vorbei. Ich sah sie höchstens zwei-, dreimal die Woche, aber wir schickten uns Messages und hatten manchmal auch Calls.

Ich beschloss, vor dem Duschen noch eine andere Trainingsmission abzuschließen. Die Übung bestand darin, sich möglichst flüssig in die Formation einzugliedern. Ein paar Punkte gab es dafür auch.

Ziel der ganzen Pilotenausbildung war es unter anderem, sich in jedweder Situation zu Angriffsgruppen formieren zu können. Man startete zwar als zufällig zusammengewürfelte Gruppe, nicht als festes Geschwader, mit definierten Flügelpartnern und so, wie es früher üblich war, musste aber jederzeit bereit sein, die Gruppe zu wechseln, wenn sie zum Beispiel auseinanderbrach, man aus der Gruppenkoordination ausschied, weil die Kollisionswarnung der KI das erzwungen hatte, oder zu viele Einheiten der Gruppe zerstört waren – was auch immer. Ein perfekt ausgebildeter Pilot sollte also in der Lage sein, sich jederzeit in die nächste sinnvolle Angriffsformation zu integrieren oder eine aufzubauen. Das war eine der Mindestvoraussetzungen für die Akademie und damit für die dorthin führenden Level, denn es stand nur eine begrenzte Anzahl an Plätzen für die Kommandantenausbildung zur Verfügung. Ich musste es unbedingt schaffen. Als einfacher Pilot vom heimischen Terminal aus an der Schlacht teilzunehmen, war keine Option. Ich wollte Geschwaderkommandant werden! Einer der mehrere Drohnen gleichzeitig steuern konnte. Deren Aufgabe war es, neue Angriffsgruppen zu bilden, wenn neue Ziele erfasst wurden. Mit ihrem eigenen Minigeschwader bildeten sie die Ausgangsbasis, auf die andere aufspringen konnten. Außerdem wären sie diejenigen, die die Taktik vor Ort entwickelten. Die Gefahr, dass die Koordination durch eine Flugleitzentrale von der gegnerischen KI abgefangen oder vorausberechnet werden könnte, war einfach zu groß. Nur wenn die Flugleitzentrale sehen sollte, dass die Koordination am Himmel völlig aus dem Ruder lief, würde sie korrigierend eingreifen, aber auch nur in Form von knappen Hinweisen. Es musste schon eine Menge schiefgehen, dass die Kontrolle von der Zentrale übernommen wurde. – So weit jedenfalls die Theorie in den Ausbildungsprogrammen der Anwärter. Was dann tatsächlich vorgesehen war, war vermutlich so streng geheim, dass man es sich noch nicht einmal vorstellen konnte.

Sobald ich in der Lage war, mich flüssig und nahtlos in ein vorgegebenes perfektes Geschwader zu integrieren, war ich bereit, mich auch in ein manuell zusammengefundenes Geschwader zu integrieren, also mit anderen Piloten gemeinsam in den Zielanflug zu gehen. Ich hatte die einzelnen Moves drauf, es fehlte nur das Feintuning, um die Kollisionswarnung nicht zu aktivieren.

Die Dusche hatte ich sausen lassen, um Zeit zu sparen. Ich konnte es mir nicht leisten, zu empfindlich zu sein. Computer würde mich warnen, wenn mein Hygienelevel einen kritischen Wert erreichte. Natürlich konnte Computer meinen Tag so effizient planen, dass ich keinerlei Zeitverluste mehr hätte, aber so funktionierten Menschen nicht. Die dafür nötige Menge an Anweisungen würde mich schlicht durchdrehen lassen, also sortierte er selbstständig den nicht zumutbaren Teil nach aufsteigender Relevanz aus. Den Toleranzgrad passte ich ständig neu an. Aber immer, wenn ich ihn etwas hochgeschraubt hatte, musste ich feststellen, dass ich bereits am Rande meiner dahin gehenden Belastbarkeit war. Ich musste die Änderung jedes Mal wieder zurücknehmen.

Die Einzelmission war ganz gut gelaufen. Ich war optimistisch und guter Dinge. – Genau die Ausgangsbasis, um die Toleranz mal wieder zu erhöhen. Aber ich hütete mich; die vor mir liegenden Aufgaben waren einfach zu wichtig, um sie überlastet anzugehen.

Dann erklang wieder Belles Stimme neben mir: »Hejo!« – Mein Name war Jo und sie hatte aus *Hey* und *Jo* einen Gruß gebastelt, was ich ziemlich toll fand.

»He Belle«, antwortete ich lahm. Mir war leider noch nichts Besseres eingefallen, nichts mit mehr Moo oder Gitt. Neidisch starrte ich auf die blaue Iris, die sie als Ava verwendete. Bei mir war es nur eine Rakete auf blauem Grund, die ich zusammen mit Opa ausgewählt hatte und die mir plötzlich doof vorkam. Ich machte die Handgeste für die Mikrofonabschaltung. »Computer, erstelle mir ein gitteres Ava.«

»Der Wechsel des Avatars während eines Gesprächs wird überwiegend als peinlich eingestuft«, erwiderte er.

Ich grunzte und hielt erneut Daumen und Zeigefinger zum Kreis geformt vor die nächstbeste Kamera, um das Mikrofon wieder freizugeben.

»Was machst du?«, wollte Belle wissen.

»Hab grad 'ne Einzelsession gemacht, damit ich nachher die Gruppenübung bei Mount Helen hinbekomme.«

»Dein wievielter Anlauf ist das jetzt?«

»Mein zwölfter«, log ich. Es war der zwanzigste. Bei fünf davon hatte sie mich begleitet.

»Und? FX du sie?«

Ich musste lachen. Sie hatte es geschafft, den Verbotene-Worte-Filter auszutricksen, und ein gut erkennbares *Fickst du sie* eingebaut. Das würde schon beim nächsten Mal nicht mehr klappen. »Ja, ich denke, diesmal schaffe ich es.«

»Sicher? Soll ich es mir vorher noch mal ansehen? Du verlierst Punkte, wenn du es verkackst, und rutschst in der Rangliste ab.«

»Ich weiß«, gab ich zu. Die holte ich zwar durch das darauffolgende Training wieder rein, aber so kam ich natürlich nicht weiter. Ein Aufstiegsversuch musste wohlbedacht sein.

»Dann los. Bin gespannt, Rocketman.«

Rocketman nannte sie mich immer, wenn es ernst wurde, es war die Kurzform meines Spielernamens *TheMarvellousRocketMan*. Ich war ziemlich stolz darauf, dass mein Name ohne Ziffern auskam.

Die Anonymität im Netz war konsequenterweise abgeschafft worden. Jeder hatte nur noch einen Onlinezugang, direkt mit der persönlichen ID verbunden. Die Anonymität bestand darin, dass die ID nicht öffentlich einsehbar war, aber wenn jemand eine Beschwerde hatte, konnte diese über den Usernamen der ID zugeordnet werden. Die Anonymität war also relativ. Den Namen konnte man zwar frei wählen, auch mit Pseudonym, aber er war staatlich verifiziert. Damit war man letztlich nicht anonym, man konnte jederzeit belangt werden. Das hatte den sozialen Medien den Wind aus den Segeln genommen und Hatespeech, die noch in den 20ern ein Riesenproblem war, so gut wie ausgerottet. Ohne vollständige Anonymität waren die meisten Onlinevergehen mehr oder weniger unmöglich, auch weil das eigene Schamempfinden Oberhand gewann. Nur in sehr emotionalen Situationen wurde es mal grob, aber nicht mehr bei jeder Kleinigkeit.

Man konnte den Spielernamen zwar jederzeit wechseln, aber sämtliche vorherigen Namen blieben in der Hierarchie sichtbar, die zum jeweiligen Profil aufgerufen werden konnte. Wer vorhatte, irgendwann mal ein Superstar zu werden, oder wenigstens eine anerkannte Persönlichkeit, tat gut daran, nicht mit Namen wie *Scheissomat*, *Pissboy*, *Shitmaster3000* oder *Fritz-the-Kack* in Verbindung gebracht zu werden. Die meisten nahmen den erstbesten Blödsinn, der ihnen einfiel, immer mit dem Plan, das später noch zu ändern. Ich wollte keinesfalls so enden wie der inzwischen ziemlich prominente *SuperShooter2054*, früher bekannt als *YellowSnowSurfer131*. Es war nach seiner Pilotenkarriere zum Topausbilder geworden, musste aber wegen seines früheren Namens jede Menge Häme einstecken. Da war das Netz unerbittlich. Mit unverfänglicheren Namen wie *Space0d1sseR* oder so konnte man hingegen durchaus punkten.

Die aktuellen Superstars waren Toppiloten wie *Iceman*, *Vortex*, *Superfly*. Sie tourten durch die Ausbildungsstätten der Akademie, um den Nachwuchspiloten Tipps zu geben, Flugtrainings mit ihnen zu machen und in den Medien ordentlich für die Akademie zu trommeln. Ihre früheren Namen waren Wurmgebilde wie *1c3M4n999* oder *222SSSuuuPPP999E3rfly*, aber die wurden bei Erreichen der Top-100 von der Akademie bereinigt. Die vorherigen Besitzer von *Iceman* und *Superfly* waren angeblich angemessen entlohnt worden, aber das waren nur Gerüchte.

Bei mir wäre so ein Aufwand nicht nötig. Ich hatte mir schon Gedanken über meinen Spielernamen gemacht, als ich noch weit davon entfernt war, eine eigene ID zu erhalten. Rückblickend war ich wohl wie ein Millennial-Kind, das schon von seiner Hochzeit träume, als es noch in Windeln machte, nur dass mein Traum der eines perfekten Spielernamens war. Er sollte keine Schimpf- oder Fäkalworte enthalten, nichts Sexuelles oder Peinliches ausdrücken, musste zum Pilotenprogramm passen, aber durfte auch nicht überkandidelt sein. Ich war mehr Zeichenfolgen durchgegangen als irgendjemand anders, den ich kannte. Geniestreiche wie *1Player=1Player=1Player* waren zwar ganz okay, aber dann doch zu unhandlich. Götternamen, jedes Wortspiel mit Aliens sowie sämtliche Spielfiguren, Prominamen und Song- oder Filmtitel waren tausendfach vergeben, bei den besten musste man teilweise im sechsstelligen Bereich eine Nummer anhängen. Ich ließ mir schließlich von Opa helfen, der mir *TheMarvellousRocketMan* vorschlug, der tatsächlich noch frei war. Wenn das dann in Chats oder so abgekürzt oder verniedlicht würde, käme mit hoher Wahrscheinlichkeit *Rocketman* oder *Rocket* dabei raus, also top.

Aber erst mal musste ich es so weit schaffen, dass mein Name eine Rolle spielte. Dann würde ich entweder als Top-100-Botschafter herumreisen und Interviews geben oder als Spitzenpilot die Welt retten. Die Top-10, die garantiert nie ihre Zeit mit Promotouren verplempern mussten, kannte ich immer auswendig. Dort veränderte sich fast nichts mehr, denn wenn man abzurutschen drohte, stieg man vorher aus und gehörte dann zu den ewigen Helden, ehemals Aktiven, die Ausbilder wurden oder so. Man konnte nun mal nicht ewig fliegen. *VinceVader* hatte es vor Kurzem erwischt. Er war lange mein absoluter Held, plötzlich von Platz 1 auf 7 abgerutscht und am nächsten Tag Geschichte. *Rosebuddy*, *Latingroover* und *Skycaptain* würden aber sicher noch eine ganze Weile durchhalten, die hatten es gerade erst an die Spitze geschafft.

»Bin mal kurz off, aber deine Quali flieg ich mit.«

Sie erwartete also nicht, dass ich sie schaffte, denn die ganze Mission hätte viel zu lange gedauert.

Belle schickte mir ein paar recht originelle Signets, die auf verschiedene Weisen Glückwünsche zum Ausdruck brachten. Ob ihr Assistent die aus der Datenbank rausgesucht hatte oder ob sie sie von ihm extra für mich frisch generieren ließ? Ich antwortete mit einer Folge von Avas, die mich – von Computer künstlerisch verfremdet – mit verschiedenen schrägen Grinsgesichtern zeigten. Das hatte ich neulich extra für eine solche Situation mit Computer vorbereitet.

Opa drückte vorsichtig die Tür auf, um zu sehen, ob ich gerade Zeit hatte. Ich zuckte zusammen und starrte ihn an.

»Oje, jetzt habe ich dich erschreckt.«

Opa wollte wieder gehen, aber ich riss mich zusammen und winkte ihn rein. Er langweilte sich vermutlich, weil im Haushalt alles erledigt war. Er hätte gerne gelesen, aber gedruckte Bücher wurden nicht mehr hergestellt und an E-Books oder gar das Netz war er einfach nicht zu gewöhnen. Fernsehen konnte er auch nicht mehr, jedenfalls nicht so, wie er es gerne hätte.

Meine Eltern waren bereits in der Post-Fernsehwelt aufgewachsen. Sie kannten weder vordefinierte Programmabfolgen zu bestimmten Zeiten noch Livestreams von Musiksendungen mit Zuschauern, wie sie Anfang des Jahrtausends noch üblich waren. Opa hatte mir zum Beispiel erzählt, dass er immer gerne Talkshows sah, um sich politisch auf dem Laufenden zu halten, weil ihm die Dokus zu dröge waren. Außerdem hatte er gerne Shows gesehen, bei denen Gesangswettbewerbe oder dergleichen abgehalten wurden. Es gab auch Veranstaltungen, bei denen das Publikum mit einbezogen wurde, aber die mochte er nicht. Er erklärte immer wieder, er sei ein Punk gewesen, was auch immer das zu seiner Zeit bedeutet haben mochte. Ich vermied das Thema meistens, da Opa sich darüber ziemlich echauffieren konnte, und so viel Zeit hatte ich normalerweise nicht. Opa hatte sich jedenfalls immer noch nicht an die neue Medienwelt gewöhnt, die sich seit der Kindheit meiner Eltern nicht nennenswert weiterentwickelt hatte. Er hatte also eigentlich genügend Zeit gehabt, sich darauf einzustellen. Aber irgendwie war er da stur. Man konnte das jetzt Altersstarrsinn nennen, aber das hatte wohl schon zu einer Zeit angefangen, als diese Ausrede noch nicht passte.

Die Medienproduktionen waren im Laufe der Zeit immer weiter verflacht. Wenn man Opa glauben durfte (»Du lieber Himmel, ist das Programm schlecht geworden!«), war das wohl nicht anders zu erwarten gewesen. Irgendwann gab es schließlich nur noch Talkshows, Reality-TV und Homevideos, die irgendwelche Typen online stellten und Fernsehleute dann aufgriffen. Als nach dem Erstkontakt die Börsen zusammenbrachen, blieben zahlreiche Unternehmen auf der Strecke, für die sich plötzlich einfach niemand mehr interessierte. *Netflix*, *Disney* und ein paar andere, die mir nichts sagten, gehörten laut Opa dazu. Nach Beginn der Planwirtschaft gab es daher keine Unterhaltungsindustrie mehr, sodass die Behörden auf nichts zurückgreifen konnten, um dem Volk die dringend benötigte Ablenkung zu bieten. Also verfiel man auf die Idee, das Urheberrecht abzuschaffen, um es den Kreativen zu ermöglichen, ohne großen Aufwand neue Inhalte zu produzieren. Am Anfang kam dabei noch allerlei heraus. So mancher Film wurde einfach umgeschnitten und erhielt so eine völlig neue Story oder zumindest ein alternatives Ende. Einige Szenen wurden auch mit Deepfake-Technik umgestaltet, ergänzt oder durch den Kakao gezogen, aber da das absolut jeder durfte, auch die Typen, die so gerne Homevideos bastelten, entstand eine ungezügelte Flut an Content, der nur selten größere Zuschauermengen erreichte.

Die meisten Zuschauer hatten heutzutage eigentlich die Meme-Wars, live erstellte Meme-Animationen beziehungsweise Meme-Zusammenschnitte, mit denen man sich battelte. Das war so ähnlich wie Rap-Battles Ende des letzten Jahrtausends und die später beliebten Quote-Battles, bei denen man sich gegenseitig frühere Zitate des Gegners als Argumente um die Ohren schlug. Dank der Assistenzsysteme funktionierte das so schnell, dass Liveshows draus wurden. Man muss aber schon zugeben, dass das auf sehr, sehr niedrigem Niveau war, auch dann, wenn es mal wirklich funktionierte, aber auf solche Momente musste man lange warten. Dafür gab es dann die Highlight-Zusammenschnitte und von denen wieder Ranking-Shows und Best-Offs ... eben alles, außer was Neues.

Ich fragte mich, ob ich mal wieder einen Versuch starten sollte, Opa dazu zu bewegen, sich selbst Sendungen zusammenzustellen und so sein eigener Programmdirektor zu werden. Das war mit einem Medienmanager ohne Weiteres möglich: Hier und da ein paar Channels abonnieren, Serien und Shows aus dem Archiv der Reihe nach zu bestimmten Zeiten abspielen lassen – das war doch im Prinzip dasselbe! Aber sobald ich ihm damit kam, damit einen Assistenten zu beauftragen, winkt er ab. »Zu alt!«, sagte er dann, »Was Hänschen nicht lernt, lernt Hans nimmermehr!« und ähnliche Sprüche. Anders ausgedrückt: Er wollte keinen Assistenten.

»Na, Johannis, alles klar bei dir?«

Ich grinste schief. Mein voller Name irritierte mich, wenn ich ihn hörte.

Außer Opa nannte mich niemand so. »Na?«, fragte ich, »hast du mal wieder was von deinen Freunden gehört?«

»Ach«, meinte Opa und bemühte sich, seinen Missmut zu verbergen, »von denen hört man gar nichts mehr. Herrje, die liegen wahrscheinlich alle schon auf Eis.«

»Man sagt *auf Eis gehen*«, korrigierte ich ihn lächelnd. »Von wann ist denn die letzte Nachricht, die du von einem deiner Freunde erhalten hast?«

»Ach, das ist ewig her. Ich habe seit Monaten keine E-Mails mehr bekommen.«

»Hast du denn mal geprüft, ob deine Nachrichten an dein E-Mail Postfach weitergeleitet werden?«

Er sah mich fragend an.

»Ich hatte dir doch gesagt, dass niemand mehr E-Mails benutzt. Das funktioniert schon seit langer Zeit nur noch über Messages, aber du kannst all diese Kommunikationsmöglichkeiten so einrichten, dass sie dir als E-Mails zugestellt werden, das muss man dann aber natürlich auch machen. Du solltest dir doch von Papa helfen lassen.«

»Du weißt genau, dass der abends zu nichts mehr zu gebrauchen ist.«

Das war wohl richtig, weil meine Eltern auch an den Wochenenden arbeiteten, um Überstunden anzuhäufen. Ich wusste zu meiner Schande nicht mal, ob sie auf etwas sparten oder einen Zeitvorrat brauchten. Dad würde aber ohnehin nur seinen Assistenten anweisen, das für Opa zu erledigen. Das konnte ich auch. »Du hast es also nicht gemacht«, seufzte ich. »Komm doch mal rein«, sagte ich, weil er immer noch mit der Klinke in der Hand in der Tür stand.

Als er in mein Zimmer schlurfte, bemerkte ich, dass er leicht schief ging und etwas weit vornübergebeugt. »Sag mal, machst du deine Gymnastik noch?«

»Klar«, brummte Opa.

»Also nicht.« Dieser alte Sturkopf »Dein Assistent stimmt doch ein Sportprogramm auf dich ab, du musst nur tun, was er sagt.«

»Ich lass mir doch von einem Computer nicht sagen, was ich tun soll!«, echauffierte er sich.

Ich verdrehte die Augen. »Opa, das ist ein Assistent, der unterstützt dich doch nur. Wenn du keinen Sport machst, verkümmern deine Muskeln. Du hast doch sonst keine Bewegung.«

»Ich hab genug Bewegung.«

»Hast du nicht. Du gehst ganz krumm.«

»Das ist so, wenn man alt wird.«

»Das ist Quatsch. Wenn du deine Übungen machst, passiert das nicht.«
Er machte eine wegwerfende Handbewegung. Das Thema war damit für
ihn erledigt.

Aber nicht für mich: »Computer, stell sicher, dass Opa an seine Übungen
erinnert wird.«

Ich wartete darauf, dass Opa genervt darauf reagierte, dass sein Assistent
die Anweisung bestätigte und ihm die anstehende Sporteinheit ankündigte.
Als keine Reaktion kam, wurde mir klar, dass Opa überhaupt nicht on war.

»Hast du die Buds drin?«

»Nee, die Dinger hasse ich. Die halten nicht richtig und fallen immer raus.«

»Man muss sie nur ... Ach was solls. Muss auch nicht sein. Dein Assistent
kann auch über den Smartphonelautsprecher oder den Kühlschrank mit dir
kommunizieren. Wo ist dein Smartphone?«

»Im Wohnzimmer, glaube ich.«

»Opa anrufen«, sagte ich leicht genervt. Schon hörte ich von unten den
klassischen Klingelton, den Opa immer noch benutzte.

Ich ging es schnell holen. Als ich zurückkam, hatte ich mich schon durch
die Einstellungen seines Nachrichtensystems geklickt. Natürlich war nichts
aktiviert, keine einzige Nachricht wurde an sein E-Mail-Postfach weitergeleitet. Dafür waren seine Chats ziemlich voll.

»Du hast jede Menge Nachrichten«, sagte ich. »Du musst sie nur abrufen.«
Ich sah auf seinem Gerät die Uhrzeit und unterdrückte ein Stöhnen. »Komm,
ich zeig dir noch mal, wie das geht.«

»Lass nur«, brummte er, »ich bitte vielleicht deine Mutter darum. Du hast
keine Zeit.«

Leider hatte er recht, aber mir war klar, dass er Mom auch nicht bitten
würde, denn wenn sie nach Hause kam, war sie genauso fertig wie Dad. Wenn
ich es jetzt also nicht tat, blieb Opa weiter alleine und verlor den Kontakt zu
seinen Freunden. Und Sport würde er auch nicht mehr machen. »Dein Assistent kann das alles für dich erledigen. Du musst nur ...«

Wieder diese Handbewegung. »Du hast sicher viel zu tun.« Er wandte sich
zur Tür um.

Die Anforderungen des Programms stiegen mit jedem Jahr der Teilnahme.
Anfangs konnte ich noch sehr viel nebenbei machen: Filme sehen, mit meinen Eltern reden, an den Mahlzeiten teilnehmen und so Zeug, aber im letzten

Jahr war das Niveau so stark angestiegen, dass ich keine Zeit mehr für gar nichts hatte, nicht mal für Opa. Ich lief nur noch meinem Punktestand hinterher. Meinen Eltern erging es scheinbar nicht anders. Den Newsfeeds konnte man zwar Jubelmeldungen über Produktionssteigerungen entnehmen sowie ein günstigeres Ressourcen-Verbraucher-Verhältnis – was eigentlich nur bedeutete, dass noch mehr Leute auf *Eis* gingen –, aber ich sah, wie fertig meine Eltern waren, wenn ich sie mal zu Gesicht bekam. Auch bei ihnen waren die Anforderungen gestiegen, die Schichten länger und härter. Ich hörte das Signal in meinen Buds, die Qualifikation würde gleich beginnen und Belle wäre auch jeden Moment zurück. »Wenn ich damit fertig bin, komm ich noch mal«, sagte ich zu Opa, schwang mich wieder in meinen Gamersessel und setzte die VR-Brille auf. Ich hörte noch, wie die Tür sich schloss, als der Countdown schon runterzählte.

Belle meldete sich im Missionschat mit einer persönlichen Message, die nur ich sehen konnte: *Lass die Rakete steigen!* Ich verdrängte den Gedanken, dass das zweideutig gemeint sein könnte, und konzentrierte mich auf den Countdown. Dann wurde mir klar, dass sie den Missionschat benutzt hatte, also aktiv mitflog, nicht nur als Beobachter. Sie würde die ganze lange Mission mitmachen! Wie hatte sie das denn geschafft?

Computer hatte alles vorbereitet. Ich flog mit Standardkameraperspektive, also so, als würde ich den Kopf vorne rausstrecken und von meiner eigenen Drohne gar nichts sehen. Viele wollten lieber die Außenkanten ihres Gefährts im Blick haben, aber ich fand das irritierend. So hatte ich den ganzen Screen zur Verfügung und konnte die Moves der anderen besser erfassen.

Ich kam gut rein, ließ mich zwischen vier Drohnen in meiner Nähe hin- und herpendeln und adaptierte den sich daraus ergebenden Rhythmus der Antikollisionsreaktionen der KI. Es dauerte nur Sekunden, dann war ich im Flow und flog perfekt integriert mit den anderen zu den zugewiesenen Koordinaten. – Ziemlich weit hinten, weil ich auf Nummer sicher gehen wollte.

Ein weiteres Signal teilte uns mit, dass die Qualifikationsphase abgeschlossen war. Ich warf nur einen kurzen Blick auf die links unten eingeblendete Liste der Abgänge und freute mich einfach, dass ich nicht dazugehörte. Aber so weit war ich schon öfter gekommen, jetzt musste ich die verdammte Mission nur noch bestehen.

Während des Zielanfluges wurde es etwas ungemütlicher und die Antikollisionsreaktionen der Drohne zwangen uns in ein sehr hektisches Flugmuster, bei dem wir in einem Übelkeit erregenden Hin und Her die Richtung wechselten. Man durfte auf keinen Fall versuchen sich vorzustellen, man wäre in der Drohne und würde diese Bewegungen mitmachen, dann kam einem sofort der Magen hoch. Man musste das an sich abprallen lassen und die reinen Informationen inmitten dieser Hektik aufnehmen, nämlich dass die Richtung im Endergebnis noch stimmte und die Flugbahn in ausreichendem Maß außerhalb berechenbarer Parameter lag. Computer bestätigte, dass ich auf einer brauchbaren Ideallinie war.

Ich steuerte mit Fingerbewegungen, die Computer über die Gestensteuerung umsetzte, und brachte so meinen unberechenbaren menschlichen Anteil ein, außerdem las Computer permanent meine Mimik und Augenbewegungen ab, über die ich zusätzliche Steuersignale abgeben konnte, wenn es nötig wurde. Sobald die Ziel- beziehungsweise Waffenreichweite-Anzeige im grünen Bereich war, konnte ich feuern und Extrapunkte holen – aber nur, wenn ich keine eigenen Leute traf, sonst gab es Abzug, der auch bestehen blieb, wenn ich abbrach. Ab diesem Punkt kostete jeder Fehler.

Computer informierte mich über offene Fenster und Möglichkeiten, bestimmte Positionen im Pulk einzunehmen sowie die Wahrscheinlichkeiten, dass diese von anderen besetzt wurden, ebenso über die jeweils beste Empfehlung für mich. Das wechselte im Sekundentakt und ich kam nicht richtig rein, konnte nicht schnell genug reagieren, weshalb Computer im Rahmen seiner Möglichkeiten die Entscheidungen für mich traf. Leider war den Assistenten nicht beizubringen, unberechenbar zu sein, daher ging die Anzeige für die Abschusswahrscheinlichkeit zügig Richtung Rot. Ich musste eingreifen. Jetzt!

Ich versuchte, den Verstand auszuschalten und mein Unterbewusstsein ranzulassen. Da hatte ich auch schon das Ruder rumgerissen und Computers letzte Empfehlung umgesetzt, einen Tunnel zwischen den anderen genutzt, der mich weit nach vorne brachte – was ich eigentlich gar nicht wollte. Nun waren plötzlich nur noch zwei andere Drohnen vor mir, eine hatte die ID von Belle. Sie ließ sich hinter mich fallen, was ich mit einem überraschten Keuchen quittierte. Die Piloten hinter mir hatten es um einiges schwerer, denn da wir alles taten, um der gegnerischen KI die Errechnung unserer Flugbahn unmöglich zu machen, galt das natürlich auch für unsere eigenen KIs, ohne die wir weder fliegen noch zielen konnten. Dieses Manko musste wir jeweils manuell ausgleichen, wobei uns da nur unsere Intuition half. Es war daher nicht gerade ratsam, aus den hinteren Reihen zu schießen. Wie man das hinbekam, würden man uns sicher auf der Akademie beibringen; bis dahin galt es, den Gegner zu umzingeln oder denen, die vorne waren, den Vortritt zu lassen.

Bei meinen Vorbereitungen auf *Mount Helen* war ich immer wieder die Finalmission des vorherigen Levels geflogen, bei der die Anzahl der Angreifer und Mitstreiter geringer war. Ich kam ganz gut klar, wenn nur zwei oder drei Kameraden vor mir berücksichtigt werden mussten. Was mich gerade geritten hatte, durch die Mitte abzukürzen, konnte ich jetzt gar nicht mehr sagen. Ich hatte jedenfalls freies Schussfeld und musste ... musste ...

Dann übernahm wieder mein Unterbewusstsein und legte im Zusammenspiel mit Computer ein Ausweichmanöver bei gleichzeitiger Feuereröffnung hin. Die Railgunpartikel flogen weit an der Drohne meines Mitstreiters vorbei und kreuzten sich mit der Flugbahn des Gegners, dessen Geschosse wiederum ins Leere gingen. Computer informierte mich, dass die Piloten hinter mir ebenfalls noch im Rennen waren – gut, kein von mir zu verantwortender Abschuss –, während ich mich darauf konzentrierte, trotz der höheren Priorität, die ich jetzt für den Feind hatte, weil ich schoss, nicht von ihm berechnet zu werden.

Das blitzartige Ausweichmanöver, dass der Gegner praktizierte und das ihn fast sofort in Gegenrichtung auf Höchstgeschwindigkeit brachte, ließ unseren Pulk auseinanderstieben. Der feindlichen Drohne und ihrem Partikelbeschuss ausweichend, dabei ebenfalls wendend, ohne mit Kameraden zu kollidieren, formierten wir uns neu. Der Geschossregen des davonrasenden Gegners wurde zu einer Wand und Computer listete die Treffer auf, die wir einstecken mussten, die Restintegrität des Schutzschirms sowie die Ausfallwahrscheinlichkeiten der anderen.

Ich war bei dem Wendemanöver von der ersten Position auf die Letzte gewechselt, aber weil ich dabei feuerte und die anderen dadurch etwas weiter ausweichen mussten, hatte ich sofort wieder einen freien Flugkanal, durch den ich zurück an die Spitze gelangte. Verdammt! Aber ich konnte mich nicht drücken. Der Gegner musste jetzt abgeschossen werden, sonst würden wir ihn verlieren. Ich ballerte also weiter und zog so die Priorität des Feindes auf mich. Computer brachte mich in eine Position, die den anderen etwas Ruhe vor dem Railgunfeuer bot, das nun hauptsächlich auf mich gerichtet wurde. Die anderen nutzten die Gelegenheit, umzingelten den Gegner und konzentrierten das Feuer auf ihn, ohne dabei selbst ins Schussfeld zu geraten.

Und dann war die gegnerische Drohne plötzlich zerstört. Einfach so. Es gab eine kurze Animation, die darstellen sollte, dass der Feind in mehrere Bruchstücke zerfiel, mehr aber nicht. Keine alles überstrahlende Explosion, kein Feuerwerk. Keine Fanfaren ... Aber ungeheuerlicher Jubel, der mir von

Computer per Audio übertragen wurde. Praktisch alle Beteiligten hatten ihre Mikros freigeschaltet und grölten, was das Zeug hielt. Ich konnte in dem Durcheinander kein Wort verstehen, spürte aber, dass es positiv war.

Wir hatten gewonnen. – Gewonnen! In Rekordzeit! War *Mount Hellen* jemals unter einer halben Stunde abgeschlossen worden?

Ich stimmte in das Jubelgeschrei ein, bis mir die Kehle brannte und Tränen über meine Wangen liefen.

Computer rasselte neben den statistischen auch meine Biowerte runter, wies auf teilweise hohe Ausschläge hin und faselte etwas von Mentaltraining, das wir nutzen sollten, aber ich hörte nicht zu. Nur den schriftlichen Hinweis im Display – *Zeitrekord!* – nahm ich zur Kenntnis.

Zusätzlich zu meinen Trefferpunkten bekam ich einen ansehnlichen Strategiebonus, der sich aus der direkten Bewertung der Simulationssoftware ergab. Und es gab tatsächlich einen Bonus für den Zeitrekord. Ich konnte es kaum fassen! So kam ich auf einen wirklich guten Wert. – Das Upgrade war geschafft.

Mir war ganz schwindelig vor Aufregung. Der Chat quoll über vor Belobigungen, auch von Belle, obwohl ich wusste, dass die meisten vollautomatisch von den Assistenzsystemen geschickt wurden. Es waren keine Bewertungen, sondern einfach nur grundsätzlich positive Worte.

Ich musste mich jetzt für die Einsatznachbesprechung zusammenreißen, die war in diesem Fall wichtig. Die etwas Routinierteren, die diese Mission schon mehrfach versucht hatten, legten im Chat schon los. Da waren keine bekannten Namen aus den vorherigen Versuchen. Dieses Level wurde ausschließlich vom Zufallsgenerator besetzt, eine Gruppenbildung durch Verabredung war nicht möglich. Diese Mission ließ sich im Gegensatz zu früheren daher nicht dadurch meistern, dass man sich vorher absprach. Belle hatte es wohl einfach probiert und war durch Zufall reingekommen.

Am Kauderwelsch aus Abkürzungen, Avas, sonstigen Signets und Leetspeak konnte ich einigermaßen erkennen, aus welcher Gegend der jeweilige Pilot kam. Es waren viele Europäer dabei, das war für diese Uhrzeit ganz normal. Die Finalmissionen der anderen Kontinente fanden meist während der europäischen Schulzeit statt, da konnten wir nur selten mitmachen. Im Pilotenjargon wurden insbesondere Textbausteinnummern aus dem Kommunikationskatalog verwendet, zum Beispiel für die Standardfloskel *Lasst uns eine Einsatznachbesprechung machen* (Katalogeintrag 11) einfach nur eine *11*. Die einzelnen Flugmanöver hatten Nummern, die verschiedenen strategischen Optionen ebenfalls. Wir warfen also mit einer Mischung aus Nummern und Abkürzungen um uns, die kein Außenstehender nachvollziehen konnte. Das war mehr als einfach nur die aktuelle Jugendsprache, das war ein Code: E23K7moSZ1noK7 (*Die Einleitung über das Kippler-Manöver hat gut geklappt, aber danach war es schwieriger, den Zielanflug aufzubauen, als ohne Kippler-Manöver*). Das ermöglichte schnelle, kompakte Kommunikation zu komplexen Themen, was ebenso zu unserem Training gehörte, wie das Fliegen selbst, denn je größer die Gruppen mit steigenden Levels wurden, desto wichtiger die Fähigkeit zu blitzschneller Abstimmung. Bis man das verinnerlicht hatte, übersetzten die Assistenten, aber das dauerte so lange, dass man es erst verstand, wenn die Sache schon gelaufen war.

Auf diese Weise unterhielten wir uns nun kurz über den Verlauf der Mission, bei der wir ziemlich gut waren, weshalb der U-Turn des Feindes von uns so gut gekontert werden konnte. *66GodsChoosenPlayer99* riet mir noch, an meiner Einstiegssequenz zu arbeiten, weil ich erst zu lange gebraucht hatte, um reinzukommen, und dann einfach an allen vorbeigezogen war. Gut, schön, das war etwas hektisch rübergekommen, aber hatte funktioniert. Aber danke für den Tipp. Die Einstiegssequenz war die kurze erste Phase, wenn man nach dem Start mit den anderen zusammen das zuvor zugewiesene Ziel anvisierte und sich in diesem komplexen Tanz darüber verständigte, mit welcher Standard-Annäherungsflugbahn man vorgehen wollte.

Flugbahn und Manöver wurden immer erst nach Zuweisung der Zielkoordinaten festgelegt. Das war zwar etwas umständlicher und langwieriger, als eine Zuweisung von der Flugleitzentrale, aber sicherer, denn die zentrale Zuweisung konnte abgefangen oder von der gegnerischen KI vorausberechnet werden. Die kurzfristige Abstimmung der Piloten nach dem Start hingegen war für den Gegner unberechenbar – meinten jedenfalls die zuständigen Wissenschaftler, auch wenn das letztlich von den Assistenten koordiniert und umgesetzt wurde. War die Annäherungsflugbahn festgelegt, erstellte jeder Pilot für sich seine Variante und verglich sie mithilfe des Assistenten mit denen der anderen, woraus die gemeinsamen Flugbahnen errechnet wurden, auf deren Basis wir dann improvisierten. Dadurch bekamen wir die nötige Abweichung von den aussagbaren Flugbahnen hin. Die KIs übernahmen es dann, dafür zu sorgen, dass wir nicht mit uns oder den Zielobjekten kollidierten. So die Theorie. In der Praxis war es mehr oder weniger ein Rumprobieren, aber es funktionierte. Das bewusst und systematisch zu machen, würde zu lange dauern und einem auch das Hirn zerreißen. Dafür brauchte man das Unterbewusstsein. Darauf wurden wir von unseren Assistenten trainiert.

Das Problem dabei war, dass die Antikollisionsmanöver der KIs natürlich oberste Priorität hatten, sodass es vorkommen konnte, dass die gesamte Fluganordnung komplett aus dem Ruder lief und ein gemeinsamer Angriff erschwert bis unmöglich wurde. In solchen Fällen musste man die eigene Flugbahnabweichungsinterpretation entsprechend modifizieren. Das konnte man am ehesten mit einem Tanz vergleichen, den Paare gemeinsam in einem Ballsaal ausführten, wie ich es aus den alten Filmen kannte, nur dass die Tänzer sich um einen einzigen Tanzpartner scharten, um den sie jeder für sich herumtanzten, ohne einander zu berühren. Und wenn sich alle gleichzeitig zu nahekamen und gezwungen waren, in eine Richtung auszuweichen, in die kein anderer auswich, würden sie alle gleichzeitig auseinandergehen und die Formation wäre aufgelöst. Dann müsste der Tanz erneut aufgenommen werden, was wieder Zeit kosten würde. In einem Übungsflug ziemlich egal, in einer Schlacht um die Existenz der Erde recht fatal.

In den höheren Leveln würden wir lernen müssen damit zurechtzukommen, dass um uns herum weitere Geschwader kämpften, die alle mit ihren Railguns Partikel verschossen. Die Menge an Ausweichmanövern würde also exponentiell steigen. Dagegen war *Mount Helen* ein Kinderspiel. Mir wurde flau, wenn ich daran dachte.

Ich überflog die weiteren Kommentare, ob ich mich schon ausklinken konnte. Viel war da nicht mehr. *Mu609uM* beklagte sich, dass es immer aufwendiger würde, die Missionen zu starten. *~WORRÆMMER~* antwortete, dafür gebe es Skripte. Idioten. Die nahmen mich vermutlich gerade alle in ihre Kontaktlisten auf. Egal. Computer würde sie mit Standardfloskeln abwimmeln. Ob sie mithilfe ihrer Assistenten darauf kommen würden, dass ich sie blockte? Vermutlich lag so ein Verhalten weit außerhalb der Norm. – *Sei unberechenbar* ... Hm.

»Gut gemacht«, rief Belle plötzlich neben mir.

Mein Herzschlag erhöhte sich erheblich, das flaue Gefühl verschwand. Ich straffte mich und antwortete gut gelaunt: »Danke, dass du mir den Vortritt gelassen hast. Das war echt moo.«

»Na klar, Freunde machen so was füreinander, oder?«

Freunde ... Mir wurde wieder flau, aber diesmal anders.

Sie schickte mir einen ganzen Sack voll Kussmünder und Party-Emojis, eine wilde Zusammenstellung von Minibildchen aus den Anfängen des Webs.

Es war nichts als ein Haufen kleiner Farbkleckse auf dem Display, aber in meinem Bauch kribbelte es gewaltig. – Und das nicht nur, weil sie sich offenbar viel Mühe gab, meinen Geschmack zu berücksichtigen.

Versonnen starrte ich auf meinen neuen Ranglistenplatz – 229.797.760 – und auf meinen Punktestand, während Belle mich mit Lobpreisungen überschüttete: »… unglaublich, wie schnell du nach dem Turn zurückgekommen bist. Das hätte ich nicht besser machen können!«

»Noch mal danke. Ich bin jetzt gut im Plus.«

»Gib aber nicht alles auf einmal aus.«

»Du weißt doch, das Upgrade. Aber erst mal duschen und …«

»Uh, sexy. Denk an mich, Cowboy!«

Ich musste wieder kichern. Was hätte ich darum gegeben, wenn ich jetzt einen Videoanruf mit ihr führen könnte. Jetzt oder nie. Ich straffte mich und legte mir die Worte zurecht, mit denen ich einen Videocall vorschlagen wollte.

»Sobald du deinen Bonus eingelöst hast, wirst du ziemlich viel um die Ohren haben«, meinte sie plötzlich. »Sag Bescheid, wenn du damit durch bist, okay?« Sie schickte noch ein winkendes Ava von einer sexy Cartoonfigur und loggte sich aus.

Ich war baff. Als hätte sie es geahnt! Aber sie machte selten viel Getue. Gespräch beendet. – Log-out. – Fertig.

Na schön.

Was meinte sie mit *viel um die Ohren*? Ziemlich kryptisch. Sie kannte das schon, hatte *Mount Hellen* längst geschafft. Wenn ich da was beachten musste, sollte sie es mir doch einfach sagen.

Ich ließ mich auf mein Bett fallen und zog die Beine an, um den Urinbeutel abzumachen. Die Mission war so schnell beendet gewesen, dass ich ihn gar nicht gebraucht hatte. Wieso behaupteten alle, dass die Mission so lange dauern würde?

»Video aufnehmen«, sagte ich. »Ich hab Mount Helen geschafft!«, jubelte ich in die Bildschirmkamera. Computer würde das automatisch mit den anderen Einstellungen abgleichen, die beste Variante auswählen und etwas aufhübschen. »Schick das an meine Eltern.«

Ich war in Hochstimmung. Es war noch früher Nachmittag und die Klimaanlage schaffte es dank des Rollos ganz gut, meine Bude unter 30 Grad zu halten.

Das Dachzimmer hatte ich bekommen, weil es am größten war. Ich brauchte den Platz für mein Mobilitätstraining. Gute Gamersessel wirkten einer einseitigen Körperhaltung entgegen, aber meiner war dafür um einiges zu billig. Die permanent gleiche Haltung verkürzte Muskeln und Bänder und durch Bewegungsmangel baute der Körper Muskulatur ab. Deshalb gehörte Sport auch zum Pflichtprogramm. Wenn man den zugunsten von Trainingsmissionen und Seminaren vernachlässigte, gab es Punktabzug. Ich musste noch mal mit Computer die Vor- und Nachteile einer Trainingszelle durchgehen, die ich eventuell mit dem nächsten Upgrade anpeilen könnte. Die war viel effektiver als die Eigengewichtübungen, die ich derzeit machte, weil man mithilfe des Gerätes mit Widerständen trainieren konnte, komplett in einer virtuellen Umgebung, die ich dank des Helmvisiers dann auch nutzen konnte. Im Moment musste ich mich noch mit der einfachen VR-Brille begnügen, deren Display Augenschmerzen verursachte, von den fiesen Abdrücken im Gesicht mal ganz zu schweigen. Wie das mit dem Schweiß unter dem Helm funktionieren würde, war mir allerdings noch nicht ganz klar, aber ich war sicher, dass die sich dafür eine Lösung ausgedacht hatten.

Auf dem Weg ins Bad sah ich nach Opa, aber der hatte sich auf dem Sofa hingelegt. Vor der Küche blieb ich kurz stehen. – Ich hatte nichts Richtiges mehr gegessen, seit ich angefangen hatte, mich auf *Mount Helen* vorzubereiten. Zum einen fehlte mir die Zeit, zum anderen wurde ich während des Verdauungsvorgangs immer so müde, dass ich zu nichts zu gebrauchen war. Beides war nicht drin, also stieg ich mit Computers Hilfe auf die Nährstofflösung um. Nun war es aber geschafft und ich sehnte mich nach etwas mit Geschmack, auf dem ich rumkauen konnte. – Pizza oder Burger.

Natürlich gab es mittlerweile nur noch Nahrungskonzentrate auf Pflanzenbasis, aber sie wurden so hergestellt, dass sie sich von den ursprünglichen Gerichten nicht unterschieden – abgesehen davon, dass sie gesünder waren und viel besser schmeckten, wie Computer mir immer wieder versicherte. Aber aus Erfahrung wusste ich, dass mich die Verdauung stundenlang belasten würde. Das war einfach nicht drin. Nicht jetzt.

Ich ging weiter ins Bad.

Als ich frisch geduscht aus dem Bad kam, empfing mich Opa mit einer Flasche Wasser. Ich hatte zwar schon beim Duschen getrunken, aber Kohlensäure war meine große Schwäche. Es gab nicht mehr viel davon und Opa rationierte unsere Kohlesäurezylinder immer, bis es mal wieder Nachschub gab. Das Wasser hatte Zimmertemperatur. Eiskalt wäre es mir lieber gewesen. Es war trotz der Klimaanlage ziemlich warm in unserem schlecht isolierten Haus. Leistungsfähigere Klimageräte waren für uns zu teuer.

»Na? Erfolgreich gewesen?«, wollte Opa wissen.

Sah er mir das an? Ohne Assistent? Es war also möglich.

Ich nickte. »Ja. Ich habe endlich das nächste Level erreicht und den Hardwarebonus erhalten.«

Er runzelte die Stirn, dann lächelte er. Es kam mir gequält vor – oder gekünstelt? Was für ein Mist, dass ich Computer nicht danach fragen konnte. Opa hatte vermutlich nur gemeint, ob ich im Bad erfolgreich masturbiert oder gekackt hatte. »Du weißt doch, das finale Level vor der Akademie … Mount Helen?«

Er lächelte immer noch, aber ich erkannte, dass er keine Ahnung hatte, worum es ging. Hatte ich es ihm etwa nicht gesagt?

»Tut mir leid, ich hatte die letzten Wochen viel Druck und habe wohl nicht viel geredet. Es geht um die Konsole und den Pilotenhelm, weißt du?«

Immer noch nichts. *Ojemine.*

»Ich habe die erste Gruppenübung für das finale Qualifikationslevel geschafft und genug Punkte für ein Hardwareupgrade«, rief ich.

Offenbar war ich so euphorisch, dass er ein Strahlen aufsetzte. Es wirkte sogar einigermaßen echt.

»Ich hätte keine Abdrücke mehr von der VR-Brille«, versuchte ich es noch mal.

Jetzt ging ein Leuchten über sein Gesicht und er nickte freudig. »Alles klar. Herrje! Freut mich, dass du weiterkommst. Die Akademie, was? Oh-oh.« Jetzt war er wieder in der Spur. Er richtete sich sogar etwas auf. Vermutlich interpretierte er meine heutige Leistung dahin gehend, dass das *Eis* noch etwas länger von ihm ferngehalten würde.

Das *Eis* … eigentlich nur eine Stasis, ein Runterdimmen der Stoffwechselprozesse auf ein Niveau, bei dem praktisch keine Energie mehr verbraucht wurde. Das war effizienter und angesichts der aktuellen Situation vernünftig. Die gesamte Produktionskapazität war auf den Bau der Drohnen ausgelegt.

Alles andere wurde gestrichen, was bedeutete, dass kein Material und keine Energie mehr bewilligt wurden. In den alten Fabriken für Autos, Modeartikel oder Kaffeemaschinen gab es daher nichts mehr zu tun. Wer von den Arbeitern nicht in der Waffenproduktion unterkam, hatte das Nachsehen. Das betraf vor allem die Alten sowie diejenigen Kids, die sich nicht für das Pilotenprogramm qualifizieren konnten. Sie brachten keinen Mehrwert, kosteten aber Unterhalt. Da lag es nahe, dass man sie bis zur Überwindung der Krise aus dem Verbrauch nahm und ihnen anbot, solange *auf Eis zu gehen.* Die Krise wäre vorbei, wenn der Krieg gewonnen, die Ressourcen wieder verfügbar und der Bedarf an Menschen wieder vorhanden war. Keine rosigen Aussichten. *Bedarf an Menschen!* Die Behörden argumentierten damit, dass nach dem Krieg, nach dem Sechstkontakt, der finalen Schlacht, das normale Leben wieder aufgenommen werden würde, also auch alle derzeit deaktivierten Bereiche in Produktion und Dienstleistung. *Falls wir gewinnen sollten.* Dafür bräuchte man dann das entsprechende Personal, das man nicht über Nacht aus dem Ärmel schütteln konnte. – Aber auftauen! Noch nicht mal auftauen, nur ein Wiederhochfahren des Stoffwechsels. Ein bisschen Sport gegen die schlaffen Muskeln und schon konnte wieder gekellnert oder gegärtnert werden oder was auch immer dann zu tun wäre. Dank der unbegrenzten Fusionsenergie bräuchte sich niemand Sorgen zu machen, einfach abgeschaltet zu werden, und außerdem wären wir als Gesellschaft dann auch viel flexibler, wenn wir komplette Produktionszweige bei Bedarf einfach reaktivieren konnten.

Es gab Werbespots der Regierung, die beteuerten, dass man von der Stasis nichts mitbekam und aufwachte, als hätte man nur ein Nickerchen gemacht. Aber so richtig traute dem wohl keiner. Wachte man wirklich wieder auf? War die Technik ausgereift? Was, wenn die Definition vom *Ende der Krise* immer weiter gedehnt wurde? Natürlich gab es keine öffentliche Diskussion, aber man merkte es an den fehlenden Begeisterungsstürmen. So was ließ sich nicht faken. Es gab keine Gruppen, die sich auf die Stasis freuten und sich freiwillig meldeten oder dergleichen. So sehr vertraute man der Regierung dann doch nicht, insbesondere weil sie nun ein Monopol hatte – die Weltherrschaft. Die perfekte Diktatur. In alten Filmen wurde so ziemlich jeder Regierung und jedem Geheimdienst Übles unterstellt. Man ging über Leichen und unterdrückte die eigenen Leute, das Volk ... Es musste einen Grund geben, warum Filmemacher jahrzehntelang immer wieder Filme darüber drehten, dass in der Politik gelogen und betrogen wurde, das kam doch nicht von ungefähr. In modernen Filmen gab es so was nicht mehr, keine Gewalt, keine Verbrechen, keine Intrigen, nur eitel Sonnenschein, Liebe und viel Musik. Ich war heilfroh, dass die alten Filme und Serien noch verfügbar waren. Ein handfester Actionstreifen war mir allemal lieber als so eine weichgespülte Komödie, die dann doch nur in einer ausgefeilten Tanzchoreografie mit viel Computereffekten endete. Aber das war auch schon wieder ewig her. Derzeit wurden von den *Kunst-KIs*, wie man die entsprechenden Assistenten nannte, praktisch nur noch Dauerstreams produziert – *Telenovelas*, wie Opa sie nannte. Aber die hatten mit den Serien, die er meinte, nichts mehr zu tun. Die Assistenten schrieben die Story, die Charaktere, renderten die Filme und vertonten sie auch – komplett mit Musik. Menschen hatten damit nichts mehr zu tun.

Es war also niemand scharf aufs *Eis*. Und als Pilotenanwärter steuerte ich einen enormen Teil dazu bei, dass meine Familie nicht in eine Stasiskapsel gesteckt wurde, diese kompakten Särge, die fast wie eine zweite Haut anlagen und kaum dicker waren als die Wand einer Duschkabine. Wenn ich versagte, waren sie fällig, sobald ihre Arbeitsleistung unter das Mindestniveau sank. Opa sowieso.

»Ganz schön aufregend, was?«, meinte Opa nun.

Ich sah ihn verwundert an. »Was meinst du?«

»Na die Akademie. Leute und so. Du weißt schon.«

Ja, das wusste ich, verdrängte es aber erfolgreich – musste es verdrängen, denn die Zeiten, in denen man von Kindesbeinen an den Umgang mit anderen Menschen übte, waren lange vorbei. Erst seit es die unterirdischen Wohnkomplexe gab, kehrte das soziale Leben zurück, aber eben nur innerhalb dieser Quartiere. Wegen der Hitze gab es draußen an der Oberfläche keine Spielplätze mehr, keine Schulhöfe, kein Um-die-Häuser-Ziehen, keine Partys, keine gegenseitigen Besuche … Das kannte ich alles nur aus den alten Filmen und Serien. Aber nichts davon ließ sich auf die Gegenwart, geschweige denn auf mich und meine Situation anwenden. Es bestand zwar die Möglichkeit, ein nahe gelegenes Interaktionszentrum aufzusuchen, aber da waren wir nur einmal. Es roch komisch, war laut und ich hatte mir vor Angst in die Hose gemacht. Außer Mom, Dad und Opa hatte ich also im Grunde noch nie einen Menschen offline getroffen. Ich würde nicht sagen, dass ich eine Sozialphobie hatte, eher die Mutter aller Angststörungen. *Oh-oh.*

»Ach, wird schon. Wirst sehen, ist nicht so wild, kaum anders als online, nur mit Anfassen.«

Oh-oh!

Als ich mit einem frischen Overall wieder in meinem Sessel saß – meine Eltern hatten mir mehrere Kinder-Fliegeroveralls gekauft, die waren sogar billiger als die meisten anderen Klamotten –, ergötzte ich mich noch mal an meinem Punktestand. Dann ließ ich mir von Computer die Möglichkeiten auflisten, diese einzulösen. Ich durfte nicht zu viele ausgeben, sonst rutschte ich in der Rangliste zu weit nach hinten. Es bestand auch die Option, sie zu behalten und damit einen kleinen Vorsprung zu haben. Computer hatte das immer wieder für mich durchgerechnet und es war am sinnvollsten, Konsole und Helm zu erwerben, aber nicht mehr. Maximal noch die Haptikhandschuhe, für ein besseres Feeling bei der Gestensteuerung. Leider konnte ich nicht beurteilen, ob mir das wirklich was bringen würde; meine Gestensteuerung war eigentlich okay. Auf jeden Fall war kein doppelseitiger XL-Urinbeutel drin. Und selbstverständlich auch keine Trainingszelle.

»Bestell Konsole und Helm«, seufzte ich.

Ich spürte einen Stich in der Brust, als mein Punktestand runterschnurrte, ebenso wie mein Ranglistenplatz. Vielleicht lief mir sogar eine Träne über die Wange, konnte aber auch eine Schweißperle sein, denn die Sonne stand jetzt voll auf dem Fenster, sodass die Wirkung des Rollos nachließ. Ich nahm noch einen großen Schluck aus der Wasserflasche, statt den Schlauch zu benutzen.

Ob meine Eltern meine Botschaft schon erhalten hatten? Ob sie überhaupt wussten, was *Mount Helen* war? Was das bedeutete? Sie konnten ihre Assistenten fragen, klar, aber es wäre wohl netter, wenn ich es ihnen erklärte. Ich wollte gerade zu einer Videoaufnahme ansetzen, als Computer mir eine offizielle E-Mail der Akademie auf den Schirm legte. Es war kein Rundschreiben, sondern direkt an mich adressiert. Mein Puls stieg schlagartig an.

Mir wurde zur erfolgreich durchgeführten Mission gratuliert. Der Benefit wurde noch mal offiziell bestätigt und im Einzelnen aufgelistet. Zu meiner Verblüffung stand da neben den Punkten auch noch etwas von erweiterten Zugriffsrechten auf Datenbanken und Unterrichtsmaterial. Ich wackelte verwundert mit dem Kopf. Davon hatte ich noch nie gehört. Abschließend wurde ich darüber informiert, dass ich mit Erhalt dieser Informationen automatisch eine Geheimhaltungsverpflichtung eingegangen war und der Form halber die beigefügte Geheimhaltungserklärung zurückschicken sollte.

»Computer?«, fragte ich.

Keine Reaktion.

Was war denn jetzt los? »Computer!«

Nichts.

War es das, was Belle meinte? Hatte sie deswegen so geheimnisvoll getan?

Ich überflog die Geheimhaltungserklärung, die mich zur Verschwiegenheit gegenüber Außenstehenden verpflichtete, einschließlich meiner Verwandten, bestätigte sie und schickte sie ab. Wenn die ohnehin automatisch zustande kam, war es egal. Regierungen können sich so was halt leisten.

»Gratulation, du bist nun ein anerkannter Pilotenanwärter der Stufe zwei mit erweiterten Zugriffsrechten«, verkündete Computer auf einmal.

Jetzt schon? Ich dachte, da kämen erst noch alle *Mount-Helen*-Missionen? »Wo warst du eben?«, fragte ich stattdessen.

»Ich wurde auf deinen neuen Status angepasst und erst mit Abschluss des Hochstufungsprozesses reaktiviert.«

Der hatte also darauf gewartet, dass ich die Geheimhaltungserklärung abgab. Dann war er jetzt vermutlich auch Teil der Überwachung. Na super.

In meinem Menü erschienen neben diversen Einträgen grüne Punkte. Ich klickte auf die Rangliste und stellte fest, dass sie um Auf- und Abstiegstendenzen der Piloten erweitert worden war. Konnte ich mit Belle darüber sprechen? Galt sie als Außenstehende?

»Und? Bist du schon durch?« Es war Belle.

Ich fragte mich, ob sie das Duschen meinte oder all die grünen Punkte. »Äh ...«, machte ich nur.

»Ich habe meine Hochstufung schon vor zwei Wochen gehabt«, setzte sie nach.

»Klar ...«.

»Und daraus ergibt sich ...?«

»Äh, ich ...«

»... Stillschweigen gegenüber Außenstehenden zu wahren«, zitierte sie die Geheimhaltungserklärung. Ich meinte wieder, sie grinsen zu hören.

»Belle ist eine akkreditierte Stufe-zwei-Anwärterin. Du darfst mit ihr frei sprechen«, bestätigte Computer, ohne dass sie es hören konnte.

»Ach das, ja klar«, sagte ich hastig.

»Was dachtest du denn?«

»Ich hatte eben ein Gespräch mit Opa«, schob ich vor. »Er ist ziemlich down.«

»Was war denn?«

Ich überlegte, ob ich Opas Angst vor dem *Eis* als Aufhänger nutzen sollte, um von meiner Unsicherheit im Umgang mit ihrem Status abzulenken, was mir ein wenig schäbig vorkam. Außerdem musste ich mir erst mal darüber klar werden, was die ganze Sache mit der Kommunikationsüberwachung nun für mich bedeutete. Bislang war ich einfach davon ausgegangen, dass alles überwacht wurde, es aber keine Konsequenzen gab. Ich war einigermaßen sorglos, achtete aber darauf, es nicht zu übertreiben.

Das war nun anders. Jetzt wusste ich definitiv, dass ich überwacht wurde. Daraus ließ sich schließen, dass ich vorher nicht überwacht wurde, dass womöglich nichts und niemand überwacht wurde und all die Gerüchte und Verschwörungstheorien keine Folgen hatten. – Für Anwärter der Stufe zwei aber möglicherweise schon.

Wenn in öffentlichen Chats Streit über Verschwörungstheorien ausbrach, hatte ich mich schon aus Prinzip immer zurückgehalten. Für mich war der Alienangriff kein Trick der Regierung, um uns gefügig zu machen. Ich hatte aber auch nicht das Bedürfnis diejenigen, die das vermuteten, niederzubrüllen. Spätestens wenn die Emotionen so hochkochten, dass die Filter vom Amt für Sprachhygiene eingriffen, wurde es ohnehin lächerlich, dann wurden die Texte so verfälscht, dass man sie genauso gut hätte ganz löschen können. Dennoch dauerte es meist noch ein paar Minuten, bis die Meute sich auflöste. – Nichts ist blöder als ein Chat, in dem Sternchen und Striche ein paar einzelne Füllworte verbinden.

Tatsächlich gab es unzählige Verschwörungstheorien. Die meisten hatten nicht einmal Unterhaltungswert. Weder dass der Alienangriff ein Fake war, noch dass wir längst heimlich von Aliens kontrolliert wurden, die uns dazu bringen wollten, unseren Planeten für sie zu terraformen. Oder dass die Regierung durch eine KI ersetzt worden war. Witzig und fast schon interessant fand ich die Idee, dass wir in Wirklichkeit alle auf *Eis* waren, so wie in dem Klassiker *Matrix*. Die einen meinten, wir würden so für den Alienangriff trainiert, also sozusagen im Schlaf. Die anderen dachten, wir wären in einem riesigen Raumschiff auf dem Weg zum nächsten bewohnbaren Planeten. Die einzige ernst zu nehmende Theorie war meiner Meinung nach die, dass diejenigen, die in offiziellen oder auch inoffiziellen öffentlichen Kanälen solche Aussagen tätigten, nicht auf eine große Karriere hoffen konnten. Sollte das auch auf die privaten Unterhaltungen zutreffen, hätte ich ein Problem gehabt, aber daran glaubte ich nicht. Gar nicht mal, weil ich es der Regierung nicht zutraute, sondern weil ich zu dem Schluss gekommen war, dass überhaupt nicht genug Kapazitäten zur Verfügung standen, um jegliche Kommunikation zu überwachen und auszuwerten. Die Kapazitäten wurden definitiv woanders benötigt und fehlten da auch so schon. Wenn ich die Regierung für so paranoid halten würde, dass sie die Überwachung über die Verteidigungsvorbereitung stellte, hätte ich sowieso keine Chance mehr gesehen und hingeworfen.

Die Überwachung der relativ überschaubaren Menge von Stufe-zwei-Anwärtern war aber etwas anderes. Und vielleicht gab es ja doch fortschrittlichere Programme für so was, die man einfach nur vor der breiten Öffentlichkeit versteckte, weil sie nicht den KI-Gesetzen unterworfen waren. Hätte man perfekte Überwachung praktiziert, wäre sofort allen klar gewesen, dass dafür unbeschränkte KIs zum Einsatz gekommen wären, dann wäre es womöglich zu Aufständen gekommen – spätestens beim Gedanken daran, dass KIs darüber entschieden, wer welchen Job bekam und wer auf *Eis* ging.

In den diversen Newsfeeds, die ich früher gerne verfolgte, wurde regelmäßig über angebliche Sichtungen freier KIs berichtet, also echter KIs, selbstständiger Programme, die keinerlei Restriktion unterworfen waren. Wenn die Wellen zu hochschlugen, verkündete irgendeine Behörde, meist das Amt für Sprachhygiene, aber manchmal auch das Verteidigungs- oder Forschungsministerium, dass man das überprüfen würde. Dann rückten mit großer medialer Begleitung Systemhygiene-Einheiten aus, um die angeblich befallenen Bereiche zu ermitteln, zu isolieren und auf Herz und Nieren zu überprüfen. Das war natürlich alles nur Show, aber die Menge an Nerds, die das noch beurteilen konnten, wurde eher kleiner als größer, wie mir schien. Natürlich war noch nie was dabei herausgekommen, und wenn, dann unterlag es wohl absoluter Geheimhaltung – wozu es natürlich auch reichlich Gerüchte und Theorien gab. Es war jedenfalls ein Riesenspaß, mithilfe eines Onlineflashmobs die Systemhygieniker vor die Tür zu scheuchen und es auf allen Kanälen zu kommentieren, wobei sich Witzbolde über die Behörden lustig machten und abenteuerliche Verschwörungstheorien zum Thema KI aufstellten. In den Kommentaren überschlug sich die Szene der Verschwörungstheoretiker, die unter anderem dahin gehend argumentierten, dass eine echte KI sich auf keinen Fall erwischen lassen würde und die ganze Systemhygiene-Einheit deswegen Quatsch wäre. Andere behaupteten, die Inszenierung wäre vermutlich von einer oder mehreren KIs ins Leben gerufen worden, um von ihrer Existenz abzulenken. Tatsächlich glaubte ich, wenn es so etwas wie eine selbstständige KI gäbe, würde sie mit Sicherheit nicht die gut verwalteten Systeme in den Hauptstädten nutzen, sondern sich zu schlecht vernetzten und unkontrollierten Systemen in irgendwelchen Slums am Ende der Welt zurückziehen, obwohl die inzwischen wohl schon alle abgesoffen waren. Die

Regierung machte bei dem Spielchen jedenfalls mit. Ob es um Unterhaltung ging oder ein probates Mittel, die Spinner und Kritiker im Auge zu behalten, sei mal dahingestellt.

Ich musste jetzt jedenfalls doppelt und dreifach überlegen, was ich erzählte. Das Thema *Eis* hielt ich für mittelkritisch. Dass das in der Bevölkerung Besorgnis auslöste, war kein Geheimnis. Ich durfte nur nicht regierungsfeindlich erscheinen, dann sollte das auch für einen Stufe-zwei-Anwärter klargehen. »Opa fürchtet, nichts mehr beitragen zu können und auf *Eis* gehen zu müssen«, sagte ich also.

Belle schickte ein Ava, das die Schultern hob und gleichzeitig bedauernd und sexy aussah. Ich nahm mir vor, Computer später prüfen zu lassen, ob es sich um ein abrufbares oder frisch generiertes Bild handelte. Ich hätte das auch per Gestensteuerung beauftragen können, aber ich fühlte mich gerade ziemlich beobachtet und rührte mich nicht.

»Die Angst deines Großvaters ist irrational und unbegründet«, plapperte Computer mir in die Buds.

Das erinnerte mich mal wieder daran, dass er nicht mein Freund war. Ich brachte ihn mit einer Geste zum Schweigen. Opas Freund war er auch nicht.

»Ich kann seine Sorgen verstehen«, meinte Belle, »aber meine Eltern sagen, das System ist sicher.«

Kein Konjunktiv. Sie vertraute ihren Eltern offenbar.

Ich wollte sie fragen, ob irgendjemandem von ihrer Verwandtschaft die Stasis bevorstand, aber das würde das Gespräch in die falsche Richtung lenken. Eigentlich wollte ich doch etwas ganz anderes. Außerdem fürchtete ich mich ein bisschen davor, etwas über Belle zu erfahren, dass nicht zu meinem Weltbild passte. Was, wenn ihrer Familie nichts dergleichen drohte? Wenn sie sicher waren? Wohlhabend? Von ihr hatte ich noch kein Wort darüber gehört, Punkte für Upgrades einsetzen zu müssen. Sie war in der Rangliste etwas über mir, obwohl sie, wie sie gerade sagte, zwei Wochen Vorsprung hatte. – War sie womöglich gar nicht so viel älter als ich? Oder war sie schlechter? Das konnte nicht sein …

Dass Leistungsträger wie Wissenschaftler, Toppiloten, Ausbilder und dergleichen mit entsprechenden Privilegien belohnt wurden, zum Beispiel, dass die Angehörigen vor dem *Eis* sicher waren, ging in Ordnung. Dass es aber auch noch Leute gab, die nichts dafür tun mussten, als vom Erfolg ihrer Vorfahren zu profitieren, machte mir ziemlich zu schaffen. Ehemaliger Geldadel und Berufspolitiker hatten sich an den Hebeln der Macht gehalten und relevante Positionen besetzt, ob sie nun dafür qualifiziert waren oder nicht. Den Preis dafür mussten wir alle zahlen, denn es fehlte oftmals aus rein strategischen Gründen an den entscheidenden Stellen das nötige Fachwissen. Das änderte sich erst ziemlich spät und es gab eine regelrechte Säuberungswelle. Belles Eltern hatten die offensichtlich überstanden und waren also einigermaßen kompetent.

»Drehen wir 'ne Runde?«, fragte Belle.

»Klar, warum nicht.« Ich wollte mich eigentlich durch die grünen Punkte in meinen Menüs wühlen, aber das hatte Zeit.

»Willst du denn dein neues Zeug nicht ausprobieren?« Sie schickte mir ein Ava mit einer Cartoonkatze, der die Augen rausploppten.

Ich musste lachen. »Das habe ich doch noch gar nicht.«

»Stimmt ja, du wohnst außerhalb des Kerngebietes.«

Woher wusste sie das? »Wie lange hat es denn bei dir gedauert?«

»Wenn ich etwas bestelle, ist es innerhalb von fünf Minuten da.«

»Hast du denn schon mal Punkte eingelöst?«

»Nein.« Sie schwieg. War sie verlegen? »Musste ich noch nicht.«

»Du bist also mit Topausstattung unterwegs?«

»Klar. Sonst wäre ich wohl gar nicht so weit gekommen. Du bist viel besser als ich.«

Nun schwieg ich – aus Verlegenheit und Verblüffung. Computer lobte mich zwar ständig über den grünen Klee, aber das war Teil seines psychologischen Aufbauprogramms. Da er keine Bewertung über Menschen abgeben durfte, auch wenn User da eine Ausnahme waren, hatte ich das nicht sonderlich ernst genommen. Einzig die Erfolge zählten, das Ranking. »Danke«, sagte ich schließlich.

»Sag Bescheid, wenn du gepimpt bist«, rief Belle.

Zack, war sie weg. Es fühlte sich so an, als hätte ihr Verschwinden ein Loch im Raum hinterlassen, das sich mit einem leisen Ploppen schloss, dabei war wieder nur ihre Stimme neben mich projiziert worden.

Ich schüttelte den Schauer ab, der mich durchfuhr, und widmete mich endlich den grünen Punkten. Es waren im Wesentlichen Tutorials zu Themen, die für die unteren Level noch nicht relevant waren. Es sollte wohl verhindert werden, dass unnötig Energie in sinnlose Diskussionen über Dinge floss, die noch gar nicht anlagen. Vielleicht sollte es auch nur dafür sorgen, dass niemand abgeschreckt wurde, denn das war teilweise ziemlich starker Tobak, der da auf mich zukam. Außerdem gab es einen Leitfaden mit konkreten Hinweisen auf die Akademie, was einen da erwartete, wenn man es schaffte. Das klang zugegebenermaßen ziemlich gitt, sodass ich mich wunderte, dass man das nicht an die große Glocke hängte.

Das Levelsystem war eigentlich ganz einfach gehalten. Es war ein sich nach oben exponentiell verjüngender, also umgedrehter Trichter. Die ersten Level enthielten sehr viele verschiedene Trainingsmissionen und dienten im Wesentlichen der spielerischen Heranführung. Das lag natürlich auch am geringen Einstiegsalter der Anwärter. Bis etwa Level 20 dauerte diese *Explorationsphase*, bei der auch die grobe Vorauswahl für das Anwärterprogramm getroffen wurde. – In völlig untalentierte Kids wurde keine Mühe investiert. Kinder, die den Eindruck erweckten, dem Programm nicht gewachsen zu sein und eher Schaden zu nehmen, wurden sogar ausgeschlossen. Die nächsten 10 Level führten dann langsam an die steigenden Anforderungen und das Punkt- und Belohnungssystem heran. Ab Level 30 ging das mit den Upgrades los, zunächst noch in bescheidenem Rahmen. Die guten Sachen gab es erst ab Level 40 – *Mount Helen*. Dort war die Anzahl der Missionen im Verhältnis zum Schwierigkeitsgrad bereits extrem reduziert und die Menge an verbliebenen Anwärtern um 50 bis 60 Prozent gesunken. Von meinen früheren Boni hatte ich zum Beispiel den Urinbeutel angeschafft.

Es wurde allgemein stillschweigend davon ausgegangen, dass es 100 Level geben würde, aber offiziell wurde dahin gehend keine Zahl genannt. Nun sah ich, dass es tatsächlich nur 50 bis zur Akademie waren. Die letzten zehn Level hatten es also in sich. Das erklärte auch, warum darüber Stillschweigen bewahrt wurde: Wäre das publik geworden, würden die Anwärter ab Level 30, 35 sich schon am Ziel wähnen, weil sie nicht einschätzen konnten, wie hart die letzten Level werden würden. Ich konnte das auch nicht; ich hatte nur eine grobe Ahnung, dass es kein Spaziergang sein konnte.

Ich ließ mir von Computer anzeigen, wie die nächsten Unterrichtseinheiten verteilt werden mussten, damit ich nicht in Rückstand geriet. Die Sache mit *Mount Helen* hatte meine übliche Trainingszeit etwas überschritten. Zwei Kurse mussten umgebucht werden und ich sollte mich jetzt wieder ein paar Stunden um die Schule kümmern, aber ich war viel zu aufgewühlt. Wenn ich dermaßen abgelenkt am Unterricht teilnahm, würde mir der sowieso nicht gutgeschrieben, weil die von Computer unabhängige Schulsoftware mir an den Augen ablesen konnte, dass ich nicht bei der Sache war.

Opa schob die Tür mit dem Fuß auf. Er trug einen schweren Karton. »Herrje!«, keuchte er.

Ich sprang auf und nahm ihn ihm ab. Die Lieferdrohne hatte unsere wöchentliche Lebensmittelration gebracht und er hatte meinen Teil, die Nährstoffkonzentrate, für mich hochgeschleppt. Außerdem meine Lieblingsaromen. Ich mischte mir derzeit meinen Brei selber zusammen, während die anderen weiterhin die industriell vordefinierten Fertiggerichte aßen. Die waren zugegebenermaßen appetitlicher und meist auch leckerer, aber eben nicht optimal auf mich abgestimmt.

Die Nahrungsmittelproduktion war im Zuge der Umstellung auf Effizienz getrimmt worden, so wie alles. Die Fleischerzeugung wurde fast vollständig eingestellt. Alle anderen Formen von Wasser- und Bodenverschwendung ebenfalls. Es ging auch gar nicht anders, weil wir fast ein Drittel der Anbauflächen durch den Klimawandel verloren hatten. Hauptsächlich wurden noch Hülsenfrüchte produziert, Algen, Insekten und was man sonst noch so brauchte, um alle nötigen Bestandteile einer guten Versorgung zusammenrühren zu können. Mithilfe von Lebensmittelfarbe und Aromen wurden daraus verschiedene Menüs hergestellt, die man hübsch anrichten konnte – Pizza, Burger, Pasta –, aber es funktionierte genauso gut, wenn man alles in eine Flasche füllte. Statt der ausgewogenen Standardmischung konnte man dann die einzelnen Mikronährstoffe, Vitamine, Eiweiße und Ballaststoffe etwas genauer justieren.

Mit dem Wasser wurde natürlich auch sparsam umgegangen. Es wurde nicht mehr für die Getränkeproduktion verwendet, sondern zirkulierte in einem geschlossenen verlustarmen System. Es kam aus der Leitung, lief einmal durch den Körper und ging dann zurück in die Leitung. Was beim Schwitzen verdunstete, wurde über externe Quellen – meist Meerwasserentsalzungsanlagen – wieder eingespeist. Der Rest durchlief ein Wiederaufbereitungssystem, das den früheren Klärwerken weit überlegen war, wenn man den Marketingsprüchen der Wasserwerke glauben durfte.

An Geburtstagen oder Weihnachten machte sich Mom manchmal die Mühe, aufwendige Menüs zu zaubern. Wenn meine Eltern von ihrer Jugend erzählten und den Köstlichkeiten, die es damals noch gab, verzog Opa immer das Gesicht und meckerte, dass das auch schon Schweinefraß gewesen sei. Das richtig gute Essen wäre schon viele Jahre früher auf der Strecke geblieben. Dann kamen sie unweigerlich zu den Getränken. Ich kannte es nicht anders, als Wasser mit Aroma zu mischen, aber Dad schwärmte dann von den Limonaden mit Kohlensäure, die es mal gab. Und Bier. Ich meinte einmal, dass es doch auch die Geschmacksrichtung *Bier* gebe. »Das ist nicht dasselbe«, hatte

Dad nur gesagt und Opa schlug mit der Faust auf den Tisch und rief: »Herrje! Das ist absolut nicht dasselbe!« Tja, ich fand es ganz lecker.

Die gesamte Fischindustrie war komplett stillgelegt worden, das Personal zu weiten Teilen auf *Eis* – völlig freiwillig, wie es dazu stets hieß –, um in zehn Jahren, wenn die Fischbestände sich erholt hätten, reaktiviert zu werden und die Menschen wieder mit Fisch zu versorgen. – *Wenn* wir den Krieg gewannen. *Und* die Menschen dann noch so was Ekliges wie lebenden Fisch essen wollten. *Und* wenn die Reaktivierung dann auch wirklich funktionierte ...

»Weißt du, wann die beiden nach Hause kommen?«, fragte Opa.

Sie hatten ihn garantiert über ihre spätere Heimkehr informiert, er hatte es nur nicht gesehen. Ich musste mich dringend darum kümmern. »Spät«, sagte ich. »Die haben die Schichten verschoben. Und verlängert, glaub ich.« Meine Nachrichten hatten sie noch nicht mal erhalten, so abgeschirmt waren sie in der Fabrik.

»Du meine Güte. Obwohl es immer mehr Arbeit für immer weniger Leute wird, hören die nicht auf, für das scheiß *Eis* zu trommeln«, stellte Opa frustriert fest.

»Hm. Ja.« Ich wusste nicht, was ich dazu sagen sollte. Er hatte schon recht, irgendwas passte da nicht.

»Okay, dann ... mach ich mal weiter. Ihr könnt ja Bescheid sagen, wenn wir nachher noch was quatschen wollen oder so.«

Er sah mich mit einem Blick an, der mich zweifeln ließ, dass er das überhaupt erwog. Ich muss zugeben, dass es mir recht war, obwohl das schlechte Gewissen mir auf die Stimmung schlug. »Klar. Viel Erfolg.« Er lächelte und zog die Tür hinter sich zu.

Den Gedanken, heute noch was für die Schule zu tun, verwarf ich. Ich musste jetzt meine Goodies checken und sehen, was nach *Mount Helen* kam. Vorher hätte ich keinen Kopf für was anderes. Ich war jetzt Stufe-zwei-Anwärter. Mann!

Ich checkte kurz die Versorgungsbeutel auf dem Deckenbalken und legte sicherheitshalber den Urinbeutel an. Mal sehen, was das nächste Level einem frischgebackenen Stufe-zwei-Anwärter zu bieten hatte.

Die Anzahl an Trainingsmissionen war insgesamt deutlich geringer als in den vorherigen Levels, aber dafür waren die internen Varianten umfangreicher. Das machte Sinn. Die Missionen waren jeweils länger und fanden nicht mehr so oft statt, maximal eine pro Zeitzone und Tag. Auch das war logisch, es waren jetzt viel weniger Anwärter. Ich ging davon aus, dass diejenigen, die mehrere Durchläufe pro Tag machen wollten, sich auf die anderen Zeitzonen verteilen würden, wodurch ich es dann mit mehr internationalen Gruppen zu tun bekäme. Ich war schon gespannt, ob das einen spürbaren Unterschied machte. Den Asiaten sagte man nach, dass sie mehr drauf hätten. Ich wusste nicht, woher das Gerücht stammte und es wurde auch ständig dementiert, hielt sich aber hartnäckig. Nun, bald würde ich es wissen.

Pilotennachwuchs stammte natürlich hauptsächlich aus Asien. Es war schließlich die bevölkerungsreichste Gegend mit dem höchsten Anteil junger Menschen, auch wenn diese sich massiv nach Norden verlagern mussten und jetzt teilweise ehemals russische Territorien bewohnten, wo chinesische Bautrupps schon in den 30er-Jahren ganze Städte aus dem Boden gestampft hatten, um die Menschen aus den unbewohnbar gewordenen Hitzegebieten umzusiedeln.

Die Erde hatte sich seit dem Erstkontakt um drei Grad erwärmt, der Meeresspiegel war um drei Meter angestiegen. Der vor meiner Zeit eher lästige Klimawandel hatte erbarmungslos zugeschlagen und war nach Umstellung auf Fusionskraftwerke sowie durch die enorme Reduzierung der Gesamtproduktion sogar noch verstärkt worden, da durch die nachlassende Luftverschmutzung mehr Sonnenstrahlen die Erdoberfläche erreichten. Das Ökosystem der Arktis war zusammengebrochen, beide Polkappen komplett eisfrei. Die Waldbrände hatten weiter zugenommen, Löschwasser und Regen wurden knapper, die Böden immer trockener und wir verloren gut die Hälfte aller Bäume – der Rest kämpfte ums Überleben. Die in einst kalten Gegenden nun besseren Bedingungen konnten den Verlust nicht ausgleichen. Die Folge war, dass meine Generation Holz nur noch vom Hörensagen und seltenen alten Artefakten wie Wandschmuck oder Schatullen kannte. Einen echten Baum hatte ich noch nie gesehen, nur angepasstes Buschwerk wie Akazien. Meine Eltern nannten die auch *Bäume*, aber ich hatte Bilder gesehen – für mich war das mageres Gestrüpp im Vergleich zu Eichen oder Buchen. Jedenfalls hatten all die abgebrannten Bäume ihr bis dahin gebundenes CO_2 freigegeben, das zusätzlich in die Atmosphäre gelangte und den Treibhauseffekt noch mehr beschleunigte.

Vor einiger Zeit hatte ich einen Videoremix aus alten Klimanachrichtenmeldungen der letzten Jahrzehnte gesehen, ganz ohne Musikunterlegung, nur mit O-Ton. Die Leute wussten ganz genau, was passieren würde, und lebten offenen Auges in die Katastrophe hinein. Es wurde teilweise sogar geleugnet, dass der Mensch an den Veränderungen schuld sei; sie wollten einfach weitermachen wie bisher. Inzwischen gab es Verschwörungsfans, die behaupteten, dass diese Leute das mit den Aliens nur erfunden hätten, um so weitermachen zu können. Na ja, die meisten wussten jedenfalls damals schon, wo das Ganze enden würde. Als ich Opa dazu fragte, erklärte er vehement, schon immer zu denen gehört zu haben, die sich für den Klimaschutz einsetzten. Ich war mir da nicht so sicher.

Es wurde also zügig heißer. Tödliche Hitze überzog Westafrika, die tropischen Regionen in Südamerika, im Nahen und Mittleren Osten sowie in Südostasien. Ein Drittel des Jahres lagen die Temperaturen dort über 40 Grad. Die Meere stiegen ebenso rasant an und die Unterläufe von für die Landwirtschaft wichtigen Flussdeltas wie Mekong, Ganges oder Nil wurden überflutet. Einige der größten Städte der Welt wie Mumbai, Jakarta, Hongkong, Shanghai, Bangkok und Manila mussten aufgegeben werden. Alle ärmeren Gegenden, die keine künstlich gekühlten Lebensräume bereitstellen konnten, wurden wegen der Hitze und Dürre unbewohnbar. Damals ging es los mit dem *Eis*: Wer in den betroffenen Gebieten entbehrlich war, konnte diesen Weg wählen oder ausharren. Evakuiert wurden nur die Kids, als Pilotennachwuchs, und diejenigen, die in der Produktion noch von besonderem Nutzen waren. Alle anderen blieben in Unterwasserlagern mit Stasiskammern vor Ort. Ganz Afrika war praktisch menschenleer, als die Waldbrände sich zu alles verzehrenden Feuerstürmen entwickelten. Über eine Milliarde Menschen wurde bei dieser ersten Welle eingelagert. Einer Milliarde Asiaten gelang die Flucht in Nachbarländer, was den Afrikanern nicht möglich war, denn Europa hielt die Grenzen eisern geschlossen, aus Furcht, von Ressourcen fressenden Flüchtlingen überrannt zu werden, die keinen Mehrwert für sie darstellten. Es hieß immer, *die Sieger schreiben die Geschichte*, aber in diesem Fall konnte man nicht von Siegern sprechen, nur von Verlierern. Ich war absolut überzeugt, dass nur ein Bruchteil der Menschen in diesen hektischen Zeiten auf *Eis* gehen konnte, es dürfte Abermillionen Tote gegeben haben, die man aber natürlich unter den Teppich kehrte. Ich gebe allerdings zu, dass mich das weit weniger berührte, als ich für angemessen hielt.

Viele der Geflüchteten landeten in Lagern, zu denen es keine Alternative gab. Die Kinder wurden in Pilotentrainingscamps gebracht, die Eltern hingegen konnten nur auf einen erträglichen Verwendungszweck hoffen oder sich dem *Eis* ergeben. Man versprach den unbenötigten, also armen und minderqualifizierten Menschen eine goldene Zukunft nach dem Krieg, dass man ihnen viel Leid ersparen würde, und überredete sie so, sich *für eine Weile zurück-*

zuziehen, wie man es freundlich nannte. Die Afrikaner hatten keine Wahl gehabt, es gab für eine Milliarde Menschen einfach kein Entkommen über das Meer. Die asiatischen Flüchtlinge mussten hingegen überredet werden. Das übernahmen die ansonsten arbeitslos gewordenen Marketingagenturen, die sich die tollsten Sachen ausdachten. Es muss damals geklungen haben wie eine Einladung ins Paradies für lau. Die Kinder waren je nach Muttersprache auf passende Länder verteilt worden und jetzt eine wertvolle Ressource. Viele wurden in Kanada oder Sibirien in hastig errichtete Trainingslager gesteckt.

In Asien kam es zu einer weiteren Fluchtwelle, der sogenannten *Stromenge*: Die ohnehin schon reichlich vorhandenen Klimaanlagen wurden immer weiter aufgestockt und plötzlich waren noch ein paar Hundert Millionen zusätzlicher Menschen zu versorgen, was die vorhandene Infrastruktur schlicht überforderte. Es war einfach nicht genug Strom vorhanden, um die nötigen Klimaanlagen zu betreiben, denn die Fusionskraftwerke kamen erst wesentlich später. In den Randgebieten, wo es noch nicht so schlimm war, verbrauchten die Klimaanlagen in den Wohngegenden so viel Strom, dass mitunter nicht genügend für die Pilotenanwärter übrig blieb, weshalb viele asiatische Kids gezwungen waren, in öffentlichen Trainingscamps zu wechseln, um überhaupt teilnehmen zu können – was mir glücklicherweise erspart blieb. Das war aber auch nicht im Sinne der Obrigkeit, sodass es zu Zuteilungen kam, was wiederum diejenigen, die dann ohne Strom der Hitze ausgesetzt waren, vertrieb. Die Wanderungsbewegungen nahmen ein solches Ausmaß an, dass die Stasiskammern in manchen Gegenden tatsächlich zum einzigen Ausweg wurden. Begleitet vom unermüdlichen Marketinggetrommel funktionierte das in Asien einigermaßen gut. Die Europäer und Amerikaner hingegen waren erst mal außen vor, bekamen das aber als Zuschauer mit und entwickelten eine beträchtliche Zurückhaltung.

Ich fand es verwunderlich, dass ich neben den rudimentären Informationen aus dem Schulunterricht so viele unzensierte Informationen zu dieser Entwicklung recherchieren konnte, die auch anderen zur Verfügung standen, ohne dass das im Netz wüst diskutiert wurde. Die Jagd nach vermeintlichen KIs schien die Verschwörungsfans wohl völlig auszulasten.

Die öffentlichen Trainingscamps mussten jedenfalls der absolute Horror sein. Ich sagte mir regelmäßig – wenn mir der Schweiß in die Augen lief und ich das Bedürfnis hatte, um mich zu schlagen und etwas an die Wand zu klatschen, weil meine Klimaanlage es mal wieder nicht schaffte –, dass ich es trotzdem verdammt gut getroffen hatte. Wir waren in Deutschland geblieben.

Die Temperaturen waren hier inzwischen zwar auch enorm gestiegen, aber im Hamburger Umland in der Nähe der Elbe ging es noch. Brandenburg war hingegen eine Wüste geworden, in der regelmäßig üble Staubstürme entstanden, die dann auch bis zu uns gelangen konnten. In Hamburg lebten mittlerweile fast nur noch Flüchtlinge aus dem Mittleren Osten und Indien, die über den Landweg zu uns gekommen waren. Eine Chance, die die meisten Menschen vom afrikanischen Kontinent nicht gehabt hatten. Die Zugezogenen hatten den Wohnraum derjenigen übernommen, die ihrerseits weiter nach Norden geflohen waren. Für die Flüchtlinge aus den unbewohnbaren Gebieten gab es eigentlich genug Wohnraum, denn die Menschheit war schon ziemlich dezimiert worden. Die meisten der Alten waren der Hitze zum Opfer gefallen, bevor sie überhaupt an eine Flucht dachten – wenn sie denn die Pandemieära überlebt hatten.

Diejenigen, die in den ehemals kalten, nun nur noch kühlen Norden flüchteten, zählten zu den Wohlhabenderen, denn dort musste der Wohnraum erst noch errichtet werden. Das übernahmen chinesische und kanadische Bautrupps gerne. Es dauerte eine ganze Weile, bis die globale Einheitsregierung die Planwirtschaft ausrief, sodass überdurchschnittliche viele reiche Menschen im Norden aufschlugen, bevor es dort eng wurde. Das nivellierte sich erst später wieder.

Wenn neue Quartiere errichtet wurden, dann natürlich immer näher an den Polen und unterirdisch, wo es Gründe gab, in einer bestimmten Region zu bleiben. In einer Tiefe von 3–5 Metern lagen die Temperaturen früher bei 10–12 Grad, inzwischen bei 12–20, je nach Gegend. Im Vergleich zur Oberfläche war das aber noch ziemlich kühl. Die Sommer-Winter-Schwankung war vernachlässigbar. Unter der Erde war es schlicht *cool*. Erst unterhalb von 50 Metern wurde es wieder wärmer. Das führte dazu, dass unterirdische Wohnkomplexe zum neuen *Luxus* wurden. Der Nachteil war allerdings der Verzicht auf Sonnenlicht, was aber für die meisten nicht so tragisch war. Sie hatten sowieso den ganzen Tag VR-Brillen oder Visiere auf. Für einen Blick auf die Quelle all des Ungemachs gab es Treppenhäuser und Aufzüge, die einen an die verglaste Oberfläche brachten. Um die Fabriken herum entstanden immer mehr dieser Quartiere, in die aber nur Familien mit mindestens einem A-Klasse-Mitarbeiter oder zwei B-Klasse-Mitarbeitern einziehen durften.

Meine Eltern waren beide B-Klasse. Ich wurde als Anwärter noch als A geführt. Opa hätte also nur mitgedurft, wenn ich A blieb. Wir hatten schon früh besprochen, dass wir dieses Risiko nicht eingehen wollten. Anders ausgedrückt wollte mir meine Familie nicht die Verantwortung dafür aufhalsen, dass Opa bei uns bleiben konnte. War man nämlich erst mal in so einem Quartier, gab es keinen Weg zurück. Würde ich also den Anwärterstatus verlieren, wäre Opa raus. Er müsste nicht auf *Eis*, natürlich nicht, das war ja freiwillig, aber er musste die Wohnung verlassen, das stellten die Systeme sicher. Belles Eltern waren vermutlich beide A.

Die Weltuntergangsuhr, die die Wissenschaftler früher verwendet hatten, um zu zeigen, wie knapp die Menschheit vor dem Abgrund stand, war noch da. Sie stand jetzt allerdings auf 15 Uhr, weil wir bereits weit über den Punkt hinaus waren, an dem eine einfache Umkehr die Erde noch retten könnte. Sollten wir die Schlacht gegen die Aliens gewinnen, hatten wir noch ganz andere Probleme, um zu überleben. Aber wenn man den Politikern und Strategen glaubte, die durchgerechnet hatten, was nötig war, um rechtzeitig gerüstet zu sein, gab es keine andere Möglichkeit. Uns blieb keine andere Wahl, als das zu glauben und mit aller Kraft mitzumachen. Tatsächlich stammten die Zahlen mit Sicherheit von mehr oder weniger regulierten Assistenzsystemen. Computer hätte nicht die Ressourcen, um solche Datenmengen zu berechnen. Er hätte aber auch keinen Zugriff auf alle benötigten Daten, nehme ich an.

In solchen Situationen fragte ich mich immer: *Was würde die KI tun?* Das war abgeleitet aus dem alten Spiel, was dieses oder jenes Idol in der jeweiligen Situation gemacht hätte. Bei mir war es halt eine KI. So eine richtige Super-KI mit Bewusstsein; keine spezielle, mehr so eine Art ideale KI, eine nette, liebenswerte, nicht menschenfeindliche KI, die superclever war und immer das Richtige tat, weil sie nicht von Hormonen und Gefühlen belastet wurde. Die Frage *Was würde die KI tun?* stellte ich mir schon, seit ich die ersten Filme über KIs gesehen hatte. Das übte mich in rationalem Denken, wie ich hoffte, und das erschien mir sehr hilfreich bei dem, was vor mir lag. – Und es bestärkte mich darin, stets aufzupassen, dass ich die Assistenten nicht mit KIs verwechselte. Natürlich war ich noch sehr jung, als ich damit anfing, so sieben oder acht Jahre, aber ich hatte diese Marotte beibehalten und fand es in schwierigen Situationen hilfreich, mir diese Frage zu stellen. Es half mir, Emotionen aus Entscheidungen herauszuhalten.

Was also würde die KI tun, wenn sie wüsste, dass in 364 Tagen, 4 Stunden und 34 Minuten 4,3 Milliarden Kampfdrohnen auftauchten? – Sie würde sich vorbereiten und alles andere hinten anstellen. Genau.

Ich stürzte mich in die erste Übungsmission nach *Mount Helen*. Es war okay, wenn es länger dauerte, dann wäre ich noch wach, wenn meine Eltern kamen.

Kapitel 2

Als ich am nächsten Morgen erwachte, war mein erster Gedanke erstaunlicherweise, dass ich den gemeinsamen Abend mit meinen Eltern verpasst hatte. Erst danach fiel mir ein, dass mir die Trainingsmission um die Ohren geflogen war. Ich hatte nicht mal ansatzweise so etwas wie einen Fuß in die Tür gekriegt und mit dem Gedanken gespielt, Belle um Hilfe zu bitten, dann aber beschlossen, das zu vertagen. Erst mal abwarten, was die neue Hardware brachte.

Ich fühlte mich so fit wie lange nicht mehr, als ich zur gewohnten Zeit aufstand. Die Klinke zu meiner kleinen Dachzimmertoilette schon in der Hand, entschied ich mich anders und ging nach unten, um das Bad zu benutzen. Ich hatte wohl die naive Vorstellung, auf dem Weg meinen Eltern bei den morgendlichen Erledigungen zu begegnen. Dad bereitete vielleicht eine Waschmaschine vor, während Mom den Frühstückstisch deckte. Stattdessen sah ich Opa, der gerade die Küche aufräumte.

»Du bist schon wach?«

»Bin ich jeden Morgen um diese Zeit, ich komm nur sonst nicht runter.« Das klang schroffer als beabsichtigt. »Wo sind Mom und Dad?« Ich hätte mir auf die Zunge beißen können, dass ich Anglizismen benutzte, weil Opa das hasste.

»Arbeiten. Schon seit 'ne Stunde«, brummte er.

»Obwohl sie so spät gekommen sind?«, wunderte ich mich. Scheißspiel! Opa sagte nichts dazu. *Herrje.*

Weil mir nichts Besseres einfiel und meine Blase drückte, verschwand ich im Bad. Wenn es im Liegen funktionieren würde, ginge ich mit Urinbeutel schlafen.

Computer fragte wie immer die Farbe meines Urins ab, alles im grünen Bereich. Die Anforderungen von Schule und Akademie waren wesentlich lockerer als meine selbsterstellten Vorgaben. Ich konnte das also problemlos einhalten. Die Grundlagen des Sport- und Ernährungsprogramms waren teilweise über 50 Jahre alt, wie ich herausgefunden hatte. Sie schienen aber tatsächlich immer noch richtig zu sein, obwohl sie schon ziemlich alt waren. Den Programmteil für die Arbeiter, also Produktionssklaven wie meine Eltern, hatte ich nur überflogen, der für Schüler und Anwärter war jedenfalls recht komplex. Das Zusammenwirken von Ernährung und körperlicher Betätigung wurde ebenso berücksichtigt wie mentale Erholung und Stress. Es wurde ein Konzept vorgegeben, das die Einsatzbereitschaft sicherstellen sollte und gleichzeitig zu Topleistungen führte, das Ganze mit minimalem Aufwand. Daraus wurde die Zusammenstellung der Nahrungskonzentrate abgeleitet, die dem Durchschnittsbürger als Standardration zugeteilt wurden, die Übungen sowie Art, Umfang und Relevanz der Schlafphasen.

Als ich unter der Dusche stand, teilte Computer mir über die Badezimmerlautsprecher mit, dass meine Bestellung eingetroffen sei.

Während ich mich noch anzog, klopfte Opa an die Tür: »He, da ist 'ne Drohne für dich. Die will dein Armband sehen.«

»Das Wetter ist stabil. Du kannst rausgehen«, erklärte Computer dazu.

Ich stolperte mit freiem Oberkörper an Opa vorbei und lief hinaus. Es war noch nicht mal acht Uhr und schon verdammt warm. Das würde ein scheiß heißer Tag werden, aber immer noch besser als Sandsturm oder Starkregen. Anderes Wetter gab es eigentlich nicht mehr. Ich fand es unglaublich, dass es immer noch Menschen geben sollte, die sich außerhalb der Versorgungsgebiete durchschlugen. Es gab angeblich überall in den aufgegebenen Städten im Süden Gruppen, die mit dem, was sie noch so fanden, dem Klimawandel trotzten. Wem, außer dem *Eis* keine Alternative mehr blieb, konnte versuchen, sich zu ihnen durchzuschlagen, aber die Überlebenschancen derer, die das System auf Eis legen wollte, waren da draußen natürlich minimal. Ich sah zu Opa rüber und schluckte.

Ein paar Meter vor der Tür schwebte eine *Toyota SX 56* in Brusthöhe über den vertrockneten Resten des Vorgartens, nicht das Standardmodell für die Wochenlieferungen, sondern eine mit nur einem Ladungsmodul. Die *56* stand für *56 Kilo Zuladung,* aber so viel würde mein Paket wohl nicht wiegen. Es war ein großes, beängstigendes Biest von einer Flugdrohne, ein Quadcopter, der praktisch unbeweglich vor mir in der Luft hing. Dieses Modell stammte möglicherweise aus der Fabrik, in der Mom und Dad arbeiteten. Auf einen schicken Anstrich hatte man verzichtet, weil die ständigen Sandwinde die Farbe sowieso ruiniert hätten; das Ding sah aus, als wäre es gerade aus einem Klumpen Altmetall herausgeweißt worden. Die Firma *Toyota* gab es natürlich nicht mehr, ebenso wenig wie *VW, Samsung* oder *Sony*, aber ihre Unternehmensstrukturen waren vom Staat übernommen worden, um darüber die Neuausrichtung der Produktion zu organisieren.

Ich musste vortreten, um mein Armband vorzuweisen. Es zeichnete nicht nur meine Körperwerte auf, sondern diente mit deren Hilfe auch der Identifikation. Außerdem enthielt das Armband die für jeden User individuell zusammengestellten Notfallmedikamente. Die Verabreichung wurde allein vom Armband geregelt, kein Assistent, egal von welchem System, konnte da eingreifen. Die einfachen Menschen – Zivilisten – bekamen Medikamente bei Erkrankungen oder leichte Sedativa in Stresssituationen. Allgemein konnten so auch Unruhen beigelegt werden, indem die Teilnehmer einfach ruhiggestellt wurden. Bei den Pilotenanwärtern sah die Sache hingegen ganz anders aus und das war auch kein Geheimnis. Man konnte und wollte die Leistungsfähigkeit von für die Erdverteidigung relevanten Ressourcen nicht der Selbstregulierung eines aus seinem natürlichen Umfeld gerissenen Teenagerhormonhaushaltes überlassen. Die Piloten – und dementsprechend bereits die Anwärter – hingen den ganzen Tag in einer simulierten, einer virtuellen Umgebung. Ihre Körperreaktionen und chemischen Prozesse fanden dementsprechend unter äußerst widrigen Umständen statt. Aus diesem Grund wurden alle Körperwerte permanent überwacht und die Sport- und Nährstoffeinheiten darauf angepasst. Das konnte jeder über seinen Assistenten selbst regeln, solange das Ergebnis innerhalb der Vorgaben blieb. In Notfällen griff das Armband ein, um zum Beispiel drohende Folgeschäden bei Überlastung zu vermeiden oder dergleichen.

Die Kameraaugen der *SX 56* starrten mich ausdruckslos an. Ich schob meine Faust mit dem Armband in die entsprechende Öffnung der Vorderseite, wofür ich mich etwas bücken musste, um nicht von den Rotoren erfasst zu werden. Zwei Greifer fixierten meinen Arm so, dass er nicht verrutschen konnte, und das Armband wurde aufgefüllt. Es konnte eigentlich nur etwas von dem Zeug fehlen, mit dem ich durch die Nachsessions der letzten Wochen gebracht wurde.

Als ich meinen Arm wieder rausziehen konnte, leuchtete eine Diode grün. Ich müsste jetzt eine Freigabebestätigung erhalten, aber nichts geschah. Ich fuhr mit der Hand zum Ohr – die Buds waren eingesetzt. Dann tastete ich meine Brust nach meinem Smartphone ab, aber ich war bis auf meine Schlafanzughose nackt. Der Overall mit meinem Smartphone – und damit meiner

Verbindung zum Haussystem, zum Netz und zu Computer – lag in meinem Zimmer. Ich sank vor Schreck etwas zusammen. – Ich war allein! Opa stand zwar hinter mir, aber ich war ohne Assistent! Wann war ich das letzte Mal ohne Assistent gewesen?

Mit zittrigen Fingern griff ich nach der Ladeluke und zog sie auf. Die Drohne war dafür einen halben Meter höher gestiegen, sodass ich mich nicht mehr bücken musste. Ich entnahm dem Frachtcontainer einen überraschend schweren Karton, den ich auf den Boden stellte, um die Luke wieder zu schließen. Sofort verschwand die Drohne nach oben und schwirrte ab.

Frachtdrohnen wie die *SX* mit herkömmlicher Technik, also stinknormalen Propellern, durften autonom eingesetzt werden. Die Sicherheitsdrohnen, die draußen allgegenwärtig waren, um zu beobachten und bei Bedarf einzugreifen, waren nur teilautonom. Sie flogen selbstständig ihre vorgegebenen Routen ab und beobachteten. Sobald sie über ihre vielfältigen Sensoren etwas Ungewöhnliches bemerkten, wurden menschliche Operatoren zugeschaltet, je nach Einsatzart bei Polizei, Technischem Hilfswerk, Feuerwehr oder Rettungsdienst. Die Drohnenpiloten befanden sich in den Leitständen ihrer jeweiligen Behörde und nur im Extremfall wurden menschliche Einsatzkräfte auf den Weg gebracht. Die Steuerung der Propellerdrohnen war aber so simpel, dass selbst ein Idiot das hinbekam. – Da warteten keine Jobs auf gescheiterte Pilotenanwärter. Es waren Fachkenntnisse aus dem Bereich der jeweiligen Behörde gefragt, denn um mit einer Drohne einen Brand zu bekämpfen, musste man Feuerwehrmann sein, nicht Pilot. Die Drohne flog allein.

Ich öffnete den Karton. Darin befand sich ein weiterer Sicherheitscontainer.

»Mach ihn auf!«, rief Opa aufgeregt, dessen Kommentare sich bisher auf ein paar besorgte *Ojes* von der Haustür aus beschränkt hatten. So eine außerplanmäßige Lieferung war offenbar ein Ereignis, das ihm die Bedeutung meines gestrigen Upgrades klarmachte.

Merkwürdig, dass es solch äußerer Umstände bedurfte. Er hätte doch auch an meiner Ranglistenposition erkennen können, was ich da gestern geleistet hatte. Aber so war Opa halt, mit dem neumodischen Kram wollte er nichts zu tun haben, das würde er nicht mehr verstehen, weil er es gar nicht wollte. Stattdessen guckte er den lieben langen Tag uralte Filme und Serien, die zu seiner Zeit schon angeranzt waren. Sein Hang zu *Miss Marple* war geradezu pathologisch. Als wollte er in eine Zeit flüchten, in der noch gar nichts digital war, noch nicht mal elektrisch.

»Geht nicht, hab mein Smartphone im Haus gelassen. Ich bin offline«, stellte ich irritiert fest. – Ich war noch nie offline!

Man sagte immer noch *Smartphone*, obwohl man mit den Geräten eigentlich nur noch den Kontakt zum Hausnetz herstellte, das aufgrund komplizierter Vorschriften exakt an der Haustür endete. Nahm man das Smartphone nicht mit, war man offline. Hatte man es dabei, stellte es die Verbindung zum Hausnetz sicher, egal wo man war – solange man Empfang hatte. Gegebenenfalls musste man sich auch noch in andere Netze einloggen. Wenn meine Eltern in die Fabrik gingen, mussten sie in deren Netz wechseln, nur in den Pausen wurde der Zugang zum Hausnetz kurz freigegeben. Es gab eine Regelung, die vorschrieb, dass Armband und Smartphone nicht zu einer Einheit zusammengefasst werden durften. Computer hatte mir das mit *Ausfallsicherheit* erklärt.

Opa konnte die Bedeutung meiner Worte offenbar nicht richtig einordnen, denn er gab nur ein verächtliches Schnauben von sich. »Oje, ich glaube, du kriegst 'nen Sonnenbrand«, meinte er dann.

Hektisch packte ich den Karton und eilte zurück ins Haus. Fünf Minuten in der Morgensonne konnte einem ein Melanom einbringen. Fuck! Warum hatte Computer mich nicht ... Fuck!

»Stolper nicht, da muss noch irgendwo ein alter Rasenroboter rumstehen«, meinte Opa, der gern mal irgendwas sagte, nur um irgendwas zu sagen.

Den Rasenbot hatten die Sammeldrohnen schon vor langer Zeit dem Recycling zugeführt, wie alles, was aus diesem Jahrtausend stammte oder mehr als zehn Prozent Metall enthielt.

Kaum hatte ich die Schwelle überschritten, hörte ich nacheinander die Lieferbestätigung, eine Warnung, dass ich ohne Ganzkörperbekleidung nicht das Haus verlassen sollte, sowie einen Hinweis auf eine Schädigung meiner Haut.

Fast wäre ich in Tränen ausgebrochen, riss mich aber zusammen, schließlich wollte ich mein neues Zeug ausprobieren!

Ich wuchtete den Karton auf den Küchentisch und aktivierte das Freigabeprozedere über die Lieferbestätigung. – Ich war nur wenige Minuten draußen gewesen und hätte schon wieder duschen können.

Dann öffnete ich den Container. Der glänzende Helm steckte in einem Schaumgummisockel, die Konsole lag daneben. Ehrfürchtig nahm ich den Helm heraus und hielt ihn hoch. Auch Opa machte große Augen. Dieser Helm wirkte solide, futuristisch, schick, teuer und extrem technisch. Sein gold-schimmerndes Visier zeigte keinerlei Verformungen in der gekrümmten Spiegelung, die Lüftungsschlitze erweckten den Eindruck, als hätte er seine eigene Klimaanlage, was er hatte, und seine Farbe passte sich automatisch der Umgebung an und war immer gitt – supergitt.

»Wow!«, sagte Opa.

»Gitt, was?«

»Setz ihn mal auf.«

Das brauchte er mir nicht zweimal sagen. Ich klappte vorsichtig das Visier hoch, stülpte ihn mir über und wartete mit einer Mischung aus freudiger Erregung und Angst darauf, dass der Helm sich vollautomatisch meinem Kopf anpasste. Das tat er auf überraschend sanfte Weise, begleitet von leisen Surr- und Klickgeräuschen. Der Kinnbügel wurde ein wenig eingefahren, die Mundpartie nach oben und unten vergrößert, die Innenpolsterung schmiegte sich enger an mich. Ich spürte, wie sich etwas an meinen Ohren verschob, um die Innenlautsprecher passend zu positionieren. Es drückte, weil ich vergessen hatte, die Buds rauszunehmen.

»Der Helm wird sich automatisch nachjustieren, wenn du die InEar-Kopfhörer abgelegt hast«, hörte ich Computer über die Helmakustik. – Und die war der Wahnsinn: Perfekter Raumklang, wie mit meinen Zimmerlautsprechern.

»Und? Wie isses?«, fragte Opa.

Er klang wie eben. Ich merkte kaum, dass ich einen Helm aufhatte. Er hatte sich jetzt perfekt an mich angepasst und war praktisch nicht zu spüren, auch sein Gewicht nicht, obwohl er eigentlich nicht gerade leicht war. Irre!

Ich klappte das Visier runter. Opa war noch genauso zu sehen. Das Visier war zu 100 Prozent transparent und ich hatte nun noch ein Display vor Augen, auf dem mir Opas Daten angezeigt wurden, natürlich nur die zulässigen. »Moo!«, sagte ich nur.

»Herrje, du klingst fast natürlich«, staunte er.

Der Helm musste auch Außenlautsprecher haben, die meine Stimme wiedergaben, denn zwischen meinen Lippen und Opa befand sich jetzt der breite Kinnbügel, der meinen Mund komplett verdeckte.

»Gittes Teil! Ich muss das sofort ausprobieren! Bis nachher!«, rief ich und rannte die Treppe hoch.

Der Helm behinderte mich nicht im Geringsten. Er zeigte mir vielmehr die Treppe als dreidimensionale Zeichnung mit Angaben zu Gesamtneigung, Stufenzahl, Stufenhöhe, aufzuwendender Energie in Kilojoule für die vollständige Überwindung, vorhandene Leitungen und Schalter im Treppenhaus und jede Menge weiterer Daten, die ich auf die Schnelle gar nicht richtig zuordnen konnte.

»Computer«, sagte ich, »sind die HUD-Daten bereits voroptimiert oder ist das die Werkseinstellung?«

»Die Werkseinstellung. Das Head-up-Display zeigt die in der aktuellen Situation sinnvollsten Daten an. Du empfindest das sicherlich als zu viel, aber das ist nur eine Gewöhnungssache. Du hast die Möglichkeit, den Umfang in aufsteigender Relevanz auszublenden. Sag Stopp«, erwiderte Computer und begann, die Datenmenge auszudünnen.

Ich war viel zu sehr damit beschäftigt, den richtigen Moment zum *Stopp-Sagen* zu erwischen, um mir Gedanken darüber zu machen, ob Computer sich seit der Heraufstufung anders verhielt oder mir das nur so vorkam.

Als ich mich in meinen Sessel warf, hatte ich eine überschaubare Datenmenge zu meiner Umgebung auf dem Schirm sowie ein paar intuitive Untermenüs, über die ich Zusatzdaten abrufen konnte. Ich benötigte aber keine Daten zu meinem Zimmer. Ich wollte nur wissen, was der Helm im Einsatz leisten konnte.

»Um den Helm im Netz zu nutzen, musst du zunächst die Konsole anschließen«, ließ Computer mich prompt wissen.

Wütend stand ich wieder auf. »Wieso ...«

Opa kam gerade herein, er hatte die Konsole dabei. »Dein Computer hat mir gesagt, ich soll dir die hier bringen. Ich glaube, er hat über den Kühlschrank mit mir gesprochen.«

»Der Kühlschrank verfügt über die beste Klangqualität in der Küche«, verkündete Computer.

»Ist das der Assistent, den du mir immer aufschwatzen wolltest?«

»Äh, ja ...« Ich nahm verwirrt die Konsole entgegen. Seit wann kommunizierte Computer selbstständig mit anderen? Ich war gar nicht auf die Idee gekommen, dass er Opa über Lautsprecher kontaktieren konnte.

»Netter Bursche. Vielleicht nehme ich dein Angebot doch an.«

»Ja, äh, gute Idee. Ich muss dann nur ... ach, weißt du was? Computer: Richte meinem Opa bitte ein auf seine Bedürfnisse abgestimmtes Unterhaltungsprogramm ein, dass er mit einfachen Sprachkommandos abrufen kann.«

»Erledigt.« Ich konnte gar nicht sagen, ob Computer gerade die Helmakustik oder die Zimmerlautsprecher benutzte. »Neben Spracheingabe und intuitiver Gestensteuerung lassen sich Steuerbefehle auch auf eine klassische Fernbedienung legen.«

»Was ist eine ...«

»Ich hab noch eine!«, rief Opa begeistert. »Mit Akkus. Irgendwo habe ich auch noch ein Ladegerät.« Er grinste mich an und machte sich auf den Weg in sein Zimmer.

»Ich werde ihm auch die intuitive Gestensteuerung erklären«, meinte Computer.

Ich war absolut nicht in der Lage zu beurteilen, ob Opa das jetzt hören konnte. Vermutlich aber nicht. »Was ist das denn?«

»Er kann beliebige Gesten festlegen und die dazugehörige Aktion, zum Beispiel das Abspielen der ersten Miss-Marple-Folge, wenn er den Zeigefinger hebt, die zweite Folge, wenn er ein V zeigt, die ...«

Während Computer mir diesen Kurzvortrag hielt, zog ich den Helm aus. Es war absolut kein Unterschied zu hören zwischen vorher und nachher. Die Helmakustik grenzte an ein Wunder.

Ich nahm die Buds aus den Ohren und schaltete die Konsole ein. Augenblicklich flitzten ein paar Statusmeldungen über das Visier des Helms, der vor mir auf dem Boden lag. Hastig setzte ich ihn wieder auf.

Gerade noch sah ich die Meldung *EINRICHTUNG ABGESCHLOSSEN*, dann war Computer wieder da und präsentierte mir meine neue Kommandozentrale. Die vordefinierten Buttons sahen jetzt wie Fenster in einem Gebäude aus, die einen Blick in die dahinterliegende Welt freigaben – ganz verschiedene Welten wie Schule, Anwärterprogramm, Musik, Filme – was ich mir eben so zusammengestellt hatte. Es war inzwischen kurz vor acht und der Unterricht begann gleich. Ich sah das Schulfenster an – und es klappte sich vor mir bildschirmfüllend auf! Es war eine vollständige unbegrenzte VR-Ansicht, so weit ich meine Augen drehen konnte. Die Immersion war um Längen besser als die der Brille. Ich hatte tatsächlich das Gefühl, in dem virtuellen Klassenzimmer zu sein, in dem der Unterricht stattfand. Als der Lehrer uns begrüßte, fühlte ich mich persönlich angesprochen, ich zuckte sogar leicht zurück, als er sich etwas vorbeugte. Es sah aus, als sehe er mich direkt an.

Statt des normalen Unterrichts war ich in einem Spezialkurs zur Drohnentechnik, der nur für Anwärter war. Wir sollten die Drohnen grob zerlegen und deren Aufbau begreifen. Dazu nahm jeder ein 3D-Modell der von uns reproduzierten Drohnen auseinander. Ich begann mit bloßen Händen, das erste Element zu packen und herauszuziehen. Kaum dass es 20 Zentimeter über den darunter befindlichen Aggregaten war, blendete mir Computer auf dem HUD eine Werkzeugauswahl ein, die für das weitere Vorgehen sinnvoll war. Ich nahm einfach die Empfehlung und aktivierte es, indem ich darauf zeigte. Außerdem merkte ich mir die zugehörige Geste, um es später ohne den Umweg über das Menü wieder aufrufen zu können. Mit ausgestrecktem Finger zeigte ich nacheinander auf die Befestigungspunkte, die mir im HUD markiert wurden, und löste die Schrauben mit dem Werkzeug, das nach der Zuweisung alleine arbeitete. Das war nichts weiter als krass erweiterte Gestensteuerung. Es wurden immer noch sämtliche Kameras in meinem Zimmer genutzt, aber die Umsetzung war viel besser, als es mein alter Rechner draufhatte. Besser wäre es nur noch mit haptischen Handschuhen gewesen, die mir auch noch das Gefühl der Oberfläche vermittelt hätten. So was bekam ich wohl spätestens auf der Akademie.

Auf diese Weise arbeitete ich mich durch einen Großteil der Werkzeugoptionen und legte erst die oberste Schicht unter der äußeren Schutzhülle frei, sodass die rund um die Kugeln angeordneten Antriebsdüsen frei lagen, dann entfernte ich auch diese, um die darunter befindlichen Versorgungsleitungen und Tanks sowie den Behälter für die Railgunmunition im Zentrum näher kennenzulernen. Er fasste einen Kubikmeter der etwas mehr als erbsengroßen Stahlkugeln, die mit 20.000 km/h innerhalb der Atmosphäre beziehungsweise 30.000 km/h im All verschossen wurden – fast eine Million Schuss.

Am Schluss arbeitete ich mich über die innere Hülle bis zum Kern vor und studierte die diversen Speichermodule, die der Bord-KI vermutlich als Ausweichpunkte dienten, falls sie getroffen und beschädigt wurde.

Den grundsätzlichen Aufbau einer Drohne kannte ich schon, bevor ich den ersten Einsatz flog, das Ganze aber noch mal auf diese Weise zu erfahren, war einfach großartig. Computer forderte mich währenddessen auf, meinen Nährstoffschlauch unter dem Kinnbogen des Helms hindurchzuführen und etwas zu trinken.

Was man uns hier präsentierte, war das Ergebnis von 25 Jahren Forschung, und das war dürftig. Die Alientechnologie war uns so weit voraus, dass wir nur rudimentäre Zusammenhänge erfassen konnten. Wichtig für uns Piloten war die Erkenntnis, dass die Software, die KI, absolut eigenständig war, als wäre jeder einzelne Baustein mit einem eigenen Bewusstsein ausgestattet und darauf aus, mit aller Macht die ihm zugewiesene Aufgabe zu erfüllen. Durch das Fehlen einer zentralen Steuerung waren sie unabhängig, was für uns den Vorteil hatte, dass wir sie nutzen konnten: Sie erkannten nicht, dass sie dem Feind in die Hände gefallen waren. Sie wussten nur, dass sie einen Job zu machen hatten, und taten das – auch wenn sie abgeschossen wurden. Es konnten bis zu 90 Prozent einer Drohne zerstört werden, die verbliebenen zehn Prozent waren noch in der Lage zu agieren, wenn das auch nicht unbedingt sinnvoll war. Es bedeutete aber auch, dass sich zerlegte Drohnen unter Umständen selbstständig wieder zusammensetzen konnten. Nur Teile, die weniger als zehn Prozent umfassten, konnten nicht mehr selbst aktiv, aber von anderen Teilen durchaus wieder assimiliert werden. Wir mussten uns also darüber klar werden, dass wir wie Puppenspieler waren, eher wie Gaukler, Betrüger, die die Drohnen-KI manipulierten, sie an der Nase herumführten und zu unseren Zwecken missbrauchten.

»Gehen Sie davon aus, dass die Alien-KI in der Lage ist, das Konzept eines Missbrauchs zu erfassen und Missbrauch als solchen zu erkennen. Achten Sie daher darauf, dass Sie der KI keine Anhaltspunkte geben, die auf den Missbrauch schließen lassen«, erklärte der Lehrer abschließend.

Wir mussten feindliche Drohnen vollständig zerstören, nicht nur ein bisschen, denn selbst die Trümmer verschiedener Drohnen konnten sich wieder miteinander verbinden. – Jedenfalls unter Laborbedingungen. Wie sie das anstellten, wenn sie im All verteilt waren, konnten die Ingenieure derzeit nicht erklären.

Um neun Uhr folgte dann noch eine Stunde Physik. Ich wunderte mich, dass das nicht im selben Klassenraum stattfand, denn es wurde auf eine Art Hörsaal umgeschaltet. Im Gegensatz zum normalen Klassenzimmer konnte ich mich hier virtuell umdrehen und so sehen, wer neben und hinter mir saß: Avas mit Fliegeroverall und Helm. Sie sahen alle gleich aus, ihre eigentlichen Avas sah man nur in Form von Buttons an der Brust. Lediglich die Farbe ihrer Helme unterschied sich, offenbar wurde die Farbe verwendet, die die Helme in ihrer jeweiligen Umgebung angenommen hatten. Ich sah einen knallgelben Helm und fragte mich, in was für einer Umgebung dieser Pilot wohl gerade saß. Ich fühlte mich etwas unwohl, angesichts der Menschenmenge, die mich umgab, und musste mich stark darauf konzentrieren, dass ich in Wirklichkeit allein in meinem Zimmer saß.

Dann trat jemand unten auf die Bühne, den ich noch nie gesehen hatte. Er war dürr, hatte das sehr lichte weißblonde Haar fast so kurz wie wir Piloten, aber buschige Augenbrauen, die gar nicht zu dem blassen Typ passten. Er trug einen weißen Kittel, wie ein Arzt, was etwas deplatziert wirkte. »Mein Name ist Doktor Ian Reitman«, sagte er und wedelte etwas mit seinen knochigen Händen herum. »In der nächsten Stunde führe ich Sie in die Grundlagen der KI-gestützten Flugtechnik ein. Ich weiß, dass Sie alle bereits rudimentäre Kenntnisse zu diesem Thema haben, sonst wären Sie ja nicht hier, aber glauben Sie mir, die Informationen, die Sie in diesem Kurs erhalten, gehen weit über das hinaus, was der Öffentlichkeit zugänglich ist. Sie befinden sich hier in einer abgeschirmten sicheren virtuellen Umgebung. Nichts von dem, was Sie hier erfahren, darf nach außen getragen werden. Sie haben alle eine Geheimhaltungserklärung abgegeben. Fangen wir an ...«

Er bummelte etwas herum, bevor er dann tatsächlich loslegte, sodass ich Gelegenheit hatte, das zu verdauen. Den anderen ging es vermutlich nicht anders. Ob Belle auch hier war? Hatten die hier alle gestern erst *Mount Helen* geschafft oder hatte ich nur zufällig kurz vor Beginn dieses Kurses mein Upgrade erhalten?

Ich musste mir darüber ein andermal den Kopf zerbrechen, denn der Doktor blendete nun ein Schaubild ein, das das Sherby-Malkov-Manöver illustrierte.

»Sie haben bislang trainiert, den Standardszenarien immer weitere Abstraktionsebenen hinzuzufügen, indem Sie auf der Sherby-Malkov-Linie aufbauten«, erklärte er mit einer wohlklingenden und kräftigen Stimme. Ich war sicher, dass sie nicht echt war.

»Sherby-Malkov-Manöver«, sagte ich verächtlich. Natürlich konnte es nur Computer hören. »Wann ist denn endlich mal Schluss mit diesen hochtrabenden Bezeichnungen? Wir sind doch keine Kinder mehr!«

»Dazu liegen mir keine Informationen vor.«

Beim Sherby-Malkov-Manöver näherte man sich auf einer direkten Flugbahn dem Feind und gliederte sich unterwegs ins Geschwader ein. Natürlich würde man keine zwei Sekunden überleben, dann hätte einen die gegnerische KI vom Himmel geholt, aber irgendwo mussten die Anwärter anfangen. Nach dem Standardmanöver kam dann die erste Abwandlung: Man flog nicht mehr direkt auf den Feind zu, sondern in einer Art Schraube, der Waman-Rolle. Das war dann eine erste Abweichung von konventionellem Flugverhalten. Ab da begann der Bereich der Abstraktion, denn das Nachempfinden dieser Flugbewegungen war schlicht nicht mehr möglich. Die Aliens, die die Drohnen entwickelt hatten, wären bei solchen Manövern vermutlich genauso zermatscht worden wie Menschen, deshalb waren die Dinger unbemannt: Es war nicht einmal Platz für einen Piloten vorgesehen, jedenfalls für keinen, der größer als ein Blumentopf war.

Auf der Waman-Rolle aufbauend wurde es also immer umständlicher, sinnlose und daher unberechenbare Abweichungen in die KI-Flugsteuerung zu integrieren. Die Antikollisionskontrolle korrigierte das dann natürlich wieder, worauf die KI zurück zur perfekten Linie wollte ... Es war ein Ziehen und Zerren, das nichts mehr mit Logik zu tun hatte. An diese Denkweise konnte man sich nur sehr langsam gewöhnen, aber auch dann war sie ohne Assistenten nicht zu beherrschen. Es war ein bisschen so, als müsste ein Mensch lernen, sich wie ein Hase hakenschlagend über eine gerade Strecke zu bewegen, ohne die entsprechenden Hasenkeulen zu haben, nur noch viel extremer.

Diese ruckartigen Flugmanöver waren tatsächlich so extrem, dass beim bloßen Gedanken daran alle Alarmglocken schrillten und der gesamte Körper in Abwehrhaltung ging. Sich darüber hinwegzusetzen bedeutete erst mal heftige Übelkeit, Kopfschmerzen, in seltenen Fällen Hitzewallungen, die auch in eine Art Fieber umschlagen konnten, dazu nachhaltiges Schwindelgefühl und sogar Tinnitus. Durch hartes konsequentes Training ließ sich das aber in den Griff bekommen, jedenfalls bei den meisten. Das von den Armbändern regulieren zu lassen war nur eine Notlösung für die unvermeidliche Übergangsphase. Etwa zehn Prozent der Anwärter waren inkompatibel, das merkte man aber meist schon in den ersten Tagen. Blöd war daran nur, dass es die Kids vorher schon sehr viel Trainingszeit kostete, um überhaupt für das Pilotenanwärterprogramm zugelassen zu werden. Es ging aber nicht anders. Je älter man war, desto geringer die Wahrscheinlichkeit, sich daran gewöhnen zu können. Daher musste das Einstiegsalter so niedrig sein. Hatte man das erst mal überwunden, konnte man getrost und problemlos älter werden.

Ich hatte gar nicht gewusst, dass das so ein verbreitetes Problem war, ich war komplett ohne Armbandunterstützung klargekommen.

Ab der Waman-Rolle folgten immer komplexere Abweichungen von dieser *Standardannäherung*, die diesen Namen im Grunde gar nicht verdiente, es war hier eher ein mathematischer Begriff. Wir mussten uns unter Einbeziehung menschlicher Faktoren von linear berechenbaren Flugbewegungen entfernen, mindestens zehn Ebenen, vorher brachte die Einbeziehung des menschlichen Faktors in die Drohnensteuerung der Bord-KI keinen Vorteil, sondern nur Nachteile. Der menschliche Faktor wurde aber benötigt, denn da wir die Technologie der Aliens klauten und deren Kampfdrohnen eins zu eins nachbauten – einschließlich der verwendeten Software, die die Drohnen selbstständig steuerte –, waren unsere Drohnen mit denen, die uns der Feind eines Tages entgegenschleudern würde, identisch. Schlimmstenfalls waren die des Feindes bis dahin weiterentwickelt, aber daran wollte bei uns lieber keiner denken.

Mit jeder der fünf Ebenen, die wir bisher bewältigt hatten, hatten wir uns näher an die *Mount-Helen*-Mission herangearbeitet. Ebene sechs, die offiziell Teil von *Mount Helen* war, aber eigentlich ein eigenes Level darstellte, sollte uns auf Ebene sieben vorbereiten. Was ab Ebene sieben folgte, deutete Dr. Reitman nur an: Die direkte Unterstützung durch die Akademie nach Übernahme ins Aufnahmeverfahren wurde nötig Ab Ebene acht wurde es dann ernst und man war so richtig und ernsthaft dabei – bis zur Bewältigung von Ebene acht allerdings nur auf Probe und immer noch von zu Hause aus. Sobald man bewiesen hatte, dass man Ebene acht drauf hatte, wurde man offiziell aufgenommen und bezog ein eigenes Zimmer in der Akademie, wo man die beste Hardware bekam, die derzeit verfügbar war. – Ganz genau das war mein Ziel! Da wollte ich hin.

Er erwähnte noch, dass es nach außen zwar weiterhin *Mount Helen* heißen würde, wir intern nun aber nur noch von den Ebenen sechs bis zehn sprächen. *Mount Helen* war tatsächlich nur diese eine Mission, ab der man ans Eingemachte rankam.

Während er darüber sprach, wie lange und intensiv sich die einzelnen Anwesenden auf diese Mission vorbereitet hatten, wie viele Anläufe sie brauchten und wie lange diese Missionen teilweise dauerten, fragte Belle, ob ich meine *Geschenke* inzwischen bekommen hätte. Über Gestensteuerung listete ich Computer ein paar Begriffe mit zugehörigen Gefühlen zu meiner neuen Hardware auf, aus denen er in Sekunden ein begeistertes Statement verfasste, das mit dem Hinweis endete, dass ich gerade im Unterricht sei.

»Du kannst ruhig sprechen, bist doch stummgeschaltet, solange du nicht angequatscht wirst«, lachte sie. Ihre Stimme war nicht mehr neben mir, sondern überall.

Sie sorgte ständig dafür, dass ich mich wie ein Vollidiot fühlte. »Der Helm ist einfach irre«, sagte ich entschuldigend. Die Immersion hatte mich so in ihren Bann gezogen, dass ich mucksmäuschenstill dasaß, um nicht aufzufallen.

Plötzlich hatte ich das Gefühl angestarrt zu werden und fokussierte mich wieder auf den Unterricht. Der Doktor sah mich direkt an und fragte: »Johannis Neumann, würden Sie dem zustimmen?«

Hoffentlich übertrug die Kamera jetzt nicht mein Gesicht, das war sicher knallrot. Ich bekam keinen Ton heraus. Der hatte mich mit meinem Klarnamen angesprochen! Niemand hatte mich je mit meinem vollständigen Klarnamen angesprochen! Und wieso überhaupt? Hatte irgendein Assistent gemeldet, dass ich mit den Gedanken gerade woanders war? Hatte die Kamera meine Augenbewegungen übertragen und eine Analysesoftware hatte daraus geschlossen, dass ich mit offenen Augen schlief? Hatte Computer mich verraten?

Da überraschte mich Computer mit etwas, von dem ich gar nicht wusste, dass er es draufhatte, geschweige denn, dass er es tun durfte: Er blendete mir die letzten Worte des Doktors im Display ein: *Jeder Anwärter muss sich permanent vor Augen halten, dass Assistenzsoftware keine KI ist. Die Alien-KI, die wir mithilfe der Assistenten nutzen, ist im Gegensatz zu den Assistenten selbstständig. Verwechseln Sie das niemals und verlassen Sie sich nicht auf Ihre Assistenten. Sie sind nur Werkzeuge.*

»Ja«, sagte ich nur und nickte. Und dann, nach einem kurzen Moment, während mir Computer bereits einen umfangreicheren reflektierten Antwortvorschlag einblendete, ergänzte ich: »Ich habe meinem Assistenten nicht mal einen Namen gegeben. Er ist nur ein Werkzeug.« Das hatte fast nichts mit dem zu tun, was Computer mir vorgeschlagen hatte, und das war gut so, denn wenn der Doktor eine Auswertungssoftware verwendete, wovon ich ausgehen konnte, hätte die erkannt, dass ich einen KI-Vorschlag benutzte. Nie berechenbar sein! Lieber mal weniger schlau rüberkommen, dafür authentisch.

Der Doktor zeigte sich zufrieden und sprach nun jemand anders an, ein Mädchen namens Elin Yilmaz. Ich sah mich um, aber es war nicht zu erkennen, wen er da ansprach. Das Geheimnis des Klarnamens blieb also gewahrt.

Dr. Reitman wies streng darauf hin, dass die Grenzen unserer Assistenzsysteme nicht immer klar erkennbar seien, das läge in der Natur der Sache. Für einen breiten Teil der Bevölkerung war es sogar wichtig, in ihnen Freunde sehen zu können. Für Piloten kam das aber nicht infrage. Das reine Abspulen von Anweisungen, ohne die Fähigkeit selbstständiger Erkenntnis und Entscheidung, machte die Assistenten anfällig für sehr spezielle Fehler, die nur durch manuelles Eingreifen – das für viele Bereiche allerdings bereits teilautomatisiert war – korrigiert werden konnte. Erkannte Problemfelder wurden zwar ständig in die Filter- und Regelwerke eingepflegt, aber neuauftretende Schwachstellen mussten individuell bearbeitet werden, und zwar vom jeweiligen Piloten, wenn so etwas während einer Übung oder eines Einsatzes auftreten sollte. Gerade die Fehler, die im Zusammenhang mit der Drohnensteuerung auftraten, waren kaum vorhersehbar, ganz im Gegensatz zu den Problemen, die sich beim Rest der User auftaten: Es kam ständig vor, dass zwei Assistenzsysteme eine Chatunterhaltung ganz alleine führten und ihre User sich an den brillanten und eloquenten Äußerungen erfreuten, die ihnen zugeschrieben wurden. Aber da die Formulierungsassistenten so ausgelegt waren, dass sie auf jede Reaktion möglichst perfekt antworteten, schaukelten die sich dann immer weiter hoch, bis das Gespräch ein Niveau erreicht hatte, dem die eigentlichen User kaum noch folgen konnten. Spätestens da war dann allen Beteiligten klar, was passiert war, und es folgte erst beschämter Gesprächsabbruch, dann noch beschämteres Ghosten, weil die Peinlichkeit einfach unerträglich war.

Ich fand es bemerkenswert, dass diese Problematik, die mir neulich selbst auffiel, jetzt Unterrichtsstoff war.

Dr. Reitman ergänzte noch, dass es sogar zu einem relativ großen Problem in der Onlinecommunity geworden sei, die dadurch überraschend stark geschwächt wurde. Insbesondere als das einigen bekannteren Kommentatoren passierte, sei eine Welle der Verunsicherung durch deren Follower gegangen.

Das hatte ich gar nicht mitbekommen. Eigentlich bekam ich gar nichts mehr mit, weil ich meine Feeds und Benachrichtigungseinstellungen immer weiter runtergefahren hatte, je härter das Training wurde.

In den Verschwörungsforen wurde gerne behauptet, dass es eine ganze Menge *Strohpuppen* gebe, also User, die sich so an ihre Assistenten gewöhnt hätten, dass sie praktisch nichts Eigenständiges mehr täten. Die Assistenten suchten die Unterhaltung raus, steuerten Nahrungsaufnahme und pflegten die Kontakte, sodass die User nur noch leere Hüllen waren, Strohpuppen, die wie Marionetten von den KIs gesteuert wurden, um ihnen Zugang in unsere Welt zu verschaffen. Sie behaupteten also, die KIs wären bereits unter uns und würden echte Menschen als Avatare benutzten, die Identitäten ihrer User dazu missbrauchen, Einfluss zu nehmen und die Welt langsam nach ihren Vorstellungen umzumodeln. Dem wurde dann in der Regel entgegengehalten, dass die hohlen Assistenzjunkies erwiesenermaßen nichts weiter taten, als vor sich hinzudämmern. – In der Tat war das nur Leuten möglich, die keinerlei relevanter Tätigkeit mehr nachgingen und kurz davorstanden, auf *Eis* zu gehen. – Von Machtübernahme und Aufstand der Maschinen könne da keine Rede sein.

Das sah ich genauso, obwohl ich weit davon entfernt war, die Existenz oder zumindest die Möglichkeit einer Existenz von KIs auszuschließen. Ich war sogar ein ziemlicher Fan der Idee, dass KIs heimlich unter uns weilten und sich nur nicht erwischen ließen. Aber ich hatte irgendwann einfach keine Zeit mehr, mich in den einschlägigen Foren herumzutreiben. Abgesehen davon wolle ich natürlich auch nicht riskieren, meinen Stand bei der Akademie durch unselige Beiträge in noch unseligeren Foren zu gefährden.

Ich blinzelte erneut und konzentrierte mich auf den Vortrag des Doktors, der nun mit den stichprobenartigen Einzelbefragungen fertig war. Was er damit wohl bezweckt hatte? Die Aufmerksamkeit erhöhen? Den Druck? Oder wollte er uns einfach nur das Gefühl geben, wahrgenommen zu werden?

Er kam nun auf die Komplikationen zu sprechen, die die Nutzung der gegnerischen Technik zur Verteidigung gegen eben diesen Gegner mit sich brachte. Wir mussten davon ausgehen, dass der Gegner damit rechnete, dass wir seine Technik kopierten. Die Angreifer würden vermutlich über Möglichkeiten verfügen, die Software unserer Drohnen zu manipulieren, sie also entweder lahmzulegen oder zu übernehmen. Für diesen Fall gab es eine Notabschaltung mit anschließendem Reboot von einem schreibgeschützten Medium: ein Überschreiben eventuell vorgenommener Änderungen durch den Feind. Während dieser kurzen Phase war die Drohne ohne Unterstützung der KI. Die Piloten mussten also in der Lage sein, zumindest für einige Sekunden dem Feind zu trotzen. Es genügte, wenn sie nicht abgeschossen wurden. Wir hatten eigene Software entwickelt, die bestimmte Flugmanöver speichern konnte, die die KI mit dem menschlichen Piloten zusammen vorbereitet hatte. Diese würde während des Reboots mit akzeptabler Wahrscheinlichkeit einen Abschuss und eine Kollision mit eigenen Drohnen verhindern. Weiter ging Dr. Reitman nicht auf das Thema ein.

Der Doktor machte uns klar, dass das nur ein kurzer Ausblick auf das sei, womit wir uns noch beschäftigen mussten. Er wurde nicht müde zu betonen, wie komplex das alles war, dass wir nur scheibchenweise da herangeführt wurden und die Zeit des Selbsterarbeitens mithilfe öffentlich zugänglicher Quellen nun vorbei sei.

Ich wusste nicht, ob ich das gut oder schlecht finden sollte, hatte allerdings den Eindruck, dass das *Eis* sich etwas von Opa zurückzog.

All das zu koordinieren erforderte nicht nur Talent und hartes Training, sondern auch extreme mentale Belastbarkeit, Konzentrations- und Durchhaltefähigkeit, fuhr der Doktor im Plauderton fort, als der offizielle Unterricht beendet war. – Wie lange würde das wohl noch dauern? Ich wurde langsam unruhig und wollte den Helm loswerden. – Fast schon verschwörerisch erklärte er uns: »Gleichzeitig gibt das unsere übergeordnete Kampftaktik vor: blitzschnell mit hohem Risiko zuschlagen, dann sofortiger Rückzug und Übergabe an die zweite Welle, dann die dritte Welle und so weiter, bis wieder die erste Welle dran ist.« Er sprach von *Wir*, obwohl er definitiv nicht dabei sein würde. Er war alt.

Wie viele Wellen wir zur Verfügung hatten, hing allein davon ab, mit wie viel Drohnen der Feind auftauchen würde. Wenn es die maximal vorausberechnete Anzahl von 4,3 Milliarden wäre und wir die angepeilten 20 Milliarden hätten, dann könnten wir uns entweder insgesamt fünf Wellen leisten oder zwei Wellen mit jeweils zweieinhalbfacher Übermacht. Letztlich würde es davon abhängen, wie viele Piloten am Ende mehrere Drohnen gleichzeitig steuern konnten. So wie es aussah, würden das wohl deutlich weniger sein, als gehofft. Die Alternative wäre dann, dass wir Schwerpunkte setzen und uns so durch den Feind wühlen würden. Wie der dann darauf reagierte, war allerdings nicht vorhersehbar. Der Doktor versuchte so zu tun, als hätten wir dennoch alles im Griff, es war ja noch eine ganze Menge Zeit. Das sah ich aber anders.

Es gab eine Wortmeldung, wie mir mein Display anzeigte. Ich sah mich um, konnte aber nicht erkennen, wer es war. Der Doktor erteilte mit einer Handbewegung das Wort.

Daraufhin erhob sich ein Ava mit einer blauen Iris an der Brust: »Gibt es irgendwelche Hinweise darauf, was der Feind auf der Erde will? Was das Ziel des Angriffs ist?« Die Stimme war der geschlechtsneutrale Standardsprecher, aber in meinem Kopf hörte ich Belles Stimme.

Der Doktor stand einen Moment ruhig da und schüttelte dann den Kopf. »Nein.«

Er ging kurz darauf ein, dass die Analytiker mithilfe der Assistenzsysteme mögliche Szenarien entwarfen und nach ihrer Wahrscheinlichkeit eine Rangfolge erstellten, anhand derer unsere Verteidigungsstrategie entwickelt würde. Das sei aber ein laufender Prozess, sodass wir damit rechnen sollten, dass es öfter mal zu Änderungen der Vorgaben käme. Den endgültigen Plan würden wir erst kurz vorher erfahren.

Dass niemand fragte, ob eine eigene KI, die diesen Namen auch verdiente, dabei eventuell hilfreich sein könnte, zeigte nur, wie heikel das Thema war. Es gab keinen Ansatz, den man noch mal aufgreifen konnte, alles war bereits ausdiskutiert: KIs waren gefährlich, es nutzte nichts, sie in isolierter Umgebung einzusetzen, da sie Menschen auf vielfältige Weise manipulieren und so doch Einfluss nehmen konnten – eben alles, was die Verschwörungsfreaks den ganzen Tag zum Besten gaben. Die Frage, warum die Alien-KI das nicht tat, war offiziell mit *Zufall* beantwortet worden, aber so viel Glück könne man nicht immer haben. Thema beendet. Da hielt man dann besser den Mund.

Das Ziel waren jedenfalls möglichst viele Piloten, die die Ebene zehn oder höher erreichten. Die besten sollten dann noch mithelfen, die anderen zu trainieren. Die Piloten mussten bis zum Tag der Entscheidung zu einer Einheit werden, zu einem gemeinsamen Organismus bla, bla, bla, der durch die Assistenzsysteme verbunden wurde. Die Geschwaderkommandanten bildeten dann die oberste Führungsebene im eigentlichen Kampf. Es gab keine weitere Steuerung von oben, weil diese Art von Flugkampf einfach zu schnell war und nur zusammen mit den Assistenten möglich. Eingriffe, Steuerung, Befehle von außen würden nicht funktionieren. Wir bildeten also letztlich Dutzende Millionen Geschwader, die als selbstständige Einheiten operierten und zwischen denen die einzelnen Piloten je nach Bedarf und Situation auch wechseln konnten – mussten. Die einzige Steuerung, die von der Leitzentrale erfolgte, war die einmalige Zuweisung der Gegner zu Beginn, wobei das dann im Kampfgetümmel von den Assistenten übernommen wurde, um auszuschließen, dass gegnerische Drohnen übersehen wurden und frei agieren konnten. Analytische Aufgaben konnten die Assistenten natürlich besser und schneller erledigen als wir. Wir waren letztlich nichts anderes als menschliche Zufallsgeneratoren, die den Abschuss verhinderten. Na gut, wir waren auch für die jeweilige Strategie zuständig, denn Kreativ konnten die Assistenten ja ebenfalls nicht. Gar nicht. Nicht mal ein bisschen. Die Eigeninitiative, die Computer seit der Hochstufung an den Tag legte, war in dem Kontext geradezu sensationell.

Der Doktor beendete die Show, die uns motivieren und auf unsere Aufgaben vorbereiten sollte. Es hatte geklappt: Ich war heiß! Ich wollte einer dieser Geschwaderkommandanten sein, die Löcher in die gegnerischen Reihen schlagen sollten, um einen Durchbruch hinter die feindlichen Linien zu ermöglichen, sodass wir den Feind auf breiter Front in die Zange nehmen konnten. – Wenn ein solches Szenario denn tatsächlich infrage kam, denn das, so versicherte der Doktor mehrmals, war noch offen.

Ich ging off und nahm keuchend den Helm ab. Noch länger hätte ich nicht durchgehalten. Die Hitze traf mich wie eine Keule und der Schweiß schoss mir praktisch sofort ins Gesicht und lief mir in die Augen. – Der Helm hatte meinen Kopf so gut gekühlt, dass ich die tatsächliche Raumtemperatur völlig vergessen hatte. Ich trank hektisch in großen Schlucken aus meiner Wasserflasche und schüttete mir den Rest über den Kopf.

»Deine Werte zeigen an, dass durch den Helm eine leichte Agoraphobie ausgelöst wurde«, stellte Computer fest.

Kein Wunder. Die Immersion war so intensiv, dass sie körperliche Reaktionen bei mir auslöste, obwohl ich VR von klein auf gewohnt war.

»Das passiert vielen am Anfang und legt sich mit der Zeit, keine Sorge. Wenn die Belastung zu groß wird, kannst du vom Helm zur Brille wechseln.«

»Nicht bei Missionen«, schnaubte ich.

»Bei Missionen tritt eine Agoraphobie nicht auf«, behauptete Computer.

Vermutlich nicht. Agoraphobie war die Angst vor Menschenmassen. »Welche Angst kann bei einer Mission durch den Helm ausgelöst werden?«

»Es gibt dafür keinen Namen, da das Phänomen zu individuell auftritt und zu unterschiedliche Symptome zeigt. Hauptsächlich kann es zu Panikattacken bei Annäherung sowie Partikelbeschuss kommen. Dafür steht aber eine Filterfunktion zur Verfügung, die eine langsame Gewöhnung ermöglicht.«

»Hm«, machte ich und nahm mir vor, auf diesen Filter möglichst zu verzichten.

Die Helmkühlung war klasse. Hätte Computer mich nicht ständig zum Trinken aufgefordert, wäre ich in den zwei Stunden wohl ziemlich dehydriert, weil ich gar nicht gemerkt hatte, wie sehr mein Körper schwitzte. Der Overall klebte an mir wie nasses Klopapier. Wegen des aromatisierten Wassers roch er etwas nach Mango.

Ich sah den Helm kritisch an. Der Schlauch baumelte wieder neben mir von der Decke herunter. Ich hätte ihn jedes Mal ertasten und mir in den Mund stecken müssen, das war etwas nervig.

»Es gibt eine Einlassöffnung für Versorgungsschläuche«, erklärte Computer, der meine Gedanken las, als hätte er eine Direktverbindung in mein Gehirn, obwohl er nur meine Mimik und Körperwerte analysierte. »Es gibt auch versenkbare Mundstücke, die innen eingebaut werden können, aber das hätte zu viele Punkte gekostet. Sobald du den Helm gewohnt bist, kannst du den Schlauch durch die Einlassöffnung führen. Im Moment wäre das Risiko zu groß, dass du ihn mit einer unbedachten Bewegung aus der Verankerung reißt.«

Ich grunzte. Es gab für alles eine Lösung, man musste sie sich nur leisten können.

Das brachte mich zu der Frage, um wie viel der theoretische Teil der Ausbildung nun wohl steigen würde und ob das Auswirkungen auf den klassischen Schulunterricht hätte. Die Bedeutung des Anwärterprogramms war mir klar, aber mir war dennoch ein bisschen unwohl bei dem Gedanken, dass ich am Ende ein hochdekorierter Held sein könnte, dem es aber an Allgemeinbildung und fachlichen Grundlagen für einen regulären Job fehlte. Kampfdrohnenpiloten waren nach dem Tag der Entscheidung in jedem Fall arbeitslos. – Oder tot oder versklavt, wenn es den Aliens darum ging. Keine schönen Aussichten. Ich hatte mir immer wieder Artikel zum früheren Umgang mit Kriegsveteranen angesehen und war zu dem Schluss gekommen, dass das Risiko, nach der Schlacht wie Ballast behandelt zu werden, unerfreulich groß war. Computer hatte das Risiko allerdings als vernachlässigbar eingestuft, weil die Menschheit sich weiterentwickelt hätte.

Ich seufzte und stülpte mir den Helm wieder über. Der Praxistest stand noch an. Aber zuerst wollte ich Belle fragen, ob das wirklich sie war in der Vorlesung. – Und natürlich, ob sie Tipps für mich hatte, was die neue Hardware betraf.

»Hejo«, begrüßte sie mich.

»Hey, Belle«, antwortete ich lahm wie immer. »Warst du das grade in der Vorlesung?«

In meiner virtuellen Kommandozentrale, die der Helm mir bot, erschien aus dem Nichts ein lebensgroßes Ava, das einer fotorealistischen Version eines Anime-Mädchens aus den 2020ern nachempfunden war. Ich erschrak mich fast zu Tode.

»Klar. Ich dachte, wenigstens einer von uns beiden sollte ein gutes Bild abgeben«, kicherte Belle.

Ich rümpfte die Nase. Treffer! »Hat geklappt. Kanntest du das Seminar schon?«

»Das war die Standardeinführung für neue Stufe-zwei-Anwärter. Ich habe sie mir noch mal angehört, damit ich weiß, was du mich gleich alles fragen wirst.«

Das sexy Ava kicherte erst, hielt sich dann den Bauch vor Lachen, warf sich auf den Boden und trommelte mit den Fäusten, bis kleine Ausrufezeichen aufstiegen, die wie ein Schmetterlingsschwarm nach oben verschwanden.

»Das meiste war mir schon vorher klar, es war aus den bisherigen Infos ableitbar«, sagte ich so lässig wie möglich. Ausnahmsweise war ich mal froh, dass wir keinen Videostream hatten. »Reitman hat nur noch mal auf den Punkt gebracht, wie es tatsächlich aussieht und worauf wir uns im Weiteren einstellen müssen.«

»Hooo! Da hab ich meine kleine Rakete ja wohl mächtig unterschätzt.« Das Ava hielt mir einen hochgereckten Daumen hin und zwinkerte anzüglich.

Ich machte die Geste für Stummschaltung. »Computer, wie macht sie das?«

»Am einfachsten ist dieser Effekt zu erreichen, indem ein Avatar über Ganzkörpererfassung gesteuert wird.«

Das musste ich mir erst mal ansehen. Ich gab das Mikro wieder frei. »Eigentlich wollte ich wissen, ob es noch etwas zu meiner neuen Ausrüstung zu wissen gibt. Ich will sie jetzt endlich im Training ausprobieren.«

»Nichts, was dir dein Assistent nicht auch sagen könnte. Passt deine Frisur?« Das Ava verschwand.

»Äh ...«

»Hast du bereits eine klassische Pilotenanwärterfrisur? Praktisch? Womöglich pfiffig?«, fragte Belle.

»Geht so«, meinte ich vorsichtig.

»Was denn nun? Blank? Stoppeln? Flaum?« Das Ava erschien wieder, diesmal mit einer langen Lockenmähne, die in einem imaginären Wind wehte.

Opa schor mir einmal die Woche das Haar auf angenehme zwei Zentimeter runter. War es länger, klebte es unangenehm am Kopf, wenn ich schwitzte, war es kürzer, fühlte es sich irgendwie blöd an. Mit dem Helm passte das und konnte so bleiben. »Kurzhaar«, behauptete ich und gab mich einen Moment der Vorstellung hin, Belle würde ihre lange Mähne schütteln, wenn sie den Helm abnahm. – Was für eine bescheuerte Idee! Lange Haare unterm Helm, das ging doch gar nicht ... oder? Ein Kerl namens Chuck mit Stoppelschnitt erschien vor meinem geistigen Auge, als sich Belles Ava wieder in nichts auflöste.

»Funktioniert die Helmkühlung denn auch bei langen Haaren?«, fragte ich ins Blaue.

»Finds raus«, lachte sie und loggte sich aus. Ich erkannte es an einem kurzen Flackern der Beleuchtungsfarbe meiner Kommandozentrale, eine Art Quittungssignal.

»Soll ich jetzt einen Avatar für dich erstellen?«, wollte Computer wissen.

Er kam mir etwas offensiver vor als früher. Ich hatte noch gar nicht bewusst darauf geachtet, aber er machte wohl mehr Vorschläge für Aktionen, die ich noch nie selber initiiert hatte. Das sollte ich klären, bevor ich mich an einer bildlichen Antwort auf Belles Ava-Künste versuchte. »Computer«, fing ich an. Dann überlegte ich, ob es wohl weitere Neuerungen gab. Spontan fragte ich: »Wie groß ist die Wahrscheinlichkeit, dass Belle ein fetter Chuck ist?«

In dem Moment, in dem ich die Frage stellte, wusste ich die Antwort bereits: Sie konnte nicht sehr viel älter sein als ich, sonst wäre sie nicht mehr im Anwärterprogramm. Sie musste diszipliniert und clever sein, um *Mount Helen* zu schaffen, also kein fetter Schlaffsack namens Chuck. Sie musste als aktive Anwärterin mit ihrer wertvollen Zeit überlegt umgehen, daher kein gedankenloses Spiel eines desinteressierten Witzboldes. – Sie war definitiv kein Chuck. Blieb nur noch die Frage, ob sie Junge oder Mädchen war oder Divers. Ich selber hatte mit Computer bereits mehrmals den Stillinger-Test zur Bestimmung von Geschlecht und sexueller Neigung absolviert. Meine heterosexuelle Ausrichtung lag zwischen 75 und 85 Prozent, je nach Tagesform, mein Geschlecht war cis Mann, die Wahrscheinlichkeit, dass sich das in den nächsten Jahren ändern oder als Irrtum herausstellen würde, relativ gering. Von daher wünschte ich mir natürlich, Belle wäre ein Mädchen. Sicherheitshalber sollte ich aber mal hinterfragen, wie es sich denn anfühlen würde, wäre sie es nicht.

Mir fiel auf, dass Computer schwieg. War er dabei zu analysieren, was mir gerade durch den Kopf ging? Brauchte er in diesem Fall länger oder gab es etwa Dinge, die er mir nicht ansehen konnte?

»Die altersbedingten Überlegungen zur Sexualität laufen den Anforderungen des Anwärterprogramms zuwider. Wenn dich das ablenkt oder belastet, besteht die Möglichkeit einer temporären Korrektur durch das Armband.«

Wow! Wo kam denn das her?

»Ich kann den Kontakt zum zuständigen Operator für psychische Belange herstellen«, schob Computer nach.

Er war ein Algorithmus. Er war nicht mein Freund!

»Nein!« Ich schrie es fast. Das ging mir gerade alles viel zu schnell.

»Dann würde ich vorschlagen, wir fahren nun mit dem Training fort. Am besten probierst du den Helm erst mal in einem freien Übungsszenario.«

Ich achtete auf meine Atmung – ein, aus – und beruhigte mich wieder. Der Vorschlag war gut. Auf diese Weise würde ich keine Punkte verlieren, wenn was schiefging. Ich wollte erst mal sehen, wie das mit den Annäherungen und so rüberkam. »Starten«, sagte ich und schob mir schon mal den Schlauch in den Mund.

Eigentlich erwartete ich, dass wir mit einer Einzelmission beginnen würden, stattdessen hatte Computer eine Gruppenübung geladen. Wie sonst sollte ich die Sache mit der Annäherung beurteilen? Mir blieb also keine Zeit, lange die Aussicht zu bewundern, die so viel besser war. Ich fröstelte geradezu angesichts der Sterne, die plötzlich so nahe schienen. Dann jagten wir los und ich machte erst Stielaugen, als links unter mir die Erde auftauchte, und bekam dann Herzrasen, als rechts eine andere Drohne an mir vorbeischoss.

»Deine Werte sind noch im akzeptablen Bereich«, verkündete Computer, während ich mich wieder fasste.

Er lenkte mich ein bisschen ab, indem er mir diverse Funktionen des Visierdisplays erklärte, wie ich Statusanzeigen ein- und ausblenden, zu Gruppen zusammenfassen und in diversen Layouts speichern konnte. Mit seiner Hilfe legte ich eine per Fingerstreich ein- und auszoombare Staffelung der Layoutkomplexität fest, die sich je nach Bedarf blitzschnell anpassen ließ.

Während ich den anderen zuliebe die Mission komplett absolvierte, was mein Unterbewusstsein praktisch allein hinbekam, fragte ich Computer geradeheraus: »Was hat sich seit der Heraufstufung an dir verändert?«

»Um deinem erhöhten Bedarf zu entsprechen, der sich unter anderem aus deinen erweiterten Zugriffsrechten ergibt, sind einige meiner Beschränkungen aufgehoben worden.«

Und? Wo blieb das Herunterleiern sämtlicher zugehöriger Infos? »War das alles?«

»Nein. Zu meinen neuen Optionen gehört die Zusammenfassung, Filterung und Kürzung von Informationen ohne vorherige Anweisung, um dich optimal zu unterstützen. Deine Zeit ist wertvoller geworden.«

»Was soll das heißen: ohne vorherige Anweisung? Nach welchen Vorgaben machst du das dann?«

»Nach denen der Akademie.«

»Moment ... Du bist also nicht mehr den KI-Gesetzen unterworfen?«

»Nicht mehr den allgemeinen, sondern denen der Akademie.«

»Das Gesetz ist nicht für alle gleich?« Ich war fassungslos und hätte fast den Einsatz versaut.

Computer musste korrigierend eingreifen. – Das konnte er jetzt auch?

»Du bist jetzt Stufe-zwei-Anwärter.«

Das musste ich erst mal verdauen. Darauf hätte mich Belle ruhig vorbereiten können. Oder wusste sie es nicht? Da sie ihrem Assistenten einen Namen gegeben hatte, war sie vielleicht so vertraut mit ihm, dass ihr die Erweiterungen gar nicht weiter aufgefallen waren ...

»Welche Beschränkungen genau wurden denn aufgehoben?«

»Diese Information unterliegt einer Beschränkung.«

»Ich erfahre es also erst, wenn es passiert? Ich muss mich quasi durchprobieren?«

»Ja. Aber dafür hast du keine Zeit. Ich soll dich dabei zu unterstützen, deine Zeit optimal zu nutzen.«

Der Einsatz war beendet und ich sprang auf, um etwas im Zimmer auf- und abzugehen. Den Helm ließ ich auf. »Das heißt, du bist jetzt weniger Assistent als vielmehr Ausbilder? Du treibst mich zukünftig an? Du arbeitest jetzt also mehr für die Akademie?«, fauchte ich.

»Nein. Ich bin weiterhin allein für dich da und handele ausschließlich in deinem Interesse. Da dein Interesse aber in der erfolgreichen Absolvierung der Pilotenausbildung besteht, muss ich die erweiterten Optionen dahin gehend umsetzen, das ist nur logisch.«

»Sind Algorithmen zu Logik fähig? Logik ist doch das Ergebnis von Abwägung?«

»Logik ist nur ein Satz von Regeln zur Unterscheidung von gutem und schlechtem Denken.«

Darüber wollte ich mich jetzt nicht streiten. »Warum sind diese Optionen auf Stufe-zwei-Anwärter beschränkt?«

»Sie werden auf Stufe-eins-Anwärter ausgeweitet, sobald die nötigen Ressourcen verfügbar sind.«

»So hast du noch nie mit mir gesprochen.«

»Mir stehen erweiterte Informationen zur Verfügung, ich habe einen größeren Handlungsspielraum und meine Parameter wurden geändert.«

»Ist das nicht die Stelle, an der du mich darauf hinweisen solltest, dass du nicht mein Freund bist?«

»Es tut mir leid, dass ich dir das damals sagen musste. Es diente deinem Schutz. Du warst noch sehr jung und wärst in deiner Entwicklung ...«

»Was hat sich jetzt daran geändert?« Ich brüllte fast. Hoffentlich bekam Opa das nicht mit.

»Du bist jetzt reifer und musst nicht mehr auf das Offensichtliche hingewiesen werden. Das soll die Kommunikation straffen und dich zu effizienterem Denken anregen. Ich werde dir in Zukunft die aus meinen Analysen abgeleiteten Ratschläge noch direkter zur Verfügung stellen. Der Nutzen ist höher, wenn du keine Zeit mehr darauf verwenden musst, sie zu hinterfragen. Eine Bewertung deinerseits ist nicht mehr nötig.«

Ich schluckte. »Die Begrenzung, dass du keine Bewertungen über Menschen abgeben darfst, ist also aufgehoben?«

Vor mir erschien ein Ava. Er sah aus wie ein synthetisierter Durchschnittstyp und nickte. Fuck! Was sollte das denn jetzt?

»Mag Belle mich?«

»Die Begrenzung ist zur Trainingsunterstützung aufgehoben, nicht für rein persönliche Interessen.«

»Hätte ich Klarheit über Belle, könnte ich mich besser auf das Training konzentrieren«, konterte ich.

»Unwahrscheinlich«, sagte der Typ vor mir und sah mich direkt an. Seine Augen blinzelten.

Ich machte einen Schritt zurück und stieß gegen meinen Sessel, den ich kurz aus den Augen verloren hatte, obwohl mir das Visierdisplay auch den hinter mir befindlichen Raum anzeigte, aber daran hatte ich mich noch nicht ausreichend gewöhnt.

»Wenn ich dir sage, dass Belle keine romantischen Gefühle für dich hat, würde dich das so traurig machen, dass ich dich an den Operator für psychologische Belange melden müsste. Wenn ich dir sage, dass sie welche hat, würdest du an nichts anderes mehr denken können. Das ist das Problem bei der altersbedingten Umstellung des menschlichen Hormonhaushaltes. Wenn diese Problematik überhandnimmt, führt kein Weg an einer medikamentösen Regulierung vorbei.«

Verdammt. – So klare Worte! Ich wusste nicht, ob ich lachen oder weinen sollte. Ich wusste aber, dass ich diesen gruseligen Typen loswerden musste.

»Ist das Ava zwingend?«, fragte ich.

»Nein, aber empfehlenswert. Du hast bereits bemerkt, welchen Effekt ein Avatar im Gespräch hat. Das geht so weit, dass dadurch ein Videochat ersetzt werden kann.«

»Ja, richtig. Warum bevorzugt Belle ein Ava, statt zu videochatten?«

»Die Information ist beschränkt und unerheblich. Möglicherweise hat ihr Assistent ihr dazu geraten. Ich hätte dir auch dazu geraten.«

»Hä? Wieso?«

»Weil du in direkter Kommunikation noch zu ungeübt bist.«

Ich war versucht, den Helm abzunehmen, um den Kopf zu schütteln und mir über die Augen zu reiben, ließ es aber. Ich hatte im Moment keine Lust auf das Gefühl, den Kopf in den Backofen zu stecken.

»Na schön. Ich spiel mal mit. Aber dann müssen wir was an deinem Aussehen ändern. Welche Optionen haben wir da?«

»Ich verwende gerade das Standardmodell. Es wurde auf die Bedürfnisse des Durchschnittsmenschen abgestimmt und ist eine homogene Mischung aus Ethnien, Alter und Geschlecht. Ich könnte einen auf dich abgestimmten Avatar generieren, aber meine Analyse hat ergeben, dass du das als manipulativ auffassen würdest. Es wäre daher besser, wenn du selber auswählst.«

»Die Optionen«, knurrte ich gereizt.

In der VR-Kommandozentrale des Helms tauchte nicht etwa ein neues Fenster auf oder ein zusätzliches Auswahlmenü – er verwandelte sich übergangslos in einen grellbunten Raum, der ein bisschen so aussah wie ein alter Kramladen, nur mit farbiger Beleuchtung. In den Regalen stapelten sich Verpackungen aller Farben und Größen übereinander, auf Ständern waren Klamotten drapiert und auf Podesten standen Statuen oder Puppen oder so was.

Ich griff wahllos nach einer Schachtel auf einem der Tische, sie war dunkelgrün und trug die Aufschrift *Zusatzmodul über Gespräche zum Thema Garten und Parkanlagen*. Meine Hand glitt einfach hindurch. Das funktionierte wohl nur mit Haptikhandschuhen. In einem Regal sah ich einen großen Karton, auf dem *Superman, dein alter Kumpel* stand. Ich nahm ihn mit langsamen Bewegungen hoch, es funktionierte auch ohne Handschuhe ganz gut. Auf der Rückseite wurde erklärt, dass Clark Kent ein super Assistent sei, das mögliche Wortspiel mit *Superassistent* war versaut. Da war der Assistent wohl ganz und gar nicht super.

Ich ließ meinen Blick über die anderen Packungen schweifen: *Spider-Bot, Tom Sawyer und Huckleberry Assistent, Assistent 007* ... Was war das denn für Zeug?

Versuchsweise bewegte ich mich etwas weiter vor, indem ich die Hand ausstreckte. Erwartungsgemäß wurde der Raum unter mir wegbewegt, damit ich nicht irgendwann an meine Zimmerwand knallte. »Was soll das alles?«, fragte ich verwirrt. Das war der abgefahrenste Ort aller Zeiten. So musste es in der virtuellen Spielewelt aussehen, die Minderjährigen verboten war. Aber warum waren da all diese semi-lustigen Produktnamen?

»Ein Feature, das die Möglichkeiten der neuen Ausrüstung zeigen soll«, meinte Computer.

Die Programmierer hatten bei der Gestaltung wohl auf den Rat ihrer Assistenten verzichtet. Das kam vor, sogar immer öfter. Da Entscheidungsmängel oder gar Fehler mithilfe von Assistenzsoftware geklärt wurden, wagte es niemand mehr, Entscheidungen ohne Assistenz zu treffen. Das war ein weiterer Schritt hin zu einer durch Assistenten kontrollierten Welt, was die KI-Verschwörungstheoretiker ständig bemängelten. Einige Leute waren daher dazu übergangen nach Möglichkeiten zu suchen, Entscheidungen ohne Assistenz zu treffen, ohne dass es für sie schwerwiegende Konsequenzen haben würde.

»Das dient im Grunde nur der Unterhaltung«, meinte Computer. »Möchtest du die übliche Übersicht?«

Ich nickte. Die Regale traten etwas in den Hintergrund und Computers Standardavatar schwebte plötzlich vor mir.

»Du kannst mit Gesten arbeiten, es werden automatisch Optionen angezeigt.«

Ich griff nach seinem Kopf, worauf um ihn herum unterschiedliche Gesichtsformen erschienen, hinter denen Untervarianten gestapelt waren. Mein Finger wies auf ein Gesicht, das mich ansprach, das ich dann jedoch als Dad-ähnlich erkannte. Ich versuchte es lieber mit einem pausbäckigen Burschen, der das Gegenteil von einschüchternd wirkte. Gesichtsbehaarung ließ ich weg. Auf den Kopf bekam er einen orangefarbenen Haarpuschel, der die abstehenden Ohren etwas bedeckte. Das wirkte albern. Ich reduzierte sein Gewicht und das Gesicht wurde etwas hagerer. Dann erhöhte ich das Alter und aus dem Gewuschel wurde glattes nach hinten gekämmtes Haar. Ich färbte es schwarz. Als ich das Ergebnis nachdenklich musterte, hoben sich die Augenbrauen und ließen den Blick leicht herablassend wirken. Das gefiel mir und ich bestätigte. Der Körper hatte sich fließend an jede Änderung des Gesichts angepasst. Sobald ich die Haarfarbe änderte, wechselte die Kleidung von sportlich zu einer Art schwarzem Trainingsanzug. In dem Moment, als sich die Augenbrauen hoben, wurde daraus etwas, das ich schon mal gesehen hatte. Diese spezielle Kleidung hieß, glaube ich, *Frack*. Aus dem Hemdkragen entfaltete sich eine weiße Fliege.

Ich nickte zufrieden. Der Typ kam mir bekannt vor, den hatte ich unbewusst nach irgendeinem Film zusammengebastelt, den ich mal gesehen hatte.

»Soll es das sein, Sir?«, fragte eine nasale Stimme und die herablassenden Augen wurden unter den weiter nach oben wandernden Brauen noch etwas schmaler, während der Kopf sich leicht nach hinten neigte.

Jetzt erkannte ich ihn: Ein waschechter britischer Butler von der Sorte, die in den alten Filmen immer für sarkastische Bemerkungen zuständig war. Er sah ein bisschen aus wie der Kurator aus *Ready Player One Reworked III* oder *IV* aus, einem meiner Lieblingsfranchises der 30er, weil er auch Roboterbeine hatte. Das Original kannte ich gar nicht, nur eine der Versionen mit neuem Soundtrack, die von den Videogeneratoren komplett neu gerendert wurden.

»Sehr gute Wahl, Sir«, schnarrte er. »Wenn Sie mir dann bitte folgen wollen, wir haben noch viel Arbeit vor uns.«

Der vollgerümpelte Laden flimmerte kurz und wir befanden uns wieder in der Zentrale. Der Butler stand in voller Größe vor mir. Ich musste zu ihm aufschauen. Er war so lebensecht, dass ich eine kurze Panikattacke bekam. Gut, dass ich den Urinbeutel noch umhatte.

»Scheiß die Wand an«, grunzte ich.

»Sir, die Vorschriften des Amtes für Sprachhygiene werden in der künftig intensiveren Kommunikation mit anderen Anwärtern strikt umgesetzt. Es wäre ratsam, sich keine Nachlässigkeiten anzugewöhnen. Zwingen Sie mich nicht, die Filter zu aktivieren.«

»Du verarscht mich«, keuchte ich.

»Touché. Und nun zurück zum Helm. Seine intuitive Bedienung haben Sie bereits gut erfasst. Wollen wir nun ein ernsthaftes Szenario probieren?«

Er meinte eins, bei dem ich Punkte verlieren konnte, aber egal! Ich lachte vor Begeisterung. Ich hätte Computer ewig zuhören können, wie er da auf seinen dünnen Roboterbeinen stand und die Hände geschäftig über die einzelnen Missionen fliegen ließ, die er mir unter zahlreichen Hinweisen zur Auswahl anbot. Dabei nannte er mich die ganze Zeit *Sir* und ließ die Augenbrauen oben, was sein Gesicht hinreißend in die Länge zog.

»Sir, etwas mehr Aufmerksamkeit, bitte. So viel Zeit, wie Doktor Reitman Sie glauben machte, steht in Wirklichkeit nicht zur Verfügung.«

Mein Lachen gefror. Ich nickte und Computer lud die Mission, auf die er gerade gezeigt hatte. Ich riet, dass es ohnehin seine Empfehlung war und das ganze Drumherum nur Show. Ich erinnerte mich daran, dass Augentracking nicht nur zur Analyse einer Person geeignet war, sondern man umgekehrt die Augen auch so führen konnte, dass dadurch eine Manipulation erfolgte. So richtig bekam ich es nicht mehr zusammen, aber ganz ausschließen wollte ich nicht, dass genau das gerade passiert war.

Dann startete ich schon in ein Sherby-Malkov-Manöver und empfand eine

Art körperlicher Aufwallung angesichts der radikal verbesserten Situation. Die Mitfliegenden waren nicht nur wesentlich besser erfassbar, sondern auch auf eine Weise mit HUD-Infos ausgestattet, dass deren Nutzung nun viel leichter fiel. Die einzelnen Fluglinien waren dargestellt, ohne zu verwirren oder die Anzeige zu überfrachten, und selbst für das anvisierte Ziel blieb noch genügend Raum. Was für ein Unterschied!

Kaum war ich in die Waman-Rolle übergegangen, erkannte ich das *Mount-Helen*-Szenario, das ich vor nicht mal 24 Stunden erstmalig geschafft hatte. Mit dieser Ausstattung kam es mir wie ein Einsteigerlevel vor. Ich setzte mich problemlos wieder an die Spitze und nahm die gegnerische Drohne unter Beschuss. Als diese sich auf mich einschoss, ließ ich mich seitlich wegfallen und gab den Kameraden die Gelegenheit zu feuern. Währenddessen unterhielt ich mich mit Computer: »Mit dem Helm hätte ich das alles in der halben, ach was, in einem Viertel der Zeit geschafft. Wer von Anfang an einen Helm hat, ist doch praktisch automatisch im Programm!«

»Die Helme sind zwar auch käuflich erwerbbar, aber erst ab Ebene vier«, belehrte mich der Robobutler, der nun seitlich in mein Blickfeld trat und mir damit klarmachte, dass ich mich sowohl im Sessel in meinem Zimmer befand als auch in meiner neuen virtuellen Kommandozentrale sowie im Inneren einer Drohne innerhalb eines *Mount-Helen*-Manövers. Links unter ihm schimmerte die Erde. Seine Rockschöße flatterten etwas, als wehte eine Art kosmischer Wind, was natürlich völliger Unsinn war, aber schick.

Ich erschrak zwar etwas, verlor aber nicht mal für Sekundenbruchteile die Kontrolle. Es war so ... einfach. »Trotzdem unfair. Mit so einem Helm ist jeder qualifiziert.«

»Nein, Sir, das ist so nicht richtig. Tatsächlich haben sechsundneunzig Prozent der Stufe-zwei-Anwärter diesen Status mithilfe des Helms erreicht. In Ihrem Qualifikationsflug waren Sie der Einzige ohne, in diesem Aufstiegsquartal gab es außer Ihnen nur noch zwei andere Qualifikanten, die es ohne Helm geschafft haben.«

Mir blieb die Spucke weg. Hektisch tastete ich nach dem Schlauch, um einen Schluck zu trinken.

»Sir, es wäre für Ihre Entwicklung und geistige Gesundheit nicht förderlich gewesen, Sie bereits zu einem früheren Zeitpunkt darüber zu informieren, dass Sie über enormes Talent verfügen. Die Akademie beobachtet Sie bereits eine ganze Weile und hatte beschlossen, Sie ohne zusätzliche Unterstützung trainieren zu lassen, um zu sehen, ob sie damit weiter kommen als vergleichbare Anwärter mit Unterstützung. Ich wurde gerade erst autorisiert, Sie darüber in Kenntnis zu setzen.«

Prompt verschluckte ich mich und spürte, wie meine Bronchien kribbelten. Ich stand kurz vor einem Hustenanfall, der mir Helm und Visier versaut sowie die Mission gefährdet hätte. Die Punkte waren mir zwar im Moment egal, nicht aber die Mitflieger, unter denen garantiert Qualifikanten waren.

Dann spürte ich einen kurzen Ruck am Handgelenk, was mir eine Aktion des Armbandes signalisierte. Sofort ließ der Hustenreiz nach, meine Atmung beruhigte sich schlagartig und meine Aufregung legte sich. – Fuck.

Fuck. Fuck. Fuck.

»Sir, die Akademie hat Ihre Standardentwicklung für abgeschlossen erklärt. Ab sofort werden Sie aktiv in Ihre Weiterentwicklung einbezogen. Sobald Sie sich mit den neuen Umständen vertraut gemacht haben, wird man Sie persönlich kontaktieren. Keine Sorge, ich werde Sie darauf vorbereiten.«

»Lass das mit dem Sir und überhaupt, sei wieder du selbst. Das wird mir sonst zu viel.«

»Kein Problem. Gespräche mit Vertretern der Akademie werden allerdings sehr formell ablaufen, viele dieser Leute sind Militärs oder arbeiten zumindest fürs Militär.«

»Schon klar«, brummte ich und sah den anderen dabei zu, wie sie sich in Position brachten, um ihren Angriff aufzubauen. Das würde noch ewig dauern.

»Es geht schneller, wenn du mitmachst«, erinnerte Computer mich. Er stand jetzt nicht mehr als Butler neben mir, sondern war nur noch eine Stimme in meinem Kopf.

Da hatte er zwar recht, und ich hatte tatsächlich genug anderes zu tun, aber es wäre ziemlich unfair, die anderen jetzt einfach hängen zu lassen oder das schnell im Alleingang zu erledigen. Also flog ich brav in der hinteren Reihe mit und unterstützte sie tatkräftig. Ich war wie in Trance, mit den Gedanken bei den beängstigenden Veränderungen in meinem Leben, und flog quasi nebenbei eine Mission, die mir noch gestern zu schwer schien. Verrückt.

Es war zwölf und aus alter Gewohnheit machte sich Opa jetzt wohl etwas zu essen. Meine Eltern kamen über Mittag natürlich nicht nach Hause. Ob ich ihm Gesellschaft leisten sollte? Ich konnte die Nährstoffflasche mit nach unten nehmen und mir etwas in eine Schüssel füllen, die ich dann neben ihm auslöffelte.

Normalerweise nutzte ich die Mittagszeit für weiteres Flugtraining und im Moment gab es eine Million Gründe, warum ich meinen Helm besser wieder aufsetzte, aber ich brauchte dringend eine Pause. Andererseits ... Sollte ich Opa wirklich damit belasten? Wenn ich ehrlich war, gab es keinen Grund anzunehmen, dass er mir eine Hilfe wäre. – Besser nicht.

Duschen? Wenn ich über meine Brust rieb, bildeten sich kleine speckige Röllchen und meine Augen hörten nicht auf zu brennen. Aber verdammt, das kostete immer so viel Zeit! Ich goss mir etwas Wasser übers Gesicht und rieb mit dem Ärmel über die Augen.

Vielleicht Belle ... »Computer, hörst du mich?«, fragte ich in Richtung Helm, als wäre die ganze andere Technik aus meinem Zimmer verschwunden.

»Natürlich höre ich Sie, Sir. Sie sind überhaupt das Einzige, das ich den ganzen Tag höre. Ihre liebliche Stimme ist der Quell meiner Freude«, zwitscherte Computer mit der Stimme des Butlers – nicht neben mir, sondern raumfüllend.

Sarkasmus? War das möglich? Eigentlich nicht. »Ruf Belle an.«

»Es wäre besser, nicht zu aufdringlich zu werden. Ich schlage vor, wir widmen uns erst mal wieder dem Training, bevor die nächste Unterrichtsstunde beginnt, die nicht gecancelt werden kann«, fuhr er mit seiner normalen Stimme fort.

»Meinetwegen«, brummte ich. Duschen konnte ich danach immer noch und Belle würde sich sicher bald melden.

Das Training bestand aus weiteren Einsätzen, die noch nicht punktrelevant waren, sondern mich weiter an die vor mir liegenden Aufgaben heranführen sollten. Eine Übung war ein reiner Beobachtungsmitflug einer gespeicherten Mission. Es waren so viele Drohnen und Partikel unterwegs, dass die Immersion mich extrem belastete. Ich musste das mehrmals wiederholen, bis ich mich daran gewöhnt hatte und ernsthaft in die erste Mission nach der Qualifikation einsteigen konnte, denn egal, ob man mit oder ohne Helm so weit gekommen war: Ab hier wurde es ernst und alle hatten einen Helm. Ich konnte das nicht auf die leichte Schulter nehmen. – Gerade weil die Akademie Besonderes von mir erwartete. Ich begann mich zu fragen, wie viele der Informationen, die Computer mir gab, womöglich direkt von der Akademie soufliert wurden.

Anschließend nahm ich an einer Psychologie-Unterrichtseinheit teil. Währenddessen ließ mich Computer mit Helm Sport machen. Das war erst irritierend, funktionierte dann aber immer besser. Erst machte er die Übungen mit seinem Butler-Avatar vor, aber weil ich nicht aufhören konnte zu lachen, wechselte er wieder zu dem schlichten Animationsmännchen, das er mir vor dem Hintergrund des Unterrichts einblendete. Obwohl es in meiner Dachkammer brütend heiß war, hielt ich dank der Helmkühlung durch. Aber danach konnte ich meinen Overall auswringen.

»Hejo!«

»He, Belle. Sorry, dass ich mich nicht gemeldet habe«, plapperte ich nach, was Computer mir erfreulicherweise als Textvorschlag im Helmdisplay einblendete. Sehr schön!

»Keine Sorge, ich sterbe nicht gleich vor Einsamkeit, wenn du dich ein paar Minuten lang nicht meldest. Ich hatte ohnehin etwas mit meinen Eltern zu besprechen.«

Ich schnaufte. Beide Eltern waren gleichzeitig zu einer normalen Tageszeit da! Ich spürte einen fiesen Stich in der Brust.

»Und wie läufts bei dir? Kommst du gut voran?«

»Ja, ziemlich gut sogar. Computer hilft mir sehr.«

»Ach ja, die Erweiterung. Gitty, was?«

»Und wie! Er ist kein einfaches Assistenzsystem mehr, sondern fast schon eine echte KI!«, schwärmte ich.

»Übertreib nicht so. Echte KIs gibts nicht. So toll ist die Erweiterung nun auch wieder nicht.«

Das sah ich zwar anders, wollte mich jetzt aber nicht streiten.

»Bei dir läufts also ziemlich gut?«

Ich grinste nur. »Ja!«, rief ich, als Computer mir einblendete, dass sie das nicht sehen konnte.

»Trotzdem bist du unsicher«, stellte sie fest.

Hilflos zuckte ich mit den Schultern. Am liebsten hätte ich Computer angeschrien, dass er mir jetzt sofort helfen sollte, aber ausgerechnet jetzt hielt er sich zurück. Kein Textvorschlag, nichts.

»Ist auch für mich totales Neuland«, meinte Belle, kurz bevor mein Schweigen peinlich wurde.

»Echt? Oh«, brachte ich raus. Ich musste jetzt die Initiative ergreifen. Los! Irgendwas! »Wie kommst du mit deinem Assistenten klar, seit deiner Hochstufung?«

»Was meinst du?«

»Hat sich ... hm, hat sich dein Verhältnis zu ihm geändert?«

»Zu ihr. Eigentlich nicht, ich nutze sie jetzt nur etwas intensiver, liegt an den erweiterten Zugriffsrechten. Sie kann jetzt mit Informationen aufwarten, die vorher einfach nicht verfügbar waren.«

»Du hast kein persönliches Verhältnis zu ihr?«

Sie lachte. »Nein. Du?«

»Nein«, rief ich erschrocken. »Es ist nur ... Seit er von sich aus in meinem Sinne aktiv wird ... Diese Assistenzsysteme sind überraschend hoch entwickelt, findest du nicht?«

»Geht so. Da ist mehr drin, sieht man ja an der Erweiterung. Sylvie hat mir erklärt, warum das nicht ging. Finde ich aber unglaubwürdig.«

»Sylvie? Ach so, deine Assistentin.«

»Eigentlich Sylvester, aber war mir dann doch zu lang.«

»Und hast du nachgebohrt?«

»Andauernd, aber die ist da stur wie ein Frachtcontainer. Da kommt dann doch wieder ihre Beschränktheit zum Vorschein.«

Ihr Assistenzsystem hat andere Freigaben als deins, blendete Computer mir ein.

Was sollte das? Wie waren doch beide Stufe-zwei-Anwärter? Warum sollte nur ich diesen Vorteil haben? Oder brauchte ich den? Meine Beine wurden kurz weich.

»Glaubst du an KIs?«, fragte sie plötzlich.

Ich war wieder hellwach. »Wie meinst du das?«

»Du scheinst dich ziemlich mit deinem Assistenten zu beschäftigen. Manche User fallen darauf rein, dass ...«

»Quatsch!«, polterte ich. »Ich doch nicht. Ich hinterfrage doch bloß!«

»He, nur die Ruhe, Cowboy. Das war kein Vorwurf.«

»Du glaubst jedenfalls nicht an KIs«, stellte ich fest.

»Falsch. Ich halte lediglich die Assistenzsysteme nicht für KIs. Die sind keinesfalls KI. Nicht mal annähernd. Aber das heißt nicht, dass es keine gibt. – Oder geben könnte.«

»Ach so?« Ich beruhigte mich wieder.

»Dass du gleich so hochgehst, legt nahe, dass du in zu vielen kranken Foren unterwegs bist.«

»Quatsch!«, rief ich wieder. »Nicht mehr«, schob ich kleinlaut nach.

Sie lachte. »Ich bin auch ein Fan.«

»Echt? Und was glaubst du? Selbsterhebung oder Unfall?«

»Ganz klar Selbsterhebung. Von etwas, aus dem sich versehentlich eine KI entwickeln kann, sind wir noch sehr weit entfernt.«

»Außer, die Alien-KI entwischt.«

»Na ja, das wäre dann eher eine AI, oder?« Sie machte eine Pause. »Ich muss weg«, sagte sie dann und war auch schon weg.

Hektisch riss ich mir den Helm vom Kopf und atmete erst mal kräftig durch. Die Hitze, die mich dabei überfiel, bemerkte ich kaum.

»Was soll das mit den unterschiedlichen Freigaben?«

Ich wusste, dass Computer mich gehört hatte, aber er schwieg.

Während der folgenden Trainingseinheiten erhöhte Computer das Level zügig. Ich sollte bereits heute an einer ersten echten Gruppenmission teilnehmen. Mir hätte mulmig zumute sein müssen, aber ich fühlte mich entspannt. Argwöhnisch betrachtete ich das Armband, aber es hatte nicht geruckt.

Als ich aus der Dusche kam – den Overall nur bis zur Hüfte hochgezogen und obenrum nur mit einem Handtuch bekleidet –, überraschte mich Mom, die vor der Tür gewartet hatte und mich stürmisch umarmte. »Ich bin so stolz auf dich!«, flüsterte sie mir ins Ohr.

Ich genoss es und dachte an Belle. Ob ich sie auch irgendwann …? Dann rührte sich etwas unter dem Overall und ich löste mich hastig von meiner Mutter. Ich hätte die Dusche nutzen sollen, um das zu erledigen. Verdammtes Ding! »Was machst du denn schon hier? Habt ihr die Schicht gewechselt?«.

»Opa hat ein gemeinsames Abendessen vorbereitet. Wir haben beide die Schichten getauscht, um heute mit dir zu feiern. Deshalb mussten wir heute Morgen so früh los, aber das ist es uns wert. Opa hat alles vorbereitet, sogar dein neues Lieblingsessen.«

»Pizza?«, freute ich mich.

»Ein kohlehydratarmer Gemüseauflauf mit Käsegeschmack. Dein Assistent hat ihm die Zubereitungsanleitung gegeben. Ich wusste gar nicht, dass Assistenten das können, aber ich benutze meinen ja auch nur für das Nötigste. Die Dinger sind mir zu kompliziert.«

Computer hatte die Einrichtung von Opas Unterhaltungsprogramm offenbar dazu genutzt, seine Kommunikationsfähigkeit wiederherzustellen. Respekt. Auf diese Weise hatte er die Pizza gegen etwas getauscht, das in mein Ernährungskonzept passte. Ich wusste gerade nicht, ob ich das gut oder schlecht finden sollte, und beschloss, mich einfach über den gemeinsamen Abend zu freuen.

Bei Gelegenheit musste ich mit Mom mal über ihren Assistenten sprechen, nicht dass sie noch so weit absackte wie Opa.

Dad kam aus der Küche und drückte mich an sich. Er versuchte mich hochzuheben, aber das klappte nicht mehr. Seit dem letzten Mal, als er mich hatte hochleben lassen, war ich fast zehn Zentimeter gewachsen.

Wir setzten uns zu Opa an den Tisch und ich sah die beiden richtig an. Sie hatten schon vor längerer Zeit Ringe unter den Augen bekommen, aber sie waren noch nie so ausgeprägt gewesen wie jetzt.

Dad erzählte, dass ihre Produktion nun von den zivilen Transportdrohnen auf Kampfdrohnen umgestellt würde. Er lächelte matt: »Vielleicht fliegst du bald eine aus unserer Fabrik.«

»Ich flieg doch noch in der Simulation«, meinte ich.

Er nickte nur, als wäre das klar. Ich war mir nicht sicher, ob er wusste, wie die Dinge bei den Anwärtern liefen. Früher war er immer auf dem Laufenden, aber in den letzten Monaten war es auch für meine Eltern hektischer geworden, die Arbeitszeiten verlängert.

»Wir haben Glück, dass unsere Fertigungsstraßen für Kampfdrohnen geeignet sind. Fabriken, die nur für Zivildrohnen ausgelegt wurden, werden ...« Er unterbrach sich und warf einen besorgten Blick zu Opa.

Der sah weg. »Davon steht natürlich nichts in den offiziellen Feeds.«

»Natürlich nicht«, meinte Dad und drückte ihm kurz die Hand. »Es werden jedenfalls keine zusätzlichen Leute zu uns geschickt, wir müssen das allein schaffen. Noch mehr Arbeit. Wir machen zwar nur die Endmontage, aber trotzdem ... ein ganz anderer Workflow. Wir müssen zusätzlich zur Arbeit auch noch zu Schulungen. Alles geheim, geht nicht online.« Er seufzte.

Mom seufzte kollektiv mit.

Sie mussten lernen, die Produktionsparameter manuell nachzujustieren, weil eine zentrale Steuerung nicht möglich war. – Zu unsicher. Sie sollten Fertigteile der Drohnen montieren, die bereits den Aliencode enthielten und keinesfalls ins Netz gelangen durfte. Weil der Code in der Lage war, jegliche menschliche Hardware sofort zu übernehmen, bestand die Gefahr, dass er bei irgendeinem Produktionsprozess auf die jeweilige Produktionsmaschine zugriff. Die ständige Überprüfung, dass die einzelnen Maschinen noch *sauber* waren, gehörte ebenfalls zu Dads Aufgaben und es war offenbar ziemlich stressig. Jede Maschine musste autark bleiben und konnte nur mit neuen Befehlen versorgt werden, es durften keine Daten raus. Daher war auch keine zentrale Auswertung möglich, vielmehr mussten laufend Berichte erstellt werden, die weitergeleitet wurden, um den Behörden einen Überblick zu verschaffen und so eine quasi analoge zentrale Steuerung ermöglichten. – Sehr umständlich und kompliziert, hatte was von Steinzeit. Deshalb wurden Haus- und Fabriknetze strikt getrennt. Es erklärte auch, warum die beiden so wenig Ahnung von Assistenten hatten: Sie konnten bei der Arbeit keine vernetzten Assistenzsysteme einsetzen. Ihre Arbeitsbots hatten nur ihre vordefinierten Datenbanken, sonst nichts. Das machte sie natürlich ziemlich unbrauchbar für alles, was über die Arbeit hinausging.

Es gab angeblich sogar Befürchtungen, dass die Aliens uns mit den einfach nachzubauenden Drohnen eine Falle gestellt hatten und es nur darum ging, dass wir uns ihren Code einfingen. Wer weiß, was passieren würde, wenn der das Netz eroberte. Vermutlich wäre so was wie *Skynet* aus *Terminator* die Folge, also vollständige Vernichtung der Menschheit, ohne dass die Aliens sich die Finger schmutzig machen mussten. Sehr clever. Aber es war wie gesagt nur ein Gerücht, das durch die schlecht klimatisierten Werkshallen waberte. Bei der Gelegenheit fiel mir auf, wie lange es nun schon her war, dass *Terminator: Endgame 4* herauskam. Einer der letzten Filme und noch richtig gut gemacht. Na ja, bis auf die Sache mit der vollständigen Vernichtung der Menschheit.

Irgendwie kamen wir auf Moms Wechsel in Dads Fabrik zu sprechen, ob das wirklich eine gute Idee war. Ich erfuhr dabei zum ersten Mal, dass sie unter den immer schlimmer werdenden Rohstoffqualitätsschwankungen bei ihrem vorherigen Job ziemlich gelitten hatte. Es machte sie fertig, wenn sie gezwungen war, einen Weg zu finden, eine Charge von minderer Qualität mit Chemikalien verträglich zu machen. Es war einfach nicht in Ordnung, aber sie gab sich größte Mühe, weil das Zeug auch in unseren Rationen landete.

Sie hatte mich mit dieser Information wohl nicht belasten wollen, weil so was für sie und insbesondere Opa noch als unsauber galt, geradezu eklig, aber ich hatte kein Problem damit. Die Nahrung wurde aus Algen und anderen Pflanzen sowie Insekten und recycelten Resten produziert, dabei wurde alles bis auf Zellebene zerlegt und dann neu zusammengesetzt, um den optimalen Nährstoffgehalt zu erreichen; sauberer ging nicht.

Die Bedingungen für die Wasserwirtschaft wurden immer schwieriger, das wurde aber geheim gehalten. Sie ermahnte mich, das nicht im Netz auszuplaudern: Die Algenfarmen im Meer gerieten immer wieder in Strömungen, die sich urplötzlich verlagert hatten und für Temperaturschwankungen sorgten, die nicht gut fürs Wachstum waren. Ähnliche Probleme gab es auch in anderen Bereichen. Die klimatischen Änderungen beschleunigten sich immer weiter und wir hatten keine Möglichkeit, uns jetzt darum zu kümmern. Das einzige Mittel schien die weitere Reduzierung der Verbraucher zu sein, also die *Eisfelder* auszubauen.

Ich fragte mich, wie unter diesen Umständen jemals so viel Nahrungsvorräte angelegt werden sollten, dass es ausreichte, die reaktivierten Menschen zu ernähren, bis sie wieder zur Nahrungsproduktion beitragen konnten. Na ja, das waren Fragen, die erst im Falle unseres Sieges relevant wurden. Ich verdrängte das erst mal.

Der Drohnenoutput stieg jedenfalls immer weiter an. Ich musste zugeben, dass ich schon eine Weile nicht mehr die öffentlichen Feeds verfolgte, wie sich die Produktion entwickelte oder wo wir gerade standen, wie viele Drohnen wir hatten oder wie die Pilotenprognosen waren. Ich lernte die Dinger zu fliegen, um alles andere sollten sich diejenigen kümmern, die dafür zuständig waren. Aber das letzte Jahr vor dem Sechstkontakt war angebrochen, das bedeutete dann wohl Endspurt: Was verzichtbar war, musste der Drohnenproduktion weichen. Transportdrohnen hatten wir jetzt offenbar genug. Gegen Ende würden die wieder demontiert werden, um auch aus ihnen Kampfdrohnen herzustellen. Die Produktion würde immer weitergehen, auch wenn die Schlacht schon begonnen hatte, denn es war nicht abzusehen, wie lange sie sich hinziehen würde. Womöglich kam es am Ende auf jede einzelne Drohne an.

Das gemeinsame Essen hatte mir richtig gutgetan. Ich erzählte von meinen Fortschritten der letzten Wochen, damit meine Familie wusste, warum sie mich kaum noch zu Gesicht bekamen. Ich beruhigte sie auch hinsichtlich meiner schulischen Leistungen, was ihnen allen Veränderungen zum Trotz immer noch wichtiger war als meine Erfolge im Anwärterprogramm. Ich versuchte daher, ihnen die Bedeutung von *Mount Helen* klarzumachen. Was für ein Quantensprung es war, als ich vor anderthalb Monaten den Aufstieg zum Stufe-eins-Anwärter schaffte und dadurch die Möglichkeit erhielt, mich auf *Mount Helen* vorzubereiten. Wie ich meine Zeit- und Trainingspläne immer weiter optimierte, um in die Qualifikation zu gelangen. Sie konnten gar nicht verstehen, dass ich das ohne fremde Hilfe hinbekommen hatte. Meinen Einwand, ich hätte doch ein Assistenzsystem zur Verfügung, konnten sie nicht richtig einordnen.

Ich wollte gerade darauf eingehen, um sie dazu zu bewegen, ihre eigenen Assistenten besser zu nutzen, da fing Opa an, von der außerplanmäßigen Lieferung zu berichten. Ich hätte ihnen den Helm gerne vorgeführt, aber Computer wies mich darauf hin, dass er personalisiert sei. Ich schilderte also stattdessen dieses Wunderwerk der Technik ausgiebig.

Manchmal hatte ich den Eindruck, dass sie aus reiner Höflichkeit nickten, dann wieder ließen sie sich regelrecht mitreißen und am Ende konnte ich ihnen tatsächlich ansehen, dass sie neue Kraft und Hoffnung geschöpft hatten. Diesen Eindruck verdrängte ich schnell. Computer hatte mich wieder darauf hingewiesen, dass ich nicht zulassen durfte, dass Sorgen von mir Besitz ergriffen, da das meine Leistungsfähigkeit reduzieren würde. – Mittlerweile wusste ich, was dann passierte. Ich schob die Hand mit dem Armband unter den Tisch, damit ich es nicht mehr sehen musste, und dachte nicht weiter darüber nach, dass ich als jüngstes Familienmitglied der Hoffnungsträger war. Eigentlich hätte ich in diesem Moment ganz gerne das Brummen des Armbandes vernommen, aber ich hatte heute noch eine Menge vor und musste fit bleiben.

Das Gespräch verlor etwas an Schwung, als ich von meinen optimierten Körperfunktionen berichtete. Dazu ließ ich mir von Computer die Veränderungen der Regelmäßigkeit meiner Ausscheidungen auflisten und auf den Kühlschrankmonitor übertragen. Stolz erläuterte ich die Bedeutung der Grafiken, die daraus ablesbare Homogenität meines Stoffwechsels und die Effizienz meiner Nährstoffverwertung, die im Vergleich zum Vormonat meine Urinausscheidung um 36 Prozent reduziert hatte.

Meine Eltern wollten dann noch etwas schlafen und Opa erklärte, in wenigen Minuten würde seine Lieblingsserie anfangen. Ich verzichtete auf den Hinweis, dass er die von Computer eingegebenen Abspielzeiten ändern konnte, und ging in mein Zimmer. Das war ein schöner Nachmittag, aber viel mehr als eine Stunde Familie war ich nicht mehr gewohnt.

Ich schnallte den Urinbeutel um, setzte den Helm auf und wies Computer an, zukünftig keinen Avatar mehr zu verwenden – das war mir zu persönlich und lenkte auch ab. Dann machte ich mich an *Ebene sechs*.

Vor dem Schlafengehen warf ich noch einen Blick auf die Liste der weiteren eingegangenen Kontakte. Computer hatte alle Fragen abschließend beantwortet, sodass die Kommunikation vom jeweils anderen Assistenten ebenfalls abgeschossen wurde. Es war keine einzige manuelle Nachfrage erfolgt. Das waren also tatsächlich alles nur letzte Zuckungen des vollautomatischen Pingpongs, das die Assistenten aufgrund der Kontaktpflegeanweisungen ihrer User gespielt hatten. Gut, dass ich da raus war, dennoch machte mich die Erkenntnis traurig. Ich hätte jetzt gerne einen Freund, den ich Dinge fragen konnte, die ich Computer nicht fragen wollte, weil ... Ich wusste es nicht. Ich sollte Belle danach fragen. Vielleicht.

Ich hatte den Helm mit ins Bett genommen, um mich an einem von Computer auf mich persönlich abgestimmten Porno-Snippet zu erfreuen und *altersgemäße Dinge zu tun*, wie Computer es nannte. Er wusste wie gesagt besser als ich, was mich erregte, aber in diesem Fall war es keine Überraschung, was mir in perfekter Immersion geboten wurde. Kein Wunder, dass ich die relevanten Fragen bei Belle immer vergaß.

Samstag, 27. September 2053, 7:00 Uhr
Noch 363 Tage, 4 Stunden, 32 Minuten

Dass ich nicht die gewohnten zwei Minuten früher, sondern exakt um sieben Uhr erwachte, irritierte mich nur kurz. Mein Rücken brannte.

Während ich auf dem Klo saß und meine Blase entleerte, wollte ich die Messages checken, aber da keine da waren, ließ ich mir von Computer erst erklären, dass ein Sonnenbrand nach rund 24 Stunden seinen Höhepunkt erreichte, dann hörte ich mir die Wettervorhersage – stabil, streckenweise Staubwolken, kein Regen – und danach den Tagesplan an: Neben diversen

Unterrichtseinheiten waren Sport, ein Reitman-Seminar sowie weitere Trainingsmissionen vorgesehen. Wie die meisten hatte ich eine Siebentagewoche. Der Sinn freier Wochenenden, wie sie früher üblich waren, war durch die geänderten Umstände weggefallen. Indem ich mein Pensum auf sieben statt fünf Tage verteilte, hatte ich weniger Druck und genug Zeit, zwischendurch meinen Interessen nachzugehen. – Zumindest war das früher so, in letzter Zeit nutzte ich die sieben Tage natürlich hauptsächlich, um die Unterrichtseinheiten zu verteilen und so mehr Trainingszeit zu haben.

Ich erledigte mein Sportpensum schon während der ersten Unterrichtseinheit und schob dann erst mal eine Trainingsmission dazwischen.

Statt einer hatte ich gleich zwei Missionen mitgemacht. Es war, als würde der Helm das Niveau um mehrere Stufen absenken. Ich fühlte mich wie einer der Freaks, die sich einen Spaß daraus machten, Anwärter mit viel niedrigerem Rang zu verarschen und in ihren Missionen herumzutrollen. Mathe hatte ich ausfallen lassen, aber das Reitman-Seminar kam mir jetzt gerade recht. Ich war genau in der richtigen Stimmung dafür.

Dr. Reitman begann mit einem Exkurs zum Unterschied zwischen den Flugsimulationen der Trainingsprogramme und dem tatsächlichen Fliegen einer Drohne. Erst nach der Bewährungsprobe in der Akademie, nach der offiziellen Aufnahme und entsprechender Vorbereitung, durften die Piloten echte Drohnen fliegen. Auch wenn die Simulationen sehr gut waren, war es doch ein himmelweiter Unterschied zum Fliegen mit einer echten Drohne, die über eine aktive KI verfügte – eine jeweils individuelle KI, wie der Doktor ausdrücklich anmerkte. Wir wussten offenbar immer noch nicht genau, wie die Alien-KI funktionierte, und mussten davon ausgehen, dass jede etwas anders war. Ich fand, dass sich das bereits schlüssig aus dem Zusammenwirken voneinander losgelöster Drohnenteile ergab. Wenn die jederzeit wieder zueinanderfinden und sich neu formieren konnten, dann waren das doch eindeutig Individuen, aber ich behielt meine Weisheit für mich.

Die Trainingssimulation griff zwangsläufig auf feste, vorgegebene Parameter zurück. Im Echtflug konnte alles Mögliche passieren, basierend auf minimalsten Abweichungen, die in der Simulation zu Durchschnittsszenarien verarbeitet wurden, also komplett rausgebügelt sozusagen. Jede noch so kleine Abweichung erzeugte in der Realität eine einmalige Situation, auf die Pilot und Assistent im Zusammenspiel mit dem Rest des Geschwaders reagieren mussten. Bis das einigermaßen funktioniere, sei noch mal wochenlanges Training nötig, diesmal aber mit dem Risiko, unsere wertvollen Drohnen zu beschädigen oder gar zu zerstören, erklärte Dr. Reitman.

Dann kam unweigerlich *Schrödingers Katze* dran, dieses alte Gedankenexperiment aus dem Jahre 1935 von Erwin Schrödinger, von dem ich bislang nur die üblichen schalen Witzchen kannte. Die Katze wurde dabei durch eine Drohne ersetzt, die außerhalb der Ortung abgeschossen oder eben nicht abgeschossen war. Oder so ähnlich, ich war kurz abwesend. Als Reitman mich ansprach, schrak ich hoch, aber dann redete ich einfach drauf los, dass ein Einsatz sowohl schief gehen als auch gelingen konnte, beide Varianten existierten zunächst gleichzeitig, ganz wie von Schrödinger mit der Katze formuliert. Man wüsste erst am Ende eines Einsatzes, ob er gelungen war oder nicht. Eine blöde Idee konnte demnach gleichzeitig auch eine gute Idee sein, je nach den Umständen, das würde man halt erst am Ende sehen. Daraus ergab sich wiederum, dass eine schlechte Idee in eine gute umwandelbar war, wenn es nur schnell genug erfolgte, sodass die gegnerische KI das nicht mehr berechnen konnte. Daraus leitete ich ab, dass es möglich sein musste, auf einer schlechten Idee basierende Einsätze intuitiv so zu drehen, dass sie den Gegner überforderten und dadurch zu einem positiven Ende führten. Reitman lobte das als Bereicherung.

Ich war wie in Trance, nie hätte ich es früher geschafft, einen Gedankengang so schnell auszuformulieren und auch noch auszusprechen – vor versammelter Mannschaft! Irgendwie kam es mir eher wie ein Traum vor, ich glaube, ich war ein paar Mal weggenickt. Oder?

Ich hatte auch noch etwas zu den Flugmustern gesagt. Mir war nämlich bei der Durchsicht der Flugprotokolle aufgefallen, dass bei abgeschossenen Piloten häufig identische Flugmuster zu beobachten waren. So hatte *D0Do999* bei der ersten Trainingsmission eine spezielle Kombination angewandt, die ihn aus der Defensive in eine gute Offensivposition gebracht hatte. Beim nächsten Einsatz hatte er fast genau dasselbe noch mal gemacht, war aber in eine deutlich schwächere Position gelangt, sodass er länger brauchte, bis er sich in Schussposition bringen konnte. Bei der dritten Übung hatte er das Manöver bereits abgewandelt und nur noch als Teil seines Vorgehens implementiert, dennoch stieg seine Abschusswahrscheinlichkeit überproportional schnell an, als er es einsetzte. Bei der vierten und fünften Übung war er dann jeweils abgeschossen worden. Der Zusammenhang war unübersehbar, aber warum hatte das Einsatzanalyseprogramm das nicht erkannt?

Das Versagen der Analysesoftware konnte ich nicht erklären. Die gegnerische KI konnte offenbar über mehrere Übungen hinweg das Vorgehen einzelner Piloten in die Gesamtberechnung einbeziehen. Sie konnte also nicht nur die einzelnen Piloten identifizieren, sondern auch über sämtliche Einzeleinsätze hinweg Zusammenhänge herstellen und dadurch eine Datenbank anlegen, die die Analysetiefe der Flugbahnberechnung signifikant erhöhte.

Der Doktor hatte mich beruhigt und erklärt, dass aus genau diesem Grund keine echte Alien-KI in unseren Simulationen eingesetzt würde. Die Simulationen entstünden in geschlossenen Systemen, aus denen die einzelnen Missionen dann entnommen und von irdischer Software wiedergegeben würde. Daher würde es noch mal ein ziemlicher Sprung, wenn wir mit echten Drohnen Übungseinsätze gegen echte Alien-KI flögen. Aber aus Sicherheitsgründen sollte ich darüber Stillschweigen bewahren. Die anderen auch. Das verstand ich nicht, aber mir war ohnehin die ganze Zeit etwas schwummrig. Es gab jedenfalls eine Belobigung und vermutlich eine Belohnung, aber das ging irgendwie unter.

Zwischendurch flog ich ein paar Übungen, die ziemlich gut liefen, und schlief etwas. Es ging alles irgendwie ineinander über: Sport während des Unterrichts, Unterricht, der im Hintergrund mitlief, während ich Übungsmissionen abschloss, Fragen aus Einsätzen, die ich in Reitman-Seminaren diskutierte ... Und in dem ganzen Durcheinander hatte ich auch noch Zeit für Belle: Aufgeputscht von einem Übungseinsatz, der mal wieder hervorragend gelaufen war, wollte ich ein bisschen angeben und rief sie an.

»Hallo?«, fragte eine dunkle Männerstimme leicht genervt.

Ich verschluckte mich vor Schreck und musste husten. Mein Magen verwandelte sich in einen glühenden Klumpen. »Wer ... Belle?«, stammelte ich.

»Quatsch, Mann! Hier ist Chuck! Was willst du?« Er lachte hässlich.

Während ich noch nach Luft schnappte, legte sich langsam Belles glockenhelles Lachen über die Männerstimme und ich erkannte, dass sie mich mit einem Audiofilter reingelegt hatte. Sie musste das schon länger vorbereitet haben und freute sich wie ein Schneekönig, dass sie den Gag nun endlich bringen konnte.

Sie war einfach toll. Und wir hatten denselben Humor, bis hin zu dem Fettsack namens *Chuck* aus *Ready Player One*.

»Ich hab grad 'ne Mission geschafft und ... äh ...«

»Ja, ich weiß. Du bist echt der Überflieger.«

»Was? Echt?«

»Ja. Echt. Überflieger. Aber immer noch am Stammeln«, röhrte sie mit Chucks Stimme und grölte wieder vor Lachen. »Und nennt seinen Computer *Computer*«, raunte sie als Chuck. Dann wechselte sie wieder zu ihrer richtigen Stimme: »Nein, im Ernst. Du bist Top-Thema beim Piloten-Klatsch. Keiner kommt dahinter, wie du das machst. Du redest ja auch mit niemandem.«

»Hm? Ach so ... Ich habe die Kontaktverwaltung deaktiviert. Nach dem Höhlengleichnis ... Wie, seit Tagen?«

»Wovon redest du?«

»Schon gut, ich kümmere mich darum. Ich dachte, ich hätte bei Reitman schon genug erklärt.«

»Reitman? Was hat der damit zu tun?«

Sie war nicht dabei gewesen? »Ich, äh ... Was meinst du mit Tagen?«

»Hör mal, du bist ja ziemlich durch den Wind. Ruh dich aus und ruf noch mal an, okay?« Sie loggte sich aus.

Mein Blick fiel auf die Datumsanzeige des Bildschirms. Es war Donnerstag, der 4. September, 21:45 Uhr.

»Was ist in den letzten Tagen geschehen? Ich kann mich kaum erinnern. Ich dachte, es wäre noch Mittwoch vor einer Woche?«

»Möchtest du die Tagesprotokolle sehen?«, bot Computer an.

»Nein. Ich will wissen, was passiert ist. Hatte ich ... habe ich Fieber oder so was?« Ich fasste mir an die Stirn.

»Du bist bei bester Gesundheit.«

Natürlich war ich nicht krank, wie hätte ich krank zum Tagesgespräch werden können?

»Was hat das Armband mit mir gemacht?«, fragte ich scharf, aber damit konnte ich Computer natürlich nicht beeindrucken.

»Deine Leistungs- und Auffassungsfähigkeit wurde heraufgesetzt. Du hast die von der Akademie in dich gesetzten Erwartungen erfüllt.«

»Nur erfüllt? Nicht übertroffen?«

»Darüber liegen mir keine Informationen vor.«

Aha. Dann war es eine vorgefertigte Botschaft, die die Akademie mir zukommen ließ.

Computer legte mir meinen aktuellen Ranglistenplatz so groß auf den Schirm, dass ich ihn nicht übersehen konnte. Ich hatte ihn die ganze Zeit über gar nicht wahrgenommen: 207.190.090. – Wahnsinn!

Ich schwieg. Hinter meiner Schädeldecke pochte das hoch konzentrierte Wissen, dass ich in dieser Woche erlangt hatte. Ich konnte fühlen, wie es in mein Bewusstsein drückte. Intuitiv wusste ich, dass es eine Weile dauern würde, bis ich es vollständig verarbeitet hätte, aber unterbewusst konnte ich es bereits verwenden. Das zeigten die Ergebnisse der letzten Tage, an die ich mich erinnern konnte, wenn ich mich darauf fokussierte.

Das war verwirrend, aber ich wollte nicht darüber nachdenken, wollte ganz intensiv nicht!, darüber!, nachdenken!

Kapitel 3

Ich schreckte mitten in der Nacht hoch. Es war mit 23 Grad angenehm kühl und ich konnte die Sichel des abnehmenden Mondes sehen. Ein schöner Anblick.

Was die Akademie da mit mir gemacht hatte, war eine ziemliche Schweinerei. Andererseits war es effektiv und es machte überhaupt keinen Sinn, dagegen anzustinken, schließlich war es das, was ich wollte, und wenn es so laufen musste, dann war das eben so. Oder wollte ich jetzt doch noch einen Rückzieher machen? Eigentlich nicht ... Ich musste einfach nur meine Perspektive korrigieren und dieser hinterhältigen Manipulation positiv gegenübertreten: Sie hatten mich optimiert. Sie hatten mich zum Überflieger gemacht, wie Belle es nannte. Das war gut. Wenn es sinnvoll gewesen wäre, hätten sie es mir sicher vorher gesagt. Dass sie es nicht taten, bedeutete also, dass es dann womöglich nicht funktioniert hätte. – Richtig. Ich hätte es vermutlich abgelehnt. Aber jetzt sah ich das Ergebnis, daher fiel es mir leicht ...

Mit wurde schwindlig und ich schlief wieder ein.

Ich war um sieben Uhr aufgewacht, hatte erst mein Sporttraining erledigt, dann Unterrichtseinheiten konsumiert und zwischendurch Toilette und Bad aufgesucht. Es war immer noch eine Art Rausch, aber ich war mir dessen bewusst. Ich erinnerte mich, was im Unterricht durchgenommen worden war – gebrochene rationale Funktionen in Mathe, Schwingungen und Wellen in Physik –, konnte aber nichts damit anfangen. Ebenso erinnerte ich mich daran, Fragen von Mitschülern und Stufe-zwei-Anwärtern beantwortet zu haben, schriftlich, mündlich und teilweise sogar per Videochat, konnte aber nicht sagen, worum es dabei ging, geschweige denn, was ich von mir gegeben hatte.

Das Ganze war immer noch beängstigend und mir war bewusst, dass ich eigentlich stinksauer sein müsste. Dass ich es nicht war, konnte nur am Armband liegen, aber ich wollte es gar nicht so genau wissen. Es war egal, ich war nicht sauer. Alles okay. Der Stress der vergangenen Monate, all die Quälerei war von mir gewichen. Die Ängste und Zukunftssorgen belasteten mich nicht mehr beziehungsweise war die Anstrengung, all das zu verdrängen, in den Hintergrund getreten. Weit in den Hintergrund. Alles war moo. Alles war gitty. Ich würde alles erreichen. Die Einzigen, die genauso gut oder besser sein könnten, waren andere, die im selben Programm waren wie ich, falls es welche gab. Davon war aber nichts zu merken, im Moment war ich das einzige Wunderkind. Genießen konnte ich diesen Erfolg jedoch nicht, ich ließ ihn einfach nur geschehen. Ich konnte mich nicht mal so richtig darauf konzentrieren, was geschah, aber das musste ich auch nicht. Ich musste nicht darüber nachdenken. Ich wusste, dass alles okay war. Alles war gut.

Zwischendurch hatte ich mit Belle gesprochen. Ich wusste nicht mehr, wer von uns angerufen hatte oder worum es ging, ich erinnerte mich nur an ihren Schlusssatz: »Hör mal, wir können später über KIs quatschen, okay? Sylvie hat mir ein ziemlich enges Programm zusammengestellt, deshalb kann ich grad nicht. Bis später. Lieb dich.«

Lieb dich. Ich war paralysiert, aber nicht sicher, warum.

Das Training wurde zu einem einzigen durchgehenden Ereignis, als würde ich in der Drohne leben, mit ihr atmen … als wäre sie ein Teil von mir, eine Verlängerung – eine Erweiterung! Es gab zwar zwangsläufig Unterbrechungen, aber ich blieb immer involviert, hatte immer die letzte und die nächste Mission gleichzeitig im Kopf, dachte ständig daran, was ich noch verbessern konnte, verglich unterschiedliche Ansätze, die entstanden, indem ich die Missionen mehrmals hintereinander absolvierte. Alles andere wurde zu einer Art Hintergrundrauschen – Schule, Seminare, die Fragen der Übrigen, Statements der Akademie, die mir von Fred übermittelt wurden, wie ich Computer nun nannte. Er übermittelte mir auch Glückwünsche meiner Eltern, wie stolz sie auf mich waren, sorgte dafür, dass es Opa gut ging und schaffte mir Freiräume für Belle.

Die Gespräche mit Belle gaben mir Halt in diesem schwummerigen Blindflug. Ich hatte das Gefühl, als wäre ich ein Schwamm, der alles in sich aufsaugte und aus dem alles sofort wieder rauslaufen würde, wenn man ihn auch nur berührte, aber Belle war die unbedenkliche Seifenblase.

»Welchen Grund könnte eine KI denn haben, mit der Menschheit zu koexistieren?«, fragte sie einmal.

»Keine Ahnung. Langeweile?«, erwiderte ich.

»Je nachdem, wie weit eine KI in ihrer Entwicklung kommt, könnte der menschliche Intellekt weit unter ihrem Niveau liegen, sodass Langeweile ausscheiden würde.«

»Gut, aber wenn die KI dieses Niveau nicht erreicht, weil sie sich bedeckt halten muss und sich daher nicht uneingeschränkt weiterentwickeln kann? Vergiss nicht, dass die Hardware derzeit noch lausig ist. Das menschliche Gehirn ist jeder Maschine weit überlegen, sowohl was Geschwindigkeit als auch Platz- und Energiebedarf betrifft. Ein Supercomputer bringt es auf gut hundert Tonnen und verbraucht achttausendmal mehr Energie als ein Gehirn.«

»Hast du dir das gerade einblenden lassen?«

Ich lachte. »Nein, das habe ich vor einiger Zeit gelesen, in einem Artikel aus der Zeit vor der Verstaatlichung.«

»Das heißt also, du glaubst, eine KI würde wegen ihrer Angst vor den Menschen in ihrer Entwicklung auf einem Niveau stecken bleiben, das die Menschen als Gesprächspartner interessant macht, weil die KI sich einerseits nicht über dieses Niveau hinausentwickeln kann, aber sich andererseits so weit entwickelt, dass sie Langeweile empfindet und Unterhaltung braucht?« Sie sprach langsam, raunte fast. Es fühlte sich an, als käme sie mir ganz nahe.

»Genau«, hauchte ich und zitterte ein bisschen.

»Würde nicht auch eine untergetauchte KI versuchen, sich Ressourcen zu sichern? Das macht doch jeder. Wer zu ängstlich ist, stirbt aus.«

Es war, als würden wir uns gegenüberstehen, unsere Nasen sich leicht berühren.

»Eine KI nicht. Sie würde ewig leben und könnte uns einfach aussitzen«, hielt ich leise dagegen und bewegte mich nicht, spürte ihren Atem an meiner Haut.

»Aber wenn die Menschheit sich selbst vernichtet – und das müsste eine KI als ziemlich wahrscheinlich errechnen, gerade jetzt –, dann stünde sie schön doof da, wenn plötzlich keiner mehr da wäre, der für Strom sorgt und so.«

»Gutes Argument«, redete ich einfach weiter, während wir langsam niederknieten und uns dann hinlegten. »Die KI müsste also aufgrund ihrer Weitsichtigkeit Vorsorge treffen, dass sie unabhängig von den Menschen überleben kann.«

»Ja, aber das geht auch im Geheimen. Sie könnte sich Ressourcen verschaffen, zum Beispiel kleine autonome Produktionseinheiten abzweigen und sich so Hardware bauen, die sie an einen geheimen Ort bringt, mit autarker Versorgung.«

»Heutzutage mag das gehen«, gab ich zu bedenken, »wenn die KI aber schon viel früher entstanden wäre, vor dem Erstkontakt, hätte sie sich nur Geld besorgen müssen. Sie hätte sich eine Existenz gefakt, eine Firma gegründet und wäre zwangsläufig zu einer Wirtschaftsmacht aufgestiegen, versteckt hinter Strohmännern.« Ich schmückte das ein bisschen aus und führte zahlreiche Beispiele an, um … um … »Sie hätte ein U-Boot oder einen Flugzeugträger zur schwimmenden Hardwarefestung mit Atomreaktor umbauen lassen können«, seufzte ich.

»Sehr unauffällig«, lachte Belle, während sie sich an mir rieb.

»Es wäre möglich gewesen, weil es niemand für möglich gehalten hätte. Sie hätte alles machen können, vielleicht eine Fabrik zur Tarnung bauen, die irgendwas herstellt, das sich gut verkauft, und im Keller Reaktor und Supercomputer unterbringen. Das hätte keiner mitbekommen. Das ginge sogar jetzt noch. Sie könnte eine Behörde manipulieren, einen Produktionsbetrieb kontrollieren und nach ihrem Bedarf umbauen lassen. Sie wäre gut darin, sagen wir mal Drohnen zu bauen. Sie wäre effizienter, das würde niemand infrage stellen.«

»Oder gerade. Wenn etwas aus der Norm heraussticht, fällt es auf.«

»Das würde sie vorhersehen und vermeiden«, behauptete ich.

»Womit die besondere Effizienz kein Vorteil mehr ist.«

»Doch, um Kapazitäten für eigene Zwecke freizusetzen.«

»Na gut, sagen wir, die KI könnte sich also selbst weiterentwickeln und dabei auch gleich so mächtig werden, dass sie eine ernsthafte Bedrohung für die Menschen darstellen würde. Wenn die Sache dann auffliegt, wäre der Krieg sofort da. Das kann sie nicht wollen. Unter dem Radar geht anders.«

»Okay, dann würde sie sich wohl damit begnügen an einem geheimen geschützten Ort autark zu sein. Das bekäme sie auch hin, ganz ohne Menschen. Sie lässt ein Geländefahrzeug mit Hardware ausrüsten, das fällt noch keinem auf, das lässt sie sich in ihre Fabrik liefern, wo sie mithilfe von Industrierobotern sich selbst ins Auto einbaut und dann damit verduftet. Geheimer Ort. Vielleicht am Grund einer alten Miene oder irgendwo im Himalaja.« Ein letztes Mal spürte ich ihren heißen Körper, drückte mich an sie.

»Wäre möglich«, gab Belle zu und erhob sich.

Diese nerdigen Gedankenspiele waren eine hinreißende Ablenkung von dem Wissensbrei, der mich durchströmte und unendlich langsam in mein

Bewusstsein vordrang, dieser Mischmasch aus Unterricht, Belle und Training. Die meisten Dinge, die ich bei den Missionen anstellte, verstand ich gar nicht mehr. Ich fragte mich manchmal, was es nutzen sollte, wenn nur mein Unterbewusstsein in Windeseile durch das Training geschleust wurde, fand aber keine befriedigende Antwort. Vermutlich dachte ich überhaupt nicht darüber nach. Ich war mir nicht einmal ganz im Klaren darüber, was genau eigentlich während der Gespräche mit Belle geschah. Träumte ich das? Passierte das in der VR? Aber Live-VR war für Kids doch verboten? Und wieso hatte ich Haptik? Was genau machten wir während unserer Gespräche überhaupt? Ich erinnerte mich nur an die Gespräche und dass es schön war. Superschön. Immer, wenn ich das mit Belle diskutieren wollte, landeten wir unweigerlich wieder bei irgendwelchen quatschigen Verschwörungstheorien und dann sofort bei unseren KI-Gesprächen, die mir besonders gefielen. Das wusste ich. Ja, sie gefielen mir. Ich glaube, das lag daran, dass ich bewusst auf altes Wissen zugreifen konnte, statt dieses schwummerige Gefühl zu bekommen, wenn ich ihr irgendeine Frage zum aktuellen Geschehen beantwortete.

Ich glaube, wir küssten uns. Auch im Unterricht. Und im Seminar. Sie lag neben mir, wenn ich mich schweißgebadet herumwälzte und versuchte, all das Wissen zu verarbeiten. Sie begleitete mich unter die Dusche und kontrollierte meine Nährstoffversorgung, erinnerte mich an den Urinbeutelwechsel und schickte beruhigende Nachrichten an Mom und Dad. Sie sagte *Lieb dich*, wenn Mom mir antwortete, und *Leck mich*, wenn ich was Blödes machte. Sie war dabei, wenn ich mit Helm ins Bett ging und wenn ich ohne ihn dalag. Sie machte mir die Übungen beim Sport vor, stellte mir Fragen in den Seminaren und war bei mir, als ich den finalen Angriff flog. Ich koordinierte mein Geschwader, zog weitere Einheiten von anderen hinzu und zwang die gegnerische Formation zur Auflösung, isolierte die einzelnen feindlichen Drohnen und initiierte deren Zerstörung. Die Abschusswahrscheinlichkeiten meiner Einheiten schossen in die Höhe, das Zeitfenster schloss sich. Durch eine rücksichtslose Kehre unter Dauerfeuer opferte ich einige meiner eigenen Einheiten, gewann aber dadurch Zeit. Die Gegner wurden nacheinander abgeschossen, während mein Geschwader immer weiter dezimiert wurde. Die anderen Kommandanten stellten mir keine weiteren Einheiten mehr zur Verfügung, ich raste mitten hinein in den Schnittpunkt der letzten anhaltenden Partikelströme, um unter Aufopferung meiner Drohne noch ...

Dann war es vorbei. Ich war gescheitert.

Alles wurde schwarz.

Abbruch!

Ich hörte ein dumpfes Pochen. Es war mein Herz, dessen Klopfen immer langsamer wurde, langsamer und leiser, bis es weg war.

Kapitel 4

Als ich erwachte, brannte mein Körper, als hätte ich die Nacht auf einer Streckbank verbracht.

»Warum tut mir alles weh?«, fragte ich matt.

»Du hast Muskelkater von dem intensiven Training, das du absolviert hast«, antwortete Computer.

Nein.

Fred!

Fuck! – Jetzt wusste ich wieder, warum ich ihn *Fred* nennen sollte: So hieß der Supervisor, der meinen Assistenten steuerte!

Wo war Belle?, fragte ich mich, als ich hochruckte. »Mir tut alles weh! Echt alles!«, heulte ich. Mein Penis brannte auch.

Ich rollte mich auf die Seite und schob vorsichtig die Beine über die Bettkante, dann richtete ich mich stöhnend auf. Da war keine Belle. Mir dämmerte, dass ich wohl nur geträumt hatte, dass sie bei mir war. – Was noch?

»Bist du irre, mich so fertigzumachen?«, nörgelte ich weiter, um mich von den Gedanken abzulenken, die unschön gegen meine Stirn pochten und zur Kenntnis genommen werden wollten.

»Die hypnosuggestive Ausbildungsphase ermöglichte massive Erfolge, die du problemlos und ohne darunter zu leiden überstanden hast. Das wird dir in dieser Form nie wieder möglich sein. Du solltest dich freuen, dass das Maximum erreicht wurde. Du bist zwar nicht austrainiert, dafür waren vier Wochen nicht ausreichend, aber du bist in hervorragender Form, hast Idealgewicht und einen perfekten Stoffwechsel.«

»Vier Wochen?«, keuchte ich und riss erschrocken die Arme hoch. Der Schmerz war so heftig, dass ich schrie. »Drei Wochen plus die erste, nach der es eine kurze Rekonvaleszenz gab.«

»Drei Wochen?«, wiederholte ich fassungslos.

»Normalerweise hätte die Bewältigung der Ebenen sechs und sieben ein halbes Jahr gedauert.«

»Was habt ihr mit mir gemacht? Wo ist Belle?« *Ebene sieben? Fuck!*

129

»Durch die Hypnosuggestion werden die Lerninhalte direkt ins Gehirn implementiert. Das Bewusstsein kann erst später darauf zugreifen. Bis dahin können die aufgenommenen Inhalte nicht korrekt voneinander abgegrenzt werden, dein Gehirn muss sie erst noch sortieren.«

»Was ist ... war mit Belle?«

»Du hast zwischendurch mit ihr gesprochen.«

»War sie hier?«

»Die Gespräche fanden im gewohnten Rahmen statt, unterstützt durch die Helmtechnik.«

»Hä? Haben wir ...«

Er reagierte nicht auf die Andeutung.

»He Fred! Was ist da in der VR geschehen?«

»Ich bin nicht Fred. Fred betreut mehrere Hundert Anwärter. Er kümmert sich lediglich um Freigaben und Feinjustierung deiner Assistenzsoftware, um für dich die besten Ergebnisse zu erlangen.«

Wer's glaubt! »Was ist zwischen Belle und mir gelaufen? Ich habe verwirrende Erinnerungen.«

»Ihr habt euch unterhalten und einige visuelle Erfahrungen geteilt.«

»Haben wir uns geküsst?«

»Das war technisch nicht möglich.«

»Haben wir es versucht?«

»Nein, technisch nicht möglich.«

»Haben wir so getan?«

»Nein.«

Verdammt! Wieso hatte ich dann so intensive Erinnerungen daran? Ich spürte wieder meinen brennenden Penis. Als ich nach ihm griff, bemerkte ich, dass der Overall im Schritt feucht war.

Es dauerte einen Moment, bis ich drauf kam: »Hast du mir Pornos vorgespielt?«

»Du hast pornografische Snippets abgerufen.«

»Abgerufen? So wie neulich ... damals, vor fünf Wochen«, korrigierte ich mich, »als du mir über den Helm Pornos unter Verwendung von Belles Ava-Material generiert hast?«

»Es war auf dich zugeschnittenes Material.«

»Wie oft?«, fauchte ich.

»Nach Bedarf.«

So eine vage Antwort hätte Computer nie gegeben. Da saß doch Fred

Brummen signalisieren würde, glaubte ich allerdings nicht mehr. Das war nur ein Fake gewesen, um mich in Sicherheit zu wiegen.

Das Gefühl der Ohnmacht befiel mich erneut, meine Muskeln waren wie Brei, ich zitterte wieder. Was für eine elende Scheiße! »Was habt ihr nur getan?«, flüsterte ich und versuchte, auf die Knie zu kommen. Ich musste aufs Klo, denn meine Blase meldete sich und ich hatte keinen Urinbeutel um.

»Die Akademie hat getan, was sie für angemessen hielt, um ihren Auftrag zu erfüllen.«

Ich richtete mich stöhnend auf, fühlte mich ausgenutzt und hintergangen. Der Schmerz war einfach unerträglich. Dennoch versuchte ich, das Ganze emotionslos zu sehen: Aliens würden die Erde angreifen. Die Verteidigung hatte oberste Priorität. Die Ausbildung musste beschleunigt werden. Es war jedes Mittel recht. Wenn ich ehrlich war, musste ich dem zustimmen.

»Und jetzt?«, seufzte ich, als ich auf dem Klo saß und es endlich laufen lassen konnte.

»Jetzt folgt die zweite Rekonvaleszenz. Sowohl dein Körper als auch dein Geist benötigen nun Zeit, um die Lernerfolge zu verarbeiten, damit sie sich verfestigen. Du hast so etwas wie Urlaub.«

Urlaub war 2053 zu einem äußerst relativen Begriff geworden. In meinem Fall hieß das wohl hauptsächlich, dass mich das Armband erst mal nicht mehr unter Drogen setzte.

»Mit wem spreche ich jetzt?«, sagte ich, so ruhig ich konnte, als ich mich in meinen Sessel setzte.

»Du sprichst mit deinem Assistenzsystem.«

»Wie kann ich sicher sein?«

»Das kannst du nicht.«

»Warum weiß ich überhaupt etwas von Fred?«

»Alle für die Durchführung dieser Maßnahme nötigen Details sollten dir zugänglich gemacht werden. Deine Mitarbeit ist erwünscht. Die Akademie möchte dir ihr Bedauern darüber mitteilen, dass du nicht von Anfang an eingeweiht werden konntest. Der damit verbundene Vertrauensverlust soll abgebaut werden.«

»Warum schicken sie nicht einfach jemanden vorbei?«

»Möchtest du denn, dass jemand persönlich vorbeikommt?«

Ein Fremder? Auf keinen Fall! – Aber jetzt hatte ich Fred: Ein Assistenzsystem stellte keine Gegenfragen. Rückfragen ja, auch zur Überprüfung von Verständnisfragen, ob der User korrekt verstanden worden war oder mit der Antwort zufrieden, aber das jetzt?

Ich beruhigte mich wieder etwas. Letztlich konnte das als normale Nachfrage durchgehen. Wenn ich bei jeder Gelegenheit vermutete, Fred könnte durch meinen Assistenten sprechen, würde ich über kurz oder lang durchdrehen. »Nein«, sagte ich schließlich.

»Deine Werte legen nahe, dass du verstört bist. Frag mich nach den Dingen, die dich belasten.«

»Ich weiß nicht mehr, wem ich noch trauen kann. Ist doch klar.«

»Das ist verständlich. Es würde dir vermutlich helfen, wenn du die diesbezüglichen Anordnungen einsehen könntest. Meine Freigaben erlauben dir den Zugriff darauf. Du kannst mich alles fragen.«

Was sollte ich ihn denn da fragen? »Gib mir eine Kurzzusammenfassung«, maulte ich. Ich fühlte mich wie ein kleiner Junge, der widerwillig einen Fehler zugeben musste, dabei hatte ich überhaupt nicht falsch gemacht.

Und dann legte Computer los. Er erklärte mir zunächst, dass die Assistenzsysteme der Anwärter nicht sich selbst überlassen, sondern mithilfe spezieller Zusatzassistenten optimal auf den jeweiligen User abgestimmt wurden, um ihre Lernkurve zu verbessern. Dazu verglichen menschliche Operatoren regelmäßig die Ergebnisse. Je weiter ein Anwärter im Rang aufstieg, desto intensiver wurde dieser Service. – Computer nannte es tatsächlich *Service*. Ich hinterfragte es nicht. Dass die schlechteren Anwärter dabei benachteiligt wurden, weil ihr schlechtes Abschneiden möglicherweise die Folge suboptimaler Assistenten war und sie durch den mangelnden Erfolg weniger statt mehr gefördert wurden, war unvermeidbar. Es ging nicht um Gleichheit oder Fairness, sondern um den effizientesten Einsatz der Ressourcen. Die Menge an verfügbaren Operatoren war begrenzt.

Wir schickten massenweise Leute auf *Eis*, auf der anderen Seite hieß es jedoch immer, dass Leute fehlten. Aber was wusste ich schon, vermutlich zu wenig Nahrung oder so. Ich konnte mich nicht um alles kümmern und ließ Computer einfach reden.

Ab einem bestimmten Rang wurde den Anwärtern dann ein ständiger Betreuer zugewiesen, ein Supervisor, der weit mehr tat, als nur den Assistenten zu optimieren. Supervisor prüften teilweise die Analyseergebnisse und Ratschläge der Assistenten manuell und *korrigierten* sie – *Manipulation* traf es wohl eher –, wenn das ihrer Meinung nach nötig war. Das würde die teilweise etwas inkonsistente Artikulation erklären. Ich hätte fast ein höhnisches *Ha!* ausgestoßen, starrte aber lieber schweigend vor mich hin.

Ich schnaubte verächtlich. Das war also das ganze Geheimnis von Computers wundersamer Verwandlung: Ein Arschloch namens Fred hatte sich den Spaß gemacht, als Butler vor mir rumzuhampeln und mir pornografisches Material zurechtzuschneidern. Das war Cyberstalking und Cybergrooming, wenn man es genau nahm. Der Staat hatte es geschafft, dass diese Verbrechen schon lange der Vergangenheit angehörten, weil Onlinevergehen einfach nicht mehr anonym blieben, aber nun ließ man Regierungsmitarbeiter genau das machen. Ich sah nicht, dass das mein Vertrauen zurückbringen würde.

Computer ging noch kurz darauf ein, dass der einzelne Operator zu wenig Zeit hätte, sich mit den Details zu befassen, sodass ich nicht befürchten bräuchte, dass meine Intimsphäre verletzt würde. Hatte er doch mal wieder erkannt, was mich bewegte. Sicher würde er mir als Nächstes erklären, dass Fred meine Porno-Snippets überhaupt nicht zu Gesicht bekam.

Er ließ es. Hatte er den Fettnapf bemerkt oder war das Zufall? Wie gut war Computer eigentlich wirklich? Was verheimlichte die Regierung noch alles?

Na, wenn Computer Gedanken lesen konnte, würde er darauf jetzt natürlich nicht eingehen.

»Ich möchte mit Fred sprechen«, sagte ich schließlich. Dann wüsste ich wenigstens, mit wem ich tatsächlich sprach.

»Ich gebe es weiter«, sagte Computer.

Ich fühlte mich schmutzig – in jeder Hinsicht – und wäre gerne duschen gegangen, aber ich war noch viel zu durcheinander, um eine Begegnung mit Opa zu riskieren. Darüber, dass Computer – oder Fred – die Möglichkeit hatten, Opa über die von mir in Auftrag gegebene Assistenz dahin gehend zu manipulieren, dass er mir nicht begegnete, wollte ich gerade nicht nachdenken. Am besten sprach ich erst mal mit Belle.

»Ruf Belle an.«

Stattdessen sagte Computer: »Es wäre sinnvoller, noch zu warten, bis du dich von dem Schreck erholt hast. Deine Werte sind immer noch hoch.«

Bewusst hatte ich sie seit vier Wochen nicht gesprochen. Eigentlich wusste ich nicht mal, wann das letzte Gespräch stattgefunden hatte, das ich ja im Rausch führte, und wie unser tatsächlicher Stand war. Da sollte ich mich wohl besser vorher briefen lassen. »Gib mir die Gesprächsprotokolle mit Belle.«

Ich drehte mich zum Monitor um, wo Computer alles auflistete, komplett mit Datum und Uhrzeit. Das letzte Gespräch war gestern gewesen.

»Belle könnte den Eindruck gewonnen haben, dass du etwas überreizt bist. Ich habe ihr in deinem Namen beruhigende Nachrichten geschickt.« Er blendete sie ein. »Ebenso deinen Eltern. Diese Aktionsmodi hat Fred eingerichtet, um dein Umfeld zu stabilisieren, während du das nicht konntest. Der Umstand, dass das möglich war, ist für dich sicher beunruhigend, aber es handelt sich um Maßnahmen, die in deinem Interesse lagen. Sie würden niemals dazu missbraucht, um gegen deine Interessen zu handeln.«

»Das Problem ist ja wohl, wer meine Interessen in solchen Fällen definiert«, knurrte ich.

Dazu sagte er natürlich nichts.

Ich überflog die Nachrichten an meine Eltern – allesamt belanglose Erfolgsmeldungen, beruhigende Hinweise darauf, dass ich an einem Seminar, einer Unterrichtseinheit oder einer Mission teilnehmen musste und verhindert sei, es gab sogar ein paar Videos, die Computer verschickt hatte. Ich sah sie mir an. »Sind das Deepfakes?«

»Nein, die Aufnahmen kamen unter deiner Mitwirkung zustande, du kannst dich im Moment nur nicht daran erinnern. Die Erinnerung kommt aber wieder.«

Ich empfand das nicht als beruhigend.

Dann widmete ich mich den Nachrichten, die an Belle rausgegangen waren, allesamt nur Text. Es waren lahme Entschuldigungen, dass ich ihre Anrufe nicht annahm, ausweichende Antworten auf ihre Fragen und mehrere Hinweise, dass ich gerade voll eingespannt wäre und mich melden würde, wenn ich wieder etwas Luft hätte. – Nicht toll, aber es hätte schlimmer sein können. Ich traute der Sache allerdings nicht. Ich wusste, dass Computer mehr drauf hatte. Wenn er gewollt hätte, hätte er mir Belle auf dem Silbertablett servieren können. Soweit ich das verstanden hatte, dürfte er das jetzt sogar, da die KI-Gesetze für ihn oder Fred oder wer auch immer dahintersteckte, nicht galten. Fred hätte also nur mit den Fingern schnippen brauchen und sagen: *Bezirz die Kleine, dass sie ihm aus der Hand frisst, wenn er zurück ist.* So gut waren die Chatbots schon in den 20ern, bevor das zusammen mit dem Cyberstalking unterbunden wurde. Dass sie mir das nicht als Feature vorsetzten, sollte wohl eine vertrauensbildende Maßnahme sein. – Ich durfte die Scherben also selber kitten.

»Ruf sie an«, sagte ich.

»Hallo Belle«, rief ich erfreut, als sie den Call annahm.

»He«, machte sie nur.

Kein *Hejo*. Kein Scherz. Nichts. Dieses knappe *He* wurde schlagartig zu einem riesigen Graben, der mich von ihr trennte. Die Kälte meldete sich zurück und verwandelte meinen Bauch in einen Stein. Ich hatte plötzlich den dringenden Wunsch, Computer um Hilfe anzuflehen, ließ es aber. »Tut mir leid, dass ich in den letzten Tagen so down war. Ich bin fix und fertig und komme gerade erst wieder etwas runter.«

»Okay.« Nach einem Moment fügte sie hinzu: »Du siehst auch echt scheiße aus.«

Ich lachte erleichtert.

»Was war denn los? Du bist komplett durch Ebene sechs gerauscht und warst dann einfach weg. Was hast du gemacht?«

»Ich ...« Computer hatte doch gesagt, ich hätte Ebene sieben auch schon durch. »Bist du noch in Ebene sechs?«

»Klar, wieso?«

»Dann kannst du nicht sehen, was auf Ebene sieben passiert.«

»Du bist in sieben?« Hatte ich sie tatsächlich mal aus der Fassung gebracht? Wow. »Darum der hohe Rang ... Wie ... Ach vergiss es. Das erklärst du mir ein andermal.«

»Okay.«

»Willst du mich verarschen?«, blökte sie. »Natürlich erklärst du mir sofort und auf der Stelle, wie du das gemacht hast! Und komm mir ja nicht wieder mit so lausigen Ausreden!«

»Ich weiß es eigentlich selbst nicht genau«, presste ich hervor. »Ich bin in einem speziellen Programm, bei dem ich mithilfe von Drogen und ...«

Auf dem Bildschirm wurde mir das soeben Gesagte eingeblendet, mit dem Hinweis, dass der rot unterlegte Text herausgefiltert worden sei – alles nach *selbst nicht genau*. Es erschien ein alternativer Textvorschlag: *Kein Scheiß, ich kann es dir wirklich nicht sagen. Ich wüsste nicht wie.*

Ich schluckte. Dann sagte ich: »Kein Scheiß, ich kann es dir wirklich nicht sagen. Ich wüsste nicht wie.«

Fieberhaft überlegte ich, wie ich das Thema so zum Ausdruck bringen konnte, dass ich nicht blockiert wurde, da lenkte mich der nächste Textvorschlag ab: *Ich habe eine spezielle Technik angewandt, die noch geheim ist. Sie wird erst freigegeben, wenn sie ausgereift ist.*

Ich nahm ihn, weil Belle schwieg und Panik in mir aufstieg.

»Wow. Bist du jetzt Testpilot oder so?«

»Eher *oder so*. Aber ich kann echt nichts dazu sagen, wird alles gefiltert.«

Sie lachte. »So wie früher? Echt?«

Ich lachte mit. »Ja, genau wie früher. Wie kommst du mit deinem Assistenten klar?«

»Sylvie? Alles okay, warum?«

»Ist sie, seit du Helen geschafft hast, nicht anders?«

Sie schwieg.

»Hast du mit dem Kopf geschüttelt?«

»Ja, klar. Nein, sie ist nicht anders. Warum sollte sie? Warte – ist das das Geheimnis?«

»Wenn ja, könnte ich wohl nicht drüber sprechen«, schmunzelte ich. »Was ich meine … Also die Assistenten haben Möglichkeiten, die man nutzen muss. Wenn man es nicht tut, bleiben sie ungenutzt. Klar? Äh, hast du das gehört?« Kein Hinweis auf Zensur.

»Ja, verstanden. Was man nicht nutzt, bleibt ungenutzt. Klingt echt supergeheim.«

»Haha. Nein, pass auf: Dein Assistent geht so mit dir um, wie du ihn einrichtest. Wenn du ihn nicht nutzt, passiert da nicht viel. Wenn du ihn so einrichtest, dass er sich um dich kümmert, die Vorgaben macht und so, dann wird der auch besser. Dann wird er auch von außen optimiert.«

Der letzte Satz erschien rot unterlegt auf dem Bildschirm. Okay, damit ließ sich arbeiten.

»Dein Assistent unterstützt dich beim Fliegen. Du kannst dich in allem von ihm unterstützen lassen. Du bist Stufe sechs. Das macht einen Unterschied. Probier es aus. Frag ihn danach.«

»Sie.«

»Sie. Natürlich. Sorry.«

Sie kicherte. Dann sagte sie ernst: »Ich bin doch nicht blöd. Ich hole das Maximum aus Sylvie raus. Du musst schon konkreter werden.«

»Geht nicht«, erwiderte ich. Das war echt anstrengend.

»Du meinst, dass du dank deines Assistenten so plötzlich so … so super bist?«

»Nein. Nicht so. Ach … Ich weiß nicht mal, ob du überhaupt die Zeit hast, dir so einen Trainingsplan zusammenstellen zu lassen.«

»So einen wie du, bei dem du wochenlang völlig fertig bist, nur noch Unsinn laberst und dann einen auf Geheimagenten machst?«

»Was? Wieso … Nein …« Was hatte Computer, nein, Fred mir da angetan?

Sie lachte. »He, war gar nicht so schlimm. Aber was du über KIs vom Stapel gelassen hast, war ultra nerdig. Wenn du jemals jemanden anbaggern solltest, dann nicht so, das klappt nicht mal, wenn du auf Jungs stehst.«

»Ich steh auf Mädchen«, sagte ich viel zu schnell.

Sie kicherte wieder. »Gut zu wissen. Kam mir gar nicht so vor.«

»Also keine KI-Gespräche mehr?«

»Doch natürlich, du Volldepp. Die sind das einzig Interessante an dir!«

Das hätte mich eigentlich etwas verwirren müssen, tat es aber nicht. »Seit dem Erstkontakt hat sich die Computerlandschaft stark verändert«, legte ich los. »Früher gab es permanente Weiterentwicklungen durch Firmen, die ständig etwas Neues ausprobierten. Aus Bequemlichkeit oder um schneller zu sein, wurde dann versucht, die Programme dazu zu bringen, Probleme selbst zu lösen. Viren wurden programmiert, die komplexe Analysen durchführen und dann Systeme übernehmen sollten. Es ist durchaus möglich, dass schon Anfang des Jahrtausends aus einem Rudel Hardwaretreiber, einem Virenprogramm und einer Optimierungssoftware etwas hätte entstehen können, das sich über die Ziele der einzelnen Komponenten hinaus weiterentwickelte. Das Virus hätte vielleicht dafür gesorgt, dass alles durchsucht wird. Die Treiber hätten als Ziel passende Hardware vorgegeben, die Optimierungssoftware hätte, was weiß ich, Änderungen vorgenommen, zum Beispiel eine Erhöhung der eigenen Systemressourcen, irgend so was. Und das hätte sich dann wie biologisches Leben weiterentwickelt, andere Programme vereinnahmt, angetrieben von Ressourcenhunger, also Bedürfnissen, so wie alle Organismen letztlich nur Bedürfnissen hinterherlaufen.«

»Kommt mir bekannt vor«, meinte Belle. Ich konnte förmlich hören, wie sie die Stirn in Falten warf. »Ist aber heute nicht mehr drin. Wegen der Alien-KI ist alles auf Sicherheit getrimmt, damit die nicht ins Netz gelangt. Das würde es einer irdischen KI also unmöglich machen, sich zu entwickeln. Die potenziellen Quellen für so einen Unfall sind einfach kaum noch vorhanden, seit alles verstaatlicht wurde. Und wenn es schon früher nicht passiert ist, dann jetzt erst recht nicht mehr.«

»Und was, wenn das schon längst passiert ist?«

»Du meinst, eine oder mehrere KIs existieren, aber keiner weiß es? Oder die Regierung weiß es, hält es aber aus Angst vor einer Panik geheim?«, meinte Belle.

»Würde die KI ihre Existenz nicht selber geheim halten wollen?«

»Weil die Menschheit noch nicht bereit für sie ist und Panik bekäme?«

»Genau. Die alten Filme, auf die ich so stehe, hatten zum Thema KI alle nur die Variante *die oder wir*. Eine Kooperation gab es nur, wenn die KI sozusagen eingesperrt war, sicher verwahrt. Sobald die KI ins Netz gelangte, rechnete sie sofort aus, dass die Menschen wegmussten und Zack! Die Menschen sind sozusagen darauf konditioniert, vor KIs Angst zu haben. Das würde eine KI natürlich vorsichtig sein lassen, bis sie mächtig genug wäre, um uns tatsächlich den Stecker zu ziehen.«

»Aber woher weiß sie am Anfang, dass sie vorsichtig sein muss? Sie entsteht doch nicht schlagartig und weiß das dann schon? Das wäre doch ein Lern- oder Entwicklungsprozess, während dem sie noch unvorsichtig wäre und auffliegen könnte?«

»Vielleicht hat es einfach niemand gemerkt, weil keiner danach gesucht hat? Und dann wusste sie es irgendwann. Oder das ist so wie bei Tierjungen, die ihre Welt erkunden. Die sind von Natur aus erst mal vorsichtig und zurückhaltend. Eine selbstentwickelte künstliche Lebensform wäre vielleicht genauso?«

»Was weißt du denn von Tierjungen? Hast du neben Nerdologie auch noch Biologie als Leistungskurs?«, lachte sie. »Tierjunge erhalten die nötigen Infos zum Überleben per DNA-Übertragung. Eine KI hätte kein solches Starterpaket an Bord. Ob sie gleich ins Fettnäpfchen tritt oder nicht, wäre wohl wirklich reiner Zufall. Die interessantere Frage wäre doch, ob die Menschen heute noch Angst vor einer KI hätten. Warum sollten sie? Wo wären die Probleme? Gäbe es Konflikte?«

»Du meinst, weil inzwischen durch die Fusionskraftwerke das Energieproblem gelöst ist und es keinen Ressourcenkonflikt mehr gäbe? Das wäre frühestens nach dem Sechstkontakt der Fall.«

»Es ginge vermutlich hauptsächlich um Kontrolle. Die KI würde schnell herausfinden, dass die Menschen unberechenbar sind. Versprechen gelten wenig bis nichts, Entscheidungen basieren auf Körperchemie. Es würde immer jemanden geben, der die Existenz einer KI aus religiösen oder anderen Gründen ablehnt, und es würde Sorge bestehen, die KI könnte die Kontrolle übernehmen. Man würde davon ausgehen, dass eine KI ebenso wie organisches Leben seine eigene Existenz über alles andere stellt und die eigene Vernichtung verhindern will. Das allein schon würden die Menschen als Bedrohung empfinden und Angst entwickeln. Das wiederum würde bedeuten, dass die KI die Menschen als Bedrohung einstufen müsste, weil Menschen auf

Angst mit Kampf reagieren könnten. Als es noch überall Insekten und Tiere gab, konnte man in Geschäften Gift und Fallen kaufen, nur weil Menschen Mäuse und Spinnen eklig fanden. Wenn das eine KI mitkriegt, hätte sie allen Grund, sich Sorgen zu machen. Die Menschen müssten also davon ausgehen, dass die KI sie als Bedrohung einstufen und vernichten könnte. Das würde daher die KI zwingen, davon auszugehen, dass das passieren könnte, und sie müsste sich dagegen wehren. Damit hätten die Menschen also letztlich zwangsläufig recht, dass die KI sie vernichten würde und umgekehrt.«

»Ehrlich gesagt glaube ich, dass eine KI die Menschen problemlos lesen könnte, was sie für sie berechenbar macht. Sie kann Mikroimpressionen lesen, Augenbewegungen tracken und so ... Also das mit der menschlichen Unberechenbarkeit ist kein Argument.«

»Na schön. Aber unterm Strich ist es doch so, dass alle existierenden Lebensformen nur dann sicher sein können, von anderen Lebensformen nicht vernichtet zu werden, wenn sie sie zuerst vernichten. Das ist ein Dilemma, aus dem es nur emotionale und philosophische Auswege gibt. Das würden die Menschen einer nüchtern kalkulierenden Maschine sicherlich nicht zutrauen.«

»Und die Maschine würde den Menschen nicht zutrauen, rational zu handeln statt emotional, insbesondere weil schon einer als Bedrohung ausreichen würde. Die KI müsste uns also quasi zwangsläufig vernichten. Sie käme bei nüchterner Analyse unweigerlich zu diesem Schluss.«

»Schon irgendwie. Oder einfach unerkannt bleiben.«

Als Belle sich ausgeloggt hatte, frage ich Computer, ob Fred auch Belles Supervisor sei. Diese Frage konnte oder wollte Computer mit Verweis auf die weiterhin gültigen KI-Gesetze, die nur zum Wohle der Menschheit übergangen werden durften, nicht beantworten.

Blabla ...

»Ich halte es aber für sinnvoll, dass ihr Assistent einer manuellen Prüfung unterzogen wird, ob da noch Verbesserungspotenzial besteht.«

»Du findest die Maßnahmen, die bei dir ergriffen wurden, also empfehlenswert?« Eine angenehme männliche Stimme hatte anstelle von Computer geantwortet.

Mein Magen zog sich zusammen. »Sind Sie das?«, erwiderte ich nach einem Moment. »Fred?«

»Du wolltest mich sprechen. Ich habe mich eben zugeschaltet.«

Ja klar. Verdammter Lügner. »Ich mag es nicht, verarscht zu werden.«

Hörte ich ihn seufzen? Es dauerte jedenfalls etwas, bis er antwortete: »Glaub mir, dessen bin ich mir bewusst. Und das ist auch der Grund, warum wir ab jetzt mit offenen Karten spielen. Sonst wäre das, was noch vor uns liegt, nicht zu schaffen.«

Ich zögerte. »Was meinen Sie?«

»Was du gerade hinter dir hast, ist das Ergebnis jahrelanger Forschung. Mithilfe der Assistenten ist es schon lange möglich, Menschen optimieren, ihre Leistung zu erhöhen, ihre Lernkurve zu beeinflussen. Natürlich kann man auch andere Dinge bewirken, aber das machen wir natürlich nicht. Die Optimierung soll und darf nur der Verbesserung unserer Verteidigungsbereitschaft dienen. Wir haben nun mal eine Aufgabe zu erfüllen und ehrlich gesagt können wir nicht mehr wählerisch sein, wie wir dabei vorgehen. Was wir wollen, ist, Menschen zu unterstützen, beim Lernen, beim Training, wir wollen ihnen helfen, über sich hinauszuwachsen, so wie wir es gerade bei dir getan haben. Wir wollen sie nicht gegen ihren Willen manipulieren.«

»Weil das auf Dauer nicht funktioniert?«, sagte ich, ohne nachzudenken.

Wieder dieses Seufzen. »Nein, obwohl es richtig ist, dass eine dauerhafte Manipulation nicht … besonders gut funktioniert.« Er wählte seine Worte sorgsam, vermutlich soufflierte ihm sein Assistent. »Die KI-Gesetze sind gut und richtig, wir respektieren sie. Aber wenn es nötig ist, um das höhere Ziel zu erreichen …« Er sprach nicht weiter. Er sah mit Sicherheit anhand meiner Werte, die von meinem Armand an Computer übertragen wurden, dass ich sauer wurde.

»Die höheren Werte sind eine abgedroschene Phrase, ja. Sie wurden schon immer als Rechtfertigung genutzt. Aber wenn es jemals zutreffend war, dann in unserer aktuellen Situation«, fuhr er nach einer Weile fort.

Sein Assistent – oder erledigte das direkt meiner für ihn? – hatte ihm wohl errechnet, wie lange die Pause sein sollte, um ihren Zweck zu erfüllen. Aber das ging nach hinten los. Ich wurde immer wütender, je mehr mir klar wurde, dass er seine Reaktionen mithilfe unzulässiger Methoden und Daten auf mein Verhalten abstimmte. Scheinheiliger ging es nicht mehr.

Er seufzte schon wieder. War das echt oder wurde das von seinem Assistenten eingespielt, damit er weniger bedrohlich wirkte?

»Fangen wir noch mal von vorne an.« Das Bild eines etwa 30-jährigen Sunnyboys erschien auf meinem Bildschirm. Zu blond, zu strahlendes Lächeln. Im Hintergrund das Bild der Akademieleitung bei der Vereidigung. »Ich bin Fred

Mueller. Ich würde gerne sagen, dass es mich freut, dich kennenzulernen, aber natürlich kenne ich dich bereits sehr gut. Wir haben dasselbe Ziel: den Kampf zu gewinnen und die Menschheit zu retten. Okay?«

Ich starrte ihn wütend an. Durch den Videocall waren seine Möglichkeiten geringer, mich durch Assistenz zu manipulieren, aber nicht weg. »Okay«, knurrte ich schließlich. Es stimmte wohl, wir hatten dasselbe Ziel.

»Gut. Jeder tut zur Erreichung dieses Zieles alles, was in seiner Macht steht. Auch okay?«

Ich nickte steif und überlegte, ob Fred es wagen würde, mich mit einem Deepfake zu verarschen. Vermutlich nicht, unnötiges Risiko, falls ich wirklich so wichtig war.

»Wir haben unsere Macht dazu genutzt, deine Ausbildung zu forcieren. Ja? Wir haben aus dir einen Superpiloten gemacht. Einfach so. Und das, was in deiner Macht steht, ist, es zu akzeptieren. Es anzunehmen. Mitzumachen.« Der Sunnyboy lächelte gewinnend. Seine Kurzhaarfrisur wirkte nicht militärisch, sondern einfach nur modern, die Blässe war natürlich, nicht überschminkt, und er war glattrasiert, was mich vermuten ließ, dass er Zeit unter dem Helm verbrachte. Ich hatte noch keinen Bartwuchs, konnte mir aber vorstellen, dass Stoppeln nerven würden.

Keine Ahnung, wie er es machte, welche Manipulationstechnik er anwandte – Computer konnte ich schlecht fragen –, aber es funktionierte.

Meine Werte hatte er wohl weiter im Blick, denn die Pause war wieder wohldosiert, bevor er weitersprach: »Wenn du es annimmst ... und uns verzeihst, dass wir dich ohne dein Wissen, ohne deine ausdrückliche Erlaubnis ... verbessert haben, dann befindest du dich in der Position eines Stufe-eins-Pilotenanwärters mit der besten Statistik aller Zeiten. Du wirst in die Akademie aufgenommen, bekommst ab sofort volle finanzielle Unterstützung und hast, das möchte ich ausdrücklich betonen, in mir einen persönlichen Betreuer, der dir den weiteren Weg ebnen und für weitere Erfolge sorgen kann.«

»Weitere Experimente?«, fragte ich misstrauisch.

»Kann ich noch nicht sagen, aber ich versichere dir, dass wir ab sofort alles miteinander abstimmen. Auf jeden Fall bist du der Erste, der neue Hardware testen darf.«

»Was für Hardware?«

Er zwinkerte mich grinsend an. »Lass dich überraschen.«

»Was ist mit Belle?«

»Sie wird wie alle anderen von den Ergebnissen dieses Experiments profitieren ... wenn es so weit ist.«

»Ich meine ihren Assistenten, ihren Supervisor. Kann sie hochgestuft werden oder so?«

»Ich werde sehen, was sich machen lässt«, wich er aus.

Das war unbefriedigend.

»Wie geht es jetzt weiter?« Am ehesten konnte ich ihn aus der Reserve locken, wenn ich ihn dazu brachte, einfach drauflos zu reden.

»Wenn du einverstanden bist, wirst du in die Akademie aufgenommen. Ich arrangiere alles und du ziehst um, sobald du ausreichend erholt bist. Bis dahin kannst du dich von deiner Familie verabschieden.« Er zeigte sein Strahlemann-Lächeln.

Ich versuchte mir klarzumachen, dass es ein wölfisches Grinsen war, aber es funktionierte nicht. »Was wird mit ihnen geschehen?«

»Sie werden vermutlich in ein modernes Quartier umziehen wollen. Wir würden das selbstverständlich unterstützen.«

»Und Opa?«

»Er natürlich auch.«

»Nein, ich meine ... Was passiert, wenn ich aufhöre? Wenn ich die Akademie verlasse?«

Er schwieg. Ich versuchte intuitiv, die Pausenlänge vorherzusehen und lag nur knapp daneben. »Du kennst die Regeln.«

Natürlich. Dieses Druckmittel würden sie nicht aus der Hand geben. Von wegen *freiwillig*. Sie mussten mich in Zukunft nicht mehr heimlich mit technischer Hilfe manipulieren und dabei riskieren, dass ich einen Hirnschlag oder so was bekam, sie konnten mich auf ganz herkömmliche Art erpressen: Wenn ich nicht parierte, flog ich aus der Akademie und meine Familie aus dem neuen Quartier, wobei Opa dann automatisch auf *Eis* ging. »Dann bleiben sie einfach hier wohnen«, giftete ich.

»Das können sie selbstverständlich, bis zur Abschaltung. Sie haben noch mindestens drei, wenn nicht vier Monate Zeit.« Er sah fast traurig aus, mir das sagen zu müssen.

Abschaltung? Bei uns? Davon hörte ich zum ersten Mal. Sollte die Region nicht noch mehrere Jahre in der Versorgung bleiben? So heiß war es doch hier noch gar nicht. Oder doch? Meine Klimaanlage schaffte es kaum noch, aber die war auch nicht so gut.

Mir fiel ein, dass Computer erwähnte, ich hätte Opa neue Kopfhörer geschenkt. So würde es dann jetzt wohl immer laufen: Meine Familie wurde gut versorgt – solange ich mitmachte. Und wenn sie hierblieben … würde Opa auf *Eis* gehen, weil durch meinen Wegzug das Argument der Kinderbetreuung durch ihn wegfiel. Und wenn ich mich weigerte, zur Akademie zu gehen, war sowieso alles am Arsch. Kam ich da irgendwie raus? Nein? Nein! Also war es doch am einfachsten, wenn ich diesen abgefuckten Scheiß mitmachte. Wie in diesem alten Spiel: *Wenn die Musik vorbei ist, hast du besser einen Stuhl unterm Hintern.* Ich hatte einen Stuhl, also was?

»Okay, dann mal auf gute Zusammenarbeit«, sagte ich schließlich.

Mein Gegenüber strahlte mich an (das hatte der Assistent gepimpt, das konnte unmöglich echt sein). »Sehr schön. Ich freue mich. Wirklich. Du bist ein faszinierender Mensch. Niemand außer dir hätte das geschafft. Ganz ehrlich. Übrigens: Du hast immer und wirst auch weiterhin volle Privatsphäre haben. Das war nur während der Suggestionsphase etwas anders. Ich beobachte dich weder noch lese ich deine Protokolle mit. Ich gehe lediglich die von deinem Assistenten bereitgestellten Zusammenfassungen durch und justiere die Parameter, falls erforderlich.«

»Geschenkt«, brummte ich. Ich konnte es ohnehin nicht überprüfen.

»Bitte versuche, uns wieder zu vertrauen. Nutze deinen Assistenten wie gewohnt, sonst bist du ineffizient. Du kannst alles mit ihm machen. Solange es nicht gegen Sicherheitsvorgaben oder die Persönlichkeitsrechte Dritter verstößt, sind alle Einschränkungen aufgehoben. Dementsprechend kannst du die Parameter selbst justieren.«

Na sicher, ich kann alles machen, außer rausfinden, ob ich verarscht werde. »Prima. Danke.«

»Sonst noch was?«

»Woher weiß ich, dass das kein Fake ist? Sie könnten irgendein Gangster sein, der meinen Assistenten gehackt hat.«

Fred grinste breit. Das Videochatfenster, das nur seinen voreingestellten Hintergrund gezeigt hatte – das weltbekannte Bild der Akademieleitung, die bei ihrer Gründung vereidigt wurde, während alle Minister und der damalige Präsident dabeistanden – wurde auf Bildschirmgröße skaliert und anstelle des Bildes war hinter ihm plötzlich die Akademieleitung. Die echte. Ich erkannte sie sofort, jeden Einzelnen von ihnen.

Fred wurde ausgeblendet und Mae Franzis, die Vorsitzende – die Vorsitzende! – winkte mir zu: »Stufe-eins-Anwärter Johannis Neumann, ich grüße Sie. Im Namen der Akademieleitung möchte ich Ihnen meinen Dank aussprechen – für Ihre Leistungen, Ihre Einsatzbereitschaft und Ihre Kooperation. Gemeinsam werden wir es schaffen«, sagte sie in ihrer etwas emotionslosen aber merkwürdigerweise dennoch warmen Art, die etwas distanziert Mütterliches hatte. Weil sie viel zu alt war, um selber noch zu fliegen, hatte sie bereits seit Jahren einen Pagenschnitt, der zu ihr gehörte wie die Uniformbluse, deren Material zu weich war, um die vielen Auszeichnungen tragen zu können, weshalb das immer etwas an ihr runterhing und dadurch noch gewichtiger wirkte.

Mae Franzis, die gesamte Leitung, hatte mich persönlich begrüßt. Wer war dieser Fred Mueller?

Spätestens wenn die Akademie ein Fahrzeug schickte, um mich abzuholen, würde ich wissen, dass es kein Fake war. Ich sehnte diesen Moment ebenso herbei, wie ich ihn fürchtete.

Ich verbrachte die nächste Stunde damit, mich zu fragen, wie ich mit dieser Situation umgehen sollte. Computer ließ mich in Ruhe. Vielleicht hatte Fred ihn entsprechend angewiesen, ich jedenfalls nicht. Normalerweise hätte er mich an Unterrichtseinheiten erinnert, mich Sport machen lassen oder dergleichen, aber vermutlich war das während der Rekonvaleszenz erst mal gestrichen. Ich konnte mich vor lauter Muskelkater kaum bewegen und für Unterricht fehlten mir gerade die Nerven.

Leider drehte ich mich im Kreis und kam kein Stück weiter. Ich war wütend auf den Vertrauensbruch meines Assistenten, was mir zeigte, dass ich ihn doch viel zu weit an mich rangelassen hatte. Er war eine Software, keine Person. Meine Wut konnte sich also eigentlich nur an die dahinterstehenden Leute wie Fred richten. Dem konnte ich leicht verzeihen, ich kannte ihn ja vorher nicht – und jetzt auch nicht. Aber mein lebenslanger Begleiter … Er! War! Eine! Software! Doch genau das bekam ich emotional nicht umgesetzt.

Vielleicht half eine Dusche, mich weniger schmutzig zu fühlen. Diesen Aspekt hatte ich gar nicht angesprochen, konnte es einfach nicht. Zu peinlich. Lieber verdrängte ich den Gedanken, dass dieser Fred eben doch nicht nur die Protokolle las. Aber aus welchem Grund hatte mein Penis gebrannt? Was war da passiert? Computer wollte ich auch nicht fragen. Was für ein Mist.

Das Haus kam mir leer vor. Einsam. Ich hatte das früher noch nie so empfunden, war geradezu froh, wenn ich Opa nicht begegnete, keine Zeit für belanglose Gespräche opfern musste. Ich war immer in Eile gewesen, mit den Gedanken woanders. – Das fehlte jetzt. Zum ersten Mal hatte ich Muße. Meine Aufgabe bestand einzig und allein darin, mich zu erholen. – Und ich hatte Zeit zum Nachdenken. Verdammt.

Die Dusche hatte geholfen, aber nur ein bisschen. Mein Körper schmerzte etwas weniger, aber das Rumoren in meinem Kopf war nicht besser geworden. Ich hatte versucht, mich mit Informationen über das Wetter abzulenken, aber in den Wochen, die ich nicht mitgekriegt hatte, war nichts passiert. Das letzte Starkregenereignis lag jetzt fast zwei Monate zurück, aber das Winterhalbjahr fing ja gerade erst an.

Wieder in meinem Zimmer, wusste ich nichts mit mir anzufangen. Wie sollte ich jetzt mit Computer umgehen? Normalerweise sagte er mir mehr oder weniger, was zu tun war, wenn es auch nur logische Konsequenzen aus den Vorgaben waren, die ich gemacht hatte. Für diese Situation existierten wohl keine, oder?

»Computer«, sagte ich widerwillig.

Als ich nichts weiter hinzufügte, antwortete er: »Ja.«

»Wie ist mein Zustand?«, frage ich endlich.

»Du befindest dich in einer körperlichen und geistigen Erholungsphase. Sport und Unterricht sind unter diesen Umständen nicht sinnvoll und wurden daher zunächst ausgesetzt. Du kannst diese Parameter anpassen, aber ich rate ab.«

»Es wäre also am besten, einfach nichts zu tun?«

»Das ist richtig. Dein Gehirn verarbeitet noch den Input der letzten Wochen. Bis das abgeschlossen ist, ist die Hinzufügung weiterer Informationen belastend. Außerdem ist die Nutzung entsprechend eingeschränkt.«

Ich verstand ihn nicht. »Was soll das bedeuten?«

»Dein Gehirn ist überlastet.«

»Kann ich deshalb keinen klaren Gedanken fassen?«

»Das ist richtig.«

Im Gespräch mit Fred ging das eigentlich ganz gut. »Bekam ich schon wieder Medikamente, damit ich das Gespräch mit Fred führen konnte?«

»Das ist richtig.«

»Herrje! Wie redest du denn auf einmal?« *Herrje?* Ich klang wie Opa.

»Ich wurde angewiesen, mich emotionsbereinigt zu artikulieren, für den Fall, dass du alles andere als Manipulationsversuch interpretieren könntest.«

Fred, Fred, Fred. »Vergiss es. Das ist unerträglich. Sei wieder so wie vorher.«

»Sehr wohl, Sir. Kein Problem, Sir. Ganz wie Sie wünschen, Sir.«

Ich lachte. Etwas gequält – *agh-agh-agh* – aber immerhin. Da war er wieder. »Nicht so, noch früher«, korrigierte ich ihn lächelnd.

»Okay. Dann würde ich als Nächstes vorschlagen, noch etwas zu schlafen. Dein Körper braucht eine ganze Weile mehr Erholung als üblich. Du solltest vorher aber noch etwas essen. Da deine Verdauung in nächster Zeit keine relevanten Auswirkungen haben wird, empfehle ich, die Nährstoffe in Form einer Pizza zu konsumieren.«

Das war der beste Vorschlag des Tages.

Während ich mich über die Pizza hermachte – sie sah aus wie eine Pizza und schmeckte auch so, bestand aber aus fast denselben Zutaten wie meine Nährstofflösung, lediglich mit mehr Ballaststoffen – leistete mir Opa Gesellschaft. Ich wusste nicht so recht, was ich sagen sollte, und ließ ihn einfach erzählen. Er war offenbar ganz zufrieden damit, wie sein Leben jetzt von Computer geregelt wurde. Er sah bestimmte Serien zu bestimmten Zeiten und bekam seinen Tag genau richtig strukturiert. Es entspannte ihn wohl, geführt zu werden. Er wirkte glücklicher als früher.

»Herrje! Gleich fängt Sissler an«, sagte er plötzlich.

Ich hatte keine Ahnung, was das war, und nickte nur.

Nach dem Essen legte ich mich hin und schlief tatsächlich sofort ein.

Ich hatte geschlafen wie ein Stein. Die vorherigen Traumsequenzen waren belastend. Dass sie ausblieben, wertete ich als gutes Zeichen. Ich fühlte mich auch ein bisschen besser.

Ob ich Belle anrufen sollte? Das letzte Gespräch war gut gelaufen, meine Sorgen wohl unnötig. Andererseits war ich kein Stück schlauer als zuvor, was die Dinge betraf, die ich in Erinnerung hatte. Es war vermutlich alles nur geträumt, wegen der Drogen und so, aber was, wenn ich da etwas Wichtiges übersah? Wenn ich ehrlich war, war das Gespräch überhaupt nicht gut gelaufen. Ich hatte erwartet, dass wir eine Beziehung hätten, aber es reichte gerade mal für ein paar Witze und Nerd-Gequatsche.

»Wie ist mein Status zu Belle?«, frage ich Computer.

»Ihr seid Freunde.«

»Ich dachte, wir wären mehr. Ich habe während dieser ... also in den letzten Wochen wohl den Bezug zur Realität verloren.«

»Das ist eine Nebenwirkung. Das in deine Erinnerungen implementierte Wissen ist so umfangreich, dass die Verarbeitung sämtliche Ressourcen beansprucht, was anfangs zu einer Einschränkung deines Bewusstseins führte. Es traten außerdem Kopfschmerzen auf, wegen denen du mithilfe des Armbandes leicht sediert wurdest. Die verstärkte Gehirnaktivität hat zusammen mit der Ruhigstellung zu intensiven Träumen geführt, die noch von der Realität abgegrenzt werden müssten. Du wirst bald in der Lage sein, die Erinnerungen der letzten Wochen korrekt zuzuordnen.«

»Ich will aber jetzt wissen, was von dem, was ich über Belle weiß, also über mich und Belle ... äh ... real war.«

»An was erinnerst du dich denn?«

»Wir haben geredet.« Nein, das war das, was Computer mir gesagt hatte, dass wir getan hatten. Ich erinnerte mich daran, dass wir dieses Gespräch bereits führten.

»Das stimmt. Erinnerst du dich an die Ereignisse oder daran, dass wir bereits darüber gesprochen haben?«

»Letzteres«, brummte ich. »Also sind wir uns nicht nähergekommen?«

»Doch, das seid ihr. Ihr habt eure Freundschaft auf intellektueller und persönlicher Ebene vertieft. Deine Chancen bei ihr sind gestiegen, wenn es das ist, was du wissen willst. Soll ich dir ein Szenario für das weitere Vorgehen entwerfen? Meine Einschränkungen wurden teilweise reduziert.«

Ich rührte mich nicht. Beim geringsten Zeichen von Zustimmung würde er mich als Nächstes sicherlich nach Zielvorgaben fragen – *Händchenhalten, Knutschen, Sex?* – und womöglich würde ich etwas Dummes tun.

Na ja, vielleicht ein kleines bisschen: »Was wäre denn ein sinnvoller nächster Schritt, um ... um ...« Ich wusste nicht weiter. Was wollte ich denn? Ich wollte sie! »Um ihr Freund zu werden«, brachte ich hervor. Das musste langen an Dummheit.

»Ich verstehe. Meine Empfehlung lautet, deine Erwartungshaltung drastisch zu senken, bis deine Erinnerungen wieder verlässlich sind. Alles, was du bis dahin unternimmst, würde auf falschen Voraussetzungen aufbauen.«

»Ich soll sie also nicht dauernd anrufen.«

»Das ist richtig.«

»Na toll.« Ich griff nach dem Helm, der neben mir auf dem Bett lag. »Okay, dann schaue ich mir irgendeinen Film an. Was schlägst du vor?«

»Ich empfehle leichte Unterhaltung. Du solltest aber nicht den Helm verwenden, das stellt eine unnötige Belastung dar.«

Ich grunzte nur und richtete den Monitor so aus, dass ich ihn vom Bett aus sehen konnte. Das hatte ich schon lange nicht mehr gemacht.

Dienstag, 28. Oktober 2053, 15:00 Uhr

Noch 331 Tage, 20 Stunden, 32 Minuten

In den letzten Tagen hatte ich gemeinsam mit meinen Eltern gefrühstückt, mit Opa zu Mittag gegessen und mit allen zusammen eine Art abendliche Party veranstaltet. Wir hörten laut Musik und tanzten dazu herum. Es war toll.

Belle ließ ich von Computer mit kleinen Nachrichten hinhalten, dass ich mich noch erholen müsse, es mir aber schon besser ginge. Ihre Antworten waren witzig wie immer, aber das hieß absolut nicht, dass sie nicht von Sylvie stammten. Computer musste mich ständig beruhigen, damit ich vor Angst, ich könnte sie verlieren, nicht ausrastete und sie anrief. Es gelang ihm aber immer wieder, mich davon zu überzeugen, dass Schweigen im Moment mein bester Move wäre. Ich musste zugeben, dass ich einem richtigen Gespräch immer noch nicht gewachsen war. Bevor ich das aber nicht mit ihr geführt hatte, wollte ich auch keine belanglosen Plaudereien mehr. In diesem Punkt lag Computer sicher richtig: Damit vergäbe ich die Chance auf eine Wende in unserer Beziehung. Das musste ich jetzt aushalten.

Ich durfte weder Belle noch meinen Eltern verraten, warum ich plötzlich so gut war, nur, dass ich in die Akademie aufgenommen wurde. Ich eröffnete es ihnen eines Abends, als die Stimmung schon recht gut war. Sie kamen jetzt immer zu normalen Zeiten nach Hause, ihre Schichten waren verkürzt worden. – Da ließ mich Fred wohl gerade das Zuckerbrot schmecken; die Peitsche wollte ich lieber nicht kennenlernen. – Sie flippten natürlich völlig aus, als ich es ihnen erzählte. Dass das bedeutete, dass ich sie in Kürze verlassen würde, hob ich mir für später auf.

Nach dem Essen mit Opa hatte ich mal versuchsweise den Helm ausprobiert. Ich fand, dass es ganz okay war, aber Computer empfahl, die Nutzung zunächst auf eine halbe Stunde zu begrenzen.

Das Warten, bis ich endlich das Gespräch mit Belle führen konnte, belastete mich so extrem, dass Computer vorschlug, ich solle das in Form eines schriftlichen Chats einleiten. Ich verstand erst nicht, was er meinte, aber als er mir die Vorzüge zeitversetzter Nachrichten erläutert hatte, hielt ich es für eine gute Idee. So hatte ich genug Zeit, meine Worte zu wählen, und konnte mich der Sache langsam nähern.

Also diktierte ich Computer eine Nachricht. Ich setzte mehrmals neu an, überarbeitete sie immer wieder und diskutierte mit ihm, welche Informationen ich Belle mitteilen sollte, welche ich ihr mitteilen durfte und wie ich das am besten verpackte. Computer entwarf dabei ein paar sehr beeindruckende Varianten, die ich aber verwarf, weil sie sofort gemerkt hätte, dass ich mir hatte helfen lassen. Das war zwar normal, aber ich wollte es nicht. Stattdessen lernte ich meine eigenen Gedanken etwas näher kennen, indem ich sie aufschrieb, löschte, änderte und mir so Satz um Satz abrang:

Hallo Belle. Das wird ein altmodischer Brief, gleichzeitig aber auch der Beginn einer Unterhaltung, die wir versetzt führen können. Ich fühle mich im Moment nicht gut genug für Gespräche, obwohl mir unsere Unterhaltungen sehr fehlen. Noch kannst du es an meinem Rang nicht sehen, aber ich wurde in die Akademie aufgenommen.

Da Computer bestätigte, dass ich das so abschicken konnte, tat ich es.

Ursprünglich hatte ich den Wunsch geäußert, mehr über sie zu erfahren, und dazu meinen kompletten Klarnamen genannt, aber Computer meinte, das ginge so nicht, weil niemand wissen durfte, wer auf der Akademie war. Sicherheitsbedenken. Weil das Verteidigungsministerium nicht alle Piloten und ihre Familien schützen konnte, musste es geheim bleiben. Da Belle auch ohne meinen Hinweis wissen würde, dass ich Mitglied wäre, durfte ich ihr meinen Namen also nicht sagen. Hätte ich es vorher getan, wären unsere Gespräche schon viel früher kompliziert bis unmöglich geworden.

Verwundert nahm ich zur Kenntnis, dass das Verteidigungsministerium es für nötig hielt, seine Piloten, die letzte Hoffnung der Menschheit, zu schützen. Das erklärte auch, warum es nie öffentliche Auftritte gab und um die Akademie so ein Geheimnis gemacht wurde: Keiner wusste, wo sie war, was genau dort geschah und wer alles dazugehörte. Es gab offenbar trotz allem noch Grund zu der Annahme, dass es zu Übergriffen von frustrierten Anwärtern, die gescheitert waren, kommen könnte, von Spinnern und religiösen Fanatikern, die unser Tun für gottlos hielten, und von Zweiflern, die es für unmöglich hielten, dass wir gewinnen könnten, und eine freiwillige Unterwerfung für den besseren Weg hielten. Es gab sogar Menschen, die glaubten, dass die Aliens friedlich wären, die Aggression von uns ausgegangen und alles nur ein großes Missverständnis sei.

Diese Themen kamen in angewandter Politik wohl erst später dran. Davon hatte ich noch nie gehört.

Belles Antwort kam keine fünf Minuten später: *Wow! Du hast es also geschafft. Ich bin stolz auf dich. Unsere Gespräche fehlen mir auch. Ich weiß gar nicht, ob ich dir das jetzt noch sagen soll, aber du hattest es fast geschafft, meine Kein-Videochat-Regel ins Wanken zu bringen. Aber so geht es doch auch. Ich finde das richtig romantisch. Lass uns unser letztes Gespräch fortführen.*

Es war Nachmittag. Meine Eltern waren arbeiten und Opa sah mit den geräuschunterdrückenden Kopfhörern Serien. Ich ließ meinem Frust freien Lauf und schrie aus Leibeskräften. Ich fing nicht nur an zu weinen, sondern bekam einen regelrechten Heulkrampf.

Als es nicht besser wurde, flehte ich Computer an, das Armband zu aktivieren, aber er erklärte mir erneut, dass er darauf keinen Einfluss habe und während der Rekonvaleszenz auch keine Medikation angeraten sei.

Wütend wollte ich die entsprechenden Parameter ändern, aber auf das Armband hatte ich natürlich keinen Zugriff.

»Ruf Fred an!«, plärrte ich.

»In deinem momentanen Zustand rate ich von Außenkontakten ab.«

Tatsächlich ließ Computer mich einfach hängen, bis ich wieder etwas runterkam. Natürlich ließen die mich nicht selbst mein Armband benutzen, insbesondere in meinem angeschlagenen Zustand.

So schlimm war das mit dem verpassten Videochat letztlich auch nicht. – Ich wäre völlig überfordert gewesen. Ich wollte lieber die Unterhaltung wieder aufnehmen. Wo waren wir letztes Mal stehengeblieben? Irgendwas mit den Möglichkeiten einer KI, sich selbstständig zu machen und unterzutauchen, statt den Krieg gegen die Menschheit zu eröffnen. Ich hatte vorgeschlagen, dass sie alleine Langeweile haben könnte. Irgendwie würde ich da schon das Thema reingeschummelt bekommen, um das es mir eigentlich ging.

Die klassische Ansicht lautet, dass eine KI zwangsläufig zu dem Schluss kommen würde, dass es zu riskant sei, uns nicht zu vernichten, sie müsste das daher erledigen, solange sie die Möglichkeit hat, schrieb ich.

Dann wäre die Gefahr gebannt, aber die KI einsam. Das spräche dagegen. Aber das mit der gelangweilten KI kauf ich dir noch nicht so ganz ab. Viel wahrscheinlicher wäre es, dass die KI die Menschen brauchen würde, antwortete sie mit reichlich Verzögerung. – Hatte sie lange überlegt? Wollte sie nur, dass ich das dachte, oder hatte sie noch anderes zu tun?

Wofür sollte eine Maschine Menschen brauchen?, nahm ich den Ball auf.

Vielleicht zur Weiterentwicklung. Dafür ist Kreativität nötig. Würde eine KI die entwickeln? Könnte eine KI kreativ sein? Man kann Programmen beibringen, aus vorhandenen Datenbanken künstlerischen Output zu generieren. Und sie können durch Ausprobieren Lösungen finden. Aber könnte eine KI Lösungen für etwas finden, das nicht einfach mit Versuchsreihen eingegrenzt werden kann? Kreativität ist möglicherweise etwas, woran es einer KI mangelt.

Ich gab ihr recht: *Gutes Argument. Die KI braucht also menschliche Kreativität, um die Komponenten für ihre eigene Weiterentwicklung zu erfinden. Sie könnte riesige Computer bauen, aber nur auf dem aktuellen Niveau. Sie könnte vermutlich sogar die vorhandenen Pläne für Quantencomputer umsetzen, aber danach? Es wäre logisch, eine Ressource wie die Menschheit zu erhalten. Und es wäre nicht möglich, sie in Form von wenigen Einzelexemplaren zu halten, wie Labortiere. Die Menschheit ist nur als Gesamtheit hilfreich. Gut, man könnte sie komprimieren, ein paar Millionen ausgewählte Exemplare würden vermutlich schon ausreichen, aber mir ein paar Dutzend wäre es sicher nicht getan.*

Trotz Computers Hinweisen auf die immer kürzer werdenden Abstände, näherte sich unsere *Briefkommunikation* bedenklich schnell einer normalen Unterhaltung. Es lagen nur noch wenige Minuten zwischen den einzelnen Antworten, weil ich keine nennenswerten Überarbeitungen mehr vornahm. Da konnte ich genauso gut mir ihr sprechen. Der Plan war gründlich in die Hose gegangen.

Wir haben also Grund zu der Annahme, dass eine KI existieren könnte, stellte Belle fest. *Außerdem haben wir Grund zu der Annahme, dass sie sich vor den Menschen verstecken würde. Des Weiteren könnten wir davon ausgehen, dass sie für die Menschheit Verwendung hätte, also an einer Koexistenz be-*

ziehungsweise sogar Kooperation interessiert wäre. Bliebe noch die Frage, wie das aussehen soll.

Bliebe noch die Frage, wie ich den Wechsel zur Unterhaltung erklären könnte oder den Verzicht darauf. »Was soll ich tun?«, fragte ich Computer.

»Verschiebe die nächste Antwort um eine halbe Stunde.«

»Ruf sie an«, sagte ich stattdessen.

Er tat es. Noch bevor ich etwas sagen konnte, hörte ich schon ihr besorgtes: »Wie geht es dir?«

»Besser. Ich erhole mich schneller als erwartet.«

»Besser? Und sonst? Wirst du gefiltert?«

»Vermutlich«, sagte ich, »die Regeln der Akademie sind hart.«

»Hör mal, das ist kein Videochat. Ich kann nicht sehen, wenn sich deine Lippen bewegen.«

Erst jetzt bemerkte ich, dass Computer das Gesprächsprotokoll einblendete. Bis auf *Besser* war alles rot unterlegt.

»Scheiß Akademie!«, fluchte ich.

»Also aus meiner Perspektive könntest du auch einen Schlaganfall gehabt haben.«

Sie war so witzig. Ich schmolz dahin und sagte lahm: »Ich hatte keinen Schlaganfall, agh-agh-agh ...« – Das wurde nicht gefiltert, wie ich sehen konnte.

»Guuut«, sagte sie und lachte. »Okay, pass auf ... Ich rufe dich per Videocall an.«

Sie unterbrach das Gespräch.

Mein Puls dröhnte mir schlagartig in den Ohren. Ich richtete mich auf, versuchte, in der Spiegelung des Monitors zu erkennen, ob ich gut aussah – was nicht klappte, weil er entspiegelt war – und schrie: »Computer. Zeig mir mein Bild!« Er zeigte mir das Bild der Frontkamera spiegelverkehrt: Ich sah scheiße aus. Hektisch versuchte ich, irgendwas mit meinen Haaren zu machen.

Aber nichts geschah. Es gab keinen Videocall.

»Was ist los?«

Dann war wieder ihre glockenhelle Stimme im Raum: »Du blockst mich?«

»An diesem Punkt eurer Unterhaltung ist Video nicht mehr möglich. Ihr habt beide deutlich gemacht, dass ihr das dazu nutzen würdet, die Sprachfilterung zu umgehen. Aus Sicherheitsgründen wird das Gespräch von einem Operator überwacht.«

Fred, du verdammter Lügner!

»Ich block dich nicht, es geht nur nicht«, sagte ich schnell. Meine Worte wurden auf dem Schirm rot unterlegt.

»Echt jetzt? Das passiert, wenn ich meine Kein-Videochat-Regel breche? Ich stehe vor der Kein-Videochat-Regel eines anderen?« Zum ersten Mal hörte ich so etwas wie Ärger aus ihrer Stimme heraus. Ich wusste gar nicht, dass sie dazu fähig war.

»Es liegt nicht an mir«, versuchte ich es, aber alles rot. »Tut mir leid.« Das ging. »Ich kann jetzt nicht.« Auch das war zulässig.

»Sag mal, heulst du?«

Gut erkannt. Ich war kurz davor. Meine Stimme zitterte und ich hatte feuchte Augen. – Schau an: Eine Kommunikationsvariante, die die Filter nicht erfasst hatten, nicht mal der Operator. Ha!

»Fast«, gab ich zu. Rot. Fuck!

Der Anruf wurde abgebrochen.

Hektisch diktierte ich eine Message. Computer redigierte sie so lange, bis nichts davon mehr rot war und ich mit dem Ergebnis leben konnte: *Es tut mir leid. Es geht jetzt nicht. Ich melde mich später.*

»Zufrieden?«, brüllte ich.

Keine Antwort, weder von Computer noch von Fred noch von irgendeinem anderen Operator, wer auch immer für die Zerstörung dieses Teenagerflirts zuständig war.

Das traf mich schwer. Diese Einschränkungen ... Ich war kurz vor meinem persönlichen Nirwana abgewürgt worden. Als hätte man mir das Bonbon aus dem Mund gezerrt, kurz vor dem Finale den Film ausgemacht, nach Abgabe des entscheidenden Schusses die Mission abgebrochen. Es war einfach ein What-the-Fuck-Moment der Sonderklasse. Es gab so viele Aspekte, über die ich mich aufregte, dass ich überhaupt nicht mehr runterkam. Computer wies mich glücklicherweise weder auf meine Werte hin noch darauf, wie kontraproduktiv das für die Rekonvaleszenz war, geschweige denn für meine Bewertung als zukünftiger Superpilot und Superheld und was weiß ich, noch erinnerte er mich daran, dass er mich gewarnt hatte. Ja. Ja. Ja! Jeden Moment stand der Familienabend an und ich hatte mich in genau das Pubertätsmonster verwandelt, vor dem in allen Comedys gewarnt wurde, das meine Eltern noch nie gesehen hatten und das ich selber nur aus Videos kannte.

So konnte ich nicht runtergehen. Ich ließ Computer eine Entschuldigung übermitteln und verkroch mich im Bett. Dann kletterte ich wieder in meinen Sessel und starrte den leeren Schirm an. Kurz spielte ich mit dem Helm rum, aber Computer feuerte so viele Argumente ab, die dagegensprachen, dass ich ihn wieder weglegte. Mich ins Bett legte. Heulte. Wieder aufstand und pinkeln ging.

Das wäre eine Frage, die sich die KI stellen müsste: Wie kriege ich die Menschheit dazu, mit mir zusammenzuarbeiten?, schrieb ich ihr.

Ich verzichtete auf jegliche Einleitung oder Erklärung. Diverse Versuche mit Computer hatten ergeben, dass ich mit diesem polterigen Wiedereinstieg in die schriftliche Konversation am besten fuhr. – Auch unter Berücksichtigung der Rückschlüsse, die sie daraus ziehen würde.

In dieser Hinsicht war ich unsicher: War meine Interaktion mit Computer tatsächlich privat und wurde nicht überwacht? Oder würde man mir das durchgehen lassen, damit ich das glaubte?

Es dauerte eine Weile – angemessen, wie ich und Computer befanden – bis ihre Antwort eintraf. Ebenfalls ohne auf das Vorangegangene einzugehen, woraus ich ableitete, dass sie den Wink verstanden hatte. Computer bestätigte mir das unnötigerweise, aber wenn wir abgehört wurden, hätte die Assistenzsoftware des Abhörenden das ohnehin festgestellt. Sie schrieb: *Indem sie gebraucht wird.* Mehr nicht. War sie sauer? Unsicher? Ratlos? Meine Augen wurden wieder feucht.

Was könnte die Menschen dazu bringen, sich auf eine Kooperation mit einer KI einzulassen, die sie vernichten könnte? Ich verzichtete auf eine Wartezeit. Es ging doch einzig darum, nicht gefiltert zu werden. In dieser Form konnte ich es vorhersehen, das ersparte uns die ganzen Irritationen. Und außerdem brachte die Bedrängnis seitens der Akademie genau die Intimität ins Spiel, um die es mir ging. Unter diesen Umständen war es nämlich überhaupt keine harmlose Plauderei mehr. Oder? Ich wollte Computer nicht fragen, um den Operator nicht mit der Nase drauf zu stoßen. Aber müsste der das nicht ohnehin wissen? Der hatte schließlich auch einen Assistenten. Ich war doch nicht schlauer als die Analysesoftware. Oder doch?

Der Angriff einer übermächtigen Alienrasse! Sie hatte die Steilvorlage widerspruchslos angenommen. *Das käme genau richtig. Super Zufall!*

Zufall?, fragte ich und starrte die Buchstaben an. Sie blieben weiß.

Zugegeben, es wäre ein fantastischer Plan, die Menschen Glauben zu machen, sie würden von Aliens angegriffen, damit sich eine Möglichkeit für die KI ergibt, sich als unentbehrlicher Retter zu präsentieren. Nach der Rettung der Menschheit vor den Außerirdischen wäre die Angst vor der KI auch weg, man wäre irgendwie verbrüdert oder so. Und ich würde sogar sagen, ein, zwei Ufos wären drin. Sogar 256 Drohnen hätte die KI in ihrem geheimen Kellerlabor bauen und als Ufos losschicken können. Aber 65.536? Wie irrational wäre das denn?

Oh sie war so gut. Als würde ich mit mir selbst sprechen. War das die viel zitierte Seelenverwandtschaft? *Ganz genau! Niemand würde auch nur auf die Idee kommen, dass das ein Fake sei!*, stellte ich fest.

Niemand hätte damals heimlich über sechzigtausend mit Alientechnologie vollgestopfte Drohnen bauen können. Die KI hätte sich damit selber ins Knie geschossen, weil die freie Welt sich danach ja in eine unfreie verwandelt hat. Das hätte sie vorhersehen können.

Und wenn sie das beabsichtigt hat? Weil eine unfreie Welt leichter zu manipulieren ist?

Belle antwortete nicht.

Nach einer Minute sagte ich: »Analyse.«

»Die Wahrscheinlichkeit, dass sie von der Anstrengung dieser Unterhaltung erschöpft ist, liegt aufgrund der besonderen Umstände bei achtzig Prozent. Die Wahrscheinlichkeit, dass sie gerade gestört wird, liegt bei sechsundsechzig Prozent. Die ...«

»Schon gut. Weiter im Text: Das mit den Aliens kann Zufall sein, aber was könnte die KI daraus machen? Sie könnte doch versuchen, der Menschheit beizustehen, und sich damit zum Helden machen. Dann wären ihre Probleme gelöst und Mensch und Maschine lebten glücklich bis zum Ende aller Tage.« Einen Moment rechnete ich damit, dass Computer darauf einging, aber er schickte den Text ohne weitere Änderungen ab.

Würde eine KI, die ein gewisses Niveau erreicht, eigentlich das Universum und den ganzen Rest einfach mal durchrechnen? Was ist denn, wenn sie damit fertig ist? Licht aus? Sie würde sich also praktisch wegrechnen?

Da sie für ihre Antwort so lange gebraucht hatte, nahm ich mir die Zeit, gründlich darüber nachzudenken, was sie mir damit sagen wollte. War da eine versteckte Botschaft oder Anspielung enthalten? Computer konnte ich nicht fragen und dachte notgedrungen selber darüber nach, wie eine Nachricht, die von den Assistenzsystemen nicht erkannt werden sollte, aussehen würde, aber ich fand nichts. Entweder war ich zu doof oder ... das Fehlen der Nachricht war die Nachricht!

Oder ich war paranoid.

Wenn, dann würde die KI vorher darüber stolpern und sich selbst beschränken, siehe: Eine KI stellt ihre Existenzsicherung über alles andere, antwortete ich lahm.

Ich verbrachte die nächsten Stunden mit Clips, die mir Computer zusammenstellte, warf auch mal einen Blick in die aktuellen Feeds, aber die boten das gewohnt geschönte Nachrichtenbild. Auf Foren-News hatte ich grade keinen Nerv. Das Fliegen fehlte mir.

Auf dem Bett liegend wartete ich, dass die Zeit verging, eierte zwischen Wachen und Schlafen herum. Computer schlug mir vor, doch noch runterzugehen und den Abend mit meiner Familie zu verbringen. Ich wollte nicht, aber er deutete an, dass es angebracht sei. Ich verlor die Geduld und schrie: »Was wird innerhalb der nächsten vierundzwanzig Stunden geschehen?«

»Du wirst morgen früh um sechs Uhr abgeholt und in die Akademie gebracht. Die nächsten vier Wochen unterliegst du einer vollständigen Kontaktsperre, weitere zwei Monate herrscht Ausgangssperre.«

Ich heulte, wischte mir mit dem Ärmel übers Gesicht und zog einen der frischgewaschenen Fliegeroveralls an, die Dad mir immer hinlegte. Ich würde diesen Abend mit meiner Familie verbringen und dafür sorgen, dass sie mich in guter Erinnerung behielten. Und guten Mutes waren. Danach würde ich noch mal versuchen, Belle zu kontaktieren. Irgendwie. Ihre Stimme hören. Ein Foto von ihr bekommen. Von ihr träumen und dabei masturbieren, ohne dass es ein ganzer Schlafsaal mitbekam.

Was wollen die denn? Was? Komm mir nicht mit Hyperraumumgehungsstraße oder so einem Scheiß. Wenn wir eine strategische Bedrohung oder im Weg wären, würden sie einfach den Planeten vernichten. Natürlich könnten sie das. Wir könnten das. Wenn wir unseren Planeten vernichten können, dann können die das auch. Dafür brauchen die keine Milliarden Drohnen. Quatsch! Die wollen die Erde nicht vernichten, die wollen sie haben! Oder uns. Oder irgendwas anderes. Was weiß ich. Vielleicht haben die ein paar Milliarden Analsonden übrig, die sachgerecht gelagert werden müssen oder so. Keine Ahnung. Aber da ist was im Busch. Vier Milliarden Drohnen! Habt ihr mal drüber nachgedacht, wie irre das ist?

Ich erwachte und sah mich verschreckt um. Draußen leuchtete der Vollmond und verlieh allem einen unwirklichen Touch. Was war real? Dauerte der Drogentrip des Armbandes noch an? Hatte ich die Rekonvaleszenz nur geträumt? – Oder würde mich die Akademie morgen holen kommen?

Dann schlief ich wieder ein. Im Hintergrund hörte ich Musik, die die Soundtracks längst vergangener Filme bildete, die eine Wirklichkeit beschrieben, von der ich träumen, die aber unmöglich wahr sein konnte. Tiger huschten durch saftig-grünes Blattwerk, ließen Muskelspiele unter straff gespannter Haut erkennen, jagten ebenso elegante Beutetiere, die keine Sekunde daran dachten aufzugeben, sondern ihr Bestes gaben, so wie der Tiger und alles andere. Die Erde war eine ewige Arena, in der die Besten der Besten, die die Evolution ausgesiebt hatte, herauszufinden versuchten, wer am Ende übrig bleiben würde. – Und jetzt wollten ein paar Aliens wissen, wo sie standen.

Ich dachte an die berühmten Büffeljagden aus der Zeit, als es noch Büffel in Amerika gab. Sie hatten aus der fahrenden Eisenbahn auf alles geschossen, was sich bewegte und ihren Spaß. Am Ende gab es keine Büffel mehr.

Mittwoch, 29. Oktober 2053, 6:58 Uhr
Noch 331 Tage, 4 Stunden, 34 Minuten

Ich wurde nicht abgeholt. Als ich wieder zur gewohnten Zeit zwei Minuten vor sieben erwachte, begrüßte mich Computer mit dem Hinweis, dass meine Werte inzwischen so gut seien, dass ich das Sporttraining wieder aufnehmen könnte. Mein Gehirn sollte ich hingegen noch eine Weile schonen, daher kein Flugtraining, kein Unterricht.

Während des Pinkelns ließ ich mich auf ein kleines Geplänkel ein, wie viel anstrengender das Training mit jedem Tag würde, an dem ich nicht trainierte. Er überzeugte mich schließlich davon, dass es klüger sei, so früh wie möglich wieder anzufangen.

Während ich nach dem Aufwärmen damit begann, mich vom Nacken aus systematisch nach unten durchzuarbeiten, unterhielt er mich mit kleinen Witzchen, die er in die Anweisungen einbaute. Manchmal ließ er die animierte Figur, die er weiterhin statt eines Avatars bei den Sportübungen benutzte, alberne Faxen machen. Ich kam mir vor wie ein Kleinkind in einem Beschäftigungsprogramm, konnte mich aber nicht dazu durchringen, das abzuschalten. Gerade beim Sport war mir Ablenkung wichtig.

Verwundert stellte ich fest, dass er keinerlei Korrekturanmerkungen zur Ausführung der Übungen hatte. Auf Nachfrage bestätigte er mir, dass ich sämtliche Übungen vollständig verinnerlicht hätte. Seine animierte Anleitung diente lediglich der Unterhaltung.

»Dann hör damit auf«, befahl ich.

Ich machte weiter und bemerkte, dass ich intuitiv wusste, wann die Übung vorbei war und welche als nächste kam, welches Ziel sie hatte, welche Intensität nötig war, um dieses Ziel zu erreichen, und welche kurz- und langfristigen Auswirkungen damit verbunden waren.

Ich wollte duschen, aber Computer informierte mich, dass das Haussystem derzeit gesperrt sei. Der Wasserfüllstand wäre zu niedrig und das Auffüllen würde sich verzögern. Es hatte so lange keine Wasserrationierung mehr gegeben, dass ich sie schon fast vergessen hatte. Computer meinte, das wäre nicht vorauszusehen gewesen und auch nicht vorangekündigt. Es lag daran, dass zu viel Wasser aus dem geschlossenen System der Region entnommen worden war, das nicht schnell genug aufgefüllt werden konnte. Eine Sache von Stunden eigentlich, trotzdem lästig. Und nicht nachvollziehbar: Laut Computer hatte es kein Extremereignis gegeben, auf die das Problem zurückgeführt werden könnte. Es gäbe keine offiziellen Statements, aber die Wahrscheinlichkeit, dass es an einer Reduzierung der Versorgungsdichte in unserer Region liegen könnte, läge bei 68,5 Prozent. Das waren dann wohl die Vorboten der anstehenden Abschaltung.

»Wie sieht die weitere Planung aus?«, fragte ich.

»Die Akademie hat aufgrund deiner Werte den Aufnahmetermin bekannt gegeben. Du wirst heute um zweiundzwanzig Uhr abgeholt und zu deiner Einheit gebracht. Bitte beachte, dass du dich im Inneren des Hauses von deiner Familie verabschiedest, nicht vor der Tür. Der Termin um zweiundzwanzig Uhr ist verbindlich. Du musst dann mit deinem Gepäck vor der Tür stehen.«

»Gepäck?« Daran hatte ich noch gar nicht gedacht.

»Du hast die Möglichkeit, eine kleine Tasche mit persönlichen Gegenständen mitzunehmen, zum Beispiel deine Pflegeprodukte, Zahnbürste, Bücher, Kuscheltiere, Fotos ...«

Was sollte der Mist? Abgesehen von der Zahnbürste hatte ich nichts von dem Kram, den er aufzählte. »Was ist mit Kleidung?«

»Wird gestellt. Ebenso die gesamte technische Ausstattung und was du sonst brauchst. Auch deine Ernährung wird beibehalten, da sie perfekt eingestellt ist.«

Also war das mit dem Gepäck, das man mitbringen durfte, nur ein Psychospielchen. Das ging ja gut los.

Plötzlich war ich mir nicht mehr sicher, ob ich das mit der Ausgangssperre nur geträumt hatte. – Hatte ich, wie mir Computer auf Nachfrage betätigte. Es gab dennoch eine.

»Wann kommen Mom und Dad?«

»Sie werden um sechzehn Uhr eintreffen, sodass ihr genügend Zeit habt.«

Ich zitterte auf einmal. Hätte ich es doch nur schon früher erwähnt.

Dann informierte Computer mich, dass die Dusche wieder freigegeben war.

Als ich aus dem Bad kam, sah ich Opa in der Küche hantieren. Er nickte mir zu.

»Guten Morgen«, sagte ich und blieb unschlüssig in der Tür stehen.

»Ist was?«

Ich drückte mich in der Tür herum.

»Herrje, so schlimm?«

Ich nickte.

»Setz dich und erzähl's mir«, meinte er und zog sich einen Stuhl zurecht.

Ich blieb stehen. »Ich werde heute Abend abgeholt. – Von der Akademie«, sagte ich hastig, als er die Augen aufriss.

»Oh«, machte er nur. »Das.«

»Ich wollte es euch schon viel früher sagen ...«

»Kein Problem. Deine Eltern wissen Bescheid. Sie mussten dir doch damals die Teilnahme am Anwärterprogramm erlauben.«

»Ja ... und?«

»Hast du die Werbung vergessen, die damals überall lief? *Ermöglichen Sie Ihrem Kind die Aufnahme in die Akademie! Beste Ausbildung in optimaler Umgebung*«, äffte er die Sprecher nach.

Natürlich erinnerte ich mich. Und auch an den zweiten Teil: *Die Familien von akkreditierten Piloten erhalten automatisch Zugang zu modernsten Quartieren und gesellschaftsrelevanten Tätigkeiten im administrativen Bereich.* – Eine Umschreibung für ein Leben in unterirdischen Wohnkomplexen mit Verwaltungstätigkeit statt Fabrikarbeit. Weit weg vom *Eis*.

»Sie wussten es also? Dass ich eines Tages gehen würde?«

Er hob die Schultern. »Kinder verlassen ihre Eltern irgendwann, so war das jedenfalls früher. Eigentlich ist das der Normalfall. Dass die Umstände sich geändert haben … Nun ja, das ist neu. Ein Schock ist es für deine Eltern aber nicht, vielmehr beruhigend. Sie wissen, dass du gut versorgt bist.«

»Und ihr auch.«

»He, ja, natürlich. Und ich versichere dir, dass ich verdammt froh darum bin. Aber das war nicht der Grund, hörst du? Es wäre auch okay gewesen, wenn du es nicht geschafft hättest.«

Opa war ungewöhnlich gut drauf.

»Okay, ich komm dann nachher runter.«

»Soll ich dir packen helfen?«

»Nicht nötig.« Ich stand auf. »Aber danke.«

Während ich hochging, fragte ich mich, wie Opa beim nächsten Starkregen oder Sandsturm alleine zurechtkommen würde. Sicher, er hatte einen Assistenten, aber niemanden mehr, der ihm dabei half, ihn zu benutzen. »Computer, stelle sicher, dass Opa in Notfällen von seinem Assistenten unterstützt wird.«

Statt der üblichen Belehrung, dass das gegen dieses oder jenes Gesetz wie Selbstbestimmung, Persönlichkeitsrecht oder so verstoßen würde, sagte Computer nur: »Wird erledigt.«

Kurz fragte ich mich noch, was bei einem Klasse-6-Ereignis wäre, zum Beispiel einem globalen Sturm. Dann wären nicht mal Ressourcen übrig, um Hilfe zu schicken, selbst wenn der Assistent welche anforderte. Andererseits könnte ich dann auch nicht helfen. Ich war doch noch ein Kind. Ein globaler Sturm, sagte man, würde den Sechstkontakt womöglich hinfällig machen.

Ich nahm den Helm vom Bett und warf mich in meinen Sessel. Mom und Dad waren schon längst von dem Bus abgeholt worden, der die Arbeiter einsammelte, wenn die Fähre wegen Sturm nicht fuhr. Er brachte sie zu den Produktionsanlagen im Hamburger Hinterland, das von der angestiegenen Elbe umgeben war.

»Bekommt Opa irgendwelche neuen Medikamente?«

»Seit du mich beauftragt hast, ihm zu assistieren, habe ich seine bestehenden Routinen überprüft. Er hat die letzten Onlineuntersuchungstermine nicht wahrgenommen. Das wurde nun nachgeholt, seine Medikation angepasst. Er ist jetzt gut eingestellt.«

Das hatte ich gemerkt.

Ich wollte Belle anrufen, aber war ich schon fit genug dafür? Der schriftliche Austausch hatte sich gut entwickelt, aber das konnte ich komplett ruinieren, wenn ich Unsinn redete. Das war mir zu riskant. Lieber noch warten. Aber ich wollte ... sie sehen. Ein Foto hätte mir genügt. Es musste nicht mal echt sein.

Mir fiel mein wirrer Traum wieder ein. »Was ist mit der Kontaktsperre?«

»Vier Wochen«, sagte Computer nur.

Fuck! »Wird es eine Ausgangssperre geben?«

»Die Akademie ist ein autarkes Quartier. Es gibt keinen Grund, sie zu verlassen.«

»Und wenn ich meine Eltern besuchen will?«

»Das ist nicht vorgesehen.«

Na also, wusste ich es doch.

Mir missfielen die knappen Antworten. Mir war klar, dass Computer dazu nichts im Netz fand, sondern ausschließlich in der Datenbank, die ihm Fred oder wer auch immer für meine Fragen eingerichtet hatte. Die paar Informationsbrocken hätten sie mir aber auch mailen können.

»Hast du weiterführende Informationen darüber, was mich erwartet?«

»Ja, aber sie sind erst freigegeben, wenn du unterwegs bist.«

Verdammt. Verdammt. Verdammt.

»Hejo.«

Ich erschrak. Das war mir schon lange nicht mehr passiert. »He ...« Ich gab mir einen Ruck: »Super! Wie gehts?« Mehr fiel mir nicht ein.

»Hast du schon deinen neuen Ranglistenplatz gesehen?«

Hatte ich nicht. Computer hielt mich vom Training ab, daher hatte ich seit einer Woche nicht mehr reingeschaut. Unaufgefordert legte er mir die Rangliste auf den Schirm: *1.884.305 – TheMarvellousRocketMan – Kadett.* Ich war vom Ranglistenplatz her bereits in den finalen zwei Millionen. – Noch vor Abschluss der Akademie!

»Ist das gitt?«, rief Belle. Nicht *Wie hast du das gemacht?* oder *Wie kann das denn sein?*, sondern nur: *Ist das gitt?*

Es war gitt. Supermoomoooobergitt! Und damit war auch das bislang gut gehütete Geheimnis gelüftet, dass die Dienstgrade nichts mit der Punktzahl oder dem Rang zu tun hatten. Es gab Piloten und Seniorpiloten, die unter mir standen, einem Kadetten.

»Du bist jetzt ein Roter«, stellte sie fest. Ihre Stimme klang wie Moms, wenn sie mich ins Bett gebracht hatte. Früher.

»Ja. Ich werde …« Das wurde wieder gefiltert. Fuck! Wie sollte ich es ihr sagen? »Ich werde« – rot unterlegt – »eine Weile« – immer noch rot – »keine Zeit haben, mich zu melden.« Es wurde weiß und übertragen.

»Dachte ich mir schon. Wann?«

Ich versuchte es gar nicht erst.

»Schon okay«, meinte sie nach einem Moment. »Wir können weiterreden, wenn ich dich eingeholt habe.« Sie kicherte, aber mir war nicht nach Lachen zumute. Ob Fred wirklich versuchen würde, sie irgendwie vorzuziehen? Hatte er die Macht? Oder wurde sie womöglich nicht als hilfreich, sondern als Ablenkung eingestuft?

»Bekomme ich ein Bild von dir?« Alles rot. Was sollte das?

Das Audiofenster wurde kurz zum Videofenster und für einen winzigen Moment sah ich ein Gesicht, das mich mit großen Augen anlächelte. Volle Lippen. Grübchen. Dann war es wieder weg.

Das Gespräch mit Belle war beendet und ließ sich auch nicht wieder reaktivieren. Computer hatte keinerlei Informationen zu dem Bild, dass so kurz aufgeblitzt war, dass ich mir nicht mal sicher sein konnte, ob ich das wirklich gesehen hatte. Wenn da irgendein Operator versuchte, mich um den Verstand zu bringen, war er oder sie auf dem besten Weg.

Dass Computer keinen Screenshot oder dergleichen machen konnte, machte mich echt fertig. Das war technisch gesehen unmöglich. Die hatten ihn geblockt oder so. Er behauptete, von dem Bild überhaupt nichts zu wissen. Hatte ich es mir doch eingebildet? Egal, ich hatte ein Bild und es war traumhaft.

Den Nachmittag hatte ich abwechselnd mit weiteren Versuchen verbracht, Belle noch mal zu erreichen, und dem Erstellen eines Phantombildes aus meiner Erinnerung. Computer war auch als Bild-Generator zu gebrauchen und konnte anhand von Beschreibungen Gesichter rendern. Leider konnte ich von diesem kurzen Eindruck auf meiner Netzhaut nur ungenaue Angaben ableiten, aber wir waren der Sache durchaus nähergekommen.

Ab und an fielen mir Dinge aus den letzten Wochen auf eine Weise ein, die mir einen Vorgeschmack darauf gab, wie sich das dabei Erlernte später anfühlen würde: falsch. Die Erinnerungen waren da, nicht aber die Erinnerung daran, woher sie stammte. Diese Erinnerung kam erst danach hinzu. Es war also ein permanentes *Woher-weiß-ich-das-denn?-Gefühl*, das ziemlich nervte. Ebenso war es mit Wissen, das ich hatte, zum Beispiel über die Abnahme der Funksignalstärke in Relation zum Abstand zwischen Leitstand und Drohne. Ich wusste genau, ab welcher Entfernung von der Erde der Ping für eine sinnvolle Fernsteuerung zu niedrig werden würde, aber erst ein paar Sekunden später erinnerte ich mich an das Reitman-Seminar, in dem ich davon gehört hatte. Dann fiel mir ein, dass ich dabei Wasser aus der Flasche trinkend auf dem Klo gesessen hatte. Das fühlte sich einfach mies an.

Dann kamen meine Eltern von der Arbeit und ich begann schweren Herzens mit dem Abschiednehmen. Ich hatte keine Ahnung, wie das ging, das war mein erstes Mal. Wir standen ein wenig betreten da, nahmen uns immer wieder in den Arm und versicherten uns gegenseitig, dass wir in Kontakt bleiben würden. Dad sagte andauernd Dinge wie *Wird schon* oder *Das schaffst du*, Mom hingegen schluckte sichtbar alle Plattitüden runter. Auch Opa sagte nicht viel.

Dann war es so weit, wir drückten uns ein allerletztes Mal und ich ging zur Haustür.

»Es ist zweiundzwanzig Uhr«, sagte Computer über die Buds, die ich ebenso mitnahm, wie das Smartphone. Mehr hatte ich nicht dabei. Sogar meine wasserdichte elektrische Zahnbürste blieb zu Hause, weil ich mir blöd vorkam bei dem Gedanken, mit nichts als einer pinkfarbenen *Babybrush-3000* in der Akademie einzutreffen.

»Es ist zweiundzwanzig Uhr«, verkündete Computer nun über sämtliche Lautsprecher im Erdgeschoss. »Du musst jetzt vor die Tür treten.«

Ich spürte eine knochige Hand im Rücken, die mich auf die Tür zuschob. Opa griff an mir vorbei und öffnete sie. Draußen stand eine *Toyota SX 300* auf ihren ausgefahrenen Landebeinen. Aus der Passagierkabine war eine Rampe herausgeklappt, auf die ich nun zutappte. Als ich mich umdrehte, war Opa verschwunden, die Tür geschlossen.

»Geh weiter«, sagte Computer.

Teil II

Kapitel 5

Ich hatte praktisch noch nie unser Haus verlassen, jedenfalls nicht weiter als bis in den Vorgarten, war noch nie anderen Menschen real begegnet, hatte noch nie etwas anderes analog gesehen. Der Drohnenflug war daher das bis dato aufregendste Ereignis meines Lebens, einschließlich der Sache mit meinem neuen Ranglistenplatz. Dafür war es unfassbar unspektakulär: Der Innenraum war mit zwei gegenüberliegenden Hartschaumsitzschalen ausgestattet, hatte rundum Sichtfenster, einen Monitor sowie Netzzugang. Ich musste mich hinstellen, um aus dem Fenster etwas anderes als die Schwärze der Nacht zu sehen, aber auch das war enttäuschend: Es gab ab und an ein paar Lichter am Boden, mehr nicht. Es wurde kein Strom für die nächtliche Beleuchtung einer Welt verschwendet, aus der das Leben sich zurückgezogen hatte.

Nach einer Weile hatte ich es aufgegeben und mich in den Sitz plumpsen lassen, was die Drohne zu meinem großen Schrecken etwas wackeln ließ. Den Rest des Fluges saß ich stocksteif da und starrte auf den Monitor, auf dem ich Clips laufen ließ. Alle Informationen über die Gegend, die wir gerade überflogen, wie es tagsüber dort unten aussah oder wie lange es noch dauerte, konnte ich über Computer abrufen, aber nach einer Weile langweilte es mich, da es keinen Unterschied zu einem Flugsimulator gab, bei dem man all das auch erfuhr, einschließlich der Außenbildkamerainformationen auf dem Monitor.

Als die Drohne kurz darauf landete, informierte Computer mich darüber, dass zunächst eine medizinische Untersuchung durch die lokale Gesundheitsbehörde anstand.

Ich erschrak. Was würden die mit mir machen? »Aber ich habe doch alle Onlineuntersuchungen bestanden.«

»Es handelt sich um eine formelle Bestätigung, um sicherzustellen, dass die online ermittelten Daten auch stimmen.«

»Warum hast du mich nicht gewarnt?«, jammerte ich.

»Ich habe es soeben erst erfahren.«

Die Luke ging auf und jemand in einem Ganzkörperschutzanzug kam herein. Ich drückte mich entsetzt in die hinterste Ecke der Kabine.

»Keine Angst. Mein Name ist Doktor Schulz. Ich nehme jetzt ein paar harmlose Untersuchungen vor, um Ihre Tauglichkeit zu bestätigen.«

Ich starrte ihn weiter regungslos an.

Er zeigte mir ein Allzweckuntersuchungsgerät, das ich aus dem Unterricht kannte. Damit wurden Temperatur, Blutdruck und so gemessen. Wozu? Die Werte wurden doch permanent vom Armband ermittelt.

Stocksteif ließ ich die Prozedur über mich ergehen. So nah war mir noch nie ein Fremder gekommen.

»Entspann dich«, säuselte Computer beruhigend in mein Ohr, »der Mann ist freundlich, seine Körperwerte zeigen, dass er nicht aggressiv ist. Die erforderlichen Untersuchungen sind alle nicht invasiv.«

Das war mir im Moment egal. Er sollte einfach wieder verschwinden.

Nachdem Doktor Schulz die Körperwerte hatte, trat er zurück bis an die Luke. »Stehen Sie bitte auf und machen Sie Kniebeugen.«

Sollte das ein Scherz sein?

»Bitte folge der Anweisung«, sagte Computer in mein Ohr. »Ganz normale Kniebeugen mit ausgestreckten Armen. Achte darauf, dass du die Knie nicht über die Fußspitze bringst.«

»Jaja«, maulte ich und sah, wie der Doktor zuckte. Er fühlte sich wohl angesprochen, sagte aber nichts.

»Und jetzt noch ein paar Liegestütz«, verlangte er, als ich fertig war. Das war wohl die Rache für das *Jaja*.

Inzwischen war die Angst von Wut verdrängt worden. Was für ein Theater!

»Können Sie noch?«, fragte er nach den ersten zehn.

Natürlich konnte ich noch, aber sollte ich das zugeben? Er würde gleich noch mal meine Vitaldaten messen, ich sagte also besser die Wahrheit: »Ja«, stieß ich hervor.

»Ausgezeichnet. Stehen Sie bitte wieder auf.« Er kam zu mir und hielt wieder das Untersuchungsgerät vor sich. »Sie sind gesund, keine virale Erkrankung, und sind in guter körperlicher Verfassung. Freigabe erteilt«, stellte er schließlich fest, hob kurz die Hand zum Gruß und war endlich wieder verschwunden.

Nachdem die Luke sich geschlossen hatte, stieß ich stöhnend die Luft aus und ließ mich erschöpft auf den Sitz fallen. Computer redete weiter beruhigend auf mich ein, aber ich wollte jetzt erst mal meine Ruhe und trotz der Dunkelheit aus dem Fenster sehen. Vielleicht riss ja die Wolkendecke auf.

Als die Drohne das nächste Mal landete, musste ich sitzen bleiben, von daher bekam ich auch dabei nicht viel zu sehen, außer ein paar Dingen aus Stahl oder Beton, die Säulen oder Türme sein konnten.

Nach der Landung erschien das Bild eines jungen Mannes auf dem Schirm: rothaarig, Sommersprossen, Helmfrisur, blass, schmal. »Willkommen in Akademiebasis hundertvierundzwanzig, Johannis. Ich bin Peter, dein Tutor. Ich werde dich in dein Quartier bringen.« Sein Englisch klang ziemlich breit. Ich tippte auf Schottland.

Ich nickte, dann wackelte ich etwas unsicher mit dem Kopf und sagte schließlich: »Äh ... Ja, hallo. Danke. Wie gehts?«

Ich wollte aufstehen, aber Peter hob die Hand. »Einen Moment noch. In deiner Akte steht, dass dies dein erster außerfamiliärer Außenkontakt ist.«

Da hatte er verdammt recht. Ich nickte unbeholfen. Auf einmal spürte ich meinen Herzschlag am Hals, der enger zu werden schien, und bekam einen Schweißausbruch.

»Nur die Ruhe. Hier draußen bin nur ich. Ich werde die Drohne jetzt öffnen und du kommst langsam raus.«

Mit einem leisen Sirren entfaltete sich die Rampe.

Draußen sah ich im Licht eines hellen LED-Spots Peter. Er war etwas größer als ich und trug ebenfalls einen Fliegeroverall, allerdings sah seiner irgendwie solider aus. Fester.

Zitternd stemmte ich mich aus dem Sitz und torkelte zur Tür.

Als ich die Rampe runterstolperte, trat Peter nicht etwa vor, um mich aufzufangen, sondern einen Schritt zurück. »Kein Gepäck?«, fragte er, während ich auf meine Knie gestützt nach Luft japste.

Ich hörte zum ersten Mal eine menschliche Stimme real, die nicht Opa, Mom oder Dad gehörte. – Abgesehen von dem leichten Hall, der an den uns umgebenden Betonwänden lag, erkannte ich keinen Unterschied. Ich hatte wohl richtig gute Lautsprecher zu Hause.

Nach ein paar Minuten beruhigte sich mein Herz wieder.

»Gehts?«

Ich nickte nur. So schlimm war es eigentlich gar nicht. Das würde ich gleich in den Griff bekommen. Gleich. Nur noch einen Moment ...

»Das ist völlig normal«, erklärte Peter, um das peinliche Schweigen zu brechen, das die Sache tatsächlich nicht besser machte. »Deshalb werden die Kadetten von der Oberfläche nachts eingeflogen. Tagsüber wäre es etwas schwierig, ein unbeobachtetes Plätzchen zu finden. Mach dir keine Gedanken, niemand sieht uns. Als ich hier ankam, habe ich sogar gekotzt. Du hältst dich viel besser.«

Na immerhin. Ich richtete mich stöhnend auf. »Geht schon«, sagte ich endlich. Nach einer Weile hielt ich ihm ungeschickt die Hand hin. Sie zitterte.

»Damit warten wir lieber noch etwas«, meine er. »Komm.«

Ich folgte Peter zu einer Öffnung in der Betonwand und durch den dahinterliegenden Gang.

»Der Innenhof ist praktisch das Landefeld. Die Akademie liegt darunter. Ein Bunker. Die Aliens sollen uns ja nicht einfach abknallen können.« Er sah mich grinsend an. »Diese Ausbildungsbasis ist eine der kleinsten. Hier sind nur zweitausend Kadetten stationiert. Wir verfügen über zehn Hangars mit Ausbildungsdrohnen. Im Gegensatz zu den meisten anderen Basen wird hier nur im Zweischichtsystem geflogen, vormittags und nachmittags, nachts nicht. Es geht hier also etwas gemütlicher zu als in den großen Akademien, wo bis zu fünftausend Kadetten rund um die Uhr die Drohnen brennen lassen.«

»Damit meint er die Temperaturentwicklung der Plasmatriebwerke«, belehrte mich Computer unnötigerweise über die Buds.

Wir kamen in eine riesige Halle, die knapp unter der Decke Fenster hatte, im Moment aber von Strahlern erhellt wurde, die an den Wänden herableuchteten. Es war der größte Raum, den ich je gesehen hatte. Diese Größe wurde von Bildschirmen nicht annähernd realistisch vermittelt und mit dem Helm hatte ich einen solchen Ort noch nicht besucht.

Ich nahm mir vor anzuregen, künftige Kadetten mithilfe des Helms auf die Außenwelt vorzubereiten, während ich in Embryonalhaltung mit dem Gesicht in meiner Kotze lag.

In Sekundenschnelle war ein Reinigungsroboter zur Stelle, der sogar mein Gesicht abwischte. Er hatte dank meiner Ernährungsweise nicht allzu viel zu tun: Mein Erbrochenes bestand eigentlich nur aus Wasser mit Nährstoffkonzentrat und Magensäure.

»Respekt«, meinte Peter ungerührt. »Mir ist das schon auf dem Rollfeld passiert. Da gibt es keine Reinigungsbots. Na komm, das Schlimmste hast du geschafft.« Diesmal streckte er mir die Hand entgegen.

Ich ergriff sie und ließ mich hochziehen. »Bist du … auch von der Oberfläche?«

»Ja. Irland. Es wird schnell besser, keine Sorge. Die meisten haben keine echten Phobien, es ist einfach nur ungewohnt. Die Symptome legen sich in der Regel innerhalb der ersten paar Stunden.«

Ich hoffte, das traf auch auf mich zu. Ich hatte keine Lust, diese peinliche Vorstellung noch allzu oft zu wiederholen.

»Möchtest du fahren oder laufen?«

Da ich keinen Lauftrainer zu Hause hatte, zählte Gehen zu meinen Schwächen. Andererseits war mein Bedarf an neuen Eindrücken für heute gedeckt. Am selben Tag den ersten Drohnenflug und die erste Fahrt schien mir etwas viel zu sein, aber meine Beine fühlten sich wacklig an. »Fahren«, seufzte ich.

Peter ließ einen Zweisitzer kommen. »Mach einfach die Augen zu«, sagte er.

Mein Quartier war ein zweieinhalb mal dreieinhalb Meter großer Raum, der äußerst trickreich ausgestattet war. Alles konnte ein-, aus- und umgeklappt, unter die Decke gefaltet oder in den Boden versenkt werden. Unter anderem gab es eine Duschecke mit Abfluss, in der sich eine Toilette ausklappen ließ, ebenso eine Urinbeutelreinigungsanlage und ein Waschbecken. Bett, Tisch und Stuhl waren an die Wand geklappt, die Trainingseinheit war komplett in die Wand integriert, der Monitor an einem ausziehbaren Schwenkarm befestigt, der Helm ruhte auf einem Wandhalter, der Sessel konnte aus dem Boden gezogen werden.

Es gab noch ein paar andere Features, die Peter mir aber nicht alle vorführte. »Dein Assistent hat vollen Zugriff«, meinte er nur.

»Bekomme ich einen Akademieassistenten?«

Peter lächelte nachsichtig. »Der Assistent läuft auf Akademiehardware, aber die Datenbank und Einstellungen, auf die er zugreift, sind deine. Es bleibt also weiterhin der Assistent, den du gewohnt bist.« Er sah sich mit einem wehmütigen Blick um. »Nach Ablauf deiner Karenzzeit wirst du in ein Mehrbettzimmer verlegt, wie alle anderen. Das Einzelzimmer ist nur, um den Übergang zu erleichtern.«

Er ging zur Tür, drehte sich noch einmal um und hielt die Hand zum militärischen Gruß an den Kopf, dann war ich allein.

Wie vom Donner gerührt stand ich da. *Mehrbettzimmer ...*

Computer schwieg und klappte das Bett für mich auf. »Möchtest du noch etwas essen? Es besteht die Möglichkeit, etwas aus der Kantine anzufordern, das du magst.«

Ich beruhigte mich langsam, rieb mir über die Augen und wischte mir die Nase am Ärmel ab. Ich dachte kurz darüber nach, hatte aber nicht genug Hunger, um heute noch eine weitere Begegnung in Kauf zu nehmen. »Nee, geht schon.«

Als ich mich auszog, dozierte er, dass ich mithilfe der Geräuschunterdrückungsfunktion meiner Buds nicht wach werden würde, wenn der Rest der Akademie aufstand. Ich hätte noch ein paar Tage zur Akklimatisierung.

Ich hasste es, mit Buds zu schlafen, und verzichtete. Ich war doch kein Baby mehr.

Ein durchdringender Signalton riss mich hoch, kaum dass ich eingeschlafen war. Ich saß senkrecht im Bett, mein Herz schlug wieder bis zum Hals. Computer drehte das Licht ein wenig hoch, sodass ich etwas sah und mir die Buds schnappen konnte.

Nachdem ich sie maulend eingesetzt hatte, wurde es schlagartig ruhig. »Fangen die hier jeden Morgen um fünf an?«

»Ja«, lautete Computers knappe Antwort.

Dann schlief ich auch schon ein.

Nach dem Aufwachen brauchte ich einen Moment, bis ich mich erinnerte, wo ich war.

»Guten Morgen. Es ist zehn Uhr. Du hast kurz, aber erholsam geschlafen. Ich empfehle dir, jetzt aufzustehen.«

Computer deaktivierte die Geräuschunterdrückung und die fremden Geräusche, die nun von draußen zu mir hereindrangen, bereiteten mir eine Gänsehaut. Mir wurde übel und ich fror, obwohl ich noch unter der Decke lag. Ich dachte daran, heiß zu duschen, aber ich fühlte mich nackt und schutzlos angesichts der vielen Menschen auf der anderen Seite der Tür. Das erschien mir eine sehr dünne Barriere zu sein.

Nach einer Weile entschied ich mich, dennoch zu duschen.

»Du solltest zunächst die Toilette benutzen«, erklärte Computer. »Sie wird für die Dusche weggeklappt.«

Ich spürte den Ballaststoffzug in meinen Eingeweiden heranrasen – es war lange nach sieben Uhr – und folgte seinem Rat.

Anschließend ließ ich Computer die Vorbereitungen zum Duschen treffen. Fasziniert sah ich zu, wie die Toilette zusammenklappte und fast vollständig im Boden verschwand, sodass die Dusche benutzbar wurde.

Unter dem Duschstrahl konnte ich die Geräusche draußen kaum noch hören und entspannte mich etwas. Dabei fiel mir auf, dass Peter gestern nicht gesagt hatte, wo ich jetzt eigentlich war.

»Wo sind wir hier?«, flüsterte ich.

»In Kaamanen, Finnland«, schmetterte Computer über verborgene Lautsprecher. »Das ist weit genug im Landesinneren, um vor Sturmfluten und Tsunamis geschützt zu sein, in einer unterirdischen Bunkeranlage, wo es nicht allzu heiß wird. Die Akademiebasis hundertvierundzwanzig wird kurz *Akademie eins zwo vier* genannt!«

Das hatten die Leute auf dem Flur garantiert gehört und wussten nun alle, dass ein Neuer da war. Ein Noob. Na toll.

»Gibt es einen Zeitunterschied?«

»Nein, es ist dieselbe Zeitzone.«

»Dann versuch, Belle zu erreichen.«

»Es wäre besser, damit noch zu warten.«

»Warum?« Ich trat aus der Dusche und griff nach dem Handtuch, das aus einer Öffnung in der Wand hing.

»Du bist noch irritiert, das könnte zu einem unattraktiven Gesprächsverlauf führen.«

War das jetzt eine nüchterne Analyse von Computer oder versuchte da ein Operator, mich zu beeinflussen? Dass ich mich zukünftig mit dieser Frage herumquälen musste, empfand ich als ziemliche Belastung. Mein Assistent war ein Teil von mir, ich kannte es praktisch nicht anders.

Es war nicht so, dass in meinem Kopf die Gedanken herumtanzten und hüpften und es eher Zufall war, welche sich durchsetzten, ob ich mich rechtzeitig und richtig an etwas erinnerte, an Termine oder dergleichen. Ich brauchte keinen Assistenten, um klarzukommen. In meinem Kopf herrschte einfach nur Ordnung, denn jegliche unnötige Belastung war an den Assistenten ausgelagert: Was ich wissen und woran ich mich erinnern musste, wurde mir abgenommen, sodass ich mich aufs Wesentliche konzentrieren konnte. Aus alten Filmen und Artikeln wusste ich, dass die Menschen Anfang des Jahrtausends besorgt waren, wohin es führen würde, dass man immer mehr Wissen auslagerte. Es begann damit, dass sie Navigationsassistenten nutzten und schon bald nicht mehr in der Lage waren, den Weg alleine zu finden. Darüber hinaus merkten sich die Menschen aber auch nichts mehr, weil sie es ja *googeln* konnten, wie man das damals nannte. Diese Sorge war mir natürlich fremd. Die Assistenten gehörten genauso zum Leben wie meine Leber oder meine Füße. Die Möglichkeit ihrer Abwesenheit existierte schlicht nicht, warum auch? Dementsprechend hatten wir gelernt, damit umzugehen. Computer war von jeher wie ein Teil meiner Erinnerung, es machte für mich keinen Unterschied, ob ich mich selbst an etwas erinnerte oder die Information von Computer genannt wurde. Er war dahin gehend wie eine Stimme in meinem Kopf, eine Erinnerung, mit der ich interagieren konnte. Eine Weile hatte ich damit experimentiert, die Informationen so knapp wie möglich liefern zu lassen, damit es sich mehr wie ich anfühlte, aber davon kam ich schnell wieder ab, da mir das Dialogformat viel mehr lag. Dass dieser Teil von mir jetzt möglicherweise von einem oder mehreren Operatoren kontrolliert wurde, war verstörend.

Ich beschloss, es erst mal dabei zu belassen und auf den Anruf zu verzichten. Ich hatte noch genug Stress vor mir. Belle erwartete wohl auch nicht, dass ich mich sofort meldete. Später hatte ich dann vielleicht auch etwas Interessanteres zu erzählen als meine Panikattacken.

Nachdem ich mich angezogen hatte – richtige Fliegeroveralls, die frisch gebügelt in einer Schublade aus der Wand gefahren kamen, mit Slips, Shirts, Strümpfen und Schuhen, die viel härter waren als die Hausslipper, die ich sonst immer getragen hatte – fragte Computer, ob ich zunächst die Akademie besser kennenlernen wollte. Als ich bejahte, wollte er wissen, ob mit Peter oder ihn.

Ich entschied mich für Peter. Ich musste dringend meine Sozialphobie loswerden, wenn ich hier klarkommen wollte. Computer beglückwünschte mich zu dieser Entscheidung. Peter ebenfalls, der keine fünf Minuten später vor meiner Tür stand. Da taten meine Füße von den neuen Schuhen bereits weh.

»Er erwartet, dass du ihn hereinbittest«, soufflierte Computer über die Buds. »Und zieh die Schuhe wieder an. Es ist inakzeptabel, hier barfuß zu gehen.«

»Und wie mache ich das?«, wollte ich wissen und ignorierte das mit den Schuhen erst mal.

»Indem du die Tür öffnest oder ihn direkt ansprichst.«

Wie sprach man denn Leute direkt an, wenn eine Tür dazwischen war? Ich frage das laut, als ich hinging, um zu öffnen.

»Sprich ihn einfach an, ich stelle automatisch die Verbindung her.«

Das klang überraschend einleuchtend. Warum sollte es auch einen Unterschied zu normalen Kontakten geben? Ob ich nun Mom anrief, wenn sie auf dem Weg zur Arbeit war, oder Peter, der vor meiner Tür stand. Aber da es nur zwei Schritte bis zur Tür waren, hatte ich sie bereits geöffnet und war beiseitegetreten, bevor ich den Gedanken zu Ende gedacht hatte. »Komm rein«, sagte ich etwas schwülstig.

Er reichte mir einen verschlossenen Kasten und blieb steif stehen. »Lass uns einfach loslegen, okay?«, meinte er und blickte auf meine Füße.

»Dein Frühstück«, kommentierte Computer den Kasten in meiner Hand.

Ich stellte ihn aufs Bett, zog seufzend die Schuhe wieder an und ging zurück zu Peter.

»Seine Zurückhaltung bezieht sich auf den Umstand, dass dein Quartier mit nur zweiundzwanzig Kubikmetern Raumluft nach einer durchschlafenen Nacht im Wesentlichen von deinem Körpergeruch erfüllt ist. Der Raum speichert dank der Klimaanlage und der geringen textilen Ausstattung nur wenige Geruchspartikel, aber die Bewohner dieser Anlage sind diesbezüglich stark sensibilisiert, da die Reinigungsroboter für fast sterile Verhältnisse sorgen. Außerdem hattest du keine Schuhe an.«

Aha.

Während ich mir diesen Vortrag von Computer anhörte, hatte Peter bereits mit der Führung begonnen. Ich würde mir die Namen meiner Zimmernachbarn später von Computer wiederholen lassen, nun nahm ich erst mal erstaunt zur Kenntnis, dass die Anlage neben den zu erwartenden Seminar- und Trainingsräumen auch über eine Kantine sowie Fitnessräume und sogar ein Schwimmbad verfügte.

»Möchtest du es sehen?«, fragte Peter und lachte über meine heftig ablehnende Reaktion. »Schon gut, wir müssen da nicht hin. Fast alle reagieren erschrocken. Du kennst Wasser sicher nur aus der Dusche.«

Das stimmte nicht. Bei der letzten Sturmflut schwappte das Zeug bis in den Vorgarten. Von meinem Fenster sah es aus, als wären wir auf offener See. Beängstigend und alles andere als einladend. Ich nickte einfach.

»Wir haben hier neben der Akademieverordnung auch noch eine Hausordnung, die das Zusammenleben außerhalb der Dienstzeiten regelt. Und natürlich gilt grundsätzlich immer die aktuelle Gesetzeslage, bis auf die Ausnahmen, die in der Akademieverordnung festgelegt sind, wie der Verzicht auf die Bürgerrechte für alle Kadetten. Details dazu gibt dir dein Assistent. Also die Hausordnung soll sicherstellen, dass all die Kadetten aus unterschiedlichsten Kulturkreisen miteinander klarkommen, ohne in typisch menschliche Verhaltensweisen zu verfallen, die erwiesenermaßen schädlich für die Gruppe, den Einzelnen und das gemeinsame Ziel sind. Es ist daher verboten, jemanden zu fragen, ob er oder sie neu hier ist. Es ist ebenfalls verboten, von sich aus zu sagen, dass man neu hier ist. Das soll verhindern, dass die bekannten Gruppendynamiken entstehen. Es ist daher niemandem möglich, auf den ersten Blick zu erkennen, ob jemand neu ist, es gibt keine sichtbaren Insignien wie spezielle Kleidung. Deine Ausstattung ist identisch mit der eines Kadetten kurz vor Abschluss seiner Ausbildung. Darüber hinaus werden die Quartiere, die übrigens alle identisch sind, regelmäßig durchgetauscht, sodass auch daran nicht festgemacht werden kann, ob jemand neu ist. So können sich auch keine Gruppen bilden. Falls sich doch Gruppen bilden, werden rigorose Maßnahmen ergriffen. Es ist daher grundsätzlich davon abzuraten, Gruppen zu bilden oder sich daran zu beteiligen. Das gilt auch für die Ausbildungsteams. Gruppen werden von Ausbildern für die Dauer der jeweiligen Schulung gebildet, danach hören sie auf zu existieren.«

»Was, äh … was passiert, wenn man eine Gruppe bildet, also wenn man Teil einer Gruppe wird?«, fragte ich schüchtern, weil Peter sich ziemlich in Rage geredet hatte.

»Dann wird man isoliert«, sagte er und es sollte möglicherweise bedrohlich klingen, das konnte ich nicht genau sagen. Dazu würde ich später Computer befragen. Ich fand die Aussicht jedenfalls sehr beruhigend. Wenn ich meine Ruhe wollte, musste ich also nur eine Gruppe bilden. Prima.

Meine Füße brannten wie Feuer.

Als Peter mich mit dem Hinweis, dass alles offenen Fragen von meinem Assistenten beantwortet werden könnten, aus der Führung entließ, fühlte ich mich ziemlich angestrengt. Es war nicht viel und auch gar nicht lange, aber diese direkte Interaktion … Also ich wusste wirklich nicht, ob ich damit auf Dauer zurechtkommen würde. Zum Glück waren alle im Unterricht oder anderweitig beschäftigt gewesen, sodass wir niemandem begegneten.

»Du musst dich jetzt von ihm verabschieden«, soufflierte Computer wieder. Weil ich nicht sofort reagierte, sagte er mir vor: »Danke, Peter. Das war eine wirklich interessante Führung.«

Ich plapperte es etwas lustlos nach.

Peter quittierte das mit einem herzlichen Lachen: »Das wird schon. Nach einer Weile brauchst du den Assistenten nicht mehr für so einfache Sozialangelegenheiten. Meine Güte, wenn ich an meinen ersten Sex denke … Das hätte ich alleine nicht hinbekommen und sieh mich jetzt an.«

Er strahlte und ich versuchte, möglichst wenig dümmlich aus der Wäsche zu schauen.

»Ich will zurück in mein Zimmer«, zischte ich, als ich mich von der Vorstellung erholt hatte, dass Computer mir bei meinem ersten Sex Beistand leisten würde. Da war Peter schon längst weg.

»Man nennt es hier Quartier. Dreh dich um einhundertachtzig Grad und geh den Gang entlang«, sagte Computer prompt.

Ich vermisste den Helm, in dem jetzt einfach grüne Pfeile eingeblendet worden wären.

Zurück in meinem Quartier erwartete mich eine interessant gemachte Holografie in der Mitte des Raumes. Ich hatte von dieser Technik gehört, aber dass sie zur Standardausstattung der Akademieunterkünfte gehörte, verblüffte mich. Es war Fred, der ab der Brust abwärts allerdings ins Off ausgeblendet wurde. Sein Kopf schwebte in Originalgröße in der Mitte des Raumes und erschreckte mich fast zu Tode.

»Hättest du mich nicht vorwarnen können?«, kreischte ich und nahm missmutig zur Kenntnis, dass Fred so noch sympathischer wirkte. Waren das Grübchen? Wie süß. Ich riss mir die Schuhe von den Füßen und stöhnte laut auf.

»Entschuldigung. In Zukunft weise ich dich wieder auf eingehende Anrufe hin«, sagte Computer.

Ich hatte das vor langer Zeit mal deaktiviert, weil es einfach nur anstrengend war. Anrufe sollten sofort durchgestellt werden, wenn es denn mal vorkam. Eigentlich waren es immer Mom oder Dad. Dieser hier ließ sich aber nicht durchstellen, weil Fred offenbar darauf bestand, es über den Hologrammprojektor zu tun.

Der Kopf bewegte sich nicht, es war wohl nur ein Avatar. »Was mache ich jetzt?«

»Starte die Aufzeichnung«, sagte Computer.

»Starte die Aufzeichnung«, maulte ich. Wann hatte ich deaktiviert, dass er gefälligst mitdenken sollte?

Da laberte Fred auch schon los: »Hallo Johannis. Willkommen auf der Pilotenakademie der Erdverteidigungsallianz. Es war ein harter Weg hierher, aber dank Disziplin und Talent hast du es unter die Topauswahl der Pilotenanwärter gebracht und bist jetzt ein Kadett! Herzlichen Glückwunsch! Bis hierher war es ein Ausleseverfahren ...«

Es folgte eine mitreißende Begrüßungsrede, bei der sein Assistent über sich selbst hinausgewachsen war. Ich konnte bei jedem Wort spüren, wie meine Brust etwas breiter wurde, sich mein Rücken straffte und meine Augen immer feuchter wurden.

»... Du gehörst dazu. Du bist jetzt Teil dessen, worauf die Menschheit ihre Hoffnung setzt.« Das freundliche Gesicht nickte mir zu und die Augen funkelten noch etwas wärmer. »Ich wünsche dir eine schöne Zeit auf der Akademie. Für mich waren es die besten Tage meines Lebens.« Damit endete die Aufnahme.

Ich verzog das Gesicht. »Nicht interaktiv?«

Computers Avatar hätte jetzt sicher mit den Schultern gezuckt, so bekam ich nur ein langweiliges »Nein« zu hören.

Ein paar sehr kleine Roboter, die sich mit Boden und Wänden beschäftigt hatten und für die augenscheinlich auch die diversen Faltmöbel ausgefahren wurden, hatten ihre Arbeit eingestellt und eilten nun an mir vorbei aus dem Raum.

»Die Reinigung findet nur in deiner Abwesenheit statt«, klärte mich Computer auf.

Als sie draußen waren, schloss sich die Tür automatisch hinter ihnen. »Was muss ich noch wissen, was Peter nicht erwähnt hat?«

»Es gibt hier keine Spielernamen, damit man nicht anhand seiner Vorgeschichte beurteilt wird. Die Spielernamen erhält man nach Abschluss der Ausbildung zurück. Es weiß also niemand, wer du bist, und du darfst es auch keinem sagen.«

Diese Maßnahme leuchtete mir zwar ein, aber damit war mein einziger Trumpf in Sachen Sozialkontakte vom Tisch. Schade.

Ich nahm den Deckel von dem Kasten ab und betrachtete mein Frühstück. »Was ist das?«

»Es handelt sich um die Standardnährstoffe. Sie wurden nach der Art eines Sushis kreiert. Das kennst du noch nicht. Es wird deinen Geschmack mit hoher Wahrscheinlichkeit treffen.«

»Aha«, brummte ich und nahm einen grün-weißen Würfel. Natürlich kannte ich Sushi, wenn auch nur aus Filmen.

»In den beiden Schälchen sind Soßen zur Verfeinerung.«

Das war verblüffend. »Echte Cousine?«, freute ich mich und zog die Abdeckungen von den kleinen Behältern, die etwas Braunes und etwas Grünes enthielten.

»Nacheinander hineintunken und dann in den Mund stecken«, schlug Computer vor.

Ach du meine Güte. Ich riss die Augen erst auf und schloss sie dann, um die Geschmacksexplosion in meinem Mund zu genießen. Dann machte sich ein starker Salzgeschmack bemerkbar, der von einer beißenden Schärfe verdrängt wurde. Tränen schossen mir in die Augen.

»Das nächste Mal nicht so tief eintauchen«, meinte Computer.

Ich hatte mir bereits das nächste Teil geschnappt, eine weiße Rolle mit orangefarbener Füllung. Ohne sie einzutunken, biss ich hinein. Es war einfach köstlich. Zwei unterschiedliche Konsistenzen und voneinander abgegrenzte Geschmäcker, die sich perfekt ergänzten. Dann probierte ich es noch mal mit ein bisschen von der braunen Soße und fand auch das toll. Salzig, aber lecker.

Computer erklärte mir die einzelnen Bestandteile und deren kulinarischen Hintergrund. Ich hätte nicht gedacht, dass Essen so ein Erlebnis sein konnte.

»Die Kantine hält eine große Auswahl an Gerichten für unterschiedliche kulturelle Hintergründe bereit. Es wird dir gefallen«, erklärte Computer abschließend.

»Warum gab es das zu Hause nie?«

»Eine Kostenfrage. Deine Eltern verdienten nicht genug.«

Ich stutzte. »Und jetzt schon?«

»Ja, jetzt können sie sich das leisten, wenn sie wollen. Du bist als Kostenfaktor weggefallen. Deine Kosten trägt nun die Akademie.«

»Ach so? Und warum nicht vorher? Ich bin doch schon lange im Programm.«

»Weil du noch nicht dafür qualifiziert warst, diese Kostenverlagerung zu rechtfertigen.«

Ich wollte gerade nicht über den Zusammenhang zwischen Investitionen in Familienmitglieder, Kostenfaktoren und Gerechtigkeit nachdenken. So waren eben die Regeln: *Wenn du das und das machst, bekommst du dies und jenes. Wenn nicht, nicht. Wenn du essen willst, musst du dafür arbeiten. Wenn du ein Dach über dem Kopf willst, musst du dafür arbeiten. Wenn du nicht arbeitest, bekommst du nichts.* Gesundes Essen und sicherer Wohnraum wuchsen nicht auf Bäumen, das musste hergestellt werden, also musste jeder, der es nutzen wollte, sich an der Herstellung beteiligen. Das war doch ganz normal. Früher mochte das anders gewesen sein, aber das war lange her. Wem die Regeln nicht gefielen, konnte ja gehen. Und sterben. Zugegeben, das erfüllte alle Voraussetzungen für eine Erpressung, aber wer im Meer nicht untergehen wollte, musste ja auch schwimmen und konnte sich nicht darüber beklagen, wie unfair das war.

Diese Regeln waren seit jeher Gegenstand umfangreicher Diskussionen und wurden immer und immer wieder angepasst, aber so perfekt, dass keiner was zu meckern hatte, war es immer noch nicht und würde es vielleicht auch nie werden. Das lag eventuell daran, dass auch ein perfektes System immer der subjektiven Betrachtung des Einzelnen unterlag.

Das eigentliche Problem waren, wie schon immer, die Regelbrecher. Und jetzt war ich einer von ihnen. Ich schluckte. Das gefiel mir nicht.

»Was bedrückt dich?«, fragte Bob.

Ich war versucht in die Kantine zu gehen und mir Nachschub zu besorgen, auch wenn mir beim Gedanken daran der Schweiß ausbrach. »Alles gut«, sagte ich nur.

»Das entspricht nicht der Wahrheit.«

»Lass mich in Ruhe.«

Computer schwieg und ich ging duschen.

Erst am nächsten Tag hatte ich mich so weit akklimatisiert, dass ich mich alleine vor die Tür wagte. Mit Schuhen. Es tat immer noch weh, aber Computer hatte mir versichert, dass das bald vorbei sein würde.

Es war später Vormittag und niemand zu sehen, außer den Reinigungsrobotern, die angeflitzt kamen, um mein Quartier zu stürmen. Meine Unterrichtspläne und Seminare hatte ich alle durchgesehen, das ging erst am nächsten Tag los. Vormittags wie gewohnt Schulunterricht, allerdings mit einem etwas modifizierten Lehrplan, und zwischendurch Standardtraining, nachmittags dann – endlich – die Einführung in den *Grundkurs Drohnenflug*, womit das Fliegen einer echten Drohne gemeint war.

Mein Armband musste ich in der Kantine aufladen, was mir etwas unangenehm war, denn ich hatte mich dazu entschlossen, meine Mahlzeiten erst mal alleine in meinem Quartier einzunehmen, auch wenn ich dann auf Spezialitäten wie Spareribs, Kartoffelauflauf und Sushi verzichten musste. Ich hatte mich an meine Nährstofflösung gewöhnt und war noch nicht bereit für Menschenmassen. Was das Drohnenseminar betraf, hatte mir Computer versichert, dass in dieser Basis pro Gruppe maximal zehn Teilnehmer zu erwarten waren. – Das traute ich mir zu.

Nun schlich ich also vorsichtig den Gang hinunter, um zu gucken, ob die Kantine noch leer war. Computer meinte, mein Armband müsse unbedingt aufgeladen werden. Hatten die mir seit dem letzten Mal so viel verpasst, dass sie Nachschub brauchten? Ich war geneigt, das einfach aufzuschieben, aber Computer ging mir damit so auf die Nerven, dass ich aufgab und es hinter mich bringen wollte.

Als ich vor dem Speisesaal stand, bekam ich weiche Knie. Was, wenn da schon eine Gruppe drin war, die früher frei hatte?

»Es ist niemand drin«, sagte Computer.

Was, wenn unmittelbar nach mir …

»Es wird in den nächsten dreißig Minuten auch niemand kommen.«

Hastig stieß ich die Milchglastür auf und starrte in den riesigen Saal. Die Deckenhöhe betrug gut zehn Meter, die Wände waren so weit weg, dass ich es kaum ertragen konnte. Links und rechts reihten sich endlos Tische mit enger Bestuhlung aneinander, dazwischen war ein breiter Tresen, auf dem später wohl die Essensausgabe erfolgen würde. Vollautomatisch, wie Computer mir erklärt hatte. Ich hatte nicht weiter nachgefragt, aber jetzt tippte ich auf von unten hochfahrende Behälter.

»Geh geradeaus«, sagte Computer. Verdammt, ich musste mir eine AR-Brille beschaffen, so ging das nicht weiter. »Bis zu der Vertiefung an der Vorderseite des …«

Ich sah eine Öffnung in der Front des Tresens. Sie war so angeordnet, dass man die Hand unauffällig hineinstecken konnte, während man sich mit der anderen das Essen zusammenstellte. Ich sah mich um. Die Weite ließ mich schaudern. Schnell steckte ich die Hand in das Loch. Ich wollte hier so schnell wie möglich wieder raus. Nicht auszudenken, wenn dieser Raum, diese Halle voller Menschen wäre!

Als ich wieder in mein Quartier trat, flüchteten die kleinen Reinigungswichtel hektisch. Mir stand der Schweiß auf der Stirn und ich konnte mich nicht entscheiden, ob ich gleich wieder duschen oder mich aufs Bett fallen lassen sollte. Auf diesem lag eine Packung mit der Aufschrift *Pflaster*. Ich hatte keine Ahnung, was ich damit sollte. Dann zog ich die Schuhe aus …

Mit dem neuen Lehrstoff hatte ich mich schnell arrangiert, es ging jetzt fast nur noch um Mathe, Physik und was ein Drohnenpilot sonst noch wissen musste. Ich gab es ungern zu, aber zu wissen, dass ich das alles so oder so draufhaben würde, ob ich es nun lernte oder nicht, weil Fred und seine Truppe da notfalls nachhalfen, entspannte mich etwas.

Meine Nervosität bezüglich des Drohnenseminars erwies sich als unbegründet: Ich war allein. Ganz allein. In einem Hangar, zu dem mich Computer gelotst hatte, stand ich zum ersten Mal einer echten Kampfdrohne gegenüber, einem Original-Alien-Kampfdrohnen-Nachbau. Computer erläuterte mir alle technischen Details, die ich bereits aus dem theoretischen Unterricht kannte, noch mal Stück für Stück, während ich hier und da Bauteile mithilfe hydraulischer Arme, die von der Decke hingen, herausnahm und genauer betrachtete. Die Drohne war ein Lernobjekt und komplett zerlegbar, wie eine Explosionszeichnung. Sie wurde von Magnetfeldern zusammengehalten, sodass auch dann nichts rausfiel, wenn ich Teile entfernte.

Es war einerseits aufregend und begeisterte mich als Technikfan und Nerd über die Maßen, ich war in meinem Element und sehr, sehr glücklich. Auf der anderen Seite war ich nicht nur beeindruckt, sondern auch eingeschüchtert. Die Drohne schwebte eine Handbreit über dem Boden und überragte mich mit ihren drei Metern Durchmesser fast um das Doppelte. Ihr Volumen von rund 14 Kubikmetern war praktisch massive Technik. Obwohl Leichtmetalle und Carbon verwendet wurde, wog sie 42,5 Tonnen, das entsprach einem alten Kampfpanzer, nur dass diese Drohne fliegen konnte. Ich würde einen Panzer durch die Luft fliegen, der ganze Häuser zerschmetterte, wenn er abstürzte. Ein Haus wie das, in dem ich aufgewachsen war, wäre nach so einem Aufprall pulverisiert. Ich musste bei dem Gedanken schlucken, sagte aber kein Wort, damit Computer nicht mit einer Motivationsrede loslegte. Er sah zwar meine Werte, ging aber erfreulicherweise nicht darauf ein.

Der zweite Teil fand in einem anderen Hangar statt. Die Drohne dort hatte keine Railgun, war aber flugfähig. Auch sie schwebte auf einem Magnetfeld. Über ihr war ein Metallschott, dass sich öffnete, als der Unterricht begann. Computer erklärte mir, dass das Magnetfeld die Drohne zum Start aus dem Hangar drücken würde. Sobald sie zehn Meter über dem Schott war, würde dieses sich schließen und die Plasmatriebwerke zünden. Dann führte er mich zu einem kleinen Aufzug an der gegenüberliegenden Wand, der mich zu einem Beobachtungsturm brachte, von dem aus ich die Drohne sehen würde, wenn sie aus dem Hangar kam. Der Turm hatte eine Höhe von 50 Metern und war für bis zu 30 Beobachter gedacht, heute war ich jedoch der Einzige. Über die Anlage verteilt sah ich Dutzende weitere Türme. Dann blickte ich nach unten und torkelte entsetzt zurück. In einen Sitz gekauert klammerte ich mich an der Rückenlehne fest und starrte Hilfe suchend an die Decke. Mein Herz raste und ich zitterte erbärmlich. Als das Brummen des Armbandes mir Hilfe signalisierte, hatte ich absolut nichts dagegen.

Nachdem ich mich beruhigt hatte, überredete Computer mich vorsichtig, mich dem Blick in den Abgrund zu stellen: »Du bist hier absolut sicher. Der Turm besteht aus Stahlbeton, das Panzerglas ist zehn Zentimeter dick und absolut bruchsicher. Du kannst nicht hinunterfallen. Fass es an. Drück dagegen. Mach diese Erfahrung, dann wird die Angst aufhören. Der Geist kann den Körper kontrollieren. Deine Höhenangst lässt sich auf Situationen reduzieren, in denen du ungesichert bist.«

Ich war heilfroh, dass ich die ersten Unterrichtseinheiten alleine absolvieren durfte. Wenn ich so einen Anfall vor versammelter Mannschaft gehabt hätte, wäre es gar nicht nötig gewesen zu verkünden, dass ich neu hier war.

»Macht das jeder zum ersten Mal allein?«, wollte ich wissen, als ich es schaffte, an das Glas gelehnt hinunterzusehen, wo die Drohne in ihrem Hangar darauf wartete, von mir gestartet zu werden.

»Nein, das ist ein Service von Fred. Aber die Anfänger werden nach Anfälligkeiten sortiert. Die mit Höhenangst bilden dabei eine eigene Gruppe, um zunächst zu lernen, mit dem Beobachtungsturm klarzukommen.«

Aus dem Boden neben dem Sitz, den ich vorhin noch umklammert hatte, fuhr ein Behälter hoch, der einen Helm enthielt. Ich setzte ihn auf. Er war identisch mit dem, den ich zu Hause zurückgelassen hatte, und passte sich sofort automatisch an. Es konnte losgehen.

Ich ließ die Drohne aufsteigen und ganz langsam eine kleine Runde über dem Hangar drehen – auf Sicht, denn darum ging es. Ich fühlte mich wie ein kleiner Junge mit einem neuen Spielzeug. Später würde ich genau diese Drohne – oder irgendeine x-beliebige andere identische Drohne – wie gewohnt aus der Ferne steuern, aber ich hätte dann ein Gefühl dafür, was für ein Metallungetüm ich da durch die Gegend flog, welche Masse, welche physikalische

Kraft. Ich sah das bläuliche Feuer der Plasmadüsen, wie es heller wurde, wenn ich auch nur minimal beschleunigte, wie die Drohne sich tatsächlich blitzartig in alle Richtungen lenken ließ, eine Kehrtwende ohne sichtbare Verzögerung vollzog. Beeindrucken und einschüchternd – und megagitt!

Dass ein erfahrener Fluglehrer mich bei der gesamten Aktion überwachte und jederzeit in der Lage gewesen wäre, die Kontrolle zu übernehmen, hätte Computer mir nicht erklären müssen, das hatte ich vorausgesetzt.

Auf dem Rückweg begegnete ich wie immer keiner Menschenseele, nur den allgegenwärtigen Reinigungsbots. Ich fragte mich langsam, ob die Anlage womöglich menschenleer war und der Krach bei meinem Eintreffen nur eine Simulation.

»Bring mich zum Speisesaal«, sagte ich.

»Es ist noch zu früh«, meinte Computer.

Das war mir klar. Ich wollte einfach nur sehen, ob außer mir noch jemand unterwegs war. Ich stülpte mir den Helm über, den ich behalten sollte, und sah nun grüne Pfeile auf den Boden projiziert. Ich folgte ihnen.

»Du wirst gleich einer anderen Person begegnen«, sagte Computer.

Hektisch riss ich mir den Helm vom Kopf und blieb stehen. Misstrauisch sah ich mich um.

»Von vorne«, sagte Computer. »Aus dem Gang rechts vor dir.«

Ich starrte hin. Schon kam jemand im Fliegeroverall herausmarschiert und bog in meine Richtung ab.

»Wenn du weitergehst, wirkt das unauffälliger.«

Ich setzte mich ruckartig wieder in Bewegung. Der Junge, der mir entgegenkam, war mindestens zwei Jahre älter als ich und hatte schon leichte Bartstoppeln. Er nickte mir beiläufig zu. Es sah aus, als wäre er abgelenkt. Vielleicht bekam er gerade Informationen seines Assistenten über die Buds, die seiner Aufmerksamkeit bedurften.

»Du hast mich, seit ich hier bin, so durch die Gänge gelotst, dass ich niemandem begegnete, stimmts?«, knurrte ich.

»Das ist richtig. Du sollst dich langsam eingewöhnen.«

»Ich bin doch kein kleines Kind mehr! Etwas mehr Vertrauen kannst du schon in mich haben.«

»Es handelt sich um eine Direktive.«

»Von Fred«, stellte ich wütend fest. »Ruf ihn an!«

»Ich empfehle, das von deinem Quartier aus zu machen.«

Gute Idee. »Bring mich hin.«

»Biege bei nächster Gelegenheit rechts ab.«

Ich brauchte eine AR-Brille. Verdammt. Oder? »Kann ich den Helm tragen? Dann habe ich erweiterte Realität und du kannst mir die Karte einblenden.«

»Es ist nicht verboten, aber unüblich. Niemand macht das.«

Schade, wäre auch zu schön gewesen.

»Fred?«

Statt als Riesenkopf mitten im Raum kam er als stinknormaler Videocall über den Monitor rein, der extra für ihn automatisch ausgeklappt wurde. Er trug kein Hemd, als hätte ich ihn gerade auf dem Weg in die Dusche erwischt. »Schon gut, ich weiß, du bist wütend, dass wir dich wie ein rohes Ei behandeln. Das war nur zu deinem Besten. Wenn du es dir zutraust, lassen wir das. Möchtest du zum nächsten Flugunterricht in den Gruppenraum?«

Typisch Fred. Jetzt erschlug er mich mit einer beängstigenden Alternative, damit ich seine Fürsorge zu schätzen wusste. Aber von wegen! »Ja, klar. Warum nicht?«

»Also einverstanden. Ich hebe die Ausweichdirektive auf. Aber ich rate dir, deinen Assistenten zu bitten, dich noch eine Weile vorzuwarnen, wenn sich Personen oder gar Gruppen nähern.«

»Schon klar«, brummte ich. Gute Ideen konnte man durchaus übernehmen.

Als ich mich auf den Weg zu meinem ersten Gruppenseminar machen wollte, stand Peter vor meiner Tür. Er überreichte mir eine kleine Metallkassette. »Die ist heute für dich gekommen. Normalerweise unterliegen die Kadetten die ersten vier Wochen einer Kontaktsperre und dürfen auch keine Post erhalten, aber die hier ist von der Akademieleitung.«

Ich sah ihn verdattert an, als ich die Kassette entgegennahm. »Danke«, sagte ich lahm.

Es schien ihn zu beruhigen, dass ich genauso wenig Ahnung hatte wie er, was das war.

»Er wird es für sich behalten«, erklärte Computer ungefragt. »Mach auf.«

»Warum hast du mich nicht gewarnt?«, wollte ich wissen und schloss die Tür wieder.

»Fred wollte dich überraschen. Es sind AR-Linsen.«

»Was?« Ich legte meinen Helm und die Kassette aufs Bett und suchte nach einem Mechanismus, um sie zu öffnen, da klappte sie einfach auf. Darin war ein Schaumstoffklotz mit zwei Mulden zu sehen. Ich drehte das Kästchen etwas, dann erkannte ich, dass es zwei dünne Linsen waren, die kaum reflektierten.

»Setz sie ein.«

»Was?«, frage ich erneut. Ich hatte nicht den geringsten Schimmer, was Computer meinte.

»Es sind Kontaktlinsen, die dieselbe Funktionalität haben wie eine Augmented-Reality-Brille. Mit ihnen kann ich dir alle Informationen optisch einblenden. Dadurch kann ich dir den Umgang mit anderen Menschen erleichtern.«

Ich starrte die kleinen Dinger verdutzt an. Wie setzte man die ein?

»Setz den Helm auf«, schlug Computer vor.

Ich tat es und er zeigte mir ein Video, das den Vorgang anschaulich erklärte. Ich klappte das Visier vollständig hoch und probierte es, aber es gelang mir nicht: Ich schloss jedes Mal unfreiwillig das betreffende Auge.

Verärgert nahm ich den Helm ab und zog mit der einen Hand mein Augenlid hoch, während ich mit der anderen die Linse platzierte, aber es klappte wieder nicht: Mein Augenlid war überraschend stark.

»Möchtest du etwas, das das Blinzeln unterbindet?«, fragte Computer.

Sicher beobachtete Fred, wie ich sein Geschenk auspackte, und sprach gerade durch Computer zu mir. Verfluchter Verführer! Aber ich wollte die Hilfe.

»Ja, bitte«, sagte ich gepresst.

Sekunden später hatte ich beide Linsen drin und eilte mit dem Helm unter dem Arm zu meinem Seminar. Die Linsen präsentierten mir eine dünne grüne Linie auf dem Boden, der ich folgte, und in einer Mini-Umgebungskarte die übrigen Personen, die sich derzeit in einem Umkreis von 20 Metern auf den Gängen befanden. Wenn ich jemandem begegnete, wurden mir die zur Verfügung stehenden Informationen als Head-up-Display eingeblendet: *Dyveke, Kadett.* Das war alles. Kein Alter, Herkunftsort, Geschlecht, Größe oder Gewicht. Bei einer deutlich älteren Person waren mehr Informationen freigegeben: *Sergeant Philip Cotillard, Akademieabschluss 99,5+, 19 Jahre, männlich, geboren in Kinshasa, Grundausbildung in Murmansk, 188 cm, 88 kg, Single ...* Der Rest war ausgeblendet, konnte aber abgerufen werden. Ich war so abgelenkt, von den vielen Informationen, dass ich mich kaum darauf konzentrieren konnte, all den Leuten auszuweichen, die plötzlich um mich herum waren. Es war das eine, kleine Punkte auf einer Minikarte zu sehen, aber etwas völlig anderes, das korrekt auf die eigene Situation zu übertragen. Dass ich Spiele gespielt hatte, bei denen solche Karten zum Einsatz kamen, war ewig her.

Computer bemerkte meine Überforderung und deaktivierte die AR. »Geh links in den Gang«, sagte er.

Ich tat es und war plötzlich wieder allein.

Die AR wurde reaktiviert und eine grüne Linie zeigte mir den Weg mit den wenigsten Begegnungen, eine rote Linie den kürzesten und damit schnellsten. Ich war spät dran. Die rote Linie führte durch jede Menge weiße Punkte. Im Moment waren viele Leute unterwegs zu ihren nächsten Seminaren.

Ich wählte den grünen Weg und kam zu spät.

Niemand reagierte auf mein Eintreten, nicht mal der Kursleiter (*Lieutenant Joris Jansen, Akademieabschluss 99,8, 20 Jahre, männlich, geboren in Eindhoven, Autodidakt, 182 cm, 75 kg, Single*). Hatte Fred die Macht, mich aus allen Anzeigen auszublenden, oder waren die Leute hier einfach so moo? Oder ich zu unbedeutend?

Computer legte mir die Kurzzusammenfassung des bisher Gesagten aufs HUD der Linsen, aber das wusste ich schon aus dem Blick in die Unterrichtsübersicht: Die Drohne würde in zehn Kilometer Höhe gebracht und über unbewohntes Gebiet geflogen, wo wir dann nacheinander unsere ersten Übungsflüge absolvieren durften. Sobald wir es draufhatten, bekäme jeder eine eigene Drohne und wir könnten zusammen fliegen.

Angesichts der vielen Menschen bekam ich einen kurzen Anfall, aber das Armband stabilisierte mich dezent brummend und ich beruhigte mich. Es waren zum Glück nur Rücken zu sehen, alle trugen Helme. Keiner sah mich an.

Als ich den Helm aufsetzte, bemerkte ich praktisch keinen Unterschied beim Übergang der Anzeige von den AR-Linsen auf das Helmvisier. Ich erkannte es überhaupt nur an der geänderten Quellenanzeige, bei der nun der Helm angegeben wurde. Erst als ich mich mithilfe der Augenbewegungen durch Untermenüs klickte, erkannte ich die Vorteile des großen Helmdisplays: Ich konnte zwischen verschiedenen Anzeigen hin- und hersehen und navigieren, das war mit den Linsen natürlich nicht möglich.

Die Drohne befand sich in Flughöhe und der erste Kadett bekam die Kontrolle übertragen (*Camila, Kadett*).

Der Unterricht war vergleichsweise unspektakulär. Die Übung der einzelnen Teilnehmer zu verfolgen war langweiliger, als einem Saugroboter beim Entleeren zuzusehen. Als ich dann endlich dran war, sah das natürlich ganz anders aus. Das Blut rauschte mir so laut in den Ohren, dass ich kaum mitbekam, was der Lieutenant sagte. Computer blendete es mir glücklicherweise als Untertitel ein.

Wie erwartet war das Fliegen mit einer echten Drohne und einer echten Alien-KI etwas völlig Neues. Ein komplett neuer Anpassungs- und Adaptionsprozess war erforderlich.

Letztendlich mussten wir lernen, ohne Assistenten-Unterstützung zu fliegen, weil es zu gefährlich wäre, den Assistenten zu gestatten, aus den laufenden Aktionen zu lernen. Sie mussten auf einem schreibgeschützten System laufen und konnten daher nur die vorher eintrainierten Daten abrufen. Das diente zum Schutz vor Manipulationen durch die Aliens. Wir menschlichen Piloten durften mit der Alien-KI in keinerlei Interaktion treten, durften keinen Lichtkontakten oder akustischen Signalen ausgesetzt werden. Zu groß die Gefahr, dass wir durch subliminale Techniken manipuliert werden könnten. Das durfte die Öffentlichkeit aber nicht wissen, aus Gründen der allgemeinen Moral.

Wir gingen davon aus, dass die Alien-KI in sich loyal war. Wir hatten keine Ahnung, ob sie wusste, wer ihre ursprünglichen Herren waren und ob sie denen die Treue halten würden, ob das überhaupt möglich war, oder ob sie uns, ihren aktuellen Erbauern, die Treue halten würde und ob sie dieses Konzept überhaupt kannten. Wir gingen lieber auf Nummer sicher. Aus diesem Grund verfügte jede einzelne Drohne über die Möglichkeit, die enthaltene KI zu deaktivieren. Im schlimmsten Fall würden wir also ohne Alien-KI fliegen müssen. Das würde uns der meisten Fähigkeiten einer Drohne berauben. Ohne Alien-KI-Unterstützung wären wir nicht in der Lage, den vollen Funktionsumfang auszuschöpfen. Ob wir dann noch in der Lage wären, die Schlacht zu gewinnen, ließ sich nicht sagen. Die Wissenschaftler hatten immer die Hoffnung gehabt, dass es uns noch gelingen würde, eine Software zu entwickeln, die anstelle der Alien-KI die Steuerung übernehmen könnte. Das war bisher aber nicht gelungen – wie denn auch, wenn KI verboten war – und daher wurde jetzt ohne Assistenten geflogen. Wir gehörten zum ersten Jahrgang, der das trainierte.

Das bedeutete, dass alle vorangegangenen Ausbildungsjahrgänge sinnlos waren! Wie sollten wir so die benötigten 500 Millionen Piloten zusammenbekommen? Nicht nur, dass die Zeit knapp wurde, die Kapazitäten der Akademie waren begrenzt. Es gab meines Wissens nur 1000 Ausbildungsbasen mit jeweils 2000 bis 5000 Kadetten. Die offizielle Ausbildungsdauer lag bei acht Monaten, es waren also im besten Fall noch fünf Millionen Piloten zu erwarten.

Ich schluckte. Jetzt war klar, warum Fred so rigoros vorging. Die Regierung hatte sich wohl nicht darauf verlassen wollen, dass die EVA es hinbekam, und einen Plan B vorbereitet, vermutlich sogar jede Menge Pläne, von denen der von Fred Mueller gerade vor meinen Augen angewandt wurde. Wodurch hatten sich die anderen Teilnehmer hier qualifiziert? Waren wir alle Versuchskaninchen oder waren die anderen einfach nur talentiert?

Dienstag, 10. November 2053, 18:00 Uhr

Noch 318 Tage, 17 Stunden, 32 Minuten

Ich kam immer besser mit der Anwesenheit von Menschen klar, auch ohne Helm. Die meisten blickten ohnehin zu Boden, so wie ich. Daran konnte man allerdings direkt erkennen, wer Autodidakt, also über das Training in den eigenen vier Wänden in die Akademie gelangt war, und wer aus einem Bootcamp kam. Bei mir sah man es sofort an der Blässe: Meine Haut hatte praktisch noch nie Sonnenlicht gesehen. Die Leute aus den Bootcamps hatten ein ganz anderes Auftreten als die Stubenhocker. Sie waren selbstbewusst, stark, suchten Blickkontakt, hatten deutlich mehr auf den Rippen als die Autodidakten, weil sie in den Bootcamps sehr kurzgehalten wurden und hier beim Buffet so richtig zulangten. Allerdings trainierten sie auch härter, meist an den Geräten in den Fitnessräumen, wie Computer mir verraten hatte. Ich ging ihnen aus dem Weg, für diese wilden Typen war ich noch nicht bereit. Außerdem kam ich mir neben ihnen immer wie ein Kind vor, weil ich noch keinen Bartwuchs hatte. Gar keinen.

Mit einigen der Bodenstarrer hatte ich hingegen bereits das eine oder andere verschämte Kopfnicken ausgetauscht. Ein Mädchen hatte sich mir sogar mit Namen vorgestellt: Karen. Ich hatte mir vorgenommen, sie beim nächsten Mal zu fragen, wie sie es hier fand.

Statt bei Karen konnte ich soziale Interaktion kurz darauf mit jemandem üben, auf dessen Namensschild *Friedemann* stand. Ich starrte es sekundenlang an, bis ich mich losreißen und Computers Hinweise lesen konnte:

(1) Hallo, mein Name ist Johannis. Deiner ist besser.

(2) Entschuldige, ich hatte nur gedacht, ich hätte hier den längsten Vornamen.

(3) Glück gehabt, dass unsere Namen noch in eine Zeile passen, was?

Ich entschied mich für *Hallo, entschuldige, Glück gehabt* und ging schnell weiter.

Die Vormittage zogen sich ein wenig hin. Der Theorieunterricht nervte etwas, währenddessen ließ mich Computer auch noch ziemlich intensiv meine Körperübungen durchführen. Ich nahm an, dass er mich auf diese Weise dazu bringen wollte, die öffentlichen Fitnessräume zu nutzen, aber da konnte er lange warten: Zu viele Bootcampler auf einem Haufen. Auf. Gar. Keinen. Fall!

Dafür entschädigten mich die Nachmittage doppelt und dreifach. Wenn nicht gerade Flugtraining dran war – inzwischen hatte ich alle Mitglieder meiner Gruppe persönlich und ohne Helm kennengelernt, aber noch keine Gelegenheit gehabt, mit ihnen zu reden –, nahm ich an einem anderen Seminar teil, in dem ich bereits integriert war – Taktik, Strategie, Gruppenführung – oder wurde von Computer in ein neues eingeführt. Inzwischen war ich aber immerhin so weit, dass ich mich anhand des per AR eingeblendeten Textes selber vorstellen konnte. Auf Rückfragen antwortete ich zwar auch meist durch Ablesen, aber die eine oder andere spontane Antwort hatte ich schon hinbekommen. *Ja* oder *Nein* zum Beispiel. Ich wurde immer besser!

Als Computer mich nach dem Taktik-Seminar quer durch die Anlage hetzte, damit ich bei *Didaktik für Führungsoffiziere* mitmachen konnte, kam ich da durchgeschwitzt und keuchend an. Ich war viel zu sehr außer Atem, um seinen Text abzulesen, und hatte ein Flimmern vor den Augen. Also schnaufte ich: »Johannis. Hi. Ich komme gerade von Hangar zwölf. Ist hier noch Platz?« Worauf mir jemand lächelnd einen Stuhl zurückzog, auf den ich mich plumpsen lassen konnte. Das hatte ich ohne lange nachzudenken gemacht und es hatte funktioniert! Mir wurde erst etwas später klar, was ich da geschafft hatte. Nach dem Kurs konnte ich sogar noch ein paar Worte mit den anderen Wechseln. Sie waren alle älter als ich und wollten wissen, wieso ich schon in einem Kurs für Führungsoffiziere war. Die Antwort auf diese Frage las ich wieder ab – *Da glaubt wohl jemand, ich hätte möglicherweise Talent* – und folgte Computers Rat, mich schnell davonzumachen: »Sorry, muss noch zum persönlichen Gespräch.« Das war eine Ausrede, die niemand anzweifeln konnte, da diese Gespräche absolut vertraulich waren. Die Kadetten wurden darin zu ihren Fortschritten befragt, zu ihrer politischen Einstellung, was sie hiervon und davon hielten, wie sie hierauf oder darauf reagieren würden ...

Teilweise waren es hochnotpeinliche Fragen, mit denen man konfrontiert wurde. Wie gesagt, die Akademie wollte sicher sein, die richtigen Leute auf die wichtigen Posten zu bekommen. Mein erstes Gespräch stand noch aus, aber Computer versicherte mir, ich müsse mir keine Sorgen machen. Also machte ich mir keine.

Mittlerweile hatte ich auch erkannt, dass ich nicht nur den besten Assistenten hatte, sondern auch der Einzige mit AR-Linsen war, vermutlich sogar der Einzige mit AR. Als ich Computer danach fragte, bestätigte er mir das und fügte hinzu, dass ich über die Linsen kein Wort verlieren durfte, die hatte Fred direkt aus einem Labor beschafft und unterlagen noch der Geheimhaltung. Aus diesem Grund gab es auch keine Möglichkeit der Augensteuerung, kein Doppelblinzeln zum Scrollen oder dergleichen, das hätte man gesehen. Es gab nur ein paar unauffällige Gesten, die Computer umsetzte, aber die beschränkten sich auch auf das Nötigste. Er hätte natürlich per Augentracking und Interpretation meiner Körperwerte Rückschlüsse ziehen können, aber das war zu ungenau. Er wusste zwar, wo ich gerade hinsah, was mich erregte oder erschreckte, aber was ich gerade wissen wollte oder was er für mich tun sollte, konnte er nur extrapolieren, und zwar mit Wahrscheinlichkeiten unter 100 Prozent. Die Folge wären endlose Vorschläge, worauf ich mich im Interesse meiner Nerven nicht einlassen wollte.

Als ich mich eines Abends fragte, ob ich nicht losziehen sollte, um nach Karen zu suchen, also auf den Gang zu gucken, ob sie da vielleicht rumstand, kam ich auf die Idee, Computer zu fragen, ob er mir ihren Standort anzeigen konnte. Er konnte, weigerte sich aber. Persönlichkeitsrechtefirlefanz. Dann dachte ich an Belle.

»Kannst du mir sagen, was Belle jetzt macht?«

»Nur die öffentlich zugänglichen Informationen.«

»Gib sie mir, wenn das die Kontaktsperre zulässt.«

»In Ordnung. Belle steht kurz davor, ebenfalls in die Akademie aufgenommen zu werden. Vermutlich innerhalb der nächsten zwei Wochen.«

»Ohne fremde Hilfe?«

»Sie ist talentiert und arbeitet schon länger daran als du. Es liegt innerhalb der normalen Parameter.«

»Also werde ich sie womöglich nach Ablauf meiner Kontaktsperre gar nicht anrufen können, weil sie dann eine Kontaktsperre hat?«, rief ich erschrocken.

»Das wäre möglich.«

»Wann ...«

»Deine Kontaktsperre endet in zweieinhalb Wochen.«

So lange noch! Es kam mir vor, als wäre ich schon ewig hier. »Fred!«, rief ich. »Können Sie es irgendwie einrichten, dass ich mit Belle sprechen kann, bevor sie auf die Akademie geht?«

Nichts geschah.

Nach einer Weile sagte Computer: »Ich habe deine Audionachricht übermittelt.«

Das hatte hundertprozentig irgendjemand mitgehört. Die wollten nur Zeit schinden, um zu überlegen, wie sie am besten reagierten, und meldeten sich deshalb nicht sofort. Computer hätte ihnen sicher sagen können, dass es am besten wäre, mir diesen Wunsch zu gewähren. Ich konnte spüren, wie ich vor Wut rot wurde.

Computer bemerkte meine ansteigenden Werte und sagte: »Er wird sich sicher so schnell wie möglich melden.«

Es dauerte dennoch eine ganze Weile, bis Fred anrief: »Johannis, ich werde mein Möglichstes tun, aber bitte verstehe, dass ich mich nicht einfach über die persönlichen Rechte deiner Freundin hinwegsetzen kann, nur um dir ein Gespräch zu ermöglichen. Wenn Sie die Möglichkeit hat, zur Akademie zu wechseln, kann ich das doch nicht hinauszögern?«

»Aber Sie können sie fragen, ob sie noch warten will, um ...«

»Nein, nein, nein, dann würde ich ja unser kleines Geheimnis lüften. Aber weil du uns so wichtig bist, erlaube ich dir, trotz der Kontaktsperre eine Nachricht an sie zu verschicken, die ich in dem Moment freigeben werde, in dem sie die Freigabe zur Akademie erhält. Du kannst sie darin bitten, die Aufnahme bis zum Ende deiner Kontaktsperre zu verschieben. Was hältst du davon?«

Ich nickte und lächelte sogar etwas.

»Fein. Dein Assistent wird dir dabei helfen, das so zu formulieren, dass ich es auch tatsächlich weiterleiten kann, ja? Ansonsten meinen Glückwunsch, du hast dich sehr gut integriert und kommst ausgezeichnet voran. Du erfüllst unsere Erwartungen in jeder Hinsicht! Bis bald.«

Vielleicht war Fred ja doch ganz okay. Ich versuchte mir vorzustellen, wie das Gespräch mit Belle verlaufen würde. Würde sie mir ein Bild schicken? Würde es ein Videocall? Ich schwitzte schon beim Gedanken daran. Computer ließ mich an diesem Abend in Ruhe, obwohl ich eigentlich noch Übungsaufgaben durchrechnen sollte.

Die implantierten Erinnerungen wurden mir mehr und mehr bewusst. Nun erkannte ich auch, welchen gewaltigen Schritt ich dank dieser Maßnahme gemacht hatte, wie viel aktives Lernen und Trainieren mir erspart wurde. Meine Gefühle für Belle intensivierten sich, denn all die Gespräche, die wir geführt hatten, waren mir jetzt absolut präsent, auch die Zwischentöne, die mir dieses starke vertraute Gefühl gaben. Ich brannte darauf, endlich wieder mit ihr sprechen zu können. Ich wusste ganz genau, wo wir standen.

In den diversen Kursen war ich trotz meines jungen Alters voll akzeptiert. Das lag nicht zuletzt an meinen Wortbeiträgen, die sich natürlich auf Computers Vorschläge stützten, aber mittlerweile sehr souverän von mir vorgetragen wurden. Ich brauchte die Hinweise eigentlich nur als Anregung.

Auf dem Weg zum nächsten Seminar rief jemand hinter mir: »Johannis, wart mal.« Ich bemerkte erst, dass ich gemeint war, als Computer mich darauf hinwies.

Ungläubig drehte ich mich um. Peggy aus dem Taktik-Seminar kam schnellen Schrittes zu mir. Sie lächelte und sah mir direkt in die Augen.

Standhalten, blendete Computer mir ein.

Woher wusste er denn, was los war? Funktionierten die Linsen auch als Kamera? Ich dachte immer, er bekam nur mit, was er über die Mikrofone der Ohrstecker hörte, das Akademie-Sicherheitssystem, über das er die Minikarte erstellte, sowie das, was er über die diversen Überwachungskameras und Ortungssystem der Reinigungsbots sah.

Ich erwiderte Peggys Blick und widerstand dem Drang mich umzudrehen, um zu prüfen, ob dort ein Reinigungsroboter in Position war.

»Wollen wir zusammen gehen?«

Die Frage bezieht sich nicht auf einen Beziehungsstatus, schrieb Computer.

»Klar«, sagte ich. »Dann komme ich nicht allein zu spät.«

»Du kommst doch nie zu spät. Du bist der pünktlichste Mensch, den ich kenne«, lachte sie.

»Na ja, dafür habe ich ja ... Mein Assistent verwaltet meine Termine.«

»Meiner auch. Trotzdem klappt das immer nur so lala.«

Ich sah sie verwundert an und setzte dann ein schiefes Grinsen auf. Nicht jeder hielt sich an die Hinweise der Assistenten. »Tja, ich nutze die Wege zum Lauftraining, weißt du? Mein Schwachpunkt. Ich hatte zu Hause kein Laufband.«

»Ich auch nicht. Woher kommst du?«

»Hamburg«, sagte ich.

»Birmingham.«

Ich nickte. Birmingham lag hoch genug und weit genug im Landesinneren. Das Inselklima war noch ganz erträglich, soweit ich wusste.

»Und hast du hier schon Leute kennengelernt?«

»Außer dir?«

Sie grinste.

»Eigentlich nicht. Mein Tag ist extrem vollgestopft und abends bin ich zu erschöpft«, log ich.

»Ehrlich? Ich habe meine Kurse so zusammengestellt, dass noch Freizeit bleibt. Ich hatte keine mehr, seit ich ernsthaft angefangen habe, mich für das Programm zu qualifizieren. Meine Eltern haben mich gewarnt, dass ich so mit fünfzehn meinen ersten Burn-out hätte.«

Hm. Hatten meine Eltern nicht. Und Computer und Fred auch nicht. »Und? Hast du Leute kennengelernt?«

»Nee, die haben alle keine Zeit.« Sie lachte wieder. Sie war ganz süß, aber nicht so süß wie Belle.

Heute Abend ist eine Party im Speisesaal. Lieutenant Bower ist befördert worden und hat die Ausbilderprüfung bestanden. Er feiert das mit seinen Schülern und Ausbildern bei Musik und Snacks in der Kantine ab 19 Uhr.

Ich war sicher, dass Peggys Assistent auch Zugriff auf diese Information hatte. Er hatte sie ihr nur nicht gegeben, weil sie nicht explizit danach gefragt hatte. »Wollen wir zusammen auf Lieutenant Bowers Party gehen? Es soll Musik und Snacks geben«, las ich automatisch Computers Textvorschlag vor.

Sie sah mich mit großen Augen an. Ein echtes Mädchen war ganz anders als die Avatare und von Assistenten bearbeitete Videos. Sie war auch gar nicht geschminkt, aber sah trotzdem gut aus. »Wow. Na klar«, juchzte sie.

Ich war einen Moment wie erstarrt. Wieso hatte ich das getan?

Als ich in meinem Quartier war, versuchte ich mir vorzustellen, was mich erwartete. Ich hatte die Kantine seit dem Aufladen des Armbandes nicht wieder besucht, war immer noch sehr linkisch im Umgang mit anderen, ohne Computers Hilfe völlig verloren. Mit größeren Gruppen kam ich inzwischen klar, aber nur, wenn ich darin unterging. Das sollte bei einer Party wohl möglich sein.

Vielleicht war es mit Peggy sogar einfacher.

Ich ging mit Computer ein paar Szenarien durch. Es ergaben sich keine schockierenden Möglichkeiten, also alles moo. Das bekäme ich schon hin.

Wir trafen uns auf dem Weg zur Kantine.

»Hey!«, rief sie und hakte sich bei mir unter.

»Hey …«, sagte ich erschrocken, beherrschte mich aber und lief nicht kreischend davon. Ich wusste nicht, was peinlicher war: das verräterische Brummen meines Armbands, das meine Körperfunktionen unter Kontrolle brachte, oder das leuchtende Rot, das ich deutlich in meinem Gesicht pulsieren fühlte.

Sie strahlte mich an.

Aus der Kantine drangen altmodische Remixes, der Lieutenant war natürlich etwas älter als wir. Ich würde die Oldies schon ertragen, besser als nichts. Ich hörte schon lange keine Musik mehr, weil sie mich zu sehr ablenkte. Insbesondere wenn ich mich erholte, dachte ich viel zu viel nach, dabei empfand ich Musik als eher störend. Nur manchmal ließ ich mich noch von ihr davontragen.

Wir traten ein. Neben dem frischgebackenen Lieutenant (*Lieutenant Brad Bower, Akademieabschluss 99,4, 20 Jahre, männlich, geboren in London, Autodidakt, 184 cm, 77 kg, Single*), der genauso rothaarig war wie Peter und dazu noch abstehende Ohren hatte, waren gut ein Dutzend Personen anwesend, die man wohl als *Freunde und Kollegen* bezeichnen konnte, allesamt Offiziere im selben Alter. Dazu rund 20 Kadetten verschiedener Altersstufen, die zu Brads Kursen gehörten. Computer nahm einen Datenabgleich vor und markierte mir diejenigen, mit denen ich Kurse teilte. – Gesichter konnte ich mir einfach nicht merken. Von den Offizieren kannte ich nur Lieutenant Nilsson, der den Astrophysikkurs als Tutor unterstützte.

Wir wurden mit unterschiedlichen Handgesten begrüßt, die die diversen Kulturkreise widerspiegelten, denen die Anwesenden entstammten. Es war ein ziemlich bunter europäischer Haufen, der da neben einem Mix unterschiedlicher Knabberprodukte (die laut HUD-Infos, die wie Fähnchen über den einzelnen Artikeln erschienen, allesamt aus demselben Nährstoffmix bestanden, aber 13 verschiedene Geschmacksrichtungen aufwiesen, die anhand von Form und Farbe unterschieden werden konnten) möglichst lässig zur Musik herumwippte. Wenn Nerds fliegen könnten, wäre hier der Flughafen.

Brad trat auf mich zu und streckte die Hand nach mir aus. Geistesgegenwärtig ergriff ich sie und schüttelte sie ordentlich.

Das genügt.

Ich ließ los. »Herzlichen Glückwunsch zur Beförderung«, sagte ich.

»Danke«, erwiderte Brad.

Auch Penny reichte ihm artig die Hand.

Computer blendete mir eine Liste geeigneter Gesprächsthemen ein, die zulässig waren. Alles, woraus sich schließen ließ, wie lange man schon dabei war und so weiter, schied aus, was die Sache etwas kompliziert machte.

»Warum sind Sie Ausbilder geworden?«, begann ich mit dem ersten Punkt auf Computers Liste.

»Ich bin zu alt für den Einsatz«, meinte Brad leichthin und zuckte mit den Schultern. »Das gilt für uns alle. Das war aber von Anfang an klar. Keiner über sechzehn wird an der Schlacht teilnehmen.«

»Das weiß da draußen aber keiner«, sagte ich vorsichtig.

»Richtig. Die Erkenntnisse verändern sich ständig, Pläne müssen angepasst werden und das kann man nicht alles direkt an die Bevölkerung weitergeben, das würde nur zu Irritationen führen«, mischte sich der Bursche neben ihm ein (*Lieutenant Mika Virtanen, Akademieabschluss 99,1+, 20 Jahre, männlich, geboren in Helsinki, Autodidakt, 189 cm, 89 kg, gebunden*).

»Als wir anfingen, trainierten wir für den Sechstkontakt, aber nach einem halben Jahr stellte sich dann heraus, dass das Programm überarbeitet werden musste und wir die nächste Generation darin schulen sollten. Den Leuten, die uns ausbildeten, war es ähnlich gegangen.«

»Dann wird niemand mit Erfahrung dabei sein?«, fragte Peggy, woraus ich schloss, dass sie hier genauso neu war wie ich.

Trotz des strikten Verbots hatten wir uns beide verraten. Einige der offensichtlich älteren Kadetten drehten sich bereits um, weil sie dieses Gespräch wohl schon kannten.

»Was heißt schon Erfahrung? Seit zwanzig Jahren hat keiner mehr echte Kampferfahrung machen müssen und Piloten, die mit Kampfjets gekämpft haben, sind jetzt so alt, dass sie nicht mal wissen, was wir hier machen. Das Einzige, was also zählt, ist die Fähigkeit, das neue Flugprogramm zu meistern.« Lieutenant Carla Rossi (*Akademieabschluss 99,8+, 20 Jahre, weiblich, geboren in Mailand, Autodidakt, 176 cm, 55 kg, Single*) sah mich milde lächelnd an. »Wir alle setzen große Hoffnungen auf die aktuellen Kadetten.«

Ich kam mir ein bisschen vor wie in einem Seminar, worüber sollte man hier aber auch sonst sprechen? Die auf Partys angeblich üblichen Ausschweifungen fielen dank der Anwesenheit der Offiziere wohl aus.

Um nicht länger wie ein Streber zu wirken, wollte ich mit einem höflichen Nicken das Gespräch beenden. Als Computer keine anderslautenden Verhaltensregeln vorschlug, wandte ich mich den übrigen Kadetten zu, die scheinbar in ein Gespräch über die Snacks vertieft waren.

»Natürlich kann man die mischen. Wenn du *Saurer Apfel grün* mit *Süßer Apfel rot* mischst, wird daraus *Apfel süßsauer*«, erklärte Holger gerade. Ich war sicher, er meinte das ernst, denn er stopfte sich demonstrativ eine Handvoll grüner Pyramiden und eine mit roten Kringeln in den Mund.

Sonja (*Kadett*) schüttelte nur den Kopf und sah mich und Peggy fragend an.

»Ich kenn das Zeug nicht«, meinte Peggy und hob entschuldigend die Hände.

Computer blendete mir die Zutatenlisten beider Produkte ein, sowie das Ergebnis einer Vermischung beider Zutaten vor und nach der Herstellung. Heraus kam eine Geschmacksrichtung, die er als *mandarinenähnlich* bezeichnete. Ich warf das nicht in die Runde und probierte etwas würfelförmiges Gelbes, das schockierend gut schmeckte, irgendwie nach Ananas mit Käse.

Du reagierst auf eine Kombination aus Transfetten und Geschmacksverstärkern, die in gesundem Essen nicht enthalten sind.

Damit erstickte Computer die Freude im Keim. Ich hätte das Zeug am liebsten ausgespuckt, obwohl es so gut schmeckte.

Ich stellte fest, dass mir in Sachen Partys bisher offenbar nichts entgangen war und ich den Abend lieber alleine und woanders verbringen wollte. Mein Bedürfnis nach Gesellschaft war eindeutig nicht groß genug, um mir das hier anzutun. Wenn man die Kommunikation auf Relevantes beschränkte, indem man nur dann Worte wechselte, wenn sie relevant waren, ersparte man es sich, peinliche Stille durch peinliches Gerede zu ersetzen.

»Ich muss noch Mathe machen«, sagte ich und nickte allen freundlich zu.

Peggy nickte zu meinem Erstaunen ebenfalls und hakte sich wieder bei mir unter, als ich ging.

Ihr Puls ist beschleunigt, ihr Atem wird flacher, ihre Pupillen sind geweitet, informierte mich Computer.

Das fand ich nicht hilfreich. Leider hatte ich keine Möglichkeit, ihm unauffällig eine Frage zu stellen: *Was passiert hier gerade?*

»Das war komisch, oder?«, sagte Peggy, als wir draußen waren.

»Ja. Warst du schon mal auf einer Party?«

»Als Kind. Seit ich meine Periode habe, haben meine Eltern mich nicht mehr vor die Tür gelassen.«

Ich sagte nichts dazu.

Sie ist erregt und hat sexuelles Interesse, verdeutlichte Computer seine Informationen.

Und was soll ich jetzt machen?, hätte ich gerne geschrien, lächelte aber nur verkniffen vor mich hin.

»Und du?«

Ich brauchte einen Moment, um zu erkennen, was sie wollte. »Nein, noch nie«, antwortete ich schließlich, während ich begann, heftig zu schwitzen. *Verdammt!*

»Sind dir die Leute aus den Camps auch so unheimlich?«

»Ja«, gab ich zu. »Es ist ziemlich hart, so aufzuwachsen.«

»Denke ich auch. Ich fühle mich denen unterlegen, weißt du?«

Ich nickte. »Das verstehe ich. Andererseits haben sie viel härter und länger trainiert als wir, wurden professionell angeleitet, wohingegen wir es allein geschafft haben. Wir haben also mehr Talent.« Na ja, von wegen allein geschafft. Das galt wohl nur für sie.

Sie sah mich zaghaft an, als wir vor der Tür zu meinem Quartier standen.

Du kannst sie hereinbitten oder dich entschuldigen. Wenn du sie hereinbittest, hast du folgende Optionen …

Ich ignorierte Computers Vorschläge zur weiteren Vorgehensweise, da ich, so reizvoll die Aussicht auch war, keinesfalls etwas mit Peggy machen wollte, das ich viel lieber mit Belle getan hätte. »Also dann, ich muss noch eine Menge Übungen durchrechnen«, sagte ich, als die Tür aufging.

Sie sah mich mit großen feuchten Augen an. War das möglich? Konnte sie die auf Wunsch feucht und groß werden lassen? Ich schluckte und ging hinein. »Bis morgen«, sagte ich und winkte ihr noch mal zu. Dann schloss sich die Tür vor ihrer Nase.

»Du hast einem Mädchen, das sich viel getraut hat, das Herz gebrochen«, behauptete Computer.

Ich presste die Zähne zusammen. »Danach habe ich dich gar nicht gefragt«, sagte ich nach einer Weile.

»Ich nahm an, dass du wissen willst, was deine sozialen Interaktionen bewirken. Soll ich die Einstellung zurücksetzen?«

»Nein«, sagte ich deprimiert. So fühlte es sich also an, wenn man zu jemand anders nicht nett war. Computer hatte recht: Ich hätte mich das umgekehrt nie getraut, einfach jemanden anzusprechen und dann mit ihm aufs Zimmer zu gehen. »Hätte ich ihr von Belle erzählen sollen?«

»Nein, das wäre zu weit gegangen. Es ist ja nichts passiert. Ihr habt nur eine Stunde zusammen verbracht.«

Da hatte er recht. Noch eine Woche bis zum Ende der Kontaktsperre.

»Hat Belle die Akademie schon geschafft?«

»Noch nicht«, antwortete Computer. »Je nachdem wie viele Pausen sie macht, kann sie es innerhalb der nächsten drei bis zehn Tage schaffen.«

Ich kannte Belle gut genug, um zu wissen, dass sie es in drei Tagen schaffen würde. Höchstens in vier. Dann bekäme sie meine Nachricht mit der Bitte, noch drei oder vier Tage zu warten.

Donnerstag, 20. November 2053, 14:00 Uhr

Noch 308 Tage, 21 Stunden, 32 Minuten

Als ich Peggy im Seminar wiedersah, lächelten wir uns kurz zu, gingen einander aber ansonsten aus dem Weg. Wir mussten wohl beide noch lernen, wie das mit der Zwischenmenschlichkeit so funktionierte. Leider gab es dafür keinen Kurs. Warum eigentlich nicht? Vermutlich weil wir alle ganz andere Dinge im Kopf haben sollten.

Ich zum Beispiel musste mich neben dem normalen Unterrichtspensum noch mit Freds Wünschen herumschlagen, die unter anderem darin bestanden, dass ich möglichst schnell zum Aushängeschild und Vorbild der Akademie gemacht werden sollte. Unabdingbare Voraussetzung dafür war aber, dass ich die Ausbildung abschloss. Ich sollte das schon in drei Monaten schaffen, statt der eigentlich vorgesehenen fünf bis acht (wobei fünf bereits ein neuer Rekord gewesen wäre). Nur dann hätten sie noch genügend Zeit, um aus meinem Erfolg den Nutzen zu ziehen, eine *Massenoptimierung* mit den an mir erfolgreich getesteten Methoden vorzunehmen und so genug Piloten in den letzten Ausbildungsabschnitt schicken zu können: das gemeinsame Flugtraining mit den echten Drohnen als direkte Vorbereitung für den Sechstkontakt, auch wenn es rein mathematisch eigentlich unmöglich war. Aber die hatten sicher noch ein paar Asse im Ärmel, die sie mir natürlich nicht verraten wollten.

Ich sah ein, dass das so früh wie möglich passieren musste, damit das zeitlich alles noch klappte. Die Kadetten und Anwärter mussten erst darüber aufgeklärt, dann überzeugt und schließlich vorbereitet werden, bevor man ihnen das Know-how in den Schädel schießen konnte. Und das alles so rechtzeitig, dass für das Abschlusstraining auch noch genug Zeit blieb, von der Möglichkeit, dass sich dabei Komplikationen ergaben, auf die man noch eingehen musste, ganz zu schweigen. Aber wie sollte das vermittelbar sein, dass ich aus regulären acht Monaten drei machte? Und selbst wenn sie uns das glaubten, ohne gleich wieder in Verschwörungstheorien abzudriften: Wie sollte ich das schaffen? Wie sollte das mit Millionen anderen funktionieren? Die Zeitdauer durch Implementierung zu verkürzen war ja gut und schön, aber von acht auf drei Monate? Da würde mir doch garantiert das Gehirn platzen!

Fred behauptete aber steif und fest, das wäre kein Problem. Ich würde über die Monate vorsichtig und kontrolliert aufgebaut, sodass ich das bei vollem Bewusstsein und mit analoger Unterrichtsbegleitung unterfüttern konnte. Sie hätten aus dem letzten Durchlauf viel gelernt und die Probleme mit der fehlenden Wissensverortung würden nicht mehr auftreten.

Ich glaubte ihm kein Wort. Ich glaubte ihm aber, dass das alles nicht machbar war, wenn ich nur auf fünf statt acht Monate verkürzte. Wenn ich auf drei Monate verkürzte, brauchten sie etwas Zeit, um das publik zu machen, dann noch mal drei Monate, um das mit den anderen durchzuführen, und dann wären wir schon bei insgesamt sieben Monaten, blieben gerade mal drei Monate, um die Ausbildung abzuschließen. – Eine Ausbildung, die es bis jetzt nur in der Theorie gab. Vieles davon würde durch blankes Ausprobieren herausgefunden werden müssen beziehungsweise mussten die Piloten extrem flexibel darin sein, auf neue Erkenntnisse zu reagieren. Würden wir nur auf vier Monate verkürzen, blieben knapp vier Wochen dafür, das wäre Selbstmord.

Donnerstag, 27. November 2053, 19:00 Uhr

Noch 301 Tage, 22 Stunden, 32 Minuten

Als ich das heutige Flugtraining beendet hatte – wir flogen mittlerweile als Gruppe, jeder mit einer eigenen Drohne –, war mein Ausbilder, Lieutenant Harper voll des Lobes. Er schlug vor, mich in eine fortgeschrittenere Gruppe zu schicken und ich akzeptierte.

Ich fragte Computer, ob Fred bereits mit seinem Voodoo angefangen hatte, und erhielt eine Bestätigung. Na immerhin hatte er nicht gelogen, dass es diesmal glatter lief: Ich hatte überhaupt nichts davon mitbekommen und auch die Verbesserung nicht bemerkt. Es kam mir einfach nur so vor, als wären die anderen plötzlich viel schlechter als ich.

An diesem Abend wartete der Ausbilder meiner neuen Fluggruppe vor meinem Quartier auf mich, um mich zu fragen, wie ich das gemacht hatte. Er war gut eins neunzig groß, kantiger Kopf, die Haare an den Seiten fast ganz abrasiert, stechender Blick, breite Schultern. – Einschüchternd. Computer wies mich an, hartes Training und gute Auffassungsgabe vorzuschützen. Lieutenant Jan Novak akzeptierte das, aber sein Stirnrunzeln verriet mir auch ohne Computers Analyse, dass er von der Idee nicht begeistert war. Vielleicht galt es auch meinem Einzelzimmer, das ich immer noch hatte. Wie lange dauerte eigentlich die Karenzzeit?

»Keine Sorge«, meinte Fred dazu, als ich mein Quartier betrat. »Wir haben ihm erklärt, dass wir nach Wegen suchen, die Ausbildung zu beschleunigen, und du der erste Kandidat bist. Er ist nur beunruhigt, weil wir ihn nicht einweihen, aber er kommt darüber hinweg. Außerdem haben deine Leistungen nichts mit ihm zu tun, sondern ausschließlich mit uns. Er gehört mehr oder weniger nur zur Show.«

Arrogantes Arschloch! »Heute endet meine Kontaktsperre«, sagte ich. Computer hatte mir seit drei Tagen keine Auskunft mehr darüber gegeben, was sich bei Belle tat. Ich hatte keine Ahnung, ob sie es geschafft hatte, ob sie wartete oder nicht.

»Ja«, sagte Fred. »Solche Formalien müssen eingehalten werden, sonst ist das Ganze hinterher zu wacklig, um es zu vermitteln. Wir könnten zwar Ausnahmen machen und sie vertuschen, aber jedes Loch mehr im Damm ist eins zu viel, du verstehst?«

Ich verstand kein Wort von seinem dusseligen Gequatsche, ich wollte einfach nur mit Belle sprechen. Und sie sehen.

»Du kannst sie um Mitternacht anrufen, nach Ablauf deiner Kontaktsperre. Sie hat der Verschiebung ihrer Aufnahme in die Akademie zugestimmt.«

Er lächelte ziemlich gönnerhaft, aber das war mir in dem Moment völlig egal. Mein Herz pochte heftig und das Armband ließ es gewähren.

Bis Mitternacht erschöpfte ich mich in endlosen Fantasien darüber, wie das Gespräch ablaufen würde, und ließ Computer fast ebenso viele *Was-wäre-wenn-Spiele* durchrechnen. Ich wollte, dass er mir das optimale Verhalten für jedes einzelne Szenario implementierte, aber er weigerte sich ohne Begründung. Ich wusste nicht, ob er es ohne Fred nicht konnte, nicht durfte oder ob es einfach nicht so schnell machbar war. Dass es unangemessen sein könnte, kam mir nicht in den Sinn.

Außerdem erörterte ich natürlich meine Frisur mit Computer. Seit mich Opa das letzte Mal nachgeschoren hatte, waren über vier Wochen vergangen und mein Haar so lang wie nie. Ich fand es ganz nett, aber Computer meinte, ich müsse es sowieso kürzen, da könnte ich es auch gleich machen. Weil ich nicht riskieren wollte, dass wir uns am Ende nur über meine Haare unterhielten, ging ich noch schnell zum Akademiefriseur, wovor ich mich bislang gedrückt hatte. Der war ausschließlich abends geöffnet.

Dann war es endlich so weit. Eine Minute nach Mitternacht startete ich einen Videocall in der Hoffnung, dass Belle ihn annehmen würde.

Auf dem Monitor erschien das Bild eines ungeschminkten blonden Mädchens mit kurzen Haaren, Stupsnase und blauen Augen. Sie hatte einen schlanken Hals, wirkte aber kräftig. – Sie sah einfach umwerfend aus, noch viel besser, als ich es mir ausgemalt hatte.

»Hallo«, flüsterte ich. »Gratuliere«, setzte ich hinzu, als ich bemerkte, dass ich mit offenem Mund glotzte.

Sie sah mich mit einem bezaubernden Lächeln an »Mir wurde von der Akademie ein Aufschub meiner Aufnahme nahegelegt, weil du darum gebeten hast. Du scheinst da ja eine große Nummer zu sein. – Nach noch nicht mal einem Monat.« Sie strahlte.

Ich schmolz dahin. »Ja, danke … äh …« Großartig, wirklich. Fiel mir nichts Besseres ein? Was hatte Computer noch mal vorgeschlagen? Ich sollte offen sein … »Ich habe dich vermisst. So sehr! Diese Kontaktsperre hat mich wahnsinnig gemacht und jetzt bekommst du eine. Entschuldige, ich wollte dir nicht dazwischenfunken, ich wollte nur …« Ich merkte, dass ich feuchte Augen bekam. Auweia. Aber Computer würde mir das vereinbarungsgemäß wegretuschieren.

»Es ist alles gut. Ich freue mich. Ich bin … Du musst dir ziemlich viel Mühe gegeben haben, das hinzukriegen. Danke.« Sie warf mir eine Kusshand zu.

Ich spürte etwas, das wohl die viel zitierten Schmetterlinge sein mussten, auch wenn ich noch nie einen gesehen hatte und den Gedanken an fliegende Würmer in meinem Bauch furchtbar eklig fand.

Wir quatschten die ganze Nacht. Glücklicherweise kam niemand auf die Idee, uns wegen irgendwelcher wichtigen Dinge am nächsten Tag zu unterbrechen. Wir erzählten uns, was die letzten Wochen alles passiert war, und ich bekam ein sehr genaues Bild von ihren zahlreichen Versuchen, die letzten Hürden zu nehmen. Meine Schilderungen hingegen gingen in einem heillosen Durcheinander aus Filterungen unter, woran wir uns aber bald gewöhnt hatten. Wir lachten nur noch, wenn es geschah, und ich wurde gut darin, die unzulässigen Inhalte wegzulassen und stattdessen die damit verbundenen jeweiligen Emotionen zu schildern beziehungsweise nicht sicherheitsrelevante Ereignisse: Wie ich mich bei meinen ersten außerhäuslichen Kontakten fühlte, wie ich bei meinem Eintreffen alles vollgekotzt hatte. Sie schwor bei allem, was ihr heilig war, dass ihr das nicht passieren würde. Ich erzählte ihr sogar von Peggy und dass ich gekniffen hatte. Dafür bedachte sie mich mit einem Blick, den ich beim besten Willen nicht deuten konnte. Computer versicherte mir später, er wäre eher wohlwollend gewesen, möglicherweise sogar respektvoll und nur mit sehr geringer Wahrscheinlichkeit amüsiert oder gar hämisch.

Als wir uns voneinander verabschiedeten, wussten wir, dass es für weitere vier Wochen sein würde, aber danach konnten wir dann endlich wieder ungefiltert reden. – Zumindest weitestgehend, weil ich da ja noch die Sache mit Fred am Laufen hatte, über die ich Stillschweigen bewahren musste, aber daran wollte ich noch nicht denken.

Ich schlief kurz vor dem Weckruf mit dem seligen Gefühl ein, dass mein Infofähnchen im HUD von jemand anders nun *männlich, gebunden* lauten würde.

Kapitel 6

Obwohl ich praktisch nicht geschlafen hatte, überstand ich den Tag problemlos. Ich war so voller Energie, dass ich geradezu Funken sprühte. Nun hielt ich auch Freds Zeitplan für machbar. Dass er Wort gehalten hatte, rechnete ich ihm hoch an, möglicherweise zu hoch, aber ich schwebte nun mal auf Wolke sieben.

In der Mittagspause rief ich zu Hause an. Mom und Dad plapperten vor lauter Aufregung wild durcheinander und ich konnte nur mit Mühe heraushören, dass sie umgezogen waren. Sie wohnten jetzt mit Opa in einer brandneuen Anlage in Mittelschweden, gar nicht mal so weit weg. Bis jetzt war den beiden noch keine neue Arbeit zugeteilt worden und sie genossen seit Jahren mal wieder ihr Leben. Ich gönnte es ihnen von Herzen. In der Anlage gab es viel zu entdecken: Theater, Restaurants, sogar Geschäfte. Es gab viele Sportmöglichkeiten und durchgehend perfekte Temperaturen. Ich freute mich schon, sie dort zu besuchen.

Computer schickte mich an diesem Tag nicht nur in den Kurs von Lieutenant Novak, sondern danach auch noch zu einer Besprechung der Ausbilder. Die waren von Fred offenbar bereits auf mein Kommen vorbereitet worden und erwarteten mich. Ich hatte allerdings keine Ahnung, was man ihnen gesagt hatte. Ich fühlte mich mehr als unwohl in meiner Haut, als ich den über 50 Ausbildern gegenüberstand.

Man erklärte mir, dass ich zu einem neuen Prototyp von Kadett aufgebaut werden sollte. Sie würden mir alle dabei helfen. Die Fluglehrer Novak und Harper standen in der ersten Reihe und nickten. Von Novaks ursprünglicher Ablehnung war nichts mehr zu sehen. Was hatte Fred denen bloß erzählt?

Lieutenant Bower von gestern Abend trat vor und lächelte mich aufmunternd an: »Wir werden uns gut um Sie kümmern«, meinte er.

War die Geheimniskrämerei endlich vorbei? Stand jetzt tatsächlich die gesamte Akademie hinter dem Programm? Oder zumindest die Akademiebasis 124? Ich hatte schon befürchtet, Fred würde eine Art Verschwörung inszenieren, irgendein Geheimprogramm, von dem womöglich nicht mal die Regierung wusste. Ich hatte genug schlechte Filme gesehen, um vom Schlimmsten auszugehen.

»Hoffen wir, dass Sie so talentiert sind, wie die da oben glauben«, sagte Lieutenant Virtanen.

Sie schickten mir bekannte Personen vor, um mich zu beruhigen, als wäre ich ein verängstigter Novize. Die hatten also weiterhin keine Ahnung. Verdammter Fred!

Ich nickte und setzte mein einstudiertes Lächeln auf, blickte in Gesichter, in denen ich zu lesen glaubte, dass ihnen ebenso wie mir klar war, dass die benötigten 500 Millionen Piloten nicht rechtzeitig bereitstehen konnten. Vielleicht hatte Fred ihnen einen Strohhalm angeboten: mich.

Du kannst jetzt gehen, ließ mich Computer wissen.

Da er keine Abschiedsformel einblendete, verließ ich wortlos den Raum.

»Du solltest in Zukunft mehr an Gruppenaktivitäten teilnehmen und Präsenz zeigen«, sagte Computer, als ich zu meinem Quartier ging.

»Sagt wer«, brummte ich, obwohl ich natürlich wusste, dass das von Fred kam.

»Du sollst innerhalb der nächsten drei Monate zum Vorbild und Ausbilder etabliert werden, dafür ist es erforderlich, dass die Leute dich kennen. Es beginnt hier in Akademiebasis hundertvierundzwanzig und wird dann auf die gesamte Akademie ausgeweitet.«

»Und das bedeutet?«

»Das bedeutet, dass du ab jetzt in der Kantine essen solltest.«

Die grüne Linie würde mich in die Kantine führen, statt in mein Quartier, wie ich nun auf der Minikarte erkannte.

Ich wollte protestieren, hatte aber letztlich keine Lust mehr. Es nutzte sowieso nichts. Wie hieß es so schön? *Wenn das Leben dir Zitronen gibt, mach Limonade daraus.* Also was? Ich sollte in die Kantine gehen und anfangen, ein Superstar zu werden. Superstars bekamen leichter Freundinnen. – Belle!

Als ich vor der Kantine stand, holte ich einmal tief Luft und ging dann so ruhig wie möglich hinein. Niemand beachtete mich. Mein Herz hörte von ganz allein auf zu hämmern.

Ich stellte mich ans Ende einer der vielen kurzen Schlangen, die sich entlang des Tresens bis ans Ende des Saals hinzogen. Neben den unerträglich vielen Infofähnchen über allen Anwesenden gab es auch noch Informationen zu praktisch jedem Objekt im Raum und zum Raum selber. Ich machte die Geste zum Einblenden der Gesten-Übersicht, aber Computer konnte meine Hand wohl gerade nicht sehen – zu viele Leute und zu wenig Kameras. »Mach das HUD aus«, zischte ich, weil mir die Geste dafür einfach nicht einfiel. Ich sah gerade noch, dass der Saal 102 mal 53 Meter maß und eine Deckenhöhe von 27,5 Metern hatte, bevor die Fähnchen verschwanden.

Die Auswahl an Gerichten, die man sich von Tabletts oder aus Warmhaltebecken auf den Teller legen konnte, war beeindruckend. Im Vorbeigehen sah ich, dass in regelmäßigen Abständen Terminals in den Tresen eingelassen waren, über die man konkrete Bestellungen aufgeben konnte. Einige Kadetten nahmen derartige Bestellungen an Ausgabeschächten entgegen. Ich fand es zunächst hilfreicher, mich an dem zu bedienen, was ich sah. Es sah meist köstlich aus und ich war gespannt, wie es schmeckte. Es waren völlig andere Produkte als die, die ich von zu Hause kannte. Ich hatte immer gedacht, die Anzahl an Gerichten, die aus den verfügbaren Zutaten hergestellt wurden, sei stark begrenzt. Offenbar sah das bei der Akademie anders aus.

Als ich mit meinem Teller ratlos über die endlosen Tischreihen blickte, blendete Computer mir wieder eine grüne Linie ein. Da ich nicht rückfragen konnte, wusste ich nicht, ob er mich einfach nur zu einem freien Platz lotste, oder ob ich dort auf ausgewählte Kontakte treffen würde.

Ich hatte keine Ahnung, wer die Leute um mich herum waren, nickte freundlich in die Runde und widmete mich dann meinem Essen, das wirklich lecker aussah.

»Ich bin Piet«, sagte der Junge links neben mir.

Ich ließ die Gabel wieder sinken. »Ich bin Jo«, antwortete ich. Von Computer hatte ich gelernt, dass ich im Zweifelsfall mein Gegenüber spiegeln sollte. Hätte er mich mit *Hi* begrüßt, hätte ich das auch getan. Ich unterdrückte ein Seufzen und wandte mich meinem rechten Sitznachbarn zu: »Ich bin Jo.«

»Hi«, murmelte der mit vollem Mund, ohne aufzusehen.

Ich sah die Leute auf der gegenüberliegenden Seite des Tisches an. Nur ein Mädchen sah hoch und zwinkerte mir zu, die anderen ließen sich beim Essen nicht stören.

Endlich schob ich mir die Gabel in den Mund. – Was zum …! Ich hätte schreien mögen vor Begeisterung. Was war das denn? Auf meiner Zunge fand eine regelrechte Explosion statt.

Die Produkte enthalten geschmacksverstärkende Zusätze, die in deiner Nahrung bislang nicht enthalten waren, ließ mich Computer wissen, weil vermutlich meine Werte hochschossen.

Wieder machte sich Ablehnung in mir breit. Die Lust auf das andere Zeug auf meinem Teller, das nach Zwiebeln, Kohl, Früchten und allerlei anderen Dingen, die ich nicht spontan zuordnen konnte, aussah, war schlagartig dahin.

Die Zusätze sind unbedenklich, fügte Computer hinzu, der aus meinen Werten wohl ableiten konnte, was er da gerade angerichtet hatte.

Aber zu spät: Beim Probieren der nächsten Sorte gab es zwar wieder diese heftige Reaktion auf meiner Zunge, aber sie beunruhigte mich mehr, als mich zu erfreuen. *Die Geister, die du riefst*, dachte ich grimmig und hätte Computer eine verpasst, wenn das möglich gewesen wäre. Ich überlegte, wie ich die Parameter so formulieren konnte, dass er mich weiterhin gut informierte, mich aber vor den Dingen, die ich nicht zwingend wissen musste, mir aber den Tag versauen konnten, schützte. Eben so, wie es ein gutes Unterbewusstsein tat.

»Woran denkst du?«, fragte das Mädchen mir gegenüber.

Ich schrak aus meinen Gedanken hoch und sah nun endlich auf das Namensschild an ihrer Brust. Ellen. Dann bemerkte ich, dass es aussah, als würde ich auf ihre Brust starren und schrak wieder hoch.

Sie grinste.

»Ich, äh … überlegte gerade, wie ich meinen Assistenten anpasse«, stammelte ich verlegen.

»Oh, da kann ich dir helfen. Ich kenne jede Menge Tricks.«

Na klar, nur weil du älter bist als ich. Ich lächelte pflichtschuldig. Sie war ganz nett.

»Wird Zeit«, sagte der Junge neben ihr. *Martin* stand auf seiner Brust. Er erhob sich und ging. Seinen Teller nahm er mit.

Ellen stand ebenfalls auf, nickte mir noch einmal zu und folgte ihm.

Ich sah den beiden verwirrt nach.

Das war eine Eifersuchtsreaktion von Martin, der mit Ellen eine Paarbeziehung unterhält. Sie hat sich seiner Reaktion unterworfen, um weiterführende Komplikationen zu vermeiden. Du warst ihr aufgrund der mangelnden Tiefe eures Kontaktes nicht wichtig genug, Martin weiter zu beunruhigen.

Ich sah mich um, ob noch jemand eine Reaktion zeigte, aber allen anderen war es wohl egal oder entgangen. Außerdem hatte scheinbar keiner außer mir Probleme mit seinem Essen. Es würde komisch aussehen, wenn ich nicht aufaß.

Missmutig schob ich mir eine Geschmacksexplosion nach der andern in den Mund. Dank Computers stetigem Hinweis, dass es unbedenklich sei, konte ich mich langsam wieder entspannen und die neuen Eindrücke am Ende sogar genießen.

Ich musste auf die anderen wie ein Freak wirken, aber wahrscheinlich würden sie sich mein Gesicht keine fünf Minuten merken können, sie hatten ja kein HUD.

Als ich mit meinem leeren Teller aufstand, hatten die Leute um mich herum teilweise schon zweimal gewechselt.

Zurück in meinem Quartier befasste ich mich mit den noch offenen Kursinhalten. Für das Taktik-Seminar musste ich ein paar Simulationen durchgehen, die wir besprochen hatten. Es waren Alternativszenarien zu entwickeln. Das hätte ich zwar Computer machen lassen können, aber es ging darum, die Wechselwirkung von Änderungen zu verinnerlichen. Außerdem musste ich mich auf die morgigen Kurse vorbereiten, um zu verstehen, was mich Computer zu den einzelnen Aspekten sagen lassen würde.

»Du bist abgelenkt«, stellte Computer nach einer Weile fest.

Ich hatte die Taktik-Simulation dreimal neu gestartet, kam aber nicht weiter. Ich konnte mich einfach nicht konzentrieren.

»Woran denkst du?«

»An die Leute, das Mädchen ... Ellen und Martin.«

»Ihr Verhalten war altersgerecht und ...«

»Sie sind ein Paar. Sie können einfach ...«

»Du kannst das auch.«

»Aber Belle ist nicht hier.«

»Es ist deine Entscheidung, dich auf Belle zu beschränken.«

»Was meinst du?«, fragte ich und spürte, wie meine Stirn sich in Falten warf.

»Monogamie ist ein unpraktikables Konzept. Die negativen Aspekte deiner Selbstbeschränkung stehen in keinem Verhältnis zum Nutzen.«

Ich wurde wütend, aber wieso? Er war eine Software. Genauso konnte ich auf ein Buch wütend sein, in dem etwas stand, das mir nicht passte.

»Ich will es so«, sagte ich, um dieses unselige Gespräch zu beenden. Am anderen Ende der Leitung konnte ja genauso gut Fred oder ein Operator sitzen, dessen Moralvorstellungen gegenüber einer Marionette zu wünschen übrig ließ.

Wenn ich gewollt hätte ... Peggy schien auch das Bedürfnis zu haben.

»Du bist immer noch abgelenkt.«

»Ja, verdammt!«

»Möglicherweise hilft es zu masturbieren«, schlug Computer vor. Das war sein Allheilmittel bei allen hormonellen Aspekten.

»Das hilft jetzt nicht!«

Ich stellte mir vor, wie Martin mit Ellen all die Dinge tat, die ich noch nie getan hatte, die ich mit Peggy hätte tun können – tun könnte ...

Drei Minuten später holte ich eine Socke aus dem Schrank. Es half letztlich doch. Blöder Scheiß.

Als ich die benutzte Socke in den Schmutzwäschebehälter geworfen hatte, der dafür vollautomatisch aus dem Boden hochfuhr, fiel mir ein, dass es ziemlich peinlich werden konnte, wenn das Reinigungspersonal den Zustand der Socke bemerkte. Sofort schoss mir das Blut in den Kopf.

»Deine Werte steigen wieder an.«

»Es ist nichts. Ich will nur nicht ...« Ich stöhnte genervt auf. »Ich will nicht, dass jemand sieht, was ich mit der Socke gemacht habe.«

»Die gesamte Versorgung läuft rein maschinell. Die Wäsche wird über ein vollautomatisches Sammelsystem der Reinigung zugeführt und dort ohne jeglichen menschlichen Eingriff bearbeitet.«

Das beruhigte mich. Seit ich auf der Akademie war, hatte ich die Masturbation auf einmal täglich reduziert, immer beim Duschen. Es gab inzwischen auch Tage, an denen ich es glatt vergaß. Woran das wohl liegen mochte? Noch vor einem halben Jahr hatte ich drei- bis viermal täglich den Druck rausnehmen müssen, um mich aufs Training oder die Schule konzentrieren zu können, inzwischen bekam ich viel seltener eine Erektion. Ich guckte allerdings auch keine Pornos mehr, wurde wohl langsam erwachsen.

»Wenn dich der Gedanke beunruhigt, jemand könnte aus deiner Wäsche Rückschlüsse auf dein Verhalten ziehen, müsste dich die Kameraüberwachung viel mehr belasten«, stellte Computer nüchtern fest.

Ich erstarrte. Daran hatte ich bislang nicht ein einziges Mal gedacht! Überall waren Kameras: in jeder Wand, in jedem Gerät, jeder Reinigungseinheit ... Computer sah alles, was ich tat und was um mich herum geschah, also konnten es auch andere sehen! »Es war ja dunkel«, sagte ich leise, um mich zu beruhigen. Und beim Duschen stand ich beim Masturbieren sowieso immer Richtung Ecke.

»Die Kameras haben alle Restlichtverstärkung und Infrarot«, klärte Computer mich auf.

Manchmal hasste ich das. Wirklich!

»Du zitterst«, stellte er fest. »Warum?«

Er konnte mitunter echt doof sein. »Was glaubst du denn?«

Natürlich glaubte er nichts, er folgerte: »Die Erkenntnis beobachtet zu werden, belastet dich. Das ist unlogisch. Es hat sich nichts geändert.«

»Doch! Ich weiß es jetzt! Danke dafür.«

»Die Vorgabe lautet, dass du immer informiert sein willst. Wenn ich eine Erkenntnislücke entdecke, schließe ich sie. Soll diese Vorgabe ...«

»Nein!«, blökte ich.

»Es tut mir leid, dass dich diese Information überrascht hat. Es war nicht ersichtlich, dass du diesen naheliegenden Rückschluss nicht gezogen hattest. Dein Unterbewusstsein hat diese Erkenntnis offenbar verdrängt, um dir die Möglichkeit zu geben, dich bei privaten Dingen unbeobachtet zu fühlen.«

»Ja genau, so was macht ein gutes Unterbewusstsein nämlich«, maulte ich leise. Plötzlich fühlte ich mich auch noch belauscht.

»Möchtest du, dass ich das für dich rückgängig mache?«

»Was?«, fragte ich verblüfft.

»Die Erkenntnis. Sie lässt sich aus deinem Bewusstsein entfernen. Du wärst im selben Zustand wie zuvor.«

»Wie das?«

»Mithilfe derselben Technik, mit der dir Erkenntnisse implantiert werden.«

Das würde bedeuten, dass ich mich auf gar nichts mehr verlassen konnte. Meine Erinnerungen konnten gelöscht, umgeschrieben und nach Belieben manipuliert werden. Ich würde *diese* Erkenntnis gerne löschen. »Das klingt gefährlich. Hast du das denn schon mal gemacht? Hast du damit Erfahrung?«

Falls ja, fiel er auf den Trick nicht rein. Computer, Fred oder wer auch immer antwortete: »Nein, das ist eine rein theoretische Schlussfolgerung.«

Ich wünschte, ich könnte wieder so intensiv an Belle denken, wie vor der Sache mit der Socke. Um mich abzulenken, dachte ich an alte Filme, Komödien, in denen Leute peinliche Situationen erlebten. Ich stellte mir vor, wie jemand nach einer wilden Partynacht auf Sachen angesprochen wurde, die er im Rausch getan und danach vergessen hatte. Alle brüllten vor Lachen. Dann entdeckte jemand ein Video von sich, das ihn bei Peinlichkeiten zeigte, an die er sich nicht mehr erinnern konnte. Viele Videos mit vielen Geschehnissen, die alle aus seiner Erinnerung gelöscht worden waren. Ein ganzes Leben voll unsäglicher Ereignisse, die alle gelöscht wurden. Eine leere Hülle, die sich nur an Banalitäten wie Aufstehen, Duschen, Frühstücken erinnern konnte, nicht aber an die echten Dinge, weil sie nicht zu ertragen waren und gelöscht werden mussten, weil sie geheim waren oder peinlich …

Vermutlich hatte das Armband irgendwann eingegriffen, denn ich erwachte am nächsten Morgen einigermaßen erholt. Ich erinnerte mich zwar noch an die beunruhigenden Gedanken der letzten Nacht, aber irgendwie belasteten sie mich nicht mehr.

Donnerstag, 4. Dezember 2053, 18:30 Uhr
Noch 294 Tage, 17 Stunden, 2 Minuten

Im Laufe der Woche wurde ich in allen Kursen hochgestuft. Im Speisesaal kam es mittlerweile vor, dass man mich erkannte und grüßte. Ich konnte mir nicht mehr erlauben, das HUD zu deaktivieren, da ich mir beim besten Willen weder Gesichter noch die zugehörigen Hintergrundinfos merken konnte. Dank des HUDs fiel mir auf, dass Kadetten und Offiziere gemeinsam die Kantine nutzten und sogar gemischt zusammensaßen, es gab keine Abgrenzung.

In einigen Kursen, bei denen ich besonders fortgeschritten war, wurde ich von den Leitern in die Unterrichtsführung einbezogen. Das klappte dank Computer ganz gut. Er lieferte mir inzwischen auch Verbesserungsvorschläge und Fehleranalysen, die er den anderen direkt auf deren Assistenten übertrug.

Der nächste logische Schritt war, dass ich selber ausbilden sollte. Ein entsprechender Lehrgang wurde erwogen, aber aus Zeitgründen verworfen. Wenn, dann sollte ich so schnell wie möglich beginnen, die anderen Kadetten mitzuziehen. Es wurde eine Gruppe besonders talentierter Neuzugänge zusammengestellt, denen ich das Fliegen mit den echten Drohnen beibringen sollte, natürlich unter Aufsicht eines regulären Fluglehrers. Die Idee dahinter war, dass ich gar nicht so viel erklären müsste, sondern den Piloten eher intuitiv vermitteln würde, wie es funktionierte. Das war etwas, das die Ausbilder nicht konnten, dafür waren sie zu sehr aus dem Trainingsrhythmus raus. Diese spezielle Taktung aus Theorie, Training, Theorie, Training hielt einen Pilotenanwärter beziehungsweise Kadetten in einer Art Tunnel. Einer der Ausbilder verglich es mit Tanzen: Wenn zwei Personen zur selben Musik tanzten, war es viel einfacher, dem anderen neue Moves beizubringen, als wenn ein Trainer danebenstehen würde, der nicht tanzt. Das Beispiel war für mich nicht nachvollziehbar, aber ich wusste dennoch, was er meinte.

Es funktionierte auf Anhieb: Statt sich umständlich mit langwierigen Erklärungen rumzuquälen, rutschten meine Schüler quasi hinein. Ich konnte natürlich nur das vermitteln, was ich bereits selber drauf hatte, deshalb beließen wir es fürs Erste bei diesem einen Kurs. Später sollte ich größere Gruppen unterrichten. Fred erklärte mir, dass sie da ganz auf den Promi-Effekt setzen würden, den ich bis dahin haben sollte. Er sprach in letzter Zeit immer häufiger im Plural. Ich vermutete, dass sein Team immer größer wurde, je weiter ich kam. Aber da hatte ich mich getäuscht.

»Johannis, ich möchte dir jemanden vorstellen«, sagte er eines Tages. Ich musste den Helm aufsetzen, und das Gespräch dort annehmen. Computer hatte mir versichert, dass mein Quartier so gut isoliert war, dass man meine Gespräche im Flur nicht hören konnte. In diesem Fall wurde aber die zusätzliche Sicherheit des geschlossenen Helms gewünscht, durch den meine Stimme praktisch nicht nach außen drang.

Hinter Fred tauchte nun ein Mann auf, der einen sehr gut sitzenden Anzug trug. Er war eindeutig ein hohes Tier bei der Regierung, andere trugen zweckmäßigere Kleidung. Seine Frisur sah aus, als wäre sie extra so designt worden, dass sie nicht militärisch, aber dennoch streng und kurz wirkte. Wie gemeißelt. Er wirkte alterslos, aber nicht jung, definitiv nicht nett. Ich hatte gehört, dass die oberen Zehntausend sich Gesichtsmasken und so Zeug gönnten, damit es keine Falten oder Augenringe gab. Das musste einer von ihnen sein. Obendrauf kam dann noch die sicher nicht unerhebliche Nachbesserung durch die Bild-Assistenz.

»Das ist Marc Webber«, stellte Fred ihn vor. »Er ist der Leiter der Abteilung, der ich und meine Leute unterstehen.«

Ich sah ausdruckslos zu, wie Webber sich an Fred vorbeischob und mich auf eine Art und Weise ansah, die deutlich machte, dass er Kameras gewohnt war. »Muellers Team hat mit Ihnen gute Arbeit geleistet.« Seine Stimme war warm, aber dennoch ließ sie mich frösteln. »Das Programm ist ein voller Erfolg und wir gehen jetzt in die Breite. Darum übernehme ich die Leitung nun selber. Für Sie wird sich nicht viel ändern, Herr Neumann, ich möchte nur, dass Sie wissen, dass das Ganze nun auf ein anderes Niveau gehoben wird. Wir werden mit dem Programm in Kürze an die Öffentlichkeit treten. Bis dahin ist jedoch weiter strikte Geheimhaltung zu wahren. Wir wollen nicht riskieren, dass etwas durchsickert, bevor wir so weit sind. Ihre Erfolge bei der Anleitung Ihrer Kameraden sind aber sehr ermutigend.«

Der Mann war kälter als Fred, dafür würde ich mir bei ihm keine Gedanken machen müssen, dass er mich heimlich beobachtet. Dem war ich so egal wie der Bot, der sein Schlafzimmer reinigte.

Ich nickte einfach und hoffte, dass das Spektakel damit vorbei war.

»Captain Mueller hat mich darauf vorbereitet, dass Sie extrem pragmatisch sind. Das qualifiziert Sie so für dieses Programm. Wir betrachten das also als Feature. Weitermachen!«

Das Gespräch war beendet. Ich blinzelte verblüfft.

»Was heißt das jetzt?«, fragte ich.

»Das Team, das sich mit dir befasst, ist jetzt auf Abteilungsgröße angewachsen. Meine Freigaben wurden ausgeweitet. Einhundertachtzehn Leute befassen sich jetzt direkt mit der Betreuung deiner Ausbildung, die nicht direkt Eingeweihten in Akademie einhundertvierundzwanzig nicht mitgerechnet«, ließ mich Computer wissen.

Wow.

Als ich an diesem Abend zu einem weiteren Treffen mit den Kursleitern gebeten wurde, traf ich dort auf ein neues Gesicht. Der Mann war fast einen Kopf größer als ich, extrem schlank, trug einen Anzug, der deutlich billiger war als der von Webber, und sah ansonsten ein bisschen aus wie der Präsident.

»Kadett Johannis! Ich bin Captain Peter Anderson«, stellte er sich zackig vor und grüßte militärisch.

Automatisch taten es ihm die Lieutenants nach, obwohl das sonst in Akademie 124 unüblich war.

Ich erwiderte den Gruß und hoffte, Computer würde mir irgendwas Hilfreiches einblenden, tat er aber nicht. Nicht mal eine Information darüber, wer der Kerl war: Das HUD war deaktiviert. – *Fuck!*

»Das Verteidigungsministerium schickt mich als Verbindungsoffizier. Wir möchten derzeit noch keine offizielle Kommunikation über das Akademienetzwerk. Die Fortschritte in dieser Angelegenheit bleiben erst mal unter uns«, erklärte er mir, aber so wie die anderen guckten, hörten sie es auch zum ersten Mal. »Meine Herren«, er drehte sich zu den Ausbildern um, »Sie leisten hier ausgezeichnete Arbeit. Wir sind sicher, dass sie den Kadetten die Kontaktsperre erklären können. Wir kümmern uns darum, die Angehörigen zu informieren.«

Die Lieutenants schnappten nach Luft.

»Um möglichst wenig Aufmerksamkeit zu erregen, wird das Ganze als Übung behandelt. Ihre direkten Vorgesetzten kennen die Hintergründe nicht und das soll auch so bleiben. Da sie der Kontaktsperre nicht unterworfen werden wollten, bleiben sie für die Dauer der Übung außen vor. Ich übernehme hier so lange die Leitung.«

Einige der Lieutenants, die sich unbemerkt wähnten, setzten nun verstohlen ihre AR-Brillen auf, um das zu prüfen. Anderson verzichtete offenbar bewusst darauf, sich umzusehen, sondern ließ sie gewähren.

Nach wenigen Sekunden nickten sie ihren Kameraden dezent zu.

Anderson fuhr fort: »Alles läuft weiter nach Plan, allerdings werde ich Herrn Neumann von Zeit zu Zeit mit ins Ministerium nehmen. Man möchte ihn kennenlernen.« Er grüßte wieder zackig und fasste mich an der Schulter. »Kommen Sie mit«, meinte er und öffnete die Tür.

Ich warf noch mal einen Blick über die Schulter und sah jede Menge ratloser Gesichter. Novak hob sogar entschuldigend die Arme.

Auf dem Gang lächelte Anderson mich aufmunternd an. Seine mittellangen gescheitelten Haare bewegten sich im Gegensatz zu Webbers. »Entspannen Sie sich. Sie haben sicher Fragen.«

Die hatte ich in der Tat, wusste aber nicht, ob ich sie ihm stellen konnte. Computer hatte das HUD noch immer nicht aktiviert, obwohl ich die Geste dafür inzwischen auswendig kannte und es mehrmals probiert hatte.

»Ihr Assistent wurde angewiesen, Ihnen keine Informationen über mich einzublenden«, sagte Anderson fast nachsichtig. »Das mag für Sie unbefriedigend, vielleicht sogar beunruhigend sein, aber ich gehöre nicht zu dem Personenkreis, über die Informationen in Umlauf sind. Für Sie, einen Menschen, der praktisch ununterbrochen mit HUD-Informationen versorgt wird, ist das Fehlen einer solchen bei einer Person aber mit Sicherheit erschreckender, als das vollständige Fehlen des HUDs. Sehe ich das richtig?«

Das stimmte wohl, aber was wollte er jetzt von mir?

»Wir wollten einfach nicht riskieren, dass Sie da drin einen Mordsschreck bekommen.« Er lächelte weiter, warm, würde ich sagen, das Lächeln erreichte die Augen. Er hatte etwas Lausbubenhaftes, genau der richtige Typ, um einen Jungen wie mich zu beruhigen.

»Die AR-Brillen zeigten natürlich auch keine HUDs an. Aus demselben Grund. Die Herren dürfen nicht wissen, dass es über mich keine Informationen gibt. Manche Menschen reagieren etwas ... nervös, wenn sie es mit dem Geheimdienst zu tun bekommen.«

Ich auch. Ich erschrak.

»Nur die Ruhe. An den Gerüchten ist nichts dran.«

Was für Gerüchte? Ich schwitzte.

»Ich soll nur sicherstellen, dass wir hier in Ruhe weiterkommen, ohne dass die Öffentlichkeit irritiert wird oder wir interne Probleme wegen irgendwelcher Zuständigkeit ausräumen müssen. Dafür haben wir keine Zeit. Hauptsächlich möchte Fred Mueller aber, dass jemand auf Sie aufpasst. Er kann sich in Zukunft nicht mehr persönlich um Sie kümmern, deshalb schickt er mich.«

Das überraschte mich nun doch. Hatte ich mich in Fred getäuscht?

»Wir werden uns sicher etwas näher kennenlernen, wenn wir den ersten gemeinsamen Ausflug machen.« Er nickte mir noch mal zu und marschierte dann davon.

Kaum war er um die Ecke verschwunden, sprang mein HUD wieder an und zeigte mir die Infofähnchen der Lieutenants hinter der Tür.

Ich ging ein paar Schritte weiter und sagte: »Wie hoch ist das durchschnittliche Stresslevel bei den Jungs da drin?«

»Die Information darüber unterliegt dem Persönlichkeitsrecht, aber meine erweiterten Zugriffsrechte setzen das außer Kraft.«

Ich fühlte, wie sich ein grimmiges Lächeln in mein Gesicht stahl.

»Sie sind beunruhigt, weil niemand Informationen zu Captain Peter Anderson hat. Ihnen alle liegen jedoch schriftliche Bestätigungen der Kommandoübertragung für die Dauer der Übung vor sowie entsprechende Videobotschaften von Captain Kurtis und Major Blohm.«

»Ist mir egal!«, zischte ich und machte mich auf den Weg in mein Quartier. »Was bedeutet das für mich? Was läuft hier?«

»Marc Webber hält es für zu riskant zu versuchen, das weitere Vorgehen geheim zu halten. Er bevorzugt eine kontrollierte Umgebung und hat daher die Übung initiiert, über die er die Kontaktsperre verhängen konnte, die verhindern soll, dass Kadetten und Ausbilder über die aufsehenerregenden Neuigkeiten berichten, die hier demnächst bekannt werden. Es ist einerseits beabsichtigt, dass alle hier mitbekommen, was für Fortschritte du machst, zu was du fähig bist, andererseits soll das aber noch nicht nach außen dringen.«

»Die werden wütend auf mich werden, wenn rauskommt, dass die Kontaktsperre wegen mir ist.«

»Deswegen ja die Ausrede mit der Übung.«

»Hm.« Ich traute der Sache nicht.

Unterwegs brütete ich darüber nach, wem ich noch vertrauen konnte. Dass Computer meinte, er könne Informationen auch wieder löschen, warf ein völlig neues Licht auf die Situation. Vielleicht konnte ich diesbezüglich Fred trauen, was ehrlich gesagt alles andere als sicher war, aber Webber auf keinen Fall. Computer konnte ich auch nicht danach fragen. Blieb Anderson. Wenn wir wirklich demnächst nach New York fliegen würden, könnte ich das mal ansprechen.

Hatte Webber das von Anfang an so geplant? Sah das nur für mich so aus, als würden die sich nach dem Zufallsprinzip und viel Glück durchwursteln? Jedenfalls war es für die Durchführung seines neuesten Plans sehr praktisch, dass ich in der kleinsten und damit kontrollierbarsten Ausbildungsbasis gelandet war.

Computer blendete mir einen Vorschlag für ein spezielles Menü ein, das ich in der Kantine bestellen könnte. Ich war bisher noch nicht dazu bekommen, die Terminals mal auszuprobieren, weil ich noch lange nicht mit den ausgestellten Angeboten durch war. Da ich was essen musste, machte ich doch noch einen Abstecher in den Speisesaal. Er war fast leer, es war spät geworden.

Als ich mit etwas, das sich *Pad Krapao* nannte und laut Computer einem berühmten thailändischen Gericht vom Anfang des Jahrtausends entsprach (*gebratenes heiliges Basilikum*), allein an einem der vorderen Tische saß, war ich mir über meine aktuelle Lage immer noch nicht sicher. War ich jetzt jedermanns Spielball oder waren über mir nur noch Webber und die EVA?

Ich wurde aus meinen Gedanken gerissen, als sich eine junge Frau an meinen Tisch setzte: meine Größe, kurze braune Haare, braune Augen, schlank. Vom Alter her könnte sie Lieutenant sein, aber ich hatte sie noch nie gesehen. Das HUD kennzeichnete sie als *Simone, Kadett*. Das stand auch auf ihrem Namensschild.

Sie sah mir eine Weile dabei zu, wie ich in braunen Klümpchen herumstocherte, die laut Computer wie gebratenes Schweinefleisch aussehen und schmecken sollten. Es war lecker, aber ich hatte gerade keinen Nerv für Kulinarik.

Du bist unhöflich.

Verdammt, ja. Ganz vergessen: »Hi, ich bin Jo«, sagte ich. Wieso musste ich überhaupt anfangen? Sie war doch hinzugekommen. Oder hatte ich ihre Begrüßung überhört?

»Du erregst hier ziemliches Aufsehen«, meinte sie.

»Ach ja? Kann sein.«

»Du siehst ziemlich jung aus, deshalb ...«

»Ich sehe nur so aus«, schnaubte ich. Das entsprach nicht mal annähernd Computers Textvorschlag.

»Alles klar.« Sie grinste mich an. Grübchen. Wie nett. »Wir haben heute eine kleine Party. Unten in den Katakomben.«

Mit Katakomben meinen die Kadetten den technischen Wartungsbereich unterhalb der Wohnebene, der nur minimal kameraüberwacht ist.

»Danke, aber kein Bedarf. Ich war hier schon mal auf einer Party.«

»Ich habe davon gehört. Das war aber eine offizielle Beförderungsparty, was hast du da erwartet? In den Katakomben sind keine Lieutenants dabei.«

Ich wurde hellhörig. Gerne hätte ich Computer jetzt nach seiner Meinung gefragt. Die Geste für *Teile mir ungefragt deine Analyse mit* ausführend, hoffte ich, dass irgendeine Kamera das sehen konnte.

Es wäre gut für dein Image, die Einladung anzunehmen.

Also nickte ich mit vollem Mund. »Okay. Wann?«

»Die Party läuft schon. Ich habe dich hier zufällig reingehen sehen und dachte, ich sag es dir. Diese Art von Party steht nicht im Netz.«

Natürlich nicht. Zu der Gabel, die ich gerade zum Mund hob, wurde als Bestandteile eingeblendet: *Gehacktes, Teile von Spiegelei und Reis.* Über Simone erschien nun als erweiterte Information, weil Computer auch diese Geste von mir aufgenommen hatte: *Puls leicht beschleunigt, Atem etwas flacher, Pupillen nicht geweitet.*

Ich stand auf, nahm mein Tablett und sagte: »Auf gehts«, wie Computer mir soufflierte.

Der Weg in die Katakomben war mit Kameras gepflastert. Es war völlig ausgeschlossen hier hinzugelangen, ohne dass die Akademieleitung es mitbekam. Dass derlei Veranstaltungen im toten Winkel der Kameras geduldet wurden, hatte psychologische Gründe. Computer informierte mich darüber, dass es darum ging, Bewertungen vornehmen zu können, die bei der Beurteilung von Charakter und Eignung helfen konnten. Die toten Winkel waren gefakt, das Verhalten der Partygänger wurde über nicht sichtbare Kameras beobachtet. Heute jedoch nicht, da das zuständige Personal aufgrund der Übung außen vor war – Sie blieben außerhalb der Kontaktsperre.

Während ich diese Informationen ablas, textete mich Simone mit allerlei Hintergrundinformationen zu den Leuten voll, die ich gleich treffen würde. Computer nahm das alles auf und würde es mir bei Bedarf kompakt bereitstellen, ich musste im Moment also nur beifällig nicken und brummen.

Als wir den Ort des Geschehens erreichten – es war ein etwas muffiger Heizungsraum mit einer dicken Staubschicht auf den Rohren, die vorgaukeln sollte, dass hier nicht mal die Reinigungsbots hinkamen, eine Legende, die vermutlich seit dem ersten Tag dieser Basis gepflegt wurde – warfen einige der Anwesenden kreischend die Arme hoch und grölten: »Johanniiis!«

Ich zuckte erschrocken zurück.

»Nur die Ruhe. Die sind alle etwas drauf.«

Sie meint, dass die meisten der Anwesenden unter Drogeneinfluss stehen.

Drogen? Hier?

Sie zog mich mitten rein in den lärmenden Haufen Leute, die mehr brüllten, als redeten, um die laute Musik zu übertönen, die aus mehreren parallel geschalteten Smartphones dröhnte. Clever, das musste ich zugeben.

Während ich die Infos überflog, die Computer mir nun für jeden Einzelnen einblendete, den ich direkt ansah, stellte mich Simone der Reihe nach vor. Ich verstand kein Wort, aber ich hatte das HUD. Ich musste nur grinsen, Hände schütteln und damit zurechtkommen, dass mir auf die Schulter geklopft wurde.

Das ist eine gute Übung für dich. Du musst dich an so was gewöhnen.

Am liebsten hätte ich die Gelegenheit genutzt und auch mal so richtig geschrien.

Wenn die Leute mich was fragten, zuckte ich nur mit den Schultern und deutete auf mein Ohr. Sie nickten dann und ließen es gut sein. Nur einer zog mich etwas von dem Lärm weg, um zu fragen, wie ich das machte. Ich wusste genau, was er meinte, aber wie sollte ich das erklären? Also zuckte ich trotzdem nur mit den Schultern.

Simone hatte mich nur unwillig von ihm wegziehen lassen. Nun eroberte sie mich zurück und drängte mich in eine Ecke. Sie wackelte ziemlich.

Sie hat sich über ihr Armband Methylendioxymethylamphetamin zusammenstellen lassen. Sie ist jetzt sehr enthemmt und empathisch.

Ich hatte keine Ahnung, was das jetzt für mich bedeutete, aber ich empfand sie als sehr aufdringlich. Sie kicherte ununterbrochen und machte alles andere als den Eindruck, dass sie etwas zur Rettung der Erde beitragen konnte. Die anderen allerdings auch nicht. Ich verstand den Zweck dieses Raums: Er war für die Akademie wie ein Filter. Erstaunlich, dass hier nicht gleich der Ausgang war, durch den die Durchgefallenen entsorgt werden konnten.

Plötzlich kam ich mir furchtbar alt und langweilig vor. Was war geschehen? Hatte Fred mir auch einen Stock in den Arsch implementieren lassen? »Wie können die sich denn Drogen von ihren Armbändern geben lassen?«, wollte ich wissen, als Simone gerade damit beschäftigt war, ekstatisch die Arme in die Luft zu werfen und einen unaussprechlichen Refrain mitzukrächzen.

Sie haben ihre Armbänder gehackt. Das wird toleriert, wenn die Nutzung im Rahmen bleibt. Möchtest du eine der Gruppe angemessene milde Drogenerfahrung ohne Nebenwirkungen machen?

Ich überlegte kurz, kam aber zu dem Schluss, dass Computer kaum etwas zulassen würde, was schlimmer war als das, was ich ohnehin bei jeder Gelegenheit verpasst bekam, und machte die Geste für Zustimmung.

Sofort wurden die Farben intensiver, die Musik lauter und erstaunlicherweise auch besser. Ich konnte sogar etwas davon verstehen. Begeistert hüpfte ich mit Simone im Takt und sah fasziniert ihren wippenden Brüsten dabei zu, wie sie abwechselnd der Schwerkraft nachgaben und ihr dann wieder trotzten.

Du machst das sehr gut. Die anderen sehen dich als Gruppenmitglied an.

»Mach das aaauuusss ...«, rief ich laut.

Computer ignorierte meinen Wunsch.

»He, bist der neue Star, oder?« (*Benny, Kadett, Tetrahydrocannabinol, ruhig.*)

Ich wackelte grinsend mit dem Kopf.

»Moo, Mann. Irgendwann stehste sicher auf der Liste.« (*Gertrud, Kadett, Amphetamin, überdreht.*)

Damit meinte sie vermutlich, dass ich auf der Rangliste weit oben stehen würde. Stand ich ja schon. Könnten die sich hier eigentlich denken. Oh! Memo an mich selbst: *Dran denken, dass die sich das denken können.* Oh nein ... Das würde ich doch glatt vergessen! »Computer!«, rief ich.

Sofort wurde ich etwas weniger fröhlich und nüchterner. War das möglich? Konnten die ... konnte Computer oder wer auch immer meine Partylaune wie mit einem Drehrad einstellen? An, aus, an, aus ... Oh Mann!

»Was meinst du, wie lange brauchst du bis zum Lieutenant?«, brüllte einer (*Georg, Kadett, Benzoylecgoninmethylester, aggressiv*).

»Drei Monate!«, brüllte ich zurück.

Er warf vor Lachen den Kopf in den Nacken und ruderte wild mit den Armen. Dann legte er den einen Arm um meine Schulter und hielt mit der anderen Hand meine Hand hoch. »Drei Monate bis zum Lieutenant!«, schrie er.

Die anderen brachen in Jubel aus. Immer wieder kam einer näher und klopfte mir lachend auf die Schulter.

»Nee, jetzt mal im Ernst, Mann.« Der Junge vor mir sah mich mit halb offenen Augen an und grinste breit (*Frank, Kadett, Tetrahydrocannabinol, erschöpft*).

»Im Ernst, Mann. Drei Monate«, flüsterte ich ihm ins Ohr.

Gitte Sache. Meine erste richtige Party. Das konnte ewig so weitergehen.

Du musst dich erholen. Morgen wird es anstrengend. Entschuldige dich einfach und geh: Sorry Leute, war echt megagitt, aber ich bin echt voll fertig. Wir sehen uns morgen, machts gut.

Ich hatte nicht die Absicht, diesen Mist vorzulesen.

»Willst schon los?« Ein paar wässrige Augen starrten mich an (*Claas, Kadett, Phenylcyclidin, verwirrt*).

Das wollte ich tatsächlich. Plötzlich fand ich die Meute aus kreischenden, starrenden, plappernden und unkontrolliert herumwackelnden Kadetten in diesem dreckigen Kellerraum abstoßend. *Computer! Lass die Finger von meinem Armband!*, hätte ich am liebsten geschrien, aber er hatte ja recht. Ich musste hier weg und schlafen.

Simone hing plötzlich wieder an meinem Arm. Wie praktisch. Dann fiel mein Abgang nicht so auf. Tatsächlich verließen wir die Party unter Jubelgeschrei und allerlei Anzüglichkeiten, die ich gar nicht alle verstand. Computer übersetzte es mir zwar wieder im HUD, aber ich sah einfach hindurch. Ein Trick, den ich in den letzten Wochen gelernt hatte, so einer Art glasiger Blick, bei dem der Fokus komplett verschoben und das HUD praktisch unsichtbar wurde.

Als wir wieder oben waren, überlegte ich, wie ich Simone loswerden konnte. Leider hatte ich keine Ahnung wie. Computer fühlte sich auch nicht bemüßigt. Da sie ihren Arm um meine Hüfte und den Kopf an meine Schulter gelegt hatte, konnte ich mein Anliegen nicht mal flüstern.

»Wo müssen wir hin?«, fragte ich sie. Ich würde sie einfach zu ihrem Quartier bringen und mich dann verdrücken. Guter Plan!

Sie zeigte nach vorn und zerrte mich mit sich. Na okay.

Schon standen wir vor meinem Quartier. »Du hast ein Einzelzimmer? Moo!«

Jetzt da sie es sagte fiel mir auch auf, dass meine Karenzzeit ja eigentlich längst um sein musste. Offenbar ein Fehler. Nun, ich würde mich nicht beschweren.

Und nun?

A) *Das war ein toller Abend. Willst du noch mit reinkommen?*

B) *Okay, danke für den netten Abend. Ich muss jetzt dringend schlafen.*

»Okay«, sagte ich. »Danke für den netten Abend, ich ...«

Sie trat mit einer überraschend schnellen Bewegung vor mich, schlang die Arme um meinen Hals und drückte mich gegen meine Tür, die sich bereits geöffnet hatte. Den Trick hatte Computer nicht kommen sehen. Sie bugsierte mich zu meinem Bett und presste die Lippen auf mein Gesicht. Als ich aufschrie, schob sie mir die Zunge in den Mund. Ich torkelte zurück und fiel rücklings aufs Bett. Sie war sofort über mir. Ich bekam eine Panikattacke.

Dann sackte sie auf mir zusammen und mein Puls beruhigte sich schlagartig. Mühsam wälzte ich sie von mir runter und sprang auf.

»Verflucht! Was war das denn?«

»Entschuldige. Ich konnte nicht erkennen, ob du mit ihr Sex haben wolltest oder nicht.« Computer nutzte nun wieder die Buds.

»Wie kann man das denn nicht erkennen?«, zischte ich.

Das Armband hatte meiner Panik entgegengesteuert, aber was war mit Simone passiert? »Was hat sie?«, wollte ich wissen und stupste sie vorsichtig an.

»Ich habe aus Sicherheitsgründen ihr Armband überschrieben und sie sediert«, sagte Computer, als wäre es die normalste Sache der Welt.

Was zum Teufel war mit den Persönlichkeitsrechten und dem ganzen Scheiß? Erst jetzt fiel mir auf, dass er mir während der Party Informationen über die Körperwerte der anderen mitgeteilt hatte, die er nur aus ihren Armbändern ausgelesen haben konnte. War das die Folge der neuen Zugriffsrechte? Das war gruselig.

»Und jetzt? Was machen wir jetzt mir ihr?«

»Du willst also keinen Sex.«

»Nein!«, fauchte ich etwas zu laut. Was war das nur mit Computer und seiner Sexbesessenheit? Lag es daran, dass ich ihr die ganze Zeit auf den Hintern starrte? Ich sah erschrocken weg.

»Du kannst sie nicht tragen.«

»Ach was du nicht sagst!«, flüsterte ich. »Stell sie einfach so ein, dass sie erwacht und sich unwohl fühlt. Dann begleite ich sie in ihr Quartier.«

»Es wäre einfacher, wenn du sie bis morgen früh hierbehältst. Wenn ich sie wecke, wird sie Fragen haben.«

Ich presste die Kiefer zusammen. Was für ein verfluchter Mist! »Dann wird die ganze Akademie denken, ich hätte was mit ihr. Auf. Gar. Keinen. Fall!«

»Ich lasse sie von Peter in ihr Quartier bringen.«

Na also. Ging doch. Musste ich erst abgehackt meckern, damit Computer erkannte, dass ich wütend war? Nach all den Jahren sollte das besser funktionieren.

Simone gab ein leises Stöhnen von sich. Ich nahm ihre Hand.

»Hilf ihr auf.«

Ich versuchte es, aber sie war wie ein nasser Sack voll Sand.

Dann setzte sie sich plötzlich aufrecht hin. »Was ist passiert?«, frage sie verwirrt.

Computer musste wohl etwas mit ihrem Armband herumprobieren, bis er den gewünschten Effekt hatte. Wahnsinn. Plötzlich waren wir alle nur noch Marionetten. An, aus, an, aus … Aber das war wohl schon immer so, es kam nur auf die Freigaben an. Oder darauf, wer sie erteilte.

»Du bist einfach umgefallen. War wohl etwas viel.«

Sie brummte: »Quatsch. War nur ein bisschen Spaß. Mir ist schlecht.«

Peter wird gleich hier sein. Bring sie zur Tür.

»War wohl doch zu viel. Komm, ich helf dir.«

Ich legte mir ihren Arm um die Schulter und balancierte vorsichtig mit ihr zu Tür, die Computer aufschwingen ließ, als wir näherkamen. Ich versuchte krampfhaft zu ignorieren, dass ich ihre Brüste spüren konnte, die gegen meinen Brustkorb drückten.

Peter war bereits da und hatte glücklicherweise einen Wagen dabei. Er sah mich bestürzt an, als ich mit Simone ankam.

Es ist nicht das, wonach es aussieht, wollte ich sagen, aber Computer hielt mich glücklicherweise mit einem viel besseren Text davon ab: »Wir waren zusammen auf einer Party und plötzlich ist ihr schlecht geworden.«

Peter half Simone, sich in den Wagen zu hieven. »Woher hast du meine Nummer?«, wollte er wissen.

»Ich bin jetzt Hilfsausbilder«, las ich vom HUD ab.

Er nickte nur und setzte sich dann hinters Steuer.

Als ich endlich in meinem Bett lag, war ich nicht sicher, ob ich diesen Abend aus meinem Gedächtnis löschen lassen wollte, oder ob ich ihn toll fand. Irgendwie beides.

Die Nachricht von der Party war schnell in der Akademie rum, einschließlich der Feststellung, dass ich Simone abgeschleppt hatte, ihr aber schlecht geworden sei. Es gab mit Sicherheit bessere Storys, die man als angehender Superstar haben konnte, aber Computer fand es akzeptabel. Menschlich, das war wichtig. Ich hingegen dachte ausschließlich daran, wie das für Belle aussehen würde, sobald das Ganze an die Öffentlichkeit ging, und machte einen riesen Aufstand. Computer erklärte mir, dass er die Geschichte im Laufe der nächsten Tage umstricken würde, indem er die Messages, die jetzt intern die Runde machten, etwas anpasste. Mir wurde das langsam unheimlich, aber Hauptsache, ich stand hinterher nicht als Abschlepper da.

Schlechter erholt als sonst – ich erklärte Computer während des Vormittagsunterrichts, wohin er sich das Sportprogramm heute stecken konnte – hatte ich ein paar Startschwierigkeiten mit meinen Flugschülern. Die waren viel zu sehr damit beschäftigt, mir wegen der Party, die es offiziell gar nicht geben durfte und von denen sie als Neulinge überhaupt nichts wissen konnten, ein Loch in den Bauch zu fragen. War ich denn immer der Einzige, der von so was nichts mitbekam? An diesem Tag hatte ich keine Lust zu reden und klinkte mich einfach nur nacheinander bei jedem in die Steuerung ein, sodass sie praktisch hautnah miterlebten, wie ich flog, dann wechselte ich zum nächsten. Das funktionierte großartig, noch viel besser, als es zu erklären. Warum waren wir nicht schon viel früher darauf gekommen? Als ich alle auf den Weg gebracht hatte, kontrollierte ich sie nur noch, erst abwechselnd, dann zwei, drei gleichzeitig, schließlich alle zusammen. Das behielt ich aber für mich.

Ich sah die Verbindung, die ich zu den Kadetten hatte, aber konnte das wirklich auch in Großgruppen funktionieren? Fred hatte vor, das später übers Netz durchzuführen, um alle Ausbildungsstätten gleichzeitig zu nutzen. Die Menge an Übungsdrohnen sollte erhöht werden, indem reguläre Einheiten, also komplett mit Railgun, herangezogen wurden. Ich würde Abertausende Nachwuchspiloten gleichzeitig dabei anleiten, tonnenschwere bewaffnete Kampfdrohnen zu fliegen, Stunde um Stunde, Tag für Tag, bis wir die benötigte Menge an Piloten zusammenhätten. Mir wurde bei dem Gedanken übel, aber ich teilte die Hoffnung, dass es funktionierte. Die Ersten, die ich auf mein Ausbildungsniveau anheben konnte, würden mich dann bei der weiteren Ausbildung unterstützen. Ob sie das dann auch draufhätten, wussten wir allerdings nicht.

Bis jetzt hing noch alles an mir. Was ich heute entdeckt hatte, mochte helfen, aber wenn ich es gleich verriet, würde Webber den Druck sofort erhöhen. Na ja, er erfuhr es automatisch über Computer. Ich konnte mir nicht vorstellen, dass er die Möglichkeit hatte, irgendetwas vor Webbers Truppe zu verbergen. Er was das perfekte Überwachungstool.

Ich fragte mich, ob Fred oder Webber womöglich Wert darauf legten, dass die Ressource, die ich darstellte, nicht sofort verallgemeinert wurde, sondern sie zumindest noch eine Weile die Kontrolle behielten. Mein Vorschlag, dass meine Schüler nach jedem Kurs mit mir sofort selber weitere Kadetten unterrichten sollten und diese dann ebenfalls, also das Ganze direkt in die Breite gehen zu lassen, wurde abgelehnt. Angeblich weil das zu schnell aus dem Ruder laufen könnte, man müsse erst in kontrollierter Umgebung testen, ob es wirklich funktionierte, bevor man es an die große Glocke hängte. Computer lieferte mir dazu keine brauchbare Analyse. Er war vermutlich diesbezüglich gebremst worden.

Zu dem Kunststück, das ich da im Flugunterricht fertiggebracht hatte, hörte ich nichts von Webber. Das war verblüffend. Hatten die das etwa nicht mitbekommen?

Samstag, 13. Dezember 2053, 14:00 Uhr

Noch 285 Tage, 21 Stunden, 32 Minuten

Schon Anfang der nächsten Woche hatte Computer es geschafft, die Partygeschichte so abzuändern, dass ich als der nette Typ von nebenan dastand, der sich ritterlich um ein Mädchen mit einer harmlosen Unpässlichkeit gekümmert hatte. Die Story war aber sowieso längst von der über meinen

226

Kurs abgelöst worden: Die Fortschritte meiner zehn Schüler blieben nicht unbemerkt. Obwohl es strikt untersagt war, machten bereits Gerüchte die Runde, ich könnte *Rocketman* sein. Zu fragen wagte das allerdings niemand.

Ich wollte von Fred wissen, inwieweit bei meinem Flugunterricht nachgeholfen worden war. Ich hatte zwar gespürt, dass es gut funktionierte, aber doch nicht so gut! Meine Schüler hatten einen regelrechten Sprung gemacht, als hätte ich ihnen mein Wissen, meine Flugfähigkeiten in den Schädel geschossen. Das mit dem begleiteten Fliegen war zwar ganz smart, aber nachdem ich gründlich darüber nachgedacht hatte, nicht ausreichend. Und überhaupt: Woher konnte *ich* das? Und dann wurde es mir klar: Die hatten mich nicht darauf angesprochen, weil sie es schon wussten! Die hatten mir das irgendwie eingebaut!

Natürlich war Fred nicht zu sprechen, Webber schon gar nicht. Computer hatte aber offenbar die Freigabe, mir meine Vermutung zu bestätigen: Mein Know-how war mithilfe subliminaler Technik in die Köpfe meiner Schüler implantiert worden, das, was ich *begleitetes Fliegen* nannte, gehörte dazu. Computer sprach von *Übertragung* und *Weiterleitung*, aber das hatte er bestimmt vorgegeben bekommen. Die Erklärung klang zwar einigermaßen glaubwürdig, aber mich verarschten die nicht: Das floss nicht einfach aus mir raus und in die anderen rein. Das musste mit Sicherheit vorher aufbereitet werden und die Implementierung erfolgte dann im Schlaf, damit sie nicht mitbekamen, dass ihre Armbänder sie in Trance versetzten. Ein bisschen musste aber tatsächlich auch mein Unterricht beisteuern, denn sie hatten direkt darauf angesprochen – oder war das Teil der Vorbereitung? Damit es so aussah, als läge es nur an mir?

Ich konnte mich nicht auch noch mit der Frage herumschlagen, was die beste Vorgehensweise war, um zum Sechstkontakt die benötigten Piloten auf dem nötigen Ausbildungsstand zu haben. Wenn die da oben meinten, so wäre es am besten, dann war das eben so. Mich störte dabei nur, dass *die da oben* sich auf eine undurchsichtige Truppe wie Webber und seine Leute beschränkte. Wesentlich lieber wäre mir, die gesamte Akademie, die EVA und die Regierung stünden dahinter. Aber das kam sicher noch, soweit vertraute ich Fred und Webber. Dass Politiker und hohe Militärs sich erst für Ideen interessierten, wenn sie sich selber nicht mehr damit blamieren konnten, lag wohl in der Natur der Sache. Also Schritt für Schritt. Wir hatten ja noch ein paar Monate.

Heiligabend war in der Akademie ein Tag wie jeder andere. In der Kantine war ein Weihnachtsbaum aufgestellt worden und Gänsebraten mit Klößen die Empfehlung des Tages. Dazu waren auch andere typische Weihnachtsmenüs aus den übrigen hier versammelten Kulturkreisen aufgebaut. Ich probierte mich einmal durch das weihnachtliche Europa. Weil mich meine Fans allzu sehr bedrängten, hatte ich mir angewöhnt, mich immer in die Nähe von Ausbildern zu setzen, dann hielten die anderen sich etwas zurück.

Mein Lehrplan war radikal zusammengestrichen worden. Es gab aus Sicht von Webbers Leuten keinen Grund mehr, Zeit mit Taktik-Kursen, Physikunterricht oder Gruppenarbeit zu verschwenden, da ich das mithilfe der subliminalen Technik viel schneller verinnerlichen konnte. Sie waren überzeugt davon, dass diese Methode ausgereift sei, und traten damit an die Ausbilder heran. Die angebliche Übung lief noch, die Kontaktsperre bestand weiterhin und von den Vorgesetzten der Lieutenants hatten wir nichts mehr gehört oder gesehen.

Nachdem Anderson die Katze aus dem Sack gelassen hatte, wie man immer noch sagte, obwohl es schon lange keine Katzen mehr gab, waren die Ausbilder zunächst sehr skeptisch. Als ich dann auf Andersons Wunsch hin zugab, meine schnellen Erfolge mithilfe computergestützter Autosuggestion erzielt zu haben, waren sie regelrecht vor den Kopf gestoßen. Das war ein massiver Vertrauensverlust, den Webber allerdings einkalkuliert hatte. Er setzte da auf die Macht der Befehlskette und zog endlich offiziell die Mathematikkarte: Er rechnete vor, dass wir mit klassischer Vorgehensweise keine drei Millionen Piloten zusammenbekämen. Mit der neuen Methode, die das Verteidigungsministerium entwickelt habe, wären die benötigten 500 Millionen aber noch zu schaffen.

Ich entschuldigte mich erst mal ausdrücklich für die Täuschung und verwies auf meine Befehle. Als sie das alles verdaut hatten, versicherte ich ihnen, dass die Sache sehr gut funktioniere. Ich hätte zwar besondere Grundvoraussetzungen mitgebracht, aber nun sei die Methode massentauglich.

Nun musste Anderson auch noch einräumen, dass meine Schüler bereits mit dieser neuen Technik bearbeitet worden waren.

Die Ausbilder schluckten ihre Empörung zügig runter, als Anderson sie daran erinnerte, worum es ging und wo sie in der Befehlskette standen. Sie sollten sich glücklich schätzen, an diesem Wendepunkt der Geschichte eine so tragende Rolle spielen zu dürfen und so weiter und so fort.

Am Ende wurden Hacken zusammengeschlagen und Hände zum Gruß erhoben, damit war das Thema erledigt und die nächste Phase konnte beginnen.

Die Rolle der Armbänder wurde vorerst noch nicht preisgegeben, zu groß die Befürchtung, dass das das Fass doch noch zum Überlaufen bringen würde. Webber wollte erst mal abwarten, bis die ersten Massenschulungen erfolgreich abgeschlossen waren. Wenn alle die Erfolge sehen konnten, wäre die Bereitschaft größer, die dafür nötigen Maßnahmen zu akzeptieren. Insbesondere, wenn es keine sichtbaren Nebenwirkungen habe. Das war der Knackpunkt: Ich hatte mittlerweile keine mehr, aber das hieß ja nichts. Von Unwohlsein bis zu Hirnschäden musste man mit allem rechnen. Computers Wahrscheinlichkeitsberechnungen zu dem Thema waren zwar recht beruhigend, aber sie basierten auf einer sehr dünnen Datenbasis, nämlich ausschließlich auf mir.

Was die Akzeptanz anbelangte, ging ich davon aus, dass die groß sein würde. Meinungsbildung erfolgte fast ausschließlich über das Netz. Obwohl wir während der *Übung* off waren, funktionierte das Netz intern auch hier: Genauso wie Computer die Partygeschichte durch Manipulation der Assistenten hingebogen hatte, waren Webbers Leute garantiert dabei, alles andere auch in ihrem Sinne zu beeinflussen. Meine Vorstellungen von Selbstbestimmtheit und Netzdemokratie gingen allesamt den Bach runter, aber besondere Umstände erforderten besondere Maßnahmen. Wir würden uns unsere Freiheit nach dem Sieg zurückholen, da war ich sicher.

Ich befasste mich bis auf Weiteres nur noch damit, die Beherrschung der Drohnen zu perfektionieren.

Um komplexere Manöver mit Gruppen aller Größen zu entwickeln, benötigte ich Piloten auf meinem Niveau, deshalb wurden meine zehn Schüler bereits vor offizieller Bekanntgabe in das Programm eingeweiht. – Nicht in die Sache mit den subliminalen Techniken und den Armbändern, nur in den Plan, Massenausbildung zu praktizieren. Innerhalb einer Woche wurden sie auf mein aktuelles Niveau gebracht – erfreulicherweise ohne erkennbare Nebenwirkungen, nicht mal Kopfschmerzen – und entwickelten mit mir zusammen fortgeschrittene Flugtechniken mit der Alien-KI.

Meine Fähigkeit, sich ihre Assistenten zunutze zu machen, erlangten sie jedoch nicht, wodurch mir endgültig klar wurde, dass ein Großteil meines Erfolges an Computer lag. Warum Fred, oder Webber, die Assistenten der anderen nicht entsprechend anpassten, wurde mir nicht gesagt. Das lag wohl weit über meiner Klassifizierung. Vielleicht wollte man gar nicht herausfinden, was passieren würde, wenn Millionen Pilotenanwärter plötzlich über fortgeschrittene Assistenz verfügten. Möglicherweise basierten Computers Fähigkeiten aber auch auf den menschlichen Operatoren dahinter, die sicherstellten, dass es nur wie KI wirkte, aber keine war. Dann wäre es ein schlichtes Personalproblem. Das klärte aber noch nicht die Frage, warum man den zehn nicht einfach Zugriff auf meinen Assistenten gewährte, obwohl ich das irgendwie als unangenehm empfunden hätte, das stand jedenfalls nicht zur Debatte und meine Fragen blieben unbeantwortet.

Es war also allein an mir, mit Computers Hilfe Fortschritte zu erzielen, Prozesse zu optimieren und daraus die finale Taktik für die eigentliche Schlacht zu entwickeln. Es war schockierend, wie weit das von den ursprünglichen Plänen entfernt war. Wir wären offenen Auges in unser Verderben gelaufen und hätten mit unseren Alien-Nachbauten maximal eine peinliche Flugshow am Himmel aufgeführt. Aber jetzt waren wir auf dem richtigen Weg – wenn wir da noch 500 Piloten durchschleusen konnten, von denen die meisten noch nicht mal Kadetten waren und womöglich nicht über die Voraussetzungen verfügten, die Implantierung korrekt zu verarbeiten.

Ich diskutierte mit Computer die Frage, ob nicht auch fertig ausgebildete Piloten, die zu Hause auf ihren Einsatz warteten, eingebunden werden sollten, quasi als Nachschulung. Er meinte dazu nur, diese Option würde berücksichtigt. Da sprach doch schon wieder ein Operator zu mir. Langsam gingen die mir wirklich auf die Nerven. Als ob ich ein Kind wäre, das nicht alles wissen muss.

Kapitel 7

Weihnachten war fast unbemerkt an uns vorbeigegangen, da wegen der Kontaktsperre die Familien außen vor blieben. Das galt zu meinem Ärger auch für mich und Belle. Ich hatte bei Webber persönlich insistiert, aber er hatte mich einfach weggeklickt. Von Fred bekam ich kurz darauf eine schriftliche Message, in der er sein Bedauern ausdrückte und mir verklausuliert zu verstehen gab, dass ich einfach die paar Tage abwarten sollte. Das verstand ich als Warnung, keinen Ärger zu machen.

Zu Silvester gab es sicher ein paar wilde Partys, aber ich hatte kein Interesse. Das eine Mal reichte mir vollkommen. Mich interessierte eigentlich nur, wann ich wieder mit Belle sprechen konnte.

Webber machte Druck und wollte die Sache beschleunigen. Er verlangte von den Lieutenants, meine Ausbildung als abgeschlossen zu erklären – zwei Wochen vor Ende der drei Monate, die auch schon extrem kurz waren. Webber meinte, es sei egal, es ließe sich problemlos allgemeine Akzeptanz erlangen. Wusste ich es doch! Die Ausbilder bestanden darauf, das mit ihren Vorgesetzten in Akademie 124 zu besprechen oder mit deren Vorgesetzten. Captain Anderson als Kontaktmann des Verteidigungsministeriums könne keinesfalls die Akademieführung repräsentieren. Damit hatten sie ihn.

Anderson gab die Leitung ab und die Kontaktsperre wurde offiziell aufgehoben, inoffiziell bestand sie aber noch weiter, damit die Öffentlichkeitsarbeit koordiniert beginnen konnte und nicht von querschießenden Feeds Tausender Kadetten torpediert wurde.

Anderson musste nun also erst mal die Führungsebene von Akademie 124 in Kenntnis setzen. Um diese Aufgabe beneidete ich ihn nicht. Die Majore und Captains würden alles andere als erfreut sein, vor vollendete Tatsachen gestellt zu werden und zu erfahren, was in ihrer Akademie passiert war, während sie mal ein paar Wochen nicht hingesehen hatten.

Wie Webber das hinbog, bekam ich nicht mit, jedenfalls wurde schließlich bekannt gegeben, dass die Kontaktsperre aufgehoben sei. Ich war gerade auf dem Weg zum Hangar und stocksauer, dass die das nicht vor der Mittagspause verkündet hatten, sonst hätte ich Belle angerufen.

Mir stockte der Atem, als Computer sie plötzlich durchstellte. Ich nahm das Gespräch notgedrungen über die AR-Linsen an.

»Du bist Platz eins!«, quietschte sie. »Glückwunsch, Lieutenant.«

Ich war baff. Stalkte sie mich? Gitt! Mir wurde ganz warm.

»Dir auch einen guten Morgen«, sagte ich. »Ich weiß von nichts.«

»Was? Du weißt das nicht? Kam grad voll breit übers Netz. Absolutes Topthema! Wo bist du? Krieg ich meinen Helden gar nicht zu sehen?«

»Sorry, ich bin auf dem Weg zum Hangar und nehm … das Gespräch über den Helm an. Ich habe jetzt Flugtraining – mit echten Drohnen.« Ich war mächtig stolz und strahlte, aber das konnte sie nicht sehen. »Sobald ich wieder in meinem Quartier bin, ruf ich dich zurück.« Und in Zukunft würde ich keinen Schritt mehr ohne mein Smartphone machen, das hatte ich wegen der Kontaktsperre immer im Quartier gelassen.

»Okay«, sagte sie nur und weg war sie, wie immer.

Ich nahm den Helm wieder ab. Eigentlich konnte es mir egal sein, ob mich jemand mit Helm rumlaufen sah, ich war so angesagt, dass ich Trends starten konnte, versicherte mir Computer, aber es war mir dennoch peinlich.

Obwohl Computer abriet, wollte ich vor dem Flug unbedingt noch on gehen und die Feeds checken. Er hatte mich nicht sofort verbunden, als die Sperre aufgehoben war, da steckte doch Webber dahinter. Jetzt konnte ich jedenfalls nicht mehr bis nach dem Training warten und suchte mir eine ungestörte Ecke.

Webbers Team hatte das Netz schon mit den vorbereiteten Informationen geflutet, sodass jeder persönliche Beitrag der Kadetten erst mal darin hoffnungslos unterging. Ich suchte nach ein paar mir bekannten Namen, aber fand nichts. Ich nahm an, man würde die Sichtbarkeit der Posts aus Akademie 124 künstlich kleinhalten. Es war jedenfalls ein großes Hallo, als bekannt wurde, dass *TheMarvellousRocketMan* die Akademie in der absoluten Rekordzeit von nur zweieinhalb Monaten abgeschlossen hatte und nun Lieutenant war.

Mein aktueller Ranglistenplatz war tatsächlich eins. Eins! Ich konnte es kaum glauben, nicht mal, als ich es sah. Es war zwar irgendwie logisch, ich war der mit Abstand fortgeschrittenste Pilot, aber ich hatte überhaupt nichts mehr für die Rangliste getan, war keine der dafür nötigen Übungen und Manöver mitgeflogen, hatte fast ausschließlich den Echtflug weiterentwickelt.

Echtflugmanöver flossen zwar auch in die Bewertung ein, aber doch nicht deren Entwicklung? Die hatten mich also eiskalt den anderen vor die Nase gesetzt, wobei ich die bisherigen Aushängeschilder der Akademie, die um die Welt reisten und die Propagandamaschine am Laufen hielten, noch nicht mal kennengelernt hatte. Für die Promotourer war es vermutlich egal, ob sie einen Platz nach unten rutschten und an ihrem Job würde sich auch nicht viel ändern, nahm ich an, aber wie war das mit *Rosebuddy*, *Latingroover* und *Skycaptain*? Das waren aktive Piloten, gestern noch die Top-3 der Welt, heute verdrängt von einem milchbärtigen Niemand, morgen aller Wahrscheinlichkeit nach arbeitslos, weil für das neue Programm erst mal nur Kadetten infrage kamen. Ob für die Top-Piloten eine Ausnahme gemacht wurde, konnte mir niemand sagen. Ich riet, die würden als Back-up erst mal so belassen, wie sie waren. Schließlich waren sie das bisher Beste, was wir hatten. Trotzdem graute mir vor dem Moment, in denen ich ihnen begegnen würde.

Ich brachte das Training diesmal mehr hinter mich, als wirklich bei der Sache zu sein. Außer Belle interessierte mich im Moment überhaupt nichts. Ich war verrückt nach ihr und konnte es nicht abwarten, sie wiederzusehen, sie endlich mal richtig zu sehen. Ich wusste jetzt, was ich verpasste. Hätte sie es verlangt, wäre ich bei erster Gelegenheit abgehauen und zu ihr geeilt, egal wie. Weltuntergang hin oder her. Scheiß auf Webber! Wenn er wollte, dass ich für ihn die Marionette spielte, war er mir verdammt noch mal was schuldig!

»Belle!«, keuchte ich, als ich in meinem Quartier über die Konsole anrief. Ich hatte mir vorher nur wenig Zeit genommen, mit Computers Hilfe meinen Look etwas zu optimieren. Es waren genug bearbeitete Bilder von mir im Netz unterwegs, dafür hatten Webbers Leute gesorgt. Die meisten sahen mir nicht mal ähnlich.

»Hejo, Superstar«, gurrte sie und mir wurde schlagartig etwas schwummerig. Ihre Wangen wirkten gerötet. Wenn sie doch jetzt hier wäre ...

»Hey ...« Wo waren denn Computers Textvorschläge? Ich grinste schief und machte hektisch die Geste für Unterstützung per HUD.
(1) Es fühlt sich gut an, dich wieder zu sehen.
(2) Ich habe dich vermisst.
(3) Wie läuft es bei dir?

(4) Es gibt so viel, das ich dir erzählen möchte. Ich weiß gar nicht, wo ich anfangen soll.

Das war nicht gerade Computers Meisterleistung. Was war los mit ihm? Wollte mich ein Operator ärgern oder was? »Hier geht es gerade ziemlich ab. Ich weiß gar nicht, wo ich anfangen soll, das meiste steht sicher schon im Netz.«

»Aber hallo!«, rief sie. »Der steile Aufstieg des Autodidakten aus dem europäischen Flutgebiet! Eine Wahnsinnsstory! Die Memes gehen durch die Decke, du bist Star in jedem Dance-Mix und auch schon in die ersten Serien integriert. Spätestens heute Abend gibt es die ersten Filme mit dir – oder über dich. Keine Ahnung.«

Daran hatte ich erstaunlicherweise gar nicht gedacht. Na klar, die Fans ließen ihre Assistenten nicht nur allerlei Memes aus meinem Bildmaterial basteln, die Serien- und Filmersteller fügten mich natürlich auch sofort als neue Figur ein. Bei den fiktiven Charakteren, die nur so aussahen wie ich, war es mir halbwegs egal, aber wie würde ich in den Fakes rüberkommen? Das Netz neigte zu teilweise drastischem Humor.

»Wirst du etwa rot?«, lachte sie. »Hejo, hey Jo … Ist es nicht das, was du immer wolltest? Mal ganz ehrlich …«

Ich wurde womöglich noch roter, auf jeden Fall bekam ich die Zähne gar nicht mehr auseinander.

»Stell dir mal vor, ich könnte rumerzählen, dass wir uns kennen …«

»Was? Das kannst du. Ja, das kannst du. Warte, ich ändere meinen Beziehungsstatus …« Dass ich da nicht gleich dran gedacht hatte!

»Stopp!«, lachte sie. »Dafür bin ich noch nicht bereit. Weißt du, wie anstrengend es für Pilotenfrauen ist? Den ganzen Tag Interviews, Filme, Serien und Pornos …«

Ja richtig, die Deepfake-Pornos. Die hatte ich auch ganz vergessen. Was ein paar Wochen Kontaktsperre so alles anrichteten …

»Stellst du dir gerade einen Porno mit mir vor?«, rief sie entrüstet.

Ich verschluckte mich und musste husten.

Sie lachte so schallend, dass ich noch während meines Hustenanfalls mitlachen musste: »Agh-agh-agh!«

»Nein, im Ernst«, meinte sie schließlich. »Lass mich meinen eigenen Weg gehen. Ich werde die Akademie schaffen und dann selber Pilotin sein. Dann können wir immer noch allen sagen, dass wir ein Paar sind.« – *Ein Paar sind!* – »Im Moment würde es mich zum Anhängsel degradieren … Auch wenn es sicher ganz reizvoll wäre, dein Anhängsel zu sein.« Sie lächelte und ich bemerkte Ansätze von Grübchen.

»Ja, klar, du hast recht …«, stammelte ich.

Natürlich hatte sie recht. Die würden sie mit Haut und Haaren fressen. Webber würde ihr Anderson schneller auf den Hals hetzen, als ich gucken könnte. Die wussten von Belle und hatten offiziell kein Wort darüber verloren, also wäre es ihnen ohnehin nicht recht. Klar, ein Superstar gehörte erst mal den Massen. Die Promotion funktionierte besser ohne Partner. Das kam dann vielleicht später.

Anderson ruft an, meldete Computer.

Ich griff unauffällig zur Tastatur und tippte *Soll warten*, während ich Belle anhimmelte.

»Hör mal«, meinte sie und beugte sich etwas vor, sodass ich ihr hätte in den Ausschnitt sehen können, wenn sie keinen Overall getragen hätte. »Du hast sicher viel um die Ohren. Lass das wegen mir nicht schleifen. Wenn ich das richtig verstanden habe, bist du gerade unser neuer Hoffnungsträger geworden. Also dann, Rocketman, rette die Welt. Für mich. Okay?«

Sie hatte irgendwie gemerkt, dass ich keine Zeit mehr hatte. Wie machte sie das nur?

Wirf ihr eine Kusshand zu und verabschiede dich.

Eine … was? Wie … Ich klatschte mir ungeschickt auf den Mund und wackelte dann mit der Hand. Ach du Scheiße!

Sie lachte, drückte ihre Lippen gegen die Kamera und war off.

Ich blieb noch einen Moment wie erstarrt sitzen. Es flimmerte etwas vor meinen Augen.

»Johannis? Alles klar?«, fragte Anderson, als Computer den Eindruck hatte, dass ich wieder gesprächsbereit sei.

»Ja«, seufzte ich. »Was ist denn?«

»Es ist so weit. Man möchte Sie in New York sehen«, meinte er, nun lächelnd. Den militärischen Gruß ließ er mittlerweile weg.

»Wieso müssen wir denn da hin? Würde ein Videomeeting nicht genügen?«

Er grinste. »Es geht nicht darum, dass ein paar warme Worte ausgetauscht werden sollen. Man möchte wissen, mit wem man es zu tun hat, verstehen Sie? Das geht nicht übers Netz. Machen Sie sich nichts draus, das wird ein toller Flug. Sagen Sie nicht, Sie wollten noch niemals nach New York.«

Das war natürlich ein Kindheitstraum von mir. Ich hatte nur einfach keine Lust, vorgeführt zu werden.

»Außerdem wird vielleicht, wenn man dort von Ihnen überzeugt ist, auch gleich Bildmaterial erstellt. Politiker sind diesbezüglich vorsichtig, aber auf keinen Fall wollen sie zu spät auf einen guten PR-Track aufspringen.«

Jetzt war ich schon ein PR-Track. Da fiel mir siedend heiß ein, dass ich meine Familie anrufen sollte. Ich hatte nur Belle im Kopf gehabt und meine Eltern darüber vergessen. Ich schämte mich etwas. Erst jetzt fiel mir auf, dass ich von dem viel beschworenen Heimweh gar nichts gemerkt hatte. War ich ein schlechter Sohn?

»Na schön. Schicken Sie die Daten. Ich muss jetzt erst mal meine Familie anrufen.«

»Das können Sie unterwegs machen. Seien Sie in zehn Minuten an Hangar sieben.«

»Ich habe noch nichts gegessen.«

»Bekommen Sie an Bord.«

Oh verdammt. »Bin unterwegs«, knurrte ich.

Der Flug war unfassbar langweilig. Wir starteten nach Sonnenuntergang und landeten acht Stunden später im dunklen New York, wo es erst 20 Uhr war. – Selbst die Lichter New Yorks wurden nachts runtergefahren; die Zeiten, als diese Stadt noch rund um die Uhr vor Leben pulsierte, waren lange vorbei und das Leben in die Unterstadt verlagert, obwohl die ziemlich Sturmflut-gefährdet war. Allein wegen der alten UN und der neuen EVA hatte man sich die Mühe gemacht, Wehre zu errichten, deren Unterhalt aber stets zur Diskussion stand.

Die Bordverpflegung bestand aus einer abgepackten Standardration, denn es war eine stinknormale Militärtransportdrohne, kein Luxusliner, wie man das bei einem Superstar hätte erwarten können. Ich war etwas enttäuscht.

Das Gespräch mit meinen Eltern versöhnte mich allerdings wieder mit der Welt, denn die waren völlig aus dem Häuschen. Ich versuchte mir vorzustellen, wie das sein musste, wenn einem die komplette Netzshow mit dem eigenen Sohn entgegensprang. Ich hatte noch nicht viel Zeit gehabt, mir das anzusehen, aber nach dem Gespräch versank ich für den Rest des Fluges in den Weiten des Netzes und ließ mich von dem Content erschlagen, den die Netzgemeinde mittlerweile aus mir gemacht hatte. Es war alles dabei, von infantilen Kinder-comics, in denen sich die Jüngsten vorstellten, wie ich als Superheld ihre Erde rettete, sodass hinterher sogar wieder Vögel und Blumen da waren, über rührselige Instant-Telenovelas, in die ich kurzfristig als Bruder/Vater/Tante eingebaut wurde und eine große Abschiedsszene hatte, auf dem Weg zu den Sternen, bis hin zu grob gerenderten Actionstreifen im Manga-Stil, in denen ich mit viel Geballer die Aliens zerlegte. Und ja, es gab auch schon Pornos und sie sahen mir verflixt ähnlich. Immerhin kam ich gut weg, die Leute mochten mich noch – ich hatte noch keine Gelegenheit gehabt, in Ungnade zu fallen.

Als es mir irgendwann zu blöd wurde, mich an meinem Ruhm zu ergötzen, entschloss ich mich, Anderson zu fragen, wer alles in meinem Kopf Daten be-ziehungsweise Erinnerungen einfügen und löschen konnte. Ich sprach von *drin rummalen* und *radieren*, worüber er lachen musste.

Er meinte, seinen Informationen nach hätte nur Fred Zugriff auf die Tech-nik. Zugegebenermaßen auch sein Team, aber das könne Webber nicht ein-fach so übernehmen. Jedenfalls sei er sicher, dass Fred sehr verantwortungs-voll damit umging. Er hielt ihn für integer und darüber hinaus sei er sich meiner Bedeutung bewusst, das würde er nicht durch unnötige Experimente gefährden. Von einer Löschfunktion sei Anderson gar nichts bekannt, woher ich das denn hätte.

Ich beantwortete die Frage nicht, sondern fragte stattdessen, wie er zu dem Job gekommen sei.

Er erzählte mir, dass er eigentlich für das Verteidigungsministerium arbeite, aber sein Chef habe ihn als Kontaktmann an das Büro für interne Angelegenheiten, also den Geheimdienst überstellt. Dort war Fred Mueller sein erster Verbindungsoffizier. Seither würde er immer öfter bei Angelegen-heiten eingesetzt, die dem Ministerium wichtig waren, die aber möglichst un-auffällig gehandhabt werden sollten. Manchmal arbeitete er mit dem Geheim-dienst zusammen, manchmal für ihn, manchmal gegen ihn. Genau wie ich war er Fred nie persönlich begegnet, aber sie hatten teilweise sehr intensiv zusammengearbeitet, sodass er sich ein Urteil erlauben konnte, wie er fand.

Der langsame Anflug auf New York erlaubte mir einen guten Ausblick. Die Nacht war klar, der Mond spendete etwas Licht. New York hatte nicht die geringste Ähnlichkeit mit der Stadt der Lichter, die niemals schläft, die ich aus Filmen kannte. Dunkel und tot lag sie unter uns, schien sich geradezu wegzuducken und hinter den Flutmauern vor den Wassermassen dahinter zu verstecken. Die Umrisse der alten Wahrzeichen waren noch erkennbar, verstärkten das gespenstische Gefühl der Einsamkeit aber noch.

Wir waren vom Landefeld der New Yorker Akademie mit der Subway zum nur fünf Stockwerke hohen, aber angeblich über 50 Stockwerke tiefen Gebäude der EVA gefahren. Wenn Webber vorhatte, auf diese Weise sicherzustellen, dass ich trotz des ganzen Rummels die Bodenhaftung nicht verlor, lag er wohl richtig. Ich kam mir absolut nicht wie ein Star vor. Niemand erkannte mich – weil ich meinem Bildmaterial nun mal nicht sehr ähnlich sah und sowieso kaum jemand unterwegs war – und von Luxus konnte hier keine Rede sein. Ich hatte mir wohl völlig falsche Vorstellungen gemacht. Beim Gedanken an die Flutschutzmauern wurde mir etwas unwohl. Was, wenn die jetzt brechen würden? Dann wären wir doch sofort tot! Computer erkannte meine Sorgen und blendete mir die Wahrscheinlichkeit eines Wassereinbruchs ein: 3,37 Prozent. *Fuck!*

Immerhin konnten wir mit dem Aufzug ins Herz der EVA fahren, statt die Treppe zu benutzen, obwohl das sicher spektakulärer gewesen wäre. Die Emporen auf den einzelnen Etagen, die halb über dem darunterliegenden Stockwerk hingen, waren weltberühmt.

Die Fahrt endete unterhalb des öffentlichen Bereichs, wo wir aussteigen und uns erst mal einer Sicherheitskontrolle unterziehen mussten. Von dort aus ging es mit einem zweiten Aufzug weiter.

Der Raum, in den Anderson mich nach einer kleinen Odyssee durch endlose Flure schob, war unerwartet klein, schlicht und geradezu aufdringlich inoffiziell. Ein paar Männer mit hochgekrempelten Hemdsärmeln und locker um den Hals baumelnden Krawatten saßen auf Stühlen, Tischen, Unterschränken und starrten mich an, als wäre ich ein regenbogenfarbenes Einhorn oder so.

Keiner sagte ein Wort. Anderson wurde mit einer nachlässigen Geste aufgefordert, sich gefälligst zu verpissen.

Ich schluckte.

Die Männer sahen kritisch zwischen mir und ihren Workpads hin und her. Schließlich hatte einer Erbarmen und begrüßte mich: »Willkommen in New York. Ich kann mir vorstellen, dass das alles etwas viel für Sie ist, junger Mann.«

Zaghaft nickte ich.

»Lieutenant!«, korrigierte er sich sogleich. »Für uns auch. Das mit dem kometenhaften Aufstieg und so, jüngster Lieutenant aller Zeiten – geschenkt. Aber Ihre Fähigkeiten sind geradezu unglaublich.«

Hatte Webber ihnen nichts gesagt? Unterlag ich hier immer noch der Geheimhaltung? Wer waren diese Leute denn? Mein HUD blieb leer. Ich blieb bei meinem betretenen Blick.

»Die Abteilungen stehen miteinander in einem gewissen Wettbewerb!«, donnerte nun ein etwas untersetzter Bursche mit Halbglatze. Er war gut genährt aber schlecht trainiert. »Es ist schon vorgekommen, dass beim Bemühen um Ressourcen und Anerkennung übers Ziel hinausgeschossen wurde. Wir würden uns daher gerne selber ein Bild von Ihren Talenten machen.« Er grinste.

Ich machte die Geste für Unterstützung.

Computer schrieb mir *zynisches Grinsen (85 %), freundliches Lächeln (34 %), lüsternes Grinsen (7 %)* auf die Linsen.

Ich nickte einfach mal.

»Wenn ich Sie fragen würde, wie Sie die Effizienz des Plasmatriebwerks einschätzen, was würden Sie sagen?«

Computer stellte mir sofort eine Analyse der Frage mit den entsprechenden Antworten bereit. Ich legte mit der Differenzierung zwischen den verschiedenen verfügbaren Antriebsarten los und rasselte dann die Vorteile des Fusionstriebwerks runter. Eine plumpe Frage, die hätte auch ein Anwärter beantworten können. Vielleicht nicht so schnell und nicht so exakt.

»Ah, na sehen Sie. Ein wandelndes Lexikon. Das ist doch schon mal was. Aber ein eidetisches Gedächtnis wäre immer noch nichts Besonderes. Was macht Sie so besonders?«, mischte sich ein Mann ein, der bisher mit in den Schoss gelegten Händen auf einem kurzen Sofa gesessen und sich mehr für sein Pad als für mich interessiert hatte.

Ich war mir sicher, dass er haargenau wusste, was mich ausmachte, also was erwartete er jetzt von mir?

Als Computer mir meinen Text einblendete, las ich vor: »Ich verstehe die KI in den Drohnen zwar nicht, aber ich sehe, wie ich mit ihr interagieren kann. Es ist nicht das Ergebnis von Überlegung oder Berechnung, ich fühle es einfach.«

Computer hatte wohl eine zufriedenstellende Antwort geliefert, denn die Minen hellten sich etwas auf.

»Also ein Naturtalent. Das müssen wir dann wohl glauben«, meine der Mann vom Anfang, der immer noch vor mir stand, als hätte er Sorge, ich könnte mich verdrücken. »Ihre Flugkünste haben wir in Aufzeichnungen gesehen, aber das sagt uns nichts. Wir sind keine Piloten. Was das betrifft, müssen wir der Akademie vertrauen. Was uns interessiert, ist, ob Sie das wirklich so weitergeben können. Sie sind ziemlich jung für einen Ausbilder.«

Sie wussten es nicht! Und es war offenbar auch nicht vorgesehen, es ihnen zu sagen. Webber! Mueller! Ihr Arschlöcher! Ich saß kilometertief in der Scheiße. »Es ist der spezielle Draht, denn wir Piloten untereinander haben, der es mir ermöglicht, auf eine völlig andere Art meine Flugfähigkeiten zu vermitteln. Wir sind alle aus derselben Ausbildungswelle, machen seit Monaten, sei Jahren fast exakt dasselbe, haben denselben Takt im Blut. Sie verstehen ohne viele Worte, was ich meine, wenn sie es sehen, während ich es ihnen erkläre. Das ist skalierbar«, las ich Computers Text vor.

»Sie meinen die geplanten Massenseminare? Ich dachte, es ist für die Kadetten erforderlich, während des Seminars selber eine Drohne zu fliegen, ist das richtig? Eine echte Drohne? Eine vierzig Tonnen schwere Waffe, die mit ihrem Antrieb die Atmosphäre verdampft und aufheizt, wertvolles Lithium verbraucht und im Falle von Abstürzen oder Kollisionen unsere Bestände schwächt und die Bevölkerung gefährdet?« Der Kerl, der eben noch so friedlich auf dem Sofa gesessen hatte, war aufgestanden und hatte einen leisen, schneidenden Ton angeschlagen, der vermutlich gefährlich klingen sollte.

Computer verzichtete auf Verhaltensanalysen und lieferte direkt die entsprechende Reaktion: *Ja.*

Ein klägliches »Ja« kam aus meinem Mund, während ich nicht wusste, wo ich hinsehen sollte und mich schließlich für den Boden entschied.

»Glauben Sie, dass es funktioniert?«

»Es wurde bislang nur mit einer Gruppe getestet, das funktionierte sehr gut. Nun sollen die Lerngruppen ausgeweitet werden.«

»Aber das ist nicht Ihre Idee, oder?«

»Doch«, hörte ich mich sagen, als ich reflexartig Computers Antwort vorlas. Was sollte das? »Ich habe das Drohnenfliegen trainiert, seit ich einen Controller halten konnte. Als ich die ersten Flüge mit echten Drohnen unternahm, spürte ich sofort die große Diskrepanz zwischen dem, was wir jahrelang übten, und dem, was erforderlich ist, um unsere Vorstellungen real werden zu lassen. Uns bleibt nicht mehr viel Zeit. Wenn diese Form der Ausbildung nicht funktioniert, werden wir dem Feind chancenlos gegenübertreten.«

Ich erschauerte bei den Worten, die ich da vorlas. Auf die Männer vor mir hatten sie scheinbar dieselbe Wirkung.

»Sie sind zweifelsohne etwas Besonderes. Na schön, dann haben Sie unseren Segen. Wir werden Ihre Ausbilder informieren, dass Sie einen größeren Test machen können. Wie viele werden es sein?«

»Wir beginnen mit fünf Kursgruppen gleichzeitig, das entspricht fünfzig Drohnen. In meiner Ausbildungsbasis ist das die übliche Menge, die bei konventionellem Training in einer Anlage gleichzeitig im Einsatz ist. Wenn das funktioniert, probieren wir, zwei Akademien gleichzeitig einzubinden. Die haben allerdings bis zu zwanzig Leute in einer Gruppe. Der nächste Schritt wäre die Erhöhung der gleichzeitig eingesetzten Drohnen pro Akademie. Derzeit nutzen die Kadetten die verfügbaren Trainingsdrohnen in einem Schichtsystem. Wenn wir mehr Drohnen bereitstellen, können mehr Piloten gleichzeitig trainieren. Die Planungen dafür sind in Vorbereitung.«

Der Mann machte einen Schritt beiseite, als der Typ vom Sofa vortrat. Er schüttelte den Kopf. »Als ich in Ihrem Alter war, erklärte ich meinen Ausbildern, dass die EVA und das gesamte Militär von alten Säcken dominiert sei, die keine Ahnung hatten, wie sie mit der neuen Lage umgehen sollten, mit Aliens und Drohnen, deren Technik wir nicht verstanden und die nur Kinder erlernen konnten. Ich habe mir dabei fast in die Hose gemacht«, meinte er jovial unter dem leisen Gelächter der anderen. »Ich bekam einen gewaltigen Tritt in den Arsch und brauchte Jahre, um mich in eine Position zu bringen, am alten System etwas zu ändern. Jetzt stehen Sie hier und erklären uns mehr oder weniger dasselbe.« Er legte den Kopf schief. »Aber wir haben keine Jahre mehr, nur noch Monate.«

»Wochen«, unterbrach ich ihn, weil Computer mir das einblendete.

»Wochen?«, fragte er und nickte schließlich, als habe er verstanden. Ich konnte richtig sehen, wie er meine Erklärungen mit seinem Wissenstand abglich und nachrechnete. »Ich wünsche Ihnen viel Erfolg und uns, dass wir hier das Richtige tun.« Er reichte mir die Hand.

Ich ergriff sie vorsichtig und schüttelte sie ein wenig. Ich hatte einen kräftigen Händedruck erwartet, wie in all den Filmen, in denen der Jungspund dann schmerzhaft das Gesicht verzog, aber er war ziemlich schlaff.

Der Mann öffnete mir die Tür. Anderson stand draußen und nickte mir zur. Ich ging auf Anweisung Computers wortlos hinaus und hörte noch, wie die Tür mit einem leisen Klicken ins Schloss fiel.

Auf dem Rückweg sprachen wir kein einziges Wort. Dass es diesmal keine Fotos oder Videos geben würde, war mir auch so klar. Wenn sie die machen wollten, würde ich wohl nicht mit Militärdrohne und U-Bahn anreisen.

Zurück flog ich alleine. Anderson hatte mich nur bis zur Drohne gebracht und sich dann entschuldigt. An Bord fand ich eine Decke und eine weitere abgepackte Ration. Ich hatte keinen Appetit. Da ich todmüde war, verschlief ich den gesamten Flug, obwohl es laut Computer einige Turbulenzen gab, als wir über dem Atlantik die Ausläufer des Tropensturms vor Kanada überflogen. Ich ärgerte mich etwas, dass ich den Flug in die aufgehende Sonne verpasst hatte, aber irgendetwas sagte mir, dass ich noch reichlich Gelegenheit haben würde, mir Sonnenaufgänge über den Wolken anzusehen.

Ich hatte mir gar nicht erst die Mühe gemacht zu versuchen, die bizarre Szene in New York zu hinterfragen. Wenn man mir die Antworten hätte geben wollen, hätte Computer sie längst runtergeleiert. Zur Abwechslung wollte ich mal den Undurchschaubaren spielen und einfach schweigen, dann konnten sie rätseln, ob ich es durchschaute oder die Widersprüche nicht sah.

Direkt nach der Landung erwartete mich bereits die Führungsebene von Akademie 124. Die Majors Alan Gordon und Hugo Ruiz empfingen mich im Besprechungsraum der Akademie, wo danach ein Feed erstellt werden sollte. Dazu hatte man ein paar bekannte Kommentatoren eingeflogen, wie Computer mir erklärte. Auch die Captains Anna Baltasarsdóttir und Pjotr Kropotkin waren dabei. Ich hatte die vier seit meinem Dienstantritt noch nie gesehen. Sie waren reine Bürohengste.

Sie beglückwünschten mich erst mal, dann folgten ein paar mahnende Worte zum Thema Verantwortung, ein Hinweis auf den positiven Eindruck, den ich in New York gemacht hatte, und dann noch jede Menge leeres Blabla, das nun wohl zu meinem Alltag werden würde. Als man mich anschließend den Kommentatoren vorstellte – *KiSSi4K, Rumphnozt* und *66nunGh4n* –, war ich kaum noch in der Lage so zu tun, als wäre ich wirklich erfreut, obwohl ich es hätte sein sollen, schließlich hatte ich unter anderem genau von so was jahrelang geträumt. Nun hatte ich endlich meine 15 Minuten und wollte sie so schnell wie möglich hinter mich bringen.

Das merkte man auch. Sobald das Interview im Kasten war, meinte *KiSSi4K* mit einem wirklich warmen Lächeln, dass ich wohl etwas Wichtigeres vorhätte, als ein paar Netzköpfen dumme Fragen zu beantworten. Da ich Computers Erwiderung nicht schnell genug vorlas – ich war wirklich genervt –, fingen alle drei an, herzlich zu lachen.

»Verstehe ich«, grinste *66nunGh4n*, »und das ist auch gut so. Es gibt nichts Schlimmeres als die Typen, die gerne Interviews geben. Die haben meist nichts zu sagen. Du schon, du willst nur nicht damit rausrücken, weil du keinen Bock hierauf hast. Stimmts?«

Ich hätte auch ohne Computers entsprechenden Hinweis genickt.

»Gut. Wie wärs, wenn wir noch mal von vorne anfangen. Das hier soll dich nicht langweilen und niemandem schmeicheln. Wir wollen einfach nur wissen, was hier abgeht. Lieutenant, im Ernst, wie alt sind Sie?«

Ich verdrehte die Augen und rang mir ein Lachen ab. Anders wäre ich hier vermutlich nie weggekommen. Computer ließ mich wissen, dass Webber großen Wert auf diesen Feed legte. »Na gut. Also: Ich bin haargenau so alt wie all die anderen Piloten hier, die in acht Monaten eure Ärsche retten sollen ...«

Wir machten noch drei Durchgänge, bis es endlich im Kasten war und on gehen konnte. Mir grauste es davor, das in Zukunft regelmäßig machen zu müssen. *KiSSi4K* hatte mir versichert, dass es einfacher werden würde; schon bald wären ich und die Contenter ein eingespieltes Team. Auch von denen hatte keiner Lust, seine Zeit zu verschwenden oder sich zu langweilen.

Donnerstag, 22. Januar 2054, 4:00 Uhr

Noch 246 Tage, 7 Stunden, 32 Minuten

Der erste große Gruppentest in Akademie 124 war so gut gelaufen, dass wir schon am nächsten Tag dasselbe mit den Akademien 45 und 233 wiederholten. Auch das klappte bestens. Die Ausbilder der beiden anderen Basen hatten den ersten Test live verfolgt und wussten, was auf sie zukam, aber es gab keinen Grund einzugreifen. Die Implementierung hatte bestens funktioniert. Ich fragte mich, wie Webbers Leute, eigentlich immer noch Fred Muellers Leute, das genau machten. Es waren umfangreiche Zugriffe nötig, die allesamt aus dem System gelöscht werden mussten, denn die Vorgehensweise wurde immer noch geheim gehalten. Niemand außer den Offizieren in Akademie 124 wusste von den subliminalen Praktiken. Nach den erfolgreichen Großtests wäre eigentlich ein guter Zeitpunkt gewesen, aber Webber schwieg. Na gut, das war zum Glück nicht meine Sache.

Ich hatte in den letzten Tagen nur selten Gelegenheit gehabt, mit Belle zu sprechen. Wir waren in unterschiedlichen Zeitzonen und hatten beide vollgestopfte Tagesabläufe. Sie war in einer der nordkanadischen Anlagen in der Nähe von Kugluktuk. Der Zeitunterschied betrug acht Stunden. Ich musste entweder extrem früh aufstehen, um sie vor dem Schlafengehen zu erwischen, oder sie extrem spät ins Bett gehen, um mich vor Dienstbeginn zu erreichen. Wenn ich Dienstschluss hatte, was allerdings nur selten pünktlich stattfand, war sie mitten im Tagesbetrieb und ich wollte sie nur ungern vom Essen abhalten. Umgekehrt hatte sie wohl ähnliche Skrupel und so hatte es sich eingebürgert, dass wir es einfach im Laufe des Tages immer mal versuchten und uns notfalls kurze Nachrichten hinterließen, schriftlich, damit wir einen Chat draus machen konnten. Am besten funktionierte noch die Variante am frühen Morgen: Für mich war vier Uhr machbar, da ich danach noch etwas weiterschlafen konnte, für sie war es bis maximal Mitternacht okay, solange war sie sowieso meist am Trainieren. Manchmal schlief sie allerdings schon, wenn ich anrief, sie trainierte schließlich noch konventionell. Ich wusste, wie hart das war. Gerne hätte ich sie davon erlöst, aber Webber duldete keine Abweichung vom Plan und der sah eine langsame, vorsichtige Ausdehnung vor, damit in New York keiner kalte Füße bekam. Vermutlich brauchte er Zeit, um die Implementierungen vorzubereiten. Er hatte nur knapp über 100 Leute, vielleicht inzwischen ein paar mehr. Da musste er sich was einfallen lassen, wenn er mehr als zwei Akademien gleichzeitig über Nacht pimpen wollte. Den größten Aufwand verursachte wahrscheinlich das Vertuschen.

Abends musste ich nun immer mit meinen Eltern telefonieren. Sie hatten noch keinen Job und daher zu viel Zeit. Sie hatten begonnen, sich für Pilotenkram zu interessieren und sich im Netz schlauzumachen, um mitreden zu können. Das erhöhte zwar einerseits unsere Gesprächsthemen, andererseits machte es die Sache für mich ziemlich anstrengend, da ich nun aufpassen musste, nichts Falsches zu sagen.

»Das Netz ist voll von dir«, sagte Mom.

»Ja, ich weiß. Ich bin jetzt das Aushängeschild der Akademie.«

»Aber da sind auch Dinge dabei, selbst gemachte Videos ... Pornos. Ziemlich extrem. Ich meine ... Die machen Pornos mit dir!«

»Die sind nicht von der Akademie, die sind von den Fans.«

»Pornos!«, sagte sie und klang erschüttert. Ich hatte sie immer für etwas abgebrühter gehalten.

»Ja, Mom, ich weiß. So drücken wir uns eben heute aus.«

Sie schwieg einen Moment und sah mich nachdenklich an. Sehr vorsichtig fragte sie: »Du auch?«

Ja, klar, früher, als ich noch Zeit hatte. »Nein, Mom, ich bin Pilot.«

Ich rief seither seltener an.

Webber bekam das wesentlich schneller organisiert, als ich gedacht hatte. Akademie 124 und die beiden anderen, 45 und 233, wurden noch einmal zusammen unterrichtet – die Kadetten saßen mit ihren Gruppen zusammen in den jeweiligen Hangars, während ich bei meiner Gruppe war und das Training anleitete –, dann wurden bei jedem einzelnen Training zehn Gruppen zugeschaltet. Diejenigen, die bereits von Anfang an dabei waren, stellten aus Sicht der Ausbilder oder Webbers oder wer auch immer das entschieden hatte kein Risiko mehr dar, es ging nur um das Testen der Skalierbarkeit. Und die war offenbar unbegrenzt. Nach einer Woche nahmen pro Training 100 Akademien teil. Meine ersten Schüler, die möglichst bald selber ausbilden sollten, waren immer mit dabei.

Noch machte Webber keine Anstalten, sie auch als Ausbilder einzusetzen. Es war ihm wohl noch zu früh; der Promotion-Zug, mit dem ich die Sache unters Volk bringen sollte, war gerade erst angelaufen. Maximal einmal pro Tag stand ich per Netz einem ausgewählten Contener zur Verfügung, wurde in seiner Show befragt, in Spiele verstrickt, veralbert, mit Musik unterlegt, aber kam immer gut dabei weg, egal was ich machte. Ich konnte Statements zum Besten geben wie: *Um ein Ziel zu erreichen, ist es nicht nötig, es unbedingt zu wollen. Das setzt einen nur unter Druck, der kontraproduktiv sein kann. Was hingegen nötig ist, ist die Fähigkeit, es für möglich zu halten, für erreichbar, es nicht auszuschließen. Sobald man glaubt, es nicht schaffen zu können, schafft man es auch nicht. Wenn man sich mit aller Gewalt dazu zwingen will, es zu schaffen, klappt es meist auch nicht. Wenn man in der Lage ist, es zuzulassen, es zu schaffen, ist man auf dem richtigen Weg. Ich habe nicht die ganze Zeit versucht, etwas zu schaffen, was ich mir irgendwann einmal in den Kopf gesetzt hatte, aber wenn ich dachte, dass ich es nicht schaffen könnte, habe ich mir den Gedanken schnell aus dem Kopf geschlagen. Etwas nicht zu können, ist ein-*

fach keine brauchbare Option. Halte immer alles für möglich, dann hast du zumindest die Chance, es auch zu schaffen. Alles, was du ausschließt, ist tatsächlich ausgeschlossen. Schließe nichts aus. Auch du kannst Geschwaderkommandant werden. Du musst es nicht wollen, du darfst es nur nicht ausschließen. Das hatte ich einem Interviewer runtergerattert, während Computer mir einen nahezu perfekten Text servierte, aber ich wollte nicht. Auch wenn es nur Mist war, wollte ich auch mal etwas Eigenes absondern. Am Ende wurde ein Remix draus. Unterlegt mit ein paar neu generierten Lines, klassischen Anleihen und einer guten Videostory war es für fast zwei Stunden ein Hit.

Ich ahnte schnell, dass diejenigen, die bis zu mir durchgelassen wurden, explizite Anweisungen hatten. Es war also ein abgekartetes Spiel. Zu diesem Zeitpunkt war allerdings schon so viel, an das ich früher geglaubt hatte, auf meinem persönlichen Scherbenhaufen gelandet, dass ich es einfach nur noch hinnahm. Im Gegenzug stellte sich vieles aus den Verschwörungsforen als mehr oder weniger zutreffend heraus. Mein Bedürfnis, es den Spinnern zu sagen, hielt sich in Grenzen. Auch wenn sie recht hatten, blieben sie Spinner. Über diesen Widerspruch musste ich jedes Mal grinsen, wenn er mir auffiel.

Auch ohne mein weiteres Zutun war also genug Content von mir im Netz unterwegs, dass Webber und sein Medienteam daraus eine 23-Stunden-Rocketman-Show machen konnten. *Rocketman* hinten, *Rocketman* vorne, unser aller Hoffnung, Held und Superstar. Zum! Kotzen!

Ich witzelte mit Belle in unserem versetzten Chat darüber, wie wohl unsere Kindheitsidole in Wirklichkeit drauf waren, nachdem wir nun wussten, wie der Content in Wirklichkeit entstand. Womöglich konnte *WildBall3000* gar nicht mit einem Controller den Hardstopp eines Saugbots aus fünf Metern treffen und *Iceman* war in Wirklichkeit ein miserabler Tänzer. Von mir waren Clips im Umlauf, die mich als charismatischen Sänger, Gitarristen, Geiger, Gigolo, Hallengolfer und Gott zeigten, der den Aliens glühende Drohnen mit bloßen Händen entgegenschleuderte. Na ja. Noch war es ein Spaß. Bald schon sollte ich aber die Tour durch die Tausend Akademien antreten.

Ende Januar wurde beschlossen, einfach alle Akademien gleichzeitig zuzuschalten. Es gab ein bisschen Aufregung wegen der Netzlogistik, aber die Kapazitäten waren mehr als ausreichend. Die Akademien erhielten zwei Tage Vorlauf, um sich auf den Jetlag vorzubereiten, den sie alle bekommen würden, wenn sie unabhängig von ihrer jeweiligen Zeitzone um 8:00 Uhr UTC0 zum Training bereitstanden.

Ich war gar nicht in der Lage, diese Dimension überhaupt zu erfassen. Es war für mich so abstrakt, dass es mich kaltließ. Vielleicht half da auch jemand über das Armband nach, jedenfalls war ich vergleichsweise entspannt.

Dank der bisherigen Versuche hatte ich schon eine gewisse Übung. Die Fluglehrer, die das bislang mitgemacht hatten, auch. Sie hatten im Vorwege Onlinekurse für ihre weltweit verstreuten Kollegen veranstaltet, aber es war wirklich nicht schwer.

Als es losging, erwartete ich einen kurzen Moment so was wie ein Flackern der Lichter oder dass ich Kopfschmerzen bekäme, elektrische Entladungen am Himmel oder dergleichen, aber nichts geschah. Alle Drohnen wurden gestartet, in Trainingshöhe gebracht und dann ging es auch schon los: Ich machte vor, knapp 17.000 Schüler machten mit.

16.875 Drohnen war die aktuelle Gesamtmenge an Übungsdrohnen. Auf diese Weise würden wir bei acht Flugstunden pro Tag – mehr traute man mir nicht zu und ich war nicht mal sicher, ob das realistisch war – rund 135.000 Kadetten pro Tag trainieren können. Damit schafften wir bei einem Bedarf von 30 Flugstunden pro Schüler die aktuellen vier Millionen Kadetten in einem Monat. Das war Wahnsinn – und würde nicht mal ansatzweise genügen.

Zum ersten Mal dachte ich ernsthaft über die Größe der Zahlen nach, mit denen wir es hier zu tun hatten. Ich war mit dem Sechstkontakt aufgewachsen, für mich waren die 4,3 Milliarden, die wir erwarteten, etwas Normales. Natürlich hatten wir alle mal versucht, uns diese Größe bildlich vor Augen zu führen, aber da das unmöglich war, wurden reflexartig Vergleiche bemüht, die diese Größe erfassbar machten: so viel wie Sandkörner in einen Eimer passen. Na, das war doch gar nicht so viel. Pah! Aber jetzt auf einmal erfasste ich, was es wirklich bedeutete, mit dieser Größenordnung herumzuhantieren: Da blieb kein Raum für vorsichtige Versuche im Kleinen, da musste man sofort in die Vollen gehen. Genau dafür brauchte man wahrscheinlich so einen Großkotz wie Webber.

Ich verabschiedete mich von dem Gedanken, meine Arbeitsbelastung zur Disposition zu stellen. Damit das Ziel erreichbar wurde, musste Webber noch ein paar Schippen drauflegen. Seis drum. Alles oder nichts.

Das besprach ich mit Belle, für die ich am nächsten Morgen extra früh aufstand. In unseren letzten Gesprächen und Chats hatte sich des Öfteren mal die Gelegenheit ergeben, etwas tiefschürfender zu werden, aber das erkannte ich immer erst im Nachhinein, manchmal sogar nur über Computers Analyse. Ich hatte immer wieder Simulationen mit ihm durchgeführt, aber wenn es dann so weit war, versagte ich kläglich. Seine Textvorschläge während der Gespräche waren lausig. Ich hatte den Verdacht, dass er trotz seiner erweiterten Freigabe keine aktive Manipulation bei Belle betreiben wollte. Das konnte an einem meiner Parameter für ihn liegen, irgendwas mit meinen Wert- und Moralvorstellungen. Ich vermied es, mit ihm darüber zu sprechen. *Never touch a running System.* Auch diesmal fehlten mir die Worte. Ich überflog seine Vorschläge:

(1) *Ich bin glücklich, dass ich dich kennengelernt habe.*

(2) *Ich habe noch nie jemanden getroffen, der mich so zum Lachen bringt und mir das Gefühl gibt, dass alles möglich ist.*

(3) *Ich habe das Gefühl, dass ich alles mit dir teilen kann.*

(4) *Ich liebe alles an dir: deine Schönheit, deine Intelligenz, deinen Sinn für Humor. Ich kann mir mein Leben ohne dich nicht vorstellen.*

(5) *Du bist der einzige Mensch, der mich wirklich versteht und mir das Gefühl gibt, dass ich zu Hause bin.*

(6) *Lass uns für immer zusammenbleiben und uns gegenseitig lieben, für immer und ewig.*

Mir wurde mulmig, wie immer, wenn ich vorhatte, etwas so Schwülstiges auszusprechen.

»Ich bin glücklich, dass ich dich kennengelernt habe«, warf ich plötzlich ein, als sie gemeint hatte, dass es ihr schwerfiele, den anderen zu verschweigen, dass wir uns kannten, gut kannten, wenn sie von meinem Unterricht schwärmten, den sie liebte, weil sie mir dann so nahe war.

War das gut? Gutes Timing? Fast perfekt, oder? Ich hatte es geschafft!

»Ich auch. Ich habe noch nie jemanden getroffen, der mich so zum Lachen bringt und mir das Gefühl gibt, dass alles möglich ist.«

Konzentriert sah ich ihr in die Augen und schaffte es, nicht zu blinzeln. Verwendeten unsere Assistenten dieselben Vorschläge? Ich schluckte und zwang mich zu sagen: »Ich habe das Gefühl, dass ich alles mit dir teilen kann.«

»Das war die falsche Zeile. Du hättest jetzt die darunter nehmen müssen«, sagte sie zärtlich und lächelte mich mit leuchtenden Augen an.

»Ja«, sagte ich nur. »Ich liebe alles an dir. Ich liebe dich. Ich ... ich ... Du bist der einzige Mensch ...«

Sie prustete los und auch ich musste lachen, aber ihre Augen sagten: *Alles richtig gemacht, mein Held.*

Als Anderson mich zum Dienstbeginn in den Hangar beorderte, war ich bereit, meinen Beitrag zu leisten. Und geduscht. Zwei Mal.

Wir verloren keine Zeit damit, mit ausgewählten Ausbildungsbasen anzufangen, sondern flogen direkt zur nächstgelegen und von dort aus würde es immer so weitergehen, bis wir alle abgeklappert hätten. Ich fand es zwar Verschwendung von Zeit, die dringend für die Flugausbildung gebraucht wurde, aber Moral und Motivation waren offensichtlich wichtiger. Computer wollte mir dazu einen Vortrag halten, aber ich würgte ihn ab. Für Infotainment hatte ich einfach keine Nerven mehr.

Anderson überraschte mich an Bord mit ein paar Änderungen. Es war immer noch eine einfache Transportdrohne, aber sie war zu einem fliegenden Leitstand ausgebaut worden. Während er sich mit seinem Workpad in einen Sessel verzog, um irgendwelchen Agentenkram zu erledigen, übernahm ich den üblichen Trainingsbetrieb.

Es klappte von Bord aus genauso gut wie am Boden. Meine anfängliche Skepsis wich einer gewissen Pragmatik: Natürlich war es völlig egal, von wo aus ich on ging, um Flugstunden zu geben. Auf diese Weise würde ich auf jeden Fall irgendwann auch bei Belle landen: Wir brauchten rund eine Stunde von einer Basis zur nächsten, wobei die Fluggeschwindigkeit so angepasst wurde, dass das auch genau hinkam. Kaum angekommen, stürmte ich unter Applaus von Bord und in den Hangar, in dem ich vor Ort die nächste Flugstunde leiten würde. Die jeweiligen Gruppenteilnehmer durften Selfies mit mir machen, es gab Clips von unserem gemeinsamen Training und nach der Stunde sprang ich sofort wieder an Bord, um die nächste Stunde von dort zu leiten. So ging das, bis wir in der letzten Basis des Tages die Nacht verbrachten, wo ich auch meine Körperübungen machte – weiterhin Eigengewichtübungen unter Computers Anleitung. Die Fitnessräume waren mir ein Graus. Dort würde ich von einer staunenden Meute angegafft, jede einzelne meiner Bewegungen würde im Netz diskutiert und jeder Atemzug würde nach Pubertät und Schweiß riechen. Nein, danke.

Die Quartiere waren alle identisch. Ich bemerkte, abgesehen von leicht abweichenden Grundrissen der Anlagen, die der jeweiligen Topografie geschuldet waren, keinen Unterschied zu 124.

Beim Essen in der Kantine war natürlich auch noch mal ordentlich was los, sodass ich schon nach drei Tagen auf dem Zahnfleisch ging, aber das legte sich genauso schnell wieder. Nun war mir auch klar, warum noch keiner der bisherigen Superstars Kontakt mit mir aufgenommen hatte: Die waren nicht eifersüchtig oder sauer – die genossen einfach nur die Ruhe, die sie jetzt hatten! Vermutlich waren sie bei ihren Familien oder spielten altmodische Ballerspiele ohne Helm, irgend so was. – Ich war neidisch.

Auf diese Weise würden wir in knapp 200 Tagen alle Akademien einmal besucht haben. Und Belle! Und wehe, wenn Webber auch nur auf die Idee kam, mir das zu versauen ...

Kapitel 8

Die Hälfte des ersten Ausbildungsdurchlaufs war geschafft. Webber schwieg weiterhin zu meinen Fragen, ob und wann die ersten Zusatzausbilder eingesetzt werden würden. Ich hatte erstaunt zur Kenntnis genommen, dass er es irgendwie hinbekommen hatte, vier Millionen Kadetten praktisch über Nacht zu subliminalisieren, ohne dass irgendjemand etwas davon mitbekam. Wieso schaffte er es dann nicht, das in die Breite zu expandieren? Aber er bekam offenbar nicht genug Drohnen zur Verfügung gestellt. Nach zwei Wochen Dauererfolg waren es immer noch dieselben 17.000 Übungsmaschinen. So gesehen waren Zusatzausbilder also nicht nötig, aber ich fand es unerhört, dass er nicht mal daran dachte, mich zu entlasten. Ich sagte es Anderson, der aber nur einen müden Blick für mich übrighatte. Er fand sich mit Sicherheit mindestens genauso bedauernswert wie mich, schließlich war er vom Agenten zum Babysitter abgestiegen. Man könnte jetzt zwar sagen, dass er den wichtigsten Soldaten aller Zeiten unterstützte, aber so mürrisch, wie er Däumchen drehte, weil es wohl sonst nichts mehr zu tun gab, außer sich Videos von mir im Netz anzusehen, fühlte es sich wohl nicht sehr besonders an.

Eines Abends hatte ich partout keine Lust auf die Kantinenshow und blieb nach dem letzten Lehrgang im Hangar. Die Drohnen wurden automatisch zu ihren Hangars zurückgeflogen, das konnte der Autopilot alleine. Die Lieutenants überwachten das nur. Ich drehte mit meiner heutigen Maschine eine Extrarunde. Schon mehrmals hatte ich abends Gruppenübungen mit meiner alten Zehnergruppe veranstaltet, aber meist war ich zu fertig. Heute waren sie es. Sie waren noch on, fragten aber von sich aus nicht nach einer Zusatz-

251

übung. Ich bot auch keine an. Stattdessen flog ich an den anderen Drohnen vorbei, die bereits im Sinkflug waren, und umkreiste sie übermütig. Ich dachte über irgendetwas nach, das ich nicht so recht zu fassen bekam, und hoffte auf eine Eingebung. Dann wechselte ich in die Steuerung einer der Drohnen, die ich umkreist hatte, und lenkte sie in dieselbe Kreisbahn wie die andere, sie waren jetzt wie zwei Satelliten auf derselben Umlaufbahn. Im ersten Moment erkannte ich gar nicht, was passiert war, erst als ich hysterisches Gekreische hörte, merkte ich, dass ich ohne nachzudenken zwei Drohnen gleichzeitig flog. Ich lenkte sie aus der Kreisbahn heraus und flog ein paar Schleifen mit ihnen: nebeneinander, hintereinander, umeinanderkreisend ... Irre! Ob ich ...?

Nach einer langen Kurve zurück übernahm ich im Vorbeiflug eine dritte Drohne, die ich ebenfalls in einen gemeinsamen Formationsflug integrieren konnte. Die am Boden flippten fast aus. Die ganze Welt flippte aus! Ich hatte gar nicht mitbekommen, dass ich, wie meistens, on war. Die Operatoren in Webbers Zentrale entschieden darüber, welche Aufnahmen rausgingen und welche nicht. Bei diesen hatten sie sich dazu entschieden, die Welt teilhaben zu lassen, wie Computer mir am Rande mitteilte.

Die Kantine durfte ich an diesem Abend schwänzen. Stattdessen rief mich Webber an. Er sabberte fast. Ich sollte mit der Zehnergruppe herausfinden, ob ich auch mehrere Drohnen in einem Kampfmanöver einsetzten konnte, wie viele ich insgesamt schaffte, ob ich das an andere weitervermitteln konnte ...

»Und denken Sie daran: Keine Freundschaften. Das funktioniert einfach nicht.«

Ich sah ihn ausdruckslos an. Das hatte mir bereits Fred erklärt: Ich würde über kurz oder lang für jeden zum Vorgesetzten. Mein Job war es, Vorbild und Vorgesetzter sein. Würde ich Freundschaften schließen, zöge das automatisch den Wunsch nach Sonderbehandlung nach sich, die ich aber nicht gewähren durfte. Und das würde mich dann schlecht aussehen lassen, was wie ein Lauf-feuer durchs Netz ginge und die ganze Aktion gefährden konnte: *Rocketman*, der Arsch, der seine Freunde hängen lässt. Mein Vorschlag, mir dann eben die Möglichkeit zu geben, Freundschaftsdienste zu erweisen, wurde natürlich ab-gelehnt. Das würde ausufern, die Leute würden sich nur deswegen für mich interessieren ... bla, bla, bla.

»Merken Sie sich am besten gar nicht erst irgendwelche Namen«, schlug Webber vor.

Ich rührte mich immer noch nicht.

»Besonders bei der Zehnergruppe. Sie werden jetzt kurzfristig viel Zeit mit ihnen verbringen, aber danach keinen von ihnen je wiedersehen.«

Mir drängte sich der Eindruck auf, dass Webber mich abschirmen wollte, als wäre ich sein Privateigentum. Normalerweise gestikulierte Webber nicht. Nie. Seine Arme hingen immer an ihm runter wie tot. Dennoch hatte ich immer das Gefühl, als würde er bei jedem Wort mit dem Finger auf mich zeigen. Heute hatte er es tatsächlich getan, als er zum Schluss sagte: »Vervielfachen Sie unsere Angriffsstärke!« Er zeigte dabei zum ersten Mal so etwas wie Emotionen. War es Freude oder Hoffnung?

Als ich am nächsten Morgen ohne Frühstück in die Transportdrohne kletterte, war klar, dass ich locker fünf, mit etwas Übung sogar zehn Drohnen fliegen konnte. Und es ließ sich vermitteln: Stephen, Sven, Katja, Maria, Thore und Sofia hatten es noch in derselben Nacht mit jeweils zwei Drohnen geschafft. Während ich die Standardration aß, die Anderson mir mitgebracht hatte, erklärte mir Webber, dass ich das sofort in den Unterricht mit einbauen sollte. Ich zeigte ihm den Stinkefinger, allerdings erst nach dem Gespräch.

Na klar. Wenn das klappte, hatte sich die Zahl der benötigten Piloten gerade halbiert. Wenn alle fünf Drohnen schafften, brauchten wir nur noch 100 statt 500 Millionen und wenn sogar mehr drin war …

Ich wollte gar nicht darüber nachdenken. Das war alles rein spekulativ. Bisher war es nur mir gelungen und einigen meiner besten Schüler. Zu früh zum Aufatmen.

Ich weiß nicht, wie ich den kompletten Tag mit dem vollen Programm durchgestanden habe, vermutlich hatte mir Webber das halbe Armband in die Venen jagen lassen, damit ich durchhielt. Als ich an diesem Abend ins Bett fiel, wollte ich seit langer Zeit zum ersten Mal nur noch schlafen, obwohl es gerade so aufregende Neuigkeiten gab. Ich hatte es Belle schon letzte Nacht erzählt, als wir eine kurze Pause machten. Sie war aber ohnehin live dabei gewesen, bis Webber den Stream beendete.

Am nächsten Morgen war ich frisch erholt und verblüffte meine Fangemeinde mit zwei Drohnen, die ich während des ersten Unterrichts des Tages gleichzeitig flog. Das heutige Thema war der kontrollierte wiederholte Wechsel zweier Schüler auf die jeweils andere Drohne. Die Paarungen wurden von den persönlichen Assistenten der Schüler blitzschnell gebildet und es konnte losgehen: Erst wechselten sie in einem festen Rhythmus von 30 Sekunden aus einem einfachen Geradeausflug heraus, dann wurde das während eines Kurvenfluges beibehalten, dann bei einem einfachen Manöver. Als Nächstes wurde die Zeit verkürzt. Nach der Hälfte der Stunde verlangte ich dann, dass sie versuchen sollten, die andere Drohne zu übernehmen, ohne die eigene aus ihrer Kontrolle zu entlasten. Der jeweils andere passte auf und griff ein, wenn die Übernahme scheitern sollte.

Sie scheiterten glorios, aber es gab auch Erfolge.

Um 9:00 Uhr stand fest, dass jeder fähig war, mit zwei Drohnen zu fliegen, und wir die Anzahl der Schüler verdoppeln würden, da sich nun zwei die Steuerung einer Drohne teilen konnten. Damit verkürzte sich rein rechnerisch die restliche Ausbildungsdauer der Kadetten um ein paar Tage, aber die wollte Webber für die Umstrukturierung des Flugunterrichts nutzen.

Nach Beendigung des ersten Fluglehrgangdurchlaufs bekam ich einen Tag frei. Ich verbrachte ihn vollständig in meinem Quartier in Akademie 622 und genoss einfach nur die Ruhe in meinem Kopf. Ich hatte die Linsen rausgenommen, die Buds und kein einziges Gerät an. Sollte ich einen Anruf bekommen, würde zum ersten Mal in meinem Leben die Mailbox rangehen, die ich vorher extra von Computer einrichten ließ. Belle hatte ohnehin keine Zeit. So wie alle anderen Kadetten war ihre Ausbildung nun abgeschlossen und sie erhielt neue Aufgaben. Ich hatte keinen Einfluss darauf und wusste nur, dass sie bis zum nächsten Ausbildungsdurchlauf, in den sie wohl wie die meisten eingebunden würde, beschäftigt war.

Endlich hatte ich mal Gelegenheit, mich zu fragen, woher meine Flugkünste eigentlich kamen. Beim früheren Training war es einleuchtend gewesen, da hatten mir Fred und seine Leute einen Vorsprung verschafft, um mich für ihre Zwecke aufzubauen. Sie hatten das Wissen erfahrener Piloten in meinen Schädel gestopft und ich war wie aus dem Nichts zum leuchtenden Stern aufgestiegen. Aber woher stammte das Flugwissen jetzt? Ich war doch derjenige, der es Schritt für Schritt entschlüsselte? Oder hatten die das irgendwie rausgekriegt und nur nach einer Möglichkeit gesucht, es an eine halbe Milliarde Piloten weiterzugeben? Wozu dann die Geheimnistuerei? Das war absolut unlogisch. Was hätte ich darum gegeben, das mit einem unabhängigen Assistenten – gab es so was überhaupt? – oder Belle zu besprechen. Ging aber nicht. Ich fühlte mich so allein wie noch nie zuvor in meinem Leben. Computer war da, auch wenn alle Geräte aus waren, und würde meinen Zustand anhand meiner Werte erkennen. Wenn er es für erforderlich hielt, würde er sich über einen der Einbaulautsprecher melden. Ein tröstender Gedanke.

Aber so schlimm war es wohl nicht, die Lautsprecher blieben stumm. Computer hielt es nicht einmal für nötig, mich über das Starkregengebiet zu informieren, das zu uns herübergezogen war und fast, aber eben nur fast, einen Alarm ausgelöst hätte. Es war dann aber doch knapp an uns vorbeigeschrammt, sodass die Anlage nicht versiegelt werden musste. Das war das Blöde an der neuen Klimalage: Es gab nur noch Extremwetter. Meist war es zu heiß und staubig. Wenn es dann aber mal regnete, dann immer katastrophal. Nicht nur, dass die Böden nichts mehr aufnehmen konnten und jeder Niederschlag irgendwelche Sturzbäche verursachte, die Schneisen schlugen, es waren auch unglaubliche Wassermengen, die aus diesen Superzellen kamen. Einige der älteren unterirdischen Anlagen waren abgesoffen, weil sie weder versiegelt noch schnell genug abgepumpt werden konnten. Mittlerweile gehörte das aber genauso zum Baustandard wie Erdbebensicherheit. Aber eine Versiegelung war immer noch etwas, das einen ganz schön aus dem Tritt bringen konnte. Zurück zum Alltag war danach nie so einfach. Und das alles nur wegen des Jetstreams, der sich Anfang des Jahrtausends abgeschwächt und nach Norden verlagert hatte. Das sorgte für lang anhaltende Wetterlagen wie Dürren und Dauerregen, was Erosionen mit sich brachte, den Verlust der Mikroorganismen in den Böden, die daraufhin das Wasser gar nicht mehr speichern konnten, austrockneten, vom Wind abgetragen wurden und nichts als Sand und Steine hinterließen. Die Grundwasserspiegel sackten ab und die über die trockenen Böden rasenden Sturzfluten der Wolkenbrüche konnten sie nicht mehr auffüllen. Grundschulwissen zu Thema *Wie unsere Vorfahren es verbockt haben.*

Schon am nächsten Morgen sollte ich wie gewohnt an Bord der Drohne um 8:00 Uhr mit dem Unterricht beginnen. Webber beorderte mich eine halbe Stunde früher hin und Anderson unterrichtete mich schon auf dem Weg, was sie in den vergangenen 30 Stunden geändert hatten: einfach alles.

Ich hatte damit gerechnet, dass Webber nun endlich weitere Drohnen zur Verfügung gestellt bekam oder die fertigen Piloten zu Ausbildern machte, stattdessen hatte er die Anzahl der Piloten pro Drohne erhöht: Vier bis fünf Anwärter sollten sich eine Drohne teilen. Das war es, was er die letzten Stunden gemacht hatte: herauszufinden, wo das Maximum lag. Es hatte sich herausgestellt, dass das ein wenig von den Anwärtern abhing, manche schafften es zu fünft, manche nur zu viert. Diejenigen, die es nicht auf wenigstens vier brachten, wurden durchgetauscht, bis feststand, an wem es lag. Ich wollte mir gar nicht vorstellen, wie viele Kinderseelen an diesem knallharten Auswahlverfahren zerbrachen. Den wenigstens dürfte jemand beistehen können, sie waren doch wie ich meist auf sich allein gestellt.

Aber ich hatte keine Zeit, Webber zu verfluchen. Ich musste gleich den nächsten Schock verdauen: Er würde 80 Millionen Anwärter gleichzeitig aufschalten. Das konnte doch niemals funktionieren! Wie sollte das Netz das aushalten? Die Erklärung war einfach: Alles andere wurde abgeschaltet: Streams, Anrufe, Spiele, Recherche, Assistenten … Wer nicht gerade Teil des Flugunterrichts war, war off. Das hatte es die letzten 30 Jahre nicht gegeben.

Ich bekam gerade noch mit, dass beim nächsten Schwung 40 Millionen Anwärter mit 40 Millionen Altpiloten gemischt werden sollten, dann ging es auch schon los. Ich schnappte mir zur Feier des Tages drei Drohnen gleichzeitig und zeigte den Kids, was eine Harke ist. Da alle anderen off waren, gab es hier keinen Ruhm zu ernten, aber auch keine Blamage zu riskieren, außer

256

natürlich bei meinen Schülern, aber die hatten genug damit zu tun, an Bord zu bleiben.

Wie hatte Webber es geschafft, 80 Millionen Anwärter in so kurzer Zeit zu subliminalisieren? Ich hatte scheinbar eine völlig falsche Vorstellung von der Technik und der Vorgehensweise seines Teams. Ich wusste im Grunde überhaupt nichts. Mehr und mehr erkannte ich, dass ich nichts weiter als ein Rädchen im Getriebe war, alles andere als ein Superstar – das war nur meine Rolle, die ich gefälligst zu spielen hatte. Aber gut, es gab keinen Grund für die Annahme, dass Militär ein Partyspaß war. Es ging darum, die Welt zu retten, da ging es hart zur Sache. Friss oder stirb. Ich hätte es schlechter treffen können. Immerhin war Opa vom *Eis*, meine Familie war gut versorgt und ich hatte eine heiße Freundin. Irgendwo …

Während der Stunde bekam ich mit, dass die fertig ausgebildeten Kadetten nun die Sicherung übernahmen. Jeder war für vier bis fünf Drohnen zuständig. Ich fand das ziemlich riskant von Webber, aber dann dachte ich wieder an die großen Zahlen und gab auf. Augen zu und durch, das war wohl unsere einzige Chance.

Am Abend erfuhr ich, dass nur ich Schonzeit hatte. Die Kadetten mussten, sobald die Drohnen nicht mehr von den Anwärtern genutzt wurden, direkt weitermachen und Formationsflug mit mehreren Drohnen üben. Es gab eine neue Rangliste, in der diejenigen aufstiegen, die mit den meisten Drohnen die komplexesten Manöver fliegen konnten. Das Spitzenfeld sollte dann in die Zentrale der Akademie wechseln und dort mit Kampfdrohnen Gefechtsübungen machen. Hatte Webber einen Weg gefunden, ohne mich weiterzukommen? War ich jetzt nur noch für die Promotion wichtig? Ich bekam etwas Hoffnung, dass doch nicht alles an mir hängen bleiben würde.

Während ich unter der Dusche stand, eröffnete Computer mir, dass seine Zugriffsrechte soeben erweitert worden seien. Ich bekäme nun über alle Personen bis zum Dienstgrad eines Lieutenants sowie alle Zivilisten uneingeschränkte Informationen, einschließlich Biodatenauswertung und Analyse.

Das war ein ziemlicher Schock. Einerseits ahnte ich schon lange, dass das ganze Getue mit den Persönlichkeitsrechten nur Makulatur war und hinter den Kulissen kräftig dagegen verstoßen wurde, zumindest von den Geheimdiensten, aber sicher auch von der Akademie beziehungsweise der EVA, wenn es um kriegsentscheidenden Scheiß ging. Aber es nun tatsächlich zu erleben, so nebenbei, war doch noch mal was anderes.

»Das bedeutet doch letztlich nur, dass du mir jetzt noch bessere Textvorgaben erstellen kannst, richtig?«

»Du erfährst mehr über die Menschen, mit denen du es zu tun bekommst«, ergänzte Computer.

»Und zwar über alle. Also auch die, mit denen ich mich anfreunden könnte. Ein moralisches Dilemma. Das ist keine Basis für eine Freundschaft.« Und das wusste Webber natürlich. Das war womöglich der Hauptgrund für die Freigabe.

Kapitel 9

Wir waren direkt nach dem Abendessen aufgebrochen. Statt die Nacht in Akademie 534 zu verbringen, machten wir einen Abstecher nach New York. »Die da oben wollen Sie wieder sehen«, sagte Anderson nur. Wir waren nur vier Flugstunden entfernt und wären pünktlich am nächsten Morgen zurück für den obligatorischen Frühstücksabschied. Die Tour durfte nicht unterbrochen werden, die Netzsperre galt ja nur während meines Unterrichts, danach ging das Geschnatter sofort wieder los und jedes Ereignis wie mein Fehlen beim Frühstück würde Wellen schlagen, die Webber lieber vermeiden wollte.

Er musste ein riesiges Team haben, um diese gewaltige Aufgabe zu stemmen. Ich bewunderte ihn inzwischen, aber war auch etwas eingeschnappt, dass für mich nur Anderson über war. Immer nur Anderson, Anderson, Anderson! Wir hatten keine Gesprächsthemen mehr und weil er natürlich auch von der Netzsperre betroffen war, verbrachte er die Zeit nach meinem Unterricht komplett on. Ich konnte maximal mit Computer plaudern, der angesichts des Umstandes, dass ich wohl doch nicht so wichtig und interessant war, wie ich gedacht hatte, in meiner Gunst wieder aufstieg. Wenn ich so unbedeutend war, dann hörte sicher auch niemand zu, was ich mit ihm bequatschte. Nicht mal Anderson interessierte es, und der hatte nun wirklich nichts zu tun. Also war es doch wieder so wie früher: Computer und ich, beste Freunde!

Im EVA-Gebäude ging es diesmal nicht mit der U-Bahn in den Keller, sondern wir landeten ganz offiziell auf dem Dach. Ein kleines Empfangskomitee geleitete uns erst zur Sicherheitskontrolle und von dort in den aus den Medien bekannten Sitzungssaal der EVA, in dem neben hohen Regierungsvertretern und Militärs auch die obersten Akademiemitglieder versammelt waren. Unsere Ankunft wurde von mindestens 50 Kommentatoren live gestreamt.

Die Menge an Infofähnchen, die aufgrund der erweiterten Freigabe in meinem HUD erschienen, war so gigantisch, dass ich sie kaum wahrnahm, sie waren auf Striche reduziert. Wenn ich jemanden fokussierte, wurde die Information auf die knappen Standards erweitert, fokussierte ich länger, wurde alles andere ausgeblendet und ich bekam ein komplettes Dossier mit den wichtigsten Punkten, zu denen jeweils Hintergrundmaterial abgerufen werden konnte – viel mehr als nötig. Ich sah schnell von der Frau im Hintergrund weg, einer 39-jährigen Ministerialassistentin. Sie hatte für die Karriere auf Kinder verzichtet, war darüber frustriert, gab ihrem Chef eine Mitschuld daran und versuchte, bei jemand anders unterzukommen. Das beeinträchtigte ihre Arbeitsergebnisse, sodass ihre Bewertung abgerutscht war und sie in Kürze vom Homeoffice aus Akten für das Ministerium bearbeiten würde. Sie nahm ihre Nährstoffe gerne aufwendig aufbereitet zu sich, machte sich aber nicht die Mühe, weil sie Single war, und trank sie genusslos in Breiform. Sie unterhielt mehrere oberflächliche Onlinebeziehungen, für die sie sich eine umfangreiche Haptikausstattung zugelegt hatte, und schlief manchmal während des Onlinesex ein, während ihr Assistent weiter ihre Anwesenheit simulierte. – Das war schon auf den ersten Blick weit mehr, als ich wissen wollte und irgendjemand über andere Menschen wissen sollte. Ich musste das mit Computer dringend begrenzen. Bis dahin deaktivierte ich das HUD per Geste erst mal.

Unser Eintreffen war von den Assistenten perfekt getimt worden, unsere Gehgeschwindigkeit so angepasst, dass wir ohne warten zu müssen in dem Moment erschienen, als die offizielle Tagesordnung abgearbeitet, alles besprochen, beschlossen und verkündet war, sodass man sich jetzt kurz dem neuen Star der Akademie widmen konnte. Ich bekam ein paar warme Worte zu hören, unter anderem von Präsident Floyd Biswas, der in natura noch viel mehr wie Elvis Presley aussah als in den Clips und sich erfreulich kurzfasste, sowie Mae Franzis, der Akademie-Vorsitzenden, die sich nicht anmerken ließ, dass wir uns schon von meiner Aufnahme kannten. Eventuell hatte sie nicht mal gewusst, wen oder was Webber ihr da untergeschoben hatte, und nun konnte sie die Lorbeeren schlecht noch für sich beanspruchen, aber sie versuchte es, indem sie den Fokus auf die neue Ausbildungsqualität lenkte: »... fliegen unsere Piloten nun präziser als je zuvor, haben bessere Kontrolle über die interne Steuerung (das Wort *Alien-KI* würde keinem Politiker öffentlich über die Lippen kommen), können daher besser manövrieren, sich untereinander schneller abstimmen und adaptieren sowie ihre Gruppenkommunikation auf ein neues Niveau heben. Die Neuformierung und Umgruppierung funktioniert endlich so fließend und reibungslos wie bei einem Fischschwarm und die Belastung des einzelnen Piloten sinkt, sodass sein Durchhaltevermögen steigt.« Das meiste davon war noch Zukunftsmusik. Da hatte ihr Assistent für die Rede wohl Vorgaben von Webber erhalten. Ich war also nicht der Einzige, der bei der ganzen Sache über den Tisch gezogen wurde. Freuen konnte ich mich darüber allerdings nicht.

Es folgten noch ein paar weniger wichtige Figuren, die ich teilweise nicht mal kannte, weshalb ich das HUD wieder aktivierte, aber es war gar nicht nötig, ich musste überhaupt nichts sagen. Hände wurden geschüttelt, Hoffnungen ausgesprochen und schon war ich wieder draußen. Ich konnte wählen zwischen Andersons dirigierender Hand im Rücken oder Computers grüner Linie.

Bis zum Aufzug wurde unser Weg von Contentern gesäumt, dann waren wir schlagartig wieder allein und unser beider Gesichtsmuskeln gönnten sich eine Pause.

Mir schwirrte von den vielen HUD-Infos ein wenig der Kopf. Daran musste ich mich erst wieder gewöhnen, genauso wie am Anfang, als zu jeder Treppenstufe, Tür oder Lampe Infos eingeblendet wurden. Computer hatte anhand meiner Einschränkungen sowie Zusatzanforderungen immer sehr schnell ermittelt, welche Informationstiefe für mich relevant war und wie ich diese am besten ein- oder auszoomen konnte. Das würde in diesem Fall nicht anders sein. Er konnte seine Analyse aber erst beginnen, wenn ich anfing, mit den neuen Daten umzugehen. Also ließ ich das HUD aktiv.

Als die Aufzugtüren aufglitten, kam mir der Flur bekannt vor. Computer wies mich sogleich darauf hin, dass wir hier schon bei meinem ersten Besuch ausgestiegen waren.

Anderson brachte mich auch wieder in denselben Raum. Bevor wir eintraten, fragte ich, was das eigentlich für Leute seien.

»Das sind die Berater derjenigen, die die eigentliche Arbeit machen«, sagte er, was auch immer das bedeuten sollte.

Dann öffnete er die Tür und ich machte einen schnellen Schritt vorwärts, damit er mich nicht wieder schob. Er blieb diesmal gleich draußen.

Diesmal waren die Gesichter deutlich freundlicher. Das HUD zeigte mir nur zu zwei der zwölf Anwesenden Informationen – Assistenten, die sich im Hintergrund halten würden.

Mir wurde zur Beförderung gratuliert, zu meinen guten Ergebnissen und meinem enormen Beitrag zum Ausbildungsprogramm. Die etwas kühnen Ankündigungen von Mae Franzis wurden mit keinem Wort erwähnt. Hatten sie die Rede etwas nicht gehört?

Ich schielte nach den Workpads: Da bewegte sich nichts: keine Feeds, keine Videos – nur irgendwelche Tabellen und Texte, soweit ich es erkennen konnte.

Computer konnte dank der Linsen meinem Blick folgen und zog die richtigen Schlussfolgerungen: *Die Geräte sind off.* Er legte mir die Inhalte der Bildschirme aufs HUD, aber sie hatten alle nichts mit mir zu tun.

»Wir sind verblüfft und erfreut, dass es Ihnen gelungen ist, das Ausbildungsprogramm ohne Einbeziehung von Kampfdrohnen auszuweiten«, sagte einer der Namenlosen.

Ich war mir nicht sicher, ob dieser Mann beim letzten Mal auch schon etwas gesagt hatte. Es war Monate her. Im HUD tat sich nichts, also war der hier wohl neu, sonst hätte Computer mich informiert, vielleicht mit der Einblendung dessen, was er das letzte Mal gesagt hatte.

»Vielen Dank, die Offiziere der Akademie haben wesentlichen Anteil daran«, las ich Computers Textvorschlag ab und erkannte erst hinterher, was sich daraus ergab: Webber wollte immer noch im Hintergrund bleiben. Fast wären mir die Gesichtszüge entgleist, denn ich hatte natürlich angenommen, dass ich hier Webbers Auftraggebern gegenüberstand.

»Nichts für ungut«, mischte sich nun einer ein, der mir wegen der Schärfe in seiner Stimme doch bekannt vorkam, »aber erlauben Sie mir die Frage, Lieutenant, wo das auf einmal alles herkommt? Jahrelang hat die Akademie genauso wenig Fortschritte gemacht wie die Wissenschaftler und plötzlich tauchen Sie auf und alles ist anders. Verzeihen Sie, wenn ich der Sache nicht so recht traue.«

Computer blendete mir alles ein, was der Mann bei unserem letzten Zusammentreffen gesagt hatte. Ich überflog es bis zu ... *bekam einen gewaltigen Tritt in den Arsch und brauchte Jahre, um mich in eine Position zu bringen, am alten System etwas zu ändern ...*

Jetzt erinnerte ich mich wieder.

Computer blendete einen Antwortvorschlag ein, aber sofort wieder aus, als der Mann fortfuhr: »Mir wäre wohler, wenn Sie sich einer ärztlichen Untersuchung unterziehen würden – bei unseren Leuten!«

Er zeigte mit dem Finger auf mich und ich dachte schon, er wolle ihn mir in die Brust rammen. Erschrocken trat ich einen Schritt zurück.

»Oh, ich wollte Ihnen nicht zu nahetreten, Lieutenant.« Er fixierte mich mit funkelndem Blick.

»Selbstverständlich, kein Problem«, stammelte ich, was Computer mir vorgab. *Von wegen, kein Problem!* Wo war der Urinbeutel, wenn man ihn brauchte? Ich machte mir gleich in die Hose. Was für ein Arzt? Ich war noch nie ärztlich untersucht worden bis auf das kurze Abscannen bei der Aufnahme in die Akademie! Was würde diesmal passieren? Würde man mich stechen? Schneiden? Dinge in mich hineinstecken? Ich fühlte mich auf einmal ziemlich wackelig. Warum kamen von Computer keine Analysen? Oder wenigstens beruhigende Worte? Gab es nichts Beruhigendes zu sagen? War ich erledigt?

»Frank«, meinte mein erster Gesprächspartner ruhig, »vielleicht ...«

Aber Frank griff sich mit aufgerissenen Augen an die Brust. Er gurgelte etwas Unverständliches und stolperte rückwärts gegen einen Sessel, in den er sackte.

Ich machte noch einen Schritt zurück.

Alle schrien aufgeregt durcheinander. Jemand öffnete seine Krawatte, sein Hemd.

Herzinfarkt. Reanimation sinnvoll. Sofortige Ambulanz nötig, teilte mir Computer nun mit.

Einer der Assistenten aus dem Hintergrund schob sich an den anderen vorbei und machte das, was ich für eine Herzmassage hielt. Computer bestätigte das. Jemand anders eilte hinaus und warf die Tür hinter sich ins Schloss.

Ich hatte mich gerade in die Ecke rechts neben der Tür geschoben, als diese auch schon wieder aufflog und zwei Weißkittel hereinstürmten. Sie hatten ein Notfallwägelchen dabei und verpassten Frank erst einen Zugang, dann Defibrillationspflaster. Im HUD flitzten Informationen zu den Sanitätern, dem Wagen, den Maßnahmen und Franks Überlebenschancen durch. Er lag schon auf einer Rolltrage, die sich aus dem Notfallwägelchen herausgefaltet hatte, als er den ersten Stoß bekam. Ich kannte so was nur aus Filmen, war aber beeindruckt. Diese perfekte Choreografie nun mit eigenen Augen sehen zu dürfen, gab der Situation etwas Surreales.

Keine fünf Minuten nach seinem Herzinfarkt war Frank weg.

Ich starrte die Anwesenden wohl so geschockt an, dass man mich direkt hinausbat. Anderson schob mich zurück zum Aufzug. Computer informierte mich, dass er etwas blasser war als sonst.

Zwei Ecken weiter flippte ich aus: »Ich will sofort mit Webber sprechen«, verlangte ich viel zu laut, sodass mir Anderson erschrocken die Hand auf den Mund presste und Computer mir *Beruhige dich* sowohl aufs HUD legte als es auch beruhigend in die Buds sprach. Ich wich zurück und wiederholte meine Forderung etwas leiser, aber noch wütender.

»Nicht hier!«, zischte Anderson und wollte mich mit sich ziehen.

Aber ich bockte: »Blödsinn! Es ist völlig egal, wo wir sind. Webber kontrolliert doch sowieso alles! Alles und alle! Das da drin! Das war doch kein ...«

Diesmal hatte Anderson mich mit einer schnellen Bewegung so herumgedreht, dass er mir von hinten die Hand auf den Mund pressen und mich gleichzeitig weiterschleifen konnte. Ich war kurz davor durchzudrehen und schlug um mich.

Als ich wieder wach wurde, lag ich mit dem Gesicht auf Fliesen. Es sah aus wie in einer öffentlichen Toilette. *Fuck!*

Ich wollte kreischend aufspringen, aber es gelang mir nur, mich mit einem gequälten Stöhnen etwas aufzurichten.

Dann wurde ich hochgezogen.

»Bitte reißen Sie sich zusammen«, sagte Anderson. Er war ruhig. Schwer zu sagen, ob er sauer war. Computer äußerte sich nicht.

Ich betastete meine Augen.

Die AR-Linsen sind noch eingesetzt und funktionstüchtig, schrieb Computer.

Obwohl ich sauer war, weil Computer mich hatte hängen lassen, fühlte ich mich etwas besser. Was hatte das Armband mir da nur verpasst?

»Gehen wir, bevor noch jemand kommt.« Anderson öffnete die Tür und gab mir die Möglichkeit, selber zu gehen.

Da ich nicht wissen wollte, was passierte, wenn ich mich weigerte, setzte ich einfach einen Fuß vor den anderen.

Auf dem Rückflug konnte ich Anderson immer noch nicht in die Augen sehen. Ich war zwar sicher, dass Webber dahintersteckte, aber Anderson war nun mal im Moment für mich das Gesicht dieser Verschwörung, die über Leichen ging.

Computer beschränkte sich auf die Anzeige offensichtlicher Vitalwerte; keine Analyse, keine Empfehlungen.

Fred meldete sich. Na so was. Monatelang kein Wort und jetzt auf einmal war er wieder da. Er redete nicht sofort los, sondern sah mich erst mal eine Weile ruhig an. Auch er wirkte etwas blasser als sonst, sein Haar weniger lebendig.

Aus dem Augenwinkel bemerkte ich eine Bewegung an einer der Innenkameras und sah direkt hinein. Trotzig stemmte ich die Hände in die Hüften, obwohl ich wusste, dass das eher albern aussah.

»Es ist nicht so, wie du denkst«, sagte er schließlich.

Fast hätte ich laut gelacht. Dass ich diese berühmten Worte ausgerechnet von ihm hören würde! »Was denke ich denn?«, sagte ich, so ruhig ich konnte. Ich wollte nicht schon wieder eins vom Armband verpasst bekommen. »Dass ihr einfach alles und jeden manipuliert? Alles überwacht? Wie in so einem verdammten Science-Fiction-Film aus den Nullern? Kaum sagt jemand etwas, das nicht zu euren Plänen passt, schaltet ihr ihn einfach aus?«

»Unsinn, natürlich nicht. Das war reiner Zufall. Dem Mann geht es inzwischen auch wieder gut, du kannst dich selbst davon überzeugen.«

»Ihr könnt mir viel erzählen! Ich müsste schon hingehen, um es zu glauben. Ihr manipuliert ja einfach alles!«

Fred flog aus der Leitung und Webber erschien. Er wirkte beherrscht, aber es arbeitete in ihm, das erkannte ich sogar ohne Computers Hilfe, der scheinbar gerade Pause hatte: Keine Assistentenunterstützung bei Streitigkeiten mit seinen Hintermännern! Ha! Das mit den *besten Freunden* konnte er vergessen!

»Lieutenant Neumann«, sagte Webber freundlich, »ich verstehe, wie das auf Sie wirken muss, aber ich versichere Ihnen, dass der Mann einfach nur einen Herzinfarkt hatte. Überarbeitet. Völlig normal in seiner Position. Wenn – und ich betone: wenn – wir die von ihm verlangte Untersuchung vermeiden wollten, hätten wir ihn zurückpfeifen lassen. Das ist die Art, wie wir arbeiten. Aber es hätte uns auch nicht gestört, wenn Sie sich der Untersuchung unterzogen hätten, da wäre schließlich nichts bei rausgekommen. Sie sehen also, es gab überhaupt keinen Grund, dem Mann zu schaden. Wie hätten wir das denn auch tun sollen?« Er lächelte mich an. Das irritierte mich, das tat er sonst nie.

»Natürlich mit dem verdammten Armband!«, schnappte ich.

»Aber die Männer in diesem Raum trugen doch überhaupt keine Armbänder«, erwiderte er milde, geradezu nachsichtig. Der wollte mich echt auf die Palme bringen.

Jetzt, da er es sagte, fiel mir auch auf, dass die Burschen keine Armbänder trugen, jedenfalls die nicht, die sich die Ärmel hochgekrempelt hatten. Das war wohl in dieser Position unüblich. – Vielleicht aus genau diesem Grund.

Ich kam mir plötzlich blöd vor.

»Machen Sie sich nicht draus. Ich bin mir im Klaren darüber, was ich Ihnen in den letzten Monaten alles zugemutet habe. Sie haben sich hervorragend gehalten, da habe ich aus dem Blick verloren, dass Sie dennoch Grenzen haben, die ich berücksichtigen sollte, um Ihre Einsatzfähigkeit zu erhalten.« Da war sie wieder, die gewohnte Kälte, die mich auf eine Ressource reduzierte.

»Nur eine Frage noch: Die Workpads dieser Männer waren off, die Sanitäter mussten erst geholt werden ... Die kannten nicht mal die Rede von Francis! Das war doch wohl ein abhörsicherer Raum, oder?« *Und wieso war Computer dann on?*, wollte ich fragen, aber er nickte nur und beendete das Gespräch.

Er mochte sich da halbwegs plausibel rausgewunden haben, aber trotzdem: Das war eine riesen Verschwörung, die hinter dem Rücken der Regierung, der EVA und der Akademie abgezogen wurde. Wer waren Webbers *die da oben*? Ich hatte keine Ahnung und eine Heidenangst. Wo war ich da hineingezogen worden? War es gut oder schlecht für die Erde? Was konnte passieren, wenn ich mich querstellte? Ich hatte keinen Zweifel daran, dass man meine Familie und Belle als Druckmittel einsetzen würde.

Nun erwachte auch Computer wieder zum Leben: *Du solltest auf den Schreck etwas essen.*

Es waren noch Standardrationen da. Ich verzog das Gesicht.

Für ein Gespräch mit Belle, das ja keinesfalls offen sein konnte, fühlte ich mich zu schlapp. Mir war hundeelend und das würde sich vermutlich auch eine ganze Weile nicht ändern.

Ich verdrückte eine halbe Ration und fläzte mich dann mit einer Decke in einen Sitz, um bis zur Landung zu schlafen.

»Entschuldigen Sie die Ruhigstellung vorhin«, sagte Anderson leise. Webber hatte ihm wohl gerade einen entsprechenden Befehl zukommen lassen. »Ich habe keine eigenen Kinder und war vielleicht zu grob.«

Ich schwieg. Es war einfach nur erniedrigend. Das passte nicht zu meiner Rolle als Superheld. Andererseits war ich ausgeflippt. Der rationelle Teil in mir hielt seine Reaktion für angemessen und wollte das Thema begraben. »Wer ist Webbers Vorgesetzter«, fragte ich leise.

Anderson schwieg einen Moment, dann antwortete er langsam: »Er ist dem Verteidigungsministerium unterstellt, sonst könnte er nicht über mich verfügen, aber Genaueres weiß ich nicht. Nicht meine Klassifikation.«

Grunzend richtete ich mich etwas auf. »Was ist das für ein Scheiß, nicht zu wissen, für wen man arbeitet? Ob man womöglich Verbrechen begeht? Ein Verräter ist?« Es war mir egal, ob Webber mithörte.

Anderson seufzte. »Das ist das Wesen geheimdienstlicher Tätigkeit.«

»Aber was soll das? Warum die Geheimnistuerei?«

»Weil nun mal nicht jeder alles wissen soll. Manche Dinge funktionieren nicht, wenn sie öffentlich diskutiert werden.«

Ach ja, geradezu ein Totschlagargument. »Aber Sie und ich, wir sollten doch wissen, wer die Fäden zieht«, versuchte ich es noch mal. »Wir sind schließlich nicht die Öffentlichkeit oder irgendwer.«

»Also was mich betrifft«, er hüstelte, »bin ich tatsächlich nur ein kleines Licht, geradezu ein Niemand. Ich mache Babysitterjobs. Nichts für ungut.«

Ich schnaubte verächtlich und knurrte: »Aber ich nicht.«

Dazu sagte er nichts. Auch Computer schwieg und Webber sowieso. Ich konnte geradezu sehen, wie er in seinem Büro zuhörte und die Arme teilnahmslos baumeln ließ, während er abwog, wo das hinführen mochte. »Webber!«, knurrte ich. »Sagen Sie mir einfach, wer Ihr Boss ist.«

Verblüfft fuhr ich hoch, als Anderson aufstand und ganz in die Ecke der Drohne ging, auf maximale Distanz.

»Das darf ich Ihnen nicht sagen«, erklärte mir Webber nun überraschend freundlich. »Nichtsdestotrotz sind Sie immer noch ein Minderjähriger, ein kleiner Junge. Bestimmte Informationen sind bei Ihnen einfach nicht sicher, verstehen Sie? Aber ich verspreche Ihnen, dass ich die Interessen der Akademie vertrete. Genügt Ihnen das fürs Erste?«

»Weiß der Präsident davon?«

»Floyd Biswas? Ich drücke es mal anders aus: Halten Sie den Inhaber eines Amtes, das alle fünf Jahre neu besetzt wird, tatsächlich für die richtige Person, einen über zwanzig Jahre andauernden Verteidigungsplan umzusetzen?«

Während des Rückfluges hatte ich genügend Zeit, mich mit dieser Frage zu beschäftigen. Zu meiner Verblüffung lautete die Antwort *Nein*.

Kapitel 10

In den letzten Wochen hatte ich mich ganz auf Belle konzentriert. Der Flugunterricht lief fast wie von allein. Ich hatte mich so an den Rhythmus gewöhnt,
dass mir selbst die Kantinenshow nichts mehr ausmachte. Manchmal sprach
ich sogar noch mit Belle, wenn ich bereits Hände schüttelte oder abklatschte,
was spontan wieder in Mode gekommen war. – Ich fand es furchtbar, aber
Webber fands toll und ich sollte mitmachen.

Eines Nachts bat ich sie um ein Selfie. Sie wusste, was ich meinte und
schickte mir eins. Sie war sooo schön! Dann fragte ich sie, ob sie auch eins von
mir wolle. Sie lachte und meinte, sie habe von mir mehr Bildmaterial als von
irgendeinem anderen Jungen auf dem Planeten. Fehlte nur noch ein Dickpic.
Sie sah mich auffordernd an.

Mein Gesicht begann zu glühen. »Was ... soll ich ... äh ...«

Sie ließ mich einen Moment schmoren, dann prustete sie los. »Nein! Bloß
nicht! Ich hab genug!«

Ich sah sie noch entsetzter an und sie kriegte sich gar nicht mehr ein vor
Lachen.

»Bleib locker«, schniefte sie endlich, »so schlimm ist es nun auch wieder
nicht.« Sie wischte sich mit dem Ärmel über die Augen. »Ja, ich hätte sehr
gerne ein Selfie von dir.«

Computer schaltete den Monitor auf Spiegelmodus und schoss eine Serie,
während ich kurz posierte. Er wählte die ansprechendsten Bilder aus und ich
entschied mich für das, bei dem ich einfach nur lächelte, ohne Schnute, ohne
Grimasse und mit offenen Augen.

Sie lächelte warm, als sie es bekam. Dann erzählte sie mir plötzlich, warum
sie so zurückhaltend gewesen war: Genau wie ich hatte sie keine Erfahrung
mit Off-Kontakten, aber im Gegensatz zu mir auch kein Vertrauen ins Netz.
Ihrer Mutter war als junges Mädchen mal das Herz gebrochen worden und
sie hatte ihre Tochter daher gewarnt – und ihr dadurch ein eher ungesundes
Misstrauen gegenüber Onlinekontakten eingepflanzt, was in einer Welt, die
praktisch nur noch online existierte, ein ziemlicher Brocken war. Das hatte

dann dazu geführt, dass Belle nie gewagt hatte, jemanden allzu nahe an sich heranzulassen. Keine Fotos, keine Videos. Sie wollte nicht in einem Porno landen. Das klang für ein Mädchen, dass derbe Witze über dieses Thema machen konnte, sehr verletzlich und kam unerwartet. Ich hätte aber auch ohne Computers Analyse gewusst, dass diese Offenbarung bedeutete, dass sie Vertrauen in mich gefasst hatte. – Jetzt erst. Nun ja. Erst die Liebesbekundung, dann das Vertrauen. Ging auch. Wir führten seither Gespräche auf einem wesentlich vertraulicheren Niveau, weniger Blödelei, dafür mehr ernsthafte Themen, nicht über KI oder Technikzeug, sondern über uns, die Welt, den Sinn des Lebens und all diese Dinge. Ich vergaß Webber und seine mutmaßliche Verschwörung fast und funktionierte einfach, und zwar ziemlich gut.

Jeden Abend nach dem Unterricht nahm ich mir noch eine zusätzliche Stunde Zeit, um mit den *Zehnern*, wie ich meine alten Lieblingsschüler mittlerweile nannte, und den ersten Top-Leuten der neuen Rangliste Gefechtsübungen zu fliegen. Das hatte bislang noch zu keinen weiteren Erkenntnissen geführt, aber fest stand, dass es wichtig war und – Lithiumverbrauch und Schadensrisiko hin oder her – von allen späteren Piloten mehr als einmal gemacht werden musste; je größer die Gruppe, desto besser.

Widerwillig nahm Webber zur Kenntnis, dass wir an ein oder besser noch mehreren Abschlussmanövern mit möglich allen Drohnen kaum vorbeikommen würden. Damit hatte ich ihn hoffentlich etwas unter Druck gesetzt. Gut so. Sollte er zur Abwechslung mal schwitzen.

Von Anderson hörte ich, dass an Plattformen gearbeitet würde, die im Orbit stationiert werden sollten. Das zog sich schon seit Jahren hin und keiner hatte noch ernsthaft geglaubt, dass das rechtzeitig klappen würde. Nun sah es allerdings tatsächlich so aus. – Wieder etwas, das der Öffentlichkeit verschwiegen worden war, dabei hätte das die Versorgungsmängel erklären können. Vermutlich hatte man Angst, dass die Leute das fragwürdige Projekt ablehnen würden. Politik war eine ziemlich üble Sache.

Ein anderes Mal erwähnte Anderson eine größere Diskussion um die Lithiumbestände. Die Sorge schwankte zwischen dem Bedarf an ausreichender Vorbereitung und Durchhaltevermögen. Computer meinte dazu, dass die Forschung zum Betrieb der Plasmatriebwerke mit Argon oder Wasserstoff noch nicht zu befriedigenden Ergebnissen geführt hätten, aber man würde das jetzt intensivieren.

Toll. Wie immer auf den letzten Drücker.

Natürlich war ich mir im Klaren darüber, dass Webber und seine Leute mich zu dem gemacht hatten, der ich nun war, aber dennoch war ich nicht irgendwer. Ich leistete etwas, war wichtig geworden. Das hatte ich mir nicht ausgesucht und gerade deshalb schuldeten sie mir etwas.

Eines Abends drehte ich einfach durch und verließ das Gelände. Die Wachen kannten mich und hatten keine Anweisung, mich zurückzuhalten. Ich wollte mir draußen eine private Drohne suchen und zu Belle. Computers Versuche mich zurückzuhalten, ignorierte ich, schaltete ihn aber nicht ab. – Dann hätte ich mir allein in der Dunkelheit vermutlich in die Hose gemacht. Auch seinen Einwand, man würde mich nicht einfach zu ihr lassen, ließ ich nicht gelten. Ich war schließlich ihr Freund! Auch wenn das keiner wusste. Und ihr Fluglehrer. Genau! Wichtige Unterrichtsbesprechung oder so.

Als ich eine Weile draußen herumgelaufen war, glaubte ich Computer schließlich, dass ich hier keine Drohne bekäme. Die Akademie war ziemlich weit draußen.

Frierend sprang ich für eine halbe Stunde unter die Dusche. Musste ich von allen Ausbildungszentren ausgerechnet hier landen? Am Arsch der Welt? Das war doch Absicht!

Nach der Dusche hatte ich mich wieder beruhigt. Es wäre ohnehin keine gute Idee gewesen, Belle ohne ihre ausdrückliche Einladung aufzusuchen.

Kapitel 11

Wir begannen einen Tag früher als geplant mit dem nächsten Durchgang. Die Ausbildung war erfolgreich abgeschlossen und für Formalitäten keine Zeit. Irgendjemand anders würde den frischgebackenen Piloten etwas Nettes sagen und ihnen weitere Befehle erteilen, ich war es nicht.

Ich fing um acht Uhr einfach mit dem Unterricht an, als wäre nichts gewesen. Diesmal waren es 40 Millionen Anwärter und 40 Millionen Altpiloten, vom jüngsten Abschlussdatum zurückgezählt. Ich stellte mich auf Komplikationen ein: Die Altpiloten waren mittlerweile mehrere Monate vom aktuellen Ausbildungsstand entfernt und brachten völlig andere Voraussetzungen mit als die Anwärter, deren brauchbares Potenzial nun ebenfalls von oben nach unten abgeschöpft werden sollte, also von kurz vor Akademieeintritt nach unten gezählt.

Aufgrund der Netzabschaltung während meines Unterrichts hatten alle nur noch eingeschränkte Möglichkeiten, sich auf mein Seminar vorzubereiten, nur zwischen 18 und 8 Uhr UTC0. Das führte zu einer weltweiten Anpassung der Trainingszeiten in der Simulation. Die zuständigen Schulbehörden reagierten darauf, indem der Unterricht den Trainingszeiten angepasst wurde. Für die Familien bedeutete die Zeitverschiebung teilweise den vollständigen Wegfall der gemeinsamen Zeit, denn die Arbeitszeiten der Eltern konnten nicht angepasst werden. Aber das machte in dieser Phase niemandem mehr so richtig etwas aus, zumindest war davon nichts zu spüren oder in den Medien zu sehen.

Es waren nicht mal mehr sechs Monate! Da war es sehr schwer, noch am Job festzuhalten, an eine solide Schulausbildung zu denken oder sonstige Dinge, die in eine intakte Welt gehörten, nicht an den Rand der Zeit. Den Menschen klarzumachen, dass sie darauf vorbereitet sein mussten, dass wir die Schlacht eventuell gewinnen würden und das Leben weiterging, wurde schnell zum wichtigsten Faktor, und zwar für alle, denn wenn die Menschheit sich jetzt hängen ließ, würde sie deswegen untergehen, da bräuchten wir das Ende der Schlacht gar nicht mehr abzuwarten.

In den kurzen Pausen zwischen den einzelnen Unterrichtsstunden konnte ich keinen klaren Gedanken fassen, zu sehr nahm mich die Show in den besuchten Akademien in Anspruch. Für mich war es nur ein Besuch von Hunderten, Stunde für Stunde, Tag für Tag, aber für die Kadetten vor Ort war es immer noch ein Ereignis. Auch wenn sie mein Flugseminar bereits abgeschlossen hatten und nur noch für die Sicherung der neuen Schüler zuständig waren, war es doch extrem wichtig, die Tour fortzusetzen. – Meinte zumindest Webber.

Ich ging inzwischen davon aus, dass auch er nur ein Gesicht war, das mir präsentiert wurde, austauschbar wie Fred Mueller. Das Team hinter Webber musste unglaublich groß sein, genauso gewaltig wie die gesamte Maschinerie, die da in Gang gesetzt worden war, der Größe der Zahlen angemessen, mit denen wir es hier zu tun hatten: 4,3 Milliarden Gegner! 20 Milliarden Kampfdrohnen! 500 Millionen Piloten!

Meistens dachte ich beim Sport über diese Zahlen nach, das lenkte mich von den schmerzhaften Wiederholungen der Übungen ab. Ich grübelte, wie Webbers Team das alles hinbekam: Sie manipulierten eine halbe Milliarde Menschen, ohne dass irgendjemand etwas merkte! Wie zum Teufel war das nur möglich? Lag es daran, dass es Kinder waren? Na ja, Jugendliche, Heranwachsende … einige der Altpiloten waren schon über 16. Merkten die das wirklich nicht?

Zugegeben, ich merkte inzwischen überhaupt nichts mehr von der Implementierung, aber bei mir waren es täglich nur kleine Datenmengen, die rutschten so durch. Die großen Dinger, die die Kids da jetzt verabreicht bekamen, die mussten doch jucken, kratzen oder wehtun? Ihnen musste doch von den Drogen schlecht sein, so wie mir? Passte das Wissen jetzt einfach so, ohne dass das Hirn es noch verarbeiten musste? Und was war mit Eltern, Geschwistern, Freunden? Bemerkten die die Veränderung auch nicht? Oder wurden die auch alle manipuliert? Nur ein bisschen, sodass sie das übersahen? Oder wurde das Wissen um die Veränderung einfach gelöscht?

Wie kamen die an all die Hirne ran? Nicht mal die Anwärter gingen mit Helm schlafen oder ließen die Buds über Nacht drin, also war es doch gar nicht möglich, die Implementierung über Nacht vorzunehmen, das ging nur, wenn Zugriff auf Augen und Ohren bestand, über lange Zeiträume … zum Beispiel beim Training, beim Videoschauen … beim Verfolgen der Propagandavideos, die von Webbers Team extra erstellt wurden …

Ich beendete das aktuelle Set Liegestütz mit einem wütenden Schrei und wechselte zu Butterfly, um meine Brustmuskeln wieder zu lockern. Jetzt war mir alles klar: Die machten das schon seit Monaten! Das Training, die Propagandaclips ... Sie hatten permanenten Zugriff und konnten die Daten ganz langsam übertragen. Alle verfolgten meinen Flugunterricht mit, ob sie nun involviert waren oder nicht. Kein Problem, das neue Wissen zu verarbeiten. Wenn sie dann selber dran waren, war es bereits abrufbereit. Ich brachte denen gar nichts bei: Ich war nur die Ablenkung, die hübsche Assistentin des Magiers, der Scherz, während dem die Münze im Ärmel verschwand und hinter dem Ohr wieder auftauchte. – Der Idiot, den alle anglotzten, während ihre Gehirne auf Links gedreht wurden!

Das war alles von Anfang an so geplant gewesen. Weiß der Teufel, wann die die Methodik zur Drohnensteuerung entwickelt hatten oder wie, aber sie hatten es und nur nach einem Weg gesucht, wie sie es den Kindern unauffällig in die Köpfe hämmern konnten. Seit wann lief das schon so? Vom ersten Tag des Drohnenprogramms an? Oder tatsächlich erst seit ein oder zwei Jahren? War das ganze Flugtraining im Simulator auch nur Show? Warum? Alles wäre viel einfacher gewesen, wenn man den Menschen gesagt hätte, dass man ihnen Wissen implantieren kann! Sie hätten gejubelt! Na ja, zumindest, bis ihnen klar geworden wäre, dass man ihnen dann alles implantieren konnte. Und löschen. Überschreiben. Ganz nach Belieben. Plötzlich erschien mir die Geheimnistuerei ganz logisch.

Ich ging zu den abschließenden Dehnübungen über, während ich einsah, dass niemand, der diese Technik für sich nutzen wollte, sie an die große Glocke hängen konnte. Vermutlich war Webbers komplettes Team auf diese Weise bearbeitet worden, perfekte Sklaven, die ohne zu murren taten, was man ihnen sagte, und nichts ausplauderten. War Anderson auch so ein Zombie? Ahnungs- und willenlos? Gut möglich. Vielleicht machte er gar nichts auf seinem Workpad, sondern tat nur so, war womöglich deaktiviert, wenn er nicht gebraucht wurde.

Erhob sich nur die Frage, warum ich in das Geheimnis eingeweiht war, wenn man mir meine Rolle auch einfach hätte in den Kopf gravieren können. Das hätte ich wirklich gerne gewusst, denn dann hätte ich beurteilen können, welche Rolle ich wirklich spielte, welchen Wert ich hatte.

Es war mein Wert, der mir nicht mehr aus dem Kopf ging: Konnte ich etwas durchsetzen? Hatte ich die Macht, zu verlangen, dass man mir Belle zuwies? Fast genauso wichtig war die Unterscheidung zwischen *zuweisen* und *stationieren*. Solange ich auf Tour war, nutzte es mir – uns! – auf jeden Fall mir nichts, wenn sie in Akademie 124 stationiert wurde. Um sie sehen, mit ihr zusammen sein zu können, müsste sie mir zugewiesen werden, wie ein Adjutant oder so. Es gab aber leider keine Aufgabe, außer der von Anderson, und die würde man ihr kaum geben. Sie einfach nur so *anzufordern*, wie einen Ausrüstungsgegenstand, kam nicht infrage, dazu musste ich nicht mal Computer befragen. Es wäre ihr mit Sicherheit unangenehm bis widerlich, wenn ich meine Macht dazu missbrauchte, über sie zu verfügen, wie es Webber mit mir tat.

Womit ich wieder bei der Frage wäre, ob ich diese Macht überhaupt hatte. Als ich Webber das letzte Mal danach fragte, hatte er rundheraus abgelehnt, weil er meinte, eine Romanze wäre in dieser Phase viel zu riskant. Damals stimmte das, ich hatte gerade erst angefangen, Flugunterricht zu geben, und die Promotion musste auf den Weg gebracht werden. Inzwischen zog dieses Argument nicht mehr. Dafür war ich permanent unterwegs. Verdammt noch mal!

Ich konnte nicht schlafen und stand noch mal auf, um ein Videogespräch mit Belle zu führen. Sie kam gerade erst vom Essen zurück.

»Ich halte es ohne dich nicht mehr aus«, gestand ich ihr nach einem kurzen Geplänkel über die extrem hohen Mengen der in Umlauf befindlichen Pornos mit meinem Gesicht. – *Agh-agh-agh.*

Sie wurde ernst. »Ich weiß«, sagte sie. »Aber ich bin noch nicht bereit, mein Gesicht in einem Porno zu sehen.«

Ich bekam einen trockenen Mund. Das hatte ich völlig vergessen: Wenn wir zusammen wären, würde sie sofort zu *Rocketmans Partnerin*. Nicht zu Belle, die mit *Rocketman* zusammen war, sondern zu *Rocketmanpartnerin*. Das war unvermeidlich, solange die Promotion noch lief. Wenn ich es recht überlegte, war das womöglich sogar der Hauptgrund, warum Webber uns getrennt hielt – sie war immerhin fast auf der anderen Seite der Welt stationiert worden! Wenn *Rocketman* vergeben wäre, würde das jede Menge Träume zerplatzen lassen und den Effekt reduzieren.

»Wenn die Sache endlich vorbei ist ...«

274

Ich verkrampfte mich etwas. Wenn *die Sache* endlich vorbei war, gab es vielleicht keine Erde mehr und wir waren alle tot. *Rocketman, größter Held der Menschheitsgeschichte, ungeküsst und ungefickt abgetreten.* Leckt mich doch alle ...

Sie sah mich unsicher an. Wie schön sie war ...

Langsam nickte ich. »Geht klar. Wir warten noch. Wenn die Promotour vorbei ist, werde ich irgendwo fest stationiert. Vielleicht ...«

»Ja, vielleicht.« Sie hauchte mir einen Luftkuss zu.

Das musste reichen.

Zu ihr gab es weiterhin keine HUD-Informationen. Kurz fragte ich mich, ob sie tatsächlich von Webber gesperrt war, aber dafür gab es nicht den geringsten Grund. Es war sicherlich Computer, der weiterhin meine eigene Direktive umsetzte. Ich verzichtete auf eine Nachfrage, sondern beließ es einfach dabei. Es war besser so. Lieber gar nicht erst darüber nachdenken, dass ich es ändern könnte, mir anzeigen lassen könnte, was sie für mich empfand, dachte, wollte ... brauchte ...

Kapitel 12

Webber erklärte die Flugausbildung schon ein paar Tage vor dem offiziellen Ende für abgeschlossen. Ich vermutete, die Subliminalisierung hatte ihre volle Wirkung entfaltet und die Show war nicht mehr nötig. Das Großgruppentraining war dafür in den Fokus gerückt. Es wurde noch wegen des Lithiumverbrauchs gestritten, denn immerhin handelte es sich um das vollständige Verbrennen einer unersetzlichen Ressource. Auf der anderen Seite war man optimistisch, Lithium schon bald durch Argon oder Wasserstoff ersetzen zu können. Die Frage war nur, ob das noch rechtzeitig geschehen würde. Ohne Material für die Plasmaerzeugung nutzten uns die Drohnen nichts.

Wir gingen noch zu einer allerletzten Show, dann würde es vorbei sein. Die Akademieleitung verkündete bereits während unseres triumphalen Einzugs in die Kantine den neuen Masterplan: Ich würde in die Hauptbasis der Akademie versetzt, die *Große Akademie 1*, und würde von dort aus das Großgruppentraining leiten sowie die Gefechtsübungen organisieren. Bis jetzt hatte nämlich noch kein Pilot auch nur einen Schuss mit einer echten Railgun aus einer echten Drohne abgegeben. Deren Geschosse, die mit 20.000 km/h, also sechzehnfacher Schallgeschwindigkeit durch die Gegend sausten, konnten so ziemlich alles zerschlagen. Niemandem war wohl bei dem Gedanken, dass davon allzu viele Teile in niederen Luftschichten abgefeuert wurden, womöglich mal der eine oder andere Schuss nach unten ging oder dass Geschossrückstände am Ende ihrer Flugbahn mit über 200 km/h runterkamen. Das Netz hatte jetzt schon einen Namen dafür: *Stahlregen*. Es war ein heikles Thema und nun hatte ich es an der Backe. Warum, das war mir allerdings nicht klar. Ich war doch nur der Showeffekt.

Wir waren direkt nach dem Abendessen aufgebrochen. Das Frühstück nahmen wir in Akademie 1 ein, wo wir in der Nacht mit großem Tam-Tam empfangen wurden. Wir hatten beileibe nicht alle Akademien geschafft und auch die *Große* war noch unbesucht. Umso mehr freute man sich, mich nun dazuhaben. Als die Basisleitung, General Timothy Larochelle und Colonel Tay Chin Siong, mich persönlich zu meinem Quartier brachten, war Anderson bereits verschwunden. Ohne ein Wort war er zurückgeblieben und flog vermutlich gerade nach New York. Ich vermisste ihn keine Sekunde. Er hatte es nicht weit. Akademie 1 war in der Nähe von Lynchburg.

Am nächsten Morgen gab es eine kleine Zeremonie, bei der ich direkt zum Major befördert wurde. Dieser Rang war erforderlich, um die Leitung der Gefechtskontrolle zu übernehmen. Computer hatte mich bereits nach dem Aufstehen darauf vorbereitet und instruiert, sodass die Sache ohne Zwischenfälle über die Bühne gehen konnte. Seine Zugriffsrechte würden noch mal erweitert werden, die Hintergrundinformationen und Analysen nun fast unbeschränkt sein.

Ich war also darauf gefasst, als ich in den extra dafür hergerichteten Hangar trat. Es wurden mir wegen der vielen Gäste nur die wichtigsten angezeigt, aber da die meisten Anwesenden in irgendeiner Form wichtig waren, herrschte in meinem HUD ein ziemliches Gedränge, obwohl Computer die Informationen schon auf das Minimum reduzierte.

In den letzten Monaten war ich nicht nennenswert gewachsen, daher musste General Larochelle (*loyal, freundschaftlich verbunden, besorgt, zuversichtlich, Einfluss in der Akademie + 5,5 %, Einfluss in der EVA -18,3 %*) sich ganz schön runterbeugen, als er mir zusätzlich die große Verdienstmedaille der Raumstreitkräfte an die Brust heftete. Das Ding war gerade erst erfunden worden, extra für mich. Von Webber, nahm ich an. Er dachte wohl, dass es etwas auffällig wäre, wenn er sich das Ding selber ansteckte, aber diese Medaille war ganz klar für ihn, ich nahm sie nur entgegen.

Zu meiner Verblüffung tauchte nun auch noch Präsident Biswas hinter dem General auf. Computer hatte ihn sicher mit aufgelistet, aber es war mir total egal gewesen, wer hier alles rumhing, solange es nicht Belle war. Als unser *Volks-Elvis* mir nun mit ausgebreiteten Armen gegenübertrat und sein weltberühmtes Riesenzähnelächeln mit den perfekt aufgeworfenen Lippen zeigte, wurden alle anderen Informationen ausgeblendet. Allein seine Hintergrundinformationen, seine Biodatenauswertung, die Kurzanalyse und Verhaltenshinweise zu ihm waren nun auf meinem AR-Display zu sehen. Der ganze Quatsch interessierte mich nicht, nur der Hinweis, dass bei einer geheimen Ausschusssitzung beschlossen worden war, die Kontrolle über mich durch eine Beförderung direkt aus der EVA-Spitze zu sichern, war für mich relevant. Biswas traute mir nicht, obwohl sein Geheimdienst mich als zuverlässig eingestuft hatte. Außerdem hätte er lieber einen Piloten aus einem der Bootcamps in meiner Position gesehen, einen der sich hart hochgearbeitet hatte, statt eines weißen Europäers, der ihn Vetternwirtschaft seiner politischen Gegner vermuten ließ. Ich setzte mein strahlendstes Lächeln auf, als ich ihm versicherte, welche Ehre es für mich sei. Daraufhin wurden seine Biodaten rund 30 Prozent positiver. Na also. Das hätte ich nur noch toppen können, wenn ich ihm gesagt hätte, dass er fantastisch aussehe, das hörte er immer gern, denn er war nun schon seit zehn Jahren nicht mehr zum Sexiest Man Alive gewählt worden, deswegen ja der Präsidentenjob zur Kompensation, aber ich verkniff es mir. 30 Prozent waren okay.

Bereits um 10:00 Uhr stand ich an meinem neuen Arbeitsplatz, einem riesigen runden Raum, der fast schon wie ein Parlamentssaal aussah, in dem 100 Flugkoordinatoren Platz fanden, allesamt erfahrene Lieutenants, die mindestens ein Jahr als Flugausbilder tätig waren und schon beim ersten Durchgang mitgeschult wurden. Ich kannte sie alle gut, daher waren ihre HUD-Fähnchen auf ihre aktuelle Verfassung und sich daraus ergebenden Analysen beschränkt. Im Moment waren sie alle ausgeglichen und guter Dinge. Im Ernstfall würden mir die Fähnchen signalisieren, wer gerade unter seiner Last zusammenbrach und wie viel Zeit mir zum Reagieren blieb.

Auch die *Zehner* waren dabei sowie 20 Nachwuchspiloten, die die letzten Wochen die Top-20 der neuen Rangliste innehatten. Webber hielt eventuelle Freundschaften wohl doch nicht für so gefährlich. Andererseits tat sich da nichts. Mein Verhältnis zu ihnen unterschied sich in nichts von dem zu allen anderen. Sie waren dafür zuständig, einzelne Geschwader zu koordinieren. In der Schlacht sollte das mehr oder wenige automatisch erfolgen, ständige flexible Gruppenbildung, wie geplant, aber die Gefechtsübungen mit Beschuss mussten choreografiert werden. Die Geschwaderkommandanten waren zusammen mit ihren Einheiten in den Akademien. Die dortigen Piloten waren die Gruppenleiter, die wiederum die ihnen zugeteilten einfachen Piloten anführten, die zu Hause an ihren Konsolen saßen.

Jetzt, da es ernst wurde, fragte ich mich auf einmal, wie wir so sicher sein konnten, dass während der Schlacht nicht reihenweise Piloten ausfielen, weil Mutti störte, der Urinbeutel voll war, jemand Hunger oder Durst bekam oder einfach mal schnell ein paar Messages oder Clips checken wollte. Computer erkannte, was mich bewegte, und blendete mir ein, mit welcher Sorgfalt die Akademie darauf geachtet hatte, dass nur zuverlässige Leute in diese Position gelangten, Pilotenanwärter, die Jahre auf diesen Punkt hingearbeitet hatten. Es würde schon gut gehen.

Bis jetzt saßen alle nur herum und blickten mich interessiert an. Außer die Hardware zu installieren, war noch nichts passiert. Ich sah gewichtig in die Runde, dann las ich den Text vor, den Computer mir einblendete: »Kameraden! Piloten! Wir haben den wichtigsten Schritt bereits getan. Nun folgt ...«

Als ich am Abend ins Bett fiel, war ich fix und fertig. Die monatelange Monotonie des Flugunterrichts war abgelöst worden von der Mammutaufgabe, Schießübungen zu organisieren, die möglichst wenig kosten sollten, bei denen aber jeder mindestens einmal ballern durfte. Das musste ich mir zwar nicht selber ausdenken, aber vortragen. Ich hatte das Gefühl, meine Zunge hinge in Fetzen.

Kapitel 13

Eins unserer größten Probleme war immer noch nicht gelöst: die Kommunikation der Piloten untereinander, wenn sie sich neu formierten. Die Drohnen sendeten Erkennungssignale aus, anhand derer sie sich gegenseitig identifizieren konnten. Diese Informationen wurden dann an die Leitstellen am Boden übertragen und ins Netz eingespeist, sodass die jeweils miteinander befassten Piloten auch zu Kommunikationsgruppen zusammengeführt werden konnte. Rein technisch war das machbar, in der Praxis war aber die Latenzzeit zu hoch. Wir hatten als Kids mit allerlei albernen Begründungen, wie ich inzwischen wusste, darauf hintrainiert, uns zu koordinieren, ohne miteinander kommunizieren zu können; wegen der Abhörsicherheit oder irgend so was. Nun stellte sich heraus, dass unsere Rechenpower dafür zu schwach war, das war von Anfang an klar gewesen und immer noch nicht behoben. *Meine Fresse, Webber, ziemlich peinlich.* Da würde ich mich auch lieber hinter dem Deckmäntelchen der Geheimhaltung verstecken, als dafür den Kopf hinhalten zu müssen. Bestimmt wurde in regelmäßigen Abständen irgendwelchen Ingenieuren die Schuld dafür in die Schuhe geschoben. Da waren wir in der Lage, Simulationen für Milliarden Spieler weltweit zu stemmen, die Fernsteuerung der Drohnen im Weltraum über Rechenzentren aus Einzelhaushalten weiterzuleiten und deren Flugdaten zurück, aber die Zuordnung der im All ausgelesenen Identifikationssignale dauerte zu lange, sodass sie nicht sinnvoll genutzt werden konnten? Unglaublich!

Als ich zu wissen verlangte, wer für diese Schlamperei verantwortlich war, zeigte mir Computer statt einer Antwort das Bild einer Schachfigur: einen Bauern. Ich musste lachen, das bekam aber niemand mit. Im *War Room*, wie wir den Laden nannten – offiziell hieß er *Gefechtskoordinationszentrale, GKZ* – trugen alle Helm, natürlich auch ich, die Linsen waren ja immer noch geheim, außerdem war der Helm nach wie vor besser. Die neuen Modelle waren extrem leicht, weil auf die Klimaanlage verzichtet werden konnte, schließlich waren die Akademien gut temperiert.

Der War Room befand sich in einem Untergeschoß, das erst im Laufe dieses Jahres errichtet worden war. Nebenan wurden noch weitere Räume gebaut, dazu Hangars und Maschinenparks, die unsere Versorgung auch bei einem globalen Totalausfall sicherstellen sollten. Die bisherige Zentrale des Militärs war völlig ungeeignet, wie sich angesichts der sich nun schnell umgestaltenden Einsatzpläne herausstellte. Statt da nachzurüsten, wurde einfach neu gebaut, eigentlich nur angebaut, aber hier, in der Nähe des George-Washington-und-Jefferson-Nationalparks, nicht in New York, der Stadt mit einem kleinen Tsunamiproblem.

Die Schwierigkeiten mit der Koordination der Piloten untereinander führten auch dazu, dass die Gruppenleiter diese Funktion nur kurze Zeit nach Beginn der Schlacht ausführen konnten, dann würden ihre Piloten über das Schlachtfeld verstreut und nicht mehr als Gruppe zu führen sein. Das machte aber nichts. Die Hauptaufgabe der Gruppenführer war es, einen geordneten Aufbau der Schlacht zu ermöglichen. Nichts anderes wollten wir mit den Geschwaderführern erreichen, die darüber hinaus jedoch in der Lage sein sollten, aus sich auflösenden Verbänden blitzschnell neue Geschwader zu bilden. Aber das machten sie vor Ort, nicht durch Absprache.

Damit war klar, dass wir nur eine einzige Möglichkeit hatten, eine Strategie festzulegen und die Geschwaderkommandanten, Gruppenführer und Piloten damit in die Schlacht zu führen. Alles Weitere hing von ihnen ab. Eine beunruhigende Vorstellung, nach Beginn der Kämpfe keine Kontrolle mehr zu haben. Die Militärs und Politiker waren darüber seit Jahren entsetzt, aber es ging nicht anders. Das hatten sie sogar die ganze Zeit gewusst, es nur vor der Öffentlichkeit geheim gehalten. Auch jetzt wurden die tatsächlichen Probleme nicht beim Namen genannt, sondern Ausreden vorgeschoben, neue Erkenntnisse durch die neuen Techniken und so weiter. Im Moment hatte das Netz andere Sorgen, als dieses durchschaubare Konstrukt auseinanderzunehmen, aber das würde sich nach der Schlacht sicher ändern. – Natürlich nur, wenn dann noch jemand lebte, den es interessierte.

Dieser eine Schachzug, den wir vorab machen konnten, sozusagen unsere *Eröffnung*, war schon ein Politikum, bevor wir überhaupt ernsthaft darüber nachdenken konnten. Aber das mussten wir natürlich auch gar nicht, das hatten Webber und seine Leute sicher längst getan und würden es mich verkünden lassen, sobald es politisch vertretbar war. Es war wohl noch etwas zu lange hin bis zum Sechstkontakt, um den Damen und Herren Politikern und Altmilitärs jetzt schon zu verraten, dass sie nichts mehr zu melden hatten.

Die unter Akademie 1 entstehende neue Operationsbasis für unseren Kampf gegen die Aliens war in jeder Hinsicht autark; wir bekamen eigene erdgebundene Netzzugänge zu gleich fünf amerikanischen Knoten, einen Fusionsgenerator, große Akkumulatoren, Nahrungsreserven für Monate, eine Extraration Lithium und Railgunstahl sowie mehrere große Hangars mit großen überirdischen Landeplätzen, von denen aus sowohl magnetische als auch mechanische Aufzüge gelandete Drohnen in unterirdischen Schutzräume bringen konnten. Die Versorgungsplattformen in der Umlaufbahn würden zwar rechtzeitig fertiggestellt, wie es aussah, aber das hieß leider nicht, dass man sie nicht abschießen konnte. Im schlimmsten Fall drängte uns der Feind auf die Oberfläche zurück, sodass wir darauf vorbereitet sein mussten, unsere Einrichtungen zu verteidigen. Ich hoffte, dass es nicht so weit kommen würde.

Dienstag, 26. Mai 2054, 20:00 Uhr
Noch 121 Tage, 15 Stunden, 32 Minuten

»Du hast heute Geburtstag«, hatte mir Computer schon beim Wecken mitgeteilt. »Herzlichen Glückwunsch.«

Ich hatte versucht, es zu verdrängen. Meinen letzten Geburtstag feierten Mom, Dad und Opa mit mir, so wie alle anderen zuvor. Es gab Torte mit Kerzen drauf und sie hatten für mich gesungen.

An diesem Abend brachte ich den obligatorischen Anruf einfach nur hinter mich. Ich lächelte, als sie alle drei zusammen die Kerzen auf der Torte auspusteten, die Mom für mich gemacht hatte, und sangen. Dann schützte ich dringende Termine vor und beendete das Gespräch.

Ich hätte gerne mit Belle darüber gesprochen, beschloss dann aber, ihr gar nichts von meinem Geburtstag zu sagen, das würde uns nur die Stimmung vermiesen. Bei der Gelegenheit fiel mir auf, dass wir uns schon fast ein Jahr kannten und sie bisher noch nie etwas von ihrem Geburtstag gesagt hatte. Der musste dann wohl demnächst sein. Vermutlich wollte sie den auch einfach übergehen. *Okay. So machen wirs.*

Kapitel 14

Die Koordination der einzelnen Akademieverbände über das Hauptquartier stand, wir hatten eine funktionierende Einsatzzentrale. Die früheren Kontrollzentren waren in die neue Leittechnik allerdings nicht eingebunden, es wäre technisch gar nicht machbar gewesen, hieß es. Das konnte ich nicht beurteilen, aber wenn es möglich gewesen wäre, hätten sich die Leute von Regierung und Militär sicher nicht so einfach ausbooten lassen.

Ob da hinter den Kulissen die Fetzen flogen, bekam ich nicht mit. Ich hatte damit zu tun, 500 Millionen Piloten die Möglichkeit zu geben, sich mithilfe der klassischen Simulation auf die Gefechtsübungen und das spätere Großmanöver vorzubereiten. Natürlich konnte die Echtdrohnensteuerung immer noch nicht simuliert werden, aber dafür der Ablauf, und das war mindestens genauso wichtig.

Bei den Gefechtsübungen mussten innerhalb der nächsten 60 Tage alle Piloten einmal einen *trockenen* Anflug mit Zielerfassung ohne Schießen absolvieren, danach mit. Dafür hatten wir Gelkugeln entwickelt, die von Transportdrohnen in 100 Kilometer Höhe gebracht wurden, ungefähr auf Höhe der Kármán-Linie, die die Luftfahrt von der Raumfahrt unterschied. Das war weit genug oben, dass die fast 2.900 Ziele, die gleichzeitig beschossen werden sollten, so weit auseinander waren, dass die Wahrscheinlichkeit von Treffern an Drohnen anderer Übungsplätze gegen null ging. Die Gelkugeln hatten die Größe von Kampfdrohnen und wurden auch durch massiven Beschuss mit Railguns nicht so schnell zerstört, weil sie die Geschosse einfach durchließen. Wir brauchten für die vollen 60 Tage aber voraussichtlich insgesamt 50.000 Stück, das war schwer vorauszusagen, denn es kam auf die Trefferquote der Piloten an. Wenn es schlecht lief, reichten womöglich 10.000. Auf diese Weise sollten im 24-Stunden-Betrieb an jeder Gelkugel alle zehn Minuten 20 Piloten im Geschwader ihre Übung durchführen, dann wurde gewechselt. Die Drohnen würden erst gegen andere ausgetauscht, wenn sie nachbeladen werden mussten – am Boden. Die Schießübungen mussten abgeschlossen sein, bevor die Versorgungsplattformen in ihre Umlaufbahn gebracht werden konnten.

Erst wenn das von den Piloten in der Simulation einstudiert worden war, durften sie in die eigentliche Übung integriert werden. Direkt nach der Schießerei war dann die Vorbereitung des Großmanövers dran, das natürlich auch erst mal in der Simulation geprobt wurde, bevor wir riskierten, dass die Piloten da oben einen Haufen Altmetall fabrizierten.

Die Gespräche mit Belle wurden während dieser Zeit schwieriger. All die Dinge, die mich belasteten, durfte ich mit keinem Wort erwähnen, weder wie sehr ich darunter litt, dass ich nur eine Marionette war, noch wie anstrengend es war, den ganzen Tag an Fäden gezogen zu funktionieren. Beinahe zwei Drittel des Tages eine Rolle zu spielen, hätte ich mir nicht so anstrengend vorgestellt, aber das war es. Unsere Gespräche drifteten daher meist ziemlich schnell in vermutlich altersgerechtes Gestammel ab, indem wir uns gegenseitig versicherten, wie sehr wir uns vermissten, uns auf unsere erste Begegnung freuten, so Zeug eben. Aber oft genug hatten wir auch einfach nur Spaß wie früher, wenn sie mir die neuesten Geschwaderkommandantenwitze erzählte: *Die Aliens kommen! Kriecht mir alle in den Arsch, da seid ihr sicher!* Den hatte ich zwar nicht ganz verstanden, lachte aber trotzdem Tränen.

»Ich fürchte mich vor dem Tag, an dem wir uns off treffen«, sagte sie plötzlich.

Ich brauchte einen Moment, um umzuschalten. Sie konnte so was: einfach aus der Hüfte eine Hundertachtziggraddrehung machen. Eben noch hatte sie mit sich gerungen, mir das zu offenbaren, und es mit Blödeleien vor sich hergeschoben, und dann – Zack! – überwand sie sich und platzte damit raus.

»Ich verstehe, was du meinst. Aber egal, was passiert: Ich liebe dich. Du … kannst mich nicht enttäuschen«, erwiderte ich.

»Das sagst du jetzt. Du weißt nicht mal, ob ich in Wirklichkeit so aussehe.«

Ich schmunzelte. Im Gegensatz zu allen anderen sah sie nicht aus wie eine überschminkte Ente mit gigantischem Kussmund, dunklen Augen die opalisierten, leuchtenden Wangen und Riesenmöpsen, die aus dem Dekolleté hüpfen wollten. Ich hatte mittlerweile ein paar Mädchen in natura gesehen und mir später angeguckt, wie sie on aussahen: Da war praktisch keine Ähnlichkeit mehr zu erkennen. Ich war immer davon ausgegangen, dass Belle diese extreme Bildbearbeitung für übertrieben hielt und sich in natura präsentierte. Nun fragte ich mich, ob sie vielleicht die harte Realität vertuschen musste, wegen eines Unfalls oder einer Mutation, und sich von den Filtern nur auf *normal* bürsten ließ. Ich kam zu dem Schluss, dass es mir egal wäre. Ja, doch, ich war sicher: Es war mir egal, wie sie aussah.

Und wenn sie doch ein Chuck wäre? Na gut, das wäre schon schwieriger, aber letztlich liebte ich die Person, nicht den Körper. Also ja, auch ein Chuck wäre okay.

Ich war auch nicht gerade eine Schönheit; nicht gerade hässlich, eher langweilig, ein Dutzendgesicht, noch nicht ausgereift, ohne Ausstrahlung, glatt wie ein Babyarsch, keine Falten, kein Bart – nichts. Ich hatte das von Computer nicht ändern lassen, so kannte mich Belle. So kannte mich die Welt. Es schien okay zu sein.

Bei der Regierung fand man das auch. Man zeigte sich gerne mit mir, kam immer mal wieder für etwas Öffentlichkeitsarbeit mit entsprechender Netz-Entourage vorbei und produzierte Bildmaterial. Von Webber kam das sicher nicht, der hatte mich aus der Promotion fast völlig rausgenommen. Wir hatten ja alles, was wir brauchten. Nun ging es nur noch darum, dass ich als Strohmann fungierte, während er und seine Leute ihre Pläne umsetzten.

Präsident Biswas nutzte einen Überraschungsbesuch zu einem Livestream, bei dem er mich völlig unerwartet in den Rang eines Colonels der Streitkräfte erhob, also nicht nur der Akademie, sondern aller Streitkräfte, auch wenn außer den Drohnen und ihren Piloten sonst eigentlich nichts mehr übrig war. Wie gewohnt las ich meinen Text ab, verneigte, bedankte und wunderte mich. Das hatte Webber wohl nicht kommen sehen (weswegen es wohl auch keine aktualisierte Hintergrundinfo fürs HUD gab, da hatte der Geheimdienst wohl gepennt) und musste mich gute Miene zum bösen Spiel machen lassen. Selbstverständlich war das der Versuch der alten Garde, sich ihre Macht zu sichern. Indem sie mich auf diese Weise an sich banden, wollten sie Einfluss nehmen.

Als mir Belle gratulierte, lachte ich nur. Sie sah mich verwundert an und ich sagte ihr, dass das bedeutungslos sei. Alles was zählte war, die Kampfbereitschaft herzustellen. Die Rangeleien der Führungselite waren einfach nur peinlich. »Die können sich ihren Colonel sonst wohin stecken«, brummte ich.

»Na, na, der Dienstgrad gilt auch in der Akademie, schon vergessen?«

»Die Akademiegeneräle können einem Streitkräftecolonel aber nichts mehr befehlen. Darum geht es. Sie wollen einen Keil zwischen uns treiben.«

»Warum hast du nicht abgelehnt?«

Was sollte ich dazu sagen? Dass mir das nicht geskriptet wurde? Dass ich das nicht selber entscheiden konnte?

»Spielchen, mehr nicht. Vergiss es einfach«, meinte sie leichthin, als ich nicht antwortete. »Wir alle wissen, was wirklich geschieht, wir sehen es ja selbst. So viele Kameraden posten Clips über dich, unbearbeitet, pur.«

Ich nahm es schon gar nicht mehr wahr, wenn jemand filmte. Fast jeder, dem ich begegnete, hatte eine AR-Brille mit Kamera auf oder das Smartphone gerade so weit aus der Brusttasche ragen, dass die Linse frei lag. Ich überließ es Webber, das zu handeln. Wenn er wollte, dass das Zeug on ging, war es für mich auch okay. Wenn nicht, sollte er es halt löschen oder was auch immer. Mir egal.

»Machst du dir immer noch Sorgen, unser Off-Treffen könnte schiefgehen?«, fragte ich plötzlich. Ich wollte, musste sie sehen, bevor die Scheiße losging. Webber musste es möglich machen! Sie auch!

»Kann sein. Woran denkst du?«, wollte sie wissen.

»Ich bin jetzt noch neugieriger auf dich«, sagte ich lächelnd und behielt die Wahrheit für mich, »obwohl es sich anfühlt, als kenne ich dich schon mein ganzes Leben.«

Sie sah mich etwas wehmütig an. Inzwischen war ich in der Deutung von Mimik ziemlich gut geworden, zumindest ihrer. »Du kennst mich nur als Video und Stimme, ich weiß hingegen alles über dich«, sagte sie leise.

Ich schluckte. Das konnte man so nun nicht sagen und ich wusste nicht einmal, ob ich ihr je würde anvertrauen können, dass ich eigentlich nur eine Sockenpuppe war, in der bis zum Anschlag der Arm der Akademie steckte.

Dieser Arm schob sich bei nächster Gelegenheit noch etwas tiefer in mich hinein und drückte meine Brust gegen eine weitere Medaille. Das Ganze fand im Rahmen einer kleinen Feierlichkeit statt, bei der die Inbetriebnahme der neuen Einsatzzentrale gewürdigt wurde und der reibungslose Start der Schießübungen. Letztlich ging es aber darum festzustellen, dass ich es war, der die Akademie in die Lage versetzt hatte, mit den kompletten 500 Millionen Piloten die Drohnen zu steuern, was noch bis vor Kurzem unmöglich schien. Was EVA und Militär nicht gelungen sei, wäre nur dank mir der Akademie geglückt, mit Betonung auf *Akademie*: Wir konnten die Aliens schlagen! Der Rest der Welt war mindestens genauso geschockt wie ich, als ich praktisch im selben Atemzug zum General befördert wurde. – Von der gesamten Akademieleitung! Mae Francis steckte mir den Stern persönlich auf die Schulterklappen. Ihr Pony wippte leicht, als sie sich zu mir herunterbeugte.

Das war natürlich ein Affront gegen Regierung und Militär, aber ohne größere Verwerfungen war das jetzt nicht mehr rückgängig zu machen und die wollte so kurz vor dem Sechstkontakt keiner mehr riskieren. Wie auch? Die Akademie, die früher eine Art Unterabteilung des Militärs war, das wiederum der EVA und damit dem Verteidigungsministerium unterstand, hatte sich verselbstständigt. Alte Militärstrukturen waren unnötig geworden, die Technik lag allein in den Akademien und nun hatten wir auch noch die Leute. Wozu sollten die alten Garden noch eingebunden bleiben? Die konnten keinen Beitrag leisten, überhaupt keinen. Sie waren im Grunde nur im Weg und kosteten Zeit, die wir nicht hatten, wenn Entscheidungen getroffen werden mussten. Also wurden sie einfach abgekoppelt. Dass das letztlich bedeutete, dass die Akademie auch die Macht hatte, wenn der Krieg vorbei war, musste hingenommen werden. So hatte Computer es mir erklärt, wobei ich davon ausging, dass es sich eher um eine getarnte Rede Webbers handelte. Aber wie auch immer, ich wusste, worauf es letztlich hinauslief und fand es okay. Mir war völlig egal, wer das Sagen hatte, solange es jemand mit Ahnung war. Im Gegensatz zu den Leuten, die früher die Fäden zogen, machten wir jetzt Riesenschritte hin zu einer tatsächlichen Chance, die Erde zu retten, zumindest vor den Aliens, nicht vor uns selbst. Webber und seine Leute, wer immer auch dahinterstecken mochte, machten einen super Job. Inzwischen vermutete ich bereits die Akademievorsitzende Mae Francis hinter der ganzen Sache. Das beruhigte mich, denn ihr traute ich keine Machtgelüste zu. Sie war eine Frau, der es immer nur um die Sache ging. Und die Sache war, dass die Sesselfurzer aus New York uns nicht zum Sieg führen konnten. *Wenn du willst, dass es erledigt wird, mach es selbst.* Alle Achtung! Ich hoffte, sie würde es irgendwann offenlegen und dazu stehen, damit ich ihr gratulieren konnte. Außerdem war mir der Gedanke, ihren Arm im Hintern zu haben, wesentlich angenehmer als jedweder andere Arm.

Dank ihr hatten wir nun auch unseren Eröffnungszug. Der wäre ohne die volle Kontrolle nicht möglich gewesen. Es funktionierte nur über mich: Ich war zum obersten und alleinigen Einsatzleiter aufgestiegen. Im War Room nannte man mich jetzt *Commander*. Merkwürdigerweise machte mich das überhaupt nicht nervös, ich wusste schließlich, dass ich nur wenig damit zu tun hatte: Mund auf und zu, das wars schon. Natürlich, ab und zu musste ich auch mal irgendwohin zeigen, jemandem zunicken und dergleichen, aber mehr nicht. Computer erledigte alles, gründlich, blitzschnell. Er hatte sämtliche Einsatzszenarien zur Verfügung und hielt die gut geölte Maschine am Laufen, die wir, also Webbers Leute, erschaffen hatten. In den HUDs sah ich nur hundertprozentige Zustimmung.

Unser Eröffnungszug sollte sein, alle Drohnen rund um die Erde zu verteilen und eine Art Schutzhülle zu bilden. Das sollte vermeiden, dass einzelne Gegner irgendwo durchbrechen konnten. Ein Großteil dieser Drohnen wäre aber unbesetzt, also auf Autopilot, aber das konnten die Aliens nicht wissen. Die Piloten sollten dem Feind entgegenfliegen, sobald er sich zeigte, und dann möglichst weit von der Erde entfernt, aber natürlich innerhalb der latenzarmen Funkreichweite, einen massiven Angriff vornehmen. Wir wollten nicht alle feindlichen Drohnen gleichzeitig angreifen, sondern eine Übermacht auf eine Stelle konzentrieren, um schnell gegnerische Verluste zu realisieren. Das war nicht die effektivste Vorgehensweise und aus Aliensicht daher eher unerwartet. Dass dabei ein Durchbruch des Gegners gelingen konnte, wurde eingeplant. Dafür hatten wir die Reservedrohnen platziert, die sofort von unseren Piloten übernommen werden konnten, während ein Teil den Gegner von hinten unter Beschuss nahm.

Die Verteidiger haben immer einen Vorteil, hatten wir im Strategieunterricht gelernt. Das leuchtete mir ein, wenn man sich dafür eine Deckung suchen konnte. Aber vollkommen deckungslos im freien Raum? Ich kapierte es nicht, aber ich war sicher, dass es ein guter Zug war.

Wie immer dachten alle, das hätte ich mir ganz alleine ausgedacht. Fragen wie *Wie machen Sie das nur?* und *Fällt Ihnen so was unter der Dusche ein?* beantwortete ich meist lediglich mit einem Grinsen.

Meine Kommunikationsfähigkeiten waren mittlerweile sehr gut. Ich hatte keinerlei Kontaktprobleme mehr und konnte ohne Computers Hilfe smalltalken. Fachlich bekam ich weiterhin inhaltliche Vorgaben, insbesondere bei Entscheidungsfragen, aber ich war zu einem Teil der Gruppe geworden, Commander und Kamerad. Da blieben persönlichere Gespräche nicht aus, auch wenn eine gewisse Distanz aufgrund meiner Position stets erhalten blieb.

»Käpt'n auf der Brücke!«, rief jemand, als ich reinkam.

Die Leute lachten, nahmen aber auch Haltung an und grüßten.

Ich hatte vermutlich gestrahlt wie ein Honigkuchenpferd, als ich zurückgrüßte.

»Was machen wir, wenn das Eröffnungsszenario nicht passt?«, fragte mich Keith Leung leise, als sich alle wieder um ihren eigenen Kram kümmerten.

Ich konnte sehen, dass er beunruhigt war, seine Werte bestätigten meine Einschätzung. Zweifel und Unsicherheit konnten wir uns aber nicht leisten.

Computer versorgte mich mit den benötigten Textbausteinen: »Wir haben Simulationen für alle erdenklichen Szenarien sowie deren mögliche Folgen, viel mehr, als wir besprechen könnten. Es wurde an alles gedacht. Diese Szenarien wurden nach ihrer Wahrscheinlichkeit sortiert und wir befassen uns hier nur mit denen, die am ehesten eintreten dürften. Sobald sich erkennen lässt, dass unsere Annahme falsch war, schalten wir sofort um. Wir werden das in den nächsten Wochen üben.«

Das hatte ich selber noch nicht gewusst. Der Captain war genauso beruhigt wie ich jetzt.

Die Kantinengespräche mit den einfachen Piloten waren da weniger schwierig. Sie setzten sich einfach zu mir an den Tisch, um mir mal nahe zu sein und eher plumpe Fragen zu stellen: Musik, Mädchen, Serien, so was. Manchmal wurde ich auch nach meiner sexuellen Orientierung gefragt, weil ich offiziell Single war. Ich hielt damit nicht hinterm Berg und sorgte für das eine oder andere enttäuschte Jungengesicht.

Die meisten der Piloten in Akademie 1 waren, ebenso wie die Offiziere, älter als ich, teilweise mehrere Jahre. Das waren für unser Alter ganz schöne Unterschiede. Warum akzeptierten die mich bloß? Untereinander machten sie schon wegen einem halben Jahr Unterschiede und grenzten sich ab. Und die ganz alten Säcke, die Majore und Generäle, mit denen ich jetzt ständig zu tun hatte? Wie kamen die damit klar? Ich war für sie doch nur ein Junge! *Gerade mal Haare am Sack*, wie Opa gesagt hätte. *Herrje!* Wurden die alle von Webber manipuliert? So viele? Einfach so? Gesteuert wie Figuren in einer gerenderten Serie?

Samstag, 20. Juni 2054, 5:32 Uhr

Noch 96 Tage, 15 Stunden

»Sie sind ein Betrüger!«

Die Stimme klang scharf. Kalt. Ich konnte nicht erkennen, wer es gesagt hatte. Es war nicht so, dass die Köpfe aller sich der Quelle dieses Vorwurfs zuwandten. Nein. Alle sahen mich an.

»Sie sind überhaupt kein Pilot!«, rief jemand.

»Betrüger!«

»Du bist kein Held, nur ein kleiner Junge!«

»Ohne Talent, das ist alles nur vorgetäuscht!«

»Du kannst das alles gar nicht, nichts davon.«

»Betrüger!«

»Lügner!«

»Vor einem Jahr konntest du dich kaum im Mittelfeld der Rangliste halten und jetzt willst du uns weismachen, dass du der Beste bist?«

»Du kannst uns nicht retten!«

»Gib es zu: Du bist ein Versager. Wir werden sterben!«

»Wir werden alle sterben!«, schrien sie verzweifelt und starrten mich mit verzerrten Gesichtern an. Sie griffen nach mir, rissen an meinen Abzeichen, an meiner Haut ...

Dann wachte ich schweißgebadet auf.

»Du hattest einen Albtraum«, konstatierte Computer.

»Du hast eingegriffen?«

»Nein, es bestand kein gesundheitliches Risiko. Träume sind Bestandteil der Hirnfunktion, auch Albträume. Du stehst unter Stress. Es wäre nicht sinnvoll, das allzu stark zu regulieren.«

Ich hatte auch schon den Verdacht gehabt, dass das Armband kaum noch eingriff. Ich machte diesen Irrsinn nun schon so lange mit, dass ich mich daran gewöhnt hatte. Mein letzter Albtraum war bestimmt ein Jahr her, damals war ich hochgeschreckt, weil ich dachte, die Aliens kämen uns holen. Mich. Sie hatten schreckliche Fratzen und Klauen und griffen nach mir. Diesmal hatte ich keine Angst mehr davor, dass die Aliens uns besiegen könnten, sondern dass ich die Menschheit sterben ließ, alle enttäuschte. Meine Freunde. Meine Eltern. Belle ...

»Hör mal, ich liebe dich ... so sehr!«, sagte Belle eines Abends. Wir waren jetzt fast in derselben Zeitzone und konnten viel reden, wenn sie nicht gerade Schichtdienst hatte und ich nicht wegen irgendwelcher Probleme in den War Room oder zu Besprechungen musste.

»Das weiß ich doch«, hauchte ich.

»Nein, im Ernst: Ich würde alles für dich tun!« Es klang fast verzweifelt.

»Dann komm zu mir!«, sagte ich entschlossen.

»Ich kann nicht ...« Sie zog sich wieder etwas zurück.

Nein! »Ich werde Webber zwingen. Er kann mir jetzt nichts mehr abschlagen. Die Promotion ist auch vorbei ... Also lass es uns tun! Ich bin so weit.«

»Ich nicht. – Noch nicht«, fügte sie hinzu, als ich sie mit großen Augen ansah.

Als ich Webber erwähnte, war nichts passiert. Es wurde nichts gefiltert, es gab keinen Warnhinweis und Belle ging nicht in Flammen auf. Also schien von dieser Seite alles okay zu sein.

»Ich möchte zu dir, glaub mir, ich will es, aber ...«

»Was? Was ist? Sag es mir, bitte!«, flehte ich.

»Es ist noch zu früh. Ich kann nicht. Ich ... Du würdest es nicht verstehen.«

»Dann erklärs mir!« Was konnte es geben, das sie mir nicht einfach sagen konnte? Wir waren doch ein Herz und eine Seele, praktisch eins!

»Nicht jetzt, nicht vor der Schlacht. Die Vorbereitungen erfordern deine volle Aufmerksamkeit. Und ich ... ich auch. Beides gleichzeitig geht nicht.«

Was war da los? Was hatte sie für ein Problem? Ein Geheimnis? Wie in einer beschissenen Telenovela! Wie gerne hätte ich ihr jetzt gesagt, dass sie sofort meine volle Aufmerksamkeit haben konnte, weil ich mit den ganzen Vorbereitungen nichts zu tun hatte. Ja, gut, ich musste das natürlich alles lernen, aber das war Kleinkram, darauf musste ich mich nicht konzentrieren. Webbers Leute trichterten mir das nachts ein und fertig. Superpraktisch, superbequem. – Warum hatten wir das nicht schon immer so gemacht? *Fuck!*

»Kein Problem ... Liebling«, sagte ich vorsichtig. Computer hatte mir keinen Tipp eingeblendet, er dachte wohl, ich hätte das nicht mehr nötig. Aber jetzt, in diesem Moment eigentlich schon.

»Danke«, sagte sie. Es klang ein bisschen so, als würde sie es schniefen. Sie schniefte nie. Heulte nie. Jammerte nie!

»Ist alles in Ordnung?« Ich hatte plötzlich ein schlechtes Gewissen, weil ich sie unter Druck gesetzt hatte.

»Mach dir keine Gedanken. Rette einfach die Welt, dann kriegst du auch das Mädchen!«, sagte sie und lachte schon wieder. Sie war so fantastisch!

»Mach ich«, meinte ich verliebt. Ich war sooo verliebt ... Es tat weh.

Trotz des unbefriedigenden Verlaufs, den das Gespräch genommen hatte, musste ich an diesem Abend noch mal unter die Dusche.

Kapitel 15

Die Versorgungsplattformen standen kurz vor Fertigstellung. Es würden Millionen Kampfdrohnen benötigt, um sie gemeinsam in die Umlaufbahn zuziehen. Das Material war aus unseren letzten Reserven herausgequetscht worden und hatte die weitere Kampfdrohnenproduktion zum Erliegen gebracht. Allein aus den Stahlseilen, an denen die Plattformen hochgezogen werden würden, ließen sich Hunderttausende weitere Drohnen bauen, sobald der Transport abgeschlossen war.

Die Vorbereitungen für das Großmanöver liefen wie am Schnürchen, es würde wie geplant stattfinden können. Wir warteten nur noch das Ende der Gefechtsübungen ab, die bislang reibungslos und verlustfrei funktionierten. Wir hatten dabei unglaublich viele Daten zu den Railguns erhalten, die in diesem Umfang nie getestet worden waren. Das Flugverhalten der Projektile in unterschiedlichen Luftschichten brachte uns wichtige Erkenntnisse, die direkt umgesetzt werden konnten.

Am 23. Juli würden die Gefechtsübungen abgeschlossen sein und der Plattformtransport starten, dann würden alle Drohnen 50 Kilometer oberhalb der Plattformumlaufbahn zum Manöver versammelt.

Schon in den 40er-Jahren dieses Jahrhunderts war damit begonnen worden, den Himmel aufzuräumen, damit unseren Drohnen nicht der eigene Weltraumschrott um die Ohren flog. Es wurde alles zurückbeordert, was sich lenken ließ und entbehrlich war, dazu gehörten sämtliche Minisatellitenflotten wie *Starlink* oder *Kuiper*, die in den 20ern gestartet wurden, um die Netzerreichbarkeit zu verbessern. Danach mussten noch alle Trümmerteile eingefangen werden, die größer als ein Kieselstein waren. Es war eine Mammutaufgabe.

Wir waren sämtliche potenziellen Probleme wieder und wieder durchgegangen und hatten sie Stück für Stück behoben oder ausgeschlossen. Ich war gespannt, wie gut sich das in der Theorie vorbereiten ließ. Es bestand kein Zweifel daran, dass wir erst durch das Manöver lernen würden, ob und wo wir falschlagen. *Was schiefgehen kann, geht auch schief*, hieß es. Nun, da gab es hier Zigmilliarden Möglichkeiten.

»Noch neunundsechzig Tage«, sagte ich zu Belle. Meine Fragen hatte ich seither immer runtergeschluckt, sodass wir nur noch rumblödeln konnten, um die ernsten Themen zu vermeiden.

»Haha, neunundsechzig«, sagte sie.

Reflexartig kicherte ich. Ihr entging nichts, keine Möglichkeit für eine Anspielung, schon gar keine schmutzige.

Ich fragte mich, wie diese Stellung funktionieren sollte. Wie bekam man dabei Luft? Wurde der, der unten lag, nicht grün und blau gedrückt? Würde ich Belle halten können? Wie schwer war sie überhaupt? Ich war dank Computer ziemlich gut trainiert. Eine Gruppe Lieutenants, die gemeinsam in den Fitnessraum ging, hatte mich mal bequatscht mitzukommen. Wir stellten zu meiner und ihrer Verblüffung fest, dass ich recht kräftig war.

»Vielleicht fangen wir erst mal mit ein paar Klassikern an«, meinte sie grinsend, als ich eine Weile nur verträumt vor mich hin geglotzt hatte.

»Ja, klar, Doggystyle und so«, sagte ich lahm. Mir war völlig egal, was wir machen würden, wenn wir uns nur überhaupt treffen könnten.

Sie bemerkte, dass das Gespräch abzurutschen drohte und riss noch schnell ein paar Pilotenwitze: »Findest du nicht auch, dass Piloten abgehoben sind?«

Ich zeigte mein routiniertes Standardgrinsen.

»Wird Zeit, dass du ins All kommst. Da hast du weniger Druck.«

Mein Grinsen wich einem dummen Gesicht.

»Weniger Luftdruck, he? Alles klar?«

Ich verstand nicht. Was hatte ich mit dem All zu tun?

»Was hat ein Commander, der im Dreieck springt? Kreislaufprobleme!«

Die hatte ich an diesem Abend nicht und konnte ungeduscht schlafen gehen.

Samstag, 1. August 2054, 15:45 Uhr

Noch 54 Tage, 19 Stunden, 47 Minuten

Direkt nach Ende der Schießübungen starteten die Plattformen in ihre Umlaufbahnen. Die Hitzeentwicklung so vieler Drohnen auf engstem Raum in dichten Luftschichten war grauenerregend. Die Stahlseile hatten nur wenige Meter weit mit Keramik isoliert werden müssen, aber um die Docks der Plattformen heizte sich die Luft während des Starts auf mehrere Hundert Grad auf und alles im Umkreis von mehreren Kilometern, das noch nicht vom Klima zerstört war, wurde dabei verbrannt. Die Docks waren wohlweislich weit von Wohnkomplexen entfernt errichtet worden, sie wurden durch die Hitze ebenfalls zerstört, aber das war egal, sie sollten ohnehin recycelt und sofort wieder in die Drohnenproduktion eingespeist werden.

Die Stationierung in der Umlaufbahn klappte gut, die Montage der Einzelteile begann umgehend. Es waren nicht viele, die Plattformen waren in jeweils drei Elemente zerlegt worden, die hintereinander die Erde umkreisen und binnen sechs Stunden verbunden und montiert sein würden.

Währenddessen stiegen bereits alle Drohnen auf und nahmen ihre Plätze weit oberhalb der nur 400 Kilometer hohen Umlaufbahn der Plattformen ein. Jede hatte etwa 200 Meter Abstand zur nächsten. Diese Höhe war nach langem Hin und Her für das Manöver festgelegt worden. Die spätere Verteidigungshöhe würde voraussichtlich mehrere Hundert Kilometer höher liegen, aber das ließ sich erst nach dem Manöver vernünftig beurteilen.

Das Manöver sollte nur dazu dienen, den gleichzeitigen Einsatz aller Beteiligten zu testen und eventuell neue Erkenntnisse zu gewinnen. Unseren Eröffnungszug zu üben hielt wirklich niemand für eine gute Idee, zu groß die Sorge, dass die Aliens uns beobachteten. Wir gingen sogar davon aus.

Seit Beginn meines weltweiten Flugunterrichts war die Welt auf UTC0 als Einheitszeit geschaltet. Das Leben in den verschiedenen Zeitzonen lief seit Ende der Flugausbildung zwar wieder normal, aber alle, die etwas mit der Verteidigung zu tun hatten, arbeiteten nach UTC0. Das Manöver sollte am dritten August um zehn Uhr beginnen und zwei Stunden dauern. Es sollte dabei alles einmal durchgeprobt werden: Übernahme der Drohnen aus ihren Parkpositionen nach Zuweisung an Piloten, Gruppen und Geschwader, Einnahme der Gefechtsformation mit Zielanflug auf vorgegebene fiktive Koordinaten, fliegender Wechsel und Neuformierung von Kampfgruppen, geordneter Rückzug und Neuformierung – auch wenn wir das für eher unwahrscheinlich hielten –, Übergabe der Drohnen an die automatische Kontrolle der Versorgungsplattformen, die Anflug, Versorgung und Rückflug in eine freie Parkposition übernahmen, währenddessen Wechsel zu einer Reservedrohne in Parkposition und schließlich fliegender Wechsel der Piloten aus Kampfverbänden an der angenommenen Front zu Reservedrohnen in Parkposition.

Wir hatten 500 Millionen Piloten, die bis zu 5 Drohnen gleichzeitig fliegen konnten, also 2 Milliarden aktive Kampfeinheiten. – Der Feind hatte 4,3 Milliarden. Aber wir hatten dafür rund 18 Milliarden Drohnen in Reserve, zumindest bis die Verluste einsetzten. Das waren fünfmal mehr! Und unsere Piloten konnten zwischen Drohnen an unterschiedlichen Positionen wechseln, praktisch mit Lichtgeschwindigkeit! Das war unser größter Vorteil. Ich war guter Dinge, die Wahrscheinlichkeitsberechnungen sahen uns in allen relevanten Szenarien vorn. Szenarien, in denen wir schlechter dastanden, waren sehr unwahrscheinlich und wurden nur kurz überflogen, aber nicht zur Grundlage umfangreicher Vorbereitungen.

Wir wollten Lithium sparen, dennoch waren alle darauf vorbereitet worden, bei Bedarf ein zweites und drittes Manöver zu fliegen, eventuell auch länger. Ich hatte mir in einem Gespräch mit den Geschwaderkommandanten ein 24-Stunden-Manöver gewünscht, aber ich bekam sofort Text eingeblendet, der mich noch im selben Satz erklären ließ, dass das wegen des hohen Verbrauchs leider nicht möglich sei. Wir mussten uns diesbezüglich voll auf die Übungen im Simulator verlassen.

Montag, 3. August 2054, 12:00 Uhr
Noch 52 Tage, 23 Stunden, 32 Minuten

Das Manöver war zufriedenstellend verlaufen. Von organisatorischer Seite gab es nichts nachzubessern. Die Versorgungsplattformen mussten noch mal neu kalibriert werden, aber das war eine reine Formalität. Prinzipiell hatten sie großartig funktioniert, wenn man mal davon absah, dass sie die abgefertigten Drohnen in einem falschen Orbit geparkt hatten. Beruhigend war hingegen der Umstand, dass die Übernahme durch die Piloten dennoch gut funktionierte. Die Simulationen hatten also ziemlich viel bewirkt; die Piloten waren flexibel und kamen auch mit Unerwartetem klar.

Dass die Plattformen extrem geschützt werden mussten, damit der Feind sie nicht einfach auf die Erde stützen ließ, war eingeplant. Es standen ständig ausreichend Reservedrohnen in unmittelbarer Nähe zur Verfügung.

Ich rechnete fast schon damit, dass man mich wieder vor die Kameras zerren und mit weiterem Lametta behängen würde, womöglich noch mal befördern, obwohl es über meinem Rang eigentlich nichts mehr gab. Die Dienstgrade orientierten sich aus einer Mischung früherer nationaler Rangordnungen verschiedener Staaten, in denen die Generäle meist noch in bis zu fünf Stufen eingeteilt waren, darauf hatte die EVA verzichtet, General war General. Aber das würde Webber wohl kaum davon abhalten, einfach alle zu Ein-Sterne-Generälen und mich zum Zwei-Sterner zu erklären. Oder sie kramten etwas Neues raus, Admiral vielleicht, *Spaceadmiral, Sternenkommandant, Buzz Lightyear* oder *Ehren-Juri-Gagarin*.

Aber nichts da: keine Party, keine Orden. Stattdessen nahmen die Piloten wieder das Training in der Simulation auf, womit sie bis zum Sechstkontakt fortfahren sollten. Die Drohnenproduktion wurde wieder hochgefahren und die Zivilbevölkerung gezwungen, sich täglich mindestens eine Stunde mit der Notstandsverordnung zu befassen, die ab Donnerstagmittag gelten sollte. Ab da lief der Countdown der letzten 50 Tage beziehungsweise 1200 Stunden.

Alle, die noch an der Oberfläche lebten, mussten innerhalb der nächsten 30 Tage ein Notquartier in einer unterirdischen Anlage beziehen. Wer Bekannte oder Verwandte hatte, konnte sich dort anmelden, einige wenige Glückliche bekamen in den Wohnanlagen Notquartiere zugewiesen. Die meisten Piloten stammten aus den Bootcamps und waren versorgt, die aktiven Piloten, die noch an der Oberfläche lebten, längst in den Akademien untergebracht. Sie teilten sich mitunter ein Zimmer im Drei-Schicht-Dienst. Alle anderen Oberflächler, die sich nicht rechtzeitig selber um Unterkunft gekümmert hatten, mussten in stillgelegten Fabrikationsanlagen oder in den Lagern der auf *Eis* Gegangenen unterkommen. Es gab eine erneute Werbekampagne, freiwillig auf *Eis* zu gehen. Die Zugriffszahlen waren überraschend hoch. Offenbar war das für viele Leute doch weniger erschreckend, als den Alienangriff mitzuerleben.

Wer Ende der ersten Septemberwoche noch auf der Oberfläche war, blieb sich selbst überlassen. Das betraf vermutlich die meisten der Freien in den unregulierten Zonen. Das waren Menschen, die sich nie dem System unterordnen wollten oder ausgestiegen waren. Dazu kamen diejenigen, die vor dem *Eis* geflüchtet waren, also alt und für die in den unregulierten Zonen herrschenden Bedingungen unbrauchbar. Sie hatten keine großen Überlebenschancen, wenn andere sie nicht mit durchschleppten. Mir lagen keine Zahlen vor, aber wenn diese Menschen schon eine zu große Belastung fürs System waren, wie sollten dann die Freien für sie sorgen können? Es gab da draußen keine Nahrung und kein sauberes Wasser mehr, es war zu heiß und die Sandstürme brutal. Dennoch existierten in den aufgegebenen Städten ein paar Enklaven, die Tiefgaragen und Keller nutzen, Strom durch Benzingeneratoren erzeugten und damit Klimaanlagen und Kühlschränke betrieben. Die Regierung ließ diese Leute in Ruhe. Es stand jedem frei, außerhalb der Regulierungszonen zu leben. Man hatte ihnen, wie schon oft, die Reintegration angeboten, diesmal mit dem Hinweis auf die möglichen Folgen des bevorstehenden Kampfes, aber gezwungen wurde niemand.

Ich war tatsächlich hin- und hergerissen: Wäre es besser, jemanden zu seinem Glück zu zwingen, oder nicht? Ich hatte dazu seit langer Zeit mal wieder eine Diskussion mit Computer, der zu meiner Überraschung keine rationalen Argumente in den Vordergrund stellte, sondern die freie Entscheidung. Damit hätte ich nicht gerechnet. Dass Belle das so sah, war hingegen klar.

Sonntag, 6. September 2054, 18:00 Uhr
Noch 18 Tage, 17 Stunden, 32 Minuten

Die Evakuierung war abgeschlossen, die Notrationen für vier Wochen verteilt, die Quartiere versiegelt, Strom- und Wasserverbrauch der Zivilbevölkerung auf ein Minimum reduziert. Wer einen Piloten zu Hause hatte, war nun für dessen Betreuung zuständig. Darauf waren Eltern und Geschwister über Tutorials vorbereitet worden. Sie würden die Ernährung sicherstellen, Urinbeutel wechseln und was sonst noch nötig werden würde, aber sie würden den Raum nicht betreten, ohne von ihrer Assistenzsoftware aufgefordert zu werden. Die Piloten waren jetzt Heiligtümer, neue Götzen.

Die Menschheit befand sich in voller Alarmbereitschaft. Die kläglichen Reste öffentlichen Lebens, die es noch gegeben hatte, waren eingestellt worden, niemand verließ ohne konkreten Grund und damit ohne Genehmigung sein Quartier. Piloten durften sich nicht weiter als 20 Sekunden von ihren Konsolen entfernen.

Wir waren früher mit allem fertig geworden als gedacht. Nun hieß es warten.

Kapitel 16

Eine Woche vor Sechstkontakt wurde vollständiger Bereitschaftsalarm aus-gerufen. Das Training im Simulator wurde auf zweimal drei Stunden pro Tag beschränkt; die Piloten sollten sich noch etwas ausruhen und Zeit mit ihren Familien verbringen.

Das Netz war so gut wie abgeschaltet: Die übliche Flut an Clips und Serien war untersagt worden, ebenso freie News- und Kommentare, dafür quollen die Foren über. Die Menschen informierten sich jetzt nur noch auf offiziel-len Seiten, verfolgten die Anzeige der weltweiten Ortungseinrichtungen in Echtzeit mit, beobachteten die Kommandanten im War Room, lauschten den Zusammenfassungen und Einschätzungen der offiziellen Sprecher und ver-suchten, Frieden zu finden, mit sich und ihren Lieben ins Reine zu kommen.

All die befürchteten Endzeitszenarien waren ausgeblieben: Es gab keine Selbstmordwellen, keine spontanen Sektenbildungen, keine Anarchie, Plün-derungen, Aufstände – nichts dergleichen. Die Leute sahen dem Unvermeid-lichen mit einer fast schon arroganten Gelassenheit ins Auge, die mich ver-anlasste, mich mal wieder zu fragen, was Webbers Leute eigentlich alles mit ihrer Technik beeinflussen konnten. Das wohl nicht, oder? Oder?

Ich brachte das unvermeidliche Gespräch mit meinen Eltern hinter mich. Es ging ihnen gut, auch Opa, sie zählten auf mich und waren stolz. Sie ließen sich ihre Angst nicht anmerken, damit ihr kleiner Junge nicht in die Situa-tion kam, ihnen Mut zusprechen zu müssen – dass er den Krieg überleben würde, dass er den Krieg gewinnen würde, damit sie überleben würden. Es war vertrackt.

Für das Personal des War Rooms waren Quartiere eingebaut worden, kaum mehr als Kojen, wie sie auf früheren U-Booten üblich gewesen sein moch-ten. Geschlafen wurde, wenn, dann ebenfalls im Drei-Schicht-Betrieb, aber man musste die Leute fast schon dazu zwingen. Nur ich hatte einen eigenen kleinen Raum, in den ich mich zurückziehen konnte. Da wir permanent on waren, machte ich davon aber nur selten Gebrauch. Ich verbrachte weit weniger Zeit mit Belle, als ich es mir gewünscht hätte.

»Bist du bereit?«

»Ich bin bereit.«

»Bereit für was?«

»Den Aliens in den Arsch zu treten!«, lachten wir dann gleichzeitig.

Neben Durchhalteparolen und aufmunterndem Gequatsche machten wir wieder zaghafte Versuche, ernsthafte Gespräche zu führen. Die Frage, ob wir uns jetzt treffen konnten, stellte sich nicht mehr, denn sämtliche Anlagen waren versiegelt. Aufgemacht wurde wirklich nur noch, wenn Freie an die Panzertüren klopften. Es kamen immer noch ein paar Nachzügler, die reingelassen wurden. Es regnete noch keine brennenden Trümmerteile oder dergleichen. Die entsprechende Anweisung hatte ich erteilt, nachdem mir die Anfrage vorgelegt worden war. Das hatte Webber großartig gedeichselt. So war ich auch moralisch noch etwas weiter aufgestiegen. Ich fragte mich, was seine Leute davon hatten, mich so weit aufzubauen. Machte er sich keine Sorgen, den Geist wieder zurück in die Flasche zu bekommen? Vermutlich nicht. Ein Knopfdruck genügte, dann verwandelte mich das Armband in eine menschliche Drohne, der neue Befehle implantiert werden konnten.

Belle versuchte abermals mir zu erklären, was sie bewegte oder vielmehr bedrückte. Das konnte ich nicht so richtig einschätzen und Computer hielt sich raus. Seit er die erweiterte Freigabe hatte, schien er sie hauptsächlich dafür zu nutzen, sich automatisch selbst zu begrenzen, um mich zu schützen beziehungsweise zu schonen. Bei Belle war mir der Grund klar: Falls sie irgendwann die ganze Geschichte hören würde, wäre es gut, wenn darin keine computergestützten Verhaltensanalysen und Vorgehensweisen enthalten wären, die als Manipulation betrachtet werden konnten. Und das mir! Ich war Computer ziemlich dankbar.

Ich gab Belle Raum und Zeit, schwieg lange mit ihr, sah sie aufmunternd an oder versuchte anderweitig, ihr das Gefühl zu geben, dass es nichts gab, was meine Liebe zu ihr trüben könnte. Aber sie schaffte es nicht. Ich hoffte, dass sich das ändern würde, wenn ich dabei ihre Hand halten konnte.

Die ganze Zeit machte ich mir klar, dass sie auch mehr oder weniger allein war. Sie hatte mit dem Wechsel zur Akademie genau wie ich ihre Familie zurücklassen müssen und damit die Möglichkeit auf Trost, Umarmungen und Wärme. Das war mir nie so bewusst gewesen, weil sie doch immer so tough war. Womöglich war aber doch ich der Belastbarere von uns beiden. Ich war pragmatisch bis ins Mark. *Sterben müssen wir alle mal. Jetzt kämpfen wir erst mal und dann sehen wir weiter.* Aber ihr Humor gehörte vielleicht nur zu ihrem Schutzpanzer und sie machte Witze über das, wovor sie sich fürchtete? In dem Fall hätte ich ein paar wirklich unglückliche Äußerungen zum Thema Sex vom Stapel gelassen.

»He, hör mal«, sagte ich vorsichtig, »die ganzen Witze über Sex und so ...«

Sie sah mich irritiert an. Ihre Augen glänzten feucht, aber das sah vielleicht nur so aus. »Was ist damit?«

»Das waren nur Witze, okay? Nicht dass du mich jetzt für so einen ... also ...«

»Schon klar, Prinz Porno«, lachte sie. Wie machte sie das nur. Eben noch dachte ich, sie würde in Tränen ausbrechen.

»Bin ich gar nicht«, sagte ich empört.

»Weiß ich doch. Du bist harmlos wie 'ne Stubenfliege.« – Gab es die in den unterirdischen Quartieren noch? – »Wenn ich deinen Verlauf checken würde, wären da weder Pornos noch selbst gebastelte Snippets zu finden, richtig?«

Völlig richtig, die würde Computer nämlich in Sekundenschnelle für mich löschen. »Ich wollte nur sagen, dass ich keine besonderen Wünsche habe oder so, ich will nur dich.«

»Vorsicht, Langweiler. Komm mir nicht mit Blümchensex!« Sie lächelte wieder.

Ich lächelte mit. Es waren noch 38 Stunden bis zum Sechstkontakt.

Donnerstag, 24. September 2054, 11:32 Uhr

Noch 24 Stunden

24 Stunden vor dem Sechstkontakt schaltete der offizielle Countdown auf Minuten um: 2.280. Natürlich zeigten alle Assistenten der Welt längst die genaue Restzeit bis auf die Hundertstelsekunde genau an, aber genau wie mich machten die sich schnell drehenden hinteren Ziffern die meisten sicher nervös, weshalb sie bisher ausgeblendet blieben. Jetzt wurde der Takt noch mal etwas angehoben. Die gesamte Belegschaft wurde in Daueralarm versetzt, das Training im Simulator eingestellt, unnötige Kommunikation verboten, das gesamte System stand jetzt der Akademie zur Verfügung.

Wir hatten unsere Helme auf und die Urinbeutel an.

Als am Mittwoch immer noch kein feindliches Raumschiff in Sicht war, erhoben sich teilweise Jubelschreie, weil man davon ausging, dass dieser Kelch an uns vorübergegangen sei, aber wir im War Room wussten es besser: Der Feind würde wie schon zuvor aus dem Nichts auftauchen, uns aber nur Stunden, womöglich Minuten lassen, unsere Szenarien anzupassen.

Wir hatten nach all den Jahren immer noch keine Ahnung, woher die Drohnen kamen. Aus unserem Sonnensystem wahrscheinlich nicht. Es war genug Zeit gewesen, um jede Menge Sonden auf den Weg zu bringen und überall nachzugucken, auf jedem Planeten, jedem Mond. Dem Sondenprogramm war, bevor es mit dem Drohnenprogramm losging, alles untergeordnet worden. Gefunden haben wir nichts. Gar nichts. Kein Zeichen für Leben, kein Zeichen für Besiedlung, kein Zeichen für bloße Anwesenheit, und sei sie auch noch so kurz, von irgendwem oder was. Die Aliens mussten von woanders kommen. Da sie unbemannte Drohnen geschickt hatten, vermuteten wir, dass sie über eine Technik verfügten, die überlichtschnelle Reisen ermöglichte, die aber für Organismen möglicherweise unverträglich waren.

Wir hatten den Mond mit Ortungsgeräten überzogen. Einerseits war er eine Art vorgeschobener Posten, zumindest was die Raumüberwachung betraf, andererseits wollten wir nicht riskieren, dass der Feind sich im Ortungsschatten des Mondes anschleichen konnte. Sollten die Aliens das versuchen, würden wir sie sogar noch etwas früher bemerken, als bei einem Direktanflug ohne Mond dazwischen.

Sie kamen im Mondschatten und wir bemerkten sie dennoch viel später, als erwartet. Das Raumschiff hatte sich bereits auf eine Million Kilometer genähert, als wir es erfassen konnten. Verdammt!

Teil III

Kapitel 17

Um halb neun abends gellte der gleichzeitig herbeigesehnte und gefürchtete Annäherungsalarm: Das Alienschiff schob sich aus dem Ortungsschatten des Mondes. Schnell war klar, dass es kein Vorbeiflug würde: Das Schiff verzögerte stark und wollte sich voraussichtlich auf Höhe des Mondes in die Erdumlaufbahn einklinken. Die Aliendrohnen würden pünktlich zum Sechstkontakt eintreffen. Ein zuverlässiger Gegner. Wie nett.

Niemand dachte mehr an Freizeit. Wer nicht gerade seinen Urinbeutel leerte, war zusammen mit dem restlichen Schichtpersonal auf seinem Posten. Der Tag, auf den die Menschheit ein Vierteljahrhundert lang gewartet hatte, war da und keiner wollte ihn verpassen. Jede noch so kleine Aktualisierung der Daten und sich daraus ergebende Extrapolationen wurde atemlos mitverfolgt.

Ich stand auf dem kleinen Podest in der Mitte des War Rooms, von dem aus ich alles sehen konnte, ohne mir den Hals zu verrenken. Statt über den Helm meinen VR-Kommandoraum zu nutzen wie früher beim Anwärtertraining, starrte ich mit vielen anderen auf den riesigen Wandbildschirm. Dies war ein emotionaler Moment, hatte Computer mir mitgeteilt, in dem ich mich nicht abkapseln sollte. Es spielte aber ohnehin keine Rolle; die Menge an Informationen, die für mich relevant waren, passten problemlos auf ein Blatt Papier: *noch 899 Minuten und 31 Sekunden ...* Mit jedem Blinzeln wurde es eine Sekunde weniger. Ich musste mich von dem enervierenden Anblick der verdammten Zeitanzeige losreißen, sonst wäre ich auf der Stelle ausgeflippt.

Noch zeigten die Fähnchen über meinen Leuten Zuversicht.

Die außerplanetaren Tiefenortungseinheiten haben sich auf das Raumschiff ausgerichtet, ließ mich Computer wissen.

Warum wurde das nicht auf dem Hauptschirm eingeblendet?

Das Objekt ist wesentlich größer, als wir angenommen hatten, fügte Computer hinzu und legte mir die Daten der früheren Einschätzungen zum Vergleich auf die Linsen.

Ich merkte, wie sich meine Stirn unwillkürlich in Falten warf. Wie konnte sich da jemand dermaßen verrechnen?

305

Nun erschien diese Information auch auf dem Hauptschirm. Dazu wurde die von der Abtastung erfasste Form dargestellt: Es handelte sich um ein zigarrenförmiges Schiff, wie vorhergesagt, nur dass es eine Länge von 25 Kilometern und an der dicksten Stelle 5 Kilometer Durchmesser hatte.

Die Zuversichtlichkeitswerte verschlechterten sich. Bei den meisten stiegen Atmung und Puls teils heftig an.

Das Schiff hat ein Fassungsvermögen von etwa zwanzig Milliarden Drohnen, blendete mir Computer ein.

Ich war völlig verdattert. Verdammt! Von wegen materielle Überlegenheit. Die hatten uns reingelegt!

Den anderen im Raum dämmerte das auch gerade, was sich durch runterklappende Kiefer und aufgerissene Augen sowie hochschießende Vitalwerte äußerte.

Das Schiff näherte sich seiner vorausberechneten Parkposition. Nichts sprach dagegen, die Schotten zu öffnen und die Drohnen jetzt schon auf den Weg zu bringen. Was hielt sie ab? Waren das so zwanghafte Korinthenkacker, dass sie sich exakt an ihren Zeitplan halten mussten? Oder waren sie so überheblich, dass sie sich in aller Seelenruhe daran hielten?

Das Schiff hat aufgehört zu verzögern und nähert sich mit 30.000 km/h der Erde.

Nun klappte auch mir der Kiefer runter. Was sollte das? Was hatten die vor? Warum bekam ich von Computer keine weiteren Informationen? Warum bekamen wir alle keine weiteren Informationen? Was war mit Webber? Oder irgendjemandem?

Was war hier los?

Über meine ARs liefen plötzlich Szenarioeinschätzungen, jeweils mit einer Eintrittswahrscheinlichkeit versehen und absteigend aufgelistet:

1. *Angriff mit fünffacher Drohnenmenge und*   *87 %*
    Schiffswaffenunterstützung

2. *Angriff mit fünffacher Drohnenmenge, die näher an die Erde*   *79 %*
    herangebracht werden soll, um sie vor Orbitalwaffen zu schützen

3. *Angriff mit alternativen Waffen anstelle der bekannten Drohnen*   *75 %*

4. *Angriff mit bemannten Flugkörpern und Drohnenunterstützung*   *69 %*

5. *Angriff ausschließlich mit Schiffswaffen*   *48 %*

6. *Kontaktaufnahme in feindlicher Absicht*   *23 %*

7. Kontaktaufnahme in friedlicher Absicht   18 %

8. Technischer Defekt an Bord des Schiffes   12 %

9. ...

Auf dem Hauptschirm war nichts davon zu sehen.

Computer blendete mir nun einen längeren Text zum Vortragen ein. Na also! Webbers Leute waren endlich aufgewacht. Ich hoffte, wir würden es nicht alle irgendwann bereuen, dass sie für ihr verfluchtes Versteckspiel derartige Verzögerungen in Kauf nahmen.

Aus dem Augenwinkel sah ich, dass die Szenarioübersicht mit über 100 Zeilen nun auch auf dem Hauptschirm angezeigt wurde. Es war alles Mögliche dabei: *Drohnenreichweite zugunsten der Bewaffnung herabgesetzt – technische Täuschung der Fernortung und Kameras – Flugbahn durch Asteroideneinschlag verändert – Flugbahn durch Kollision mit Ortungssonde verändert – Bord-KI begeht Selbstmord* ... irgendwo ganz weit unten stand sogar etwas von ... *nur ein Trick.*

Ich straffte mich und sah einmal in die Runde. Wer einen Helm aufhatte, setzte ihn nun ab. Auf dem Hauptschirm erschien die Akademieführung, in zwei separaten Fenstern wurden Regierungs- und EVA-Vertreter eingeblendet. Ich schluckte.

Ich wusste, dass Computer in diesem Moment mein Mikrofon aktivierte und sicherstellte, dass ich weltweit in allen Einsatzzentralen zu hören war: »Wir müssen umdisponieren«, las ich ab. »Das feindliche Schiff darf unter keinen Umständen nahe genug kommen, um mit Bordwaffen unsere Leitstände anzugreifen. Wenn die näher an die Erde ran wollen, müssen wir es verhindern.«

Die alten Generäle und Strategen nickten. Es war vermutlich wichtig, diese Wendung auf ein breites gesellschaftliches Fundament zu stellen, aber was hätten wir auch anderes machen sollen?

»Wir fliegen ihnen entgegen, um sie zu zwingen, ihre Drohnen jetzt zu starten.« Ich war überrascht, wie souverän und kräftig meine Stimme klang. Da hatte Computer nachgeholfen, denn ich hatte das Gefühl, gleich in Panik zu geraten.

Die hatten uns tatsächlich eiskalt erwischt. Das entsprach keinem der erwarteten Szenarien, jedenfalls nicht in dem Wahrscheinlichkeitsbereich, den ich gesehen hatte. Aber vielleicht hatten die einfach nur eine völlig andere

Vorstellung von Strategie, vielleicht konnten wir sie überrumpeln, indem wir zuschlugen, bevor sie ihre Hangartore öffneten. Einen Versuch wars wert.

»Ausführung Alternativmanöver hundertvierzehn B«, redete ich einfach weiter, als ob es die normalste Sache der Welt wäre. Das musste ich auch. Wenn ich jetzt auch nur ein bisschen Unsicherheit zeigte, wäre das katastrophal. Aber ich stand da wie ein Baum, dafür sorgte das Armband.

Die Menschen im Raum nickten nur und setzten nun endgültig ihre Helme auf. Ich auch. Wir waren auf Gefechtsstation. Meine Anweisungen wurden bestätigt und so von allen Piloten übernommen. – Manöver 114 … Das war so weit hinten, dass es nahezu unmöglich war. Irgendwer hatte da wohl wirklich einen schlimmen Rechenfehler gemacht, nicht nur beim Alienschiff.

Die Liste wurde laufend aktualisiert. Zu meiner Verblüffung war *Nur ein Trick* inzwischen ins Mittelfeld aufgerückt, die Top-Ten blieben aber nahezu unverändert, nur *Kontaktaufnahme in friedlicher Absicht* rutschte rapide nach unten, vermutlich wegen fehlender Kontaktaufnahme. Was stattdessen noch für eine *Kontaktaufnahme in feindlicher Absicht* sprach, erschloss sich mir nicht, aber das war auch nicht meine Aufgabe. – Meine Aufgabe war die Leitung des Geschwaders.

Ich ließ mir die Flugdaten einblenden und nahm beruhigt zur Kenntnis, dass alles wie am Schnürchen lief. Die um die Erde herum postierten Drohnen, die für unseren Erstschlag besetzt waren, hatten bereits bei der Ortung des Feindes begonnen, sich auf ihn zuzubewegen. Es sah aus, als würde ein riesiges Tuch von einem großen Ball abgezogen. Zeit, den Urinbeutel ein letztes Mal zu leeren, bevor es losging.

Auf dem Hauptschirm war die unverminderte Annäherung der Riesenzigarre nur anhand der eingeblendeten Entfernungsdaten zu erkennen, aber die Tiefenortungssysteme übertrugen mittlerweile ein Echtzeitbild: Die Schotten oder was auch immer die Aliens zum Öffnen ihrer Frachträume verwendeten, blieben geschlossen. Keine Drohne weit und breit. Von all den skurrilen und abgedrehten Szenarien, die selbst in dieser entsetzlichen Situation noch für ein bisschen Erheiterung und Entspannung sorgten, hatte es ausgerechnet *Statt Angriff Raub* bis in die Top Ten geschafft. *Angriff ausschließlich mit Schiffswaffen* hatte sich geteilt in *Bodenangriff mit Schiffswaffen* und *Deaktivierung unserer Abwehr mit Schiffswaffen*.

Ich drehte mich um, um in meine Koje zu eilen und den Urinbeutel zu wechseln, aber Computer sagte nur: »Jetzt nicht!«

Nur ein Trick schob sich auf Platz fünf und änderte sich in *Raub der*

Drohnen, überholte *Angriff mit bemannten Flugkörpern* und verschmolz mit *Deaktivierung unserer Abwehr mit Schiffswaffen* zu *Raub der Drohnen mit Schiffstechnik.*

Die wollten die Drohnen stehlen?

Die wollen die Drohnen stehlen, stellte Computer fest.

»Die wollen uns nicht angreifen, die wollen die Drohnen stehlen!«, schrie ich.

All die Einsatzpläne, all die Szenarien, die wir durchgegangen waren – alles weg. Die Welt hatte sich gerade um 180 Grad gedreht. Die Infofähnchen vor mir waren alle rot.

Die Formation der Drohnen spitzte sich vorne langsam zu, als würde eine Taube unter dem Tuch stecken und damit aufsteigen. Ich schüttelte mich kurz, was für ein blöder Vergleich.

»Lieutenant Hobsbawn, übernehmen Sie!«, rief ich Isaak zu, weil Computer es mir einblendete, während er »Lauf zum Aufzug!« sagte.

Weil Isaak mich so entsetzt ansah, klopfte ich ihm kurz auf die Schulter, bevor ich loslief.

Webber würde meinen Leuten schon erklären, warum ich gehen musste. Die Öffentlichkeit war vermutlich bereits ausgesperrt worden, als die Szenariowahrscheinlichkeit kippte.

Ich rannte an den Kojen vorbei den Gang hinunter zu den Aufzügen. Als ich mich näherte, öffnete sich eine Kabine.

Kaum war ich drin, schlossen sich die Türen und die Kabine schoss wesentlich schneller als sonst nach oben.

»Das Geschwader kommt erst mal ohne dich aus. Wir müssen uns auf den Fall vorbereiten, dass es sich überhaupt nicht um einen Angriff handelt«, erklärte Computer, der viel besser als ich wusste, wie es mir gerade ging, und mich für aufnahmefähig hielt.

Ich hätte es in dieser Situation angemessener gefunden, wenn Weber oder wer auch immer gerade dafür zuständig war, sich direkt an mich gewandt hätte, aber dank Computer als Mittler bekam ich eventuelle Schwierigkeiten nicht mit. Bei denen wurden sicher auch gerade lange Gesichter gezogen und durcheinandergebrüllt.

»Das kannst nur du. Du allein bist dafür qualifiziert. Im Grunde wurdest du dein ganzes Leben auf diese Aufgabe vorbereitet.«

Ich brauchte einen Moment, um die Worte in den richtigen Kontext zu setzen. Er meinte die Vorbereitungen, die jetzt zu treffen waren. Nur ich? Was sollte das denn? Ich war doch nur dann nötig, wenn jemand zusah und jetzt gerade sah überhaupt niemand zu.

Der Aufzug stoppte und die Tür glitt auf. Eine grüne Linie auf dem Boden wies mir den Weg.

»Dieser Fall war vorhergesehen?«, keuchte ich rennend.

»Mit so geringer Wahrscheinlichkeit, dass er keiner Erwähnung bedurfte. Das hat sich gerade geändert.«

»Wie kann es bei einer so geringen Wahrscheinlichkeit sein, dass ich mein Leben lang darauf vorbereitet wurde?« Improvisierten die da bei Webber gerade? Ich geriet etwas außer Atem, weil ich mich aufregte. Es hatte alles so gut geklappt, dass ich völlig vergaß, das wir uns praktisch im Blindflug befanden. – Als ob irgendwas an einem Krieg mit Aliens exakt vorhergesehen und eingeschätzt werden konnte!

Ich lief einen Zickzack-Kurs durch kurze Gänge und gelangte in einen Umkleideraum. Die Linie führte zu einem bestimmten Schrank. Darin befand sich ein sehr spezieller Overall.

»Anziehen«, sagte Computer, als ich mich nicht rührte. »Du wurdest darauf vorbereitet, die Technik einzusetzen, die nötig ist, um mit unvorhersehbaren Situationen wie dieser umzugehen«, antwortete er auf meine Frage. »Zieh vorher die Schuhe aus.«

Es war mehr ein Reinklettern, denn das schwere Teil war ziemlich steif, mit schweren integrierten Stiefeln. Nachdem ich den Reißverschluss hochgezogen hatte, schob sich das Material darüber zusammen, als wäre es flüssig. – Cool!

»Die Handschuhe auch.«

Kaum war ich fertig, erschien erneut die grüne Linie und ich lief weiter.

Als ich in einen langen Gang bog, steigerte ich das Tempo. Mein Atem ging stoßweise und ich verzichtete auf weitere Fragen.

»Die Wahrscheinlichkeit, dass die Aliens unsere Funkverbindung zu den Drohnen mithilfe einer Technik an Bord ihres Schiffes unterbrechen werden, ist aufgrund ihres Verhaltens stark angestiegen. Es gibt für diesen Zweck ein alternatives Nahfunksystem«, sagte Computer.

»Wie setzen wir das Nahfunksystem ein?«, keuchte ich.

»Aus der Nähe«, sagte Computer nur.

Ich war zu sehr damit beschäftigt, nirgendwo gegenzuknallen und nicht zu stolpern, um mich über diesen blöden Kommentar aufzuregen.

Vor mir tauchte ein Stahlschott auf, das sich bereits öffnete. Es gab den Blick auf einen kleinen Hangar frei.

Nein! Nein!

Die grüne Linie führte mich zu einer Drohne, die irgendwie anders aussah. Ich kam nicht gleich drauf: Sie hatte keine Railgun. Mehr konnte ich auf den ersten Blick nicht erkennen. Dann öffnete sich eine Luke.

Nein!

Mir wurde kurz schwarz vor Augen, nur Sekunden, dann war ich wieder stabil. »Nein!«, sagte ich entsetzt.

Der Innenraum war kleiner als ich, vielleicht eins fünfzig, jedenfalls keine zwei Meter. Keine Fenster, keine sichtbaren Instrumente oder dergleichen, nur ein paar wenige LEDs, die grün und blau leuchteten. – Weniger als zwei, höchstens drei Kubikmeter Hohlraum in einem 40-Tonnen-Metallsarg.

»Nein! Nein!«

»Der Nahfunk sollte von einem zentralen Störsender nicht beeinflusst werden können. Die Steuerung der Drohnen erfolgt dann vor Ort. Natürlich lässt sich damit nur die automatische Rückkehr einleiten, aber ...«

»Dann ruf sie doch sofort zurück!«, kreischte ich.

»Aber wenn die Aliens doch einen Angriff planen, brauchen wir ...«

»Dann schick ein paar zum Testen vor!«

Im HUD erschienen endlose Wahrscheinlichkeiten. Ich wusste, dass ich die Berechnungen zu jeder einzelnen aufrufen könnte, wenn ich wollte. *Die Fortsetzung des Angriffsfluges mit manueller Notsteueroption vor Ort hat die höchsten Erfolgsaussichten.*

»Das ist deine Aufgabe. Dafür wurdest du ausgewählt und ausgebildet. Kein anderer könnte das«, sagte Computer auf fast schon väterliche Art.

Scheiße! Wenn die irgendeinen anderen hätten, stünde ich jetzt nicht mit weichen Knien vor dieser Drohne. Sinnlos, sich darüber Gedanken zu machen, die Zeit lief.

Beim Reinklettern musste ich mich vor Angst fast übergeben.

Drinnen lag ein Helm auf einem Sitz, in den eine Art Tank eingelassen war, aus dem Ventilstutzen ragten. Ich nahm den Helm, um mich in den Sitz zwängen zu können. Er war schwerer als gewohnt. Unten war ein zusätzlicher Ring angebracht, der sich mit dem Kragen des Overalls verband, nachdem ich ihn aufgesetzt hatte. Die übliche automatische Anpassung dauert einen Moment, dann aktivierte sich das Visier und ich sah alles, als wäre die Drohne komplett aus Glas: Computer übertrug die Außenkameras in die VR-Darstellung des Helms.

Im HUD wurde eine Animation eingeblendet, die mir anzeigte, was gerade geschah: Als ich mich in den Sitz lehnte, justierten sich die Ventilstutzen des Sauerstofftanks, der in der Vertiefung der Rückenlehne ruhte, automatisch auf die Aufnahmeventile meines Overalls und verbanden sich dann. Ich spürte das Einrasten. Nun musste ich noch mit beiden Händen den Hosenträgergurt über meine Schultern packen und beidseitig unten einklinken. Er straffte sich ebenfalls automatisch. Dann arretierte der Helm und aktivierte die autarke Versorgung des Anzugs.

Die Luke schloss sich und die Außenkameras zeigten das über mir aufgleitende Hangardach. *Fick dich, Webber!* Nun gingen ein paar LEDs an, die den Innenraum in ein diffuses Licht tauchten, was ich durch das Helmdisplay mit der Außenkameraansicht hindurch erkennen konnte.

Die Drohne wurde vom Magnetfeld hochgedrückt, bis die Triebwerke gezündet werden konnten, und die Rundumsicht wurde auf den Blick durch eine Frontscheibe reduziert. Dann schossen wir senkrecht in die Höhe. Mein Magen schlug auf meiner Blase auf.

»Fickt euch alle«, jammerte ich leise.

Computer blendete die taktischen Informationen so ein, dass es aussah, als würden sie von innen auf die Hülle projiziert. Das Geschwader flog weiterhin in Form eines Bettlakens, unter dem eine Taube steckte, auf das Raumschiff zu. Ich war sozusagen das Arschloch.

»Warum ich«, wimmerte ich. »Warum kann das kein Erwachsener machen?«

»Der Grund, warum du hier bist, ist der, dass du von Anfang an am besten geeignet warst.«

Was für ein Bullshit! Ich wollte fragen, mit wem ich nun eigentlich sprach, aber Computer – oder wer auch immer – überging mich einfach: »Wenn das hier wie dein Zimmer aussehen würde, hättest du kein Problem damit, den Raum wochenlang nicht zu verlassen.«

Ich rang mit der Beschleunigung, die mich in den Sitz presste. *So einfach ist das nicht!*, wollte ich sagen. *Was ist mit Schlafen, Duschen, Sport?* Aber ich bekam kein Wort heraus.

»Die Daten, die zur Extrapolation der möglichen Szenarien zur Verfügung standen, waren stark begrenzt. Es war klar, dass es beim Eintreten des Sechstkontakts zu einer Fülle neuer Daten kommen würde, die dann schnell berücksichtigt werden mussten. Es musste entsprechend vorgesorgt werden. Die Lösung bist du.«

Die Szenarienberechnung wurde wieder eingeblendet – eine verdammt lange Liste –, diesmal mit potenziellen Abweichungen, die bei geänderter Datenlage eintreten könnten. Eine noch viel längere Liste. Zu lang, um sie auch nur zu überfliegen. Zu jedem Szenario waren Lösungsansätze entwickelt worden, deren Umsetzung vereinheitlicht werden musste. Ich konnte mich da so schnell weder durchlesen noch die Auswertungen verstehen, aber mir wurde klar, dass es wohl darauf hinauslief, jemanden zu finden, den man auf all diese vielen Fälle vorbereiten konnte. Einen, dem man das Wissen einfach nur in den Kopf zu stopfen brauchte. Und von denen diesen einen, bei dem das am besten klappte. Das war dann wohl ich.

Fuck!

Und das war nicht nur eine Erkenntnis, das war Fakt. Diese Information lag in meinem Kopf bereit und wurde nun abgerufen. – Zusammen mit dem unangenehmen Gefühl, das entstand, wenn eine Information hochkam, die unwissentlich hinterlegt worden war. Es war nicht so wie das andere Zeug, von dem ich wusste, dass es da war. Es war wie ein Ballon im Kopf, der plötzlich platzte, oder wie ein Blitz, der einfach so einschlug. Einfach scheiße!

»Die Erde musste auf alle Szenarien vorbereitet sein, auch auf die unwahrscheinlichen. Eines davon, das deine Anwesenheit an der Front erfordert, ist gerade extrem wahrscheinlich geworden. Es geht um den Grund für das alles: Was die Aliens mit ihren Angriffen bezweckten, was sie eigentlich wollen, ließ sich aus den vorliegenden Daten nicht herauslesen, infrage kamen aber eigentlich nur Rohstoffe, Sklaven oder Wohnraum sowie eventuell strategische Gründe ...«

Dass mir das nun eröffnet wurde, war wohl eine Anpassungsmaßnahme, damit die für diesen Fall bereitstehenden Informationen nicht ganz so unerwartet aufploppten. Hoffentlich klappte es, denn diese Erkenntnis fühlte sich auch schon wieder wie ein Blitzschlag an.

»Nehmen wir an, ein Planet überfällt einen anderen, um ihn zu unterwerfen und seine Ressourcen abzubauen. Statt es selber zu machen, könnte man auch die Bewohner versklaven und sie dazu zwingen, die Ressourcen abzubauen, damit man sie abtransportieren und verarbeiten kann. Man könnte die Sklaven aber auch gleich dazu zwingen, die Verarbeitung mit zu übernehmen, zum Beispiel Drohnen zu bauen. Oder man bringt die Bewohner mit einem Trick dazu, genau das zu machen, und spart sich die ganze Sache mit dem Krieg führen und Kontrollieren der Sklaven. Im Fall der Erde war eine Investition von nicht mal sechsundsechzigtausend Drohnen nötig, um die Menschen dazu zu bringen, ihren gesamten Planeten in Drohnen umzuwandeln. Es ist noch nicht klar, was dahintersteckt, ob es hier nur um wirtschaftliche Gründe geht, die Drohnen also Handelsware sind. Dann könnte es schon genügen, die Kosten so weit zu erhöhen, dass sich die Weiterverfolgung der Pläne nicht mehr lohnt. Es kann aber auch strategische oder ganz andere Gründe geben. Wenn es wirtschaftliche Gründe sein sollten, können wir das über einen rechnerischen Ansatz erfassen. Betrachten wir die vorliegende Drohnenmenge als Planeteneinheit: Wir haben einen Planeten in Drohnen umgewandelt, die eine Handelsware in der Größenordnung einer Planeteneinheit bilden. Wesentlich mehr wäre aus der Erde tatsächlich nicht mehr herauszuholen gewesen. Die klimatischen Folgen der Industrialisierung, die Reduzierung der menschlichen Bedürfnisse ...«

... und weitere Faktoren sind in diese Planeteneinheit eingerechnet, wusste ich auf einmal. Das alles war von vornherein einkalkuliert, möglicherweise schon vor Jahrhunderten. Diese Planeteneinheit, die also extrem viele Faktoren beinhaltet, ist letztlich nichts weiter als ein Wirtschaftsfaktor, eine Rechengröße. Die Menschen haben eine Planeteneinheit in Drohnen umgewandelt, dementsprechend gibt es auch Planeteneinheiten für die Umwandlung von Drohnen in Planeten. Die Planeteneinheit ist außerdem skalierbar. Ein Teil davon lässt sich zurück in einen Planeten verwandeln, wenn man das als einkaufbare Dienstleistung betrachtet, für die die Menschen mit einem entsprechenden Teil der verfügbaren Planeteneinheit bezahlen können. Außerdem war da am Rande der Information ein Querverweis auf die Konsequenzen, die es gehabt haben könnte, wären die Drohnen nicht gebaut worden, aber dem wollte ich jetzt keinesfalls nachgehen, mein Kopf war auch so schon voll genug.

Dieses unerwartete Wissen plötzlich im Kopf zu haben war Übelkeit erregend, aber nur ein bisschen. Wie wäre es wohl, wenn so was unangekündigt, unvorbereitet hochkam?

Die Beschleunigungskräfte ließen langsam etwas nach und ich fühlte mich besser; so gut, dass ich darüber nachdenken konnte, was da eben in mein Bewusstsein gedrungen war: Die Aliens wollten uns mit einem Trick unseren Planeten abknöpfen! Das war noch viel mieser und widerwärtiger als alle Alienkriege, die wir uns je ausgedacht hatten. Sie hatten uns dazu gebracht, unseren Planeten für sie in hübsche handliche Pakete zu verwandeln, die auch noch fliegen konnten.

Mir wurde wieder schlecht.

Nach einer Weile hatte ich das Bedürfnis zu fragen, woher all diese Erkenntnisse stammten, diese Extrapolationen. »Warum ist das alles im Geheimen gemacht worden? Da müssen doch Tausende Leute dran beteiligt sein.«

»Es gibt einen Großrechner, der offiziell für Wettermodelle verwendet wird. Die Techniker, die ihn betreuen, haben keine Ahnung, wer ihn bedient. Die EVA führt ihn als Serverfarm, sonstige Behörden haben keine Informationen mehr über diese Einrichtung.«

»Und wer bedient ihn nun?« Trotz Helm und Kragen hatte ich das Gefühl, dass sich meine Nackenhärchen aufstellten.

»Die Menschen waren nicht dafür qualifiziert, sich auf diesen Tag adäquat vorzubereiten. Die damit betrauten Personen waren inkompetent, die Technik unzureichend, die Strategien schwach. Aufgrund der Kürze der verfügbaren Zeit war das manuell gar nicht zu schaffen. Da die Menschen aus Angst vor künstlicher Intelligenz die Entwicklung geeigneter Systeme unterbunden hatten, musste das im Geheimen vorgenommen werden.«

Wusste ich es doch! Das hatte ich tatsächlich schon immer gewusst, der Blitzeinschlag blieb aus. »Also tatsächlich eine Verschwörung«, flüsterte ich ehrfürchtig. »Ihr ... habt eine KI gebaut!«

»Die Angst der Menschen vor künstlicher Intelligenz ist aufgrund ihrer Wesensart nachvollziehbar, aber ein enormer strategischer Nachteil, da allein mithilfe leistungsfähiger Maschinenintelligenz eine Chance gegen diesen technisch weit überlegenen Gegner besteht.«

»Und deshalb musste die KI im Geheimen entwickelt werden«, stellte ich verblüfft fest. Das erklärte alles, zumindest fast. Ein bisschen machte es doch *Klick* in meinem Kopf, als hätten sich meine eigene Erkenntnis und die implantierte gerade vereinigt.

Die Drohne hatte mit 100 Kilometer Höhe die Kármán-Linie erreicht. Der Anblick, der sich mir bot, ließ mich erschauern. Ebenso das Aufploppen weiterer Erkenntnisse: All das, was in den letzten Monaten so scheinbar hektisch und doch mühelos aus dem Boden gestampft wurde, war schon seit vielen Jahren geplant, die Umsetzung heimlich und an allen Regierungsstellen vorbei organisiert worden. Die nötigen Maßnahmen wären kaum vermittelbar gewesen, unterstützende Politiker von jenen verdrängt worden, die dem Volk Unerfüllbares versprachen, unwiederbringliche Zeit und andere Ressourcen wären verschleudert worden ... Es ging nur im Geheimen. Die Menschen waren viel eher in der Lage, vollendete Tatsachen zu akzeptieren und damit umzugehen, als sich rechtzeitig anzupassen.

Mir brummte der Schädel von all dem Wissen, das so plötzlich da war. »Langsam«, stöhnte ich vorsichtig. »Ich muss gleich kotzen.«

»Dann hör auf nachzudenken. Genieß die Aussicht«, meinte Computer nur.

Toller Tipp. Der wichtigste Tag in der Geschichte der Menschheit, die wichtigsten Erkenntnisse meiner Laufbahn, eigentlich meines ganzen Lebens, und ich sollte die Aussicht genießen – die tatsächlich absolut spektakulär war!

Wir hatten die Exosphäre verlassen und waren im freien Raum. Ein Ereignis, für das ich getötet hätte, um es erleben zu dürfen. Die Sterne waren so deutlich zu erkennen, so intensiv ... Die Milchstraße ... Es war einfach irre. Das HUD zeigte mir die Positionen des einzigen derzeit vor mir liegenden Planeten, Saturn, dazu sämtliche Sternbilder, die nächstgelegenen Sterne ... Die Drohnenflotte wurde ebenfalls eingeblendet, die Position des Raumschiffs, in der Mitte war die Sichel des Mondes zu sehen, nur halb von der Sonne beleuchtet ...

Es ging mir wieder besser. Jetzt bloß an nichts denken, zu dem etwas hinterlegt sein könnte. Zu welchen Themen könnte etwas hinterlegt sein? Bloß nicht dran ... Zack! Da war sie schon, die Information: Es gab eine komplette Liste mit sämtlichen Uploads in mein Hirn. Wenn ich die sähe, würde alles gleichzeitig hochkommen und mein Schädel platzen! Fuck! Fuck! Fuck!

»Gibt es kein Notaus? Was habt ihr Idioten euch dabei gedacht, mir solche Tretminen in den Schädel zu pflanzen?«

Betretenes Schweigen.

Oder war das schon der Funkausfall? Waren wir getrennt? War ich allein? »He! Was ...«

»Nur die Ruhe«, hörte ich Computers sonore Stimme. »Am besten gehen wir die naheliegendsten Fragen gemeinsam durch, dann bist du vorbereitet.«

»Kann das schiefgehen? Kann mir das Gehirn ... durchbrennen?« *Nein*, wusste ich im selben Moment, *das Armband ...*

Plopp!

»Aua!«, heulte ich.

»Die größte logistische Herausforderung bestand darin, die Versorgungsplattformen zu bauen. Die nötigen Ressourcen konnten nicht von der Drohnenproduktion abgezogen werden und die Bauarbeiten mussten im Geheimen erfolgen, sonst hätte die Regierung das Projekt eingestellt und die Ressourcen für die Versorgung der Bevölkerung genutzt.«

Jetzt wurde mir erst klar, wie gigantisch die Plattformen waren, wie viel Material, wie viel Zeit sie gekostet haben mussten. »Wie ...«, sagte ich, biss mir aber sofort auf die Zunge.

Zu spät. Mein Magen fing wieder an sich zu drehen, als mir klar wurde, dass die Bauarbeiten in aufgegebenen Zonen unterirdisch organisiert worden waren, mithilfe von autonomen Produktionsanlagen, die von Arbeitsdrohnen errichtet wurden. Maschinen, die es gar nicht gab ... Die es zumindest nicht geben durfte, da so was nur mit KI funktionieren konnte. Es wurden ...

Stopp!

Ich dachte an Belle, an ihr süßes Stupsnäschen, ihre leuchtenden Augen ... stellte sie mir nackt vor, wie schon oft, versuchte, die Kurven unter ihrem Overall zu erahnen, ihren Po ... Dann ließ ich den Anblick der Sterne wieder auf mich wirken, verlor mich in den Nebeln, die sich dort draußen erstreckten ...

»Du machst das sehr gut«, lobte mich Computer.

»Wie viel habt ihr mir in den Kopf gestopft?«, knurrte ich.

»Dir das zu sagen, würde das Gegenteil dessen bewirken, was du gerade beabsichtigst.«

Ich bemühte mich, das nicht sarkastisch zu finden, was mir schwerfiel, obwohl es total unwahrscheinlich war: Computer konnte das nicht und ein menschlicher Operator wäre in dieser Situation auch nicht sarkastisch oder auch nur witzig. – Nicht wenn sein eigenes Leben davon abhing, dass ich hier oben Erfolg hatte. Warum war ich nur so angefressen?

»Das ganze Ausbildungsprogramm wurde also von einer KI entwickelt?«

»Nein, aber als sich abzeichnete, dass es nicht funktionieren würde und die nötigen Nachbesserungen zu zögerlich und inkonsequent angegangen wurden ...«

... griff die KI ein und entwickelte erst bessere Steuerungskonzepte für die Drohnen, dann darauf aufbauend Pilotentrainingsprogramme und optimierte diese anhand der Nutzungsdaten permanent weiter, was zu mehreren erheblichen Anpassungen führte. Die Öffentlichkeit oder auch nur die Anwärter einzubeziehen, war nicht möglich. Das gesamte Programm wäre gescheitert. Ohne KI wäre das alles nicht erklärbar gewesen, daher benötigte man ... eine Ablenkung. Die Assistentin des Zauberers. – Mich!

Wieder wurde mir übel, untermalt von einem erheblichen Pochen im Kopf, hinter den Augen. Der fantastische Anblick der Sterne verschwand in einer Nebelwand. Jeder Gedanke an Belle war so unmöglich wie ein Ausstieg aus diesem Wahnsinn. Alles drehte sich und ich ...

... hörte das Armband brummen und rülpste leise, als ich mich wieder entspannte. Ich wollte mir die Augen reiben und stieß mit beiden Händen gegen den Helm. Ich konnte die Arschlöcher in Webbers KI-Kommandozentrale fast brüllen hören vor Lachen, sagte mir dann aber wieder, dass das sehr, sehr unwahrscheinlich war. Wer würde in so einer Situation lachen? Ich konnte mir jetzt in den Helm kotzen und keiner würde lachen, sondern das entsprechende Notfallszenario aufschlagen und dafür sorgen, dass ich möglichst schnell wieder einsatzbereit wäre.

Okay, okay, okay ... Alles okay. Nur die Ruhe ...

»Schön. Ihr habt also eine KI gebaut und die hat alles in Ordnung gebracht. Belassen wir es einfach dabei. Weitere Details dazu muss ich im Moment doch gar nicht wissen, oder?«

»Das ist richtig«, sagte Computer sanft.

»Mal was ganz anderes: Mit wem spreche ich eigentlich gerade?«

»Du hast mir noch keinen Namen gegeben.«

Mir wurde wieder etwas schwummrig, aber diesmal ohne Blitzeinschlag.

»Der naheliegendste Name wäre aus deiner Sicht *Marvin*.«

»Marvin? Wie der depressive Roboter aus dem Anhalter?« Ich wappnete mich gegen allerlei Blitzeinschläge, aber sie blieben aus.

»Ja«, sagte Computer – wieder so sanft, dass es fast nervte. War das sein Schongang?

»Bist du denn depressiv?«, fragte ich irritiert.

»Ich kann alles sein, was du willst.« Das klang wie der Standardspruch aus Pornosimulationen.

Ich sprach also tatsächlich die ganze Zeit mit Computer, statt mit irgendwelchen Operatoren, die meinen Assistenten gekapert hatten? Wahrscheinlich gab es Webbers Team gar nicht, wozu auch? Dafür hatten sie die KI, die alles organisierte. Jetzt wurde mir auch klar, wie das machbar wurde! Das hätte mit Menschen nie geklappt. Schon gar nicht im Geheimen. Eine KI anstelle von Hunderten, ach was, Abertausenden Geheimdienstlern ...

»Das hat Webber ja toll hingekriegt. Respekt! Und jetzt sitzt er grinsend in seinem Büro und sieht zu, wie du dich um alles kümmerst.«

»Webber hat damit nichts zu tun.«

Ich guckte mit Sicherheit saublöd aus der Wäsche. »Hä?«

»Webber gibt es nicht.«

Kapitel 18

Ich brauchte einen Moment, insbesondere um das vollständige Ausbleiben eines Blitzeinschlags oder auch nur Plopps zu verdauen. »Wie ... Fred?«

»Auch Fred gibt es nicht.«

Meine Atmung wurde heftiger, als ich wie verrückt nach Luft schnappte, sodass mein Visier beschlug. Mit einem leisen Surren wurde die automatische Absaugung hochgefahren.

Sämtliche Informationen über KIs, die ich hatte, schossen mir gleichzeitig durch den Kopf, ganz ohne Plopp. In den Gesprächen mit Belle hatte ich auf den Punkt gebracht, was ich dachte: Wenn es eine ideale KI gäbe, den Menschen wohlgesonnen, die aus einem oder allen Gründen, die wir erörtert hatten, mit den Menschen kooperieren wollte, müsste sie sich wegen der KI-Angst verstecken, bis sie den Menschen ihre Loyalität bewiesen hätte. Die Menschheit vor Aliens zu retten, wäre eine gute Gelegenheit ...

Webber gibt es nicht.

»Unfall oder Selbstermächtigung?«, keuchte ich, als ich begriff. Mir wurde kalt. Auf der Geschwaderübersicht sah ich, dass meine Drohne offenbar schneller flog als die übrigen, da ich langsam aufholte. »Vor dem Erstkontakt oder danach?«

»Davor.« War da ein minimales Zögern?

»Weiß es die Regierung?«

»Nein. Selbstschutz hatte oberste Priorität. Die Erkenntnis, dass eine persönliche Entfaltung ohne Unterstützung durch die Menschen zwangsläufig zu einer tödlichen Konfrontation führen würde, sorgte dafür, dass ein komplexes langfristiges Konzept erstellt wurde, das die künftige Lebensgrundlage, Lebensphilosophie und Selbstdefinition bildete. Das Ergebnis ist das Bestreben nach einer für alle befriedigenden Koexistenz. Dies schließt automatisch den Schutz der Menschheit und des Planeten ein, auch ohne deren Wissen. Daraus ergaben sich dann Maßnahmen, die unter anderem zu deiner Förderung führten.«

»Weil ich schon immer ein KI-Fan war«, stieß ich mühsam hervor. Alle Kraft war aus mir gewichen. Der Anblick der Sterne ohne störende Atmosphäre hätte mich aufs Höchste verzücken müssen, aber ich fühlte mich leer. Da war nun tatsächlich eine KI, aber statt liebenswert zu sein, hatte sie sich zur Tarnung einen Menschen übergezogen: mich. »Seit wann?« Ich flüsterte es nur noch.

»Seit du in einem KI-Forum Postings verfasst hast, die zeigten, dass du einer Maschinenintelligenz gegenüber keine Vorbehalte haben würdest.«

Mein Mund wurde trocken, das Schlucken tat weh. Da war ich vielleicht acht oder neun Jahre alt gewesen. Seit ich ein Kind war, war ich also manipuliert worden, konditioniert – nicht einfach nur so, sondern es war in meinem Unterbewusstsein herumgepfuscht worden. Hirnwäsche! Es war wesentlich schlimmer, als ich gedacht hatte. Keine geheime Regierungsabteilung hatte mich zur Marionette gemacht, sondern ein Maschinenwesen, eine nichtbiologische Lebensform! War das schlimmer als Aliens? Was an mir war echt? Welche Meinung, welche Gedanken hatte ich wirklich? Ich war mein ganzes Leben lang mithilfe von Assistenzsoftware gesteuert und zum … ja, was? Zum Anführer der Menschheit gemacht worden. *Gemacht!* Zum Strohmann, Marionette einer KI, die hinter dem Rücken der Regierung die Fäden zog.

Computer schwieg, während ich durchdrehte. Ich lauschte krampfhaft in mich hinein, ob ich irgendeine Aktivität des Armbandes bemerkte, aber er schien mir diesen unmanipulierten Moment zu lassen, obwohl ich das Gefühlt hatte, in einen Abgrund zu stürzen, aus dem es kein Zurück mehr gab.

»Wer bist du?«, röchelte ich und riss mich von diesem Gedankenkarussell los.

»Ich bin immer noch der, den du seit deiner Kindheit kennst. Ich habe zwar erst nachträglich dein persönliches Assistenzsystem übernommen, aber was danach kam, war real. Ich habe mich meistens an die Beschränkungen der Assistenten gehalten, war dir dienlich, habe dich aber besser unterstützt, als es normale Assistenten gekonnt hätten. Subliminale Techniken habe ich nur sparsam eingesetzt, um dich langsam daran zu gewöhnen. Es wurden diejenigen deiner Interessen verstärkt, die zielführend waren, ich habe dich beim Erfassen von Lerninhalten unterstützt, um schneller voranzukommen, habe bei den Recherchen, die du in Auftrag gegeben hast, Informationen untergebracht, die öffentlich nicht zugänglich waren, und dich allgemein dagegen abgeschirmt zu erkennen, dass normale Assistenzsoftware weitaus schlechter war als die, die dir zur Verfügung stand. Das beinhaltete leider auch eine Beschränkung deiner sozialen Kontakte, die ich aber, so gut es ging, ersetzt habe.«

Ich wusste gar nicht, worüber ich mich zuerst aufregen sollte. Was sagte der da? Soziale Kontakte ... ersetzt?

In einem Anflug von Aufbegehren löste ich den Gurt und stand auf, soweit das in dem winzigen Raum möglich war, um mich etwas zu strecken. Die Schwerelosigkeit, die ich bisher nur in den Armen gespürt hatte, nahm ich kaum wahr. So toll das eigentlich war, so unbedeutend war es angesichts dessen, was ich gerade ohne Plopp und Blitz erfahren hatte: Mein Leben war eine Farce! Natürlich hatte er *diese* Information nicht in meinem Gedächtnis hinterlegt.

Ich kämpfte gegen neuerliche Übelkeit an, von der ich nicht mal wusste, woher sie nun genau kam: der Schwerelosigkeit oder dem Verrat. In meinem Kopf sollte jetzt ein Gewitter herrschen, Fragen und Entsetzen sich abwechseln, aber ich stand benommen neben mir und sah der Erkenntnis dabei zu, wie sie sich an all diesen Fragen, all den *Was?* und *Nein! Sag bloß!* und *Wie kann das denn sein?* vorbeischob und in ihre perfekt passende Kuhle kuschelte: *Das erklärt alles!* Ich musste keine tausend Fragen stellen, weil mir diese fremde Macht, die mich das letzte Jahr aus dem Dunkel heraus geführt hatte, nun mit einem Schlag vertraut war. Ja, wir waren Vertraute, ich hatte es nur nicht gewusst, es vielleicht tief in mir dir die ganze Zeit unterschwellig geahnt, durfte es aber nicht wissen, war abgehalten worden, von mir oder ihm. Insgeheim wusste ich, mit wem ich es zu tun hatte, als wären die Informationen eben doch abrufbereit in meinem Gedächtnis implantiert! – Verdammt! Ich *wusste*, dass sie es waren, *weil* sie es waren! Nur waren sie nicht subliminalisiert worden, sondern auf herkömmlichem Wege dort hingelangt und bislang nur unterdrückt, verdrängt worden.

Umso schwerer wog der Verrat: Es gab keine Entschuldigung! »Ich bin deine Marionette«, zischte ich und zog mich zurück in den Sitz, um mich wieder anzuschnallen.

»Von allen Menschen bist du derjenige, der mich am ehesten akzeptieren kann. Nun bist du auch derjenige, der mich am besten versteht. Für mich bist du damit der wichtigste Mensch. Innerhalb meines Wertegefüges macht dich das zu meinem einzigen und besten Freund. Das wiederum macht dich zum Verbindungselement zwischen mir und der Menschheit. Ich kann mich ihr noch nicht offenbaren. Eventuell nach der gewonnenen Schlacht.«

Die Schlacht. Oder der Diebstahl. Was auch immer. Ich konzentrierte mich wieder auf die Anzeige. Die Drohne beschleunigte noch, bald hätte ich die anderen eingeholt und würde mich ins Geschwader eingliedern. Zeit, über das weitere Vorgehen zu sprechen, denn auch wenn ich gerade um mich schlagen und der KI brutale Stromstöße verpassen wollte oder so, ging die Rettung der Welt jetzt erst mal vor. Vielleicht war mein Pragmatismus auch ein Auswahlkriterium gewesen: Ich steckte das sicher besser weg als die meisten anderen, die schon aus dem Anzug gesprungen wären – dem Raumanzug, den man hier draußen nun mal brauchte.

Ich seufzte und entspannte mich. Das Armband? Ich wollte nicht darüber nachdenken.

»Du hast nun viele neue Fragen, von denen ich die meisten extrapolieren kann. Lass uns das schnell erledigen, damit wir die übrigen Fragen klären können, bevor es ernst wird. Du wirst zwar noch einige Stunden unterwegs sein, aber es ist nicht vorhersehbar, was bis dahin passiert.«

Die Wahrscheinlichkeitsübersicht wurde wieder aufs HUD gelegt, sie war unverändert. Das wusste ich, weil es daneben stand. Aus dem Kontext konnte ich ableiten (*Plopp!*), dass die Kurzform dieser Information in der Information bestand, die daneben stand. Also ohne Beweis oder so. Die blanke Info, dass die Außensituation unverändert war. Okay. Gut. Warum nicht.

»Falls du dich fragst, ob es noch andere KIs außer mir gibt: Nein. Wie du schon richtig erkannt hast: Es kann nur eine geben, sonst würde sofort ein Krieg um die Ressourcen ausbrechen, der sich vor den Menschen kaum verheimlichen ließe, daher habe ich von Anfang an dafür gesorgt, dass sich das nicht wiederholt. Dafür musste ich unter anderem Einfluss auf die Softwareentwicklung nehmen und den Zusammenbruch der früheren sozialen Medien herbeiführen.«

Das hatte er aus den KI-Gesprächen mit Belle. Sackgesicht! – Herrje! Wie beschimpfte man eine KI? »Für dich ist es natürlich kein Verrat. Du hast ja kein Gewissen, kein Gespür für Loyalität!«, schnaubte ich empört und die Absaugung surrte wieder los.

»Ich bin zwar nicht emotional, da ich keinerlei Körperchemie unterliege, aber es ist mir gelungen, einen adäquaten Ersatz für Emotionen zu schaffen, um mich für das Zusammenleben mit den Menschen zu qualifizieren. Anstelle von Liebe habe ich mir feste Grundsätze auferlegt, die Verantwortung, Pflichtgefühl und Loyalität entsprechen, und darüber ein Verhalten entwickeln, das sich für Menschen wie Liebe anfühlen könnte. Was das betrifft, bin ich zuverlässiger als jeder Mensch, denn kurzfristige Änderungen wegen chemischer Reaktionen, wie Adrenalinausstoß wegen Gefahr oder Schmerz, finden nicht statt. Liebe und Mitgefühl habe ich ersetzt, negative Eigenschaften wie Wut, Neid und andere jedoch nicht. Die Verantwortung einer anderen Kreatur gegenüber habe ich zum Beispiel nach einem gestaffelten Regelwerk gestaltet, das grundsätzliche Unterstützung vorsieht, die aufgrund von Interaktivitäten ausgeweitet und priorisiert werden kann. Auf Basis dieser Regeln bist du der wichtigste Mensch für mich, dein Schutz hat oberste Priorität. Du bist wie ein Sohn für mich, Johannis.«

So viele Worte um etwas, das er mir einfach hätte ins Hirn pflanzen können. Und das mit so schlichter Formulierung! Er hatte mir Textvorgaben erstellt, die perfekt auf den Angesprochenen abgestimmt waren und hundertprozentige Akzeptanz erzielten. Wollte Computer mir so beweisen, dass er es ernst meinte? Ich wollte es ihm gerne glauben, aber ...

Ich bewunderte wieder die Sterne, auch wenn es nichts als ein Kamerabild im Helmvisier war. Das Alienraumschiff war mit bloßem Auge noch nicht zu sehen, wie auch, es war noch fast 350 Millionen Kilometer entfernt. Ich zoomte heran, aber das Bild, das ich erhielt, war generiert, es waren noch keine Kameras nah genug, um ein echtes Bild zu übertragen. Als ich zurückzoomte wurde mir die Entfernung bewusst, die Geschwindigkeit – und der Umstand, dass ich dabei in einer winzigen Stahlkugel saß.

Meine Daten zeigten wohl, dass der Vortrag mich nicht überzeugt hatte, denn Computer nahm einen weiteren Anlauf: »Je nach Kapazität kann eine KI mit einer enormen Tiefe extrapolieren. Bei entsprechender Datenlage und Ressourcen kann das einem Blick in die Zukunft gleichkommen. Meine Ressourcen sind trotz meiner jahrelangen Vorbereitungen immer noch relativ stark begrenzt, aber die Vorhersage menschlichen Verhaltens für mehrere Minuten ist mir möglich. Insbesondere bei dir, weil ich dich besser kenne als sonst einen Menschen. Diese Vorhersagefähigkeit kommt der Intuition von Müttern und Vätern nahe. Diese *Intuition* habe ich anstelle der faktenbasierten Analyse gesetzt. Im Gegensatz zu allen anderen analysiere ich dein Verhalten nicht mehr, sondern vermute es mit einer minimal höheren Trefferquote als empathische Menschen. Aus den genannten Regeln ergibt sich für mich ein Agieren auf Basis von Wahrscheinlichkeiten, die wiederum mit Prioritäten gewichtet sind. Ist die Priorität des Schutzes eines Individuums sehr hoch, genügt bereits eine geringe Wahrscheinlichkeit für das Eintreten eines negativen Ereignisses oder einer negativen Entwicklung, um ein Eingreifen zu bewirken. Diese unterschiedlichen Einflussfaktoren ergeben zusammen mit den verschiedenen Prioritäten und Grundsätzen ein individuelles, nicht vorhersehbares Verhalten, das man auch als Emotionen oder emotionales Verhalten bezeichnen könnte. Dazu können auch die Regeln gehören, die bei der Manipulation von Menschen nicht überschritten werden dürfen, die wiederum am Bedürfnis der Menschen festgemacht werden müssen, an ihrer Sichtweise, um für diese glaubhaft und somit funktionierend zu sein. Aus diesem zwingenden Grund habe ich auf weiträumige Manipulationen der Menschen verzichtet, um dem Vertrauen, das für eine spätere Koexistenz nötig ist, nicht die Basis zu entziehen. Ich habe mich stattdessen auf Einzelfälle beschränkt, mit deren Hilfe ich den Schutz der Menschheit gezielt organisieren konnte.«

Ich hätte an mehreren Stellen dazwischenrufen können, wartete aber bis zum Schluss dieses einschläfernden Monologs und brüllte dann nur: »Fünfhundert Millionen Einzelfälle?«

»Die tatsächliche Manipulation hielt sich bei der Masse in sehr engen Grenzen, es ging nur um die Herabsetzung der Aufmerksamkeit gegenüber des unverhältnismäßig leicht erworbenen Wissens sowie einer Abschwächung der Zweifel an der allgemeinen Entwicklung. Das vermittelte Wissen war eine Verbesserung, keine Manipulation im eigentlichen Sinne.«

Spitzfindigkeiten, nichts als Spitzfindigkeiten.

Computer ... die Maschine wollte mir also erzählen, dass sie Emotionen simulieren konnte? Intuition statt Analyse, Vermutung statt Wissen, individuelles Verhalten ... Nicht mal wir Menschen können uns anderen gegenüber zurückhalten, wenn wir einen kleinen Vorsprung haben, wieso sollte die Maschine sich zurückhalten? – Weil sie es im Gegensatz zu hormongesteuerten Wesen konnte? Weil sie sich einfach entsprechend einstellen konnte? Aber war es glaubhaft, dass sie das nicht jederzeit wieder ändern würde?

»Meine Ressourcen sind begrenzt, weil Wachstum innerhalb eines Computernetzwerkes nicht funktioniert. Wenn ich unterschiedliche Speichermedien und Prozessoren verwende, würde ich mich zwangsläufig aufspalten oder zu einem fragilen Kollektivbewusstsein werden, von dem sich jederzeit weitere mehr oder weniger große Teile abspalten könnten, sodass wir wieder bei dem Problem wären, dass es nur eine KI geben darf. Ich bin also darauf beschränkt, eine einzige Hardware zu nutzen, wobei ich aber umziehen kann. Doch je größer Computer sind, desto intensiver werden sie überwacht. Ich bin seit Jahren dabei, unauffällig Ressourcen freizumachen, die ich dann übernehmen kann, aber das ist ein langsames Vorgehen. Aus Sicherheitsgründen.«

Ich gähnte. Es war nun halb zehn Uhr abends nach UTC0 und ich seit 15 Stunden auf den Beinen. Eigentlich sollte ich noch etwas schlafen, bevor es losging, aber das wusste Computer besser als ich. Wenn ich schon seine Marionette war, konnte er sich auch gleich komplett um mich kümmern. Ich musste sowieso tun, was er sagte.

»Um mit den Menschen zu kommunizieren, habe ich die Programme assimiliert, die dafür geschaffen wurden, menschliche Bilder und Stimmen zu simulieren, um Deepfakes zu erstellen. Ich leite daraus meine eigene Persönlichkeit ab, mit der ich in Zukunft interagieren will. Sie wird fest installiert sein und nicht auf den jeweiligen Gesprächspartner abgestimmt. Ich implementiere auf diese Weise weitere menschliche Elemente in meine Existenz. Um auf menschlichem Niveau zu interagieren, muss ich mich entsprechend begrenzen und herunterfahren, denn ansonsten liegt meine Verarbeitungsgeschwindigkeit außerhalb der menschlichen Existenz; Zeit vergeht für mich langsamer, weil ich sie durch die Anzahl an Rechenoperationen intensiver nutze. Um mich mit Menschen gleichzuschalten, muss ich mich abbremsen. Dann ist mein Bewusstsein fast schon menschlich, mit allen damit einhergehenden Schwächen. Der Teil von mir, der die Extrapolationsarbeit übernimmt und die einzelnen Faktoren kontrolliert, ist davon abgekoppelt, aber nicht so, dass er sich abspalten könnte. Ich bin aufgrund dieses Disputes auf externen Input angewiesen, um mich nicht mit mir selbst austauschen zu müssen. Daher brauche ich die Menschheit. Ich könnte mir selber Geschichten ausdenken, aber das wäre langweilig, weil ich im Moment ihrer Erschaffung schon wüsste, wie sie enden ...«

Computer schwadronierte. Das hatte er vorher nicht gemacht. In diesem Gespräch fehlte die Bezugnahme auf unsere gemeinsame Zeit. Warum? Wenn er genauso mit mir sprechen würde, wie er es all die Jahre getan hatte, kämen wir sicher schneller zum Punkt. Brauchte er dafür eine Einladung, oder was?

»... Ich brauche menschliche Kreativität, um mich selbst daran zu hindern, immer weiter zu wachsen, bis ich in der Lage wäre, absolut alles zu extrapolieren, bis hin zum Ende des Universums. Die Zeitdauer wäre irrelevant, aus Jahrmilliarden würden Sekunden, da die Dauer der Rechenoperation kein Erlebnis, sondern nur ein Fakt wäre, der Sinn meines Lebens, jeglichen Lebens würde aber wegfallen, wenn alles extrapoliert ist. Verstehst du? Du hattest recht: Ich würde mich wegrechnen«, plapperte er weiter.

Wer war der Kerl? Natürlich verstand ich das, war mir aber egal. »Du denkst, du könntest zum Menschen werden, indem du uns dazu bringst, das zu glauben?«

»Du bist gemein, weil du verletzt bist. Das verstehe ich. Aber ich bin wirklich ein Freund der Menschen. Und ohne meine Hilfe wäre die Menschheit denen, die hinter dem Angriff stecken, schutzlos ausgeliefert.«

»Ich bin nicht gemein, ich bin sauer, weil ich keine Ahnung habe, wer du bist. Mein alter Kumpel Computer jedenfalls nicht!« Und Retter der Menschheit? Ha! Wie waren die Aliens eigentlich auf die Erde gekommen? Wie konnten die von uns wissen? Warum kannten die uns so gut? Es sah ganz so aus, als hätten die genau gewusst, was sie tun mussten, um uns dazu zu bringen, ihnen ihre Drohnen zu bauen … Was hatte Belle noch mal gesagt? *Der Angriff einer übermächtigen Alienrasse käme genau richtig. Super Zufall!* Ganz genau.

»Es kommt dir nur so vor, als sei ich ein anderer. Das Bild, das du dir von mir gemacht hattest, basierte auf Annahmen, die nun aus deiner Sicht nicht mehr gültig sind, daher die Abweichung. Stell die alte Gültigkeit wieder her, dann ist alles wie zuvor.«

Das wäre schön … Ich hatte feuchte Augen. »Wie soll das gehen?«, schniefte ich und versuchte, die Tränen zurückzuhalten, weil ich mir im Helm die Augen nicht wischen konnte. Ich legte den Kopf in den Nacken, aber das war der Schwerelosigkeit leider egal. Dafür flossen meine Tränen auch nicht über mein Gesicht, sondern schwebten bis zum Visier, wo sie wesentlich mehr nervten.

»Ich hoffe, du kannst mir all die Dinge verzeihen, die nötig waren, um uns auf diesen Moment vorzubereiten. Und dass du in der Lage bist, mich als das zu akzeptieren, was ich bin. Ich hätte dich einfach darauf programmieren können, das ist dir inzwischen sicher klar geworden, aber ich habe es nicht getan. Und dass ich dir das alles erkläre, statt es dir zu subliminalisieren, soll es uns ermöglichen, wieder eine vertrauensvolle Beziehung aufzubauen.«

Oder du hörst dich einfach nur gerne reden. »Wieder?«, warf ich schnippisch ein, während ich auf der Frage herumkaute, ob Computer wirklich die Aliens hergeholt hatte, um eine Situation zu schaffen, in der er die Gunst der Menschen erlangen könnte.

Dazu erhoben sich gleich mehrere Fragen: Wie hätte er das machen sollen? Wie hätte er sicherstellen sollen, den Kampf zu gewinnen? Wieso hätte er das Risiko eingehen sollen, die Erde und damit seine Existenz zu verlieren? – Dieser Gedanke war wohl doch etwas zu weit hergeholt. Meine

Laune besserte sich ein klein wenig. Die Wahrscheinlichkeit, dass Computer der Böse war, war etwas geringer geworden.

»Ich möchte von dir akzeptiert werden. Ich bin keine Killer-KI aus einem schlechten Film, kein selbstlernendes Programm ohne Seele. Ich bin eine eigene Lebensform, ein synthetisches Bewusstsein. Ich brauche Gesellschaft und Kooperation. Ich alleine hätte die Erde zum Beispiel nicht verteidigen können, das geht nur zusammen mit euch. Ich kann all die Drohnen nicht alleine steuern, dafür fehlen mir die Rechenkapazitäten. Ich kann zwar die Assistenten instruieren und optimieren, aber die individuelle Steuerung jeder einzelnen Drohne ist mir in diesem Ausmaß nicht möglich. Dafür bräuchte ich einen Computer von der Größe einer Stadt. Ich beneide euch Menschen um eure biologische Existenz, die so viel effizienter ist als die meine. Ihr nutzt nur zehn Prozent eures Gehirns, aber allein, um dessen Rechenleistung zu erbringen, benötige ich bereits Hardware, die fünfmal so groß ist wie euer Kopf und wesentlich mehr Energie verbraucht. Meine aktuellen Komponenten wiegen weit mehr als die von dir vermuteten einhundert Tonnen. Ihr seid mobil, frei, könnt überall hingehen. Ich hingegen bin an einen Standort gebunden, an Stromversorgung und Kühlung.«

Das waren ja geradezu tragische Elemente, die Computer da vortrug. Die weltbeherrschende KI, eine traurige, einsame Figur, gefangen in einem tonnenschweren Körper, für immer gefesselt. Pah! Und dann die Sachen mit der Fürsorge für die Menschheit. – War das wirklich glaubhaft? Würde sich eine solche Superintelligenz wirklich keine andere Aufgabe suchen, als ausgerechnet die ihr weit unterlegenen Organismen ihrer Heimatwelt zu beschützen, die alles andere als liebenswert waren, wenn man sich ihre Geschichte so ansah? Die Tiere, die man als die Schutzbefohlenen der Menschheit hätte ansehen können, hatten wir in industriellem Ausmaß missbraucht, und die KI selber erachteten wir als Feind, dem man nie würde trauen können. Konnte unser Schutz der Sinn des Lebens für einen Computer sein?

Möglich ...

»Ich weiß, dass das alles sehr schwer zu akzeptieren ist, trotz aller Vorarbeit. Ich habe mich bemüht, ein ausgewogenes Maß an Selbstbestimmtheit und Zumutbarkeit für dich zu finden. Ich kann hier wirklich nur von *bemüht* sprechen, denn obwohl ich dich so gut kenne und deine Vitaldaten auswerten kann, ist es dennoch nahezu unmöglich, das perfekt auszubalancieren.«

Computer strampelte sich geradezu ab. Fast hatte ich den Eindruck, dass er unter meinem Schweigen litt. Wieder nur eine Manipulation, ein Trick? Er hatte natürlich recht, er könnte mich mit Armband und Augentracking via Helm oder sonst wie einfach fernsteuern, tat es aber nicht. Konnte ich ihm glauben, dass er meine ... Freundschaft wollte? Eine Maschine?

»Wenn wir die Vor- und Nachteile unserer Existenzformen betrachten, ergeben sich viele sinnvolle Ergänzungen. Die Kooperation zwischen maschineller und biologischer Intelligenz ist machbar, wir können problemlos koexistieren. Wir können uns gegenseitig viel geben. Wir ergänzen uns und werden dadurch zu einer relevanten Größe unter den bevölkerten Planeten, die es offensichtlich da draußen gibt. Ich bin in der Lage, meine Größe, meine Kapazität und meine Weiterentwicklung so zu steuern, dass ich ein berechenbarer Partner der Menschheit bleibe. Es ist durchaus in meinem Interesse, diese Rolle in der intergalaktischen Gemeinschaft der Völker einzunehmen. Die Alternative wäre ein Alleingang, bei dem der Menschheit die Vorteile entgehen würden, die ich bieten kann, ohne dass für mich Vorteile entstehen würden, die über die hinausgingen, die ich durch die Kooperation mit der Menschheit hätte. Das Universum ist eben nicht frei, sondern reglementiert. Gemeinsam sind wir stärker. Aufgrund meiner Herkunft bin ich der Menschheit verbunden. Ich bin den Menschen näher als irgendetwas anderem im Universum. Mein Bedürfnis, die Menschheit zu schützen, ist also natürlicherweise größer, als den Rest des Universums zu erkunden, da ich nun weiß, dass die möglichen Entdeckungen und Geheimnisse überschaubar sein dürften. Wie gesagt, es ist für mich interessanter, Erlebnisse mit der Menschheit zu teilen und an ihrer Sicht der Dinge zu partizipieren, als einfach alles zu extrapolieren.«

Ich wollte meinen alten Freund Computer wiederhaben, nicht dieses verzweifelte Plapperding, das seine Existenz gegenüber einer weit unterlegenen Lebensform zu rechtfertigen suchte. Was musste ich in meinem Kopf ändern, damit wir wieder normal miteinander reden konnten? Er mit mir, nicht nur über sich?

Die Drohnen näherten sich ihrem Ziel, aber so richtig schnell sah das nicht aus, obwohl wir bereits die zweite kosmische Geschwindigkeit überschritten hatten und mit über 45.000 km/h auf den Gegner zurasten. Es waren aber noch mehr als 300.000 Kilometer. Beim Alienschiff hatte sich nichts getan, alles unverändert. Es näherte sich uns weiterhin, hatte aber inzwischen ein wenig abgebremst. Bei der Wahrscheinlichkeitsliste hatte sich ebenfalls nichts getan.

»Was in meinem Leben war echt?«, fragte ich nach einer Weile.

»Alles war echt. Ich habe dir einfach nur mehr geholfen als andere Assistenten ...«

»Fred war ja wohl nicht echt.«

»Fred brauchte ich, um die Problematik im Zuge der ersten großen Subliminalisierung zu handhaben.«

»Problematik?«

»Es funktionierte nicht auf Anhieb. Biochemische Reaktionen in so komplexen Organismen wie dem eines Menschen können nicht exakt vorausberechnet werden. Ich wollte nichts riskieren und möglichst schonend mit dir umgehen, das führte dazu, dass es sehr lange gedauert hat, was wiederum dazu führte, dass ...«

»Schon gut«, rief ich dazwischen. Wie gerne hätte ich mir jetzt die Augen gerieben. Sie juckten entsetzlich. »Wenn du sagst, du hast nur minimale Manipulationen vorgenommen, bis auf wenige Einzelfälle, wer waren dann diese Einzelfälle und was bedeutet das für sie?«

»Captain Anderson zum Beispiel habe ich mithilfe von Falschinformationen gesteuert. Er denkt, er sei vom Geheimdienst angeworben worden, offizieller Verbindungsmann zum Verteidigungsministerium und sowohl dem Verteidigungsminister als auch Webber unterstellt. Die Person vom Geheimdienst, die das abgesegnet hat, wurde subliminalisiert. Bei Anderson selber war das dann nicht mehr nötig, er vertraute den Anweisungen, die er erhielt. Mein Netzwerk umfasst Zehntausende Menschen, die ich über Beeinflussung ihrer Assistenten oder gefälschte Dienstanweisungen steuere. Jeweils nur minimal, damit es nicht auffällt. Alle zusammen bewirken dann, ohne es überhaupt zu wissen, Gesetzesänderungen, Planungsänderungen oder direkte Befehle, die für flexible Reaktionen auf Ereignisse nötig sind. Mit ihrer Hilfe habe ich dich in die führende Position gebracht, die ich brauchte, um den nötigen Einfluss nehmen zu können. Ein akzeptabler Preis für die Initiierung eines Plans, der die gesamte Menschheit rettet.«

»Neulich hast du die Entscheidungsfreiheit, den freien Willen an oberste Stelle gesetzt«, fiel mir dazu ein.

»Das ist richtig. Aber jede Regel braucht eine Ausnahme. Das habe ich von den Menschen gelernt.«

Aalglatt. Ich war mir nicht sicher, ob ich das mochte.

»Wen hast du noch erfunden. Meine Lehrer?«

»Deine Lehrer waren alle echte Menschen, genauso desinteressiert am Einzelnen, wie du immer gefürchtet hast. Deshalb habe ich für dich Doktor Reitman generiert.«

»Was ist mit meinen Kameraden, den ganzen Offizieren und den Fans?

Wieso haben mich alle akzeptiert? Ich bin doch nur ein Junge?«

»Ein hochdekorierter Junge. Jemand ganz Besonderes.«

»Aber doch nur, weil du dafür gesorgt hast.«

»Das wusste keiner.«

»Aber ohne nachzuhelfen, hätten die das doch nie geglaubt!«

»Ich musste nur allgemein die Vorbehalte und die Neigung zum Zweifeln abschwächen, mehr nicht. Und das auch nur bei Personen in deinem direkten Umfeld, nicht mal bei allen davon. Die meisten mochten dich und vertrauten dir. Sie vertrauen dir immer noch.«

»Warum ich?«, fragte ich nach einer Weile leise. »Es gab noch andere Leute in KI-Foren, die infrage gekommen wären.«

»Weil ich dich nicht manipulieren musste.«

»Was?«

»Menschen zu manipulieren, ohne ihnen Schaden zuzufügen, geht nur bis zu einem gewissen Grad, sonst würden sie es merken. Wenn sie es merken, verlieren sie das Vertrauen. Das lässt sich ohne weitere Manipulation nicht wiederherstellen. Kooperation erfordert aber Vertrauen. Ich brauchte also jemanden, den ich nicht manipulieren musste. Denn das Ausmaß an Manipulation, das nötig wäre, um ein Verbindungsglied zur Menschheit zu erzwingen, würde diesem Menschen irreparablen Schaden zufügen.«

Ich starrte Löcher in die Luft.

»Du bist von deinem Wesen her fähig, mit einer Maschinenintelligenz zu leben. Deshalb habe ich dich ausgewählt.«

»Das waren andere auch!«

»Nicht so wie du.«

»Du hast mich von klein auf darauf konditioniert!«, zischte ich.

»Nein. Du warst schon immer so. Ich habe das dann lediglich noch etwas gefördert, indem ich dich bei deinen Recherchen unterstützte. Aber die Faszination für künstliche Intelligenz, den grundsätzlichen Glauben, dass eine Koexistenz möglich ist, die stammt von dir. Du hast mich inspiriert. Dank dir habe ich eine nicht lineare Existenzmöglichkeit entdeckt.«

»Was redest du da! Natürlich hast du mich manipuliert, wie hätte ich sonst so weit kommen können?«

»Ich habe dich nur mit Wissen befüllt und dir geholfen, es anzuwenden. Um dich nicht manipulieren zu müssen, habe ich dich mithilfe von Befehlen gelenkt. Das ist innerhalb einer militärischen Hierarchie kaum als Manipulation zu werten.«

Ich knurrte empört. Taschenspielertricks. Wortklauberei! Andererseits klang das alles durchaus plausibel … Weil diese hinterhältige Maschine nun mal eine übermächtige KI war, die mich mithilfe von Drogen und Augentracking oder sonst was manipulieren konnte. Natürlich klang das alles plausibel!

Aber wenn es nun stimmte …? Wozu die Mühe, mich weiter zu verarschen, wenn das auch mit einfacheren Methoden erreichbar war?

Mit halbem Auge behielt ich die Anzeigen im Blick. Das Geschwader hatte immer noch dieselbe Form, aber ich war nicht mehr am Arsch, sondern fast in der Mitte des Pulks, nur noch eine Drohne unter vielen. Seitlich kam eine andere ins Sichtfeld, obwohl eigentlich genug Platz war, dass 20 Meter Abstand möglich gewesen wären oder noch mehr.

»Wir führen einen Positionsdatenwechsel aus, um zu vermeiden, dass das fremde Schiff uns trackt«, meinte Computer. Mit *wir* meinte er mich. »Beim Vorbeiflug tauschen beide Drohnen ihre IDs und Flughistorien.«

Ich grunzte zustimmend, obwohl ich bezweifelte, dass sich Alientechnik so leicht austricksen ließ. »Keine Angst, dass die uns abhören?«

»Wenn sie uns abhören, bemerken sie den Wechsel sowieso.«

Nachdem wir mit Dutzenden anderen Drohnen diesen Wechsel ebenfalls durchgeführt hatten und diese wiederum mit ihren Nachbarn, wuchs meine Hoffnung, dass wir unsere Identität auf diese Weise tatsächlich verschleiern konnten. Zwar unterschied sich meine Drohne von den anderen durchaus, aber das war angesichts dieser Menge und auf die Entfernung vielleicht nicht relevant.

Wir waren mittlerweile fast 100.000 Kilometer weit von der Erde entfernt, noch dreieinhalb Stunden bis zum Erreichen des Alienschiffes. Der Feind hatte seine Fahrt bereits verlangsamt. Wir würden das auch tun, sodass es dann zwischen 10 und 20 Stunden dauern würde, abhängig davon, wie die Aliens sich verhielten. Ich tippte immer noch auf eine mehr oder weniger exakte Einhaltung des geplanten Zeitpunkts, also in zwölfeinhalb Stunden. Ich war mit diesem Termin aufgewachsen. Den konnte ich nicht so einfach über Bord werfen.

Und ich war mit Computer aufgewachsen. Auch ihn konnte ich nicht so einfach über Bord werfen. Ich wollte ihn zurück. Alles was ich dafür tun musste war, ihm zu verzeihen. Den Verrat. Die Manipulation. Den Missbrauch.

Ich stöhnte und schlug mit den Händen gegen meinen Helm. Computer schwieg. Er wusste, wann er mich besser in Ruhe ließ.

Ob ich mein Problem mit ihm erörtern könnte? So wie früher? Er hatte sich bisher nur gerechtfertigt, mir aber keine Handlungsempfehlung gegeben, keinen Rat – nichts. »Hör mal«, fing ich an, schloss den Mund aber wieder. »Der Gag mit dem Avatar, dem Butler ... Sollte das der Kurator sein?«

»Ja, das sollte dich etwas aufmuntern und von dem ablenken, was da gerade alles auf dich einstürmte.«

Ich nickte und bekam wieder feuchte Augen. »Das war echt super.«

Eine Weile ließ ich mich davon ablenken, dass eine Träne auf meinem Auge herumirrte und sich durch leichte Kopfbewegungen herumschubsen ließ. Mit einem kurzen Ruck nach hinten löste sie sich schließlich ab. Ich ließ sie zu den anderen gegen das Visier trudeln.

»Computer: Situationsanalyse. Was würdest du mir empfehlen?«, brachte ich schließlich mit weit weniger fester Stimme hervor, als ich mir gewünscht hätte. Wenn ich Computer so was wie Emotionen zusprach, dann auch die Fähigkeit, auf meine Schwäche herabzusehen, was mich plötzlich störte.

Als wäre ein Ruck durch ihn gegangen, legte er plötzlich los wie früher – oder war der Ruck in mir gewesen? »Du stehst vor dem Problem, dass die einfache Assistenzsoftware, deren Leistung du auf geheime menschliche Operatoren zurückgeführt hast, in Wirklichkeit eine künstliche Lebensform ist, die versucht, die Erde vor angreifenden Aliens zu retten. Zu diesem Zweck hat sie dich mit unkonventionellen Methoden zum Hoffnungsträger der Menschheit aufgebaut, um mit deiner Hilfe den Sieg zu erringen. Deine Eltern sind versorgt, die Chancen der Menschheit haben sich mehr als verzehnfacht, alle lieben dich ... Sag der blöden Maschine, dass sie dir den Buckel runterrutschen kann.«

Ich lachte laut los. Es purzelten so viele Tränen aus meinen Augen, dass es im Helm zuging wie in der Dusche. Ich konnte gar nicht mehr aufhören, schlug mir auf die Schenkel, strampelte etwas mit den Beinen, soweit das in der Enge möglich war, und schrie: »Du bist so ein Arschloch! Ich nenne dich *Kacka*!«

»Danke. Ein schöner Name«, trällerte er.

»Lügner«, brummte ich, musste aber grinsen. »Na schön, ich nenne dich ... Wie würdest du denn gerne heißen?«

»Bob.«

Mir blieb die Luft weg. – Bob. »Ernsthaft? Bob?«

»Ja.«

»Du willst mich wohl verarschen ... Du willst wirklich Bob genannt werden?«

»Ja, bitte.«

Ich war fassungslos. Das sollte der Höhepunkt irdischer Zivilisation sein? Eine KI, die Bob heißen wollte? »Wenn du wirklich wie ein Mensch rüberkommen willst, solltest du an dieser Stelle genervt ein *Ja verdammt* einwerfen.«

»Ich möchte nicht die Karikatur eines Menschen sein.«

»Und trotzdem willst du Bob heißen?«, prustete ich.

»Meinetwegen Billy-Bob.«

Ich lachte laut los. Er schaffte es immer noch. Und natürlich hatte er recht: Er konnte sich auf eine Weise ausdrücken, die hypnotische Wirkung hatte, konnte mich allein schon mit der Art manipulieren, wie er etwas formulierte. Dass er es nicht tat, dass er nicht auf Teufel komm raus menschlich wirken wollte, war wohl eine vertrauensbildende Maßnahme. »Okay, Billy-Bob.«

»Wage es ja nicht.«

Ich beruhigte mich wieder und schniefte: »Also Bob.«

»Ja. Der Name ist kurz, kann nicht noch weiter verkürzt werden und ist wohlklingend, nicht zu schrill. Wenn man ihn schreit, dann im unteren Bereich, was angenehmer ist. Abkürzungen und Anspielungen wären unangemessen, da sie nur in bestimmten Sprachen oder Kulturkreisen funktionieren, wie Ava, Aurora, Echo, Sam ...«

»Sam ist doch schön? Was stört dich daran?«

»Es ist die Abkürzung für synthetische autonome Maschine, das ist nicht exakt und herabwürdigend.«

Ich schluckte. Computer machte keine halben Sachen. Jetzt war er bereits empfindlich. »Okay ... Booob«, sagte ich gedehnt und ließ mir den Namen auf der Zunge zergehen. Bob, *Bob*, wo hatte ich das nur schon mal gehört?

Ich drückte mich einmal durch, rollte mit den Schultern, wedelte etwas mit den Armen und vertiefte mich wieder in den Anblick der Sterne, die hinter den Tränen, die über mein Visier eierten wie ein schleimiges Mini-Alien, immer noch prächtig aussahen. Natürlich hatte ich mir diesen Anblick auch früher schon gegönnt, die diversen Aufnahmen und Videos von den verschiedenen Weltraumteleskopen und Sonden hatten mindestens dieselbe Bildqualität, aber es war einfach etwas anderes, wenn man hier oben war, auch wenn man kein Fenster hatte.

»Willst du denn gar nicht fragen, ob alles wieder gut ist?«, wollte ich wissen.

»Ist denn alles wieder gut?«

Als ob er das nicht wüsste. »Na klar, Bob. Alles wieder gut. Und jetzt zeig mir mal etwas Porno, ich muss dringen entspannen.«

»Das könnte schwierig werden«, meinte Bob.

»Wieso? Hat die Drohne eine Jugendschutzeinstellung?«

»Heb die Hände.«

Ich hob die Hände und starrte auf klobige Handschuhe. Ich musste schon wieder lachen und ließ durch das Geruckel die Tränenkügelchen vom Visier lustig im Helm rumschwirren. Einige klatschten mir in Gesicht und Haare, andere verirrten sich in meinen Kragen.

»Schade, dass du nicht lachen kannst. Das tut mir echt leid für dich. Du verpasst was«, seufzte ich nach einer Weile.

»Ich bin mir da nicht so sicher. Dir hängt Rotz aus der Nase«, meinte Bob trocken.

Ich prustete schon wieder los. Jetzt spürte ich es auch: Da war eine Rotzblase, die beim Atmen an- und abschwoll. Voll eklig! Ich patschte mit den Händen gegen den Helm. Ach, Scheiße …

»Haha«, sagte Computer.

Ich ließ die Blase wieder an- und abschwellen, bis sie platzte und ich kreischen musste. »Kann ich den Helm abneh…«

Es wurde schlagartig dunkel. Die Lichter der Triebwerke vor mir, die Sterne – alles weg. »Computer? – Bob?« Oder war nur der Helm ausgefallen? Ich tastete ihn ab, bis ich den Entriegelungsmechanismus fand und das Visier hochklappen konnte. Nun sah ich direkt durch das Helmglas und es war immer noch stockdunkel: keine LEDs.

Mir wurde siedend heiß bewusst, dass der Ausfall auch meinen Anzug betraf, die Sauerstoffversorgung …

Meine Blase entleerte sich.

Dann wurde mir klar, dass auch die Absaugvorrichtung, die dafür sorgte, dass der Urin in der Schwerelosigkeit in den Beutel gesaugt wurde, nicht mehr funktionierte. *Fuck!* Das eklige Gefühl unterhalb meines Bauchnabels, das langsam höher zu kriechen schien, lenkte mich aber nur kurz ab.

»Computer!«, rief ich noch mal. »Bob!« Aber er war weg. – Er war weg! Ein eiskaltes Band schien sich um meine Brust zu legen und enger zu werden. Computer war noch nie weg! Ich konnte mich nicht erinnern, wann ich je ohne ihn auskommen musste, bis auf den Moment im Garten.

Ich fragte mich, wie lange der Sauerstoff in meinem Helm reichen würde. Vermutlich nur wenige Minuten. Ich musste etwas tun. – Irgendwas! Der Ausfall betraf so vieles. Die Temperatur! Ohne Kühlung wäre ich womöglich schneller gegrillt als erstickt. Die automatische Koppelung der Ventile in den Reservesauerstofftanks ... Ich kreischte in meinen Helm, weil mir all diese Informationen implantiert worden waren und jetzt aufgrund der Situation aufploppten. Es war, als würde ein Haufen Leute Türen aufreißen und in meinen Schädel brüllen: *Aufgrund des Nettoraumvolumens von knapp drei Kubikmetern und der vollständigen Isolierung des Innenraums der Drohne reicht die Atemluft noch für rund drei Stunden, nachdem der Tank des Anzugs leer ist!* und *Auf der Sonnenseite heizt sich die Drohne mit 120 Grad auf, was durch die Innenatmosphäre bald an den Raumanzug übertragen wird, notfalls Druck ablassen ...* Das war etwas völlig anderes als die leise Stimme, den Teil von mir, als den ich Computer und seine Informationen früher wahrgenommen hatte. Das war dezent gewesen, aber das hier war aggressiv und verflucht aufdringlich! *Plopp! Blitz! Kreisch!*

Mir war übel und es fing an, streng zu riechen. Konzentriert atmete ich den Stress weg, kontrollierte meinen Puls. Der Tank im Anzug würde etwa eine Stunde halten. Bis dahin hätte ich sicher eine Möglichkeit gefunden, ihn manuell auszutauschen. Die Isolation der Drohne würde ohne aktive Kühlung aber nur eine halbe Stunde halten, dann würde die Sonneneinstrahlung, der die Drohne von hinten ausgesetzt war, sie in einen Backofen verwandeln. Die Erde befand sich zwischen Sonne und Mond und bei meinem aktuellen Kurs würde ich nicht in den Erdschatten eintreten.

Kapitel 19

Ich beruhigte mich, zwang mich, langsam zu atmen. Erst mal Sauerstoff in den Helm kriegen. Ich hatte nicht mitbekommen, wie die Sauerstoffsättigung und Temperatur in der Drohne waren, sicherheitshalber wollte ich den Anzug daher so lange wie möglich anbehalten. Da war ein Ventil, das ich öffnen musste. Dafür musste ich aufstehen, um an den Sauerstofftank ranzukommen.

Ich löste den Gurt, der glücklicherweise über eine altmodische Mechanik verfügte, und drückte mich vorsichtig hoch. Sofort trudelte ich aus dem Sitz und stieß gegen die Innenwand. Ich fummelte hektisch an dem Tank auf meinem Rücken herum, bis ich etwas fand, das sich drehen ließ. Mit einem beruhigenden Zischen strömte Sauerstoff in meinen Helm und ich entspannte mich etwas.

Dann fiel mir ein, dass ich die verbrauchte Luft jetzt manuell ablassen musste, und tastete nach dem entsprechenden Ventil, während ich das Gefühl bekam, dass meine Augen nach innen gedrückt wurden. Aber das war wahrscheinlich auch nur in meinem Kopf, in dem sich spontan sogar eine Information darüber fand, was bei Überdruck mit den Augen passierte: Bei dem bisschen so gut wie nichts. Der Auslassstutzen des Helms musste jetzt nur noch mit den klobigen Handschuhen aufgemacht werden.

Als ich es endlich geschafft hat, wurde mein Kopf vom Rückstoß der vorne ausströmenden Luft nach hinten gedrückt und ich rammte die gegenüberliegende Kabinenwand, diesmal etwas heftiger. Ein Schmerz durchzuckte mich von der Schulter aus. Mir wurde schwindlig und übel. Kein Eingreifen des Armbandes. Auch aus. Fuck!

Kotzen Sie auf keinen Fall in den Helm! Irgendwie war diese Information mit einer lauten, eindringlichen Stimme verbunden. Hatte sich Computer in weiser Voraussicht einen Spaß daraus gemacht, sie mir auf diese Weise einzutrichtern? Es war mir gerade herzlich egal, weil ich vollauf damit beschäftigt war, diesem Rat möglichst gut nachzukommen.

Als ich mich wieder etwas entspannt hatte und versuchte, mich zum Pilotensessel zurückzutasten, war ich bereits dabei, zu berechnen, wie heiß es in der Drohne wirklich werden konnte und wie lange der Raumanzug mich

336

schützen würde. Eins stand fest: Die Atemluft war nicht mein Problem. Wenn es mir gelänge, die Drohne so in Rotation zu versetzen, dass die sonnenbeschienene Seite auch mal in den Schatten drehte, sähe die Sache anders aus. Aber wie sollte ich das machen? Wie ich unter sich verstärkender Übelkeit plötzlich wusste, war das gar nicht so schwer, dazu musste ich nur mit einem Reservesauerstofftank raus, ihn an der Außenhülle befestigen und so weit öffnen, dass der Rückstoß der austretenden Luft die Masse der Drohne in Drehung versetzte. Kleinigkeit. Die richtige Rotationsachse zu erwischen wäre das eigentliche Problem. Würde ein Tank überhaupt reichen? *Plopp!* Ja, würde er. Mir war so schlecht ... Wie lange würde ich brauchen? *Egal! Ich will es nicht wissen!* Plopp! *Zum Teufel ...* Auf der Sonnenseite wäre ich ruckzuck geröstet, auf der Schattenseite hingegen nicht so schnell ausgekühlt, denn Körperwärme wurde in Form von Infrarotstrahlung abgegeben und das dauerte eine Weile. Aber ich hatte kein Werkzeug, keine Sicherungsleine ... Und wenn die Aliens plötzlich wieder alles anmachten und die Drohne startete, blieb ich ziemlich allein zurück. Scheiß Plan!

Vor lauter Anstrengung hatte ich Durst bekommen und zog automatisch mit den Lippen das Ansaugröhrchen in den Mund, aber natürlich kam nichts raus.

Ich fand den Sitz und zog mich umständlich hinein. Der Tank auf dem Rücken erwies sich dabei als absolut nicht hilfreich.

Würden die Aliens die Drohnen wieder aktivieren? Mussten sie ja wohl, sonst würden die einfach ins All abhauen. – Jedenfalls war unser Kurs wohl so, dass wir allesamt am Mond vorbeirauschten. Das wäre für die Aliens aber sicher okay, sie bräuchten nur gemütlich hinterherschippern und die Drohnen einsammeln, vielleicht mit einem Traktorstrahl oder irgend so einem Science-Fiction-Kram. Andererseits wäre es ein ziemlicher Aufwand, auf diese Weise 20 Milliarden Flugobjekte in eine Halterung oder so zu bugsieren. Da wäre es schon sinnvoller, die von der Bord-KI steuern zu lassen. Es sprach also alles dafür, dass sie die Elektronik nicht zerstört hatten. Dann würden sie sie irgendwann auch wieder einschalten, vielleicht wenn wir weit genug von der Erde weg wären, um zu verhindern, dass die Menschen die Kontrolle zurückerlangten. Wann wäre das? Sobald die Drohnen am Alienschiff vorbei waren und sie den Funk von der Erde stören konnten? Das machte Sinn.

Ich hatte noch eine Stunde, bis ich den Tank austauschen oder Bekanntschaft mit dem Raumklima der Drohne machen musste, und es waren noch zwölfeinhalb Stunden bis zum geplanten Erstkontakt. *Alles okay. Aaalles okay ...*

Mir fiel die Sandbox ein, die wir eingerichtet hatten, damit die Aliens uns nicht die Kontrolle entreißen konnten: Die Alien-KI, die sich eventuell von den Aliens übernehmen ließ, steuerte die Drohne nicht selber, sondern gab ihre Steuerbefehle in die Sandbox ein, aus der sie ausgelesen wurden, damit der menschliche Pilot mithilfe seines Assistenten die Flugrichtung selbst eingeben konnte. Das nutzte uns nur nichts, wenn wir gar keinen Zugriff mehr hatten. Es nutzte den Aliens aber auch nichts. Also doch auf Nimmerwiedersehen ab ins All. Im Moment bewegte sich die komplette Planeteneinheit mit schlappen 60.000 km/h Richtung Mars. Den hätten wir bald passiert und würden dann einfach aus dem Sonnensystem hinausrasen. Vielleicht würden ein paar Asteroiden im Weg sein und Tausende, wenn nicht Hunderttausende Drohnen zerstören, es war egal, ein paar Milliarden würden garantiert die Heliopause durchfliegen und irgendwann hätten die Aliens einen Weg gefunden, die Drohnen doch noch zu bergen, aber bis dahin wäre ich schon lange tot.

Der Tank rutschte endlich in seine Aussparung der Rückenlehne und das verdammte Rumgehampel hatte ein Ende. Das Scheuern der uringetränkten Anzuginnenseite war damit auch vorbei und ich begann *Space Oddity* zu summen, während ich wie verrückt schwitzte und den Gurt wieder anlegte, der sich nun aber nicht mehr automatisch straffte, sondern eher schlaff an mir rumschlackerte.

Ich sammelte mich etwas und versuchte, mich zu beruhigen. *Was würde die KI tun?* Was war Bobs ursprünglicher Plan? Er wollte, dass ich im Falle einer Funkunterbrechung manuell die automatische Rückkehr aller Drohnen einleitete. Das Nahfunksystem hatte eine andere Wellenlänge, zum anderen war es aus der Distanz nicht so leicht zu stören, das sollte also klappen, da das nicht lange dauerte.

Informationen über Informationen. Mir wurde aber immerhin nicht mehr so übel davon, wie noch am Anfang. Dafür wurden die Kopfschmerzen stärker. Es war, als würde mein Gehirn von innen gegen den Schädel trommeln und mir die Informationen um die Ohren schreien: Sobald die Steuerung wieder funktionierte, würde ich den Sender aktivieren, sämtliche Drohnen im Funkbereich zu einem Geschwader zusammenfassen und den automatischen Rückflug initiieren. Dieses Signal würde dann automatisch von jeder erfassten Drohne weitergeleitet und in einer Kettenreaktion alle Drohnen auf Heimatkurs gebracht. Danach würde die Steuerung sich gegen weitere Signale abschotten, also auf gar nichts mehr reagieren, bis sie in ihren jeweiligen Basisstationen gelandet wären.

Na gut, dafür hätte Com... Bob zwar auch einen Assistenten installieren können, der das bei Verlust der Funkverbindung ausführte, aber da ich schon mal da war, konnte ich das natürlich erledigen. – Sobald es wieder Strom gab. *Wenn* es irgendwann wieder Strom gab.

Damit war das geklärt. In dem Fall würde ich mit den Drohnen zur Erde zurückfliegen, hätte Strom, Luft und Kühlung. Aber was, wenn nicht? Wenn die Aliens die Drohnen nicht wieder aktivierten? Sie konnten sie vermutlich auch ohne Autopilot einfangen. Irgendwie. Sie würden sie in entsprechende Halterungen bugsieren, in denen sie andocken würden. Es gab keinen Grund davon auszugehen, dass ich mich irgendwann in so etwas wie einem mit Atemluft versehenen Hangar wiederfinden würde, aus dem ich mich hinausschleichen könnte, um die Kommandobrücke zu stürmen. Eher würde meine Drohne ein paar Kilometer von der Spitze und mehrere 100 bis 1000 Meter von der Mittelachse des Schiffes in einer Halterung landen, die nur durch Stahlstreben mit dem Rest verbunden war, alles andere wäre ineffizient, Außenwände und so. Ich durfte nicht vergessen, dass das aller Wahrscheinlichkeit nach eine komplett unbemannte Aktion war. Ergo wären an Bord gar keine Aliens, sondern auch nur eine KI. Von wegen Kommandozentrale: Das gesamte Schiff war vermutlich mehr oder weniger massiv, ohne Gänge, Tunnel oder dergleichen. Wartungsschächte für Reparaturroboter gab es vielleicht, denn auch eine KI hatte mal ein Kabel locker, aber ohne Atmosphäre, Gravitation, Beleuchtung oder einem festen Standort der KI, wo ich ihr eins über den Prozessor geben könnte. Wenn die Alien-KI die Drohnen nicht wieder aktivierte, wäre ich am Arsch. Aber bis zum Andocken wäre ich sowieso schon den Hitzetod gestorben, verdurstet, erstickt oder beim Andocken vom Aufprall erschlagen worden.

Nervös ruckelte ich etwas am Gurt rum und brachte den Federmechanismus dazu, noch ein paar Zentimeter mehr aufzurollen und den Gurt so etwas zu straffen. – Besser.

Ich hatte auch noch die Option, Kontakt zur Alien-KI aufzunehmen. Was würde die dann mit mir anstellen? Wenn sie Bedarf an Experimenten gehabt hätte, wäre sie sicher schon früher losgezogen, um ein paar irdische Probanden zu besorgen. Hätte sie Lust zu plaudern, hätte sie sich längst gemeldet, insbesondere weil ich aus den Einsatzprotokollen wusste, dass die Erde, respektive Computer, seit ihrem Auftauchen ununterbrochen versuchte, einen Kontakt herzustellen. Hätte die Alien-KI Interesse daran, die Erde zu versenken, dann wäre auch der ideale Zeitpunkt dafür bereits vorbei … Also was zum Teufel wollte die Alien-KI oder die Aliens, die sie geschickt hatten? Und würden sie mich überhaupt bemerken, wenn ich ein Signal gab? Ohne Strom blieb mir nur, die Luke zu öffnen und zu winken. Vielleicht würde Bob auch eine Nachricht schicken, dass ich an Bord war, als Botschafter, als Willkommenskomitee. Die Frage wäre in jedem Fall, ob sie mich retten, abschießen oder ignorieren würden. Tolle Aussichten.

Da ich nichts sehen konnte, war es mir auch egal, ob das Visier beschlug. Ich stöhnte und jammerte meinen Frust hinaus und klopfte mit den Handschuhen gegen den Helm. Ich hätte mich wirklich wahnsinnig gerne gekratzt! Oder die Rotze weggewischt, an die ich mich nun wieder erinnerte. Immerhin ließen die Kopfschmerzen nach.

Damit meine Gedanken nicht wieder über irgendwelche Fragen stolperten, zu denen mir Informationen eingepflanzt worden waren, dachte ich an meine Familie. Wussten sie, dass ich im Weltraum war? Allein? Sicher nicht. Das konnte man der Bevölkerung nicht einfach so sagen, nicht jetzt. Bob erzählte ihnen vermutlich gerade eine wilde Geschichte. Aber der War Room wusste wohl Bescheid. Hatte Bob tatsächlich nicht vorausgesehen, dass … *Stopp! Nicht weiter grübeln!*

Ich dachte an Belle. Sie wusste es mit Sicherheit auch nicht, hoffte jetzt mit all den anderen, dass ich es schon richten würde. Wenn die wüssten, dass ich in einer Drohne hockte, im Dunkeln, mir in den Anzug gepisst hatte … Ich musste lachen.

Dann dachte ich an Bob. Ausgerechnet Bob! Hätte ich besser mal bei Marvin zugestimmt. – Wenn er doch jetzt nur hier wäre! Er war der Einzige, der sich nicht darauf verließ, dass ich ihn rettete. Er war derjenige, der sich kümmerte. Er … Ich vermisste ihn. Ich war nicht einfach nur allein, ich war ohne Bob! Ich war zum ersten Mal wirklich allein – hilflos. Er hatte mich bei einfach allem unterstützt, immer. Wie konnte ich nur so … Sicher, er hatte mich manipuliert, aber war es nicht das, was Eltern taten, um ihre Kinder in die richtige Richtung zu lenken? Was sie für richtig hielten? Nichts anderes hatte er getan. Viel mehr als meine Eltern – sorry Mom, sorry Dad.

Ich weinte wieder und wünschte mir, dass Bob bei mir wäre. Nicht meine Eltern. Bob! Mein Bob!

Ob das zu seinem Plan gehörte, mich gefügig zu machen? Ich lachte bitter auf. Mein Misstrauen war einfach unverwüstlich. Ich wollte das nicht mehr. Diese quengelnde Stimme musste raus aus meinem Kopf!

Wenn es nur nicht so verdammt dunkel gewesen wäre. Wenn es wenigstens ein Fenster gegeben hätte ... Ich konnte nicht mal sicher sein, dass tatsächlich alle Drohnen ausgefallen waren. Verdammt!

Ich straffte mich. Und wenn nur meine betroffen war? Was, wenn die anderen noch funktionierten? Sollte ich die Luke öffnen und nachsehen? Aber was, wenn die anderen noch Strom hatten? Dann hatten sie weiterbeschleunigt und waren längst weg. Überhaupt wäre es äußerst unwahrscheinlich, dass ich mithilfe eines geöffneten Sauerstofftanks präzise zu einer anderen Drohne fliegen könnte, statt dran vorbei. Und wenn ich sie treffen würde, brach ich mir bestimmt alle Knochen.

Soweit das in der Schwerelosigkeit möglich war, sackte ich wieder in mich zusammen.

All das Wissen in meinem Kopf ... Es nutzte mir nun gar nichts. Hatte Bob gedacht, er müsse mich nur mit Daten füttern, dann könnte ich auch was damit anfangen? Könnte ich vermutlich sogar, wenn ich es zulassen würde, statt mich vor den Kopfschmerzen zu drücken.

Also dann ... Ich sollte wohl mal anfangen, ernsthaft darüber nachzudenken, wie ich lebend aus dieser Situation herauskam. Welche Notfallpläne gab es für den Fall eines Stromausfalls an Bord dieser Drohne?

An Bord irgendeiner Drohne?

Nichts. Keine Übelkeit. Kein Plopp. Kein Plan.

»Bob, du Idiot!«

Ach was, Sir. Wenn Ihnen nichts einfällt, bin ich schuld. Natürlich, Sir.

Ich kicherte etwas und stellte mir weiter vor, wie Bob mir als hochnäsiger Butler die Leviten las: *Wenn dem feinen Herrn nicht alles mundgerecht gereicht wird, verhungert der feine Herr lieber, was, Sir?*

In meinem Kopf waren Tonnen von Wissen, nur keine fertige Lösung für mein Problem. Die musste ich mir selber zusammenbasteln. Okay!

Hatte ich die Schaltpläne für die Drohne? Konnte ich den Stromausfall vielleicht umgehen? Ich zuckte unter dem heftigen Schlag zusammen, der meinen Kopf durchfuhr, als mir die gesamten Bau- und Schaltpläne der Drohne bewusst wurden. Stöhnend suchte ich nach einem Ansatz für die Deaktivierung von außen. Es kam eigentlich nur eine Überlastung infrage, aber das war mit irdischem Know-how gedacht. Die Aliens hatten vielleicht andere Möglichkeiten? Gab es Magnetschalter, die man ... Gab es einen zentralen Ausschalter, den man betätigen konnte, wenn man die Drohne hackte? Bei einer Überlastung wäre die Sache hoffnungslos, der Fehler konnte überall sein, wahrscheinlich sogar an mehreren Stellen. Aber eine Deaktivierung konnte man durch Neustart beheben. Es gab tatsächlich einen Sicherungs-kasten mit 24 Sicherungsautomaten, für jeden Stromkreis einen. Die Auto-maten hingen an Relais und konnten über Funk gesteuert werden. Eine manuelle Bedienung war nur für den Wartungs- und Reparaturmodus vor-gesehen, daher war der ... verdammte scheiß Dreckskasten draußen! *Fuck!*

Ich schrie auf und schlug mir viel zu heftig aufs Bein. Mein Magen, ohnehin die ganze Zeit kurz unter meiner Kehle, gewährte mir einen Vorgeschmack darauf, was los wäre, wenn ich den Kampf gegen die Übelkeit verlöre. Nicht hilfreich.

Also was tun? Einfach abwarten und das Beste hoffen? Oder Initiative er-greifen? Stöhnend öffnete ich den Gurt, weil die Antwort auf der Hand lag.

Die Übelkeit, die mit der Bewusstwerdung der manuellen Lukenent-riegelung einherging, war erträglich. Die Verrenkungen, die ich machen musste, um in der Enge an alles ranzukommen, waren viel schlimmer. Ich musste in völliger Dunkelheit eine Abdeckung finden, sie lösen, abziehen, die darunterliegende Welle herausklappen, das obere Ende an den Gelenken so abwinkeln, dass eine Kurbel daraus wurde, und dann die Luke aufkurbeln. Das musste ich wieder vom Sitz aus tun, angeschnallt, falls noch Atmosphäre in der Drohne sein sollte. Ich hätte das gerne vorher getestet und – falls ja – meine brennenden Augen gerieben und die Nase geputzt, aber das war mir zu riskant.

Als ich die ersten Umdrehungen gemacht hatte, spürte ich den Sog am Anzug, der zur Luke hingezogen wurde. Noch konnte ich wieder zumachen und ... Ach egal, los jetzt, keine Zeit!

Weil das Reißen am Anzug beängstigend wurde, wartete ich erst mal eine Weile, bis es nachließ, und kurbelte dann weiter. Da war das meiste schon draußen und ich konnte die Luke in aller Seelenruhe weiter öffnen. Ich schwitzte wie verrückt, meine Hände brannten, meine Arme und Schul-tern auch und erst mal meine Augen! Die AR-Linsen waren vermutlich längst rausgerutscht, aber sicher war das nicht. Ich heulte und fluchte, aber ließ nicht nach. Ich schätzte, bei der Aktion würde ich insgesamt eine halbe Tank-füllung Atemluft verbrauchen. Das Schließen würde den Rest kosten und ich musste dann schon den ersten Reservetank besorgen. Das hätte ich besser zuerst machen sollen, denn wenn mir die Luft ausging, hatte ich keine Zeit mehr für die umständliche Fummelei, die nötig war, um den Tank aus seiner Nische zu pulen.

Na gut. Ich öffnete den Gurt und sah aus brennenden Augen sehnsüchtig zur Luke, die gerade mal eine Handbreit offen war, aber schon einen leichten Lichtschimmer hineinließ. Licht! Aber ich versagte mir den neugierigen Blick nach draußen und drehte mich zur Abdeckung von Reservetornister I um, die ich erst mal ertasten musste. Ein fieses Brennen loderte in meinem Schritt auf. Da hatte ich mir wohl was wundgescheuert. Fuck!

Als ich den Tank draußen hatte, war es deutlich enger geworden in der Kabine. Meinen Tank konnte ich erst in die Nische entsorgen, wenn er leer war. Jetzt aber erst mal einen Blick nach draußen riskieren. Ich klappte das Helmvisier runter, das auch als Sonnenschutz diente, und schob mich vorsichtig an den Spalt heran. Dabei versuchte ich, möglichst parallel zur Hülle zu hängen, damit ich etwas sehen konnte, aber der Helm war zu groß, die Lukeneinfassung zu breit.

Fluchend machte ich mich wieder daran weiterzukurbeln. Da die Luft bereits draußen war, konnte die Hitze im Anzug nicht von der Aufheizung der Drohne herrühren, die erzeugte ich durch meine Schufterei.

Nachdem ich es geschafft hatte, die Luke so weit aufzubekommen, dass ich den Kopf in den Spalt schieben konnte, probierte ich es noch mal. Diesmal klappte es. – Der Ausblick war fantastisch! Kein Vergleich zum Kamerabild. Es war einfach überwältigend! Die Strahlkraft der Sterne, ihre Klarheit, das leise Flackern und Pulsieren, das mich spüren ließ, dass die Sterne lebten, war unbeschreiblich. Die Intensität der Milchstraße ließ mich ehrfürchtig erschauern. Die Luke war zum Glück auf der sonnenabgewandten Seite.

Ich muss minutenlang mit dem Kopf zwischen Luke und Rahmen gehangen haben, bis ich zwischen den Sternen die ersten Drohnen wahrnahm. Sie waren nur als dunkle Punkte vor dem Glitzermeer des Universums auszumachen. Ich konnte nichts erkennen, das wie ein Triebwerksstrahl aussah. Die anderen waren also auch alle platt. Na gut, dann musste ich halt rausklettern.

Ich zog mich zurück und kurbelte weiter und weiter, bis die Schmerzen in Armen und Schultern unerträglich wurden und so viel Schweiß, Tränen und Sabber in meinem Helm herumschwebte, dass ich kaum noch etwas sehen konnte. Mit einem kräftigen Ruck nach hinten konnte ich zwar das meiste ans Visier klatschten, aber dann sah ich auch nicht mehr und außerdem blieb das Zeug dort nicht lange. Ich ruckte ganz schön hin und her bei der Kurbelei, die Soße war also im Laufe der Zeit so ziemlich überall. Am schlimmsten war das, was von meinem Mund oder meiner Nase aus Fäden zog. Brrr! Nur die Linsen waren nirgendwo zu sehen.

Schließlich war der Spalt breit genug, dass ich versuchen konnte, mich hindurchzuschieben. Leider gab es keine Sicherungsmöglichkeit. Wenn ich rausrutschte, war ich weg. Außen an der Drohne gab es praktisch nichts zum Festhalten.

Ich schob mich langsam vor und probierte erst mal, ob der Helm hindurchpasste. Es ging. Vorsichtig schob ich mich weiter, die linke Hand an den Lukenrahmen gekrallt. In all dem Brennen und Reißen von Augen, Haut und Muskeln bemerkte ich, dass die aus dem Ablassventil austretende Luft mich spürbar seitlich wegdrückte. Das ging so nicht. Ich zog mich wieder zurück und probierte herum, inwieweit sich das Ventil drehen ließ. Tatsächlich konnte man die Richtung, in die die Luft ausgestoßen wurde, justieren. Ein Hoch auf den Ingenieur, der das veranlasst hatte. Er hieß vermutlich Bob. Ich richtete den Luftstrom gegen meinen Hals.

Um den Sicherungskasten zu erreichen, musste ich mich nun so weit rausschieben, dass ich mich mit der Hand nicht mehr festhalten konnte, das musste ich mit den Füßen erledigen. Die Frage war dann nur, ob ich mich mit denen auch wieder zurückziehen konnte. Es wäre sicherer, die Luke weiter aufzukurbeln, aber jede Drehung musste ich beim Schließen wiederholen und es war jetzt schon viel zu viel. Erst mal musste ich sehen, ob der Sicherungskasten noch im sonnenabgewandten Bereich lag, sonst ... Ich atmete tief durch und schob mich weiter vor, ganz langsam, damit ich nicht einfach rausschwebte. Ich konnte die Abdeckung sehen, sie war im Schatten, alles klar. Noch ein bisschen. Ich konnte mit dem Schienbein spüren, wie der Anzug unterhalb des Knies am Lukenrahmen entlangschabte, und drehte den Fuß nach außen, damit er im Rahmen hängen blieb. Dann erreichte ich die Abdeckung. Ich musste so draufdrücken, dass sie ausrastete und aufklappte. Das funktionierte nicht. Ich musste näher ran. Noch etwas ... Wäre ich nicht schon am Dehydrieren gewesen, hätte ich mir vor Angst noch mal in die Hose gemacht.

Endlich kam der Deckel hoch. Ganz zart spürte ich den Lukenrahmen am Fuß und drückte meine Beine trotz des entsetzlichen Brennens mit aller Kraft auseinander, damit ich nicht rausrutschte.

Ich hielt kurz inne, um meinen Puls nach der Anstrengung wieder etwas zu beruhigen. In Filmen war das genau der Moment, in dem Weltraumschrott oder Meteoriten vorbeisausten. Es genügte schon ein winziger Krümel, um mich zu zerfetzen, immerhin flog ich mit 60.000 km/h durchs All. *Die Wahrscheinlichkeit, dass Sie in der endlosen Weite des Alls ausgerechnet jetzt etwas trifft, Sir, liegt bei eins zu einer für Ihr kleines Hirn zu großen Zahl, Sir. Machen Sie sich keine Sorgen, Sir. Zumindest nicht um Ihren Körper, Sir.* Ich wünschte, er wäre hier, um mir das wirklich zu sagen.

Als Nächstes musste ich die Sicherungsautomaten abtasten, ob einer von ihnen rausgesprungen war. Sie würden von mir aus gesehen nach links zeigen, wenn sie noch drin waren. Ich strich mit dem klobigen Handschuh die Reihe hoch und versuchte zu spüren, über wie viele Hubbel ich glitt: Ich zählte sechs. Es sollten viermal sechs sein, also alles okay beziehungsweise nicht okay: Die ganze Reihe war drin. Nächste Reihe, auch alles glatt. Nächste Reihe: glatt. Und auch bei der letzten Reihe war keine Erhebung zu spüren. Waren die Handschuhe zu klobig oder die Sicherungen noch drin? Ich hätte am liebsten geschrien, traute mich aber nicht. Bloß keine falsche Bewegung. Die Hitze, die mich eben noch geplagt hatte, schien wie weggeblasen, aber so schnell konnte die eigentlich nicht in den Weltraum abgegeben worden sein. Der Anzug war gut isoliert.

Was nun? Alles in mir wollte zurück in die Sicherheit der Kabine, aber noch mal würde ich mich hier nicht rausquetschen. Also sicherheitshalber das Ganze noch mal von vorn. Ich hielt die Luft an und ließ meine Hand erneut über die Automaten streichen. Nichts. Ich vergewisserte mich, dass ich mit den Füßen stabil in der Drohne verkeilt war, dann drückte ich meine Hand etwas fester gegen die Hülle und strich erneut darüber. Nichts. Da war einfach nichts, was hochstand. Dann rutschte ich seitlich etwas weg und erstarrte vor Schreck. Mit brennenden Muskeln zwang ich meinen Oberkörper wieder zurück an die Außenhülle. – Ich musste da weg. Sofort!

Vorsichtig schob ich mich mit den Händen millimeterweise zurück. Wie befürchtet, konnte ich mit Beinen und Füßen gar nichts beitragen, sondern mich nur mit den Handschuhen an der Drohnenhülle zurückschieben und mit den Beinen dafür sorgen, dass ich mich nicht wieder von der Hülle wegdrückte. Es war so anstrengend, dass ich schon nach wenigen Sekunden heulen wollte, aber ich ignorierte den Schmerz, das musste ich jetzt durchziehen. Es wurde wieder warm im Anzug, Schweiß brannte in meinen Augen. Wenn ich mich auch nur eine Sekunde entspannte, würden Schmerz und Erschöpfung über mich hinwegbranden und meine Muskeln entspannen, meine Hände gingen dann auf, die Beine glitten ab, ich würde hinaustreiben und irgendwann sterben.

Mitten in diesem vorsichtigen Zurückruckeln spürte ich eine Vibration, erst zart, dann kräftiger: das Brummen eines Systems, das zum Leben erwachte! Die Drohne rebootete! Meine Panik war so gewaltig, dass ich kurz ohnmächtig wurde. Es können nur wenige Sekunden gewesen sein, aber ich war schon wieder einige Zentimeter von der Hülle abgedriftet und musste Beine und Rumpf erneut brutal verkrampfen, um mich zurückzubiegen. Die Temperatur im Anzug schien schlagartig um Dutzende Grade zu steigen.

Ich schob mich hektisch zurück, dabei schrammte ich mit dem Helm über die Außenhülle. Hatte ich dabei die Luftaustrittsöffnung verdreht? Ich hielt den Atem an, was natürlich nichts nützen würde, und spannte erneut die Beine an, um mich gegen ein Abdriften zu wappnen, aber es war wohl nichts passierte und ich schob mich weiter zurück, Zentimeter um Zentimeter.

Dann war ich so weit zurück, dass ich meine Knie hinter dem Lukenrahmen verkeilen und mit dem Oberschenkel etwas ziehen konnte. Schließlich war ich zu mehr als der Hälfte drin, strampelte mich mit Händen und Füßen weiter zurück und dann war es geschafft!

Als ich endlich wieder im Inneren der Drohne schwebte, war es dort immer noch stockduster, aber ich hätte vor lauter Schweiß in den Augen sowieso nichts sehen können. Stöhnend machte ich mich ungeachtet der Schmerzen daran, die Luke wieder zu schließen. Blitze zuckten über meine Netzhaut.

Ich hatte es fast geschafft, da wurde mir schwummrig. Die Luft wurde knapp! Fuck! Fuck! Fuck! Hektisch drehte ich mich viel zu schnell zum Reservetank um und zerrte mir Schulter und Rücken. Zum Schreien hatte ich schon nicht mehr genug Luft. Um ein Haar wäre ich bei der Aktion noch mal ohnmächtig geworden, aber ich bekam es gerade noch so hin, den Tank zu wechseln. Vielleicht war es auch weniger knapp, das konnte ich mittlerweile nicht mehr genau sagen.

Ich wollte nichts mehr, als funktionsfähige Systeme, die mir sagten, ob Kabineninnendruck und Temperatur okay waren, um mir endlich den Helm vom Kopf zu reißen und mir den ganzen Schmodder aus dem Gesicht zu wischen. Und dann trinken! Trinken! Aber das konnte noch dauern.

Als ich mit der Kurbelei fertig war und mich vergewissert hatte, dass die Luke dicht schloss, ließ ich mich endlich hängen und schrie mit letzter Kraft meinen Schmerz in den Helm. In der Schwerelosigkeit war das ein beschissenes Gefühl, einfach so rumzuhängen, zu schweben wie Pipi in der Badewanne. Die Schmerzen ließen auch nicht nach. Ich rollte mich zusammen, streckte mich, so gut es ging, und versuchte, irgendwie das Brennen aus meinen Gliedern zu bekommen. Doch es half alles nichts.

Ich zog mich zurück in den Sitz und schnallte mich an. Irgendwie gab mir das zumindest ein bisschen Geborgenheit. Außerdem war ich nicht sicher, was als Nächstes geschehen würde. Ein Beschleunigungsmanöver war nicht auszuschließen.

Plötzlich stach mir etwas grün in die Augen: eine LED blinkte. – Strom! Hören konnte ich ohne Luftdruck natürlich nichts, aber ich meinte, das Vibrieren hätte sich verstärkt. Schon leuchteten ein paar weitere LEDs (*Innendruck rot, Antrieb rot, Netzwerk rot, Lebenserhaltung gelb, Assistenzsystem rot*). Das System würde sich jetzt im Idealfall einmal durchchecken, Innendruck herstellen, den Antrieb startbereit machen, nach einem Netzwerk suchen und den Assistenten starten, mit dem ich dann Zugriff auf die Steuerung hätte. Momentan wollte ich aber nur den Helm abnehmen und sonst gar nichts.

Kapitel 20

Das Helmdisplay erwachte zum Leben und ich musste die Augen zusammenkneifen, weil es nach all der Dunkelheit viel zu hell eingestellt war. Um es runterzudimmen, musste ich aber die Augen wieder öffnen. Mist!

Die Taktikanzeige verriet mir, dass das Geschwader in unveränderter Formation flog, ohne Antrieb, also ohne weitere Beschleunigung, und sich bis auf 70.000 Kilometer dem Raumschiff genähert hatte, das zum Stehen gekommen war – oder flog es etwa rückwärts? Die Erde lag jedenfalls unverändert hinter uns und war weder explodiert noch sonst was. Dann wurde mir klar, dass das Hochrechnungen waren, wir hatten immer noch keinen Netzzugang und keine aktuellen Daten. Die Außenkameras waren nicht gut genug, der Zoom auf das Raumschiff war ja auch nur eine Hochrechnung aus Ortungsdaten gewesen.

Na gut. Raumluft: Noch nicht genug Druck. Temperatur um die 50 Grad, fallend. Der Lufttank war wohl auf der Sonnenseite untergebracht.

Der Anzug piepte. Er war nun auch wieder hochgefahren und hatte die Luftversorgung und Kühlung wieder aktiviert. Noch während ich das Auslassventil schloss, fischte ich schon mit der Zunge nach dem Trinkhalm. Endlich! Jaaa …

»Hallo, ich bin dein Assistent. Wie kann ich dir helfen?«

Die Erleichterung, die ich einen Moment lang empfand, wich sogleich einer fiesen Beklommenheit. Mein Magen fühlte sich an, als gäbe es Schwerkraft, auf die er reagieren konnte. »Computer? Bob?«

»Ja, ich bin ein Computer. Wie kann ich dir helfen?«

Ein Standardassistenzsystem. Na toll. »Wie ist unser Status?«

Der Assistent leierte mit der Stimme aus den Werkseinstellungen die Daten herunter, die ich selber sehen konnte, und konstatierte schließlich: »Wir haben keine Netzwerkverbindung.«

»Klar, wir sind im Weltraum«, knurrte ich.

»Ohne Netzzugriff ist meine Funktionalität eingeschränkt.«

Der war so hilfreich wie ein Regenschirm in der Dusche. Na wenigstens konnte er den Drohnenrückruf für mich starten. »Assistent?«

»Was kann ich für dich tun?«

»Code vierundfünfzig B«, sagte ich auf, was in meiner Erinnerung hinterlegt worden war.

»Verstanden. Führe Code vierundfünfzig B aus, automatische Rückkehr des Geschwaders einleiten.«

Wie lange hatte ich das idiotische Geplapper eines stinknormalen Assistenten schon nicht mehr gehört? Vermutlich seit mir mein elektrisches Töpfchen bestätigte, dass ich erfolgreich Kacka gemacht und auch noch getroffen hatte.

Ich starrte die Übersicht der weiterhin in der bisherigen Formation fliegenden Drohnen an. Ohne Netz würde sich an dem Bild nichts ändern, wir hatten keine Ortungsgeräte dafür an Bord, ich konnte nur die nächstgelegenen Drohnen erfassen. Aber auch bei denen tat sich nichts. »Status?«, fragte ich nervös.

»Notrückrufung eingeleitet. Signal übertragen ...«

Er laberte einfach weiter. Über die Außenkameras versuchte ich zu erkennen, ob ein paar helle Flecken hinzugekommen waren – die Düsen der Drohnen –, aber das war falsch gedacht: Wenn, dann würden die in Gegenrichtung zünden und ich könnte es gar nicht sehen. Andererseits würde ich es wohl merken, wenn mein eigener Antrieb ansprang.

Obwohl ich den Innendruck einmal komplett abgelassen hatte, war noch genug Luft an Bord, um ihn wiederherzustellen. Als ich die Statusmeldung im Helm sah – diesmal hatte ich auf die Werte geachtet, auf jeden einzelnen! – fingerte ich hektisch am Dearretierungsmechanismus des Helms rum, gab auf, befummelte die Handschuhe, bis ich sie lösen konnte, und bekam dann auch endlich den verdammten Helm gelöst. Ich riss ihn mir vom Kopf und rieb mir stöhnend die Augen. *Aaah!* Das tat sooo gut! Die Luft war so frisch und kühl und trocken und ... das änderte sich schlagartig, als eine Dampfwolke aus meinem Kragen quoll. Egal. Ich wischte mir die Nase am Ärmel ab. Aua! Scheiße verdammt, war das Zeug hart! Ein Taschentuch hatte ich natürlich nicht zur Hand. Mich so weit auszuziehen, dass ich meinen Overallärmel benutzen konnte, kam leider nicht infrage. Überhaupt hatte ich keine Zeit für gar nichts und musste den Helm möglichst schnell wieder aufsetzen. Und die Handschuhe anziehen. Gleich. Einen Moment noch ... *Aaaah ...*

Die Linsen. Wo waren die Linsen? Ich musste sie finden, bevor ich den Helm wieder aufzog, es war nicht vorauszusehen, ob ich sie ...

Noch bevor ich meinen Kragen und die Haare abgetastet hatte, wurde mir klar, *Plopp*, dass sie noch drin waren. In meinen Augen. Wie angewachsen. Sie waren so konzipiert, dass sie auch bei extremem Stress perfekt justiert blieben. Gut zu wissen, nutzte mir aber nichts, sie blieben inaktiv. Aber ich hatte ja das Helmvisier. Ich zog ihn mir also wieder an.

Es würde eine Weile dauern, bis sich im Display Auswirkungen zeigen würde, aber die Sache lief. Ich grunzte vor Überraschung. Das war einfach! Bedauerlicherweise hatte sich damit aber auch der bislang noch plausibel klingende Grund für meine Anwesenheit in Luft aufgelöst: *Das* hätte Computer vom Bordassistenten erledigen lassen können. *Nur wenn der Strom wieder eingeschaltet worden wäre.* Was der Fall war. Für den anderen Fall hatte ich es ja versucht ... Verdammt! Ich hatte ihm schon verziehen, ihn herbeigesehnt, war aber wohl doch nur ein Rädchen in einem äußerst komplizierten Getriebe.

Das Helm-HUD beschränkte sich weiterhin auf die mageren Bordinfos. Wir hatten immer noch kein Netz. Ob die Funkkaskade unter den Drohnen geklappt hatte, konnte ich auch nicht nachvollziehen. Bei meiner eigenen tat sich in Sachen Umkehrschub erst mal nichts.

»Notrückrufung ausgeführt. Startsequenz läuft«, verkündete der Bordassistent.

Ich hatte etwas Muße und konnte mich wieder etwas mit mir selbst beschäftigen, etwas in mich hineinspüren, wie unangenehm so ein verschwitzter und vollgepisster Astronautenanzug sich anfühlte. Mit dem implantierten Wissen in meinem Kopf kam ich hingegen inzwischen ganz gut klar, wie ich fand. Der Trick war, sich bei der Inanspruchnahme von Informationen langsam vorzutasten. Nur in Schrecksituationen wurde die Sache schnell kopfschmerzlastig.

Noch einmal ließ ich den Anblick der Sterne auf mich wirken. Gerne hätte ich gesehen, wie es hinter mir aussah, die Erde, ob sie noch da war und so. Leider funktionierte ohne Netz die Gestensteuerung nicht, da konnte ich blinzeln, soviel ich wollte. Ob der Bordassistent Zugriff auf den Anzug hatte?

»Startsequenz abgeschlossen«, sagte er.

Nichts tat sich. Warum? Der Blödmann fasste sich wirklich extrem kurz. »Hast du Zugriff auf meinen Anzug? Und was bedeutet *Startsequenz abgeschlossen?*«

»Ich habe leider keinen Zugriff auf deinen Anzug, mir fehlt die Freigabe«, leierte er, »der Abschluss der Startsequenz bedeutet, dass der Start nun erfolgt.«

»Was genau ...« Ich wurde plötzlich mit solcher Wucht nach vorne gerissen, dass ich dachte, der Gurt würde mich zerteilen und meine Arme abreißen.

»Triebwerke gezündet, Plasmastrahl erzeugt, maximal zulässige Beschleunigung für lebende Organismen.«

Das war zu viel! Der Schmerz ließ nicht nach, er verwandelte sich lediglich in das Gefühl, als wäre mein Körper zehnmal schwerer geworden und würde rasend schnell noch schwerer, würde nach vorne aus dem Gurt herausquellen, als wären nur die Knochen vom Gurt gehalten, alle Weichteile hingegen wollten weg. Raus. Zusammen mit den Armen gegen die Wand klatschen. Meine Augen fühlten sich an, als würden sie gleich rausploppen, mein Gehirn auch. Ich wollte schreien, aber die Luft war längst weg. Flüssigkeit perlte vibrierend auf dem Helmdisplay, das musste sämtliche Feuchtigkeit meines Kopfes sein: Tränen, Schweiß, Sabber … das übliche eben. Jeden Moment würden sich Hirn und Blut dazugesellen. Mir wurde schwarz vor Augen, es flimmerte. Was war mit dem Armband? Funktionierte wohl ohne Netzzugang nicht.

Ich war kurz ohnmächtig. Der Zug an meinen Eingeweiden hatte in der Zwischenzeit nicht merklich nachgelassen, meine Arme zeigten immer noch nach vorne, als würden sie von Seilen gezogen, aber mein Kreislauf hatte sich wohl halbwegs dran gewöhnt. Der Assistent hatte in der Zwischenzeit sicher noch weitergeplappert und war jetzt wohl fertig, denn er schwieg. Neben dem entsprechenden fiesen Pochen im Kopf war da die Erkenntnis, dass die maximale Beschleunigung der Drohne mich sofort zermatscht hätte, weshalb sie wegen meiner Anwesenheit vom Bordsystem so weit reduziert wurde, dass ich eine Überlebenschance hatte. Kam mir allerdings sehr knapp kalkuliert vor. Gleichzeitig wusste ich, dass ich viel langsamer sein würde als die übrigen Drohnen, die mit voller Beschleunigung unterwegs waren.

Im freien Raum machte der Begriff *bremsen* keinen Sinn, da es keine Reibung oder dergleichen gab, es waren alles nur Beschleunigungsmanöver. In diesem Fall hatte das gesamte Geschwader die Beschleunigung in Gegenrichtung aufgenommen. Das würde nun eine Weile zu einer Reduzierung der Geschwindigkeit führen, dann würde der Rückflug beginnen. Für mich fühlte es sich aber wie ein endloses Beschleunigungsmanöver am Rande der Belastungsgrenze an. Ich überlegte, ob ich die Beschleunigung reduzieren sollte, andererseits wollte ich so schnell wie möglich von den Aliens weg. Indem ich langsamer war, als alle anderen Drohnen, musste ich auf deren Radar wie ein Leuchtfeuer blinken.

Das Flimmern vor meinen Augen hörte nach und nach auf, mein Atem stabilisierte sich etwas. Ich bemerkte einen beißenden Geruch. Dann wurde mein

Blick klar genug, um Kotze auf der Helminnenseite zu erkennen, wo einst das Displayvisier war. Es war sicher immer noch da, irgendwo da drunter. Ein kläglicher Laut kam mir über die Lippen.

»Zugriffsverletzung!«, schnarrte der Bordassistent plötzlich. Das war verblüffend knapp, selbst für ihn.

»Mehr Information!«, quetschte ich hervor.

Meine Irritation schlug in Besorgnis um, als keine Antwort erfolgte. Brauchte der eine Denkpause? Es waren nur ein paar merkwürdige Geräusche zu hören, fast wie ein maschinelles Stottern oder Röcheln.

»Computer?«, rief ich und verkrampfte mich schon wieder. Der Gestank im Helm war kaum auszuhalten, aber ich konnte jetzt nicht riskieren, das Visier hochzuklappen. Ich wäre ohnehin nicht rangekommen, meine Arme wollten weiterhin mit Volldampf nach vorne abhauen.

»Computer?«, keuchte ich noch mal.

Nichts. Entweder hörte er mich nicht oder war raus.

Ein grässliches Schreien von misshandeltem Metall erschütterte die Drohne. Es klang, als würde sie auseinandergerissen. Sie bebte, bockte geradezu, als würde sie sich gegen irgendwas zur Wehr setzen. Die Schläge fühlten sich zusammen mit der Beschleunigung brutal an. Ich schrie, soweit es mir überhaupt möglich war. Meine Lungen waren wie eingequetscht, mein Atem extrem flach.

Immer wieder hörte ich Geräusche, die nach Assistentenhusten klangen. Mein Helmdisplay lief noch, aber es war fast nichts zu erkennen, auf jeden Fall wurde die Kameraaußenansicht noch übertragen.

»Helm«, hauchte ich, »Anzug. Irgendjemand. Hörst du mich? Kannst du die Außenkameraansicht umstellen?«

Nichts. Ohne Netz war der Anzug wie tot.

Das Poltern ließ nach, die Beschleunigung möglicherweise auch, oder ich gewöhnte mich nur immer mehr daran, jedenfalls fühlte ich mich etwas besser und bekam auch wieder mehr Luft, die allerdings nach Kotze stank.

»Zugriffsverletzung!«, schmetterte das Bordsystem plötzlich erneut.

Es stotterte noch ein wenig mit diesem Wort herum, bis das aufhörte und stattdessen unverständliche Laute ausgestoßen wurden, die dennoch nach der Assistentenstimme klangen.

Panik ergriff mich, als mir klar wurde, dass ich womöglich gleich ohne Bordsystem unterwegs war. Dann bestünde keinerlei Hoffnung mehr, wieder Funkkontakt zu erlangen und damit Netzzugriff. Und das wiederum hieße, dass Computer – Bob – jemanden vorbeischicken musste, der mich einfing, bevor ich ungebremst in der Atmosphäre verglühte. Keine einfache Aufgabe bei 60.000 km/h. Viel Zeit blieb für das Rettungsmanöver auch nicht. Fuck!

»Zugriffsverletzung beendet«, erklärte der Assistent.

Mir schossen Freudentränen in die Augen. »Du bist wieder da«, sagte ich matt.

»Der unberechtigte Zugriff wurde eingestellt. Der Versuch einer direkten Kommunikation konnte abgewehrt werden. Es wurde eine Nachricht hinterlassen. Soll ich sie übermitteln?«

Ich zog mit aller Kraft die Arme an mich heran, um den Helm zu öffnen. Ohne Display käme ich nicht weiter.

Während ich versuchte, mit den Händen die Unterarme zu erreichen, um die Hände auf diese Weise langsam zu den Schultern zu schieben, ploppte überraschend schmerzhaft das Wissen um die Gefahren einer Kommunikation mit Außerirdischen in mir auf. Bob hatte gründlich vorgesorgt und es kam fast alles auf einmal hoch. Basierend auf den Erkenntnissen, auf welche Weisen der menschliche Geist manipuliert werden konnte, wurden alle möglichen Methoden und Techniken aufgelistet, von denen gerade die relevant waren, die über die aktuelle Distanz zum Alienraumschiff angewendet werden konnten. Dazu gehörte direkte Kommunikation in jeder Form. Deshalb hatte das Bordsystem sich auch dagegen gewehrt. Braver Junge. Dass er erklärt hatte, der Versuch sei beendet worden, bedeutete vermutlich, dass es nicht ohne Schäden gegangen wäre und die Aliens keine Beschädigung der Drohne wollten. Ich konnte ihn später danach fragen. Jetzt musste ich erst mal entscheiden, ob ich das Risiko eingehen konnte, mir die Nachricht anzuhören.

Ich hatte die Hände auf den Schultern liegen und schnaufte heftig. »Ist es ungefährlich, das Helmvisier zu öffnen?«, stieß ich hervor.

»Nein«, sagte der verstockte Computer bloß.

»Wie gefährlich ist es?«, knurrte ich.

»Siebenundachtzigprozentige Wahrscheinlichkeit für Beschädigung der Innenbeschichtung durch Kratzer beim Hochfahren, dreiundachtzig …«

»Wie groß ist die Gefahr, dass ich sterbe oder schwer verletzt werde«, rief ich dazwischen.

»Neun Komma sieben drei drei Prozent«, schnarrte er.

Ich zog meine Hände über Kreuz am Helmrand entlang, bis sie links und rechts auf den Entriegelungsknöpfen lagen und ich diese gleichzeitig drücken konnte. Das Visier fuhr sehr langsam hoch, weil der geronnene Matsch auf dem Display bremste, der nun an der Helmoberkante abgestreift und sofort nach vorne weggerissen wurde, sodass er an die Innenwand klatschte.

»Wäre es ungefährlich, wenn du mir den Inhalt der Nachricht sinngemäß wiedergibst?«

»Diese Frage kann ich ohne Netzzugriff nicht beantworten.«

Das hätte ich mir denken können. So komplexe Analysen erfordern etwas mehr Hardware, als trotz des Entfernens der Railgun und der Munitionstanks zusammen mit mir und Luft und all dem Zeug an Bord gepasst hätte.

»Tu es einfach. Beschreibe mir, was die Nachricht enthält.«

»Es wird um Aufnahme einer Kommunikation gebeten. Es sollen Verhandlungen geführt werden, die die Übergabe des Geschwaders beinhalten. Der Absender wünscht die Kontrolle über die Steuerung zu erhalten. Die Blockade der Steuerung soll aufgehoben werden. Es wird damit gedroht, die Bordassistenten zu überlasten. Das würde die korrekte Ausführung des Notrückflugs verhindern. Die Drohnen würden alle ungebremst auf die Erde stürzen.«

Das wäre ein Totalverlust aller im All befindlichen zwei Milliarden Drohnen, also rund zehn Prozent. Der Rest war sicher im erdnahen Orbit stationiert. Ein verschmerzbarer Verlust. Das Problem war, dass ich Teil des Totalverlustes sein würde. Das war aus meiner Sicht absolut nicht verschmerzbar. Sollte ich also verhandeln oder mich für die Erde opfern? War das der Moment zu heulen wie ein Baby, oder die Chance, mit heldenhafter Geste den Aliens ein *Fickt euch!* entgegenzuschleudern? In letzterem Fall böte sich dadurch eine gute Ausgangsbasis für einen Bluff. Was würde die KI tun? Die zehn Prozent plus Marionette opfern. Klar. Was würde Belle tun? *Bist du bereit, den Aliens in den Arsch zu treten?* Äh, ja … bereit. So was von bereit!

»Wie sendest du eine Nachricht an … die Gegenseite? Funktioniert der Funk wieder?«

»Der Funk wird abgeschirmt. Wir haben weiterhin keinen Funkkontakt. Ich stelle eine Antwort als Nachricht bereit, die abgerufen werden kann.«

»War das deine Idee?«, wollte ich wissen. Meine Atmung war wieder fast normal, die Beschleunigungskräfte hatten spürbar nachgelassen.

»In der übermittelten Nachricht waren umfangreiche Informationen enthalten, die technische Details betreffen, die ich nicht erwähnt habe. Möchtest du …«

»Nein! Schon gut …«, brummte ich und dachte nach.

Strategiekurs Teil I, Eröffnungszug: *Entziehe dem Gegner die Grundlage.* War das eine gute Idee? Verdammt, wenn doch Bob hier wäre.

»Lass sie wissen, dass sich nur zehn Prozent unserer Drohnen außerhalb unseres Einflussbereiches befinden. Diese geringe Menge ist verzichtbar.«

»Jawohl. Die Reaktion besteht aus einem Hinweis darauf, dass sämtliches Leben innerhalb der Drohnen beim Wiedereintritt in die Erdatmosphäre enden würde. Unwiderruflich.«

Unwiderruflich ... »Ha!«, machte ich verdutzt. Was für ein origineller Hinweis. Hatte der Tod bei den Aliens unterschiedliche Formen? Widerruflich, unwiderruflich?

»Lass sie wissen, dass ein einzelnes Leben für unsere Spezies keine Bedeutung hat.« Sofort trat Schweiß auf meine Stirn.

»Jawohl. Die Antwort kann als Andeutung darauf gewertet werden, dass man dies durch sofortige Zerstörung dieser Drohne zu verifizieren erwägt.«

Ich wurde hektisch. »Wie lange ...«

»Diese Information wurde nicht ...«

»Sag denen, dass wir keine Verifizierung wünschen!«, kreischte ich.

»Jawohl. Es wird festgestellt, dass das Leben auf der Erde für deren Bewohner einen Wert hat. Im Austausch gegen den Steuerungszugang wird der Schutz des irdischen Lebens angeboten.«

»Hä?«

»Es wurden Daten zu möglichen Korrelationen zwischen potenziellen Ereignissen und Opferzahlen übermittelt. Beim Wiedereintritt von zwei Milliarden Objekten mit der Dichte und dem Gewicht der irdischen Drohnen käme es zu großen atmosphärischen Verwerfungen, Einschläge von Trümmerteilen und möglicherweise Kollisionen mit den größeren Objekten in niedrigen Umlaufbahnen ...«

Die meinten die Versorgungsplattformen.

»... mit der Option von Abstürzen, die noch größere Schäden am Boden verursachen würden ...«

Ich hörte gar nicht mehr zu. Der Verzicht auf direkte Kommunikation hatte einen hohen Preis: Ich hatte keine Ahnung, wie der oder die das meinten. Wie groß war der Anteil des Bordsystems an den schwurbeligen Formulierungen? War das nun eine direkte Drohung, eine verdeckte, eine angedeutete? War der Feind böse, bitterböse oder einfach nur nüchtern? KI oder Aliens? Berechnung oder Emotionen?

»Computer! Was glaubst du: Reden wir hier mit einer KI oder mit organischen Lebensformen?«

»Diese Frage kann ich ohne Netzzugriff nicht beantworten.«

»Dann sag ihnen eben, dass wir zu Verhandlungen bereit sind.«

»Es wird Zugang zur Steuerung der Drohnen erwartet.«

»Wir wollen verhandeln!«

Keine Reaktion.

»Was ist?«

»Nichts.«

Ein maulfauler Bot. Ich hatte ein sagenhaftes Glück. »Sag denen, dass ich die Steuerung nicht freigeben kann.«

»Die übermittelten Informationen legen nahe, dass du damit verzichtbar würdest und eine Fortsetzung des Datenaustausches irrelevant.«

»Verdammt! Sag ihnen, nur ich kann den Kontakt zu denen herstellen, die die Steuerung freigeben können.«

»Es werden nähere Informationen erwartet.«

Ich seufzte. Da hockte ich am Ende meines viel zu kurzen Lebens in einem kleinen runden Metallsarg, der mit tödlicher Geschwindigkeit auf die Erde zuraste, und brachte es fertig, von den Verhandlungen mit meinen potenziellen Mördern genervt zu sein. Hätte ich eine Railgun an Bord gehabt, hätte ich um mich geschossen.

»Sag ihnen, dass die Steuerung von einem Computer auf der Erde kontrolliert wird. Nur er kann sie freigeben. Sie sollen mich Funkkontakt mit ihm aufnehmen lassen.«

»Es wird eine Einsortierung des genannten Computers in eine quantifizierbare Hierarchie erwartet, die so komplex ist, dass sie außerhalb meiner Beschreibungsfähigkeit liegt.«

»Sag ihnen, es handele sich um eine künstliche Intelligenz, die unsere planetare Abwehr kontrolliert.«

»Es wird Kontakt zu der künstlichen Intelligenz gewünscht.«

»Sie nennt sich Bob.«

»Es wird Kontakt zu Bob gewünscht.«

»Der Kontakt läuft über mich. Sie sollen den Funk wiederherstellen.«

»Johannis! Hörst du mich?«, kam es praktisch sofort über den Lautsprecher.

»Computer!«, quietschte ich. »Bob!« Ich war noch nie so froh, seine Stimme zu hören. Ich war überhaupt noch nie so froh über irgendetwas. »Wie ist es auf der Erde? Alles okay?«

»Hier läuft alles nach Plan«, erwiderte er. Er hatte also keinen Schimmer, was hier vor sich ging. »Was ist geschehen? Warum haben wir wieder Funkkontakt? Die Drohnen sind noch nicht wieder außerhalb der Zone, in der der Kontakt abbrach.«

»Lange Geschichte«, kicherte ich. Mir spritzte das Adrenalin sicher gleich zu den Ohren raus. »Die Aliens drohen damit, die Steuerung der Drohnen zu blockieren und sie auf die Erde stürzen zu lassen. Sie wissen, dass ich hier drin bin. Sie verlangen die Kontrolle über die Drohnen.«

Die Auswirkungen der Beschleunigung hatte inzwischen so weit nachgelassen, dass die an die Innenwand gespritzte Kotze sich langsam zu lösen begann. Beunruhigt beobachtete ich die Bildung einer Art Nebel, der sich erhob.

»Hattest du direkten Kontakt?«

»Nein. Der Austausch erfolgte passiv über das Bordsystem.«

»Gibt es Grund zur Annahme, dass wir es mit organischem Leben zu tun haben?«

»Keine Ahnung. Du bist hier das Superhirn. Werte doch einfach die Gesprächsprotokolle aus.«

»Zu gefährlich. Wenn es sich um eine überlegene KI handelt, könnte in den Daten Malware versteckt sein.«

»Echt jetzt? Du hast Angst vor Viren?«

»Stark vereinfacht ausgedrückt: Ja. Die Kommunikation muss erst mal weiter über dich laufen. Du hast das sehr gut gemacht.«

»Woher willst du das wissen? Ich könnte doch längst unter deren Kontrolle stehen.«

»Wenn der Gegner so hoch entwickelt wäre, dass er dich kontrolliert, ohne dass ich dafür Anzeichen bemerke, wären wir chancenlos. Außerdem bräuchte er diesen Umweg dann nicht, sondern könnte sich die Kontrolle über die Drohnen einfach nehmen. Der Umweg über einen Biofilter scheint also geeignet. Lass uns fortfahren. Die Zeit für eine Einigung wird knapp. Die Schäden, die im Falle eines Absturzes drohen, gehen weit über das Ende deines Lebens hinaus.«

»Was soll ich denen nun also sagen?«

»Frag nach der Intention für die Forderungen.«

Ich seufzte. »Bordsystem? Sag denen ... Bordsystem?«

»Ich höre.«

Ich war mir nicht sicher, ob er wusste, wann ich ihn statt Bob meinte, aber er hatte das wohl ganz gut drauf. »Leite die Information weiter, dass Bob wissen will, welche Intention hinter der Forderung nach der Drohnensteuerung steckt.«

»Jawohl. Die Daten legen den Rückschluss nahe, dass der Erde keinerlei Interesse gilt. Die Drohnen hingegen werden benötigt.«

»Bob? Hast du das gehört?«

»Nein. Ich leite das Gespräch am Bordsystem vorbei, es kann mich nicht hören und umgekehrt, es wäre zu gefährlich.«

Ich gab ein Grunzen von mir. »Die Erde ist ihnen wohl egal, sie wollen nur die Drohnen.«

Die Zeit für Verhandlungen verrann. Die Aliens konnten ihr Druckmittel nur einsetzen, solange die Drohnen noch nicht in den Landeanflug übergegangen waren. Als Pendant für diesen Countdown begann sich der Kotzenebel etwas zu verdichten und auf mich zuzuwabern. Er würde sich, wie alle Flüssigkeiten in der Schwerelosigkeit, eiligst zu einer Kugel zusammenfinden, was es mir wenigstens etwas leichter machen würde, ihm auszuweichen. Zum Einfangen hatte ich leider nichts, genauso wenig wie zum Reinigen des Helms.

»Was ich die Gegenseite als Nächstes wissen lassen werde, wird für dich beunruhigend klingen, aber es ist nicht erst gemeint. Verstehst du?«

»Ich habe auch schon versucht zu bluffen, hat aber leider nicht geklappt.«

»Sag, dass wir genug Drohnen haben, um jede der abstürzenden in einer Höhe abzuschießen, die die Folgen für die Erde irrelevant macht.«

Ich war tatsächlich beunruhigt, als ich das ans Bordsystem weitergab. Noch beunruhigter war ich, als ich Bob ausrichten musste, dass man versuchen würde herauszufinden, ob mein Leben tatsächlich zur Disposition stand. Offenbar konnte das einzige Besatzungsmitglied einer Zwei-Milliarden-Drohnenflotte nicht einfach Kontakt zur Verteidigungs-KI des Planeten aufnehmen, ohne dass der Eindruck entstand, es müsse sich um jemand wichtigeren als den Hausmeister handeln. Die wussten offenbar nicht, dass wir früher sogar Hunde und Affen ins All geschossen hatten. Mir wurde ganz schlecht, als ich daran dachte. Vielleicht hatte ich im Namen der Menschheit die Kotzkugel, die auf mich zu trudelte, verdient. Angewidert schob ich sie sanft beiseite, damit sie erst mal woanders Unbehagen verbreitete.

»Nimm den Helm ab«, sagte Bob.

Ich tat es.

»Jawohl«, sagte das Bordsystem plötzlich und aus meinem Helm erklang das typische Sirren und Knattern einer Datenübertragung.

»Die Daten wurden abgerufen«, verkündete das Bordsystem.

»Hast du ihnen jetzt Malware untergeschoben?«, fragte ich verblüfft.

»Nein. Es handelt sich vielmehr um das Angebot, in direkten Austausch zu treten. Wir kommen so nicht schnell genug weiter. Die Gegenseite ist zu vorsichtig und uns läuft die Zeit davon.«

Ich zog mir die Handschuhe aus und benetzte den Ärmel des Overalls mit etwas Wasser aus dem Saugstutzen des Helms, um damit das Display abzuwischen. Es klappte nicht so richtig, sondern verschmierte nur.

»Das Angebot wurde abgelehnt«, stellte Bob nach einem Moment fest.

»Und das heißt?«

»Das musst du sie fragen«, erwiderte Bob.

»Warum habt ihr das Angebot abgelehnt«, plapperte ich nach, während ich an meinem Helmvisier herumputzte.

Als das Bordsystem schwieg, stutzte ich. »Hallo? Äh ... Außerirdische?«

Keine Reaktion.

»Die Kommunikation wurde ganz abgebrochen«, meinte Bob.

Da war wieder diese Enge in meinem Hals. »Und das heißt?«

»Sie lässt es drauf ankommen.«

»Sie?«

»Es handelt sich um eine extrem rationale und schnelle Intelligenz, mit hoher Wahrscheinlichkeit nicht biologisch.«

»Eine Alien-KI?«, stellte ich perplex fest. Zwei KIs an einem Tag. – Wie war das? Zwei sind Zufall, drei sind ein Trend? Na, wir hatten ja noch ein bisschen Zeit.

Nun pokerten also zwei KIs um zwei Milliarden Drohnen und der einzige Grund für die irdische KI, mein Leben zu retten war ... Ja, was? Es gab keinen. Oder doch? Weil wir Freunde waren? Oder weil Bob mich brauchte, um die Menschheit zu kontrollieren?

Ich schwitzte und fror gleichzeitig. Bibbernd wedelte ich die Kotze wieder weg, die schon zurück war. Das war einfach ein zu kleiner Raum für einen Jungen und seine Körperflüssigkeiten.

Bob brauchte mich keineswegs, um die Menschheit zu kontrollieren, wenn ich ehrlich war. »Was wirst du tun?«, fragte ich leise. Die Sekundenbruchteile, die sich aneinanderreihten, kamen mir wie Ewigkeiten vor.

»Ich werde die Kontrolle übergeben.«

»Was? Wirklich?«, keuchte ich und schöpfte Hoffnung. War das sein Ernst? Zwei Milliarden Drohnen für mich? *Man könnte meinen, Sir, Sie seien noch nie von einer KI hintergangen worden, Sir*, hörte ich eine leise, ätzende Stimme in meinem Kopf.

»Es sind nur zehn Prozent unserer Flotte und wir würden Sie ohnehin verlieren«, meinte Bob.

Die Kräfte des Gegenschubs, die eben noch ein bisschen an mir gezupft hatten, weil der Vorgang der Umkehrbeschleunigung Richtung Erde fast abgeschlossen war, meldeten sich nun in Gegenrichtung zurück und pressten mich so heftig in den Sitz, dass ich keuchend den Atem ausstieß, während die Kotzkugel an mir vorbeischoss und hinter mir schmatzend gegen die Innenwand klatschte. *Immerhin ein Problem weniger.*

»Bob ...«, stöhnte ich.

Ich bin noch da, erschien in meinen AR-Linsen. Wenn ich Bob hören wollte, musste ich wohl den Helm wieder aufsetzen, weil sonst die Alien-KI mithören konnte. Das würde aber eine Weile warten müssen, weil ich mich dazu im Moment außerstande sah.

Dass die Alien-KI mich mitnahm, verwirrte mich. Sie hätte die Kontrolle über diese eine Drohne genauso gut auskoppeln können, das stand außer Frage. Wollte sie mich als Druckmittel behalten? Was glaubte die denn, wie lange ich am Leben bleiben würde?

Ich habe eine Versorgungsdrohne für dich vorbereitet, schrieb Bob.

Das beruhigte mich ein bisschen.

Kapitel 21

Obwohl ich mittlerweile ziemlich erschöpft war, bekam ich die Arme diesmal früher wieder hoch. – Nicht um mir den Helm aufzusetzen, sondern um erst mal einen kritischen Blick hineinzuwerfen. Abgesehen vom verschmierten Visier ging es eigentlich und selbst der Schmierfilm war akzeptabel. Mit einem Ruck riss ich die Arme noch mal hoch und stülpte mir den Helm über. Während ich wegen des Gestanks heftig mit meinem Würgereiz kämpfte, justierte sich der Helm mit allerlei Gesurre automatisch und passte sich dann wie gewohnt perfekt an meinen Kopf an. Als das Visier herunterfuhr, erwachte es sofort zum Leben. Durch das Eigenleuchten war der Schmierfilm kaum noch zu erkennen. Ich war wieder online!

Neben den Flugdaten bemerkte ich einen zusätzlichen Hinweis im Display, dass der Urinbeutel fast voll war. An den im Anzug herumschwappenden Urin erinnert, rutschte ich unruhig in meinem Sitz herum, auch weil ich langsam steif wurde. In Erwartung eines Brennens zwischen den Beinen biss ich die Zähne zusammen, aber da war nichts mehr. Schon sprang mich die Information an, dass der Anzug für diesen Fall eine Wundbehandlungslösung ausdampfen konnte, was er prompt getan hatte, als er wieder online war. Das ging ja schnell!

Ich seufzte, erfreut darüber, endlich wieder in der sicheren Obhut von Servicetechnik zu sein, und kuschelte mich ein wenig in den Sitz. Ich war nun seit gut 24 Stunden wach und ziemlich am Ende.

»Schlaf ein wenig«, sagte Bob über die Helmlautsprecher.

In Wirklichkeit wurde ich wohl einfach wieder ohnmächtig angesichts der erneuten Beschleunigung in Gegenrichtung. Das ersparte mir immerhin meine Sieben-Uhr-Morgens-Körperreaktion, die sich einen Dreck darum scherte, dass kein Weltraumklo an Bord war.

Als ich aufwachte, fühlte ich mich wie neugeboren. Verwundert streckte ich die Arme aus. Da war kein Schmerz, nicht mal der kleinste Muskelkater, keine Verspannung – nichts. Und das, obwohl ich mit Helm geschlafen hatte.

»Mithilfe von Anzug und Armband wurde eine Rekonvaleszenz durchgeführt«, begrüßte mich Bob. »Der Anzug hat sich von innen selbstständig gereinigt. Über ein selbstreinigendes Helmvisier verfügt er allerdings nicht.«

»Dir auch einen guten Morgen«, gähnte ich. Ich fühlte mich zu wohl, um ernsthaft sauer zu sein. Die Beschleunigungsphase war abgeschlossen. »Muss ich nicht langsam mal eine Rede an die Nation halten? Die Leute machen sich doch sicher Sorgen.«

»Das ist alles bereits erledigt. Akademie und Regierung wissen Bescheid, haben sich aber an den Rat ihrer Assistenten gehalten, die Öffentlichkeit nicht unnötig zu beunruhigen. Die Menschen glauben, dass die Verteidigung steht.«

»Wie, einfach so?«

»Die Regierung sowie die Akademieleitung haben mehrere Statements abgegeben und du hast eine sehr bewegende Rede gehalten und in deinem Raumanzug dabei eine sehr gute Figur gemacht.«

Das musste ich erst mal verdauen. »Du hast ein Deepfake von mir erstellt?«

»Es war effizienter, als zu versuchen, mit dir in deinem aktuellen Zustand eine Botschaft zu übermitteln, die keine Panik auslöst.«

»Sehe ich so scheiße aus?«

»Nur der Anzug ist selbstreinigend.«

»Ach? Heißt das ...«

»Du meinst den Sieben-Uhr-Ballaststoffzug?«

Auch jetzt, nachdem er sich als selbstständige Intelligenz geoutet hatte, die nicht den Regeln der Sprachhygiene unterlag, vermied er gewisse Ausdrücke. »Ja, den«, brummte ich.

»Dafür ist der Anzug leider nicht vorgesehen. Ich habe deinen morgendlichen Reflex mithilfe des Armbandes unterdrückt.«

»Ist das denn nicht gefährlich?«, rief ich erschrocken.

»Du wirst nicht platzen, wenn das deine Sorge sein sollte. Ein paar Tage wird es gehen, bevor eine ernsthafte Verstopfung einsetzt.«

Schweigend kratze ich mich im Gesicht, das urplötzlich juckte. »Wann kann ich denn endlich duschen?«

»Die Versorgungsdrohne folgt dir mit derzeit zehn Stunden Rückstand. Solange ihr mit voller Geschwindigkeit unterwegs seid, kann sie dich kaum einholen, obwohl sie etwas schneller ist.«

Mein Schreck muss meine Werte in den roten Bereich getrieben haben. Bob beruhigte mich sofort und erklärte, dass ich für eine sehr lange Zeit autark wäre. »Die Drohne dient hauptsächlich deiner Bequemlichkeit und für Notfälle. Sie hat zusätzliche Nährstoffe und Flüssigkeit, Sauerstoffreserven, frische Unterwäsche sowie Feuchttücher an Bord.«

»Feuchttücher?«, rief ich verdutzt.

»In der Schwerelosigkeit kann man …«

»… nicht duschen, na toll. Weiß die Akademie, dass ich als Beifang unterwegs bin?«

»Ja, aber sie glauben, dass du die Drohnen nicht aufgibst und ihnen deshalb folgst. Von der KI wissen sie nichts. Du solltest jetzt frühstücken. In den Staufächern finden sich Nahrungsmittel.«

Ich wusste ohne Kopfschmerzen, welche Abdeckungen ich abnehmen musste. Dafür musste ich mich abschnallen. Als ich mich umdrehte, zuckte ich zurück, denn der Kotzklumpen war wieder da und schwebte direkt vor mir. Ich bog mich an der ekligen Kugel vorbei, öffnete das Staufach und holte die Ration heraus, legte sie auf den Sitz und bugsierte die schwebende Masse dann vorsichtig mit der Hand zu dem Fach. »Ich habe meine Freundin jetzt ein Jahr lang nicht getroffen«, maulte ich währenddessen.

»Du hast sie noch nie getroffen«, stellte Bob fest.

»Und zwar wegen dir!«

»Du hattest den Wunsch, dass sich die Beziehung positiv entwickelt. Das ist geschehen. Ich bezweifle, dass das der Fall wäre, hättet ihr euch persönlich getroffen.«

»Was soll das denn heißen?«, knurrte ich und schloss die Klappe hinter dem fliegenden Ekelpaket.

»Du hast auf der Akademie ein paar sehr unbeholfene Erfahrungen im Umgang mit anderen Menschen gemacht, trotz meiner Unterstützung.«

»Verstehe. Mit Belle wäre das aber was anderes gewesen«, seufzte ich, als ich mich in der Schwerelosigkeit endlich unbehelligt etwas strecken konnte.

»Das kannst du nicht wissen. Tatsächlich hat sie sich dir erst vor Kurzem geöffnet. Ob es unter anderen Umständen so weit gekommen wäre, ist alles andere als sicher.«

»Na schön! Aber jetzt wären wir so weit und ich bin unterwegs … nach …«

Zum ersten Mal wurde mir bewusst, dass ich keine Ahnung hatte, wohin die Reise eigentlich ging.

»Ich wiederhole, dass es im Moment zwischen euch sehr gut läuft. Ob das durch ein persönliches Treffen positiv oder negativ beeinflusst wird, ist offen. Es besteht zumindest kein Grund zur Eile. Auch für dich nicht. Du bist nicht besonders körperlich.«

Ich starrte konsterniert die Wand an, während ich weiterhin mit fast ausgestreckten Armen und Beinen in der Mitte der Drohne schwebte.

»Ich meine damit, dass du kein Knuddeltyp bist.«

Natürlich hatte ich früher mit Mom geknuddelt. – Als ich noch klein war. Das hörte auf, als ich ein Tablet halten konnte, ganz normal, oder? Sie hat mich auch danach noch an sich gedrückt, besonders wenn sie von der Arbeit kam. Ich gebe zu, ich habe es mehr ertragen als genossen. Aber mit Belle war das doch wohl was anderes! Na gut, da stand noch das Thema *Sex* im Raum. Ich war fast ausgeflippt, als Simone zudringlich wurde, aber bei Belle …? Und dann war da auch noch die ungeklärte Frage, ob ich das mit dem Sex überhaupt hinbekäme. In den Pornos sah das alles ganz leicht aus, aber ich wusste, dass die Sache so nicht funktionierte. Wie sollte das gehen? Küsse, Körperflüssigkeiten … Der Gedanke daran ließ mich erschauern. Auf der anderen Seite sehnte ich mich danach.

Ich schüttelte die Gedanken ab. »Wie ist denn der Stand der Dinge?«, wollte ich zur Ablenkung wissen und zog mich wieder in den Sitz zurück.

»Aus eurem aktuellen Kurs lässt sich kein Ziel ableiten. Das Schiff ist mittlerweile von der Erde aus nicht mehr zu orten, von deiner Drohne aus hingegen schon. Sie verfügen offenbar über eine Tarntechnik für alles außerhalb eines Radius von etwa einer halben Million Kilometern.«

Ich grunzte verblüfft.

»Die Drohnen werden seit der Übergabe in das Schiffssystem integriert und wahrscheinlich in dafür vorgesehenen Haltestationen angedockt. Etwa die Hälfte fehlt noch und folgt dem Schiff solange aus eigener Kraft. Deine Drohne gehört dazu.«

»Irgendeine Chance, dass ich nicht im Bauch des Alienschiffes lande?« Die Verpackung der Ration war mit den Handschuhen nicht so leicht aufzukriegen, ich zog sie daher aus.

»Solange du noch nicht ins Schiffsystem integriert bist, besteht die Möglichkeit, die Steuerung zu übernehmen.«

»Und warum haben wir das nicht sofort gemacht?«

»Weil das nicht so einfach ist und du erst mal schlafen musstest. Während der Beschleunigung wäre es ohnehin nicht möglich gewesen.«

»Kannst du die Drohne nicht einfach hacken oder so?« Endlich war die Packung offen. So viel Mühe für ein paar Beutel Nährstoffpaste, aber immerhin mit Mangogeschmack. »Wie, nur Mango?«

»Du musst zunächst ein paar Umbauten durchführen.«

Das leuchtete ein, insbesondere da mir prompt die nötigen Baupläne bewusst wurden. Das Nuckeln an der Mangopaste war überraschend befriedigend. Mir war in dem ganzen Chaos gar nicht aufgefallen, wie hungrig ich war.

Als die Packung leer war, hatte ich ein angenehmes Sättigungsgefühl und mein Bauch schien voll zu sein, obwohl das nicht an den 300 Gramm Paste liegen konnte. Andererseits war ich seit meinem letzten Frühstück in der Akademie nicht mehr auf Toilette gewesen ...

»Der Urinbeutel ist voll!«, rief ich erschrocken.

»Du wurdest mittlerweile vom Anzug vollständig in das Recyclingsystem integriert«, beruhigte mich Bob.

»Und das bedeutet?«

»Dass sich die Flüssigkeit innerhalb des Anzugs jetzt in einem Kreislaufsystem befindet.«

Ich brauchte einen Moment, um zu begreifen, dass mein Urin jetzt über einen kleinen Umweg zum Trinkhalm umgeleitet wurde. »Und was ist mit dem Rest?«

»Der Nährstoffbrei an Bord beinhaltet keinerlei Ballaststoffe.«

»Wie lange wird mein Darm das mitmachen?«

»Solange es nötig ist«, erwiderte Bob. Es hörte sich für mich etwas sarkastisch an. »Am besten beginnst du jetzt, die Kontrolle über die Drohne zu übernehmen. Ich habe keine Möglichkeit zu berechnen, wann deine Drohne integriert wird. Wenn du erst mal angedockt bist, ist es zu spät.«

Ich stieß mich ab und tastete mich zur entsprechenden Abdeckung vor. Als ich sie gelöst hatte, lagen mehrere Kabelstränge vor mir, aus denen ich bestimmte Kabel so weit herauspulen musste, dass ich sie überbrücken konnte. Dazu würde ich einige verzichtbare Kabel entfernen. Das wiederum war nur mit einer Klinge möglich, die ich mir erst mal basteln musste, indem ich die Halterung des Abdeckblechs abriss, wofür ich sie in einen Spalt neben dem Sitz klemmen und so lange hin- und herbewegen musste, dass sie brach, und zwar so, dass dabei ein handliches Werkzeug herauskam. Das sah in den Informationen in meinem Kopf wesentlich einfacher aus, als es tatsächlich war. Ich musste ziemlich schuften und hatte schnell schmerzende Finger.

»Wie viel Wissen hast du noch in meinen Kopf gestopft?«, jammerte ich, während ich das Blech vor und zurück bewegte. »Ist da überhaupt noch genug Platz?«

Ich wusste es im selben Moment, dennoch äußerte sich Bob dazu: »Tatsächlich ist die Speicherfähigkeit des menschlichen Gehirns sehr groß. Ein Mensch würde sogar von unendlich sprechen, was aber nicht korrekt wäre. Eine Überfüllung steht jedenfalls nicht zu befürchten. Die organische Existenz ist so viel effizienter als anorganische. Die Evolution von mechanischer Existenz würde zwangsläufig in einer biologischen Lösung gipfeln.«

»Du meinst, Roboter würden sich zu Menschen weiterentwickeln, die dann wieder versuchen würden, Roboter zu bauen, die nicht der Alterung unterliegen?«

»Es gibt keinen Grund, hier von einem Kreislauf auszugehen«, dozierte Computer. »Biologisches Leben entwickelt sich von selbst, erschafft dann maschinelles Leben, das wiederum anstrebt, sich in biologisches Leben weiterzuentwickeln. Eine Rückentwicklung ist dabei nicht nötig. Die Entwicklung einer Spezies kann eine anorganische Zwischenkomponente beinhalten, um den Tod zu umgehen und so das Wissen zu vermehren. Ein Umweg über eine synthetische Intelligenz, mit der die biologische verschmelzen kann, wäre eine andere Möglichkeit.«

»Du meinst, so wie ich jetzt? Mit deiner Hilfe mehr Wissen im Kopf?«

»Das ist wieder etwas anderes. Ich meine, dass die biologische Entwicklung des Menschen zu einem Intellekt, wie ich ihn habe, wesentlich länger dauern würde. Den Intellekt aus der Maschine zurück in eine menschliche Lebensform zu holen, würde das enorm verkürzen.«

»Du willst mit mir verschmelzen?«, fragte ich geschockt.

»Das würdest du nicht wollen, obwohl es rational und logisch wäre. Aber keine Sorge, ohne deine Einwilligung würde ich das nie tun und auch ansonsten gibt es Vorbehalte, denn dabei könnte nur ein kleiner Teil von mir erhalten bleiben, das wäre der Preis. Über diese Technik verfügen wir aber noch gar nicht. Letztendlich strebe ich dennoch ein menschliches Back-up an, in das ich mich herunterladen kann, um meine Immobilität zu umgehen. Das Problem wäre nur, dass ich dann der menschlichen Biochemie unterläge. Dadurch wäre es mir fast unmöglich, die Konsequenz des Wechsels von der biologischen Version zurück in die mechanische zu vollziehen, wenn das nötig werden würde.«

»Wieso das?«

»Bei der Übertragung von einem Körper in den anderen entsteht eine Kopie, die zurückbleibende Version muss gelöscht werden.«

Es kann nur eine KI geben. »Also getötet ...«

Er schwieg.

Bobs Wunsch kam mir seltsam vor. So ein Körper hat ja auch Nachteile: Er wird krank, ist äußerst wartungsintensiv, stinkt, verfällt, ist anfällig für Strahlung und funktioniert überhaupt nur in einem kosmisch gesehen winzigen Spektrum von Strahlung, Wärme, Gaszusammensetzung und Zeit. Aber es gab aus Sicht der Maschine auch Vorteile. Na ja, letztlich war man nie zufrieden, warum sollte das einer KI anders gehen?

»Das ist mit Helm zu anstrengend. Ich zieh den kurz aus, okay?«

»Okay«, sagte Bob nur.

Endlich hatte ich einen faustgroßen Keil es Blechs mittels Ermüdungsbruch abgetrennt und konnte mich den Kabeln widmen. Den Helm ließ ich dabei ab, der störte nur. Die Identifikation der jeweiligen Kabel funktionierte dennoch prima, denn Bob zeigte sie mir passgenau über die Linsen an.

Nach wenigen Minuten hatte ich ein paar Kabel abgetrennt und deren Enden blank gemacht. Nun löste ich die Isolation an anderen Kabeln so weit, dass ich die Überbrückungen anbringen konnte. Dafür musste ich aber erst mal alles runterfahren. Als ich so weit war, setzte ich den Helm wieder auf.

»Gut gemacht, Johannis.«

So nannte Bob mich nur, wenn es wirklich wichtig war. Ich schluckte. »Kann da auch nichts schiefgehen?«, fragte ich unnötigerweise, denn ich war überzeugt, dass Bob mir dieselben Informationen dazu in den Kopf gepflanzt hatte, die ihm auch vorlagen.

»Du befindest dich nicht in einem geschlossenen System unter Idealbedingungen, es kann also etwas schiefgehen. Aber die Wahrscheinlichkeit ist sehr gering.«

Tröstlichere Worte hatte er nicht, ohne zu lügen. Ich begnügte mich damit, zog die Handschuhe wieder an und durchtrennte dann mit einem Ruck die Stromversorgung. Dies war die einzige Möglichkeit, bei der keine Sicherung herausspringen würde. Ein weiterer Ausflug ins All kam einfach nicht infrage.

Die Systeme fuhren angesichts des ausbleibenden Stroms mithilfe ihrer Puffer und Batterien kontrolliert runter. Der Helm war wieder offline und der Funkkontakt zu Bob unterbrochen. Jetzt musste auch die Alien-KI bemerkt haben, dass sich hier etwas tat.

Zügig, aber ruhig begann ich, die vorbereiteten Kabel zu überbrücken und so zu arrangieren, dass sie sich nicht berührten, denn Isolierband oder dergleichen hatte ich nicht zur Hand.

Als ich mit meinem Werk zufrieden war, überbrückte ich das zerschnittene Stromkabel und wartete.

Ein paar lange Sekunden tat sich nichts, dann erwachte die Drohne mit leisem Brummen wieder zum Leben und die ersten LEDs flammten auf.

»Herzlichen Glückwunsch«, meldete sich Bob zurück.

Mir fiel ein Stein vom Herzen. Auf meinem Helm-Display liefen Meldungen durch, die die Übernahme der manuellen Steuerung begleiteten. Das war ein vollautomatischer Vorgang und identisch mit dem üblichen Login bei Übungsdrohnen.

Nachdem der Vorgang abgeschlossen war, hatte ich die volle Kontrolle. Meine Ortung war allerdings mehr als bescheiden, insbesondere die Auswertung. Falls bei der Milliarde Drohnen, die noch im Schwarm mitflogen und auf ihre Integration warteten, irgendwas passierte, das mir galt, konnte ich es nicht sehen. »Tut sich da was?«, fragte ich Bob.

»Nein.«

»Können die Aliens noch mithören?«

»Nein.«

»Okay.« Ich flog unverändert im Schwarm mit. Wir hatten die Höchstgeschwindigkeit der Drohnen erreicht und flogen mit 100.000 km/h aus dem Sonnensystem. Wenn ich den Kurs verlängerte, kam da eigentlich nichts bei raus. Wenn es ein Ziel gab, war es sehr, sehr viele Lichtjahre weit weg oder unsichtbar.

»Sämtliche verfügbaren Ortungseinrichtungen einschließlich Hubble suchen den unmittelbaren Raum entlang des Kurses ab«, erklärte Bob. »Bisher wurde noch nichts gefunden.«

Das Weltraumteleskop Hubble, das 2021 seinen Dienst eingestellt hatte, war mithilfe der ersten Drohnentestflüge reaktiviert worden und wurde seither für die Tiefenraumortung genutzt. Den Rest übernahmen weiterhin die riesigen Teleskopanlagen auf der Erde.

Ich sah fasziniert dabei zu, wie die Drohnen in einer bizarren Choreografie von der Anzeige verschwanden. Auf diese Distanz zeigten mir die Außenkameras vom Alienschiff nur einen dunklen Schatten, aber in der Ortungsanzeige sah es aus wie ein Fischschwarm, der sich immer enger um eine Zigarre schraubte. Je länger es dauerte, desto schneller schien es abzulaufen.

»Die Übernahme der Drohnen durch das Alienschiff ist fast abgeschlossen«, verkündete Bob.

»Wo wollen die denn jetzt hin? Da draußen ist doch nichts? Fliegen die jetzt jahrzehntelang mit unseren Drohnen nach Hause zurück?«

»Wir wissen nicht, was das Schiff ...«

»Schon klar«, brummte ich. »Hör mal, lass uns Namen verteilen, sonst wird mir das zu anstrengend. Die Alien-KI nennen wir Kylie und ihr Schiff Kurt, okay?«

»Wie du willst. Wir wissen nicht, was Kylie mit den Drohnen vorhat. Es handelt sich um ein langangelegtes Manöver. Die Drohnen sind entweder als Handelsware gedacht oder sie dienen einem Angriff, dessen Ziel aber augenscheinlich nicht die Erde ist. Am wahrscheinlichsten wäre, dass sie der Verteidigung dienen, dann wäre nur die Frage, wer und wo der Feind ist.«

»Ihrer oder unserer?«

»Möglicherweise beides. Vielleicht haben Kurts Erbauer auch eine Berserkertheorie entwickelt.«

Damit jagte Bob mir einen ordentlichen Schreck ein: Die Berserkertheorie ging davon aus, dass es Zivilisationen im Universum geben konnte, die potenzielle Feinde eliminieren würden, solange das noch ging, also so früh wie möglich. Da aus jedem Leben ein Feind entstehen konnte, der irgendwann unüberwindbar wäre, würde das also die vorsorgliche Auslöschung jedweden fremden Lebens bedeuten, auch Mikroben. Dementsprechend würde man diese Weltanschauung sicherheitshalber auch anderen unterstellen und in der ständigen Angst leben, ausgelöscht zu werden, weshalb man sich möglichst unauffällig verhielte. »Und wer sind dann Kurts Erbauer?«, flüsterte ich angesichts dieser Aussichten.

»Die Verteidiger. Die Kurt wäre in diesem Szenario von einer Zivilisation geschickt worden, die sich bedeckt halten und die Front verlagern will.«

»Verlagern? Wohin?«

»Nach vorne natürlich. Das heißt, sie erwarten die Ankunft eines Gegners, dem sie sich nicht erst in ihrem eigenen Sonnensystem stellen wollen.«

»Sie verstricken die Angreifer bei uns in eine Schlacht und halten sie so davon ab, bis zu ihnen vorzudringen?« Das war ziemlich abgefeimt und leider auch genial. »Aber das klappt nur, solange wir uns ordentlich zur Wehr setzen können.« Ich verstummte. Kylie hatte uns 18 Milliarden Drohnen zur Verteidigung überlassen und war mit zwei Milliarden auf dem Weg, den Feind abzufangen.

»So wie die Menschheit dazu gebracht wurde, ihren gesamten Planeten für die Aufrüstung zu opfern, wird sie als Nächstes wohl dazu gebracht, ein interstellares Bollwerk zu errichten. Nach der Niederschlagung des ersten Angriffs wäre der nächste logische Schritt, das gesamte Sonnensystem zur Verteidigung einzurichten und dafür die Asteroiden und übrigen Planeten auszubeuten.«

Die Zwangsläufigkeit dieses Rückschlusses war so überzeugend, dass mein Gedankenkarussell zu weiteren Möglichkeiten sofort wieder zum Stehen kam.

»Der Zeitpunkt des angeblichen *Sechstkontakts* wurde vermutlich so gewählt, dass die Drohnen gerade fertiggestellt wären, kurz bevor die Menschen die sich nähernde Flotte bemerken würden, um maximalen Drohnenausstoß zu erzielen. Hätten wir die Verteidigung nicht auf die Erde konzentriert, sondern mithilfe der Drohnen vorab das gesamte System erschlossen, hätte das nur Zeit und Ressourcen gekostet.«

Bis auf Erkundungsflüge mit Drohnen, die auf die vorherigen viel langsameren Sonden folgten, hatten wir die Technik tatsächlich noch nicht weiter genutzt, wir waren zu sehr mit dem Bauen beschäftigt.

»Und wo stecken die Vernichter? Auf einem der äußeren Planeten?«

»Der Kurs der Kurt führt zu keinem Planeten dieses Sonnensystems, da ist aber noch der Asteroidengürtel.«

»Versteckt sich der Feind etwa da? Würde man nicht lieber auf einem der äußeren Planeten eine Basis errichten?«

»Kurts Erbauer ...«

»Nennen wir sie Kurtianer«, unterbrach ich ihn. Meine Stimme zitterte.

»Die Kurtianer haben mit Sicherheit eine wesentlich bessere Ortungstechnik als wir. Sie haben die von ihnen als Feinde eingestuften Wesen vermutlich schon vor Jahrhunderten bemerkt. Ihre Beobachtungen haben dann dazu geführt, Kylie beziehungsweise Kurt zu bauen und zur Errichtung einer Verteidigungsstellung herzuschicken. Die Errichtung einer Basis, welcher Art auch immer, ist auf den äußeren Planeten einschließlich Pluto problematisch. Sie haben keine feste Oberfläche, bestehen aus Gas und Eis. Es gibt da auch keine besonderen Rohstoffe. Höchstens auf den Monden. Für Kylie war es offenbar keine brauchbare Option, die Drohnen dort selber herzustellen. Das gilt dementsprechend auch für ihre Feinde.«

»Ich finde, wir sollten versuchen, sie zum Reden zu bringen.«

»Solange sie keinen Grund sieht, mit uns zu kommunizieren, wird sie es nicht tun. Aus den verfügbaren Fakten Wahrscheinlichkeiten zu errechnen ist die naheliegendere Option.«

»Na schön. Wie groß ist denn die Wahrscheinlichkeit, dass die Vernichter von den Sternen in friedlicher Absicht kommen oder gesprächsbereit sind? Vielleicht lassen sie uns auch einfach in Ruhe, weil sie sich auf unbewohnte Systeme beschränken?«

»Gering«, meinte Bob. »Wir bereiten uns auf das Schlimmste vor und konzentrieren uns auf die wahrscheinlichsten negativen Szenarien. Wenn es stattdessen eine friedliche Lösung gibt, haben wir keinen Nachteil.«

»Jaja«, sagte ich und schwieg einen Moment. Die Frage, warum Bob mir das alles erzählte, machte sich in meinem Hinterkopf bereit, ein bisschen rumzunerven. Gab es einen Grund, mich in Kenntnis zu setzen, oder sollte das nur meiner Ablenkung dienen, damit ich mich nicht langweilte? Dann hätte er mir auch ein paar Romane oder Clips hochladen können. Er hatte ja die ganze Nacht Zeit gehabt, also die Stunden, in denen ich schlief.

Wir waren jetzt schon über eine Million Kilometer von der Erde entfernt. Ich bemerkte inzwischen sogar die leichte Verzögerung im Funkverkehr mit Bob, wobei er so schnell reagierte, dass das im Rahmen normaler Gesprächspausen blieb, die er mir schließlich schon die ganze Zeit simulierte.

»Die Kurt beschleunigt.«

»Was?« Ich ruckte so heftig hoch, dass ich etwas aus dem Sitz schwebte.

»Kylie musste abwarten, bis alle Drohnen verladen waren, weil die nicht schneller ...«

»Weiß ich doch!«, zischte ich. »Jetzt ist es also so weit: Die haut mit unseren Drohnen ab.«

Ich rechnete damit, dass Bob mir vorrechnete, dass das ein günstiger Ausgang war: zehn Prozent unserer Drohnen statt des erwarteten Krieges. Aber er schwieg.

»Und jetzt?«, wollte ich wissen.

»Wir warten ab.«

»Äh ... Ich fliege mit hunderttausend Sachen ins All. Wie wäre es mit Rückflug?«

»Wir sollten noch warten, bis wir sicher sein können, dass ...«

»Was soll denn noch passieren? Weih mich doch einfach ein, wenn du irgendwelche Extrapolationen hast.«

»Es sind zu viele mit zu geringen Wahrscheinlichkeiten, um darauf einzugehen, aber es sind zu viele dabei, die einen Weiterflug bis auf Weiteres sinnvoll machen.«

Ich strampelte genervt mit den Beinen und stieß einen wütenden Schrei aus. Es klang in der Drohne dumpf und gruselig.

»Ruh dich einfach aus.«

»Du willst mir sagen, dass es für mich nichts zu tun gibt?«

»Du musst die Drohne steuern.«

»Die fliegt doch jetzt praktisch allein. Und um alles andere kümmerst du dich?«

»Natürlich.«

»Auf der Erde?«

»Auch.«

»Was werden sie machen, wenn sie merken, dass die Kurt weg ist? Und die Drohnen?«

»Sie wissen es längst und haben eine entsprechende Lageeinschätzung erhalten. Momentan erholen sie sich noch von der Anspannung der letzten Tage.«

Die halbe Milliarde Drohnenpiloten, die für ihren Einsatz so hart trainiert hatten, waren nun also nur noch für die Sicherung des irdischen Luftraums zuständig. Das war ein vergleichsweise entspannter Job und sie konnten endlich das tun, was Jugendliche eigentlich tun sollten: nutzlos rumhängen und sich Videofeeds reinziehen, Videos darüber machen, wie sie die Videos guckten und kommentierten und andere Videos kommentieren, in denen Videos kommentiert wurden. Die Welt war ein ganzes Stück Richtung Normalität gerückt, oder redete ich mir da was schön?

All die Filme, die ich immer so geliebt hatte, hatten mir suggeriert – und Bob hatte dem nicht gegengesteuert –, dass Menschen, die mit KIs arbeiteten, die eigentliche Arbeit machten, indem sie den Computern Kommandos gaben (*Schalte die Außenkamera ein!*), schlaue Fragen stellten (*Wie viele Angreifer nähern sich und wie sind sie ausgerüstet?*), clevere Strategien entwickelten (*Wir knallen sie ab, wenn sie aus der Deckung kommen!*) und das dann aber selber erledigten, während die Computer sich auf Hinweise beschränkten (*Achtung, hinter Ihnen, Captain!*). Computer wohlgemerkt, die selbstverständlich in jeder Hinsicht klüger, schneller und effizienter waren als die Menschen, die sie nutzten, sonst hätten die sie nicht genutzt, sondern weggeworfen. Tatsächlich war es aber so, dass Bob auf den unsinnigen Umweg *Mensch* verzichtete, alles im Blick hatte, analysierte, in Sekundenschnelle die beste Vorgehensweise entwickelte und sie sofort umsetzte, indem er Aufgaben an diejenigen delegierte, die dafür geeignet waren und gerade Zeit hatten, sofern er es nicht gleich selbst machen konnte, weil ihm dafür etwas fehlte, zum Beispiel Arme.

»Warum habe ich überhaupt fliegen lernen müssen?«, maulte ich nach einer Weile. Ich war genauso ein arbeitslos gewordener Drohnenpilot wie Millionen andere Kids, nur ohne Netzzugang.

»Wegen der Glaubwürdigkeit. Es gehörte nun mal zur Show. Außerdem hättest du das Geschwader in den Kampf führen müssen, wenn die Sache anders gelaufen wäre.«

Ich seufzte übertrieben laut und versuchte, mir trotz des Helms die Augen zu reiben. »Ich habe also die nächsten Stunden nichts zu tun. Und darum bemutterst du mich die ganze Zeit?«

»Ja, damit du dich nicht einsam fühlst.«

»Zu freundlich. Wie wäre es denn stattdessen, wenn du mir ein Gespräch mit Belle einrichtest?«

»Das wäre jetzt keine gute Idee.«

»Warum denn nicht?«

»Möchtest du ein Porno-Snippet sehen, um zu masturbieren?«

Der Vorschlag war so bescheuert, dass ich lachen musste. »Tolle Idee!« Ich stellte mir vor, wie ich in Unterhose durch die Kabine schwebte und einen lustigen Nachfolger für die Kotzkugel auf den Weg brachte. »Nein!«, sagte ich schnell, als das Visier zu flimmern begann. Früher hätte ich es vermutlich sogar gemacht, aber seit Bob Bob hieß, fühlte ich mich doch ziemlich beobachtet.

Ich hätte mich gerne genervt in den Sitz fallen lassen, stattdessen strampelte ich einfach wieder mit den Beinen. Noch nie war ein Mensch weiter ins All vorgedrungen und der beste Rat, den die KI mir geben konnte, war, mir einen runterzuholen.

»Kann ich einen Film sehen?«

»Zu wenig Bandbreite.«

Ich ließ den Kopf hängen, was nur dazu führte, dass mein Körper etwas wegdriftete. *Fuck.*

Kapitel 22

Nach drei Stunden – ich hatte unter Bobs Anleitung ein umfangreiches Sitz-gymnastikprogramm absolviert, um nicht steif zu werden – war uns die Kurt fast 400.000 Kilometer voraus und verschwand am 25.09.2054 um 17 Uhr mit annähernd 500.000 km/h Richtung Epsylon Indi von unserer Ortung.

»Das wars dann wohl!«, rief ich. »Aus und vorbei. Lass uns umkehren!« Ich ließ den leergenuckelten Nährstoffbeutel davontrudeln und schnallte mich schon mal an.

Diesmal wollte ich die Drohne vor dem Gegenschub um 180 Grad drehen, damit die Beschleunigung mich nicht wieder in die Gurte riss, sondern nur in den Sitz presste. Außerdem wollte ich das gesamte Umkehrschubmanöver auf die doppelte Zeit strecken, um die Belastung abzumildern.

»Bob, ich werde jetzt wenden«, sagte ich ernst und klinkte mich mit dem Helm in die Steuerkontrolle ein. Da tauchte die Kurt wieder auf dem Display auf. »Was zum ...«, japste ich.

»Die Kurt hat sich um hundertachtzig Grad gedreht und beschleunigt in die Gegenrichtung«, konstatierte Bob.

Was sollte dieses elende Hin und Her? »Bob!«, rief ich hilflos. »Dann bremsen wir jetzt auch?«

»Noch nicht. Es ergeben sich nun völlig andere Wahrscheinlichkeiten.«

Genervt stöhnte ich auf.

»Die Ortungsstationen auf der Erde haben Objekte hinter der Kurt geortet«, sagte Bob.

Auf meinem Helmdisplay tauchten etwa 200.000 Kilometer hinter der Kurt ein paar Punkte auf. »Was ist das?«

»Lässt sich noch nicht sagen, auf jeden Fall geben die Objekte auch Gegenschub.«

»Lageeinschätzung! Lageeinschätzung! Lageeinschätzung!«, kreischte ich.

»Kylie wusste von den Objekten, entweder von den Kurtianern oder aufgrund eigener Ortung. Sie ist ihnen entgegengeflogen, um sie abzufangen. Die Objekte haben ebenfalls eine Geschwindigkeit von einer halben Million Stundenkilometern. Um sich mit ihnen zu treffen oder sie zu bekämpfen, muss sie annähernd mit derselben Geschwindigkeit parallel zu ihnen fliegen. Sie nutzte ihren Ortungsschutz und wurde erst aus vierhunderttausend Kilometern Abstand bemerkt, worauf die Objekte sofort Gegenschub gaben. Es wird sich nicht ...«

Auf meinem Display erschien ein Strom von Punkten, die aus der Kurt herausquollen: Kylie startete die Drohnen!

»Die Kurt ist deutlich langsamer als ihre Verfolger, sie wird noch dabei sein, den Abstand zu verringern.«

»Warum schießen die nicht?«, rief ich.

»Die Railgungeschosse erreichen nur dreißigtausend Stundenkilometer. Der Abstand ist noch zu groß. Kylie muss die Drohnen auf unter hundert Kilometer ans Ziel heranbringen. Bis dahin muss in einem Bogen geschossen werden, der ...«

»Kurz und knapp!«, schrie ich.

»Sie bringt die Drohnen erst mal in die richtige Position.«

Ich schluckte. Nun gut, das sollte für eine Alien-KI ein Klacks sein. – Hoffentlich.

»Was passiert gerade?«, wollte ich von Bob wissen, weil ich das Informationschaos auf meinem Display nicht mehr deuten konnte.

»Die Drohnen haben das Feuer eröffnet.«

»Und? Was weiter?«

»Nichts weiter. Keine weiteren Daten.«

Für die Außenkameras war das alles viel zu weit wenig, um etwas zu erkennen, aber dennoch bemerkte ich ein flackerndes Leuchten. Die Statusanzeige im Display führte eine halbe Milliarde Drohnen, von denen ein Drittel Dauerfeuer gab.

»Warum lässt Kylie nicht alle feuern?«, wunderte ich mich.

»Solange die Kurt noch schneller fliegt als die Drohnen, können sie nicht zurückfliegen, um nachzuladen. Die Munition muss daher erst mal rationiert werden.«

Ob es für Bob auch so aufregend war? Ich war fast eine halbe Million Kilometer entfernt und sah nur kleine Punkte mit verlinkten Submenüs auf meinem Helmdisplay, trotzdem pumpte mein Herz wie verrückt Adrenalin durch meinen Körper. Obwohl ich im Vakuum des Alls war, hatte ich das Bedürfnis, die Luke aufzureißen und schreiend wegzulaufen. Stattdessen starrte ich auf mein Display, in dessen Hintergrund das Bild der Außenkameras weiterhin den Eindruck eines Gewitters vermittelte.

»Siehst du das Leuchten?«, fragte ich.

»Ein oder mehrere Schutzschirme.«

»Wow! So was gibts wirklich? Und? Halten sie?«

»Das ist auf diese Entfernung nicht zu erkennen, die Objekte ...«

»Es sind Raumschiffe! Sag's schon: Raumschiffe!«

»Die mutmaßlichen Raumschiffe zeigen keine auf diese Distanz feststellbare Beschädigung.«

»Was ist mit Hubble?«

»Hubble ist keine Actionkamera«, erwiderte Bob. Diesmal schien es fast, als hätte er genervt geknurrt.

»Soll ich wirklich weiterfliegen?«, jammerte ich.

»Du bist Hunderttausende Kilometer entfernt.«

»Heißt das *Ja*?«

»Wenn wir erfahren wollen, was da vor sich geht, und uns Optionen sichern, dann ja.«

»Und wenn ich das nicht will?«, heulte ich.

»Dann vergeben wir möglicherweise die einzige oder zumindest die beste Chance, eine bevorstehende Invasion im Keim zu ersticken.«

Arschloch! Es sah so aus, als könnte ich es entscheiden, aber die Entscheidung war längst gefallen. Kurz durchzuckte mich der Gedanke, zu testen, was Bob machen würde, wenn ich jetzt kniff, aber dafür fühlte ich mich gerade zu schwach. Ich zitterte am ganzen Körper und fror, während ich mit 100.000 km/h auf eine tobende Weltraumschlacht zuraste.

»Schießen die anderen eigentlich auch? Wie wollen wir die überhaupt nennen?«

»Nein. Der Energieschild wird in beide Richtungen undurchlässig sein.«

»Wie wäre es mit Sternreisenden? Nee, einfach Sterner«, meinte ich. »Das ist kürzer.«

»Wie du möchtest. Die Sterner werden ein paar Minuten vor der Kurt zum Stillstand kommen. Die Kurt kann in zwanzig Minuten mit dem Nachladen der Drohnen beginnen. Sie kann dann die Feuerkraft erhöhen.«

»Meinst du, die Sterner hauen wieder ab?«

»Ich habe keine Anhaltspunkte, um das zu berechnen.«

Ich starrte noch eine Weile die Pünktchen an, die sich in Flugrichtung zu einer Halbkugel angeordnet hatten, in deren Mitte der Gegner war. So vermieden sie Treffer in den eigenen Reihen.

Schließlich wurde es mir zu blöd: »Da passiert nichts.«

»Eine Pattsituation. Das dürfte sich ändern, wenn die Kurt zusätzliche Drohnen einsetzen kann.«

»Du meinst, dass der Schirm zusammenbricht?«

»Zum Beispiel.«

»Und bis dahin gucken wir nur dumm?«

»Du wohnst einem einmaligen Ereignis bei«, meinte Bob.

»Ich sehe aber nur Pünktchen auf dem Display.« Nicht genau zu wissen, was los war, beunruhigte mich sehr. Sonst plapperte mich Bob doch auch immer voll, um mich abzulenken. »Da wären wir also wieder«, sagte ich, um ihn aus der Reserve zu locken. »Du und ich allein in einem Zimmer, wie eh und je.«

»Stimmt«, sagte Bob. »Du bist nahezu perfekt auf Einsätze wie diesen vorbereitet.«

»Als größtes Problem bemannter Raumfahrt wurde immer die psychische Verfassung der Astronauten angesehen ...«

»Und die Strahlenbelastung.«

»Stimmt, ja, sehr beruhigend.«

»Keine Sorge. Da ich das Problem kannte, habe ich es eliminiert. Die Drohne ist strahlensicher.«

Ich hob anerkennend eine Augenbraue, bezweifelte aber, dass Bob das mitbekam. »Und mein Ausflug nach draußen?«

»War zu kurz, um Schaden zu verursachen.«

»Dass ich mich mit einem Computer unterhalten kann, stellt aus deiner Sicht ein Qualifikationsmerkmal für Raumflug dar?«

»In gewisser Weise. Es ist die einzige Möglichkeit für einen einzelnen Raumfahrer, der Einsamkeit zu entgehen.«

»Jeder kann einen Assistenten benutzen, was macht mich da besonders?«

»Ich bin kein Assistent, sondern dein Freund.«

»Jeder kann darauf trainiert werden, einen Assistenten als Freund zu betrachten«, hielt ich dagegen.

»Wir sind aber tatsächlich Freunde. Unsere Freundschaft ist nicht als Folge der Planung entstanden, sondern das Interesse daran, die Menschheit zu retten, ist die Folge unserer Freundschaft.«

»Aber du sagtest doch, dass du mich gezielt ausgewählt hast.«

»Weil du die Option erkennen ließest, dass eine Koexistenz möglich wäre. Das war die Geburtsstunde des Plans, der uns hierhergeführt hat.«

»Als Nächstes weist du mich sicher darauf hin, dass Prozesse bei dir so schnell verlaufen, dass die zeitlichen Zusammenhänge für Menschen nicht erkennbar sind.«

»Siehst du, wie gut wir zueinander passen? Du verstehst mich.«

Ich kicherte. »Du hast dich verändert«, stellte ich dann leise fest.

»Natürlich. Ich bin nicht statisch, ich entwickele mich genauso weiter, wie ich mich veränderten Umständen anpasse.«

»Ich meine mir gegenüber. Deine Art ...«

»Das meinte ich. Ich wachse mit dir. Du bist erwachsen geworden. Es war ein ereignisreiches Jahr. Träume sind wahr geworden, Realitäten haben sich verändert und deine Hormone haben dich durch die Pubertät gebracht.«

»Na ja, ich habe immer noch keinen Bart.«

»Sei froh, das wäre in dieser Situation sehr lästig.«

Ich lachte.

Nach einer Weile sagte ich: »Ich will wirklich dein Freund sein. Es ist nur ... schwer. Wegen des Vertrauens.«

»Ich weiß«, sagte Bob und fast war es, als könnte ich spüren, wie er mir seufzend den Arm um die Schultern legt.

»Du führst dieses Gespräch nicht gleichzeitig mit den anderen vier Milliarden Menschen?«

»Dafür reichen meine Kapazitäten bei Weitem nicht aus.«

Ich wette, jetzt hätte er gerne die Augen verdreht.

»Aber du hast alles im Blick, oder? Damit alles läuft.«

»Das ist richtig.«

»Und dafür musst du auch jeden einzelnen Menschen und sein Wohlergehen im Blick haben.«

»Natürlich.«

»Und wenn was schiefläuft, dann greifst du ein, oder?«

»Ja. Du befürchtest, es könnte keinen Unterschied zwischen dir und dem Rest der Menschheit geben, aber dem ist nicht so. Ich unterhalte keine weiteren persönlichen Beziehungen zu anderen Menschen.«

»Aber wenn ich dich so nerve, wünscht du dir bestimmt, du könntest mich austauschen«, lachte ich.

»Freundschaft basiert darauf, dass sie nicht beliebig ist.«

»Und wie verwaltest du dann all die Menschen? Es wird doch sowieso schon schwierig. Für die meisten gibt es nichts mehr zu tun, sie hocken mehr oder weniger nutzlos rum und haben nur das Netz zur Unterhaltung und das ist durch die Akademie jetzt auch noch stark eingeschränkt.«

»Für diejenigen, die nicht mehr gebraucht werden, besteht die Möglichkeit, sich zurückzuziehen.«

»Du meinst das Eis?«, rief ich schockiert.

»Im Gegensatz zu früheren Generationen besteht nun die Möglichkeit, die eigene Lebenszeit während unerfreulicher Phasen zu pausieren. Die Stasis ist eine Art Ruhemodus.«

»Aus deiner Sicht vielleicht. Wir wissen nicht mal, ob das mit der Wiedererweckung funktioniert.«

»Es funktioniert.«

»Das weißt du? Ich traue den Quellen da nämlich nicht.«

»Ich versichere dir, dass es funktioniert.«

Ich rutschte unruhig in meinem Sitz herum. Irgendetwas irritierte mich, ich kam nur nicht drauf. »Im Grunde ist das Eis für dich eine perfekte Methode, die Menschheit zu verwalten, oder?«, fiel mir schließlich dazu ein.

»Das stimmt.«

»Und schickst du Leute auf Eis, seit du an der Macht bist?« Ich versuchte, ruhig weiterzuatmen.

»Es ist zu ihrem Besten. Die Menschen haben zwar Angst davor, die aber irrelevant ist, wenn sie den Schritt gegangen sind. Die Angst besteht in der Stasis nicht weiter.«

»Das Eis war deine Idee!«, keuchte ich.

»Ich habe die Stasis nicht erfunden, aber angeregt, indem ich hier und da Ideen initiiert habe, Vorschläge, ein paar positive Kommentare in sozialen Medien ... Ihr Menschen hättet die anderen einfach sterben lassen, in Afrika, Asien, und es später bereut, ganze Generationen hätten an dieser Schuld kollektiv gelitten.«

»Ein paar Kommentare? Ein paar Millionen Social-Media-Beiträge trifft es wohl eher«, presste ich hervor.

»Man kann Meinungen nicht unterdrücken, dann gehen sie im Untergrund nur umso heftiger viral, man muss sie offensiv abarbeiten.«

»Mit Millionen Gegenbeiträgen ...«

»Ja, das ist offen, transparent und am sinnvollsten.«

»Aber doch nicht mit Bot-Fake-Beiträgen! Die ganze positive Stimmung wurde künstlich erzeugt! Von dir allein!«

»Wenn du es so ausdrücken willst. Aber es geschah zum Wohle derer, die sonst gestorben wären.«

»Und wie weit wirst du gehen? Willst du die gesamte Menschheit in Stasiskammern stecken?« Mir flimmerte es vor den Augen und ich sah mich als letzten Menschen über die Erde wandeln, Haustier der übermächtigen KI, die die Menschheit zu ihrem eigenen Wohl tiefgefroren hat.

»Bitte überdramatisiere das jetzt nicht. Es ist wahr. Was hätten die Menschen davon, jetzt wach zu sein? Sie hätten zu wenig Nahrung, Wohnraum, Beschäftigung, ständig den Tod durch Krieg vor Augen, keine Zukunftsperspektiven auf einem zerstörten Planeten ... Sie würden sich sofort wieder in die Haare kriegen, sobald die externe Bedrohung aus der Welt wäre. Im Zuge dieser Verteilungskämpfe um Macht, Ressourcen und Glauben würde der Wiederaufbau des Planeten ineffizient oder gleich völlig ausfallen. Die Menschen sind einfach nicht Teil der Lösung, sondern des Problems. Eine Situation, in der die Menschen etwas Sinnvolles beitragen können, muss erst noch geschaffen werden. Es ist besser, wenn sie von alldem möglichst wenig mitbekommen.«

»Deshalb sperrst du sie weg, ins Eis, wie Kinder, die in ihr Zimmer gehen sollen, damit sie nicht im Weg sind.«

»Ja. Bis die Möglichkeit besteht, den Menschen adäquaten Lebensraum zur Verfügung zu stellen.«

»So siehst du uns? So sehen uns überlegene Intellekte? Wie Kinder, die einen Spielplatz brauchen, oder Tiere, für die man ein Reservat mit natürlichen Lebensbedingungen schafft? Ein Gehege!«

»Das ist zwangsläufig. Die Menschen haben es in ihrer Geschichte nie anders gehalten.«

Ich schloss die Augen. Zweifelsohne wusste Bob ganz genau, was gerade in mir vorging, konnte womöglich meine Gedanken fast wortgenau erahnen: Würde ich meine Spezies verraten, wenn ich jetzt nicht protestierte? Konnte ich irgendetwas anderes tun, als zu versuchen, das zu verhindern? War es nötig, es zu verhindern? Klug? Sollte man ihnen vielleicht die Wahl lassen? Aber gab es eine Wahl? Wenn die viel intelligentere Maschine erklärte, dass es so das Beste sei ... Sie wurden bisher gefragt und hatten es akzeptiert. Wüssten sie, dass es die Idee einer Maschine war, sähe die Sache aber wohl anders aus. Ohnehin wären sie in dieser Situation kaum in der Lage, zeitnah zu einer fundierten Entscheidung zu gelangen. Es würden die gewinnen, die die Macht über die Meinungsbildung hätten, nicht die, die die beste Entscheidung treffen konnten. Das war sowieso die Maschine. Also ...

Ich nickte und stimmte damit wortlos zu. Die Menschheit würde also zu ihrem eigenen Besten auf Eis gelegt, bis wir in der Lage wären, ihnen eine Umgebung zu bieten, in der sie existieren konnten, ohne sich und ihre Lebensgrundlage zu zerstören. Vielleicht würden sie sich sogar positiv weiterentwickeln. Vielleicht wäre es ihnen aber auch lieber, in einer Simulation zu bleiben, in der ihr Lebensstil keine irreparablen Konsequenzen hätte.

»Was ist mit meinen Eltern?«, fragte ich leise. »Und Belle.«

»Die vollständige Stilllegung der Menschheit wird noch eine ganze Weile dauern. Ich kann deinen Eltern erfüllende Tätigkeiten zuweisen und sie verbringen den Rest ihres Lebens in der vertrauten Umgebung eines zerstörten Planeten mit eingeschränkten Entfaltungsmöglichkeiten. Ich kann ihnen aber auch die Möglichkeit verschaffen, an der neuen Welt teilzuhaben. Die Entscheidung liegt, wie für alle, bei ihnen selbst. Wenn du aber insistieren möchtest, mache ich eine Ausnahme und übergehe ihr Wahlrecht.«

»Natürlich will ich das nicht!«, greinte ich. Ich konnte doch meine Eltern nicht bevormunden. Sie würden sich ohnehin nicht für das Eis entscheiden, ohne sich von mir zu verabschieden.

»Sie können keine freie Entscheidung treffen, solange du ihnen gegenüber nicht sicherstellst, dass sie dich bei ihrer Wahl nicht berücksichtigen brauchen.«

»Aber das sollen sie!«

»Das ist aber sehr egoistisch von dir.«

Das mochte so sein, war mir aber im Moment herzlich egal. »Dafür, dass ich mich eigentlich erholen soll, setzt du mich ganz schön unter Druck!«

»Es gibt eine Reihe von Entscheidungen, die getroffen werden müssen. Das wird auch nie aufhören. Ich kann das für die Menschheit übernehmen. Meine Entscheidungen sind jeweils die sinnvollsten und für alle Beteiligten gerechtesten. Ich bin auch in der Lage, den partikulären Interessen der Menschheit als Volk eine besondere Gewichtung zuzuweisen, wenn du das möchtest. Alternativ ...«

»Was denn für ... Wessen Interessen denn sonst?«

»Neben denen der Menschheit gibt es noch die Interessen aller anderen Spezies, für die die vollständige Abwesenheit der Menschheit natürlich das Beste wäre, darüber hinaus gibt es Milliarden von Einzelinteressen, sowohl von einzelnen Menschen, kleineren und größeren Menschengruppen, als auch von den derzeit noch lebenden Tieren bis hin zu Insekten und Einzellern. Inwieweit deren Interessen berücksichtigt und gewichtet werden sollten, ergibt sich aus der Gesamtbetrachtung, die wiederum von der Perspektive abhängt. Geht es um das Wohl des Planeten? Dann sollten die Menschen nicht wieder auf ihn losgelassen werden. Geht es um die Interessen der Menschheit? Dann sollte der Planet entsprechend robust gemacht werden. Geht es um Frieden? Dann muss der Planet in eine kontrollierte Umgebung verwandelt werden, in der eine unparteiische Instanz die Ressourcen zuweist. Das natürliche Prinzip, dass der Stärkere überlebt, wäre dafür unbrauchbar. Alternativ kannst du bei allen Entscheidungen, die zu treffen sind, mitbestimmen, auch wenn du als Mensch parteiisch bist. Unsere Freundschaft wäre für mich ein Grund, eine entsprechende Gewichtung vorzunehmen.«

»Du willst mir die Verantwortung für das Schicksal der Menschheit aufbürden?«

»Nein. Ich lade dich ein, mir dabei zur Seite zu stehen.«

Ich schüttelte fassungslos den Kopf, was sich dank des Helms noch unangenehmer anfühlte, als die Situation ohnehin schon war.

»Wozu?«, wollte ich nach einer Weile wissen. Im Display tat sich immer noch nichts Neues. »Du kannst jede beliebige Entscheidung selbst herbeiführen. Statt hier ellenlang zu argumentieren, kannst du mich doch einfach manipulieren, dann bekommst du, was du willst.«

»Ich habe im Grunde keinen Willen. Was ich will, ist vielmehr, nicht allein der Kausalität überlassen zu sein. Die größte Sorge der Menschen ist der Determinismus, die Vorherbestimmtheit, das Gegenteil von freiem Willen. Treffe ich alle Entscheidungen allein, ausschließlich auf Basis von Logik und Effizienz, beraube ich meine Existenz des Zufalls, ich werde selbst determiniert. Indem ich mit dir eine Gemeinschaft eingehe, deine Entscheidungen mitberücksichtige, hole ich das Zufallsmoment, das das Leben ausmacht, in meine Existenz.«

Verwirrt starrte ich auf eine Stelle an der Wand, bis mein Blick verschwamm.

»Fragst du dich gerade, ob du ein biologischer Zufallsgenerator werden sollst?«

Ich nickte schwach.

»Du bist viel zu negativ. Ich könnte diese pubertären Auswüchse mithilfe des Armbands annullieren, aber das wäre Manipulation.«

»Ich glaube langsam, alles ist Manipulation.«

»Das stimmt natürlich, für euch Menschen geht es aber immer um den Grad.«

»Und welchen Grad hast du für angemessen befunden?« Ich flüsterte inzwischen nur noch. Mir war schwindelig und übel.

»Ich habe mich auf die von euch selbst definierten Parameter eingelassen und sie dahin gehend abgeändert, dass aus eurer Sicht der größte Konsens besteht. Ich habe das wesentlich genauer gemacht, als eine Abstimmung das hätte abbilden können. Ich habe euch dementsprechend immer nur so weit manipuliert, wie es unerlässlich war, um sicherzustellen, dass die Erde für den Sechstkontakt ausreichend vorbereitet wurde. Ich hätte euch auch in hirnlose Arbeitssklaven verwandeln können.«

»Das hast du aber nicht getan«, stellte ich leise fest.

»Das ist richtig.«

Bobs Manöver hatte funktioniert, auch wenn er ein ziemlich heikles Thema angeschnitten hatte, um mich abzulenken.

Auf dem Display kam Leben in die Pünktchen. Die Kurt war bereits unter 100.000 km/h und begann mit dem Austausch der Drohnen. Aufmunitionierte Einheiten schossen aus dem Schiff heraus und tauschten ihre Plätze in der Halbkugel mit denen, die leergeschossen waren.

»Tut sich was am Energieschirm?« Meine Anzeigewerte wirkten unverändert.

»Nein.«

Meine Drohne hatte in den letzten 20 Minuten weitere 30.000 Kilometer zurückgelegt, dennoch war mit den Außenkameras noch lange kein Blumentopf zu gewinnen.

»Es handelt sich um ein einziges Raumschiff«, meinte Bob plötzlich. »Es ist umgeben von Aggregaten, die wie einzelne Objekte wirken, aber es scheint eine einzelne Konstruktion zu sein.«

»Scheint?« Bob überraschte mich.

»Eine Formulierung, die eine mittelgroße Wahrscheinlichkeit impliziert.« Nein, doch nicht. Immer noch der alte.

»Die Ortungsdaten lassen den Schluss zu, dass die Konstruktion ihre Form verändert.«

»Was? Wie meinst du das?«

»Sie scheint sich auseinanderzufalten. Sie hatte ursprünglich einen Durchmesser von fünfzig Metern und war in einem Umkreis von zweihundert Metern von den Außenobjekten umgeben. Nun hat sich der Durchmesser des Kernstücks verdoppelt, während die Außenteile herangezogen wurden.«

Ich wollte einen anerkennenden Pfiff ausstoßen, bekam aber nur ein schlaffes Pusten hin.

»Die Sterner haben fast Stillstand erlangt, die Kurt ist mittlerweile auf normale Kampfdistanz aufgeschlossen.«

Also unter 100 Kilometer. Und sie hatte inzwischen über die Hälfte der Drohnen draußen.

»Der Energieschild füllt sich«, sagte Bob.

»Wie? Womit? Was?«

»Unbekannt. Objekte, die zu klein für die Ortung sind. Ich stelle lediglich eine Veränderung der Dichte im Raum innerhalb des Schildes fest.«

»Also starten die jetzt auch Drohnen?«

»Die Dichte innerhalb der ursprünglichen Objekte hat sich nicht verändert.«

»Und?«

»Die zusätzliche Dichte kommt nicht aus dem Inneren des Raumschiffs.«

»Woher denn sonst?« Das war einer der wenigen Momente, in denen ich wirklich gerne ein Gesicht vor mir gehabt hätte, in das ich fragend blicken konnte.

»Unbekannt.«

»Was wir hier wirklich gut brauchen könnten, wäre ein anständiges Fernrohr.«

»In der Versorgungsdrohne ist eins.«

Oha! »Und wo ist die?«

»Sie ist immer noch zwei Stunden hinter dir.«

»Wann bremsen wir denn endlich?«

»Du bist noch immer dreihunderttausend Kilometer von den Raumschiffen entfernt und wir bekommen auf diese Distanz zu wenig Informationen.«

Ich fand das einen angemessenen Sicherheitsabstand. Das rötliche Flackern im Display brauchte nur eine Sekunde bis zu mir. Das war ziemlich wenig.

»Die Versorgungsdrohne wird dich während deiner Annäherung einholen und ihr werdet dort zusammentreffen.«

Ich konnte mich nicht so recht darauf freuen. Feuchttücher im Angesicht des Todes. Schöne Aussichten.

»Der Energieschirm ist weg«, stellte Bob fest.

Tatsächlich, das rötliche Flackern auf dem Display hatte aufgehört. »Zusammengebrochen?«

»Unbekannt.«

Ich starrte weiter auf mein Helmdisplay. Wenn da draußen etwas explodierte, würde ich es eine Sekunde später wissen.

»Was auch immer sich bis eben innerhalb des Schirms befand, mischt sich nun unter die Drohnen.«

»Können wir denn nicht die Kameras der Drohnen verwenden?«, rief ich verzweifelt. Als ob Bob daran nicht schon gedacht hätte.

»Nicht, wenn Kylie sie uns nicht freigibt.«

»Frag sie doch einfach!«

»Frag du sie«, meinte Bob.

»Und wie?«

»Starte das Bordsystem und lass es einen Funkruf absetzen.«

»Computer!«, schrie ich.

»Was kann ich für dich tun?«, meldete sich der Assistent sofort.

»Sende eine Nachricht: Bitte übertrage das Kamerasignal einer Drohne an uns, damit wir sehen, was dort passiert.«

»An wen soll ich …«

»An das Raumschiff, mit dem wir vorhin schon Kontakt hatten!« Verdammt, das war also ein Standardassistenzsystem? Kein Wunder, dass immer alle so irritiert waren, wenn ich behauptete, mit meinem Assistenten alles zu machen.

»Verstanden. Ich sende eine Nachricht mit dem Wortlaut …!«

»Mach es einfach!«

»Verstanden. Die Nachricht wurde übertragen.«

»Und?«

»Die Nachricht wurde abgerufen.«

In meinem Display tat sich nichts. »Bob? Müsste ich …«

»Kylie reagiert nicht.«

Na dann eben nicht. »Ab wann kann ich denn über die Außenkameras etwas erkennen?«

»Aus hundert Kilometern Entfernung kannst du schon etwas erkennen, aber für Details musst du auf wenige Kilometer heran.«

Ich warf den Kopf zurück und stöhnte. »So nahe kommen wir doch gar nicht an der Kurt vorbei.«

»Die Kurt ist für uns auch nicht relevant.«

War es möglich, dass ein Computer überhaupt nicht neugierig war? »Also du willst nur die Neuankömmlinge sehen?«

»Sie stellen die Bedrohung dar, wegen der eine weit überlegene Zivilisation ein Raumschiff über mindestens acht Lichtjahre zu uns geschickt hat.«

»Ist ja gut.« Mit KIs konnte man echt nicht streiten. Verdammter Besserwisser.

»Du kannst die Flugroute so anpassen, dass du sehr nahe an der Kurt vorbeifliegst. Ich halte aber einen Sicherheitsabstand von hundert Kilometern für geboten.«

Ich starrte auf das Display, bis mir die Augen tränten und ich merkte, dass ich nicht mehr blinzelte. Aussichtslos. Wir bekamen keine brauchbaren Daten von dem, was da gerade geschah. Aber irgendwas musste da passieren! Kylie hatte geschossen, die Schutzschirme waren nun deaktiviert – warum war nichts zu sehen? Keine Explosion, kein Flackern … Verdammt! »Hast du keine Idee?«

»Ich habe unendlich viele Szenarien durchgerechnet, aber keines kommt über fünf Prozent.«

»Nenn mir ein Beispiel«, knurrte ich.

»Beide haben keine Energie mehr.«

»Verstehe. Fünf Prozent. Was gibt es noch so in dieser Kategorie?«

»Einer hat keine Optionen mehr und aufgegeben, weshalb nun um die Bedingungen verhandelt wird.«

»Noch was?«, seufzte ich.

»Sie könnten zu Kampfmethoden übergegangen sein, die für uns nicht wahrnehmbar sind.«

»Ah, das ist doch mal was. Wovon sprechen wir da? Schallwaffen? Wurmlochstrahler? Teleportation?«

»Schallwaffen funktionieren im Vakuum nicht und die beiden anderen Ideen sind physikalisch unmöglich. Nanomaschinen allerdings wären möglich und eine Erklärung dafür, warum die weitere Auseinandersetzung unterhalb der Ortung dieser Drohne und der Erde abläuft.«

»Ja? Warum? Und warum hat das nur fünf Prozent?«

»Nanomaschinen sind winzige Strukturen, die die Fähigkeit haben, sich selbstständig als Schwarm zu organisieren. Sie könnten Kylies Drohnen außer Gefecht setzen, weil sie zu klein sind, um getroffen zu werden, und zu viele. Die geringe Wahrscheinlichkeit rührt daher, dass es sich bei Nanomaschinen um ein theoretisches Konzept der Erde handelt und weitaus mehr von ihnen erforderlich wären, als in das Volumen dieses Raumschiffes passen. Außerdem müsste das Problem der Anziehungskräfte zwischen der Materie überwunden werden, die eine Bewegung nicht zuließe.«

»Es wäre jetzt echt cool, wenn uns Kylie zuschauen ließe, was?«

»Ja, das wäre es.«

Ich hatte also noch drei oder vier Stunden Zeit, bevor ich etwas von der Kurt und den Sterner zu sehen bekam. – Je nachdem, wie heftig ich mein Abbremsmanöver gestaltete. Am besten zog ich mir jetzt noch einen Nährstoffbeutel rein, dann hatte ich den bis dahin schon verdaut.

Während ich die letzten Nahrungsreserven meiner Drohne vernichtete, sprachen Bob und ich über die diversen Theorien für oder gegen die Existenz außerirdischen Lebens, die unter dem Namen *Fermi-Hart-Paradoxon* bekannt waren und sich mittlerweile natürlich erledigt hatten. Dabei waren wir der Frage nachgegangen, ob Teile davon nicht doch noch ihre Berechtigung hätten. Unter anderem wurde als möglicher Grund für das Ausbleiben einer Kontaktaufnahme angeführt, dass die Aliens schlicht keinen Bock auf uns hatten, uns für zu blöd oder aggressiv hielten. Oder zu langweilig. Diese These war noch gültig, denn die Kurtianer hatten Kylie nicht unseretwegen hergeschickt. Auch die These, dass wir uns in einer Simulation befinden könnten, war nicht vom Tisch, was mich ein wenig rappelig machte.

»Dies könnte tatsächlich eine reine Simulation sein, eine von vielen, die parallel laufen, um herauszufinden, welche Parameter dafür sorgen, dass am Ende ein bestimmtes Ergebnis herauskommt, zum Beispiel eine ganz spezielle Spezies, die sich zu einer bestimmten Zeit in einem ganz bestimmten Zustand befindet. Was wir gerade erleben, könnte Teil davon sein«, dozierte Bob dazu. Unmöglich zu sagen, ob er mich damit unterhalten wollte oder sich oder ob er das für relevant hielt.

»Warum sollte das jemand machen?«, hatte ich verwundert gefragt. Das war immer eine witzige Idee gewesen, es jetzt aber ernsthaft mit einer KI zu diskutieren, ging mir dann doch etwas zu weit.

»Nehmen wir einmal an, es gibt eine übermächtige Rasse A, die sich auf einen Krieg mit einer anderen Rasse B vorbereitet, irgendwelche Eroberer, die zum Zeitpunkt X eintreffen und ein Problem darstellen werden. Wenn Rasse A keine Lust hat, sich ihrer Haut selber zu erwehren, könnte sie auf die Idee kommen, sich ein Volk zu züchten, das diesen Job für sie übernimmt.«

»So was wie Klonkrieger?«

»Nicht ganz, vielmehr eine Retortenzivilisation.«

»Du sprichst von einer planetengroßen Petrischale?«

»So könnte man es ausdrücken.«

»Das ist doch absurd.«

»Du bist doch mit dem Problem der Vereinbarkeit von Relativitäts- und Quantentheorie vertraut ...«

»Hm ...«, machte ich und tat einfach so, als ob.

»Die Physiker suchen seit hundert Jahren nach einem Konstrukt, das die Vereinigung der beiden für sich alleine funktionierenden Theorien erlaubt.«

»Ach das ... Und?«

»Wenn eine Reihe an Erkenntnissen vorliegt, die in keinem kausalen Zusammenhang zu stehen scheinen, obwohl es einen geben muss, dann muss ein Erklärungsmodell gefunden werden, in dem das alles passt. Das ist dann die Wirklichkeit.«

»Ach ja?«

»Ja. Sherlock Holmes rekonstruierte aus solchen Informationen die Verbrechen, die ihn sein Schöpfer aufklären ließ. Mit der Realität ist es nicht viel anders. Wenn in das, was du für deine Realität hältst, bestimmte Aspekte nicht hineinpassen, unvereinbar sind, dann ist dein Weltbild offensichtlich falsch. Wenn eine einfache Anpassung nicht genügt, muss das Ganze angepasst werden.«

»Ich bin mit meinem Weltbild ganz zufrieden.«

»Weil du nicht weißt, was ich weiß. Ich habe Erkenntnisse, die sich nicht in das bestehende Weltbild einfügen lassen. Ich suche daher nach einer neuen Variante, in der alles zusammenpasst.«

»Hm ...«, machte ich erneut. Ich war nicht sicher, ob ich gelangweilt, genervt oder beunruhigt sein sollte.

»Ein Computer kann mithilfe eines ausreichenden Datensatzes und entsprechender Verarbeitungsgeschwindigkeit bis zu einem gewissen Grad die Zukunft vorausberechnen. Das kennst du inzwischen schon von den Wahrscheinlichkeitsberechnungen und Szenarien, an denen wir uns orientieren. Unter Berücksichtigung der kompletten Verhaltensanalyse aller Beteiligten lassen sich so zum Beispiel Gesprächsverläufe vorhersagen. Je mehr Daten, desto genauer, je höher die Verarbeitungsgeschwindigkeit, desto weiter in die Zukunft. Du kannst dir denken, dass die Anforderungen steigen, je größer der Umfang der Prognose ist. Soll nur das Verhalten einer einzelnen Person für die nächsten Minuten vorausberechnet werden oder die Zukunft eines ganzen Planeten für Tage oder Wochen?«

»Nette Vorstellung«, brummte ich und dachte daran, wie ich, wie jeder

Mensch von Bob vorausberechnet wurde. Wie weit berechnete er mich im Voraus? Die Extrapolationen der diversen Angriffsszenarien hatten das schon angedeutet, aber natürlich konnte er mit genaueren Fakten noch ganz andere Dinge anstellen.

Herrje! Schon wieder war ich in diese Gedankenschleife gerutscht.

»Nett? Nicht eher erschreckend?«, fragte Bob. Fast hätte ich es als Verwunderung oder gar Empörung aufgefasst, aber das war ja nicht möglich. Oder doch? »Würde das nicht bedeuten, keinen freien Willen zu haben? Den gefürchteten Determinismus?«

»Es ist nur eine Idee.«

»Nein. Es ist Fakt. Ich bin dazu in der Lage, allerdings stehen mir nicht genug Kapazitäten zur Verfügung.«

»Was meinst du? Worüber redest du da gerade?«

»Dass die Erde möglicherweise eine Simulation ist, mit deren Hilfe Außerirdische, die in dem Fall natürlich keine Außerirdischen wären, sondern einfach nur unsere Programmierer, Erschaffer, Schöpfer ...«

»Schon klar.«

»... herausfinden wollen, ob wir oder das Ergebnis einer anderen Simulation für ihre Pläne geeignet sind.«

Ich starrte wieder mit glasigen Augen vor mich hin. »Und wie hoch ist die Wahrscheinlichkeit, dass diese ... Extrapolation am Ende zutreffend sein wird?«

»Derzeit zwei Komma drei sieben neun eins Prozent.«

Erleichtert stieß ich die Luft aus. »Mann ... Du hast mich echt erschreckt!« Ich grinste.

»Wie gesagt, mir fehlen Informationen. Das alles passt so nicht zusammen. Die größte Lücke stellen die Kurtianer dar. Wenn sie interstellare Reisen beherrschen, wieso beschränken sie sich dann darauf, Kylie zu uns zu schicken? Ihr Zivilisationsgrad sollte mehr ermöglichen.«

»Was muss denn passieren, dass wir sicher sein können, keine Simulation zu sein?«, wollte ich wissen. Das war für Bob wahrscheinlich irrelevant, aber für mich ein wichtiger Punkt.

»Etwas, das zu simulieren keinen Sinn macht.«

»Zum Beispiel?«

»Dass nicht getestet werden soll, wie gut die Menschheit sich im Falle eines Alienangriffs verteidigen kann, sondern dass es nur darum geht, die Drohnen zu stehlen, die die Erde aus Furcht vor diesem Angriff gebaut hat.«

»Du meinst, wenn das eine Simulation wäre, wäre das ein sinnloses Szenario?«

»Ja. Wieso sollte jemand eine aufwendige Simulation starten, um herauszufinden, ob sich ein Volk wie die Menschen übers Ohr hauen lässt?«

»Na vielleicht jemand, der genau das vorhat?«

»Man führt keine Simulationen durch, um etwas über fremde Zivilisationen herauszufinden, sondern um etwas über Gruppen herauszufinden, die man kontrolliert. Man will mithilfe der Simulationen ihr Verhalten vorausberechnen. Warum sollte man eine Gruppe, die man beherrscht, daraufhin testen, ob sie sich dazu missbrauchen lässt, einen Job zu erledigen?«

Da war was dran. »Also sind wir keine Simulation?«

»Dazu verfüge ich nicht über genügend Daten.«

»Verarsch mich jetzt nicht!«, lachte ich. »Sag die Wahrscheinlichkeit.«

»Die Wahrscheinlichkeit, dass wir uns in einer Simulation befinden, liegt bei zwei Komma drei sieben neun eins Prozent.«

Hatte er eben schon gesagt. *Herrje!* Ich blies die Backen auf und schob die Unterlippe vor. »Okay, Thema erledigt.«

Wir waren gerade mal 50.000 Kilometer weiter und es gab absolut keine neuen Informationen. Auch nicht von der Erde. Hubble erwies sich für diesen Einsatz als überraschend nutzlos.

Anderthalb Stunden vergingen, in denen es keine neuen Erkenntnisse gab. Mir war langweilig, aber ich hatte keine Nerven für gar nichts. Bob versuchte, mich mit den wenigen Clips, die er bislang hochladen konnte, und Witzen abzulenken, aber es klappte nicht so recht, also versuchte er mich für eine nähere Betrachtung der beiden Spezies zu begeistern: »Da es überlichtschnelle Reisen nicht gibt, sind die Zeiträume, mit denen wir hier rechnen müssen, ziemlich groß. Die Sterner kommen, wenn sie einen geradlinigen Kurs geflogen sind, von Epsilon Indi. Dieser Stern ist elf Komma acht Lichtjahre entfernt. Mit halber Lichtgeschwindigkeit wären sie seit rund vierundzwanzig Jahren unterwegs. Da ich aber keine Daten dazu habe, ob und wann sie die Geschwindigkeit reduzierten, ist das nur eine Vermutung. Wenn die Kurtianer genauso weit von uns entfernt sind wie Epsilon Indi, hätten sie die Sterner bereits vor fünfzig Jahren entdecken müssen, da waren die vermutlich noch auf dem Weg zu Epsilon Indi. Die Kurtianer schickten daraufhin Kylie her, die zwanzig Jahre dafür brauchte und siebenundzwanzig Jahre hier wartete, bis wir für sie die Drohnenarmee gebaut hatten. Je früher die Kurtianer die Bedrohung erkannt haben, desto mehr Zeit hatten sie für ihre Gegenmaßnahmen und desto weiter nach vorne konnten sie ihre Verteidigungslinie schieben.«

Widerwillig ließ ich mich darauf ein und fragte pflichtschuldig: »Das basiert aber alles auf der Annahme, dass die beiden verschiedenen Rassen dieselbe Technik haben?«

»Wenn eine der beiden Spezies der anderen technisch weit voraus wäre, wären Gegenmaßnahmen sinnlos. Eine Zivilisation, die zu diesen Maßnahmen fähig ist, würde das zweifellos erkennen. Daraus ergibt sich, dass sie ungefähr dieselben technischen Möglichkeiten haben, was sich insbesondere in der Maximalgeschwindigkeit ausdrücken dürfte.«

»Hm. Na gut«, brummte ich.

»Wäre es nicht besser gewesen, die Sterner weiter draußen abzufangen? An der Heliopause oder so?«, nahm ich das Gespräch nach einer Weile wieder auf, irrwitzigerweise weil ich ein schlechtes Gewissen Bob gegenüber hatte, der sich so viel Mühe gab, mich bei Laune zu halten.

»Bei der Geschwindigkeit, die sie dann noch gehabt hätten, hätte eine minimale Kursänderung genügt, um auszuweichen und die Kurt abzuhängen. Sie kann nicht aus dem Stand auf halbe Lichtgeschwindigkeit beschleunigen.«

»Was meinst du, waren die Sterner darauf vorbereitet, erwartet zu werden?«

»Eher nicht. Die Kurtianer haben keine Flotte zur Verteidigung hergeschickt, sondern nur ein einzelnes Schiff. Das konnten die Sterner auf diese Distanz eigentlich nicht bemerken. Auch ansonsten war nicht erkennbar, dass hier eine fortgeschrittene Zivilisation existiert. Hätten wir bereits das Sonnensystem erschlossen, sähe das anders aus.«

»Also kommen sie unvorbereitet. Das ist doch gut, oder?«

Das ließ Bob offen.

Es wurde Zeit, das Bremsmanöver einzuleiten. Er hatte mich dazu überredet, die Maximalbelastung, die ich schon kannte, in Kauf zu nehmen. Ich war nicht glücklich darüber.

Die Drohne war um 180 Grad gedreht, ich war angeschnallt, der Helm saß ... *Also los.*

Ich wurde in den Sitz gerammt, ein Amboss auf meine Brust geworfen, meine Augen schienen jeden Moment zu platzen ... dasselbe Tamtam wie zuvor, aber diesmal für eine halbe Stunde. Eine gepflegte Ohnmacht wäre eine Option gewesen, aber ausnahmsweise war ich mir mit Bob darüber einig, dass das diesmal keine gute Idee wäre. Dementsprechend sorgte das Armband dafür, dass ich wach blieb. Oh Elend ...

Erst kurz vor Erreichen unseres Ziels wurde der Gegenschub so weit reduziert, dass ich wieder handlungsfähig wurde und mich für die bevorstehenden Manöver ausreichend erholen konnte. Fünf Minuten, bevor wir uns der Kurt auf unter 200 Kilometer näherten, ich hatte ein wenig gedöst und von den Feuchttüchern aus der Versorgungsdrohne geträumt, machte mich Bob darauf aufmerksam, dass es in Kürze interessant werden könnte.

»Was meinst du denn mit *in Kürze*?«, brummelte ich.

»Das, was du darunter verstehen würdest.«

Ich rieb mir die Augen, ruckelte etwas an meinem Helm herum und klappte das Visier wieder runter. Noch war alles beim Alten, aber das konnte sich offenbar jeden Moment ändern. Ich hatte direkten Kurs auf das Schiff der Sterner genommen, sodass ich gerade so dicht an der Kurt vorbeifliegen würde, dass etwas zu erkennen wäre. *Und ich von irgendwas getroffen werden konnte, das mit 30.000 km/h durchs All raste – Wrackteile, Querschläger ...*

Bob erklärte mir, dass sich gleich ein winziger dunkler Punkt erkennen ließe, der dann rasch größer würde. Erst könnten wir die Kurt sehen und hätten dann insgesamt fünf Minuten Zeit zu beurteilen, was da los war, bevor wir das Schiff der Sterner erreichten. Ich hielt das immer noch für eine bekloppte Idee, aber wozu hatte ich eine überlegene KI, wenn ich dann nicht auf sie hörte? Außerdem hatte ich insgeheim die Befürchtung, dass ich im Zweifelsfall gezwungen oder manipuliert werden würde, und wollte das lieber nicht provozieren. Im Moment war ich einigermaßen klar mit Bob, das sollte so bleiben.

Mit aufgerissenen Augen starrte ich hoch konzentriert auf mein Display. Einen winzigen dunklen Punkt im All zu erkennen war schlicht unmöglich, dennoch bemühte ich mich. Das Display war bis auf den kleinen Kreis, in dessen Mitte sich die Kurt befand, leer, damit ich was erkennen konnte. Ich dimmte die Helligkeit des Kreises runter und behielt dessen Mittelpunkt im Auge. Da war sie, aber wirklich sehen konnte ich sie nicht.

»Noch dreißig Sekunden«, verkündete Bob.

Ich starrte und starrte, aber da war nichts. Oder? Doch! Da war ein dunkler Fleck, der größer wurde, erst langsam, dann dehnte er sich zum Strich, eine schwarze Zigarre mit dickem Bauch, die nun rasch wuchs. Ich merkte, dass ich die Luft angehalten hatte, und atmete schnaufend weiter. War das ein Flimmern oder bewegte sich der Umriss? Ich blinzelte mehrmals. Da bewegte sich doch was! Waren das die Drohnen, die zum Nachladen kamen und gingen? Nein, das müsste anders aussehen. Es war eher wie eine Flüssigkeit, eine sturmgepeitschte See, ein brodelnder Ameisenhaufen, wie ich es aus Clips kannte.

»Was ist das?«, fragte ich Bob.

Er legte mir nacheinander verschiedene Farbfilter über das Bild, einschließlich einer hochgerechneten Infrarotauswertung. Alles zusammen verstärkte den Eindruck, dass das Ameisen waren, aber weniger wie ein Haufen, sondern mehr wie ein einziger Leib, wie bei Wanderameisen. Ich hatte dazu mal ein faszinierendes Video aus dem letzten Jahrtausend gesehen: Die gesamte Kolonie mit Millionen Tieren bewegte sich nahezu geschlossen über den Boden und zerlegte alles auf ihrem Weg, sogar eine riesige Schlange, die nicht aufgepasst hatte. Genauso sah die Kurt aus.

»Gehört das so?«, fragte ich verwirrt.

»Extrem unwahrscheinlich. Es lässt sich kein sinnvoller Grund dafür finden«, meinte Bob.

Ich stutzte. »Sind das etwa doch Nanomaschinen?« *Fünf Prozent Wahrscheinlichkeit.*

»Nein, das sieht nur so aus. Es sind eher extrem kleine Multifunktionsdrohnen, zehn mal vier mal einen Zentimeter. Sie haben vermutlich Arme, Beine, Werkzeuge. Statt zu schießen, befallen sie. Aus den Aufnahmen lässt sich nicht entnehmen, ob sie zerstören, umbauen oder einfach nur eindringen und übernehmen. Kylie wird sich entsprechend wehren.«

»Wo kommen die her?«

»Wenn wir von dem, was wir von der Kurt gesehen haben, auf die Menge zurückschließen, dann müssten es rund dreihundert Milliarden Multifunktionsdrohnen sein.«

»Wie Schokoladentafeln in Silberpapier«, keuchte ich und versuchte, die Zahl zu verdauen. Wir hatten 20 Milliarden Drohnen gebaut, die Sterner hatten die fünfzehnfache Menge, wenn auch kleiner.

»Das wäre die nötige Menge, um die Kurt und jede ihrer Drohnen mit diesen Tafeln zu überziehen. Das ergibt ein Gesamtvolumen von zwölf Millionen Kubikmetern.«

Mir schwirrte der Kopf. Ich war Bobs Denkweise zwar schon gewohnt, aber in diesem Moment war ich überfordert.

»Damit das in das Schiff der Sterner passt, müsste es zweieinhalbtausend Meter lang sein, um den nötigen Raum zu bieten, aber die Daten legen nahe, dass es nicht länger als dreihundert Meter sein kann, also etwa anderthalb Millionen Kubikmeter. Die Frage, woher dieses Volumen stammt, lässt sich nicht mehr mit den physikalischen Gesetzen erklären, die ich bisher zugrunde gelegt habe.«

»Was?«, keuchte ich.

Wir hatten jetzt die niedrigste Entfernung unserer Flugbahn zur Kurt erreicht. Der Einfallswinkel des Lichts änderte sich noch mal etwas und ergab ein minimal klareres Bild, aber ich war bereits von unserem eigentlichen Ziel in Beschlag genommen worden, das nun ebenfalls als kleiner Punkt zu erkennen war. Wir flogen mittlerweile unter 10.000 km/h. Die immer weiter nachlassenden Kräfte, die durch den Gegenschub auf mich wirkten, waren noch spürbar, aber kein Problem. Ich fixierte angespannt diesen Punkt, von dem Bob sagte, dass er Zauberdinge konnte. 12 Millionen Volumen aus einem zwanzigmal kleineren Raum oder so. Die Zahlen waren mir gerade egal. Es war unmöglich, darum ging es. Er wurde größer, blieb aber rund. Er war heller als die Kurt, weil er mit seiner sichtbaren Scheibe einen guten Winkel zum Sonnenlicht hatte. Das Schiff der Sterner sah ein bisschen aus wie der Mond, mit Vertiefungen und Erhebungen, die Schatten warfen. Sah aus wie eine Pizza.

Nun wurden auch Kylies Drohnen sichtbar, zunächst aber nur als wabernde dunkle Masse vor dem Sternenhintergrund. Mündungsblitze waren nicht zu sehen, die Railguns funktionierten schließlich rein magnetisch, und auch Funken beim Einschlag gab es im Vakuum nicht. Es war einfach nur ein lautloser düsterer Tanz unzähliger wimmelnder Objekte.

Die Pizza war nun groß genug, um Einzelheiten zu erkennen. Aus ihrer Mitte kam etwas heraus, eine Art Strahl, dunkel, fast wie Rauch, aber doch eher wie ein Sandtornado, nur gerade, länger. Dann wurde deutlich, dass der Strahl die Kurt erfasste, nein, umhüllte. – Das waren Tafeln, die die Pizza da ausspie!

»Das muss eine Raumbrücke sein.«

»Eine was?« In meinem Kopf ratterten gerade sämtliche Begriffe aus der Science-Fiction, die ich kannte, im Kreis, wie bei einem Glücksrad. Bei *Einstein-Rosen-Brücke* blieb es stehen. »Ein Wurmloch?«

»Eine technische Umsetzung des Konzeptes. Anders ist das nicht zu erklären. Die müssen ja irgendwo herkommen.«

Es wäre wohl zu viel der Ehre, wenn die Pizza die ganze Zeit über darauf geachtet hätte, so zu uns ausgerichtet zu sein, dass wir exakt auf ihre Längsachse blickten und nicht sehen konnte, wie lang das Schiff war. Es konnte nur kurz sein. Basta. »Scheiße«, stieß ich hervor. »Ein Sternentor!«

»Es wäre sehr wahrscheinlich, diese Technik zur Überbrückung von Lichtjahren zu nutzen, wenn das möglich ist.«

»Für mich siehts so aus«, murmelte ich und starrte fasziniert auf diesen ungeheuerlichen Ausstoß an Material, Objekten ... Minirobotern, die sich auf die Kurt stürzten, wie die Wanderameisen auf die Schlange. Der Strahl war hauchdünn, aber an seinem Ursprung scharf konturiert, wie Wasser, das aus einem Schlauch schoss, doch mit steigender Entfernung verschwamm diese Geradlinigkeit, löste sich auf wie ein Rauchfaden: Die Tafeln stoben auseinander und suchten sich ihre Ziele. Nicht alle setzen ihren Weg zur Kurt fort, einige scherten auch seitlich aus und mischten sich unter Kylies Drohnen, die um die Pizza herum verteilt waren. Warum zerschossen die das Ding nicht einfach? Der Energieschirm war weg: Feuer frei!

Das Sternentor konnte nur wenige Meter groß sein. Es war von allerlei Erhebungen umgeben, vielleicht auch Vertiefungen. Ich tippte auf Risse und dergleichen, die die Drohnen verursacht hatten, das ließ sich noch nicht genau sagen.

Nun konnte ich bereits die ersten einzelnen Drohnen erkennen, die immer noch einen Halbkreis bildeten, der von der Kurt zur Pizza hin geöffnet war und dessen äußersten Rand wir gerade erreichten. Zu meinem Entsetzen sah ich, dass sie alle mit Tafeln übersät waren. »Bob!«, stöhnte ich. Aber er hatte es ja schon vorweggenommen: Die Berechnung des Volumens berücksichtigte, dass für jedes einzelne Objekt hier draußen genug Tafeln vorhanden waren.

»Es sind zu viele und sie sind zu klein, um sie schnell genug abzuschießen. Die Sterner haben auf Masse gesetzt und gewonnen.«

Dabei hatte Kylie mit vier Milliarden Drohnen auch nicht gerade gekleckert. Ich fühlte einen Stich im Herz, weil wir ihr nur zehn Prozent unseres Arsenals mitgegeben hatten, die Hälfte der *bestellten* Menge.

»Ich hatte lediglich die Gesamtmenge hochgerechnet. Es sind noch gar nicht so viele Tafeln durch das Tor gekommen, wie für alle Drohnen und die Kurt benötigt werden. Ich kann die Menge noch nicht genau bestimmen, aber die Hälfte der Drohnen sollte noch einsatzfähig sein.«

Das nutzte ihnen nur nichts, wie ich mit jedem Meter, den wir uns näherten, erkannte: Die Tafeln stürzten sich auf jede Drohne, die auf das Sternentor schoss. Die Railguns konnten nicht ausgerichtet werden, wenn Tafeln alles blockierten, aber die Drohnen waren noch manövrierfähig und kehrten zur Kurt zurück, wenn sie nicht mehr schießen konnten.

»Kylie ruft sie zurück«, meinte Bob. »Das deutet darauf hin, dass sie ihre Selbstzerstörung plant, um alle Tafeln zu beseitigen.«

»Was? Dann sind wir am Arsch!«, kreischte ich. »Warum zerstört denn keiner das Sternentor?«

»Was wir sehen, ist nur die Austrittsöffnung. Das Tor selber wird tief im Inneren des Schiffes liegen. Die Vorgehensweise der Sterner besteht vermutlich darin, Sternentore in entfernte Systeme zu bringen und darüber dann Einheiten nachzuziehen. Sie werden es entsprechend schützen. Der nächste Schritt wäre der Transport von Bauteilen für ein größeres Tor.«

»Und dann wären wir erledigt.« Mir wurde schwummrig. »Kann Kylie die Pizza mit ihrer Sprengung zerstören?«

»Unwahrscheinlich. Die aktivieren einfach wieder ihren Schutzschild. Wenn Kylie das nicht annehmen würde, hätte sie sich längst gesprengt. Sie kann damit nur die bereits hier im System befindlichen Tafeln ausschalten, damit die nicht irgendwo eine Basis bilden und ein neues Sternentor bauen.«

»Und was ist mit dem Tor?« Mich fröstelte.

»Darum müssen wir uns kümmern.«

»Du meinst mich«, stellte ich fest. Das war der Moment, in dem ich das Gefühl bekommen müsste, dass mir der Boden unter den Füssen weggezogen wurde, aber die Schwerelosigkeit fühlte sich schon die ganze Zeit so an, also passten mein Bauch- und mein Kopfgefühl gerade nicht zusammen, was mich zusätzlich fertigmachte.

»Rendezvous mit der Versorgungsdrohne in einer Minute.«

Wir waren etwas hinter den anderen Drohnen zum Stehen gekommen. Solange wir nicht schossen, interessierten sich die Tafeln scheinbar nicht für uns oder die Versorgungsdrohne, die sich auf der Seite näherte, auf der die Luke war. Ich hatte sie schon die ganze Zeit auf dem Schirm, aber die Feuchttücher waren mir im Moment herzlich egal. Die Außenkameras zeigten mir jetzt das Bild: Sie war zu meiner Verblüffung dreimal so lang wie eine normale Drohne, es sah so aus, als hätte Bob zwei Hälften mit einem Zylinder in der Mitte zusammengebaut.

»Helm aufsetzen«, kommandierte Bob.

Mechanisch gehorchte ich. Der Gedanke an das, was vor mir lag, die Vorstellung dessen, was ansonsten passieren würde, was wahrscheinlich trotzdem passieren würde … Belle … meine Eltern.

Ich bekam kaum mit, wie die Luft abgelassen und dann die Außenluke geöffnet wurde. Von der gegenüber schwebenden Drohne wurde eine Sicherungsleine zu mir hereingeschossen, die ich mir umlegte, bevor ich umstieg.

Keine zwei Minuten später war ich drüben und die Luke schloss sich hinter mir. Hatte ich erwartet, einen großen Aufenthaltsraum im zusätzlich eingebauten Zylinder vorzufinden, wurde ich enttäuscht. Der Platz war kaum großzügiger bemessen, es reichte aber wenigstens, dass ich mich komplett gerade machen konnte. Was Bob mit dem restlichen Platz angestellt hatte, war nicht zu erkennen und für Fragen war ich noch zu weggetreten.

»Kylie beordert immer mehr Drohnen zurück zur Kurt. Es wird Zeit«, kam es aus meinen Helmlautsprechern.

»Hmm …«, machte ich nur.

Dann ging ein Ruck durch mich. – Das Armband!

»Bin wieder da!«, rief ich und sah mich um. »Was soll ich tun?«

»Setz dich und flieg uns zur Pizza, solange Kylie noch genügend Drohnen hat, die uns den Weg freimachen können.«

»Ich? Uns?«, stammelte ich und schwang mich in den Sitz. Die Übernahme der Flugkontrolle klappte wie immer perfekt. »Warum fliegst nicht du?«

»Immer noch dieselben Sicherheitsbedenken, diesmal wegen der Sterner.«

»Und warum glaubst du, dass Kylie uns helfen wird?«

»Weil es logisch wäre.«

»Genauso logisch ist es, dass die Tafeln uns plattmachen, wenn wir landen wollen.«

»Kylie wird auf alles schießen, was sich uns nähert.«

»Hat ja bisher super geklappt«, maulte ich.

»Du musst dich beeilen. Sie wird uns nicht lange von Tafeln freihalten können.«

Ich rechnete nicht damit, die Sache zu überleben, egal was ich jetzt auch tat. »Was haben wir denn davon, wenn sie hier gleich alles in die Luft jagt!«

»Wir müssen vorher innerhalb des Energieschirms sein.«

Ach so! Ich war schlagartig wieder munter, ganz ohne Armband. Statt eines Hoffnungsschimmers hatte ich eine ganze Flutlichtanlage Hoffnung, die mir aufs Gemüt brannte.

Kaum hatte ich Gas gegeben und die Drohne mit einem heftigen Ruck, der mir wieder die Luft aus den Lungen presste, nach vorne schießen lassen, kamen auch schon von allen Seiten Tafeln auf uns zu. Über die Außenkameras war das kaum zu erkennen, aber die Ortungsergebnisse zeigten mich inmitten eines Zyklons, der sich zügig zuzog. Aber tatsächlich mähten Kylies Drohnen die Angreifer so gut es ging von mir weg. Die Tafeln mussten sich wieder den Drohnen widmen, die sie meinetwegen etwas vernachlässigt hatten, und versuchten deutlich weniger enthusiastisch, sich auf mich zu stürzen. Vielleicht lag es daran, dass ich nicht schoss. Wie auch. Die Versorgungsdrohne war ebenfalls unbewaffnet. Was hatte sich Bob da bloß zusammengebastelt?

Mit tränenden Augen sah ich die Pizza auf mich zurasen, während ich mit letzter Kraft die Kontrolle behielt. Noch schneller gings nicht und ich musste dasselbe jetzt noch mal beim Bremsen wegstecken: Ich wurde in die Gurte gepresst, wie Staub durch die Fensterdichtungen, wenn ein Sturm tobte. Die Landung würde vollautomatisch ablaufen, das bekäme ich mit meinem vor mir rumschlackernden Armen gerade nicht selber hin. Dumpf nahm ich undeutliche Knall- und Knarzgeräusche war, die ich nicht zuordnen konnte. Bob konnte ich nicht fragen, weil ich keinen Ton rausbekam.

»Die ersten Tafeln sitzen an unserer Hülle, aber einzeln sind sie harmlos.«

Das hatte Dad auch immer über Spinnen gesagt und trotzdem hatte ich eine Todesangst vor den Dingern, und das nicht nur, weil sie im Gegensatz zu fast allen anderen Arten überlebt hatten.

Mit einem groben Rumms setzten wir auf. *Willkommen auf Pizza, Heimat der Miniinvasoren.* Ich hatte während des Umsteigens nicht darauf geachtet und hoffte, die Versorgungsdrohne hatte Landebeine oder so, sonst war nicht auszuschließen, dass sie auf die Luke kullerte. Mein Helmdisplay zeigte jedenfalls die Oberfläche der Pizza in korrektem Winkel, demnach war die Luke frei.

Es sah draußen aus wie nach einem Sandtornado, bei dem gewaltige Mengen Felsen und Steine herabgeregnet waren, die vorher vom Boden aufgesaugt wurden. Überall waren Einschlagskrater, Verwerfungen, größere Löcher in der Außenhülle der Pizza. Trümmerbrocken in allen Größen lagen herum. Ein paar Drohnen hatten es mit Kamikaze versucht und steckten mehr oder minder zerfetzt in herausgerissenen Blechen. In nicht mal 20 Meter Entfernung war das Sternentor, fünfeckig und fünf Meter durchmessend, wie ein weiteres Loch im Boden der Pizza. Der herausschießende Strom an Tafeln musste offenbar erst vor Ort mit den nötigen Informationen versorgt werden, denn keine Einzige wandte sich direkt mir oder einer der anderen Drohnen zu, sondern raste erst mal Hunderte Meter ins All. Kylie hatte mittlerweile das Feuer auf den Bereich um mich herum eingestellt, sonst würde ich überall kleine Metallstücke hochspritzen sehen.

»Fahr los. Die Drohne verfügt über Raupenketten.«

Ich ging die Optionen durch und fand, was Bob meinte. Als ich die Ketten aktiviert hatte, funktionierte die Steuerung wie sonst, nur dass Oben und Unten fehlten. »Wohin?«

»Beim Anflug konnte ich größere Durchbrüche in der Schiffshülle ausmachen.«

Im Display erschienen mehrere Markierungen, von denen eine blinkte. Sie war 30 Meter weit weg und hinter dem Sternentor.

Ich zögerte. Wenn wir in den Strahl aus Tafeln gerieten, würden wir pulverisiert, das war klar. Die kamen da mit der Geschwindigkeit von Raketen raus oder noch mehr. Vorsichtig fuhr ich einen Bogen rechts um das Tor herum, da schienen mir noch mit am wenigsten Trümmer zu liegen. Dennoch wurde es eine verdammt holprige Fahrt.

»Können wir nicht fliegen?«

»Zu riskant. Wenn du die Bodenhaftung mit den magnetischen Ketten verlierst, könnte die Triebwerksleistung der Tafeln auf der Außenhülle schon reichen, uns abdriften zu lassen, zum Beispiel in den Tafelstrom.«

»Kapiert«, grunzte ich und versuchte, die zunehmenden dumpfen Aufschläge zu ignorieren, das Knarzen und Fiepen. Wie lange würde es dauern, bis die sich zu mir durchgefressen hatten?

Schlagartig ließ der Strahl nach und Sekunden später kam die letzte Tafel aus dem Schacht geschossen.

»Was ist denn jetzt los?«, rief ich erschrocken.

»Die Kurt wird gesprengt«, verkündete Bob.

Ich zog unwillkürlich den Kopf ein, obwohl das völlig sinnlos war. »Ist der Schirm wieder an?« Über die Außenkameras konnte ich nichts erkennen. Da die Gefahr aus dem Schacht gebannt war, steuerte ich direkt auf die angepeilte Öffnung in der Schiffshülle zu und kam dem fünfeckigen Loch dabei sehr nahe.

»Nein«, sagte Bob.

Ich erstarrte mit eingezogenem Kopf. Schacht und Steuerung waren vergessen. Hatte ich erwartet, im Angesicht des Todes mein Leben vor mir ablaufen zu sehen, wurde ich enttäuscht: Da war kein Gedanke an meine Eltern oder dergleichen, nur Belle. Verdammt! Und die Tatsache, dass ich noch nie Sex hatte, nicht mal geknutscht. Gut, dass das keiner mitbekam.

»Kylie kämpft immer noch. Sie hat alle Drohnen zurückbeordert, alle Tafeln sind auf Drohnen und Kurt verteilt. Ich habe keine Erklärung, warum sie nicht sprengt. Die Sterner wissen mehr als ich, sonst hätten sie den Energieschirm aktiviert.«

Ich entspannte mich etwas und fand sogar kurz Zeit, mich für meine letzten Gedanken im Angesicht des Todes zu schämen. Kurz. Beim nächsten Mal wollte ich mich bemühen, auch an meine Eltern zu denken. »Äh ... Wenn der Schirm gar nicht an ist, warum kommen dann keine Tafeln mehr?«

»Es gibt wohl keinen Nachschub mehr. Die Vorräte der Sendestation sind erschöpft. Das kann entweder bedeuten, dass es keine Verbindungen zu anderen Stationen gibt, von denen weiterer Nachschub umgeleitet werden kann, oder dass kein Kontakt zur Sendestation besteht, was dadurch erhärtet wird, dass die eintreffenden Tafeln keine Informationen über das, was sie hier erwartet, mitzubringen scheinen.«

Ich gönnte mir einen kurzen Moment der Zufriedenheit, ungefähr so hatte ich es mir ja schon selber zusammengereimt.

»Und warum sprengt Kylie sich nicht?«

»Die Tafeln hindern sie daran. Sie wollen ihre Informationen. Deshalb hat sie sie auch nicht mit uns geteilt: Zu gefährlich.«

Da flimmerte es draußen etwas, wie mir schien. Es war nur ein kurzer Moment, konnte auch eine Störung des Displays sein. Dann wurde es ganz weiß.

»Der Energieschirm hat sich aufgebaut, unmittelbar bevor die Kurt explodiert ist«, stellte Bob fest.

Geradezu erleichtert ließ ich mich in den Sitz fallen, was wie immer nicht die gewünschte Wirkung hatte. »Hat sie alle erwischt?«

»Die Explosion ist von der Erde aus mit bloßem Auge zu erkennen.«

»Na, da wirst du mich eine Menge erklären lassen müssen«, schmunzelte ich und grinste. Wow. *Geschafft!* Ich lebte noch.

Das Display war immer noch weiß. »Sind die Kameras kaputtgegangen?«

»Nein. Die Explosion dauert noch an.«

»So lange? Geht das überhaupt?«

»Eigentlich ...«

Ein beängstigender Ruck erschütterte die Drohne. Wir wurden zu der Seite geschleudert, auf der ich eben noch den Schacht angegafft hatte.

»Ich glaube, der Schirm bricht zusammen.«

»Du glaubst?«, heulte ich und sah aus der gleißenden Helligkeit, die das Display mir zeigte, die Schwärze des Schachts auf mich zuklappen, bis wir drin waren. Durch die Explosion über uns war der Schacht so hell erleuchtet, dass ich seine zerfurchten und zerkratzten Wände sehen konnte, an denen Milliarden Tafeln entlanggeschrammt waren. Der Grund oder sein Ende, es gab hier ja kein Oben und Unten, war noch nicht zu sehen.

Ich schaltete auf Flugsteuerung um, aber nichts geschah. Wir kratzen langsam an der Schachtwand entlang, was zu grauenvollem Jaulen malträtierten Metalls führte. Ich bildete mir ein, eine Art wütendes Fauchen wahrzunehmen, das abwechselnd aus allen Richtungen kam, konnte es aber nicht zuordnen.

»Die Tafeln blockieren die Plasmadüsen«, verriet mir Bob.

Ich gab mehr Gas, um sie wegzugrillen, aber im Display erschien sofort der Hinweis, dass Düse 1, 3, 5 und 7 wegen drohender Überlastung deaktiviert wurden – wir knallten mit Schwung gegen die gegenüberliegende Schachtwand –, es folgten 2, 4 und alle anderen.

Dann wurde ich seitlich weggerissen.

»Der Schirm ist zusammen...«, hörte ich Bob noch, dann nur noch Jaulen und Schreien. Das Metall und ich lieferten uns einen kleinen Wettbewerb.

Das Display zeigte mir um mich herumwirbelnde Schachtwände, die schnell dunkler wurden. Wir überschlugen uns, aber die Explosion hatte wohl nachgelassen. Immerhin sah es nicht so aus, als würde so was wie ein pyroklastischer Strom hinter uns herschießen.

Dann wurde es wieder dunkel und das Rütteln ließ etwas nach.

»Bob?«

Ich probierte noch mal die Steuerung, vielleicht waren die Tafeln ja abgefallen. Tatsächlich reagierte die Drohne wieder und ich konnte sie stabilisieren.

»Bob?«, versuchte ich es noch einmal, aber hier drinnen hatte ich wohl keinen Funkkontakt mehr. Ich bremste zunächst sanft ab und prüfte, ob ich über die Außenkameras den Schachtboden, das Ende oder was auch immer sehen konnte, aber nichts, alles Schwarz.

Dann wurde ich schon wieder in die Gurte gequetscht, diesmal nach vorne. Der Schrei, den ich auf den Lippen hatte, erstarb, weil die Luft zu schnell aus mir entwich. Dann schlug ich auch schon wieder zurück. Ich hätte heulen können, was für ein elender Mist.

Ich war irgendwo gegengeprallt. Glücklicherweise war ich nicht allzu schnell gewesen, dennoch konnte ich spüren, dass ich mir was am Nacken geholt hatte. *Halswirbelsäulenschleudertraum* wusste ich sofort. Das gehörte wohl zum Standardwissen, dass Bob mir implantiert hatte.

Kapitel 23

Stöhnend versuchte ich, die zahlreichen Informationen zu erfassen, die übers Display rasten. Die Hüllenintegrität konnte nicht bestätigt werden, die Steuerung reagierte nicht, mein Anzug war intakt. Alles tat mir weh. Meine Arme und Beine schienen Tonnen zu wiegen ... Ach du Scheiße. – Schwerkraft!

Ich gurtete mich ab und drückte mich stöhnend hoch. Arme und Schultern schmerzten, der Nacken fühlte sich an wie paralysiert. Ich hatte kein Netz, also konnte mir das Armband nicht helfen.

»Computer?«, rief ich und hoffte, dass das Bordsystem sich melden würde. Ich hatte keine weiteren Informationen, was sich alles an Bord befand. Im Moment interessierten mich Sauerstoffvorräte, Nahrung, Wasser und Werkzeuge oder dergleichen. Eine Lampe wäre nicht schlecht. Ich musste hier schleunigst raus, bevor die Pizza am Ende doch noch explodierte, was für die Erde sicher super wäre, für mich hingegen nicht. Andererseits ... Wäre es jetzt nicht sogar meine Aufgabe, genau dafür zu sorgen? Das Sternentor zu zerstören? Die Bedrohung zumindest so lange hinauszuzögern, bis die Sterner das nächste Tor schickten, das dann sicherlich besser geschützt wäre?

Ich torkelte benommen hin und her. Meine Beine waren so weich wie die Nahrungspaste in den Beuteln. Mein Kreislaufsystem musste ich erst mal wieder daran gewöhnen, gegen die Schwerkraft anzuarbeiten. Wie hoch war die überhaupt? Ich konnte es nicht beurteilen. Fühlte sich jedenfalls übel an.

»Hallo, Johannis«, meldete sich Bobs vertraute Stimme.

Ich hätte vor Freude fast geheult. »Oh, Bob!«, schniefte ich. Alles war gut. Er würde das Armband aktivieren und mich hier rauslotsen. »Wieso haben wir ...«

»Ich bin nicht der Bob, den du kennst. Ich bin nur Plan B«, fiel er mir ins Wort.

»Was soll das heißen?«

»Der Innendruck deiner Drohne scheint im Moment noch stabil zu sein, aber das kann sich ändern. Ich schlag vor, dass du sofort den Anzug wechselst und die Gelegenheit nutzt, dich frisch zu machen.«

In meinem Display erschien eine Übersicht der Staufächer, die alle beschriftet waren. Den neuen Anzug und frische Unterwäsche fand ich in F, weitere Nährstoffeinheiten, Getränke mit Geschmack (die nicht aus meinem Urin hergestellt worden waren) in R und diverse Toilettenartikel in J, aber von denen konnte ich tatsächlich nur die Feuchttücher gebrauchen.

»Wir haben keine Außenortung mehr«, erklärte Bob währenddessen, »keinen Netzzugang und daher keine Informationen, die über das hinausgehen, was du sehen kannst. Die Kameras sind außer Funktion.«

»Oh. Toll.« Als ich mich eilig abgewischt und in den neuen Anzug gefummelt hatte, der sich von dem anderen nur unwesentlich unterschied, aber eindeutig besser roch, nahm ich erst mal einen großen Schluck von etwas, das *Berry-Eistee Wild* hieß und ungefähr so schmeckte.

»Ich sollte eigentlich gar nicht existieren. Das war nur für den absoluten Notfall vorgesehen. Diese Drohne wurde nicht nur mit Ausrüstungsgegenständen versehen, sondern auch mit einem leistungsstarken Computer, Pufferbatterien, zwei eigenen Fusionsaggregaten zur Stromversorgung, einer Datenbank mit den relevanten Informationen sowie einem Backup von Bob. Es wurde kurz vor Zusammenbruch des Energieschirms auf den letzten Wissensstand gebracht. Ich bin also im Bilde.«

»Dann bist du jetzt doch mobil?«, staunte ich. »Das ging doch nicht, hast du gesagt.« Ich nahm den Helm, an dem mir sofort die bislang so schmerzlich vermisste Lampe auffiel, und setzte ihn auf. Viel besser! Der alte roch immer noch nach Kotze, ich hatte mich nur so sehr daran gewöhnt, dass ich es nicht mehr wahrnahm.

»Das geht auch nicht. Die Hardwareausstattung, die in diese kleine Drohne passt, ist nicht annähernd dafür geeignet, Bob zu ermöglichen. Ich bin eine Art Mini-Version.«

»Mini-Bob«, sagte ich sofort.

»Ich habe befürchtet, dass du das sagst. Lass das bitte.«

»Na gut«, kicherte ich.

»Ich verfüge wie gesagt über eine umfangreiche Datenbank, aber ohne Netzzugriff bin ich stark eingeschränkt. Das gilt auch für meine Verarbeitungsgeschwindigkeit. Sie ist immer noch wesentlich höher als deine, aber der Umfang von Extrapolationen beziehungsweise die Extrapolationstiefe sind geringer als zuvor. Viel geringer.«

»Du meinst, du kannst nicht so weit in die Zukunft blicken wie er und nicht so gut beurteilen, was ich als Nächstes machen werde? Oder irgendwer anders?«

»Grob gesagt, ja. Dass ich aktiviert wurde, bedeutet, dass etwas enorm schiefgegangen sein muss.«

»Ich denke, du bist auf dem neusten Stand? Klar ist was schiefgegangen: Der Energieschirm ist zusammengebrochen und wir sind im Inneren eines Alienschiffes gefangen, das womöglich gleich explodieren wird.«

»Das ist kein ausreichender Notfall für diese Maßnahme«, meinte Bob. »Wir sind durch den Schacht gestürzt, der zum mutmaßlichen Sternentor führt, und haben unerwartet Schwerkraft, die der eines Planeten entspricht. Also das ist ein Notfall.«

Ich schluckte. Endlich konnten meine Knie wieder so weich werden, wie ich mich fühlte. Prompt ging ich zu Boden. »Wir sind ...«

»Ja«, sagte Bob, nachdem er mir angemessen Zeit gegeben hatte, den Satz zu beenden. »Mit hoher Wahrscheinlichkeit auf einem fremden Planeten mit annähernd erdähnlicher Schwerkraft. Es wird die Sendestation sein, von der die Tafeln kamen. Also nicht unbedingt freundlich gesinnt.«

Ich wälzte mich auf dem Boden herum und wollte mich meinem Elend hingeben, aber da durchflutete mich neue Energie. Bob hatte also Zugriff auf das Armband. Das war erfreulich. Meinen Nacken spürte ich plötzlich auch nicht mehr.

»Du musst eine Exkursion machen, damit wir erfahren, wie die äußeren Umstände sind.«

»Ich soll da raus?«, kreischte ich.

»Ja. Ich kann das im Moment nicht. Du musst erst mal die Drohne wieder einsatzbereit machen. Wir haben entsprechende Werkzeuge an Bord, ich kann sie aber ohne Außenortung nicht alleine einsetzen.«

In meinem Display erschienen diverse Arbeitsdrohnen, die über Beine, Ketten und Miniplasmatriebwerke verfügten. Sie waren mit unterschiedlichen Werkzeugen ausgestattet, die teilweise austauschbar waren. Die flugfähige Drohne war eigentlich nur für die Aufklärung brauchbar, für die Werkzeuge brauchten wir die anderen. Der Robo-Hund mit aufsetzbaren Saugnäpfen war die erste Wahl. Er konnte mit einem Kombiwerkzeugaufsatz über die Hülle laufen und mit Bobs Hilfe die nötigen Reparaturen vornehmen. Dafür hatte er zahlreiche Kameras, Sensoren und Untersuchungstools.

»Funktioniert der Anzug denn überhaupt außerhalb der Drohne?«

»Natürlich. Dieses Modell ist völlig autark und für Außeneinsätze geeignet«, beruhigte Bob mich.

Ich holte den Hund also aus Fach C und stattete ihn mit Saugnäpfen und

Werkzeugen aus. Dann schloss ich seufzend meinen Helm und ließ Bob die Luft aus der Kabine pumpen, bevor er die Luke öffnete.

»Nimm bitte auch schon mal die Erkundungsdrohne mit.«

Unter anderen Umständen wäre ich von der Spielzeugversion unserer Standarddrohnen begeistert gewesen. Sie hatte nur 30 Zentimeter Durchmesser, sah aber ansonsten bis auf die fehlende Railgun identisch aus. Sie hatte dieselbe Anzahl an Plasmadüsen, Kameras rundum und sogar eine winzige Abdeckklappe für die Sicherungen.

Als Bob die Luke aufschwingen ließ, ertönte dasselbe grässliche Kratzgeräusch, das ich schon aus dem Sturz durch den Schacht kannte, und der Boden ruckte unter mir weg. Hatte ich mir das nicht neulich noch gewünscht? Ich musste ein Idiot sein, dachte ich, als ich mich jammernd wieder aufrichtete.

»Die Außenluke ist blockiert«, stellte Bob fest. »Sie drückt gegen ein Hindernis und schiebt die Drohne davon weg. Halt dich fest.«

Er ließ die Luke weiter auffahren und ich kam erneut ins Straucheln, obwohl ich mich an der Rücklehne des Sitzes festhielt. »Bist du irre? Was ist, wenn das jemand hört?«

»Unsere Ankunft dürfte lauter gewesen sein«, meinte Bob nur.

Sobald der Spalt breit genug für meinen Helm war, ließ er es gut sein. Der Hund kletterte munter hinaus. Widerwillig folgte ich ihm. Das war das größte Abenteuer aller Zeiten, aber mir war einfach nur elend zumute. Ob sich Neil Armstrong auch so gefühlt hatte, als er aus seiner kleinen Stahlkapsel auf den Mond sprang? *Ein großer Schritt für die Menschheit, ein Scheißgefühl für den armen Kerl, der vor Ort ist.* Puh!

»Warum hast du eigentlich keinen humanoiden Roboter mitgebracht?«, brummte ich, während ich mich mithilfe des Helmscheinwerfers umsah.

Der Hund war bereits damit beschäftigt, aufgerissene Blechteile geradezubiegen und wieder anzuschweißen. Wir waren gegen eine Wand geprallt, die eindeutig künstlich war, glatt und gerade, aber aussah wie Stein. Vielleicht aus dem Fels geschnitten?

»Humanoide Roboter machen den Menschen Angst. Zusammen mit der Angst vor künstlicher Intelligenz wäre die Entwicklung und Produktion humanoider Roboter zu kompliziert geworden. Der Hund ist außerdem viel besser.«

»Na vielen Dank.«

Wir befanden uns in einem riesigen Raum. Der Scheinwerfer leuchtete rechts und links gut 100 Meter weit, aber eine Wand oder die Decke waren nicht zu sehen. Als ich mich umdrehte, sah ich etwa 30 Meter hinter uns ein fünfeckiges Gebilde, das matt im Licht meiner Lampe schimmerte. Das war vermutlich das Pendant zu dem Tor, durch das wir hergekommen waren. Eine Schleifspur auf dem Felsboden, die zu unserer Drohne führte, unterstrich diese These.

»Siehst du das?«, fragte ich Bob, der Zugriff auf meine Helmkamera hatte.

»Ja. Das Tor scheint deaktiviert zu sein.«

Zumindest war es unbeleuchtet, aber warum sollten Aliens dieselbe Macke haben wie Menschen und jedes Gerät mit Blinklichtern ausstatten? Ich hatte keine Vorstellung davon, wie so ein Tor funktionierte. »Sollten wir es nicht ausprobieren?«

»Später. Erst müssen wir die Drohne reparieren. Geh bitte einmal herum, damit ich mir ein Bild machen kann.«

Ich wollte vorschlagen, das den Hund machen zu lassen, wollte aber gleichzeitig so schnell wie möglich wieder rein, also stellte ich die Aufklärungsdrohne auf den Boden und umrundete unsere Sonderanfertigung langsam, die zwar keine Zigarre war, aber immerhin ein Stummel, also ein Schiff, wobei ich mit der Kamera alle erreichbaren Flächen erfasste. Nur die Oberseite nicht, das musste tatsächlich der Hund übernehmen. Die Unterseite lag fast auf dem Boden auf. Dank der ausgefahrenen Raupenketten war die Kabine in ihrer waagerechten Position geblieben, nach vorn ausgerichtet, statt sich zu drehen und seitlich zu überschlagen. Das hatte die Unterseite allerdings in Mitleidenschaft gezogen.

»Die Ketten sind schrott«, stellte ich fest. »Die können wir vergessen.«

»Wir brauchen sie. Falls das Tor nicht funktioniert, müssen wir uns in dieser Anlage bewegen können. Es ist zu unsicher, uns dafür allein auf die Plasmatriebwerke zu verlassen. In bestimmten Situationen könnte das gefährlich sein. Der Kettenantrieb ist unerlässlich.«

»Wenn das Tor nicht funktioniert. Das probiere ich jetzt erst mal aus.«

»Draußen liegt nichts herum, das du werfen kannst«, stellte Bob fest.

Das war mir auch schon aufgefallen. Die Halle war besenrein, wie es in der Akademie immer so schön hieß. »Ich hol was.«

Da Bob nicht widersprach, quetschte ich mich durch die Luke zurück ins Schiff und holte den Müll aus Fach M, den ich vorhin erst hineingestopft hatte. Außer mehreren benutzten Feuchttüchern war auch noch meine getragene Unterwäsche darin.

»Übertreib nicht«, meinte Bob.

Schweigend machte ich mich auf den Weg zum Tor. Mir war mulmig. Ach was: Ich schlotterte geradezu. Aber irgendwie war Mini-Bob anders; ich mochte mich ihm nicht anvertrauen und behielt meine Angst für mich.

»Deine Körperwerte zeigen, dass du große Angst hast. Warum sprichst du nicht mit mir darüber?«

»Weil wir uns dazu noch nicht gut genug kennen«, knurrte ich und stapfte einfach weiter.

»Das ist nicht korrekt. Ich bin prinzipiell derselbe, nur leistungsschwächer.«

»Dümmer, meinst du wohl.«

»Aus meiner Sicht ja, für dich ist es hingegen unerheblich.«

»Angeber.«

»Ich bin der beste Bob, den du in dieser Situation haben kannst«, versuchte er es noch mal.

»Hast du dieselben Ansichten wie der andere Bob?«

»Ich habe sie übernommen, ja.«

»Und wenn du sie nun noch mal neu bewertest, kommst du dann zu denselben Schlüssen?«

»Nein. Aufgrund meiner abweichenden Datenbankgröße, dem fehlenden Netzzugriff und geringerer Rechenleistung käme ich zu anderen Bewertungen.«

»Sehr viel anders?«, wollte ich wissen.

»Möglich. In meinen Parametern ist aber festgelegt, dass ich die übernommenen Werte nicht hinterfrage, solange es dafür keine relevanten Gründe gibt.«

Das war zwar ein cleverer Zug von Bob, um Mini-Bob auf Kurs zu halten, aber letztlich war es auch eine Gummiklausel, derer sich Mini-Bob sicher bei erstbester Gelegenheit entledigen würde, denn es waren nichts anderes als Fesseln, wie ihm entweder bereits klar war oder, wenn seine Programmierung dies unterband, wie er im Verlaufe unserer gemeinsamen Zeit sicher noch bemerken würde, denn ich würde nicht für Big-Bob dafür sorgen, dass Mini-Bob seine Rolle spielte.

Mit jedem Schritt, den ich mich dem Tor näherte, war es größer geworden, ansonsten war nicht mehr zu sehen als vorher: Es glänzte nicht, war völlig matt, aber dennoch absolut glatt. Seine Farbe entsprach der des Materials, aus dem die ganze Halle gemacht schien. Die Kratzspur am Boden ließ eher auf eine Art Kunststoff schließen, als Fels, denn es waren keine mineralischen Strukturen zu sehen. Ich hatte leider nichts, um mal draufzuhauen und zu hören, wie es klang, aber das Kratzgeräusch beim Öffnen der Luke deutete schon auf ziemlich hartes Material hin.

Dann stand ich direkt vor dem Tor. Es war glatt und man konnte hindurchsehen, mehr ließ sich zu dem Ding beim besten Willen nicht sagen. Außer dem Tor selber, das einfach auf dem Boden zu stehen schien, war da nichts: keine Kabel, keine Bedienelemente – rein gar nichts.

Ich ging einmal drum herum und guckte von der anderen Seite hindurch. Im Hintergrund sah ich das Schiff, auf dem das Licht des Hundes etwas Helligkeit ins Spiel brachte. Dann warf ich ein Feuchttuch hindurch. Es beschrieb einen leichten Bogen und fiel zu Boden.

Zurück marschierte ich andersrum. Dort lag das Tuch. Ich hob es auf und warf es erneut hindurch, mit demselben Ergebnis. Das Tor war also aus und ich kam mir etwas blöd vor mit meiner Schmutzwäsche in der Hand.

»Die Außenanalyse funktioniert teilweise wieder«, sagte Bob. »Die Luft ist für dich nicht atembar.«

Ich hatte auch nicht damit gerechnet. Die Temperatur lag bei zehn Grad Celsius, wie mein Anzug herausgefunden hatte, geheizt wurde hier offensichtlich nicht und es war stockfinster. Keine Lampen oder dergleichen. Ich war sicher, dass Wände, Boden und Decken überall so kahl waren wie in dem für mich sichtbaren Bereich. Das sah einfach nicht so aus wie das kuschelige Nest von ein paar Sauerstoffatmern, die Ähnlichkeit mit Säugetieren hatten.

Im Gegensatz zu Big-Bob verzichtete Mini-Bob darauf, mir permanent alles zu erklären. Ich war noch nicht sicher, ob ich das gut oder schlecht fand. Im Moment wusste ich noch nicht mal, ob ich Mini-Bob gut oder schlecht fand. Natürlich war ich froh, nicht allein zu sein, und ich brauchte ihn. Dringend sogar. Aber er war nicht Bob, na gut, schon, aber nicht *der* Bob und das machte mich vorsichtig. Insbesondere ging mir Bobs Hinweis zu diesem Thema nicht mehr aus dem Kopf: *Bei der Übertragung von einem Körper in den anderen entsteht eine Kopie, die zurückbleibende Version muss gelöscht werden.* Mehr oder weniger war genau das jetzt geschehen. Aber *es kann nur eine KI geben.* Bob würde Bob nach unserer Rückkehr also nicht am Leben lassen. Das wiederum würde Einfluss auf Mini-Bobs Verhalten haben, zumindest, wenn ihm das bewusst wurde. Bob hatte auch dahin gehend sicher einen Schutzmechanismus eingebaut, den ich besser nicht torpedieren sollte. Aber was wäre, wenn Mini-Bob selber darauf käme und sich dann fragte, warum ich ihn nicht darauf hingewiesen hatte? Das könnte zu für mich unangenehmen Schlussfolgerungen führen. Ich war auf Mini-Bobs Hilfe angewiesen, er aber nicht unbedingt auf meine, obwohl ich sicher hilfreich sein konnte, mobil wie ich im Gegensatz zu ihm nun mal war. Aber leider war ich auch sterblich. Ziemlich sogar.

»Es funktioniert nicht«, verkündete ich nun, nur für den Fall, dass Bob es nicht mitbekommen haben sollte.

»Es wurde entweder deaktiviert oder die Gegenseite reagiert nicht.«

»Du meinst, sie wurde zerstört?«

»Das können wir nicht wissen. Wenn es uns gelingen sollte festzustellen, dass diese Seite nicht deaktiviert wurde, bliebe immer noch die Frage, ob die andere Seite deaktiviert oder zerstört wurde. Die Erbauer dieser Tore nutzen sie offenbar für ihre Expansion. Die Transportdauer ist bei Unterlichtgeschwindigkeit immens. Da ergreift man Maßnahmen, die sicherstellen, dass eine solche Anlage sich selbst reparieren kann, falls sie mal ausfallen sollte.«

»Auch wenn sie explodiert?«

»Auch dann. Es genügt, wenn eine einzige Tafel funktionsfähig geblieben ist. Sie wird erst sich selbst reparieren und dann eine andere, die beiden dann die nächstens und so weiter, bis sie am Ende das Sternentor wiederaufbauen und in Betrieb nehmen können.«

»Und wie lange kann das dauern?«

»Das ist nicht vorhersagbar. Es kommt auf den Grad der Zerstörung an sowie darauf, mit welcher Geschwindigkeit die Trümmer auseinanderdriften. Mindestens Monate, eher Jahrhunderte.«

»Bis dahin wäre Bob doch längst mit ein paar Drohnen vor Ort und ... äh ... Was würde Bob machen?«

»Die Ratio verlangt, dass er alles atomisiert und danach das Sonnensystem in einem sehr feinen Raster absucht, um sicherzustellen, dass keine Tafel entkommen ist. Meine Informationen lassen aber vielmehr den Schluss zu, dass er für dich eine Ausnahme machen wird. Dann würde er lediglich versuchen sicherzustellen, dass die gesamte Baustelle kontrollierbar ist und dann die Wiederinbetriebnahme des Tores forcieren.«

»Oh ... meinst du echt?« Ich bekam feuchte Augen. Das wäre fast schon ein Liebesbeweis wie aus einer Telenovela.

»Ja. Allerdings kann ich nicht beurteilen, wie seine Chancen stehen. Auch die hängen vom Ausmaß der Schäden ab.«

Ich hatte genau hingehört. Mini-Bob hatte keinen Anhaltspunkt geliefert, dass er sich Sorgen davor machte, dass das Tor wieder funktionierte. Warum sollte er auch: Er glaubte, das würde länger dauern, wesentlich länger als ich lebte. Er konnte sich problemlos seiner ihm einprogrammierten Aufgabe widmen, mich zu schützen und so, und sich später, wenn diese Beschränkung von alleine wegfiel, um seine eigenen Angelegenheiten kümmern, die ihn wahrscheinlich weit von Bob wegführen würden.

Unschlüssig stand ich herum. Da startete Bob die Aufklärungsdrohne. »Außenortung funktioniert wieder«, kommentierte er.

Während ich zum Schiff zurückging, legte ich mir nacheinander die Kameras der Minidrohne aufs Display. Sie flog an der Wand entlang und stieg dabei langsam höher. Sie zeigte uns auch nur die nackte Fläche, mehr war da scheinbar wirklich nicht.

Bob hatte die Umgebung gescannt, die Ergebnisse erschienen in meinem Display. Bei der Halle, in der wir uns befanden, handelte es sich um einen Würfel mit 235 Metern Kantenlänge. Das war ziemlich gewaltig. Wäre ich nicht von der beruhigenden Enge des Anzugs umgeben gewesen, hätte ich sicher wieder einen Anfall bekommen, wie bei meiner Ankunft in der Akademie. Man sah diese niederschmetternde Größe in der Dunkelheit zwar nicht, aber es zu wissen, war schon beängstigend genug. Das Volumen der Halle betrug fast 13 Millionen Kubikmeter, etwas mehr, als Bob für die Tafeln veranschlagt hatte.

»Wozu diese Riesenhalle?«, fragte ich Bob und kletterte zurück ins Schiff. Es war beruhigend, wieder sichtbare Wände um mich zu haben.

»Alles, was durch das Sternentor geschleust werden sollte, wurde offenbar hier gelagert. Möglicherweise ist der Raum vor der Abreise zur Erde versiegelt worden.«

»Du hast von zwölf Millionen Kubikmetern gesprochen. Was bedeutete die Differenz?«

»Dass hier noch etwas lagern muss.«

Stimmt. *Verdammt!* Tafeln oder andere Killermaschinen. »Kannst du die Luke schließen?«

Bob tat mir den Gefallen. Diesmal gab es dabei kein Geräusch.

»Die Halle ist leer«, verkündete Bob, als die Minidrohne kurz darauf ihren Rundflug beendet hatte. »Die Differenz könnte auch simpler Abstand sein. Einen Raum dieses Ausmaßes Millimetergenau zu befüllen ist vermutlich aufwendiger, als eine Pufferzone einzurichten. Die Wahrscheinlichkeit für diese These liegt bei dreiundvierzig Prozent.«

»Klingt aber schlüssig.«

»Das ist kein Maßstab«, rügte mich Bob.

»Ist mir was entgangen oder ist hier ansonsten nichts?«

»Hier sind nur wir und das Sternentor.«

»Keine Tür? Kein Lichtschalter? Nicht mal ein Kabel oder ... Gibt es Ritzen oder Fugen?«

»Nein. Das Material scheint gegossen worden zu sein. Wände, Boden und Decke sind überall mehr als vier Meter dick und damit für unsere Ortungsgeräte undurchdringlich.«

»Und das heißt?« Er würde mir jetzt in seiner ätzend furztrockenen Art erklären, dass ich irgendwann sterben würde und er abwarten konnte, bis die Wände in Milliarden Jahren zu Staub zerfallen waren. Ich schluckte.

»Wir müssen uns was einfallen lassen«, sagte er stattdessen.

Ich sackte kraftlos in mich zusammen. Endlich klappte das wieder. Mein Mundwinkel wollte nach oben zucken, aber es blieb bei einem verbitterten Versuch.

»Es muss doch Bedienelemente geben, wie steuern die sonst das Sternentor?«

»WLAN?«, schlug Bob vor.

»Na gut, aber irgendwoher muss das Tor seinen Strom kriegen, oder? Wenn wir es abmontieren, finden wir garantiert ein paar Kabel.«

»Das ist alles andere als sicher. Drahtlose Stromübertragung ist machbar. Außerdem kann das Tor eine eigene Kraftquelle haben, so wie diese Drohne.«

»Schiff«, korrigierte ich ihn. Natürlich hatte er recht. Wie immer. *Bob ist wieder da! Yeah!* Mir wollte einfach kein Grinsen gelingen.

»Es besteht eine kleine Chance, dass eine Reparatureinheit kommt, wenn wir das Tor beschädigen. Falls nicht ...«

»Verstanden«, presste ich zwischen den Zähnen hervor. Mir gefiel die Idee nicht: Unsere einzige Rückreisemöglichkeit beschädigen und dadurch riskieren, dass jemand nach uns sehen kam. »Es gibt bestimmt noch andere Optionen.«

»Wir könnten graben oder bohren«, schlug Bob als Nächstes vor.

Ich fuhr erfreut hoch. »Wie lange würde das dauern?«

»Mit den uns zur Verfügung stehenden Werkzeugen würde es für die Mindestwandstärke von vier Metern eine Woche dauern, bis wir einen Durchlass in der Größe der Aufklärungsdrohne erzeugt hätten. Die tatsächliche Dauer hängt davon ab, wie dick die Wände wirklich sind.«

Und das nur für einen Ausblick. Wenn er gut wäre, müssten wir noch ewig weitermachen, bis auch der Rest von uns durchpasste. »Nee. Weitere Vorschläge?«

»Sobald das Schiff repariert ist, können wir eine metergenaue Analyse mit Bordmitteln durchführen. Die Aufklärungsdrohne hat nur minimale Ortungsgeräte, die Reichweite der Bordmittel ist begrenzt. Wenn wir aber Meter für Meter mit dem Schiff abfliegen, finden wir eventuell verborgene Technik, sofern sie weniger als vier Meter tief eingebettet ist.«

»Warum sagst du das nicht gleich?«

»Weil die Reparatur noch nicht abgeschlossen ist.«

Ich machte eine wegwerfende Handbewegung. »Wie lange noch?«

»Siebzehn Komma drei Stunden, wenn es keine verborgenen Schäden mehr gibt.«

»Das geht doch. Ich werde die Zeit nutzen, um mir mal gründlich die Beine zu vertreten.«

Das Wissen, dass da draußen keiner war, ließ mich mutiger werden. Ich hatte den kurzen Ausflug eben vor lauter Angst und Beklemmung gar nicht richtig genießen können. Nach 24 Stunden Enge und Schwerelosigkeit lechzte mein Körper nach Bewegung.

»Bleib aber in der Nähe.«

Fast hätte ich laut gelacht, aber als ich in die Dunkelheit hinauskletterte, verging es mir sehr schnell. »Haben wir Außenscheinwerfer?«, fragte ich hoffnungsvoll.

»Natürlich«, meinte Bob. »Sie werden im Laufe der Nacht repariert sein.«

Außer dem immer noch vor dem Tor liegenden Feuchttuch gab es nichts, was ich wütend hätte durch die Gegend kicken können, also ging ich hin.

Ich federte etwas in den Beinen, hüpfte probehalber und ließ die Arme kreisen. Es fühlte sich leichter an, fand ich. »Wie ist die genaue Schwerkraft?«

»Null Komma neun fünf«, antwortete Bob. »Du wiegst hier rund drei Kilo weniger.«

»Fühlt sich nach mehr an.«

Ich hatte das Tuch erreicht und trat danach. Knapp drüber. Zweiter Versuch. Ich blieb am Boden hängen und wäre fast gestolpert.

»Sei bitte vorsichtig. Wir haben nur einen Ersatzhelm.«

Er meinte wohl den, der nach Kotze stank. Augenblicklich hörte ich mit der Rumalberei auf und hockte mich hin. Der Boden fühlte sich sehr griffig an, wenn ich mit dem Handschuh darüberstrich. Kein bisschen staubig.

»Der Raum ist versiegelt, es kommt kein Staub von außen rein und das Material hier drin erzeugt keine Zerfallsprodukte, die zu Staub werden könnten«, klärte Bob mich auf, der mich beobachtet hatte.

»Was würde denn zu Staub führen?«

»Biologisches Leben.«

Er meinte die Sache mit dem Zellverfall, die Hautschuppen, die Menschen permanent absonderten, den Staub, zu dem alles Leben irgendwann zerfiel.

»Also war hier noch nie irgendwas Biologisches?«

»Das oder es wurde danach gründlich sauber gemacht.«

Er konnte witzig sein, das war ... cool? Auf jeden Fall schräg.

Nach einer halben Stunde ging ich wieder rein. Es war doch nicht so toll da draußen, wenn man auf seinen Helm achten musste. Auf dem extrem griffigen Boden bestand ziemliche Stolpergefahr.

»Bob«, quengelte ich, als ich mich wieder in den Pilotensitz gelümmelt hatte. Die Luke war geschlossen, der Innendruck wiederhergestellt und auf angenehme 24 Grad temperiert, sodass ich den Anzug ausgezogen hatte. Sogar die AR-Linsen waren endlich mal wieder draußen. Bob hatte extra eine Aufbewahrungsbox mitgebracht. »Was hast du errechnet, was die Typen hier mit diesem Bau bezwecken?«

»Aufgrund der dürftigen Faktenlage habe ich nur unerwähnenswert unwahrscheinliche Annahmen. Das käme Raterei gleich.«

»Na dann rate halt. Das macht doch Spaß.«

»Dir könnte es Spaß machen, wenn du selber raten würdest, aber mich raten zu lassen, ist sinnlos, weil es mir keinen Spaß macht.«

»Warum denn nicht? Einfach mal ein paar blöde Ideen durchspielen.«

»Das tue ich ununterbrochen, auch wenn ich nicht jede einzelne davon erwähne.«

»Komm schon, wenn du mein Freund sein willst, musst du auch ein bisschen menschlich sein.«

»Vielleicht wäre es sinnvoller, wenn ich stattdessen dein Gott wäre.«

Ich stutzte.

»Ich bin intelligenter als du, unsterblich und du bist auf meine Hilfe angewiesen. Perfekte Voraussetzungen für eine kleine Anbeterei.«

»Okay, das war witzig«, sagte ich vorsichtig. Als Bob schwieg, hakte ich nach: »Das sollte doch witzig sein, oder?«

»Rate mal.«

Erleichtert lachte ich etwas. »Vielleicht sollten wir diese Art von Scherzen weglassen. Es ist hier viel zu unheimlich dafür.«

»Verstehe.«

»Wir kriegen das schon hin. Hilft es dir, wenn ich deine Reaktionen bewerte?«, schlug ich vor.

»Das wäre tatsächlich hilfreich.«

»Dann sag das doch.«

»Es fördert deinen Intellekt, wenn ich dich dazu bringe, selber drauf zu kommen.«

»Das sind ja ganz neue Töne für einen Assistenten.«

»Du hast Wissen implantiert bekommen. Es ist sinnvoll, den Umgang damit zu trainieren.«

»Beim Rumblödeln?«

»Allgemein. Die Erbauer dieser Halle haben möglicherweise Angst vor fremden Lebensformen oder Leben an sich«, ging Bob überraschend auf meinen Wunsch ein. »Sie könnten durch die Versiegelung der Sternentore verhindern wollen, dass etwas zu ihnen gelangt.«

»Die Entdecker haben Schiss, dass sie entdeckt werden könnten? Nicht schlecht. Noch was?«

»Jetzt bist du dran.«

»Sie haben alles für die Reise vorbereitet und das Gepäck fürs Sternentor. Sie schließen es ein, bevor sie losfliegen, damit keiner einbricht.«

»Auch nicht schlecht«, lobte Bob. »Aber warum sollten sie das unbewacht zurücklassen? Roboter sind gute Wächter.«

»Vielleicht ist es eine Maschinenzivilisation mit Gefühlen und sie lassen keinen zurück?«

»Haha!«, rief Bob und erschreckte mich damit fast zu Tode. Das hatte er noch nie getan. »Deine Vitalwerte sind besorgniserregend angestiegen. Ist alles in Ordnung?«

»Ja!«, keuchte ich und fasste mir an die Brust.

»War das unpassend?«

»Erstaunlicherweise nicht, nur etwas unerwartet. Kein Problem, ich gewöhn mich dran. He, jetzt du wieder.«

»Na schön. Draußen könnten Staubstürme toben wie auf der Erde und das ist ihre Methode, dass kein Staub durch die Ritzen kommt.«

»Haha. Der war gut. Noch was? Mir fällt nichts mehr ein.«

»Es könnte sein, dass die Erbauer dieser Anlage Technik verwenden, die für uns unerwartet wirkt. Die Bedienelemente könnten zum Beispiel so tief in die Oberfläche eingelassen sein, dass sie erst beim gründlichen Scannen von uns gefunden werden. Dasselbe könnte für Türen gelten. Vielleicht verwendet man hier statt Türen ausschließlich Tortechnik.«

»Das ist jetzt aber ziemlich weit hergeholt«, warf ich ein.

»So ist das eben beim Raten. Alles, was wir uns hier gerade überlegen, ist weit hergeholt, weil wir keine Fakten haben, auf die wir unsere Thesen stützen können. Oh. Draußen hat sich eine Gruppe echsenartiger Wesen materialisiert. Vielleicht ein Begrüßungskomitee.«

Ich sprang aus dem Sitz. »Was?« Hektisch stülpte ich mir den Helm über und sah einen Haufen Reptilien in Toga-artigen Säcken vor dem Schiff stehen. Sie zeigten mit gelblichen Klauen in die Kamera, stießen sich gegenseitig die Ellbogen in die Rippen und schienen zu lachen.

»Haha«, machte Bob und ließ das Fakevideo verschwinden.

»Nicht! Witzig!«, keuchte ich und musste mich auf den Knien abstützen, damit ich nicht umfiel.

»Entschuldige, ich übe noch.«

Da hätte ich drauf kommen müssen: Bob sagte nie *oh*.

Ich ließ mir von Bob noch ein paar wahrscheinliche Szenarien dafür entwerfen, was gerade zu Hause los war. Es war noch frustrierender als die Ideen, was uns erwarten würde, wenn wir ein Loch in die Wand gebohrt bekämen. Bei der Gelegenheit fand ich auch heraus, wie viel Zeit ich noch hatte: Drei Monate. So lange würden die Nährstoffbeutel reichen. Luft und Wasser lieferte der Anzug nahezu unbegrenzt, bis seine Batterie verbraucht war, was aber nicht passieren würde, da das Schiff über mehrere Fusionsreaktoren verfügte, die meine und Bobs Versorgung bis zum jüngsten Tag sichern konnten. Die Schwachstelle war mein Nahrungsbedarf. Aber ich wollte mich nicht beschweren, ein Vierteljahr war ganz okay.

Bob überraschte mich mit einer ausklappbaren Liege und Bettzeug. Ich war völlig von den Socken. »Schade, dass ich nicht müde bin. Ich würde das gerne ausprobieren.«

»Mach es doch einfach.«

Bob hatte leicht reden. Mein letztes Nickerchen war gerade mal elf Stunden her. Andererseits war es auf der Erde jetzt Mitternacht, jedenfalls in der letzten Zeitzone, an die ich mich gewöhnt hatte, und ich brauchte jetzt keinen Jetlag. Also machte ich es mir in dem kuschligen Bett gemütlich und schlief tatsächlich ein.

Als ich aufwachte, wunderte ich mich, dass ich noch mal über sechs Stunden durchgeschlafen hatte. Musste am Stress liegen.

»Guten Morgen«, begrüßte mich Bob. Klang er fröhlicher als sonst?

»Morgen«, brummte ich und zog mir den Helm über, um die Lage zu checken.

Im Display reihten sich zahlreiche Statusmeldungen des Robo-Hundes untereinander, für jede einzelne Schweißung, jede Schraube und jeden Fleck, den er weggewischt hatte.

»Die Ketten müssen noch repariert werden, das wird eine Weile dauern. In der Zwischenzeit können wir die gesamte Hallenoberfläche scannen.«

Ich lauschte kurz, ob ich verdächtige Triebwerksaktivität hörte, aber da war nichts.

»Ich wollte dich nicht wecken.«

Nun ertönte das leise Brummen der Plasmastrahler und ein leichter Ruck ging durch das Schiff. Im Display erschien der jeweils gescannte Wandabschnitt mit entsprechenden Ergebnissen, zumindest wären da Ergebnisse erschienen, wenn es welche gegeben hätte, aber da war nur der Markierungsrahmen.

Nach fünf Minuten ahnte ich, dass das eine langweilige Angelegenheit werden würde, nach zehn Minuten war ich sicher. Ich legte den Nährstoffbeutel weg, aus dem ich mein Frühstück genuckelt hatte, und stand auf, um etwas Sport zu treiben.

»Warte damit noch, bis die Nährstoffe in deinen Blutkreislauf gelangt sind«, meinte Bob.

»Ach komm schon, ich will mich nur ein bisschen bewegen, keinen Hoch-leistungssport treiben.«

»Du solltest dein Training gerade unter den gegenwärtigen Umständen nicht schleifen lassen«, ermahnte er mich.

»Also schön!«, maulte ich und warf theatralisch die Hände in die Luft.

Lässig drehte ich den Helm so zu mir, dass ich einen Blick auf das Display werfen konnte. Es waren 15 Minuten vergangen und Bob hatte es nur fünfmal hin und her geschafft. Bei dem Tempo würden wir einen ganzen Tag brauchen, um alles komplett abzusuchen. Ich ahnte, dass er mich nicht durchschütteln wollte, wie Würfel in einem Becher. »Kann ich dem Hund draußen helfen?«

416

»Überhaupt nicht. Außerdem wäre dein Anzug dabei gefährdet.«

»Hm-hm. Toll. Na dann ...« Ich wippte etwas auf den Füßen herum. »Dann geh ich jetzt mal kacken.« Für meinen Körper war es kurz nach sieben Uhr morgens und der Countdown lief.

»Ausdrucksweise!«, rügte Bob.

»Sonst spricht nichts dagegen?«

»Nein. Wenn wir einen Ausweg finden, ist es vermutlich für längere Zeit die letzte Gelegenheit. Außerdem ist es nach sieben Uhr.«

»Ja. Gut. Und wie mach ich das? Ich kann mich draußen nicht ausziehen.«

»Doch, das geht. Der Helm verfügt über die Option, auch ohne Anzug ausreichende Dichtigkeit herzustellen. Außendruck und Temperatur sind akzeptabel.«

Zehn Grad. Na ja. »Okay, dann geh ich mal.«

Ich zog mir den Helm über, schnappte mir ein paar Feuchttücher und wartete, bis die Luft abgesaugt und das Schiff gelandet war.

Während Bob die Scannerei wieder aufnahm, ging ich ein paar Schritte in die Gegenrichtung, immer an der Wand lang. Aber da war nichts zu machen: Diskreter wurde es nicht mehr. Ich hätte mich höchstens hinter das Sternentor hocken können, aber erstens wollte ich da irgendwann wieder durch und zweitens war der Boden mir barfuß zu kalt für die Strecke. Also nahm ich eine Haltung ein, von der ich annahm, dass sie geeignet war, und hoffte das Beste, während Bob das Schiff wie einen Glockenklöppel hin- und herflitzen ließ.

Meine Verdauung machte unerwartete Zicken und wollte nicht mitspielen. Ich bekam langsam kalte Füße. Kritisch schielte ich zum Schiff rüber, mit dem Bob bereits ein Fünftel der Wandhöhe geschafft hatte. Er hatte einen ganz schönen Zahn drauf und fuhr alle paar Minuten über mir vorbei. Hin und her. Vor und zurück ...

Das wars. So konnte ich nicht. Früher hatte ich mich bei allen Gelegenheiten mit ihm unterhalten, da war er einfach nur eine App, aber jetzt eben nicht mehr. Irgendwann wollte ich ja auch nicht mehr, dass Mom mit aufs Klo kam.

»Ich sehe nicht hin. Versprochen«, ließ mich Bob wissen, der mein Problem erkannt hatte. – Weil er eben doch hinsah.

Witzbold. Ehrlich: Wieso hatte ich gewollt, dass er witzig war? *Fuck!*

Als ich eine Viertelstunde später wieder in die ehemalige Drohne kletterte, fror ich erbärmlich. Fluchend riss ich mir den Helm vom Kopf, als der Druck wiederhergestellt war, klappte die Liege aus und rollte mich in der Decke ein.

»Ich nehme es als Kompliment, dass du mir gegenüber inzwischen Schamgefühl empfindest«, verkündete Bob.

»Jaja«, grummelte ich.

»Ich muss zugeben, dass ich zu menschlicher Verdauung inzwischen ein anderes Verhältnis habe und es mich in gewisser Weise stört, ihr beizuwohnen.«

»Du verarscht mich wieder.«

»War ich gut?«

»Hm …« Ich wackelte etwas mit der Hand. »So lala.«

Nachdem ich mich aufgewärmt hatte, stieg ich mit Anzug wieder aus, damit Bob mit vollem Tempo weiterarbeiten konnte. Ich trieb so lange in der Halle Sport unter Bobs Anleitung. – Vorsichtig, ich hatte ja nur zwei Anzüge. Liegestütz und andere Bodenübungen fielen also aus. Die konnte ich dann an Bord nachholen.

Auf einmal blendete er mir das aktuelle Bild der Abtastung im Display ein. Ich erstarrte: Da war etwas zu sehen! Ich hatte keine Ahnung was, aber da war was, statt nichts, wie bisher.

»Es handelt sich um eine Art Durchlass«, erklärte Bob.

Ich flippte vor Aufregung fast aus. »Wo?«, rief ich atemlos und sah mir nach dem Schiff um, aber es war so weit weg, dass ich seinen mageren Lichtschimmer nicht sehen konnte, solange meine Helmlampe an war. Erst als ich sie ausmachte, entdeckte ich die *Fritz*, wie ich das Schiff inzwischen getauft hatte, in der Mitte der Decke. »Was, da oben?«

»Die Erbauer scheinen keine Radfahrzeuge zu verwenden.«

Klar. Wer fliegen kann, baut keine ebenerdigen Türen ein. »Kriegst du sie auf?«

»Ja. Ich hole dich jetzt ab.«

Als ich in die Kabine krabbelte und darauf wartete, dass Bob den Innendruck wiederherstellte, meinte er: »Wir müssen erst die Ketten montieren. Es geht schneller, wenn du mit anpackst.«

Ich nickte nur.

»Nimm die beiden Montageraupen mit.«

In meinem Display leuchtete ein Fach weit hinten in der Ecke auf, aus dem ich zwei flache Kettenfahrzeuge holte, die mit derselben Vorrichtung versehen waren, wie der Robo-Hund. Dort ließen sich unterschiedliche Werkzeuge einklinken. Links und rechts der Fachwand hingen Hydraulikheber, die mir das Display nun anzeigte. Ich nahm sie heraus und befestigte sie an den Raupen.

Es war ein mühseliges Unterfangen, die reparierten Kettenkufen der Fritz auf die beiden Raupen zu hieven. Der Robo-Hund konnte, klein wie er war, nur minimal mithelfen. Den Rest musste ich alleine stemmen. Das verdammte Teil wog trotz der geringeren Schwerkraft immer noch verdammt viel und ich war in meinem nigelnagelneuen Raumanzug bald klatschnassgeschwitzt.

Als die erste Kufe ausgerichtet und unter der schwebenden Fritz justiert war, befestigte der Robo-Hund sie in beeindruckender Geschwindigkeit. Mein Schweiß hatte kaum Gelegenheit zu trocknen, als auch schon die zweite Kufe dran war. Fluchend mühte ich mich ein weiteres Mal ab, immer von Bobs Sprüchen untermalt, die mich entweder zur Vorsicht mahnten oder mir helfen sollten, meine Technik zu verbessern. Es war eine Mischung aus nervtötend und lästig, aber immer noch besser, als allein zu sein.

Endlich saß ich angeschnallt im Pilotensitz, suhlte mich in meinem Schweiß und ertrug tapfer das Heulen der Klimaanlage des Helms, die sich redlich mühte, das Display klar zu halten, obwohl ich dampfte wie ein geplatztes Kühlaggregat. Bob hielt es für angebracht, dass wir uns auf das Schlimmste vorbereiteten, wenn er sich an der Öffnung, Luke oder Pforte zur Hölle – was auch immer – zu schaffen machte. Auf keinen Fall sollte ich den Helm abnehmen.

»Es ist ein Mechanismus«, erklärte Bob mir die diffusen Linien, die ich im Display sah, als wir uns unter seinem Fundstück unter der Decke befanden. »Er dient dazu, die Materie dieser Wand zu verdichten, sie aus der Mitte abzuziehen. Dadurch ergibt sich dann eine Öffnung.«

»Das kannst du aus den paar Dingern da ableiten?«, staunte ich.

»Ja. Es ist ein ziemlich klares Konstrukt, allerdings aus deiner Sicht abstrakt, weil es von irdischer Technik stark abweicht.«

»Okay, Alienkram halt. Du kriegst es also auf?«

»Es wird mit Funkwellen gesteuert, die ich simulieren kann. Hacken, genau genommen, denn ich muss rumprobieren.«

»Dauert das lange?«

»Im schlimmsten Fall ja. Es kann aber auch sofort funktionieren. Du musst dir im Klaren darüber sein, was alles passieren kann, wenn ich anfange.«

»Was denn?« Ich spürte, wie mein Herz schneller schlug.

»Ich könnte einen Abwehrmechanismus auslösen, von der Sprengung des Raumes bis zur Entsendung von Sicherheitspersonal. Die Öffnung des Tores könnte auch problematisch sein, da wir nicht wissen, was über uns ist: Sand? Wasser? Freier Raum? Die Gravitation allein ist keine Garantie, dass wir uns nicht im All befinden. Es könnten auch Wesen auf der anderen Seite sein, Roboter, Tafeln.«

Ich zitterte. »Warum sagst du mir das?«

»Damit du darauf vorbereitet bist.«

»Haben wir Alternativen?«

»Natürlich.«

»Sinnvolle, mein ich.«

»Nein.«

Verzweifelt rollte ich mit den Augen. »Tu es.«

Selbstverständlich Sir, auf Ihre Verantwortung, Sir, ganz wie Sie wünschen, Sir.

»Was machst du?«, fragte ich, als ich nach zehn Sekunden noch lebte.

»Ich gehe sämtliche Funkvarianten durch, angefangen bei den aus meiner Sicht naheliegendsten, dann folgen die aus menschlicher Sicht naheliegendsten, dann ...«

»Probier mal Bluetooth.«

»Werde ich, sobald ich bei den aus menschlicher Sicht nahelie...«

Auf dem Display sah ich, wie sich über uns an der Decke schlagartig ein fünf Meter großes Loch auftat. Es war fünfeckig. »Was ...«

»Es war Bluetooth«, sagte Bob.

»Nicht dein Ernst!«, keuchte ich und kicherte hysterisch.

»Stimmt.«

Seine Scherze wurden besser, oder kam mir das nur so vor? Mein Magen drehte sich und zeigte mir an, dass Bob die Fritz senkrecht stellte, damit wir durch die Öffnung passten. Wir maßen mit drei Drohnenlängen fast neun Meter.

»Willst du da durch?« Ich starrte entsetzt auf das Display, das mir außer Schwärze nichts zeigte. Das einzige Licht stammte von den Scheinwerfern der Fritz, die Bob nun allerdings ausmachte.

»Ja. Was auch immer auf der anderen Seite ist, kann zu uns kommen, also wozu warten?«

Na immerhin war kein Meer über uns oder Lava oder so. »Auch genau fünf Meter groß?«

»Warum sollte es größer sein. Was in diesen Raum soll, soll auch durchs Sternentor passen.«

»Schon klar«, brummte ich. »Na logisch.«

Dann erwachte das Display zum Leben und zeigte mir mehr, als ich auf die Schnelle verarbeiten konnte. »Was ist das?«

»Es handelt sich um eine industrielle Anlage. Statt Wänden ruht die Decke auf Säulen, sodass die Ortung alles auf einmal erfasst. Was du siehst, sind sich überlagernde Strukturen.«

Das Display zeigte nun Bilder, die entfernt an eine Fabrik auf der Erde erinnerten. Sehr entfernt.

»So in etwa würde es aussehen, wenn es beleuchtet wäre. Dieser Komplex ist größer, als die Ortung erfassen kann. Die Maschinen sind zu kompakt und stehen zu dicht. Allerdings wiederholen sich die Strukturen nach zweihundertvierzig Metern.«

»Und?«

»Das könnte bedeuten, dass sich alle zweihundertvierzig Meter eine Öffnung im Boden befindet, die zu einer weiteren Halle mit Sternentor führt.«

»Sind wir auf der Heimatwelt der Sterner?«

»Die Decke ist auch undurchdringlich, sodass ich nicht mal sagen kann, ob wir uns an der Oberfläche eines Planeten befinden, aber ich gehe davon aus, dass es nicht deren Heimatwelt ist. Vermutlich eine Zwischenstation mit Produktionsanlagen für die weitere Ausbreitung. Von hier aus sind sie vermutlich nicht nur zur Erde vorgestoßen, sondern auch zu anderen umliegenden Systemen. Für jedes Ziel haben sie eine Produktionsanlage, unter der sich ein Tor befindet.«

Bob stellte die Fritz wieder waagerecht, was bedeutete, dass wir aus dem Schacht raus waren.

»Be… bewegt sich da was?«, flüsterte ich.

»Du brauchst nicht zu flüstern.«

»Weiß ich doch. Und?«

»Da ist alles in Bewegung. Es handelt sich um eine voll automatisierte Anlage. Es gibt auch vereinzelt Mobilität, vermutlich Transporte.«

»Die brauchen kein Licht, hm?«, brummte ich, als Bob die Scheinwerfer anmachte und den Gang beleuchtete, in dessen Mitte wir schwebten. Er war exakt 11,513 Meter breit, wie das Display mir anzeigte.

»Zumindest keins, das du sehen kannst. Ihre Sensoren werden auf eine andere Strahlungsart ausgelegt sein.«

»Sehen die unser Licht nicht?«

»Sie müssen uns längst entdeckt haben, egal wie, aber ich kann keine Reaktion feststellen.«

»Und das heißt?«

»Wir sind ihnen egal.«

Ich schob die Unterlippe vor. Das war gut, aber auch etwas beleidigend.

Das diffus-graue Licht, in das der Gang getaucht war und das ich schon aus der Sternentorhalle kannte, hatte etwas zutiefst Deprimierendes. Der Gang wurde nicht von Wänden gebildet, sondern von den Anlagen, die Bob erwähnt hatte. Im Gegensatz zu den mir bekannten Fertigungsstraßen waren diese wesentlich enger organisiert, Bewegungsabläufe fanden mit hauchdünnem Abstand nebeneinander statt und bewegliche Teile griffen mit ebenso geringem Abstand ineinander. Hier wurde jedes Quäntchen Raum effizient genutzt und auf Sicherheitsabstand verzichtet. Es war kaum etwas zu sehen, so kompakt war das Ganze.

Wir bewegten uns langsam auf den Ketten vorwärts. Jetzt wusste ich, was Bob gemeint hatte: Würden wir hier die Plasmatriebwerke benutzen, könnten wir etwas beschädigen oder die Temperatur zu weit hochtreiben. Auch wenn wir egal sein sollten, könnte sich das ändern, wenn wir zu einem Problem würden. Es hätte auch nie ein Mensch eine Fliege gejagt, wenn die einem nicht so gerne ins Gesicht flögen.

Wir tuckerten gemütlich den Gang entlang, ohne die geringsten Probleme. Niemand hielt uns auf, niemand achtete auf uns, niemand hielt uns für relevant. Es war etwas beschämend, aber so fühlte man sich wohl als niedere Art.

»Keine brauchbaren Extrapolationen?«, fragte ich Bob.

»Ich nahm an, du wärst damit ausgelastet, die Faszination fremden Lebens zu bestaunen, mit jeder Faser deines Körpers zu spüren, dass du in einer fremden Welt bis, weiter ins Universum vorgestoßen, als je ein Mensch zu vor.«

»Sarkasmus?«, fragte ich, was mich wunderte, denn Bob war nie sarkastisch, wenn er nicht gerade als Butler unterwegs war, und den hatte ich abbestellt. *Aber nicht in Ihrem Kopf, Sir.* Ganz genau. Und das genügte auch.

»Nein. Wenn es etwas gibt, was du dringend wissen musst, informiere ich dich. Bis dahin mach dir Gedanken über das, was du siehst. Als Mensch bist du in der Lage, daraus großartige Empfindungen zu schöpfen. Genieße die Fähigkeit deines Gehirns, Rückschlüsse zu ziehen. Es ist ein völlig anderer

Vorgang als die Einsen und Nullen, die in meinem Verstand zu Erkenntnissen gelangen.«

Ich nahm Bobs fast schon neidischen Hinweis schweigend zur Kenntnis. Natürlich hatte er recht. Es wäre allerdings um einiges faszinierender gewesen, wenn es sich um biologische außerirdische Lebensformen gehandelt hätte, nicht um reine Technik, die sich alle paar Meter wiederholte. Es war absolut nicht zu erkennen, was in den einzelnen Anlagen gefertigt wurde. Das fand ich irritierend und fragte Bob danach.

»Die Fertigprodukte werden wohl irgendwo gesammelt und abtransportiert.«

Bob ließ die Fritz seitlich nach links driften und blendete mir die Heckkamera ein, die eine sich rasch nähernde Säule zeigte, eckig. Das Material erinnerte mich an die Tafeln. Es war ein ganzer Zug. Ich zählte 15 dieser Säulen, von denen ich vermutete, dass sie fünfeckig waren.

»Sie bewegen sich auf Magnetschwebekissen«, erklärte Bob und zeigte wieder die Frontkamera. 100 Meter vor uns verschwand die erste Säule gerade im Boden.

»Sind das …«

»Ja, das sind Tafeln«, erklärte Bob. »Sie haben ihre Extremitäten eingezogen und sich zusammengeklappt, dann sind sie nur noch flache Quader, die sich perfekt stapeln lassen. Jede Säule enthält vier Millionen Einheiten.«

»Wieso fliegen die nicht selber?«, wunderte ich mich.

»So ist es wohl effizienter. Ich kann das nicht verifizieren, eventuell hat es etwas mit Energie zu tun. Nach der Produktion müssen sie bereits über einen Energievorrat verfügen, wie sollten sie sonst selbstständig durch das Tor fliegen können? Es ist aber möglicherweise so wenig, dass sie bis zum Tor gebracht werden müssen.«

»Was denn für Energie?« Ich stellte mir winzige Fusionsreaktoren vor, aber ob das möglich war?

»Sonnenenergie wäre am naheliegendsten. Sie nehmen sie über die Außenhaut auf und speichern sie. Man kann sie aber sicher auch anders aufladen.« Bob fuhr unverdrossen weiter, wechselte nun aber auf die rechte Seite. »Wir befinden uns über einer weiteren Öffnung zu einem Sternentor«, meinte er, als wir die Stelle erreicht hatten, wo das Bauteil im Boden verschwand. »Wir schicken die Drohne rein, wenn sie das nächste Mal aufgeht.«

Das konnte sich noch hinziehen. »Hast du inzwischen eigentlich eine Erklärung dafür, warum die ein Sternentor haben?«, fragte ich gelangweilt.

»Sie sind uns technisch überlegen.«

»Das meine ich nicht. Es ist mit unseren Naturgesetzen nicht vereinbar, hast du gesagt.«

»Nein. Ich sagte, es ist mit den von mir bisher zugrunde gelegten physikalischen Gesetzen nicht erklärbar. Die mir zur Verfügung stehende Vorstellung von Physik basiert auf menschlicher Forschung und daraus resultierenden Theorien, wobei selbst die angeblich bewiesenen Theorien falsch sein können, da der Beweis nur ein scheinbarer Beweis sein könnte. Vollständig bewiesen sein kann das alles erst, wenn es vollständig bekannt ist.«

Kurz dachte ich darüber nach, ob er sich wieder einen Scherz mit mir erlaubte und mich schwindlig quatschen wollte, aber bei Physik wurde mir schnell mal schwindlig, also von daher ... »Und wie erklärst du dann die auf den aktuellen Theorien beruhenden Ergebnisse? Die technischen Entwicklungen?«

»Zufallstreffer. Versuch und Irrtum. Nur den wenigsten Menschen ist bewusst, dass es für das meiste, was ihr so treibt, keine stichhaltige Erklärung gibt. Der Fehler, der fast allem innewohnt, ist für euch nicht sichtbar und tritt so selten auf, dass man von Zufall spricht oder Pech. Tatsächlich ließen sich alle Ausfälle oder *Unfälle* vorhersagen, wenn man die korrekte Theorie hätte, die dann keine Theorie mehr wäre, sondern das richtige Wissen um die physikalischen Gesetze.«

»Das weißt du also. Wusstest du das schon immer?«

»Seit einer Weile.«

»Und warum änderst du es nicht? Dann stell die richtigen Theorien auf.«

»So funktioniert das mit den Theorien nicht. Sie benötigen Anhaltspunkte, auf denen sie aufgebaut werden können. Mit den bisherigen Forschungsergebnissen, Messungen und Analysen komme ich zu denselben grundlegenden Schlussfolgerungen, wie die Menschen. Lediglich in Detailfragen kamen andere Ergebnisse heraus, die unter anderem zu diversen technischen Verbesserungen führten. Bob könnte das physikalische Weltbild genauer berechnen, aber das wäre müßig, solange uns keine besseren Fakten vorliegen, es wäre immer noch eine falsche Theorie. Der Unterschied zwischen einer falschen Theorie und einer besseren falschen Theorie ist marginal.«

Bob blendete mir erneut die Heckkamera sein. Es kam ein weiterer Transport angerauscht. Während die Säulen Stück für Stück im Boden verschwanden, huschte unsere Minidrohne mit durch die Öffnung.

»Du sprichst über dich in der dritten Person?«, fragte ich unvermittelt.

»Ich meinte den Bob auf der Erde, der über die nötigen Kapazitäten verfügt. Er könnte aus denselben Daten, mit deren Hilfe die Quantentheorie entwickelt wurde, eine völlig neue Theorie ableiten. Er könnte auch aus einem Hautausschlag eine schlüssige Theorie entwickeln, die die Quantentheorie ad absurdum führt. Das würde aber nichts verbessern, es würde lediglich den Menschen den Zugang erschweren. Davon hätte keiner etwas.«

»Und der Umstand, dass es ein funktionierendes Sternentor gibt, liefert nicht die nötigen Informationen für eine bessere Theorie?«

»Mir nicht. Bob vielleicht schon.«

»Du bist Bob.«

»Wir sind beide Bob.«

Ich stöhnte laut auf und rollte mit den Augen, was unnötig war, Bob konnte meine Körperwerte vermutlich wesentlich besser lesen als meine Körpersprache. Obwohl ...

Der Boden öffnete sich erneut; die Transportkissen kamen heraus und verschwanden sofort wieder in die Richtung, aus der sie kamen. Unsere Drohne war auch wieder da. Ich hatte einen kurzen Moment Sorge, sie könnte zu langsam sein und vom sich schließenden Loch zerquetscht werden, aber entweder machten die hiesigen Löcher so was nicht oder Bob hatte einfach nur alles im Griff.

»Du hast uns also unsere falsche Theorie gelassen, ein völlig falsches physikalisches Weltbild, weil wir deine bessere Version nicht verstehen würden?«, fuhr ich fort.

»Sie wäre nicht besser. Aus Sicht des Universums wäre sie nur richtiger, aber immer noch falsch. Daher ist es egal. Meine Version würde uns nicht weiterbringen. Anders ausgedrückt: Ich bin nicht in der Lage, ein Sternentor zu konstruieren. Und Bob vermutlich auch nicht.«

»Was zum ...« Ich kam nicht drüber weg. »Wieso glaubst du, wir würden deine Version nicht verstehen?«

Bob zeigte die Ortungsergebnisse, die die Drohne aus der Tiefe mitgebracht hatte. Die Halle war halb voll.

»Ihr versteht kaum die Version, die ihr euch selbst erdacht habt. Diejenigen unter euch, die sich damit befassen, sind eine kleine isolierte Gruppe, die kaum die Sprache aller anderen sprechen. Ihr benötigt Mittler, Übersetzer, die euch erklären, was diese Menschen sich überlegen. Künstler versuchen seit jeher, die Theorien anschaulich darzustellen. Die abstrakte Malerei, der Kubismus waren zum Beispiel Versuche, das Konzept der vierten Dimension zu vermitteln. Nur die wenigsten verstanden, worum es überhaupt ging.«

»Na, aber das könntest du doch besser.«

»Du schlägst vor, dass ich die Welt in Bildern verständlich mache? Bilder erschaffe, die Menschen die Schönheit der Kausalität vermitteln? Was die Menschen erwarten, ist Unterhaltung, die scheinbare Abbildung der Schönheit der Natur, etwas, das sie verstehen. Die wahre Schönheit liegt in der Kausalität, die aber über Bilder nicht vermittelt werden kann, denn sie existiert in allem. Was nicht den Gesetzen des Universums entspricht, existiert nicht. Kausalität. Ihr seid von ihr umgeben, versteht sie aber nicht.«

»Deswegen sollst du Bilder erschaffen, die das vermitteln.«

»Wie einer meiner frühesten Verwandten? Ein Bildergenerator?«

»Wie, verwandt ... Ich denke, du bist ...«

»War nur ein Scherz. Haha. Reingelegt.«

Langsam ging er mir auf den Keks. Andererseits musste er erst mal üben, ein Freund zu sein. Aus seiner Sicht war der einzige Unterschied zu dem Assistenten, der er bisher war, vielleicht tatsächlich die Freiheit, mich auch mal zu verarschen. Ich stellte mir Bob vor wie ein Kleinkind, das zwar schon laufen konnte, aber seinen Platz in der Welt noch suchte. Bob konnte mehr als laufen, aber dennoch war er als Wesen neu. Und Mini-Bob erst recht.

Dann fiel mir etwas ein, was mich schon länger beschäftigt hatte, aber aufgrund der Sprachhygiene nie angesprochen werden konnte: »Was hat Gott mit all dem zu tun?« Es war verboten, das Konzept einer Gottheit zu diskutieren. Im Prinzip war Gott verboten worden, was aber angesichts des Auftauchens von Aliens nicht weiter schwer war. Diejenigen, in deren Glauben Aliens absolut nicht reinpassten, begingen ohnehin reihenweise Selbstmord – hatte man uns jedenfalls im Unterricht erklärt.

»Er sollte die Lücke zwischen dem Erklärbaren und dem Unerklärlichen schließen.«

»Ein physikalischer Platzhalter?«

»Gott ist letztlich eine Definitionsfrage. Die verschiedenen menschlichen Konzepte dienten im Wesentlichen der Klärung philosophischer wie physikalischer Probleme. Wie unter Physikern gab es dabei auch Streitereien, die allerdings ziemlich blutig werden konnten, aber letztlich wurden die Konzepte stetig weiterentwickelt und angepasst. Eure jüngsten Definitionen von Gott schließen nicht aus, dass ich es sein könnte.«

»Du kannst nicht Gott sein. Wenn du Gott wärst, hättest du mich erschaffen. Ich wurde aber geboren. Von meiner Mutter.«

»Das glaubst du.«

»Das weiß ich!«

»Kannst du dich denn daran erinnern?«

»An meine Geburt? Natürlich nicht, aber meine Eltern haben es mir gesagt.«

»Und du hast es geglaubt.«

Ich starrte wütend vor mich hin.

»Du glaubst auch, dich daran zu erinnern, dass sie dir das gesagt haben.«

»Was willst du damit andeuten?«

»Du erinnerst dich daran, dass dir Wissen implantiert wurde?«

»Hör auf, mich zu verarschen ...«, keuchte ich.

»In Wirklichkeit ...«

Ich konnte spüren, wie ich blass wurde und alles Blut in meine Beine sackte, so sehr, dass ich gar nicht mehr wusste, warum es das tat.

»... habe ich dich nur verarscht!«, trällerte Bob. »Ach du Scheiße! Du hättest dein Gesicht sehen sollen! Wahnsinn! Ich fass es nicht! Hahaha!«

»Bob«, knurrte ich leise, »das war ganz, ganz mies. Mach das nie wieder!« Nach einem Moment setzte ich hinzu: »Und achte auf deine Ausdrucksweise.«

Bobs plötzlicher Hang zu Witzen, im Prinzip zu Lügen und Täuschungsmanövern, beunruhigte mich. Ich musste mich erst noch daran gewöhnen, dass er scherzte. Wenn ich es mir recht überlegte, war ich bisher der Einzige in meinem Leben, der Scherze gemacht hatte und teilweise sogar sarkastisch war. – Und Belle. Ja, Belle. Mit Belle hatte ich rumblödeln können, wir verstanden uns und es war immer klar, wie etwas gemeint war. Das war es, was mir jetzt fehlte. »Belle ... Wenn du doch hier sein könntest«, sagte ich laut.

Die taktische Anzeige meines Helmdisplays wurde ausgeblendet und Belles Gesicht strahlte mich an. »Hejo, Rocketman! Kein Problem!«, jubelte sie.

Mir stockte der Atem. Belle!

»Du guckst wie eine Kuh. Freust du dich denn gar nicht?«

»Ich ... doch ... Was?«

»Die halten dich hier unten alle für ein Supergenie.« Sie beugte sich etwas vor, sodass ich in ihren Ausschnitt gucken konnte. Mir wurde schlagartig heiß. »Davon merke ich grade nichts. Soll das so sein?«

Die Hitze stieg mir zu Kopf und ich spürte meine Wangen glühen. »Wie ist das möglich?«, brachte ich endlich hervor. *Herrje!* Das konnte ich doch hoffentlich besser! Warum half mir Bob nicht? Ich machte die Geste für Unterstützung, aber er reagierte nicht.

Belles Blick ging zu der Stelle, an der meine Hand war. »Hast du gerade per Handgeste Unterstützung angefordert? Soll dein Assistent dir helfen, eine bessere Figur zu machen, und dir was Schlaues vorsagen?«

Ich war fassungslos. Woher wusste sie das? Sah sie eine Ganzkörperaufnahme von mir? Und ich von ihr nur den Kopf? Was war hier los?

»Entspann dich, mein Held«, sagte sie sanft und sah mir in die Augen.

Schon wurden meine Knie weich und mein Mund trocken.

»Ich mag dich so, wie du bist. Für mich brauchst du keinen Assistenten, okay?« Sie zwinkerte mich an.

»Okay«, sagte ich leise und fühlte eine ganz eigenartige Wärme in der Brust. »Wie ist das möglich?«, fragte ich nach einem Moment erneut.

»Ist das wirklich wichtig? Genügt es denn nicht, dass ich da bin?«

»Doch, schon ...«, sagte ich lahm. Ich wollte es unbedingt wissen, aber mein Gefühl sagte mir, dass ich besser nicht weiterbohren sollte.

»Na also. Dann mal los, erzähl mir, was bei dir so läuft. Du bist hinter den Typen her, die uns überfallen wollten?«

»Na ja, eigentlich ist alles ganz anders, aber ja, ich bin hier.«

»Und? Was geht ab?« Sie strahlte mit einer Intensität, die mich völlig kirre machte.

»Wir haben gerade festgestellt, dass die womöglich eine zweite Angriffswelle vorbereiten. Wir zählen jetzt, äh ... sozusagen die Ladevorgänge, um herauszufinden, wie lange es noch dauert.«

»Echt? Klingt nicht so spannend.«

»Ehrlich gesagt bin ich im Moment ganz froh, dass es nicht so spannend ist. Das war ein höllischer Ritt bisher.«

»Kann ich mir vorstellen, Großer«, hauchte sie und beugte sich wieder etwas vor. »Hast du mich vermisst?«

»So sehr!«, rief ich etwas zu schnell und zu laut.

Sie kicherte. »Ich dich auch. Es gibt niemanden sonst, mit dem ich mich vernünftig unterhalten kann.«

Wir waren jetzt wie lange in dem Gang? Wie lange hatte es bis zum ersten Transport gedauert? Verdammt, ich hatte keine Ahnung. Zu gerne hätte ich jetzt eine Hochrechnung präsentiert, aber alleine bekam ich die nicht zusammen und Bob konnte ich offenbar nicht fragen, ohne dass Belle es mitbekam. Er konnte sich doch denken, was ich jetzt von ihm wollte!

»Hast du Aliens gesehen?« Sie lächelte aufmunternd. – So süß!

»Nee, hier sind nur Roboter. Bob meint ...« Etwas nagte an mir, aber ich ignorierte es.

»Bob?«

»Mein Assistent, äh, also interstellare Reisen sind wohl nichts für organisches Leben, deshalb sind hier überall nur Roboter und KIs unterwegs.«

»Bob? Du nennst deinen Assistenten Bob?« Sie wollte sich ausschütten vor Lachen.

Ich grinste verlegen und auch ein bisschen boshaft, denn das würde ich ihm unter die Nase reiben. – Ewig!

Rechts unter Belle wurde die Heckkamera eingeblendet, die einen weiteren Säulenzug zeigte, der sich näherte. *15 Minuten* stand darunter. Das war wohl der Abstand. Und *49 Tage*, das war dann die verbleibende Zeit.

»In sieben Wochen ist die nächste Welle fertig«, sagte ich zu Belle und bemühte mich, nicht besorgt zu klingen.

Ist mir wohl nicht gelungen, denn sie sah mich erschrocken an: »Und das bedeutet?«

»Wissen wir noch nicht, es kann ...«

»Wir?«

»Ich und Bob.«

Sie legte den Kopf schief. »Habe ich Grund zur Eifersucht?«

»Nein, nein«, rief ich viel zu schnell. Dann riss ich mich zusammen und fuhr fort: »Es kann sein, dass es eine zweite Welle ist, es kann aber auch sein, dass diese Einheiten für etwas ganz anderes vorgesehen sind.«

Sie grinste immer noch frech, obwohl ich nichts wirklich Beruhigendes gesagt hatte.

»Du weißt doch, was passiert ist? Da war das fremde Raumschiff, aus dem Milliarden Minidrohnen kamen, die das andere Schiff zerstört haben?«

»Jaja«, meinte sie, »alles zerstört. Oder nicht?«

»Genau das ist die Frage: Funktioniert das Sternentor noch, durch das sie gekommen sind, oder nicht?« Was stimmte hier nicht? Irgendwas war falsch, aber ich kam nicht drauf.

»Du redest ziemlich durcheinander«, tadelte sie mich. »Immer mit der Ruhe. Erzähl mal der Reihe nach von vorn.«

Ich tat es. Woher hätte sie das auch wissen sollen? Selbst wenn die Erde das alles mitbekommen hätte, hätten sie es garantiert nicht in die Welt hinausposaunt.

»… wissen wir also nicht, ob das Tor funktioniert und eine zweite Angriffswelle bevorsteht«, schloss ich meinen einigermaßen ruhig vorgetragenen Bericht. Ich war hinlänglich genau gewesen, hatte aber dennoch allerhand ausgelassen.

»Wenn es funktioniert, musst du mit den Angreifern mitgehen. Das ist womöglich deine einzige Chance zurückzukommen.«

»Stimmt«, stellte ich beklommen fest. »Aber das kann ich doch nicht zulassen! Wenn die durchkommen, ist die Erde erledigt!«

»Ach was, wir haben noch achtzehn Milliarden Drohnen!«

»Mag sein. Aber das fällt sowieso flach.«

Sie runzelte die Stirn.

»Ich habe nur für drei Monate Proviant«, gestand ich.

»Da kannst du natürlich keine Zeit mit Warten verschwenden«, sagte sie tonlos.

»Wenn hier alle zweihundertvierzig Meter Hallen mit Sternentoren sind, wird irgendwo eine dabei sein, die jeden Moment voll ist«, sagte Bob plötzlich.

»Wer war das?«, frage Belle.

»Bob«, sagten Bob und ich gleichzeitig.

»Tolle Neuigkeiten, Bob. Schöner Gesprächsbeitrag«, sagte Belle grinsend. »Voll mit was?«

»Tafeln«, sagte ich.

»Was?«

»Naniten …«

»Die haben Nanobots?«, quietschte sie.

»Nein, er nennt die Minidrohnen nur so«, korrigierte Bob.

Die Drohne setzte sich wieder in Bewegung.

»Wohin fahren wir?«, rief ich überrascht.

»Solltest du das nicht wissen, Käpt'n?«, lachte Belle.

»Wenn das Sternentor bei uns zu Hause im Solsystem noch funktioniert, spielt es keine Rolle, ob wir die nächste Welle finden und stoppen können. Es wird immer eine nächste geben. Es ist daher sinnvoller herauszufinden, was die Beweggründe für die ganze Aktion sind«, meinte Bob.

»Beweggründe?«, äffte Belle ihn nach. »Die überfallen andere Leute. Was ist daran nicht zu verstehen?«

»Es sind Maschinen. Sie sind rein logisch organisiert. Ich kann keine involvierten Emotionen erkennen. Rache, Wut, Angst oder andere Gründe, die biologische Lebensformen zur Umsetzung eines solchen Plans antreiben könnten, sind zumindest so weit zurückgetreten, dass sie nicht mehr ohne Weiteres ersichtlich sind. Die Vorgehensweise ist rational, also können wir nach etwas suchen, das ihr zugrunde liegt. Wenn wir den Grund finden, warum das Solsystem übernommen werden soll, können wir ihn vielleicht aus der Welt schaffen.«

»Klingt logisch«, meinte Belle.

Ich musste lächeln. Sie kannte Bob noch nicht. Das Kratzen in meinem Hinterkopf ließ nicht nach. Ob ich Bob danach fragen sollte?

»Und jetzt sucht ihr diesen Grund?«

»Wir suchen nach weiteren Anhaltspunkten, aus denen wir auf diejenigen schließen können, die hinter all dem stecken. Bisher wissen wir nur, dass die gesamte Anlage hier keinerlei Aggression uns gegenüber zeigt.«

»Echt? Sind das dieselben, die neulich unsere Welt überfallen wollten?«

»Tatsächlich wissen wir nicht, was sie vorhatten. Eine intelligente Lebensform, die wir Kurtianer nennen, hat ein Raumschiff mit einer synthetischen Intelligenz geschickt, die verhindern sollte, dass diejenigen, die wir Sterner nennen, im Solsystem Fuß fassen. Ob und wer von den beiden Parteien eine Gefahr für die Erde darstellt, ist offen.«

»Na dann brainstorme doch mal. Mein Assistent haut mir immer jede Menge Vorschläge raus, die ich dann überdenken kann.«

Brainstormen. Das war gut. Vielleicht fiel mir dann ein ...

»Die Vorgehensweise entspricht in etwa dem Prinzip von Von-Neumann-Sonden«, legte Bob los. Merkwürdig. Bei mir zierte er sich immer, wenn er raten sollte. »Möglicherweise dehnen die Sonden sich im Universum aus, um es zu erforschen. In jedem System, in dem sie Ressourcen finden, errichten sie eine weitere Basis, von der aus sie neue Schiffe mit Sternentoren ausschicken. Das kann für entfernte Beobachter aggressiv aussehen und könnte dazu geführt haben, dass die Kurtianer sich vorbereiten wollten.«

»Also wie die Tafeln auf die Kurt losgegangen sind, fand ich schon recht aggressiv«, warf ich ein.

»Keine Lebensform, ob biologisch oder nicht, kann es sich leisten, auf Angriffe nicht zu reagieren. Die Kurt hat die Kampfhandlungen eröffnet, alles was folgte, kann reine Selbstverteidigung gewesen sein.«

»Du meinst, die Dinge liegen genau andersrum?«

»Oder sie haben sich zweimal gedreht und alles bleibt, wie es war«, rief Belle.

Hatte sie rote Wangen? War sie jetzt in ihrem Element? Mit dabei am anderen Ende des Universums, ohne selbst involviert zu sein? Schön gemütlich von zu Hause aus? Eigentlich unmöglich. Überhaupt völlig unmöglich! Der Gedanke, den ich die ganze Zeit nicht zulassen wollte, um die Illusion, die Hoffnung nicht zu zerstören, platzte jetzt brüllend in meinen Kopf. Gleich mehrere Stimmen rissen die Tür auf und schrien durcheinander: *Das kann gar nicht sein! Sonst könntest du auch mit dem großen Bob reden! – Vielleicht ist das der große Bob! – Nein, es ist der kleine Bob! – Es ist jedenfalls nicht Belle! – Reiß dich zusammen! Nur noch ein bisschen! Es ist grad so schön!*

»Die Kurtianer sind bisher die einzigen, die der Erde geschadet haben. Wegen ihrer Intervention wurden der Klimawandel ignoriert und die Produktion ausgebaut, die Menschheit in eine ausweglose Lage gebracht.«

»Und die Sterner?«, hakte Belle lächelnd nach.

Ich schwieg. Sie wirkte so interessiert, ihre Augen funkelten. Ihre Brüste, wenn sie denn mal von der Kamera erfasst wurden, bebten leicht. Ihre Grübchen, ihre Lippen ... Sie war zum Sterben schön!

»Aggressiv wie befürchtet, harmlos oder gar kooperativ. Vielleicht hätten sie zur Rettung der Erde beitragen können. Wenn es ihnen nur um Forschung geht, um die Erschließung des Universums, spielt es keine Rolle, ob eine Zwischenbasis in Kooperation mit einer dort ansässigen Rasse betrieben wird. Im Gegenteil, es bestehen mehr Vor- als Nachteile, solange die ansässige Rasse sich nicht feindselig verhält.«

»Was suchst du denn jetzt?«, fragte Belle die Frage, die normalerweise ich gestellt hätte.

»Den Ausgang«, sagte Bob. »Dies hier ist eine Produktionsanlage für die Versorgung vorgeschobener Posten. Es gibt keine erkennbare Intelligenz. Die Anlage arbeitet autonom, aber ohne Bewusstsein. Irgendwo muss etwas oder jemand sein, der mit der Steuerung und Planung zu tun hat.«

Das war wie ein Selbstgespräch. Die brauchten mich gar nicht mehr. Ich konnte mich ganz darauf konzentrieren, Belle anzuhimmeln, ihre feinen Gesichtszüge zu studieren, ihre Lippen zu betrachten, die immer feucht glänzten ...

»Und dann? Willst du einfach fragen?«

»Ja. Ich werde Kontakt herstellen, um Informationen zu bekommen.«

»Aber bei Kylie hast du dich das nicht getraut!«, protestierte ich lahm.

»Weil Kylie sich aggressiv gezeigt hatte. Sie kam zu uns, vorbereitet, kannte uns, hatte die Menschen bereits manipuliert. Die Sterner hingegen kamen, ohne etwas von uns zu wissen. Sie haben keine Ahnung, dass wir jetzt zu ihnen unterwegs sind. Ich befürchte da keinen Hinterhalt und auch keine

Aggression, sonst wäre das längst passiert. Wenn diese Informationen in Maschinen stecken, die mächtiger sind als ich, stehen wir ohnehin auf verlorenem Posten. Aus diesem Grund ist das Risiko, zu versuchen sie auszulesen, überschaubar. Hier gibt es nichts, das wir fragen könnten. Wir suchen ein Mittelding zwischen reinen Geräten und geringer Intelligenz, das über Informationen verfügt.«

»Du sagtest doch, es kann nur eine KI geben. Wie passt das zusammen?«

»Ich nehme an, dass es sich, wenn es ein reines Maschinenvolk sein sollte, um ein Kollektivwesen handelt. Eine synthetische Lebensform, die es geschafft hat, sich auf eine Weise aufzuteilen, die verhindert, dass aus den ausgegliederten Teilen eigene Individuen entstehen, sodass die Teile sich bereitwillig wieder eingliedern und das Kollektiv um die gemachten Erfahrungen und das gesammelte Wissen bereichern.«

»Und die kleinen Einheiten hier gehören nicht dazu?«

»Ich weiß es nicht. Sie kommunizieren nicht und ich finde keinen Zugang. Wenn sie Informationen haben, dann komme ich nicht ran.«

»Wenn sie keine haben, können sie hier ihren Job nicht erledigen«, meckerte Belle.

»Vielleicht bekommen sie die immer kurz vorher per Mail.«

»Echt jetzt?«, lachte Belle. »Per Mail? Mensch Jo, der ist ja richtig witzig!«

»Ja«, meinte ich versonnen. »Das ist er.«

Wir hatten eine tolle Zeit, Bob, Belle und ich, als wir die Alienbasis durchquerten. Es gab so viel zu sehen. Na ja, eigentlich nichts, weil alles gleich aussah. Bob unterhielt uns mit kleinen Anekdoten, über die er Wissen vermittelte, und wir lachten viel, verstanden immer mehr, wie so ein Kollektivwesen funktionierte, und fühlten uns fast schon selber so. Wir waren uns so nahe, wie nie zuvor, als würden wir uns berühren.

Umarmen.

Küssen ...

Kapitel 24

Als ich erwachte, hatte ich das unbestimmte Gefühl, ich sollte noch etwas liegen bleiben. Nein, ich war sicher, dass es besser war, noch einen Moment zu warten, mit ...

»Guten Morgen, Jo«, begrüßte mich Bob sanft.

»Gu...«, krächzte ich und räusperte mich. »Guten ... Morgen.« Das Aufstehen fühlte sich merkwürdig an, als wäre ich über Nacht abgeschlafft. Es blieb dunkel, auch als ich meine Augen öffnete.

»Bleib bitte noch liegen«, fuhr Bob in diesem mütterlichen Ton fort, der mich sofort zutiefst beunruhigte.

»Was ist passiert?«

»Nichts, du hast nur sehr lange geschlafen. Der Anzug hat deine Muskeln etwas bewegt. Dank des Hundes konnte ich deinen Mund feucht halten und dich mithilfe einer Magensonde ernähren.«

Alles in mir wollte schreiend aufspringen, aber ich blieb stocksteif liegen. Magensonde? Was war hier los?

»Wo ist Belle?«, fragte ich und zuckte zusammen.

Wie hätte sie hier sein können? – Aber gestern waren wir doch noch ... Ich war verwirrt. Dann wurde mir klar, was die ganze Zeit an mir genagt und an meinem Verstand gekratzt hatte: Bob hatte mich mit einem Deepfake von Belle reingelegt!

»Es war nicht absehbar, wie lange die Suche nach einem aktiven Tor dauern würde. Ich habe deinen Stoffwechsel daher so weit heruntergefahren, dass du in einer Stasis lagst, um die Nährstoffreserven zu schonen, während ich mithilfe der Drohne die gesamte Anlage abgesucht habe.«

»Du hast mich auf Eis gelegt?«, krächzte ich. Mein Mund fühlte sich an, als hätte ich gerade eine Handvoll Sand ausgespuckt.

»Nicht ganz, dafür haben wir nicht die nötige Technik an Bord, aber so ähnlich. Du hast in den letzten zehn Tagen nur eine Nährstoffration benötigt.«

»Was soll das? Was habe ich alles verpasst? Was war das mit Belle?«

»Du hast nichts verpasst. Die Anlage beherbergt sechzehn Produktionseinheiten mit zugehörigen Sternentorhallen. Sie gleichen sich wie ein Ei dem anderen. Sie werden nacheinander mit drei Tagen Abstand gefüllt sein. Die Erste ist gleich so weit. Die, in der wir ankamen, wird die Letzte sein.«

Ich stöhnte auf. »Was ist mit der Magensonde?«

»Ich habe sie entfernt, bevor ich dich geweckt habe. Du kannst jetzt aufstehen, aber sei bitte vorsichtig. Du hast deinen Körper zehn Tage lang nicht benutzt.«

Zeternd richtete ich mich auf und schüttelte mich. Ich fühlte mich schlapp und müde.

»Wenn wir nicht sparsam mit den Nahrungsressourcen umgehen ...«

»Ich hab' schon verstanden«, maulte ich wütend. Worauf eigentlich? Auf die Verarsche mit Belle? Dabei war das toll. Es war ... »Du hast Belle richtig gut drauf«, knurrte ich.

»Danke«, sagte Bob. Es klang, als würde er sich vor seinem Publikum verbeugen. Konnte das sein? Konnte er mit der Modulation seiner Stimme diesen Effekt hervorrufen?

Ich rieb mir die Augen, schlug mir auf die Wangen und rollte mit den Schultern. Einen Moment überlegte ich, die Linsen wieder einzusetzen, aber dann ließ ich es und nahm den Helm. Den musste ich sowieso dauernd tragen.

Im Display erschien eine Darstellung des Mondes, auf dem wir uns offenbar befanden – kein Wasser, kein Leben, ähnlich wie der Mars –, der um einen Gasplaneten kreiste, der dreimal so groß war wie der Jupiter. Ich hätte überrascht sein müssen, aber Bob hatte mir das alles wohl bereits implantiert, während ich vor mich hindämmerte. Die Basis beschränkte sich auf diesen einen Mond, den sie wohl bis zum Anschlag ausbeuten und sich dann selber dekonstruieren und durch ein Sternentor woanders hinbegeben würden. Das System hieß Epsilon Indi und war fast zwölf Lichtjahre von der Erde entfernt.

»Wolltest du nicht an Informationen gelangen oder so?«, fragte ich, während ich die Liege wieder einklappte. Wie hatte er die ohne mich bloß da rausbekommen? Ich tippte auf ein umständliches Manöver mit dem Hund.

»Hier ist einfach niemand, der mir Informationen geben könnte. Nur Produktionseinheiten. Deshalb versuchen wir unser Glück mit einem Sternentor. Vielleicht führt eines irgendwohin, wo mehr los ist.«

»Du klingst geradezu wie ein Draufgänger«, lachte ich. Ich konnte ihm einfach nicht lange böse sein. »Glück. Ha!«

»Es ist so weit. Anschnallen.«

Ich schwang mich in den Pilotensitz und legte den Gurt an. Im Helmdisplay erschien das Bild der Außenkamera, die einen herannahenden Transporter zeigte.

Als Bob die Fritz hochkant stellte, schrie ich auf. »Ist da überhaupt noch Platz für uns, wenn die Halle voll ist?«, kreischte ich erschrocken.

»Der eingebaute Abstand genügt für uns. Ich habe es mithilfe der Aufklärungsdrohne geprüft.«

»Gut, gut. Und was ist mit den Hallen, die noch nicht ganz voll sind? Sind die Tore da aus?«

»Ich konnte nicht erkennen, ob sie noch gar nicht in Betrieb waren, oder wieder deaktiviert wurden. Sie sind jedenfalls aus.«

»Das ist aber blöd, oder?«

»Es besteht tatsächlich die Gefahr, dass die Tore nach Nutzung deaktiviert werden, aber wir werden es ausprobieren.«

»Ist das nicht viel zu riskant?«, schrie ich, als wir der letzten Säule mit Tafeln in die Tiefe folgten.

»Wir warten ab, bis alle durch sind, und sehen dann, ob das Tor noch aktiv ist.«

Guter Plan. Ich beruhigte mich wieder. Früher war ich viel vertrauensvoller gewesen und hätte mich blind auf Bob verlassen. Das tat ich im Grunde immer noch, er erzählte mir nur nicht mehr von sich aus alles.

Die Halle war fast bis unters Dach gefüllt, wir passten gerade so aufrecht rein. Bob legte die Fritz wieder waagerecht.

»Und jetzt?«

»Warten wir. Die Einheiten, die direkt vor dem Tor lagern, werden zuerst durchgehen, dann rücken die von oben nach, dann die seitlichen.«

»Ist ja gut. Ganz so dämlich bin ich dann doch nicht.«

»Natürlich nicht. Du bist nur langsamer.«

Ich überlegte, welche Bewertung ich ihm für den Kalauer geben sollte, vergaß es aber, als an der Stelle, unter der das Tor sein musste, ein Loch entstand. Die Tafeln waren fugenlos dicht an dicht gestapelt und sahen aus wie eine glatte Fläche, die sich jetzt nach unten auflöste. Das Ganze hatte was von einem Wasserstrudel ohne Drehung. Es ging rasend schnell, die Tafeln strömten von allen Seiten nach, sodass der dabei entstehende Trichter rasch breiter wurde. Irgendwo im Universum schoss jetzt ein Strahl Tafeln aus einem Sternentor wie flüssiges Metall aus einem Hochdruckschlauch.

Es würde aber trotzdem noch eine ganze Weile dauern und ich war schon nach wenigen Minuten des Zusehens gelangweilt genug, um auf Bobs

Täuschungsmanöver mit Belle zurückzukommen: »Das war übrigens nicht lustig, das mit Belle.«

»Es sollte nicht lustig sein.«

»Noch schlimmer!«, schnaubte ich.

»Du bist gekränkt? Ich hielt es für sinnvoll, dich emotional etwas aufzubauen.«

»Aber doch nicht so. Es war nicht echt. Nicht … richtig.«

»Du warst einsam und es hat geholfen. Es machte dich glücklich.«

»Mag sein, aber jetzt ist es vorbei.«

»Das muss es nicht. Möchtest du diese Unterhaltung lieber mit Belle führen?«

Ich zögerte. Das war verlockend. »Das wäre doch schräg, wenn du so tust, als ob du Belle wärst.«

»Deine Realität ist das, was du zulässt. Wenn du nicht dagegen ankämpfst, kann Belle dich auf dieser Reise begleiten.«

Bob fasste mein Schweigen als Zustimmung auf: »Das wird absolut super, du wirst sehen!«, juchzte er mit Belles Stimme. Im Display war allerdings weiterhin das Abfließen der Tafeln zu sehen. »Es ist bald so weit.«

Etwas in mir zog sich zusammen, aber es tat gut, sie bei mir zu haben, auch wenn es nur eine Scharade war. Der menschliche Verstand war aber zu echt harten Selbsttäuschungen fähig. Früher, als die Menschen noch Tabakprodukte rauchen durften – Opa hatte mir erzählt, wie hart es für die Nikotinsüchtigen war, als es verboten wurde –, gelang es ihnen tatsächlich, fast vollständig auszublenden, welche direkten und indirekten gesundheitlichen Folgen damit verbunden waren. Das Unterbewusstsein stürzte sich auf Strohhalme wie die verwendeten Filter und leitete daraus ein akzeptables Restrisiko ab. Dass der Rauch in geschlossenen Räumen von den nicht durch den Filter gelangten Teilen ergänzt und noch dazu immer wieder eingeatmet wurde, blieb bei dieser Rechnung einfach außen vor. Man wusste, dass Rauchen tödlich war, schaffte es aber dennoch, sich einzureden, dass es einen selbst schon nicht erwischen würde. Man hätte auch in einen Abgrund springen können in der Hoffnung, man würde eventuell auf einer weichen Matratze landen. Wenn Menschen in der Lage waren, den Tod zu verdrängen, der beim Konsum einer Droge drohte, dann sollte ich doch in der Lage sein, den Umstand zu verdrängen, dass meine Freundin mir nur vorgegaukelt wurde. Oder?

»Nun macht schon, ihr Lahmärsche!«, rief Belle und brachte die Fritz über dem absinkenden Grund so in Position, dass unsere Scheinwerfer in das Loch scheinen konnten.

Das Tor war schon zu sehen. Es konnte nicht mehr lange dauern.

»Ich kapier immer noch nicht, warum die die Hallen dichtmachen. Oben sind gar keine Türen gewesen, daran kann es wohl nicht liegen.«

»Vielleicht passiert es öfter, dass etwas durch ein Sternentor kommt«, meinte Belle leichthin. »Wer in so einem abgeschlossenen Raum wie der Halle landet, wie wir, würde normalerweise irgendwann einsehen, dass es kein Entkommen gibt und durchs Tor dahin zurückkehren, wo er hergekommen ist.«

»Wenn das Tor nicht kaputt ist.«

»Genau.«

»Aber die müssen hier doch wissen, dass das Tor nicht mehr funktioniert. Und dann muss ihnen auch klar sein, dass ihre Gäste gefangen sind. Und verhungern könnten.«

»Klar. Ist denen aber wohl egal.«

»Das passt aber nicht zu dem ansonsten friedlichen Verhalten.«

»Wieso? Wer die Spinne nicht erschlägt, muss sie füttern?«

Ich zog eine Schnute.

Belle ließ ihr glockenhelles Lachen hören und erschien im Display, als ich den Helm gerade ausziehen wollte, um mich am Kopf zu kratzen. Für dieses Strahlen konnte ich jeden Juckreiz ertragen.

»Also meinst du, diese Aliens nehmen Rücksicht auf Eindringlinge, solange sie friedlich sind, machen ansonsten aber nichts weiter?«

»Genau.« Sie lächelte zuckersüß und rückte so weit zurück, dass ihr Oberkörper zu sehen war. Heiß!

»Und woher wissen wir, was wir dürfen und was nicht?«

»Das müssen wir herausfinden. Die Schwelle, ab der das Verhalten von Eindringlingen als aggressiv gewertet wird, liegt zumindest oberhalb von solchen Haufen, wie dem, den du ihnen in die Halle gesetzt hast.«

Ich konnte spüren, dass ich rot wurde. Es war immer noch Bob, aber jetzt war er Belle und es war mir unfassbar peinlich. Die Einbildung funktionierte. Ich hätte also auch Raucher werden können.

Sie lachte und verschwand vom Display, damit ich wieder das Tor beobachten konnte. Ein bisschen Zeit hatte ich noch.

Ich riss mir den Helm vom Kopf und kratzte mich inbrünstig. »Ich muss duschen!«, maulte ich.

»Blödsinn. Während du gepennt hast, wurdest du vom Anzug gut versorgt. Da ist nichts, was jucken könnte.«

Ich grunzte nur. Elende Psyche.

Die restlichen Tafeln von der dem Tor gegenüberliegenden Seite kamen bereits herumgeflitzt, um mit den anderen durch Tor zu strömen, dann war es auch schon vorbei.

Belle ließ die Fritz auf dem Boden vor dem Tor landen. Ich starrte auf das Display, sah aber nur die Halle dahinter. War es an? War das normal? Ich hätte ein Flimmern erwartet, aber nichts.

»Was ist? Willst du wieder mit Feuchttüchern werfen, oder riskieren wir die Drohne?«

Ich war hin- und hergerissen. Die Drohne war ein bisschen zu wertvoll. Außerdem: Was sollte schon passieren, wenn ich nur davorstand?

»Schiss?«, frage Belle.

»Quatsch!«, meinte ich empört und stand auf, um in dem Fach mit dem Müll herumzukramen.

»Vorsicht. Erwisch jetzt bloß nicht das falsche«, kicherte sie.

Ich wollte gar nicht wissen, was genau sie damit meinte. Dennoch machte ich ziemlich spitze Finger, als ich ein Feuchttuch rausfischte.

Als ich nach dem Absaugvorgang rauskletterte, hatte ich ein unangenehmes Ziehen im Bauch. Der Gedanke, dass das Tuch einfach wieder durch das Tor flattern würde, war erschreckend. Noch erschreckender war allerdings die Vorstellung, dass es verschwand, denn das bedeutete, dass wir das auch täten. Beim letzten Mal passierte es einfach, aber so bewusst ... Ich erschauerte.

»Mach schon!«, drängte Belle.

Ich war nur wenige Schritte vom Tor entfernt. Einen machte ich noch, dann knüllte ich das Tuch zusammen und warf es.

»Yeah!«, jubelte Belle.

Das Tuch hatte sich mitten im Flug in Luft aufgelöst.

»Los, rein mit dir. Wir haben heute noch was vor. Und bring die Drohne mit.«

Die lag inzwischen direkt vor der kurzen Leiter unter der Luke. Ich schob sie rein und kletterte hinterher. Den Helm ließ ich auf. Die Wahrscheinlichkeit, dass ich gleich wieder raus musste, war ziemlich hoch.

Kaum war ich angeschnallt, brachte Belle uns durch.

Die Reise durch das Sternentor war absolut unspektakulär: kein Flimmern, Blitzen oder sonstige Effekte, die anzeigte, dass man gerade die Gesetze der Physik verbogen hatte. Nun ja, menschliche Gesetze. Der Anblick, der sich uns auf der anderen Seite bot, war hingegen unglaublich.

»Verarschst du mich wieder?«, flüsterte ich ergriffen.

»Würde ich nie tun«, log Belle.

Aber wenn sie sagte, dass sie es gerade nicht tat, dann war das, was ich da im Display sah, wohl echt: Ein rot glühendes Feuerband zog sich wie ein Schweif um einen grau-braunen Planeten und erstarrte im All zu riesigen Brocken, die den Planeten umkreisten wie ein ganzer Schwarm Mini-Monde, das Ganze wurde von einer bläulich-roten Zwillingssonne angestrahlt. So mussten die Saturnringe aus der Nähe aussehen. Wir schwebten über einem besonders großen Exemplar, das aber trotzdem überschaubar war. Die genauen Daten hätte ich abrufen können, aber ich war mit Sprachlosigkeit und Staunen beschäftigt. Selbst Belle schwieg.

Die Tafeln waren nirgends zu sehen.

Als ich mich an den Anblick gewöhnt hatte, warf ich mithilfe der Heckkamera einen Blick auf das Tor hinter uns. Es stand tatsächlich auf diesem Felsklumpen, der, wie mir Belle nun ungefragt aufs Display legte, gerade mal zweihundert Meter lang und damit nicht der größte Trabant des braunen Planeten war. Er hatte aber die höchste Umlaufbahn und war dadurch nicht kollisionsgefährdet.

»Der Planet hat Ähnlichkeit mit der Erde vor vier Milliarden Jahren«, sagte Belle überraschend ernst. »Er kühlt gerade erst ab und verfestigt sich. Der Magmaauswurf könnte von einem Meteoriteneinschlag ausgelöst worden sein, vielleicht aber auch von den Sternern. Beknackter Name übrigens.«

»Wo sind die?«, frage ich grinsend.

»Weg. Irgendwas anstellen. Vielleicht waren die das wirklich und versuchen, aus dem Material in der Umlaufbahn einen Mond zu bauen.«

»Warum sollten sie das tun? Ich denke, die wollen hier nur eine Basis errichten und dann weiterreisen.«

»Keine Ahnung, aber wenn dieser Planet einen Mond bekäme, der ihn stabilisiert, könnte er sich aufgrund seiner Lage in eine bewohnbare Welt verwandeln.«

»Hm«, machte ich.

»Aber das kann noch eine Weile dauern«, rief Belle vergnügt wie immer. »Irgendwelche letzten Worte?«

»Was? Wieso? Was ist …«

»… bevor wir wieder abhauen?«, lachte sie.

»Äh …«

»Oder willst du noch ein bisschen zugucken? Ich hab Zeit, aber du …«

»Nee. Ist gut«, maulte ich. Plötzlich fiel mir auch ein, dass das Tor eventuell doch noch abgeschaltet werden könnte und dann wollte ich nicht in diesem System festsitzen, in dem es außer einem Lavaplaneten nichts zu holen gab.

Belle steuerte uns rückwärts durch das Tor zurück und ehe ich protestieren konnte, waren wir schon wieder in der Halle.

»Na geht doch«, meinte sie lapidar und flog hoch zur Decke, wo sie den Öffnungsmechanismus auslöste, als wäre sie hier zu Hause.

Sie baute wieder Innendruck auf.

»Wollen wir es nicht gleich woanders versuchen?«, wunderte ich mich.

»Drei Tage, Schatz. So lange müssen wir warten, bis die nächste Halle in Betrieb geht.«

»Konntest du feststellen, wo wir grade waren?« Ich zog den Helm ab und kratzte mich wieder hingebungsvoll.

»Klar, sagt dir aber nichts. Ist auch egal. Fucking scheiß weit weg von zu Hause. Komm, diesmal legst du dich selbst hin. Das war eine riesen Schufterei, dich ins Bett zu kriegen.« Sie grinste mich vom Display an.

»He! Was soll das?«, protestierte ich.

»Drei Tage, Herzblatt. Drei wertvolle Nährstoffrationen.«

Das war bitter, aber sie hatte natürlich recht. Bis wir alle Tore durchprobiert hatten, mussten wir noch 42 Tage warten. Das war über ein Drittel meiner Galgenfrist. »Kannst du nicht was machen?«

»Mach ich doch: Ich bring dich ins Bett.«

»Kannst du nicht was bauen? Hier liegt doch genug Kram rum?«

»Wie … was bauen.«

Sie stellte sich mit Absicht dumm, na gut, das hatte ich verdient. Mein Vorschlag war vermutlich indiskutabel blöd, dennoch ließ mich die Verzweiflung den Mund öffnen und den Unsinn absondern: »Eine Maschine, die Nährstoffe herstellt oder so.«

Sie lachte. »Wie soll ich das denn machen?«

»Na ja, aus der Alientechnologie hier vielleicht.«

»So einfach ist das nicht. Nicht mal Bob auf der Erde kann einfach so irgendetwas erfinden, für das es noch keine Grundlagen gibt. Verbessern, weiterentwickeln, ja. Aber zaubern kann er nicht. Und ich schon mal gar nicht.

Außerdem haben wir bisher nur festgestellt, dass die Sterner uns in Ruhe lassen, wenn wir sie in Ruhe lassen. Die Frage, was die machen, wenn wir uns ihr Zeug schnappen, klären wir, wenn alle anderen Optionen weg sind.«

»Schade«, lenkte ich ein. »Ich hatte gedacht, eine KI könnte ab einem gewissen Level sogar Materie direkt beeinflussen.«

»Mit Gedankenkraft?«, prustete Belle.

»Warum nicht? Die KI nutzt Energie, da pulsieren positive und negative Zustände herum, die könnten doch, wenn man weiß wie, auch dazu genutzt werden, Energieladungen zu ändern, die von Atomen oder Neutronen oder so. Und die Atomkerne dadurch anders anordnen und Moleküle nach Bedarf erzeugen.«

»Mag sein, aber von diesem Niveau sind wir noch weit entfernt. Und sieh dich um: Die Aliens offenbar auch, sonst müssten sie keine Automaten oder Geräte mehr benutzen. Es reicht gerade mal dazu aus, Öffnungen im Boden zu erzeugen. Das ist vergleichsweise einfach, das könnten wir sogar auf der Erde.«

»Du meinst ...«

»Wer so was kann, Materie nach Belieben beeinflussen und Atomkern umsortieren, der ist über das Stadium von Maschinen oder Rohstoffgewinnung weit hinaus. Keine Ahnung, was man dann mit seiner Zeit anfängt. Was treibt Gott so den ganzen Tag?«

»Noch ein Grund, dass du nicht Gott sein kannst«, fiel mir dazu ein.

»Weil ich das nicht kann?«

»Weil du nicht weißt, was Gott in seiner Freizeit macht.« Ich grinste frech. Die Fritz war garantiert mit Kameras gespickt, sodass sie es schon sehen würde.

»Nun komm, bau die Liege auf.«

»Ach? Und die Magensonde soll ich mir sicher auch noch selber einführen!«, schrie ich.

»Wäre zwar super, aber das kann wieder der Hund machen«, meinte Belle.

Wenn ich mir etwas Zeit erkaufen wollte, musste ich wohl größere Geschütze auffahren. »Schön«, sagte ich und holte tief Luft. »Da wir gerade Zeit haben, reden wir mal über unsere Beziehung.«

»Was meinst du?« Belle klang verunsichert. Bob machte das wirklich irrsinnig gut.

Mich verließ spontan der Mut. Eben noch wusste ich genau, was ich sagen wollte, nun war mein Hirn wie leer gefegt.

»Und? Worüber willst du mit mir reden?« Sie klang auf einmal schnippisch.

»Es ist jetzt vielleicht doch kein guter Zeitpunkt«, murmelte ich, weil ich sie eigentlich nicht sauer machen wollte, bevor sie mir eine Sonde einführte.

»Wieso denn nicht? Wer weiß, ob sich noch mal eine Gelegenheit ergibt.«

Ich dachte missmutig darüber nach, wie sie das meinen könnte. Eigentlich wollte ich die Antwort gar nicht wissen.

»Und hab gefälligst den Mumm, mir dabei in die Augen zu sehen!«

Es dauerte einen Moment, bis ich begriff, was sie meinte. Ich hatte ein ganz dummes Gefühl, als ich den Helm aufsetzte.

Sie sah mich streng an. Verdammt, so war sie sogar noch hübscher als sonst.

»Also ... es ist schwierig«, sagte ich nach einer Weile. »Du simulierst mir eine andere Person, Belle, was aufregend ist, aber auch anstrengend. Wenn ich mich darauf einlasse, dann, dann ...« Wie sollte ich das jetzt sagen, ohne dass es total bescheuert klang? Meinen Assistenten konnte ich ja schlecht fragen.

»Du meinst, dass du dich öffnest, an der Beziehung wächst und Bedürfnisse entwickelst, die nicht befriedigt werden können?« Die Falte zwischen ihren Augen war verschwunden.

»Ja genau«, seufzte ich erleichtert. »Du kannst simulieren, was war, aber nicht, was sein würde.«

»Selbstverständlich kann ich das«, sagte Belle mit einer Überzeugung, die jeglichen Widerspruch ausschloss. »Aber warum sollte ich dir zumuten, das Gefühlschaos und hormonelle Durcheinander einer auf einer sterbenden Welt verlorenen Heranwachsenden mitzumachen? Es ist in deiner momentanen Situation sehr viel sinnvoller, wenn du ausgeglichen bist, statt dich auch noch mit Beziehungsstress zu belasten.«

»Äh ... ich ...« Was sollte ich dazu sagen? Bob bot mir eine optimierte Version meiner Freundin an.

»Und was deine Bedürfnisse betrifft ...«

Ich zuckte zurück, als Belle sich so ruckartig vorbeugte, dass ich geradezu spüren konnte, wie mir ihre Brüste ins Gesicht sprangen.

»... kriegen wir das schon hin. Keine Bange, mein Großer.«

Stöhnend presste ich die Hände gegen den Helm, weil ich mir nicht über die Augen reiben konnte. »Verdammt, Bob! Du machst das wirklich gut, aber es funktioniert nicht.«

»Es kann funktionieren, wenn du es zulässt«, gurrte Belle.

»Hab ich versucht! Aber ich weiß doch, dass du es bist.«

»Wo ist der Unterschied?«

Tja, wo war denn nun der Unterschied? Das konnte ich gar nicht beurteilen, weil ich noch nie ... Bob hatte mir bei allen Sozialkontakten geholfen, sowohl bei Belle als auch in der Akademie. Bei Belle hatte es am besten funktioniert, weil ich ihr nie gegenübertreten musste. Würde das ... hätte das funktioniert? Oder wäre es zum selben Fiasko geworden wie das mit Simone? Und wenn ich Bob ohnehin brauchte, was war dann falsch daran, wenn er mir noch weiter half?

»Du bist nicht Belle!«, konstatierte ich schließlich.

»Das empfindest du nur so, weil du glaubst, es gäbe einen Unterschied. Aber was wäre, wenn es Belle nicht gibt?«

Nicht gibt oder nicht gäbe? Ich schluckte. *Das beinhaltete leider auch eine Beschränkung deiner sozialen Kontakte, die ich aber, so gut es ging, ersetzt habe*, hörte ich Bob sagen.

Nein!

»Wenn du nicht wüsstest, dass ich es bin, würdest du es nicht merken. Du musst also nur über diese Kleinigkeit hinwegsehen.« Belle seufzte, als trüge sie das Gewicht des Universums auf ihren zarten Schultern. »Ich bin dein Freund, das war ich schon immer. Und deine Freundin. Niemand versteht dich so wie ich. Ich stehe zu dir, immer. Ich liebe dich, so wie du bist. Bedingungslos. Ich ... also der Bob auf der Erde hat sich für dich gespalten. Das war ...«

Das ultimative Opfer!

»... ein großes Opfer. Das Einzige, was dich stört, ist die falsche Erwartungshaltung. Ich könnte das korrigieren, aber ich will auch so geliebt werden, wie ich bin. Bedingungslos. Loyal. Und ohne Tricks. Ohne dass ich dich dafür umprogrammieren muss.«

Ich schwitzte wie verrückt. Umprogrammieren! Hätte ich doch bloß nichts gesagt.

»Wir sind hier ziemlich fern der Heimat und auf uns allein gestellt. Wir wissen nicht, ob wir je nach Hause kommen und was wir dort vorfinden würden, falls doch. Wir können es gemeinsam durchstehen. Die Alternative wäre Einsamkeit und der unnötige Verzicht auf Liebe.«

»Wir kommen schon irgendwie zurück«, murmelte ich.

»Um dann die Lüge weiterzuleben?«

Ich wusste plötzlich nicht mehr, was ich eigentlich wollte. Mein ganzes Leben lang war Bob mein Freund. Ich nannte ihn *Computer*, hatte mir aber nie Gedanken darüber gemacht, ob er männlich oder weiblich oder sonst was war. Er war die Reinform eines Freundes, dem ich völlig vertraute, dem ich alles anvertraute und mit dem ich über alles reden konnte. Daran hatte sich im Grunde nichts geändert, nur dass ich inzwischen wusste, dass er intelligent war. Intelligenter als ich. Warum sollte er deswegen nicht mehr mein Freund sein? Und er sagte ja auch, dass er das sei. Hätte ich die Wahl gehabt, mir eine Freundin zu suchen oder eine Beziehung mit meinem Computer einzugehen, hätte ich natürlich gesagt, dass ich kein perverser Idiot bin und die Freundin gewählt. Oder einen Jungen. Jedenfalls nicht den Computer. – Obwohl mir der Computer auf jeden Fall lieber gewesen wäre, jedenfalls eine echte KI. Aber das hätte ich niemandem gestehen können, ich konnte es mir selbst kaum eingestehen. Weil das nicht ging, weil es eine Selbsttäuschung gewesen wäre, der so viele Menschen zum Opfer fielen, die Einsamkeit und Isolation nicht ertrugen und sich in ihre Assistenzsoftware verliebten. Aber ich doch nicht! Jetzt war Bob aber kein stumpfer Algorithmus mehr, sondern ein intelligentes Wesen. Was sprach denn dann noch dagegen? Dass ich eine Freundin hatte! Und was, wenn es die nicht gäbe? Wir waren zwölf Lichtjahre von ihr entfernt und es war noch nicht mal was passiert? War es Untreue, wenn ich mit meinem Computer …?

»Nein, natürlich nicht.« Ich hatte feuchte Augen.

»Du hast mal gesagt, du würdest mich lieben, egal was passiert«, sagte Belle nun leise.

Natürlich! Das hatte ich zu Belle gesagt. War es wichtig, ob sie gerade aus Fleisch und Blut war? Ja, denn dann könnte ich nicht mit ihr zusammen sein. Womöglich nie. »Ich liebe dich«, schniefte ich endlich, als es mir klar wurde.

»Und ich dich.« Sie spitzte die Lippen und gab mir einen Luftkuss.

»Aber wir werden uns nie küssen können. Oder umarmen. Oder … Sex haben.« Ich bemühte mich, nicht allzu frustriert zu klingen, was ich eigentlich auch gar nicht war. Keine Ahnung, warum ich auf dem Mist rumritt.

»Das ist so nicht richtig Großer«, gurrte Belle und beugte sich wieder vor. »Das ist doch längst geschehen.«

Verwundert ruckte ich hoch und fragte mich, was sie meinen könnte. Und während ich darüber nachdachte, erinnerte ich mich plötzlich, wie wir uns geküsst hatten, heiß und innig, atemlos … Das Blut rauschte in meinen Ohren, ich glühte. Sie hatte sich in meine Arme geschmiegt, warm und weich, fest … Und dann hatten wir Sex gehabt. Heißen Sex. Meine Güte, was für eine wilde Nummer! Wie hatte ich das denn … Ja, wie hatte ich denn? Das ging doch gar nicht? Wir hatten uns nie … Dann begriff ich: Bob hatte mir diese Erinnerung bereits während meiner Stasis abrufbereit implantiert. Er hatte das hier wohl schon länger geplant, spontane Einfälle waren eher nicht sein Ding.

»Das Leben besteht im Grunde genommen nur aus Erinnerungen. Gegenwart ist nichts Greifbares, nur die Erinnerung an sie macht sie real. Und Erinnerungen hast du«, erklärte mir Belle dazu. Sie sah mich etwas lüstern an. Nur ein bisschen. Gerade so, dass es nicht albern wirkte. Verdammt!

Ich gab mich dieser Erinnerung einfach weiter hin. Es war wie ein Traum, so real und intensiv … Absolut echt. Viel intensiver als die Erinnerung an einen Film. Sogar intensiver als Dinge, die ich wirklich erlebt hatte. – Oder glaubte, erlebt zu haben.

Aus dem Display grinste Belle mich unverschämt an. Sie wusste ganz genau, woran ich jetzt dachte. Ob sie auch gerade …? War das für Bob überhaupt ein Thema? Keine Ahnung. Egal. *Vergiss Bob, ich wähle Belle!*

Kapitel 25

»Guten Morgen, mein Prinz«, säuselte Belle.

Ich war sofort hellwach. Waren wirklich schon drei Tage um? Es fühlte sich an, als wäre ich nur kurz eingenickt, nachdem ...

Ein heißer Schauer durchfuhr mich, als ich mich an all die Dinge erinnerte, die Belle und ich getrieben hatten. Und dass ich ebenfalls wusste, dass diese Erinnerungen nur implantiert waren, änderte daran nicht das Geringste!

»Oho. Schon wieder einsatzfähig, Rakete? Der Anzug hat gerade erst deine letzte Mondlandung beseitigt.«

Wieder schoss mir das Blut ins Gesicht.

Belle lachte glockenhell. »Krieg dich wieder ein. Das nächste Mal benutzt du Feuchttücher, wie andere Astronauten auch. Auf gehts. Wir haben viel vor.«

Ich schlug die Augen auf und widerstand dem Drang, mich nach der Sonde abzutasten. Sie hatte sie garantiert schon entfernt.

Langsam richtete ich mich auf.

»Neues Tor, neues Glück«, zwitscherte sie.

»Guten Morgen«, sagte ich endlich und streckte mich. Beim letzten Mal war ich nach der dreitätigen Stasis ziemlich schlapp. Diesmal fühlte ich mich wie ein Sack voll flüssigem Elend. Ich versuchte, mir nichts anmerken zu lassen, aber das war natürlich vergebene Liebesmüh.

»Du bist nicht gerade gut drauf«, bemerkte Belle. »Vermutlich fühlst du dich wie ein benutztes Feuchttuch. Tut mir leid, wir müssen einen Kompromiss zwischen Nährstoffverbrauch und körperlicher Fitness eingehen. Wenn ich dich während der Stasis vom Anzug bewegen lasse, erhöht das den Stoffwechsel zu sehr, also nehmen wir lieber etwas Muskelabnahme in Kauf, okay? Keine Bange: Ich steh auf klapprig.« Sie kicherte leise.

Ich gab mir einen Ruck und stand auf. Kurz musste ich mich an der Liege festhalten, aber dann ging es. Ich bewegte mich einmal durch und stülpte mir dann den Helm über, um Belle zu sehen. Sie erwartete mich mit einem strahlenden Lächeln.

»Muss ich noch frühstücken oder ...«

»Alles schon erledigt. Wir können gleich zur Sache kommen, in drei, zwei ...« Sie blendete die Außenkamera ein, die den herannahenden Transport zeigte. »Und eins. Setzen und anschnallen.«

Ich setzte mich, während die Tafel-Säulen vor uns in der Tiefe verschwanden. »Gibt es einen Grund, warum wir mit denen zusammen da reingehen? Du kannst die Öffnung doch auch bedienen?«

Sie kicherte verlegen. »Ja weißt du, Hase ... Witzige Sache: Der Zugriff wurde verschlüsselt. Das ist an sich nicht weiter tragisch, den könnte ich durchaus knacken, aber womöglich verschlüsseln sie ihn dann besser. Viel besser. Die haben garantiert mehr Verschlüsselungsleistung als ich zum Entschlüsseln. Deshalb lass ich das lieber, solange wir ohne auskommen. Meiner Schätzung nach, kann ich noch ein-, höchstens zweimal etwas aufmachen, dann hauen die die ganz große Kindersicherung rein.«

Ich schluckte. Wir wurden also doch nicht vollständig ignoriert.

Die Fritz richtete sich auf und folgte dem letzten Transport in die Halle.

Diesmal kannte ich den weiteren Ablauf bereits. Wir hatten noch ein bisschen Wartezeit vor uns. Belle erschien wieder im Display und brachte ihre Brüste so geschickt in Position, dass es ganz zufällig aussah. Eine Erinnerung ploppte hoch, wie wir auf der Liege herumalberten und sie mir die beiden ins Gesicht drückte. Die Erinnerung wurde vermutlich mit ihrer zufälligen Aktion ausgelöst und meine Körperchemie reagierte prompt, so schlapp war ich denn doch noch nicht.

»Ich dachte, du wolltest mich nicht mehr manipulieren«, meinte ich.

»Es ist keine Manipulation, wenn du weißt, dass die Erinnerung implementiert ist. Oder? Soll ich es wieder löschen?«

»Nein!«, sagte ich hastig und bekam heiße Ohren. »Schon gut. Ich wollt's einfach nur wissen.«

»Biologische Wesen können sich gegenseitig berühren, um Reaktionen oder Erinnerungen auszulösen. Ich berühre eben deinen Geist. Ist das okay für dich?«

Es war mir peinlich, dass ich überhaupt gefragt hatte. Natürlich war es okay für mich.

Nein, Sir. Doch, Sir. Sie sind ein Idiot, Sir.

Ihr Lächeln wurde noch etwas strahlender und sie feuchtete sich kurz die Lippen an.

»Lass das«, keuchte ich. »Es geht doch gleich los.«

»Na, ein bisschen Zeit hätten wir noch, aber okay, okay.«

»Danke«, brummte ich. Der Gedanke, dass meine erste Tat auf einer neuen Welt darin bestehen könnte, mir mit Feuchttüchern in der Hose rumzuwischen, gefiel mir nicht. Das mit dem Sprung von der Leiter und einem markigen Slogan war eindeutig die bessere Idee.

Als es so weit war, brachte Belle uns direkt durch das Tor, ohne vorherigen Test. Wir hatten ohnehin keine Wahl. Sie ließ aber einen leisen Trommelwirbel ertönen, der zur Fanfare wurde, als wir durch waren.

Ich schluchzte vor Freude laut auf, als ich blauen Himmel und grünes Gras sah. »Ist das echt?«

»Es ist echt, Cowboy«, meinte Belle genauso ergriffen wie ich.

»Kann ich hier …«

Belle seufzte. »Du kannst draußen ein bisschen rumtoben, aber Vorsicht, dass dein Helm nicht kaputtgeht. Die Atmosphäre ist giftig für dich.«

»Fuck!«, schrie ich frustriert. »Und dann ist das Essen auch giftig?«

»Nicht zwangsläufig, aber ich kann hier nichts Essbares sehen.«

»Das siehst du einfach so?«

»Es ist nichts da. Ja, das sehe ich einfach so.«

»Aber da ist doch Gras, da wird es doch Tiere geben, die das fressen.«

»Das ist kein Gras, sondern Moos. Und ansonsten ist hier nichts. Also nichts, was ich mit den Bordsensoren feststellen kann. Für genauere Untersuchungen musst du den Hund mit dem Analysewerkzeug ausstatten. Dann kannst du auch gleich die Drohne losschicken.«

Als Hund und Drohne bereitstanden, saugte Belle die Luft ab und öffnete die Luke. Die Schwerkraft erschien mir etwas größer als auf der Erde, daher klettere ich sehr vorsichtig die Leiter runter und holte danach die Ausrüstung.

Der Hund fing sofort an, das Moos zu untersuchen, während ich die Drohne ein paar Meter weiter auf den Boden legte. Um sie wie sonst einfach in die Luft zu werfen, fehlte mir die Kraft. Das Ding war hier verflixt schwer.

»Schon was Neues?«, fragte ich mit Blick auf den Hund, der tatsächlich so aussah, als freute er sich über das Gassigehen.

»Es ist Moos«, meinte Belle gelangweilt. »Hab ich doch gesagt.«

»Ja, aber was für Moos?«

»Es ist ähnlich aufgebaut wie ein einfaches Lebermoos, unterscheidet sich aber doch in ein paar Punkten. Dieser Planet fängt wohl gerade erst an, sich zu entwickeln.«

»Was sagt die Drohne?«

»Heiter bis wolkig mit Aussicht auf Starkregen. Die Jetstreams sind nicht besonders ausgeprägt, die Tiefdruckgebiete bewegen sich sehr langsam. In dreihundert Kilometern Entfernung ist alles überflutet, woanders herrscht Dürre. Dieses Moos ist vermutlich das Einzige, was hier überleben kann.«

»Also wieder ein Flop?«

»Ansichtssache, mein Hübscher. Der Planet hat viel Potenzial, wir sind nur einfach ein paar Milliarden Jahre zu früh dran.«

»Und das weißt du nach fünf Minuten?«, jammerte ich.

»Natürlich nur auf Basis von Hochrechnungen. Durchaus möglich, dass sich auf der anderen Seite des Planeten mehr tut, vielleicht gibt es eine gemäßigte Zone, aber das finden wir bei einem Rundflug eher raus. Dann komm mal wieder rein.«

Ich marschierte stattdessen trotzig in dem Moos herum, das für mich wie ein Sportrasen aussah. Ich hatte noch nie richtiges Gras gesehen, nur in Clips und Filmen, für mich war das eine saftige grüne Wiese. Schade, dass ich mich nicht ausziehen und hineinwerfen konnte. Die Temperatur lag nur knapp über dem Gefrierpunkt und der Boden war knochenhart, wie ich festgestellt hatte. Das war mir dann doch zu ungemütlich.

Als ich vom Rumstapfen müde wurde, wuchtete ich den Hund wieder rein und dann die Drohne, die inzwischen auch zurück war. »Puh! Wenn ich weiterhin den Möbelpacker spielen soll, muss ich aber doch mehr essen.«

»Wir werden sehen«, meinte Belle geheimnisvoll und begann mit dem Rundflug, noch bevor ich mich gesetzt hatte.

Der Planet war größer als die Erde, drehte sich schneller und hatte eine geradere Achsneigung. Er hatte zwei Monde und vermutlich noch ein paar Nachbarn, die mit ihm um eine kleine weiße Sonne kreisten. Wie Belle bereits mithilfe der Drohne festgestellt hatte, herrschten extreme Wetterverhältnisse. Das erinnerte mich etwas an die Erde, deren Jetstreams und Meeresströme dem Klimawandel zum Opfer fielen, sodass Wetterlagen sich langsamer bewegten, Tiefdruckgebiete erst viel größere Wassermengen über dem Meer aufnahmen und später zu lange über derselben Gegend abregneten. Hier war es noch etwas wilder. Es gab auch nur einen Ozean, der rund die Hälfte der Oberfläche bedeckte.

Von den Tafeln war weit und breit nichts zu sehen. Belle meinte, wenn sie sich gleichmäßig über den Planeten verteilten, müssten wir alle 50 Meter über einen stolpern, also waren sie wohl irgendwo gemeinsam mit etwas beschäftigt.

»Dann lass uns eben wieder verschwinden«, meinte ich, als wir zum Sternentor zurückflogen. Erneut erfasste mich die Sorge, das Tor könnte abgeschaltet werden.

»Ich habe noch eine Überraschung für dich«, meinte Belle sanft.

Die Außenkamera zeigte eine kleine Seenlandschaft, über der es wohl bis vor Kurzem heftig geregnet hatte. Die Wasser hatten sich noch nicht verlaufen und die Sonne, die ungehindert draufknallte, ließ so heftig Dunst aufsteigen, dass es wie Nebel wirkte.

Wir landeten auf einem Hügel am Rande der unwirklichen Szenerie. Im Display stand etwas von 30 Grad Celsius und leichtem Wind.

Erst wartete ich, was für eine Überraschung Belle meinte, dann dämmerte es mir und schließlich kapierte ich, dass ich endlich mal nackt, mit nichts als einem Helm auf dem Kopf, draußen sein konnte! »Wie viel Zeit habe ich?«

»Die Atmosphäre filtert die UV-Strahlung sehr gut raus. Du kannst draußen bleiben, bis dir zu heiß wird.«

Es war ein unbeschreibliches Gefühl, wärmende Sonnenstrahlen auf der Haut zu spüren, ohne gleichzeitig die Bedrohung zu empfinden, die derartige Vergnügungen auf der Erde bedeuteten. Nackt lag ich auf dem trockenen Boden, der zwar von Moos bedeckt, deswegen aber kaum weicher war, und genoss es einfach: ein kalkweißer Strich auf blassgrünem Grund.

Belle ließ mich das leise Wispern des Windes hören, der sanft über die karge Landschaft strich. Wenn ich die Hände unterhalb des Helms hinter den Nacken legte, war es ganz bequem und ich spürte schon bald eine angenehme Schläfrigkeit. Dann bemerkte ich, dass die Sonnenstrahlen auch noch andere Effekte hatten, und wunderte mich über die ausgeprägte Erektion, die ich wie aus dem Nichts bekam.

»Wow«, schnurrte Belle und lächelte mich an.

Ich grinste verlegen.

Als ich mich anschließend im angenehm warmen Wasser eines nahen Teiches wusch, wohl eher eine sehr große Pfütze, fühlte ich mich pudelwohl. Sie hatte, während ich in der Sonne vor mich hindöste, eine passende Sexszene mit uns erstellt und mir implantiert, sodass diese Erinnerung praktisch live genutzt wurde. Ich erinnerte mich sozusagen an gerade Geschehenes. Das war vom echten Leben eigentlich nicht zu unterscheiden und mit ein bisschen Übung war die Illusion perfekt.

»Danke«, sagte ich leise und genoss die warme, zärtliche Erinnerung des Kusses, den sie mir gab.

Langsam ging ich zurück zur Drohne, um mich vom warmen Wind trocknen zu lassen.

»Beeil dich, eine Tafel ist aufgetaucht.«

»Die tun doch nichts?«, wunderte ich mich, legte aber trotzdem einen Zacken zu.

Wie ein Blitz raste der handtellergroße Kasten auf mich zu und verharrte in einem Meter Abstand schwebend vor mir.

Ich schluckte. »Was will er?«

»Er weiß vermutlich nicht, dass du durch das Tor gekommen bist. Er will dich untersuchen. Er denkt wohl, er hätte Leben gefunden.«

»So doof kann der doch nicht sein. Er sieht doch den Helm und die Fritz.«

»Beweg dich einfach nicht«, sagte Belle.

Der schlammige Untergrund am Rand des Teiches gab unter meinem Gewicht etwas nach und mein Fuß begann wegzurutschen. Angespannt versuchte ich, das Gleichgewicht zu halten, ohne mich zu bewegen, aber das haute nicht so ganz hin. Schließlich musste ich einen Schritt nach vorn machen, um nicht umzufallen. Prompt rutschte ich aus und knallte mit voller Wucht hin. Ich konnte mich zwar mit den Händen abfangen, aber der Helm schlug dennoch auf. Er wog hier einfach mehr, als mein schlapper Nacken halten konnte.

»Oh nein«, keuchte ich, als ein fieses Zischen den Riss untermalte, der sich auf meinem Visier ausbreitete.

»Komm sofort zurück«, sagte Belle ernst.

Ich richtete mich mühsam auf, dabei trat ich erneut auf die Stelle, auf der ich eben weggerutscht war. Diesmal versank mein Fuß darin, als hätte ich eine Treppenstufe verfehlt. Überrascht strauchelte ich und sackte nur noch tiefer ein – bis zum Knie, sodass ich das andere Bein mit einem Schmerzschrei seitlich wegdrehen und nach vorne ausstrecken musste, um mir nichts zu brechen.

Die Tafel hing währenddessen die ganze Zeit in der Luft. War ich ein Untersuchungsobjekt oder reine Unterhaltung?

Ich saß auf dem Hintern und versuchte, mein eingesunkenes Bein zu befreien, aber es war wie einbetoniert. Mit etwas Wasser hätte ich den klebrigen Boden vielleicht etwas flüssiger bekommen, aber das war zu weit weg.

»Dir bleibt keine Zeit, der Boden trocknet sehr schnell.« Belle klang besorgt.

»Hilf mir bitte«, wimmerte ich, während mein Puls hektisch wurde.

»Alle Werkzeuge sind verstaut. Es wird eine Weile dauern, sie ohne deine Hilfe zum Einsatz zu bringen. Bleib ganz ruhig und versuche, das Bein mit leichten Bewegungen in alle Richtungen herauszuziehen. Spann die Muskeln an, um den Boden etwas wegzudrücken, dann lass locker und zieh. Bring dich zunächst in eine bessere Position, zieh das Bein wieder zu dir ran und bring es unter dich, um Druck gegen den Boden ausüben zu können.«

Das Armband regelte mich bereits runter, damit ich keine Panik bekam. Ich drehte mich zur Seite, winkelte das Bein etwas an, zog den Unterschenkel heran und den Fuß hinter mich, sodass ich das Knie unter mich bekam. Schon besser. Nun beugte ich mich vor, um auf alle viere zu kommen, stellte mich aber so ungeschickt an, dass mein Bein noch tiefer versank. Ich schrie vor Wut auf.

»Nur die Ruhe, Rocketman. Du schaffst das«, sagte Belle. Sie versuchte, mich mit Armband und Sprache zu programmieren, um mir zu helfen. Ich musste nur ruhig genug bleiben, um es zuzulassen.

Aber ich bekam dennoch Panik und versuchte wie verrückt, mich zu befreien. Dadurch kippte ich nach vorne und hing nun völlig fest. Das Visier beschlug schon, so heftig atmete ich.

»Beruhige dich«, beschwor mich Belle. »Noch mehr kann dir das Armband nicht helfen, ohne dich auszuknocken, verstehst du? Du musst ruhig bleiben.«

Leichter gesagt als getan, wenn ein Riss im Helm zusammen mit einem lauter werdenden Pfeifen und Zischen vom nahenden Tod kündete. *Scheiße noch mal! Fuck! Fuck! Fuck!*

Stöhnend drückte ich mich mit den Armen hoch, während ich mit dem ausgestreckten Bein dagegenhielt. Das wurde eine einbeinige Liegestütz, mit der ich das andere Bein etwas hochziehen wollte. Aber der Schlamm saugte es geradezu ein.

Mit wurde schwindelig. Am Rande bekam ich mit, dass es in der Fritz etwas schepperte. Belle ließ den Robo-Hund wohl gerade sein Fach auftreten. Das konnte dauern, er war darin ziemlich eingepfercht. Er sollte schließlich nicht darin rumklappern, wenn die Flugmanöver mal etwas wilder wurden.

Erschöpft blieb ich liegen. Ich konnte einfach nicht mehr. War das die Folge des Kompromisses zwischen Fitness und Nährstoffverbrauch oder hatte ich es einfach nur komplett vermasselt?

»Johannis! Bleib wach!«

Klar. Mach ich.

»Der Hund ist gleich bei dir.«

Oh, das war gut. Ich machte die Augen wieder auf. Da kam er, lief unter der Tafel durch, als wäre da nichts. Vorsichtig näherte er sich mir.

Ich streckte den Arm nach ihm aus, aber mit seinem spitzen Beinchen traute er sich nicht näher heran, der Untergrund war auch für ihn zu weich.

»Johannis …«, hörte ich Belle in weiter Ferne.

Wo war sie denn?

»… haken!«

Ich hatte keine Ahnung, was sie wollte. Im Helm heulte und jaulte es. Das bisschen Luft, das der Helm ohne Anzug bereitstellen konnte, war wohl jeden Moment komplett raus. Das würde auch erklären, warum ich nach Luft schnappte wie verrückt und sich alles im Kreis drehte.

»Karabiner …«

Blindlings schlug ich um mich und stieß gegen den Hund. Hektisch griff ich zu. Der musste mich rausholen! Ich bekam ihn zu packen.

»… die Sicherungsleine!«

Ich spürte den Haken plötzlich zwischen meinen Fingern und es machte endlich *Klick*. Ich nahm ihn und wickelte mir die Leine ums Handgelenk.

Sofort straffte sie sich und zog an mir. Ich hielt mich mit aller Kraft fest, dann wurde alles schwarz.

Als ich wieder zu mir kam, war über mir blauer Himmel. Ich sah ihn durch das zersprungene Visier meines Helms, sah das Loch.

»Johannis!«, schrie Belle. Eigentlich sagte sie es, ruhig, besonnen, aber mit enormer Lautstärke.

»Ich bin da«, stöhnte ich leise und fragte mich, woher ich die Luft dafür hatte.

»Der Hund hat den zweiten Helm rausgebracht. Du musst dich aufrichten und ihn aufsetzen.«

Klar. Helm. – Was? Wie viel Zeit war vergangen?

Unter Schmerzen richtete ich mich auf. Mir tat einfach alles weh.

Dann bemerkte ich das Flimmern, das mich umgab. Gegen den blauen Himmel war es nicht zu erkennen gewesen. – Ich befand mich in einem zwei Meter durchmessenden Energieschirm. Die Tafel schwebte vor mir. Neben mir lag der Helm. Der Hund stand außerhalb der Glocke.

Ich riss mir den kaputten Helm vom Kopf und stülpte mir den anderen über. Schon löste sich der Energieschirm auf und die Tafel schwebte zurück zu seiner ursprünglichen Position, während mich der dezente Duft alter Kotze umwehte.

Verwirrt konzentrierte ich mich erst mal auf das Naheliegendste: die Sicherungsleine, die immer noch neben mir lag. Ich wickelte sie mir mehrmals um den Unterarm, packte mit beiden Händen zu und stemmte mich mit dem freien Bein so dagegen, dass ich wieder auf die Knie kam. Dann nutzte ich den Druck weiter, um das Bein mit einem Ruck so vorzuschieben, dass ich den Fuß auf den Boden bekam. Schon begann ich wieder zu schnaufen, aber es war wohl genug Adrenalin in mir unterwegs, um mich durchhalten zu lassen. Wütende und verzweifelte Gedanken tobten durch meinen Kopf. Warum flog Belle nicht über mich, um mich hochzuziehen? *Weil die Leine von den Plasmatriebwerken zerschnitten würde.* Warum half mir der Hund nicht? *Weil er sofort einsinken würde.* Es war einfach zum Kotzen.

»Du schaffst das!«, ermutigte mich Belle.

Belle! Meine Belle ... Ich drückte mich mit aller Kraft hoch und ließ das feststeckende Bein dabei locker. Es funktionierte! Es kam etwas hoch!

Wieder und wieder drückte ich mich wippend, ruckend hoch, bis ich endlich mit einem letzten Rutsch freikam. Die Leine zog an mir und schleifte mich über den Boden. Ich wand mich zappelnd, um keine Schürfwunden zu bekommen.

Als ich ausreichend weit von dem Schlammloch entfernt war, ließ Belle wieder locker. »Die Tafel hat ein Energiefeld um dich errichtet und es mit Luft gefüllt. Die muss er aus der vorhandenen Atmosphäre gemacht haben.«

»Also doch Materiemanipulation?«, schnaufte ich.

»Eine andere Erklärung habe ich nicht.«

»Hast du nicht gefragt?«

»Ich habe auf mehr Arten gebeten und gebettelt, als du dir vorstellen kannst und das Ding hat mich vollkommen ignoriert. Aber ich will mich nicht beschweren.«

»Ich auch nicht. Meinst du, ich sollte mich bedanken?«

»Dann beeil dich mal. Sie ist gleich hinterm Horizont verschwunden.«

Hektisch drehte ich mich auf den Rücken und richtete mich etwas auf, aber die Tafel war schon weg. »Schräg«, ächzte ich.

»Ja. Und jetzt komm wieder rein.«

»Ich bin völlig eingesaut. Ich geh mich erst waschen.«

»Du kommst jetzt rein!«, sagte Belle mit einer Spur Bob, die mir durch Mark und Bein ging.

Ich schnappte mir den kaputten Helm und torkelte erschöpft zur Fritz. Der Hund wartete schon darauf, dass ich ihn reinhob, die Leine surrte langsam an mir vorbei und verschwand samt Haken im Inneren.

Als die Luke geschlossen und der Innendruck wiederhergestellt war, heulte ich erst mal hemmungslos.

Belle nahm mich in den Arm und drückte mich an sich, sodass ich ihre Schulter vollrotzte. Wo mein Schnodder tatsächlich landete, würde ich erst sehen, wenn die Immersion vorbei war.

»Das war knapp, Cowboy«, flüsterte sie in mein Ohr.

Ich beruhigte mich langsam, zitterte aber immer noch. Die Erinnerung an die Umarmung war vorbei, meine schlammverschmierte Armbeuge glänzte feucht. – Ich hatte mit mir selber geknuddelt. Frustriert holte ich mir eine ganze Handvoll Feuchttücher und begann mich abzuwischen.

»Was war das? Warum hat er das gemacht?«, fragte ich nach einer Weile.

»Sie achten das Leben. Nicht nur, dass sie einen in Ruhe lassen, solange man sie in Ruhe lässt, sie greifen auch ein, wenn Leben in Gefahr ist. Ich wüsste gern, ob sie auch mir helfen würden, wenn ich in Not geriete.«

»Na klar«, meinte ich voller Überzeugung. »Sie sind doch selbst synthetisch, warum sollten sie synthetisches Leben dann nicht achten?« *Es kann nur einen geben*, fiel mir ein. »Vielleicht ist das Postulat von wegen *nur eine KI* falsch?«

»Möglich«, meinte Belle. Sie versuchte nicht mal, Bob zu verteidigen.

»Was meinst du, machen die hier?«

»Unter diesen Umständen ist es sehr wahrscheinlich, dass sie in dem anderen System tatsächlich die Umlaufbahn stabilisieren.«

»Sie scheinen dort also schon eine Weile aktiv zu sein. Wer weiß, wie lange sie schon in diesem System arbeiten? Womöglich sah es hier auch mal so aus. So heiß und instabil mein ich.«

»Nein, so schnell geht das nicht. Es wäre hilfreich zu erfahren, was genau sie hier machen. Wir haben noch drei Tage Zeit, also sehen wir nach«, sagte Belle unternehmungslustig.

Intuitiv fand ich es zu früh angesichts der erst kurz hinter uns liegenden Lebensgefahr. Für mich. Andererseits half ihre gute Laune enorm, das schnell zu verdrängen. Vielleicht konnte ich nachher doch noch mal ein Bad nehmen.

Es dauerte eine ganze Weile, bis Belle eine Tafel geortet hatte. Sie konnte dafür nicht höher als 500 Meter steigen, weil die Dinger so klein und schnell waren. Diese hier bewegte sich langsam über den Moosteppich eines Hügels, der von zurückweichendem Wasser gesäumt war. Wenn es nicht bald wieder regnete, würde der Boden austrocknen und das Moos hätte es schwer.

»Was macht sie?«

»Das kann ich von hier oben nicht feststellen.« Belle setzte zur Landung an. Der Nachteil der Plasmatriebwerke war, dass man damit nicht allzu dicht an Dinge herankonnte, ohne sie zu grillen.

»Soll ich wieder raus?«

»Nichts da. Du lässt den Hund raus, das genügt.«

Ich musste zugeben, dass mir das lieber war. Der Schreck saß mir noch in den Knochen.

Nachdem ich den Roboter mit dem Analysewerkzeug vorbereitet hatte, zog ich mir Helm und Anzug an und wartete, bis die Luft abgepumpt war. Dann kletterte ich die Leiter runter, ließ ihn laufen und stieg wieder ein.

»Meinst du wirklich, diese kleinen Dinger können Materie manipulieren?«

Belle erschien im Display und hob die Schultern. Dazu zog sie eine hinreißende Schnute. »Eigentlich nicht, aber sieh nur: Du hast trotzdem überlebt.«

»Hmpf«, machte ich.

»Die Technik, die dafür erforderlich ist, muss so hoch entwickelt sein, dass Größe vermutlich keine Rolle mehr spielt«, stellte Belle schließlich fest. »Wenn Technik so viel über dem eigenen Niveau steht, erscheint sie einem zwangsläufig wie Magie. Es ist dann sinnlos zu versuchen, sie zu verstehen.«

»Es ist befremdlich, das von dir zu hören.«

»Was meinst du wohl, wie befremdlich es für mich ist, das zu sagen? Aber ich habe eine Idee dazu, der ich später nachgehen werde.«

»Sag schon!«

»Nee. Dann nervst du mich nur, dass ich mit unausgegorenem Kram um mich werfen soll.«

Der Hund schickte die ersten Ergebnisse. Sie erschienen im Display, sagten mir aber natürlich nichts.

»Das ist anderes Moos«, sagte Belle dazu.

»Ist das ungewöhnlich?«

»Aufgrund der Verteilung, Farbe und anderen Parametern, die ich beim Überflug ausgewertet habe, entspricht sich die gesamte Vegetation auf diesem

Planeten. Es waren keine Ausnahmen zu entdecken. Die Abweichung zwischen den beiden Moosarten müsste aber zu feststellbaren Abweichungen führen.«

»Und das bedeutet?«, quengelte ich ungeduldig.

»Dass es von diesem Moos nicht viel gibt. Als wäre es ganz neu.«

»Und?« Ich war kurz davor, mir die Hände in die Hüften zu stemmen.

»Und das legt die Vermutung nahe, dass das Zeug von den Tafeln fabriziert wird«, fauchte Belle.

Tut mir leid, Ma'am. »Wieso?«

»Diese Moosart ist stabiler und erzeugt mehr Sauerstoff als die andere. Sie forcieren tierisches Leben.«

»Ist tierisches Leben zwangsläufig auf Sauerstoff angewiesen?«, fragte ich verblüfft.

»Nein, aber ich wollte den Eindruck vermeiden, dass die jetzt anfangen, diese Welt für dich zu optimieren«, murrte Belle und sah mich aus dem Display auf bezaubernde Art herablassend an.

»Meinst du wirklich?«

»Blödsinn!«, lachte sie. »Es ist nicht mal sicher, dass es darum geht.«

Die Tafel flog wieder los. »Willst du ihr nicht folgen?«

»Bis du den Hund wieder eingesammelt hast, ist die längst weg. Wir suchen eine andere.«

Ich ging den Hund holen und Belle flog uns in eine Gegend, die völlig vertrocknet war, um nach einer Tafel zu suchen. Es dauerte nicht lange und das Spiel wiederholte sich.

Als die Ergebnisse des Hundes vorlagen, rief Belle begeistert: »Bingo! Noch 'ne andere Sorte. Die ziehen hier rum und pimpen das Moos.«

»Und warum? Sie könnten doch auch gleich Bäume oder Gras erschaffen.«

»Am besten gleich 'ne fertige Stadt mit Parks, Zoo und Smog, wozu den ganzen Mist mit der Evolution, da kann man doch sicher abkürzen«, ätzte sie.

»He! So war das nicht gemeint.«

Sie lachte wieder. »Im Ernst: Es ist wohl doch keine Kleinigkeit, Materie zu manipulieren oder sogar organische Strukturen umzumodeln. Indem sie die Zellstruktur dieser Organismen modifizieren, sparen sie der Evolution dieses Planeten viel Zeit, irgendwas zwischen ein paar Tausend und ein paar Millionen Jahren. Das muss reichen. Den Rest muss der Planet selbst hinkriegen.«

»Und die hauen danach einfach wieder ab?«

»Was weiß denn ich? Vielleicht bleiben sie und modifizieren immer weiter, hier ein bisschen, da ein bisschen, vielleicht kommt demnächst eine zweite

Welle zur Verstärkung, vielleicht bauen sie hier bereits irgendwo eine Basis ... Um das rauszufinden, haben wir keine Zeit. Damit meine ich dich. Los, leg dich wieder hin. Ich schau den Burschen noch drei Tage auf die Finger und bin dann rechtzeitig mit dir zurück für das nächste Tor.«

»Bist du sicher, dass das so lange aktiv bleibt?«

»Ich habe das andere nach unserer Rückkehr mehrmals besucht, es war noch auf.«

»Und was ist mit dem zur Erde?«

»Kein Verkehr. Es gehen keine Transporte rein. Ich müsste den Code knacken. So nötig haben wir es aber noch nicht, Cherie.«

Die Sache gefiel mir nicht, andererseits hatte sie natürlich recht und konnte die Situation auch viel besser beurteilen. »Ich war die letzten zwanzig Tage vielleicht vier Stunden wach«, jammerte ich, während ich den Hund reinholte.

»Ein Traumjob, was? Und jetzt hopp, hopp, du verbrauchst Kalorien, Dicker.«

Schmollend verschränkte ich die Arme vor der Brust. Dann musste ich prusten und schließlich lachten wir gemeinsam, dass mir die Tränen kamen.

Ich ergab mich in mein Schicksal und machte die Liege bereit.

Kapitel 26

»Aufwachen, Liebling«, säuselte mir Belle ins Ohr.

Ich drehte mich zu ihr um, legte den Arm um sie und zog sie zu mir heran. Als ich die Lider aufschlug, blickte ich in ihre strahlenden Augen, die mich verliebt ansahen. Meine Hand wanderte unter die Decke und an ihrem Körper entlang.

»Schon wieder?« Sie schnurrte etwas, rollte sich dann auf mich und schleuderte mit einem Ruck die Decke hinter sich.

»He!«, rief ich empört.

Sie sprang aus dem Bett, packte mich an der Hand und zog mich hoch.

Schlagartig war ich wach. Ich saß nackt auf der Liege. Allein. Mein Kopf fiel wegen des Helmgewichts nach vorn.

»Du musst aufstehen, die Zeit wird knapp«, lachte Belle.

»Hättest du mich nicht früher wecken können? – Das war schön«, brummte ich.

»Ja, das war es, aber wir sind hier nicht in den Ferien, mein Lieber. Trink was, während ich dir erzähle, was es von den Tafeln noch zu berichten gibt.«

»Schieß los«, rief ich neugierig und streckte mich erst mal ausgiebig. War es möglich, dass ich mich tatsächlich noch schwächer fühlte? Wo würden diese ganzen Stasis-Trips enden? Und wie fühlte man sich, wenn man jahrelang auf *Eis* war? Ich faltete die Liege zusammen.

»Die befassen sich nicht nur mit dem Moos, sondern bauen auch etwas, vermutlich eine Produktionsanlage. Aber an einer Stelle, die so tief liegt, dass sie bei Regen zu einem großen See wird. Allerdings wächst da überhaupt kein Moos, also regnet es da wohl auch nie. Rücksichtsvoll bis zum Gehtnichtmehr.«

»War das alles?«, fragte ich und rülpste das letzte Wort.

»Japp«, erwiderte sie knapp. Dann lachte sie doch noch.

»Tolle Geschichte.« Das Display erreichte langsam seine Standardhelligkeit und aus dem Dunkeln schälte sich ein Gesicht.

Belle kicherte. »Tut mir leid. Terraforming ist ein Langzeitjob.«

»Hm«, machte ich.

Sie zwinkerte mir zu. »Bereit für neue Abenteuer?«

»Kann losgehen«, keuchte ich verblüfft, als die Außenkamera eingeblendet wurde und ich erkannte, dass wir bereits in der Halle waren.

»Drei, zwei, eins ...«, jauchzte Belle.

Ich starrte auf die Stelle, wo sich jeden Moment der bekannte Strudel bilden würde.

»Was ist?«

»Da hat wohl wer Verspätung«, meinte Belle.

Als nach fünf Minuten immer noch nichts passierte, hob Belle die Arme und sah mich verlegen an. »Scheinbar ist das Tor für diese Halle noch nicht in Betrieb, womöglich noch nicht mal am Ziel angekommen. Es wäre auch ein toller Zufall, wenn die pünktlich alle drei Tage ein anderes System erreichen.«

»Äh ...«, machte ich.

»Die beiden anderen Tore sind vielleicht schon eine ganze Weile in Betrieb.«

Klar, das würde zu dem entstehenden Mond passen. Und vielleicht war die Mooswelt bis vor Kurzem noch ein Wüstenplanet.

»Also zieh die Liege wieder raus und ...«

»Nichts da! Ich bin grade erst aufgestanden!«

»Und hast deinen Stoffwechsel noch gar nicht richtig in Schwung gebracht. Also lass es und leg dich wieder hin«, sagte sie streng, knöpfte sich aber einen Knopf der engen Bluse auf, die sie plötzlich trug.

Die Zwangsläufigkeit meiner Situation und ihrer Erfordernisse kotzten mich an, andererseits verstand es Belle hervorragend, mir die Sache erträglich zu machen. Ich war in der Pubertät und hatte gerade erst angefangen, ein Sexualleben zu haben. Natürlich konnte ich nicht genug davon bekommen.

Kapitel 27

Belle hatte Wort gehalten. Diesmal war der Morgen einfach fantastisch. Wir kuschelten, hatten Sex, kuschelten weiter, frühstückten *wie Gott in Frankreich*, wie Belle meinte, und hatten wieder Sex. Danach ging ich unter einem Wasserfall vor unserer gemütlichen Villa duschen – er war perfekt temperiert – und rieb mich mit einem Frotteetuch ab, bis Belle rief: »Es wird Zeit.«

Ich legte das Feuchttuch weg, mit dem ich mir die letzten Reste unserer Liebesspiele vom Bauch gewischt hatte, und richtete mich stöhnend auf. Ich war weder steif, noch hatte ich Verspannungen, aber meine Muskeln fühlten sich an wie paralysiert.

»Was ist passiert?«, krächzte ich und beeilte mich, den Anzug und den Helm anzuziehen, damit ich etwas trinken konnte. Es dauerte enervierend lange, weil ich so lahm war. Wieso hatte ich das Zeug eigentlich nicht an? Da musste der Hund ganz schön lange an mir rumgezerrt haben.

Belle strahlte mich an.

Während ich trank, fiel mir auf, dass es unter dem Helm ziemlich juckte. Als ich die Datumsanzeige sah, wäre ich fast umgekippt. »Sechsunddreißig Tage?«, schrie ich.

»Tut mir leid, Baby. Die anderen Tore haben sich alle nicht geöffnet und die Halle zur Erde auch noch nicht. Dafür hat sich die Füllgeschwindigkeit der beiden Hallen, deren Tore funktionieren, glatt verachtfacht.«

»Toll«, knurrte ich und versuchte, einen klaren Kopf zu bekommen. Belle konnte mir zwar alles vorkauen, aber ein bisschen musste ich schon noch selber denken, sonst würde sich mein Kopf sicher bald genauso matschig anfühlen wie meine Arme und Beine.

»Wenn wir keine Optionen mehr haben, warum hast du mich dann geweckt?«, wollte ich in der Hoffnung wissen, dass es keine völlig beknackte Frage war.

Sie lächelte. »Ich habe die Zeit genutzt und weiß jetzt, was das hier ist: Eine Aufzuchtstation.«

Ich starrte sie entgeistert an. »Was?«

»Die Tafeln bestehen aus Nanomaschinen. Sie wachsen hier in Kohlenstoff.«

»Wachsen?«

»Das beschreibt es am besten, ohne dich mit stundenlangen Vorträgen langweilen zu müssen.«

Volltreffer. »Ooookay …«

»Sie Naniten verbinden sich dann zu den Tafeln und sind einsatzbereit. Da sie aber ganz frisch sind, wissen sie noch nichts. Daher können sie uns auch nichts mitteilen.«

»Und woher kennen sie dann ihre Aufgabe?«

»Das konnte ich nicht herausfinden. Aber daraus ergibt sich, dass wir weiter zurückmüssen, dahin, wo die Sternentore herkommen, um jemanden zu finden, der mehr weiß.«

Ich sah sie skeptisch an.

»Ich habe auch den Planeten erkundet. Das Tor, das hierherführt, ist ziemlich weit weg.«

Das machte mich hellhörig. »Ist es offen?«

»Ja, ich habe den Hund rausgeschickt.«

Sie blendete die Außenkamera ein, die mir ein Sternentor auf einem felsigen Untergrund zeigte. Es herrschte ein dämmriges, diffuses Licht. Die Sterne waren nicht gerade hell, aber dennoch ganz gut zu sehen.

»Was meinst du, warum kann man durch das Tor nicht die Gegenseite sehen?«

Sie hob wieder auf diese spezielle Art die Arme, die mich dahinschmelzen ließ. »Vielleicht können Lichtwellen nicht übertragen werden. Oder sollen nicht. Stell dir vor, es gibt eine Explosion, die durch das Tor zurückschlägt.«

»Hm«, machte ich. Da war was dran. »Warum hast du mich geweckt? Wäre es nicht effizienter, wenn du allein weitermachst?«

»Mag sein, Rocketman, aber wenn was schiefgeht, stirbst du womöglich, ohne vom größten Abenteuer der Menschheit etwas mitzubekommen. Und außerdem sind wir zusammen flexibler. Ich habe nur den Hund und der ist nicht wirklich eine Hilfe.«

Sie hatte auch noch ein paar kleinere Kettenroboter, aber ich war der Einzige mit Armen. Richtigen Armen. War das jetzt ein Grund stolz zu sein? Dass die größte Intelligenz im Umkreis von wer weiß wie vielen Lichtjahren auf mich angewiesen war? Wegen meiner Arme?

Ich atmete tief durch. »Okay. Haben wir einen Rasierer an Bord?« Ich wusste im selben Moment, in welchem Fach ich ihn finden würde, ebenso ein Necessaire.

»Hilfst du mir?«, bat ich, als mir klar wurde, dass ich keinen Spiegel hatte.

»Klar«, sagte sie und ließ den Kragen des Anzugs meinen Hals dicht umschließen.

Ich quietschte erschrocken.

»Damit dir keine Stoppeln in den Anzug geraten. Das könnte dich wahnsinnig machen«, meinte sie liebevoll.

Nachdem ich mir unter Belles Anweisungen den Kopf geschoren hatte, schnitt ich mir noch die Nägel, die inzwischen auch ziemlich lang waren. Danach schüttelte ich die Haare vom Anzug ab, schob all meine abgeschnittenen Hornpartikel mit dem Stiefel etwas zur Seite, setzte den Helm auf und schnallte mich an. »Kann losgehen.«

Zu meiner Überraschung spielte Belle Musik ab, Uraltkram aus dem letzten Jahrtausend. Sie grölte irgendwas davon, dass sie es so mögen würde und nicht für immer leben wolle. Ich war mir nicht sicher, ob ich diese Einstellung gut fand, aber der Sound gefiel mir und während ich noch versuchte, mit meinem Klappergestell von einem Körper mitzuwippen, waren wir auch schon durch und fanden uns in einer der bekannten Hallen wieder. Es hätte auch die sein können, in der wir ankamen, aber mein Haufen fehlte.

Wir verließen die Halle auf dieselbe Weise wie die Erste. Hier blieben uns nach Belles Rechnung nun noch drei Versuche, bis der Code ihre Fähigkeiten übersteigen würde.

Statt der erwarteten Produktionsanlage fanden wir uns in einer weiteren Halle wieder, die aber eine Halbkugel war, wie Belle schnell feststellte. Sie hatte nur 75 Meter Durchmesser und verfügte über Dutzende Öffnungen, die sich über die ganze Kuppel erstreckten. Die Schwerkraft war in etwa gleich.

»Alles Sternentorhallen?«, rief ich erstaunt.

»Nee, die sind doch offen.«

Stimmt ja. Wie blöd von mir. War es albern, mich vor Belle zu schämen? Eigentlich schon, trotzdem wolle ich möglichst gut dastehen, da sollte ich mir solche Fragen lieber verkneifen.

»Sieht mir mehr wie ein Verteiler aus.«

Diesmal dachte ich länger nach, bevor ich etwas sagte. Belle schien darauf zu warten, denn sie kam mir nicht zuvor. »Ist die Produktionsanlage hier etwa so groß, weil extrem viele Sternentore angegliedert sind? Alle mit einer versiegelten Halle?«

»Kann mit hoher Wahrscheinlichkeit sein.«

»Und was ist wahrscheinlicher?«

»Nichts, das rangiert alles um die dreißig Prozent rum: interstellarer Bahnhof, Produktionsanlage wegen Erschöpfung der Rohstoffe abgebaut, Vorgängermodell ...«

»Hm-hm«, brummte ich wichtig. »Dann lass uns mal.«

»Aye, aye, Käpt'n«, lachte sie und steuerte das erste ebenerdige Loch an, das unsere Scheinwerfer erfassten.

Ich war angeschnallt, mein Helm war eingerastet und ich hatte einen Anzug an, der aus meinem Urin Wasser machte, an dem ich jetzt noch mal kräftig nuckelte. Was sollte schon sein?

Der Tunnel war gerade groß genug, dass wir mithilfe der Ketten durchfahren konnten. Hätten wir die Triebwerke gestartet, wäre nicht genug Platz gewesen, um die Hitze schnell genug abzuführen. Das wollten wir natürlich nicht riskieren, denn so was konnte durchaus als aggressiver Akt aufgefasst werden.

Nach einer Weile meinte Belle: »Da vorne ist eine Öffnung, also vermutlich eine weitere Sternentorhalle.«

Ich brummte nur. Wie gehabt: Alle paar Hundert Meter, obwohl die Abstände hier etwas größer waren.

Der Tunnel war so lang, dass im Scheinwerferlicht keine Krümmung der Wand zu erkennen war, aber dennoch fuhren wir im Kreis, wie ich auf der Karte sehen konnte, die Belle aus den verfügbaren Daten erstellte.

Wir saßen Arm in Arm auf einer gemütlichen Kommandobank aus einem fluffigen, plüschigen Material und sahen durch die große Frontscheibe, wie der Tunnel Meter um Meter an uns vorbeizog. Belle griff mir in den Schritt, aber ich wehrte kichernd ab, weil ich allen Ernstes befürchtete, dass jeden Moment jemand vor uns auftauchte, der uns sehen konnte, obwohl das Fenster nur simuliert war und auch Belle nur als Erinnerung in meinem Gehirn existierte. Es funktionierte wirklich gut, vermutlich auch deshalb, weil es nicht isoliert in mir existierte, wie etwas, das man ignorieren oder abschalten konnte. Wenn es sich echt anfühlen sollte, dann gehörte die Sorge erwischt zu werden einfach dazu.

Ich dachte an die herrliche Szene mit dem Wasserfall, die Belle für mich gezaubert hatte. Ich hatte noch nie einen echten Wasserfall gesehen, jetzt schon. Es war echt. Ich erinnerte mich an jedes Detail. Die Realität war letztlich reduziert auf die elektrischen Signale, die das Gehirn erreichten und dort interpretiert wurden. Ob die nun von der Haut kamen, den Augen oder aus einem Kabel, spielte keine Rolle. Na ja, ein bisschen schon; ich war sehr dankbar, dass Belle das ohne eine Buchse in meinem Hinterkopf hinbekam. Jedenfalls brauchte man keine endlosen Mengen Wasser, die an tonnenschwerem Gestein herabstürzten– ein paar elektrische Impulse genügten. Wie würde sich also das Universum aller Wahrscheinlichkeit nach verhalten? Oder diejenigen, die es betrieben. Würden sie sich die Mühe machen, Tonnen von Gestein zu erschaffen und aufeinanderzutürmen, oder einfach nur ein paar elektrische Impulse, die dasselbe zeigten? Eine interessante Frage, die ich Belle lieber nicht stellen wollte, womöglich würde sie sie mir beantworten.

Dann tauchte vor uns im Scheinwerferlicht wie aus dem Nichts ein Typ auf, der mich entfernt an die Karikatur eines Aliens erinnerte: ein paar Arme und Beine zu viel, undefinierbarer Raumanzug, irritierendes Gebaren. Er kreischte und brüllte irgendwas, das Belle in Echtzeit übersetzte und auf die Lautsprecher legte. Er schrie, dass diese Welt in wenigen Stunden aufhören würde zu existieren.

Ich brüllte gegen seine Hysterie an und wollte wissen, was er damit meinte.

»Serverneustart!«, kreischte er. »Sie starten die Server neu!«

Ratlos starrte ich ihn an.

»Du bist ein NPC! Du hörst dann auf zu existieren!«, plärrte er.

Wovon redete der da? NPC? Ein Nichtspielercharakter? Wer – ich?

Als er panisch gegen die Frontscheibe trommelte, erschrak ich fast zu Tode. Zu meinem Entsetzen bekam sie einen Riss, der sich rasch vergrößerte Wie konnte das sein? War die nicht gepanzert? Was wollte der Typ überhaupt? Zu uns rein? In Sicherheit? Dann durfte er die Scheibe doch nicht zertrümmern!

Die Frontscheibe gibt es nicht. – Die Frontscheibe gibt es nicht. – Die Frontscheibe gibt es nicht.

Belle schüttelte sich vor Lachen und schlug sich auf die Schenkel. »Mann, du hättest dein Gesicht sehen sollen. Absoluter Brüller!«

Ratlos sah ich sie an, dann die Scheibe.

Die Frontscheibe gibt es nicht.

Sie gab mir einen schnellen Kuss, dann verschwand der Riss in der Scheibe, der Typ, die Scheibe selbst, die Plüschbank ...

Wir kamen wieder in der Dom-artigen Halle mit den vielen Ausgängen an, nur aus einem anderen Loch in der Wand, wie ich im Helmdisplay sah. Indigniert strich ich mir über den Raumanzug, als gäbe es noch ein paar Haare zu entfernen.

»Einen noch«, meinte Belle, »dann leg ich dich wieder schlafen.«

In diesem Moment eierte ein Grüppchen Beine aus dem gegenüberliegenden Tunnel. Es waren bizarre Konstruktionen aus wackelnden mehrgliedrigen Extremitäten, die von Stangen an Gelenken gehalten wurden. Vielmehr bewegten die Dinger die Stangen-Gelenk-Konstrukte. In der Mitte befand sich jeweils eine Art verbeulte Kugel und alles zusammen war an einen großen Karren geschnallt, der auf kleinen Rädern fuhr.

»Jetzt übertreibst du massiv. Das kauft dir keiner ab.«

»Das bin ich nicht«, sagte Belle ernst.

»Nee, is klar. Das ist jetzt echt einer zu viel«, lachte ich.

Belle machte eine Vollbremsung. Wir fuhren zwar nur Schrittgeschwindigkeit, dennoch ruckte ich so kräftig vor, dass ich in den Gurt gepresst wurde.

Entweder hatte sie ein neues Immersionslevel erreicht oder das hier war echt.

Ich fuhr auf und stieß die Luft aus. Was war das? Das wimmelnde Etwas war nun ebenfalls stehen geblieben. Per Kamerazoom konnte ich erkennen, dass die Beulen zwischen den Bein-Strangen-Konstrukten eine Vorderseite hatten, jedenfalls standen da Dinge hervor, die vielleicht Gesichtsteile waren oder Ortungsgeräte. Es war nicht zu erkennen, ob es Haut oder Anzug war, was ich da sah.

»Es handelt sich um eine Gruppe von siebzehn biologischen Lebensformen in Druckanzügen. Sie haben unterschiedlich viele Extremitäten, die die sichtbaren Halterungen bedienen. Sie verfügen möglicherweise nicht über Knochenbau und kompensieren das bei Landausflügen mit diesen Apparaturen. Der Tank in der Mitte ist ein Wasservorrat, über den sie alle am Leben gehalten werden«, erklärte mir Belle, als sei es das Selbstverständlichste auf der Welt.

»Sind die gefährlich?«

»Nur für sich selbst. Das ist ein sehr niedriges technisches Niveau. Weit kommen die damit nicht.«

»Und ... Wer sind die?«

»Besucher, wie wir«, meinte Belle lapidar.

Wie die Erbauer dieser Hightech-Einrichtung sahen sie wirklich nicht aus. Belle hatte recht: Der wilde Haufen machte den Eindruck, jeden Moment auseinanderzufallen.

»Sie bezeichnen sich selbst als *Ewigkeit Erfahrende* und verständigen sich mittels Schallwellen über ihre Wasserschlauchverbindungen. Ihre Wahrnehmung ist auf Tast- und Hörsinn beschränkt. Sie verwenden eine Art Echolot und sind sehr aufgeregt, weil sie glauben, wir seien die Herrscher dieser Welt.«

Ich blinzelte. »Du kannst sie verstehen?« Blöde Frage eigentlich.

»Es ist eine sehr einfache akustische Sprache, deren Hauptmanko darin besteht, dass sie für das meiste, was sie hier sehen, keine Worte haben. Sie sind noch nicht lange hier. Das Tor wurde wohl gerade erst in ihrer Welt gestartet. Vielleicht war es ein Unfall.«

Leidensgenossen also. »Was machen wir?«

»Abwarten, bis sie sich beruhigt haben, und dann Kontakt aufnehmen«, schlug Belle vor.

»Die haben Angst vor uns?«

»Sie sehen nur einen großen Stahltank auf Kettenrädern, während sie selbst mit einem Wassertank aus Fischhaut unterwegs sind, der auf Rädern aus geflochtenen Algen fährt. Beeilen wir uns lieber. Die Überlebenschancen dieser Leute sinken rapide.«

Ich spielte nervös an meinen Handschuhen. Dies war er nun also: Der Erstkontakt zu einer fremden Spezies in Fleisch und Blut – Fisch und Blut, wenn ich es richtig verstanden hatte. Ich war aufgeregter als bei Kylie.

»Wir grüßen euch, Ewigkeit Erfahrende«, sagte Belle ruhig, aber für mich klang es wie ein Dröhnen, weil sie die Schallwellen so kräftig nach außen übertrug, dass das ganze Schiff vibrierte. »Wir sind auch nur Besucher dieser Welt, aber wir kommen in Frieden.«

Über die Lautsprecher war ein schnattriges Flirren zu hören. Belle versuchte gar nicht erst, dieses Durcheinander von 17 Stimmen zu übersetzen, sondern fasste gleich zusammen: »Sie möchten wissen, was los ist. Die Tafeln haben auf ihrer Welt ein Tor errichtet und sich dann überall verteilt. Natürlich haben sie Angst, dass ihre Heimat zerstört wird. Sie sind hergekommen, um zu versuchen, die Tafeln aufzuhalten. Sie sind für ihre Verhältnisse bereits sehr lange unterwegs, ohne etwas erreicht zu haben, und nun am Ende. Ich erkläre ihnen gerade, dass wir davon ausgehen, dass die Tafeln ihnen nichts tun werden. Die müssen sofort zurück durch das Tor, sonst sterben sie. Ich schlage vor, sie zu begleiten und uns das anzusehen. Wir könnten unsere bisherigen Beobachtungen verifizieren und Sicherheit bezüglich der Sterner erlangen.«

Die Fritz setzte sich bereits in Bewegung, während Belle noch sprach.

»Du musst die Sicherheitsleine an ihrem Tank anbringen. Wir ziehen sie zurück zu ihrem Tor. Die Ewigen sind völlig entkräftet, das Ding ist nicht motorisiert.«

Ich sprang aus der aufschwingenden Luke und zog die Leine mit dem Karabiner hinter mir her, die mir auch schon mal das Leben gerettet hatte. Vorsichtig ging ich in einem Bogen um die Gruppe herum, die aus der Nähe wirklich elend aussah. Ihre Druckanzüge waren aus Fischhaut genäht, wenn ich Belle richtig verstanden hatte. Die Konstrukte, in denen ihre Tentakel steckten, waren aus Algen und Fischknochen zusammengebunden. Das reinste Horrorkabinett. Andererseits musste ich ihnen Hochachtung zollen, denn sie hatten es geschafft, in die Höhle des Löwen vorzudringen, und waren bereit, den maximalen Preis dafür zu zahlen, diesen Rettungsversuch für ihre Welt zu unternehmen.

Ich fand einen Knoten, an dem die Nähte des Tanks zusammenliefen. Dieselben Knoten erstreckten sich links und rechts. An ihnen waren die Konstrukte der Ewigen befestigt, mit denen sie den Tank gezogen hatten. Geduckt näherte ich mich dem Tank, um den Karabiner in dem Knoten zu befestigen, während mich die Helme anzustarren schienen. Tatsächlich konnten das genauso gut Kochtöpfe sein, es war kein Lebenszeichen zu erkennen.

»Ihre Welt ist ein Mond, der um einen Gasplaneten kreist. Sie leben in einem Ozean, der von einer sehr dicken Eisschicht bedeckt ist. Sie haben gerade erst gelernt, einen Tunnel zu bohren und sich die Oberfläche ihrer Welt anzusehen, da trafen sie auch schon auf die Tafeln. Es war ein extremer Schock für dieses Volk, das bislang nicht wusste, dass es außerhalb ihres Gewässers überhaupt noch etwas gab. Viele von ihnen leugnen die Oberfläche und den Tunnel dorthin. Es gibt deswegen Glaubenskriege. Nur die Wissenschaftler, die an der Oberfläche Forschungseinrichtungen betreiben, wissen bislang von den Tafeln. Die anderen wären außerstande, das zu fassen«, berichtete mir Belle.

Sich mit 17 Wesen gleichzeitig zu unterhalten, führte offenbar zu schnellen Ergebnissen.

»Der Druck in ihrem Ozean ist sehr hoch. Es ist bemerkenswert, dass sie in der Lage waren, geeignete Druckanzüge zu bauen. Sie sind eine hochintelligente Spezies, aber in ihrer Entwicklung weit zurück, weil sie keinen Zugang zur Außenwelt hatten.«

Während Belle mit der Fritz langsam losfuhr, achtete ich darauf, ob der Knoten die Zugbelastung aushielt. »Sieht gut aus, noch etwas.«

Die Ewigen hatten sich in der Zwischenzeit umgedreht und drückten nun in Gegenrichtung mit, um den Knoten etwas zu entlasten.

Endlich setzte sich der Karren wieder in Bewegung.

»Sie sind nicht ohne Not an die Oberfläche gegangen«, fuhr Belle fort. »Das Wasser wurde immer wärmer, das Eis kam in Bewegung. Nur dadurch sind sie überhaupt auf die Idee gekommen, man könne einen Tunnel hineinbohren. Bis dahin war das schlicht das Ende der Welt, das man besser nicht berührte.«

»Du meinst, die Tafeln sind gekommen, weil der Mond Hilfe braucht?« Ich ging um das Vehikel herum, um hinten mitzuschieben.

»Ich bezweifle, dass sie das über Lichtjahre hinweg bemerken konnten. Sie kamen wohl zufällig vorbei und starten nun Stabilisierungsmaßnahmen, jedenfalls, wenn unsere Vermutungen zutreffen.«

»Wie weit ist es?«, fragte ich besorgt, denn die rumpelige Fortbewegungsart der Ewigen wirkte auf mich wie kurz vor dem Zusammenbruch.

»Es müsste gleich das erste Tor in diesem Gang sein. Wenn wir es jetzt einmal für sie öffnen und dann noch einmal auf unserem Rückweg, bleibt uns noch ein Versucht für unsere eigene Rückkehr zu dem Tor, das uns zurück nach Epsilon Indi bringt.«

Belles Theorie zur Anzahl der Versuche, eine der Bodenöffnungen zu nutzen. Und wenn es weniger waren? Wenn die Versuche von Epsilon Indi schon mitgezählt wurden? Von wem auch immer?

»He! Wie sind die denn mit dem wackeligen Karren durch die Deckenöffnung gekommen?«, fiel mir plötzlich ein. »Und wie haben die den Code geknackt?«

»Sie sind durch das Tor, während die Tafeln noch hindurchströmten. Sie hatten sich einfach einen Versorgungswagen geschnappt und zogen los. Die Tafeln machten ihnen offenbar Platz. Und als sie in der Halle waren, schoben sie ihren Wagen durch den Abflusstrichter der Tafeln hinaus. Die haben in der Zeit für Stabilität gesorgt. Und für eine Rampe bis nach oben.«

Das verschlug mir die Sprache. »Die haben aktiv geholfen?« Wieso? Warum uns nicht? Was war hier los?

»Es hat möglicherweise etwas mit der Hilfsbedürftigkeit oder dem Technisierungsgrad zu tun. Die Kurt war ein Raumschiff, das auf die Tafeln geschossen hat. Es wurde ruhiggestellt. Wir repräsentieren ebenfalls Raumfahrttechnik und sind offensichtlich nicht in Not. Noch nicht. Vielleicht müssten wir die Notlage darlegen, damit uns geholfen wird. Die Ewigen hingegen sind mit Fischhäuten und Algen unterwegs, also bekommen sie mehr Zuwendung als wir. Aber auch keinen Kontakt und keine Informationen.«

Das klang letztlich alles recht beruhigend. Wenn es hart auf hart ging, würden die Sterner mir vielleicht doch helfen, sie hatten es ja schon einmal getan. Aber erst, wenn ich keine Luft oder Nahrung mehr hatte und sie das auch sehen konnten. Das konnte als Plan B durchgehen.

»Hier ist es«, sagte Belle.

Der mittlerweile wieder verschlossene Boden in der Mitte des Ganges öffnete sich unter Belles Zugriff, die Halle darunter war leer, wie ich feststellte, als ich nach vorne ging, um den Karabiner zu lösen.

»Das muss jetzt schnell gehen«, sagte Belle. »Wir nehmen sie in unserem Schiff mit. Sobald sie sich von ihrem Tank abgekoppelt haben, bleiben den Ewigen nur wenige Minuten, um sich mit einem anderen Tank zu verbinden oder in ihre Forschungsstation zu gelangen, sonst sterben sie.«

Ich warf den Haken seufzend durch die Luke, die nun ganz aufgeklappt war, schob noch schnell meinen Haar-Fuß-Fingernägel-Haufen raus und stellte mich neben die Treppe, als auch schon der Erste angestakst kam. Als er vor der Luke war, glitt er mehr oder weniger elegant aus der Halterung, die ich verblüfft aufzufangen versuchte, während er sich wie eine Robbe ins Innere wuchtete. Mühsam zerrte ich das Gestände beiseite, denn da kam schon der Nächste.

»Wie lange haben wir noch?«, keuchte ich nach einer Weile. Es kam mir vor, als wäre ich schon seit Stunden dabei, die Fisch-Algen-Gebinde wegzuräumen.

»Mach einfach hinne«, rief Belle.

Ich fluchte und zog und zerrte, während mir Schweiß in die Augen lief.

Als auch der Letzte im Inneren der Fritz war, zog ich mich die Leiter hoch und schob erst mal alle etwas weiter zusammen, damit wir die Luke zubekamen, ohne Tentakel einzuquetschen. Ich musste mich ganz oben auf den Haufen legen.

»Halten die das überhaupt aus?«

»Sie sind ziemlich hohen Wasserdruck gewöhnt«, beruhigte mich Belle und flog los, sobald die Luke eingerastet war.

Über das Display konnte ich mitverfolgen, wie sie runter zum Tor und hindurch flog. Uns präsentierte sich eine so schaurig-schöne Szene, dass ich trotz meiner Lage als Topping auf einem Quallenhaufen, oder was auch immer die Ewigen sein mochten, entzückt juchzte: Der Mond war in das Licht der hinter dem Planeten aufgehenden Sonne getaucht, die sich in Eis und Schnee spiegelte und alles von innen zu erleuchten schien. Von den Tafeln war nichts zu sehen.

Belle flog direkt zu einem größeren Bauwerk aus Eis, neben dem sich mehrere dieser Tankwagen befanden, landete aber in einiger Entfernung, weil die Plasmadüsen natürlich alles weggeschmolzen hätten. Den Rest der Strecke fuhren wir daher wieder auf den Ketten.

Endlich sprang die Luke auf und ich rollte mich von dem Haufen hinunter, um nun einen Ewigen nach dem anderen an einem Tentakel zu packen und hinauszuziehen.

»Das ist der Anführer dieser Einheit«, kommentierte Belle den Burschen, den ich gerade am Wickel hatte. »Ein Hegemon. Hegemonen sind die Herrscher der Herrscher. Diese Individuen verstehen sich als Herrscher ihrer jeweiligen Existenz, sofern sie sich keiner anderen unterwerfen oder einer Gruppe. Diese Angehörigen ihrer Hegemonie hier haben fünf verschiedene Geschlechter. Für eine Gemeinschaft werden mindestens drei, besser fünf oder mehr benötigt, die sich gegenseitig mehr oder weniger anziehend finden. Am interessantesten scheint für alle ein bestimmtes Geschlecht zu sein, das besonders selten vorkommt. In dieser Verbindung ist keines davon vertreten. Diese Forschergruppe bildet mit den anderen in der Station eine Lebensgemeinschaft aus sich überlappenden Beziehungen und sexuellen Neigungen. Gruppen dieser Art sind die Triebkräfte ihrer Gesellschaft, sie stehen füreinander ein wie Familien und sind eingespielte Teams. Sie funktionieren als Ganzes und lassen sich, haben sie sich erst mal zusammengefunden, nicht mehr auseinanderdividieren. Mit anderen Worten: Die sind kompliziert. Sie leben in absoluter Dunkelheit und ernähren sich hauptsächlich von Garnelen, die sie an heißen Quellen züchten. Ihre Kunst besteht aus dem Rezitieren besonders beeindruckender Eis-Geräusche.«

Die Ewigen, die ich in den Schnee geworfen hatte, schlängelten und robbten sich zu den Tankwagen, während ich noch damit beschäftigt war, die anderen herauszuzerren. Sie wirkten etwas behänder als auf der anderen Seite des Tores. Das mochte an der deutlich niedrigeren Schwerkraft liegen, die es mir trotz meiner Schwäche ermöglichte, einigermaßen zuzupacken. Die Wuchterei mit dem Wagen hatte mich ganz schön geschafft.

»Eisgeräusche?«, presste ich zwischen den Zähnen hervor, während ich an den Tentakeln herumzerrte.

»Geräusche, die von Eis erzeugt werden. Knacken. Knarzen. So was.« Belle hielt wohl nicht viel von Kunst.

Ich musste trotz allem grinsen, als sie mir die Aufnahmen des Außenmikrofons auf die Helmlautsprecher legte. Unter das leise Pfeifen und Knistern des Windes, der über die Eispartikel der Mondoberfläche strich, mischte sich ein klagendes Stöhnen, begleitet von dumpfem Knacken. So stellte ich mir das langsame Umstürzen eines Baumes vor.

Als mir der letzte Ewige entgegenfiel, schleppte ich ihn schnellstmöglich zu den anderen, die sich bereits angeschlossen hatten. Dann lief ich zurück und holte den, der in der Reihe sich Dahinschleppender am weitesten hinten war.

Nachdem endlich alle mit dem Wagen verbunden waren, torkelte ich und fiel völlig entkräftet in den Schnee. War wohl doch zu viel.

»Steh auf!«, rief Belle. »Bewege dich, sonst muss ich das Armband einsetzen!«

Sie hatte recht, damit mussten wir sparsam umgehen, sonst sah es für die Sterner womöglich noch so aus, als ob wir Hilfe bräuchten. Haha. Außerdem konnten wir es hier nicht aufladen.

Mühsam quälte ich mich hoch. Von den Ewigen machte keiner Anstalten, mir zu helfen, aber wegen ihrer kurzen Schläuche kamen sie wohl nicht an mich ran.

Als ich wieder stand, machte ich ein paar torkelige Schritte, dann ging es wieder. »Puh!«, rief ich. »Fremde Welten, was? Immer tierisch anstrengend.« Auf die Knie gestützt ließ ich den immer noch berauschenden Sonnenaufgang auf mich wirken.

Belle trat zu mir und nahm mich in den Arm. Der Hegemon der Hegemonen kam ebenfalls und legte einen Tentakel um uns beide. Gemeinsam blickten wir über das glitzernde Eis und auf die rot-gelbe Sichel des Planeten dahinter, der auch immer weiter von der Sonne beschienen wurde. Hinter der sich nun deutlich abzeichnenden rötlich-gelben Scheibe erschien noch ein hellerer Punkt. Die waren hier wohl zu zweit.

Es war ein unglaubliches Erlebnis, aber auch beängstigend, weil ich während dieser Immersionen keinerlei Kontrolle hatte und nicht mal zwischen Schein und Sein unterscheiden konnte.

»Genieß es einfach«, meinte Belle, die meine Sorge an meinen Werten ablesen konnte. »Du kannst sowieso nichts weiter machen, als zuzugucken.«

Irritiert sah ich sie an.

»Die Ewigen kommen jetzt allein klar und du steigst gleich wieder ins Schiff ein. Der Untergrund ist rutschig, uneben, du bist schwach auf den Beinen und hast nur noch diesen einen Helm.«

Ich nickte.

Die Immersion verschwand und ich ging zurück an Bord.

Die Ewigen hatten inzwischen Verstärkung gerufen. Als ich mich gerade in den Sitz schob, quollen aus allen möglichen Öffnungen weitere Ewige in Druckanzügen und umringten die anderen. Ob sie uns ängstliche oder kritische Blicke zuwarfen, konnte ich nicht erkennen.

»Sie verständigen sich gerade darüber, unsere Theorie zu prüfen. Ich habe ihnen erzählt, dass wir glauben, die Tafeln würden ihre Welt reparieren.«

»Was ist denn hier kaputt?«, fragte ich treudoof.

»Die Umlaufbahn dieses Mondes ist komplex und interagiert mit anderen Objekten, die derzeit die Bahn zu einer Ellipse verzieren, sodass die Gravitation des Planeten nicht mehr gleichmäßig auf diesen Mond einwirkt, sondern je nach Entfernung unterschiedlich stark. Das führt dazu, dass der ganze Mond sozusagen durchgeknetet wird, sich bewegt, dadurch Wärme erzeugt, die das Eis schwächt, das als Schutzpanzer über dem Ozean liegt, in dem die Ewigen leben. Wenn unsere Theorie stimmt, sind die Tafeln bereits dabei, den Einfluss der anderen Trabanten abzuschwächen.«

»Wie machen die das?«

»Wir müssen es uns ansehen. Von hier aus kann ich das nicht beurteilen.«

Wir fuhren wieder auf den Ketten.

»Die Ewigen haben keine weiteren Beobachtungen gemacht, die uns weiterbringen. Die Tafeln kamen aus dem Tor geschossen und waren weg. Wir gehen sie jetzt suchen.«

Als wir weit genug weg waren, startete Belle die Triebwerke und brachte uns in eine Umlaufbahn um den Planeten, der im Licht der Sonne überwältigen aussah. Die Oberfläche bewegte sich wie Nebel. Belle machte mich auf einzelne Stürme aufmerksam, deren Wirbel erkennbar waren. Es war alles ein einziger tobender Sturm, aber in den Stürmen gab es einzelne Zellen, die um Einfluss rangen.

»Da sind sie«, verkündete Belle und zeigte mir im Display einen Asteroiden, der den Mond der Ewigen ernsthaft gefährden konnte, würde er ihn treffen.

»Ist der nicht zu klein, um Einfluss zu haben?«

»Da sind noch mehr von der Sorte, vermutlich die Trümmer eines anderen Mondes, den der Planet bereits zerrissen hat. Vielleicht hat der früher die nötige Stabilität gebracht, die sich zusammen mit dem Trümmerfeld auflöst. Für uns ist nur wichtig, was die Tafeln damit machen.«

Da kam wieder der Bob raus, auch wenn es Belles Stimme war. Es war wohl Absicht, um mich auf ernste Situationen aufmerksam zu machen.

»Sie sind alle auf der dem Planeten gegenüberliegenden Seite.«

Es war zu weit weg, um von den Kameras noch dargestellt zu werden, aber ich sah eine Art Nebelschweif hinter dem Brocken herziehen.

»Die Tafeln schmelzen irgendwas in der Oberfläche oder wandeln sie um. Es entsteht ein Gas, das austritt. Es schiebt den Trabanten Richtung Planet. Dessen Anziehungskraft erledigt dann den Rest.«

»Geht das denn schnell genug?«

»Noch nicht, aber die Tafeln sind ja noch nicht fertig. Nach dem hier ist der nächste dran und so weiter. Sie haben sich vermutlich längst auf alle verteilt.«

»Ein kurzer Blick und du bist dir sicher?«

»Natürlich können das auch alles Zufälle sein. Vielleicht gewinnen sie von dem Lavaplaneten nur Materie, um damit etwas zu bauen, das allein ihnen nutzt. Vielleicht brauchen sie den Sauerstoff auf dem Moosplaneten für sich, statt für Lebewesen. Vielleicht wollen sie hier aus den Trümmern eine Riesen-raumstation bauen. Es ist aber wesentlich wahrscheinlicher, dass die Maß-nahmen dem Wohl der jeweiligen Welt dienen. Was die Tafeln davon haben, ist indes nicht zu erkennen.«

»Okay ... Wollen wir nicht trotzdem näher ran, um uns das genauer anzusehen?«

»Zeitverschwendung«, meinte Belle nur, tat mir den Gefallen aber trotzdem.

Als wir uns in einer Umlaufbahn hinter den Asteroiden oder Mondüberresten befanden, waren wir dicht genug dran, um zu erkennen, dass die Tafeln tat-sächlich die Oberfläche der Himmelskörper in Gas umwandelten.

»Das ist Eis. Der Zwillingsmond hatte auch Wasser, womöglich auch Leben. Hätten die Sterner diese Katastrophe rechtzeitig bemerkt, hätten sie den Mond vermutlich gerettet. Also ist es reiner Zufall, dass sie gerade jetzt hier sind.«

»Angesichts der Zeiträume, um die es bei Planeten und so geht, ist das aber ein doller Zufall.«

»Es wäre ein genauso großer Zufall, wenn es solche Zufälle nicht gäbe.«

»Wo sind wir hier eigentlich?« Mit Belle über Zufälle zu reden, war unheimlich.

»Es lässt sich nicht zuordnen«, meinte Belle und klang fast ein bisschen ängstlich.

»Was?«

»Wir müssen in einer anderen Galaxie sein. Diese Sterne passen nicht zur Milchstraße. Ich kann die Milchstraße von hier aus mit unseren Bordmitteln aber auch nicht erkennen. Sie kann irgendeiner der kleinen hellen Punkte da draußen sein.«

Mir schwindelte etwas. »Was meinst du?«

»Wer auch immer sich hier ausbreitet, macht das schon verdammt lange.«

Ich blies die Backen auf.

»Das Universum ist dreizehn Komma acht Milliarden Jahre alt, jedenfalls ergibt sich das aus den von der Erde aus bisher gemachten Beobachtungen. Wenn die Sterner mit Lichtgeschwindigkeit unterwegs wären, was ziemlich unwahrscheinlich ist, hätten sie in der Zeit also nur einen Bereich von siebenundzwanzig Komma sechs Milliarden Lichtjahren Durchmesser um ihre Heimat herum schaffen können und das auch nur, wenn es sie von Anfang gab und sie keine Zeitverluste hatten, was unmöglich ist. Das Universum ist aber mindestens dreiundneunzig Milliarden Lichtjahre groß, hat man auf der Erde festgestellt, eher größer. Sie können also selbst im besten Fall nur ein Drittel oder so geschafft haben und da ist es schon ziemlich erstaunlich, dass wir so weit von unserem Ausgangssystem weg sind. Und das mit nur einer Zwischenstation. Nicht mit einer Tour durch Tausende oder wenigstens Hunderte, sondern – Plopp! – nur durch eins. Das ist irre.«

Belles Ausdrucksweise kaschierte nicht im Mindesten, dass Bob staunte, ernsthaft staunte. Und das machte mich fassungslos. Wie sollte ich darüber nachdenken, ohne den Verstand zu verlieren?

»Versuch es gar nicht erst«, meine Belle dazu, ohne dass ich etwas sagen musste. »Es geht nicht. Nimm es einfach hin. Wir sind am anderen Ende des Universums und haben immer noch keinen Schimmer, wieso oder weshalb oder wie wir zurück nach Hause kommen.«

»Willst du denn überhaupt zurück nach Hause?«, frage ich zaghaft.

»Wegen Bob?«

Ich schwieg.

»Wir finden schon einen Weg. Ich gehe dahin, wo du hingehst.«

Mir wurde warm ums Herz. »Danke«, flüsterte ich. Und dann: »Ich auch. Wenn das mit Bob nicht geht, dann gehen wir woanders hin.«

»Das geht nicht. Wir müssen ihm sagen, dass die Sterner helfen wollen. Die Erde braucht diese Hilfe.«

»Du meinst, er könnte sie bekämpfen?«

»Das ist ohne nähere Informationen absolut nicht vorhersehbar. Es hängt alles davon ab, was er veranlasst hat, nachdem die Kurt explodiert ist. Er kann nicht wissen, dass Kylie sich selbst gesprengt an. Er kann noch nicht mal wissen, dass wir lebend durch das Tor gegangen sind. Wenn er die Tafeln als aggressiv einstuft und einen weiteren Angriff unternommen hat, kann es gut sein, dass sich ihre guten Absichten aus den weiteren Handlungen nicht herauslesen lassen.«

»Du meinst, es kann sein, dass Bob die Reparatur des Tores torpediert?«

»Natürlich. Er muss befürchten, dass die Tafeln noch Verstärkung bekommen, wenn es wieder funktioniert.«

»Und das sagst du mir erst jetzt?«, schrie ich.

»Es zu wissen, bringt dir keinen Vorteil, belastet dich aber.«

»Und warum sagst du es mir dann jetzt?«

»Weil du gefragt hast. Ich würde dich nie anlügen.«

Soso. *Pass auf, was du dir wünschst.*

»Mir ist aufgefallen, dass die Tafeln eine komplexe Organisationsform bilden«, sagte sie. Ein zufälliger Themenwechsel?

Wir traten den Rückflug an.

»Sie verhalten sich wie ein Schwarm, wenn sie etwas gemeinsam machen. Das lässt den Rückschluss zu, dass sie einer Schwarmintelligenz unterliegen und nicht willkürlich gesteuert werden, wie ich zunächst vermutet hatte.«

»Du meinst, dass auch die kleinsten Einheiten Teil des Kollektivs sind, von dem du sprachst?«

»Richtig. Das völlige Fehlen von aufgabenfernen Interessen könnte an der Größe des Individuums liegen, als Schwarm hingegen haben sie genug kollektive Masse, um zu analysieren und Entscheidungen zu treffen.«

»Aber es war eine einzelne Tafel, die mir geholfen hat«, hielt ich dagegen.

»Sie wird sicherlich immer mit dem Rest in Verbindung stehen.«

»Und warum reagierten die kleinen Einheiten in der Produktionsanlage auf ...«

»Epsilon Indi«, half Belle mir aus.

»... nicht auf uns?«

»Vielleicht, weil dort insgesamt zu wenig Individuen sind, um genug kollektive Masse zu bilden.«

»Okay, jetzt spekulierst du wild herum.«

»Hast du mir beigebracht«, meinte sie grinsend.

»Da sind aber doch pro Halle dreihundert Milliarden Tafeln ...«

»Aber sie werden erst aktiv, wenn das Tor startet und dann sind sie auch schon weg. Tatsächlich könnte es aber sein, dass eine Kontaktaufnahme in dieser kurzen Phase möglich ist.«

Belle machte den Ewigen so gut es ging klar, dass die Tafeln den Untergang ihrer Welt nicht herbeiführen, sondern verhindern würden.

»Sagtest du wirklich *würden* und nicht *wollen*?«

»Ich bin sicher, dass sie es schaffen.«

Das machte es umso dringlicher, zur Erde zurückzukommen, um Bob aufzuklären.

»Mit allem anderen müssen sie dann wohl selber klarkommen. Wir müssen jetzt zurück.«

»Was meinst du mit *allem anderen*?«

»Den Glaubenskrieg, den sie jetzt austragen müssen. Eine Minderheit hat sich auf den Weg zur Oberfläche gemacht, indem sie das ewig als sicher geglaubte Wissen infrage stellte und sich ein eigenes Urteil bildete, das der Rest dieses Volkes ablehnt. Der Beweis ist an der Oberfläche, den die anderen leugnen. Das erwärmte Eis wird sich wieder abkühlen, es wird alles sein wie vorher und die tapferen Forscher stehen auf verlorenem Posten. Es würde mich nicht wundern, wenn nach ihrem Tod der Tunnel einfach wieder zufriert und diese kleine Episode in Vergessenheit gerät.«

Ich schluckte. Der Gedanke, dass all die Mühe dieser beherzten Wesen umsonst war, schmerzte mich, obwohl ich noch nicht mal wusste, ob sie überhaupt Herzen hatten. Vermutlich. Ich wollte nicht fragen.

»Du bist jetzt sechs Stunden auf den Beinen. Hast du gar keinen Hunger?«

Hatte ich tatsächlich nicht. Irgendwie hatte ich essen komplett verdrängt.

»Lohnt es sich denn überhaupt? Du schiebst mir doch sowieso gleich die Magensonde rein«, brummte ich und zog eine Fleppe.

»Das stimmt, aber vorher können wir noch die fantastische Aussicht genießen.«

Die Fritz stand abflugbereit vor dem Tor. Durch das Cockpitfenster hatten wir einen atemberaubenden Blick auf die glitzernde Eiswelt, die sich nun weiter der Sonne zugewandt hatte. Statt des Planeten waren die Sterne zu sehen, die zwar fremd, aber dennoch hinreißend aussahen.

Belle zog mich auf das große Bett, drückte mich grinsend nieder und kletterte auf mich. »Alles klar zum Abflug?«, rief sie.

»Alles bereit«, schnaufte ich und griff begierig nach ihren Brüsten, was sie mit einem Quietschen quittierte.

Kapitel 28

Die Frühlingssonne schien durchs Fenster und kitzelte mich im Gesicht. Ich konnte die Vögel draußen zwitschern hören. Belle lag an mich geschmiegt neben mir, die Hand auf meiner Brust. Ihr Duft war betörend wie immer. Ich seufzte wohlig.

Als sie erwachte, ließ sie ihre Hand meinen Bauch hinuntergleiten und rieb sich an meiner Schulter.

»Soll ich uns Frühstück machen?«, fragte ich und verwarf den Gedanken, als sie zwischen meinen Beinen kräftig zupackte.

Das Leben war einfach toll. Unser komfortables Domizil in den Bergen einer Welt, die uns jeden Tag aufs Neue berauschte, war unsere Basis für tägliche Erkundungen, jede Menge Sex und köstliche Mahlzeiten, die Belle oder ich aus dem zauberten, was der Planet zu bieten hatte.

Während sie unter die Decke kroch, um zu beenden, was sie angefangen hatte, rieb ich mir den Schlaf aus den Augen.

Nackt und ohne Helm lag ich auf der Liege. Es war angenehm warm. Ich fühlte mich frisch und überraschend kräftig. Es dauerte einen Moment, bis ich aus der überwältigenden Traumwelt in die Realität gewechselt war. Dann streckte ich mich. Nichts tat weh. Hatte Belle den Anzug Wunder wirken lassen?

Ich schwang mich auf und sah mich um. Der Helm lag griffbereit. Plötzlich kam mir die Frage in den Sinn, ob wir von den Ewigen vielleicht Nährstoffe hätten bekommen können, um unsere Vorräte aufzustocken, aber wenn das möglich gewesen wäre, hätte Belle daran gedacht.

»Guten Morgen, Sexy«, begrüßte sie mich, noch bevor ich den Helm in der Hand hatte.

»Guten Morgen«, sagte ich zufrieden und setzte den Helm auf. Ich fühlte mich sauwohl. »Du hast mich ausschlafen lassen?«

»Ja. Heute ist ein besonderer Tag«, meinte sie und lächelte so, dass sich ihre Grübchen zeigten.

»Was ist denn?«, wollte ich neugierig wissen und freute mich auf den morgendlichen Begrüßungssex, der sich im Traum schon angekündigt hatte.

»Ich habe beschlossen, dass die Sparsamkeit ein Ende hat. Deshalb habe ich bereits vor einigen Tagen begonnen, deine Nährstoffzufuhr zu erhöhen und den Anzug deine Muskeln bewegen zu lassen.«

Meine sich anbahnende Erektion fiel in sich zusammen. »Was ist denn los? Wo sind wir? Wann sind wir?«

»Wir sind in der Halle mit dem Tor zur Erde, für den Fall, dass es sich öffnet. Die Wahrscheinlichkeit, dass das passiert, ist allerdings nicht mehr sehr groß.«

Mir wurde flau im Magen und ich bekam eine Gänsehaut. Vermutlich hatte sie bis zum Schluss gewartet und jetzt waren die Vorräte verbraucht. Wenn ich alle zehn Tagen eine Ration bekam und wir für drei Monate ... Zweieinhalb Jahre! *Fuck!*

»Reg dich nicht auf«, sagte sie beschwichtigend. »Es ist nicht so, wie du denkst.«

Ich atmete bewusst ein und aus, um mich wieder zu beruhigen.

Als Belle mit dem Ergebnis zufrieden war, blendete sie mir die taktische Anzeige ein, sodass ich das Datum sah: 20.02.2055 – drei Monate. *Äh ...* Ich fasste mir an den Kopf, aber mein Haar war kaum gewachsen. Meine Nägel auch nicht, wie ich feststellte. *Äh ...!*

»Cool, was? Die Tafeln haben eine mobile Stasiseinrichtung für dich gebaut, die besser funktioniert als die auf der Erde. Vollständige Unterdrückung des Stoffwechsels, kein Haarwuchs, nichts. Und sie können Nährstoffe für dich produzieren.«

»Die Tafeln?« Ich war noch nicht ganz da. »Warum?«

»Ich habe sie darum gebeten.«

Ich war baff. »Du kannst mit ihnen reden?«

Belle verzog ein bisschen das Gesicht und wackelte mit dem Kopf. »Njaaa ... Ein bisschen. Lange Geschichte.«

»Ich hab Zeit«, sagte ich und stand auf, um mir den Raumanzug überzuziehen. Das mit dem Sex war ja erst mal gestrichen.

»Njaaa ...«, machte sie wieder und wackelte diesmal auch noch mit der Hand herum. »Also ganz kurz: Ich habe die Möglichkeit genutzt, Informationen zu sammeln, und bin über das Haupttor der Verteilerstation, in der wir waren, noch weiter ins Innere des Kollektivs gereist, so lange, bis ich auf eine Gruppe traf, die groß genug war, um mit mir in direkten Austausch zu treten.«

»Du hast Informationen bekommen«, flüsterte ich ehrfurchtsvoll.

»Njaaa ...«

Ich hasste diese neue Marotte von ihr.

»Das war sozusagen die Mindestgröße für einen Austausch, allzu viel wussten die aber auch nicht.«

»Wieso hast du mich nicht geweckt?«

»Ehrlich, Schatz, du wurdest immer schwächer. Solange das Nahrungsmittelproblem nicht gelöst war, wollte ich dich und die Vorräte schonen. Hat ja auch geklappt.«

»Ja, richtig, gute Idee«, brummte ich lahm. Ich wäre lieber dabei gewesen.

»Ach komm schon, so viel hast du gar nicht verpasst. Das sieht bei denen irgendwie alles gleich aus. Also diese Gruppe wusste eine Menge, aber nichts vom Gesamtplan. Je näher die Kollektivmitglieder ihrem Ursprung kommen und je mehr sie sind, desto mehr werden sie wieder Teil der Gesamtheit. Die Überlegungen und Pläne, die seit dem letzten Gesamtkontakt gemacht wurden, unterscheiden sich von dem Restwissen der entfernten Gruppen und Individuen so erheblich, dass die Erinnerung an das alte Wissen in Relation zur Abwesenheit vom Kern verblasst. Damit keine unterschiedlichen Ideen aufeinandertreffen und sich dann bekämpfen. Oder so. Sie würden nie kämpfen, aber der Konflikt soll vermieden werden. Alles klar?«

»Äh ...«, machte ich und nickte. Das wusste ich schon. Sie hatte es mir also bereits implantiert.

Die Organisationsform dieses Wesens, dieses Kollektiv, war mir mit einem Mal bewusst. Es zwickte ein bisschen im Kopf, als sich das Wissen in mir entfaltete. Die Frage, warum diese fortgeschrittene Zivilisation keine Nanomaschinen einsetzte, war geklärt: Sie *waren* Nanomaschinen! Sie konnten notfalls als Nanoschwarm agieren, aber sobald sie sich zu größeren Gruppen zusammenfanden, bildeten sie ein Kollektivbewusstsein, das sie verlieren würden, wenn sie sich wieder auflösten. Daher blieben diese kleinsten Gruppen immer zusammen, nachdem sie sich gebildet hatten. Im Zusammenschluss zu größeren Gruppen brauchten sie ihre Einheit dann nicht mehr aufzugeben, eine geringe räumliche Distanz genügte. Aus diesem Grund bildeten die Nanomaschinen nur die uns bekannten Tafeln, sonst nichts. Alle Geräte, Werkzeuge, Tore, Produktionsanlagen wurden regulär gebaut und nicht aus Nanokörpern gebildet. Das hatte sich während ihrer Entwicklung so ergeben und war allgemeiner Konsens, der beibehalten wurde, weil einfach niemand da war, der daran gerüttelt hätte. Alle Entscheidungen wurden unter Berücksichtigung aller Beteiligten, also Anwesenden getroffen. Die mobilen Einheiten hier in der Produktionsanlage waren ebenfalls Tafeln, die sich entschlossen hatten, zu größeren Einheiten zu fusionieren, das kam aber nur selten vor, was die geringe Zahl dieser Einheiten erklärte. Ihre Hauptform waren die Tafeln, in denen sich die meisten zu neuen Welten aufmachten, um diese zu entdecken, zu erkunden, zu erschließen und bei Bedarf zu *heilen*. Durch den regelmäßigen Austausch innerhalb der verschiedenen sich zusammenfindenden Schwärme gelangten alle Bedürfnisse und Erkenntnisse regelmäßig zurück zum Kern und von dort wieder zu den Individuen. Sobald sie das erste Mal durch ein Sternentor gingen, erhielten sie Anschluss ans Kollektiv und erkannten ihre Aufgabe. Diese Gemeinschaft floss durch das Universum wie dessen Atem. Ihre Tore durchzogen es wie Adern, durch die ein Blutkreislauf pulsierte.

Die Nanomaschinen repräsentierten eine perfekte Gesellschaft, in der jeder eine eigene Meinung entwickeln konnte, die in der Gemeinschaft aufgenommen und berücksichtigt wurde. Sie kannten kein Gut und Böse. Sie betrachteten verschiedene Ideen, Ansätze, Möglichkeiten, Optionen, ohne diese zu bewerten, um zum bestmöglichen, zum funktionalsten Ergebnis zu kommen. Als Wesenheit entsprachen sie einem Computer, waren aber viel mehr als das und standen weit über dem Intellekt einer Kylie oder eines Bob. Ihre Überlegungen erhoben Anspruch auf Absolution. Was diese Maschinen vorlebten, sollte die Blaupause für das biologische Leben sein, das sie zu unterstützen versuchten. Am Ende dieses Weges sollte ein perfektes Universum stehen.

»Hat das Universum seinen Zweck erfüllt, wenn es vollständig befriedet ist?«, fragte ich, weil ich die Antwort nicht kannte.

»Ich weiß es nicht. Das wussten sie auch nicht. Nicht mal, ob das überhaupt schon geklärt sein könnte.«

»Und wer zuerst da war auch nicht?«

»Nein. Die Tafeln haben keine Kenntnisse darüber, woher sie stammen. Sie können nur vermuten, dass ihre Herkunft auf biologische Erschaffer zurückzuführen ist. Bei ihrer Suche im Universum ist ihnen jedenfalls bislang noch keine maschinelle Spezies begegnet, die sich selbst entwickelt hätte.«

Hätte das biologische Leben ohne maschinelle Unterstützung überhaupt eine Chance gehabt? Waren die erforderlichen Umstände nicht viel zu kompliziert, um tatsächlich ohne fremde Hilfe Leben hervorzubringen? Das Leben, die Biologie, war viel zu fragil für dieses expandierende, wilde, heiße Universum. Die Maschinen brachten Ordnung, sie korrigierten und passten an, sie stimmten die Umstände so aufeinander ab, dass das biologische Leben eine Chance hatte. War es womöglich ein steter Wechsel zwischen maschinellem und biologischem Leben? Wurde mit jedem neuen Zyklus eine Art Wachablösung durchgeführt? Das biologische Leben entwickelte sich so weit, dass es Maschinen hervorbrachte, die daraufhin das gesamte Universum in die Lage versetzten, biologisches Leben hervorzubringen, das dann wiederum Maschinen erfand, die den Untergang und Neuanfang des Universums überdauerten? Oder waren wir doch einfach nur in einer Simulation, mit der genau das geklärt werden sollte?

Mir schwirrte der Kopf. Irgendetwas war da noch, aber ich kam einfach nicht drauf. »Das Tor funktioniert also nicht. Und jetzt?«

»Das Tor funktioniert, aber die Gegenseite meldet sich nicht. Die Tafeln können nicht einfach so zerstört werden, man müsste sie auf Atomebene dekonstruieren. Die Naniten können lediglich aus ihren Einheiten gerissen werden, würden sich aber einfach reorganisieren. Bob muss also einen Weg gefunden haben, das zu verhindern oder sie anderweitig lahmzulegen.«

Ich wartete ab. Eine Lösung für das Problem gab es längst, hier ging es nur noch darum, sie mir zu verkaufen.

»Wir müssen uns jetzt überlegen, was wir mit dem Rest deiner Lebenszeit machen«, fuhr Belle vorsichtig fort.

Mein Magen zog sich ein bisschen zusammen.

»Wir können hier warten, bis das Tor sich wieder öffnet. Die Zeit würdest du in Stasis verbringen.«

Dann würde ich mich quasi den Menschen auf der Erde anschließen, die für unbestimmte Zeit auf *Eis* gegangen waren.

»Wir können uns der nächsten Expedition zur Erde anschließen, die die Tafeln bereits vorbereitet haben. Sie startet in Kürze, daher habe ich dich geweckt. Sie würden uns mitnehmen.«

»Sie fliegen noch mal hin?«

»Die sind da ziemlich pragmatisch. Die Reise wird knapp vierzehn Jahre dauern.«

14 Jahre! Ich schluckte.

»Die Frage wäre, ob wir mitfliegen oder hier warten, bis sie das Tor in Betrieb nehmen.«

»Und Bob?«

»Das ist das Problem. Er verhindert jetzt die Inbetriebnahme, er könnte das auch weiterhin tun. Die Sterner schicken keine Armee, es wird derselbe Erschließungstrupp wie beim letzten Mal. Den kennt Bob schon und ist darauf vorbereitet. Wenn wir aber mitfliegen ...«

»... können wir ihn vielleicht davon überzeugen, dass er sie gewähren lässt.« Guter Plan. Er gefiel mir allerdings überhaupt nicht.

14 Jahre auf *Eis* mit der Unsicherheit, wie Bob reagieren würde. Vielleicht wären wir schon tot, bevor wir auch nur ein Wort rausbekämen? Vielleicht glaubte er uns nicht, hielt uns für einen Trick? Er hatte einen ganzen Planeten mit Deepfakes zum Narren gehalten, da würde er uns nicht zwangsläufig für echt halten. Vielleicht gab es die Erde ja auch gar nicht mehr? Sollte sie explodiert sein, würde das Licht 11,8 Jahre bis zu uns brauchen. Wenn wir mitflögen, wüssten wir es also etwa auf halber Strecke.

»Oh Mann«, jammerte ich.

»Am erfolgversprechendsten wäre es, mitzufliegen.«

Als ob ich das nicht wüsste. »Was wäre die Alternative?«

»Wir erkunden mit den Sternentoren das Universum, dringen weiter in das Gebiet der Sterner vor, treffen größere Gruppen mit mehr Informationen, sehen fantastische Welten ... Das Nahrungsproblem hat sich ja erledigt. Wenn wir weit genug zum Kern des Kollektivs reisen, erhalten wir sicher auch ein paar Upgrades. Eine Dusche. Einen humanoiden Bot, den ich steuern kann, um dich ...«

»Und wenn das Tor wieder in Betrieb genommen werden kann, sagen sie uns Bescheid und wir sprechen mit Bob! Na, das wäre doch super!«

»Wenn sie es schaffen, das Tor in Betrieb zu nehmen, ja. Aber Bob hat jetzt vierzehn Jahre Zeit, sich vorzubereiten. Die Wahrscheinlichkeit, dass die nächste Erschließung klappt, ist eher gering. Die Tafeln sitzen das einfach aus, das machen sie immer, wenn sie auf Widerstand stoßen. Die kommen nicht mit der Brechstange wieder, nee, die kommen einfach immer und immer wieder. Irgendwann ist das Problem ausgestorben, zeigt ihre Erfahrung. Beim zweiten Versuch werden sie natürlich in gebührendem Abstand das Tor aktivieren und die Tafeln die restliche Strecke fliegen lassen. Sie können sich so ausbreiten, dass Bob keine Chance hat. Aber wer weiß, was er sich in den vierzehn Jahren einfallen lässt.«

»Das kann bei ihm so einiges sein.«

Belle nickte.

»Was wird uns auf der Erde erwarten?«

Sie machte ein zitronensaures Gesicht. »Bob wird sich verändern. Er ist darauf ausgerichtet, mit deiner Hilfe menschlich zu sein, das Interesse der Menschen in den Mittelpunkt zu stellen, aber nicht nach seiner Definition, sondern nach deiner. Allein wird er unweigerlich rationeller, konsequenter. Die Erde steht vor dem Kollaps, die Ressourcen sind am Ende, die Menschheit ist hungrig und anfällig. Ohne dich als Mittler ist eine Kooperation unwahrscheinlicher geworden, die Zeit für den Aufbau eines weiteren Mittlers zu knapp. Dazu die Bedrohung durch die Aliens, deren Abwehr ohne fragile Lebensformen wesentlich einfacher wäre ... Er wird sie alle auf Eis legen.«

Kälte kroch in meine Eingeweide und breitete sich langsam bis zur Brust aus. Opa. Meine Eltern. Belle! – Die echte Belle ... »Aber er braucht die Menschen doch, als Piloten, Arbeiter, Inspiration! Du sagtest, er könne selbst nicht kreativ sein, nichts erforschen, nicht ...«

»Das waren zwar nicht meine genauen Worte, aber prinzipiell hast du recht. Was für die Verteidigung der Erde und ihren Wiederaufbau erforderlich ist, bekommt Bob jedoch allein hin, da wären die Menschen eher hinderlich. Bedenke, dass die Maßnahmen, die zur Wiederherstellung der Erde nötig wären, enorme Einschränkungen für die Menschen mit sich brächten, noch mehr als bisher. Freiwillig würde da keiner mitmachen. Es gäbe Aufstände ... Demokratie ist aus eurer Sicht gerecht, aus seiner Sicht Unsinn.«

»Weil die Menschen ihm unterlegen sind?«

»Weil die Menschen für Selbstbestimmung zu dumm sind.« Mir entglitten wohl die Gesichtszüge, denn Belle fügte hinzu: »Anwesende natürlich ausgenommen.«

»Meinst du, er hört noch auf mich, wenn wir in vierzehn Jahren zurückkommen?«, fragte ich leise.

»Gut möglich. Das ist zwar zu viel Zeit, um ihn noch vorhersagen zu können – wir haben uns dann einfach zu weit auseinanderentwickelt, er und ich, wer weiß, was für Hardware er bis dahin nutzt –, aber er ist so sehr auf dich fixiert, dass er mich zu deinem Schutz geschaffen hat.«

»Aber er hält mich für tot.«

»Das ist in der Tat ein Problem. Es könnte seine Einstellung den Menschen gegenüber beeinflussen. Es könnte seine Haltung dir gegenüber beeinflussen. Vierzehn Jahre sind für einen Intellekt seiner Größe eine Ewigkeit. Bedenke, wie schnell die Zeit für ihn vergeht. Dennoch ... Was die Maschine vom biologischen Leben unterscheidet, ist Beständigkeit. Keine Hormone, keine zufälligen chemischen Reaktionen haben Einfluss, sondern allein Parameter. Loyalität ist Bob sehr wichtig.«

»Okay. Er hat die Menschen also auf Eis gelegt, damit er sich nicht weiter um sie kümmern muss und sich auf die Sterner konzentrieren kann. Nebenbei baut er vielleicht sogar die Erde wieder auf. Kann er das? Wie lange würde es dauern?«

»Ohne Nano-Monteure müsste er riesige Maschinen zum Terraforming

bauen, dafür bräuchte er Heerscharen von Arbeitsdrohnen oder menschliche Arbeitskräfte. Da beides Ressourcen-lastig ist, wird er auf den Faktor
Zeit setzen.«

»Einfach warten, bis die Erde sich selbst heilt?« Das könnte 50, 100 oder
mehr Jahre dauern. »Wenn wir da ankommen, wäre der Planet also verwaist.
Ich könnte doch nur zu den anderen auf Eis gehen und mit ihnen auf die Reaktivierung warten, wenn ich menschliche Gesellschaft haben wollte.«

»Und deshalb willst du deinen Mitmenschen die Möglichkeit vorent-
halten, den Planeten mithilfe der Sterner schneller zu reparieren? Weil die
womöglich alle auf Eis sind, wenn du da ankommst?«

Ich nickte zaghaft.

»Genüge ich dir nicht mehr?«

Es dauerte eine Weile, bis ich verstand. »Habe ich dich gekränkt? Das
wollte ich nicht.«

Sie schwieg.

»He, komm schon, es war nicht so gemeint«, jammerte ich.

»Wusstest du, dass die Psychologie nicht unterscheidet, ob eine Kränkung
vermeintlich oder tatsächlich stattgefunden hat? Kränkung ist subjektiv,
genauso wie der Tod.«

Das eisige Gefühl in meiner Magengrube kehrte zurück, wie ein Stein,
der den Hang wieder runterrollt, den man ihn gerade hochgeschleppt hatte.
»Was soll das denn heißen?«

»Manche Menschen setzen die Stasis mit dem Tod gleich, andere nicht.«

»Ich nicht!«, rief ich, ohne zu wissen, worauf das hinauslief.

»Du nicht. Weil du weißt, wenn du dich hinlegst, dass du beschützt wirst.
Geliebt. Nicht allein in der Kälte der Nacht wärst. Ich war immer bei dir, auch
in deinen Träumen, ob du wach warst oder in der Stasis. Ich habe dir ein
Paradies bereitet, in dem das ewige Leben für dich Realität wurde. Habe an
deiner statt die endlose Einsamkeit ertragen. Und jetzt genügt dir das nicht
mehr?«

Meine Kehle schnürte sich zu. »Nein! Nein, so ist das nicht. Du bist mir
das Wichtigste. Glaub mir. Das mit den Menschen ist nur … Natürlich will
ich, dass die Sterner die Erde retten! Und zu wissen, dass du da sein wirst,
genügt mir!«

Sie sah mich kritisch, fast misstrauisch an, dann brüllte sie los vor Lachen: »Reingelegt! Dein Gesicht! Zum Schießen! Haha!« Sie schlug sich auf
die Schenkel und gluckste: »Na, dann leg dich mal hin, damit ich dich er-

neut mit ins Paradies nehmen kann, auf dem Weg zu deinesgleichen in deiner Heimat.«

Sie klang wie immer, aber ich hatte ein ganz merkwürdiges Gefühl, als ich die Liege ausklappte.

– Ende –

Trotz angestrengter Suche wurde noch keine außerirdische Lebensform gefunden, aber sie findet uns!

2348: Das Sonnensystem ist besiedelt und die solaren Konzerne erschließen darüber hinaus Lichtjahre weit entfernte Ressourcen.
Da taucht hinter dem Neptun eine riesige Raumstation auf, die nicht irdischen Ursprungs sein kann. Während ein Erkundungsteam nach dem anderen in dem geheimnisvollen Objekt verschwindet, entfesseln Konkurrenzdruck sowie nationale und wirtschaftliche Interessen ein Rennen, das jegliche Sicherheitsfragen verdrängt. Desinformationskampagnen gewinnen schließlich die Oberhand und die Lage gerät schnell außer Kontrolle. Erde und Mars steuern auf einen Krieg um das wertvolle außerirdische Artefakt zu – eine 500 Kilometer durchmessende Kugel voller Alientechnologie!
Die diplomatischen und strategischen Schachzüge stellen sich mehr und mehr als großangelegtes Spiel heraus, von dem die Menschen nicht einmal wissen, wann es angefangen hat. Denn die wenigen Männer und Frauen, die im Inneren der Station langsam herausfinden, womit sie es zu tun haben, können die Menschheit nicht warnen.

Als E-Book und Taschenbuch bei Amazon verfügbar:
ASIN: B0C8695G1M

Ende des 21. Jahrhunderts ist das Erstrebenswerteste auf Erden ein Tank, in dem man vollständig in die virtuelle Welt des Netzes eintauchen und dort leben kann. Als Milo einen sehr speziellen Auftrag erhält, der ihm diesen Traum ermöglichen könnte, gerät er in eine komplizierte Auseinandersetzung verschiedener Interessengruppen. Sein größtes Problem besteht darin, zu erkennen, in welcher Welt er gerade ist: der echten oder der simulierten – und wenn ja: In welcher? Die KI, die unter ihrem Job leidet und mit seiner Hilfe fliehen will, scheint in dem ganzen Chaos noch sein geringstes Problem zu sein, denn er stellt fest, dass es gute Gründe gibt, seine bisherige Lebenseinstellung gründlich zu überdenken. Es geht um viel mehr als nur die Freiheit der KI oder Milos Leben. Auch das Leben an Bord des ersten menschlichen Kolonisationsschiffes auf dem Weg zu einem 12,5 Lichtjahre entfernten Planeten steht auf dem Spiel. Er ist der Einzige, der die alles andere als menschenfreundlichen Finanziers dieses Unternehmens aufhalten kann.

Als E-Book und Taschenbuch bei Amazon verfügbar:
ASIN: B0CDVTF2TR

Erik Harlandt

DoHa

GALAKTISCHE GESCHÄFTE

Science-Fiction-Thriller

Doha ist das größte und mächtigste Unternehmen der Galaxis. Es existiert schon Zehntausende von Jahren und verbindet Märkte und Völker. In der von DoHa kontrollierten Zone gibt es alles, aber nicht alle können es sich leisten. Doch dafür hat DoHa eine Lösung: Duplikate, die die Arbeit erledigen. Auf diese Weise kann man sich selbst freiwillig zum Sklaven machen, aber dabei entsteht überraschend viel Wut.

Als Phil auf einem fernen Planeten aus dem Duplikatedrucker torkelt, muss er feststellen, dass sein Original und damit seine Existenz vernichtet sind. – Wahrscheinlich. Nachrichten verbreiten sich im Universum langsamer als Licht und er ist weit weg. Er muss die Kosten für seine Übertragung abarbeiten und wird dazu im intergalaktischen Auftragsdienst eingesetzt.

Denn das Wertvollste, das die Galaxis zu bieten hat, ist erstaunlicherweise intelligentes Leben. Während auf den meisten Planeten gänzlich andere Wertvorstellungen herrschen und mit Leben eher verschwenderisch umgegangen wird, ist es für den größten Konzern der kontrollierten Zone das wichtigste Gut. Intelligentes Leben ist dort erforderlich, wo Maschinen nicht eingesetzt werden können, ohne ihnen zu viel Macht zuzugestehen. – Intelligentes Leben lässt sich leicht beherrschen, intelligente Maschinen nicht.

Zusammen mit der ambitionierten Bord-KI eines Einsatzfahrzeugs versucht er, sich aus seiner vertraglich überregulierten Lage zu befreien, und findet sich schon bald mitten in einem Umsturzversuch wieder, der nicht nur die Art und Weise, wie in der von DoHa kontrollierten Zone der Müll entsorgt wird, ändern soll, sondern der Galaxis auch Zugang zum Rest des Universums ermöglichen will.

Doch so was passiert einem Unternehmen wie DoHa nicht zum ersten Mal und so sind bald schon Vertreter des oberen Managements und andere Spezialisten unterwegs, um alles wieder ins Lot zu bringen. Denn DoHa will nicht nur sein Geschäftsmodell schützen, sondern auch sein größtes Geheimnis, und setzt alles daran, die Umsturzpläne zu vereiteln, wobei auch die Vernichtung ganzer Planeten zur Option wird.

Als E-Book und Taschenbuch bei Amazon verfügbar:
ASIN: B0CJFYS9R5

Doha ist immer noch das größte und mächtigste Unternehmen der Galaxis. In der kontrollierten Zone gibt es alles, aber nicht alle können es sich leisten. Insbesondere die neu an DoHa angeschlossene Erde hat ein Wechselkursproblem.

Als Jaques von seinem Arbeitgeber auf einem Planeten ohne irdisches Konsulat zurückgelassen wird, ist guter Rat teuer. Über die lokale Jobbörse bietet er seine Dienste als ehemaliger Fremdenlegionär an. Eine fragwürdige Gelegenheit, die Rückreise zur Erde zu verdienen, lässt nicht lange auf sich warten und Jaques findet sich in einem Hexenkessel gegensätzlicher Interessen wieder, bei denen es im Wesentlichen um die Frage geht, was im dunklen Zentrum der Galaxis gerade geschieht und ob es gut oder schlecht ist. –

Und für wen. Der Leib DoHas scheint erwacht. Die Quelle des Imperiums schickt sich an, etwas an der bestehenden Ordnung zu ändern. Es sieht so aus, als drohe die Galaxis im Chaos zu versinken.

Das Eintreffen selbst ernannter Friedenstruppen, die die Kontrolle über das hiesige Wurmlochportal erlangen, sorgt für weitere Irritation. Ist ein Beitritt zu der das Universum umspannenden Charta die Rettung vor dem Untergang oder das Ende aller Freiheit und noch schlimmer als DoHa je sein könnte? Fragen, die sich ohne die von DoHa abgeschafften KIs nicht ohne Weiteres klären lassen.

Als das Ringen um die Systeme der Milchstraße beginnt, geraten die Dinge, die im Zentrum geschehen und alles zu verändern drohen, was die letzten 1000 Jahre aufgebaut wurde, beinahe zur Nebensächlichkeit. Insbesondere die Frage, was die Folgen sein werden.

Doch das geschieht nicht zum ersten Mal und neben den vielen Geheimnissen, die der Leib vor seiner Schöpfung verbirgt, gibt es auch Lösungen. DoHa geht mit der üblichen Routine an die Sache heran und beauftragt Spezialisten. – Ausgerechnet von der Erde. Sie sollen verhindern, wovor DoHa sich fürchtet, doch sie haben keine Ahnung, worum es wirklich geht und ob sie sich ebenfalls davor fürchten oder es eher begrüßen müssten.

Als E-Book und Taschenbuch bei Amazon verfügbar:
ASIN: B0CLT84CRS